NARRATIVA

626

Silvia Zucca

GUIDA ASTROLOGICA PER CUORI INFRANTI

Romanzo

EDITRICE NORD

ISBN 978-88-429-2597-2

Si ringrazia Simon & The Stars
per la consulenza astrologica
Facebook.com/simonandthestars

I edizione giugno 2015
II edizione giugno 2015

In copertina: foto © 2014, Olga Belkina
Grafica: pepe *nymi*

GUIDA ASTROLOGICA PER CUORI INFRANTI

A mio padre,
per il suo compleanno speciale.
E a mia madre,
che mi ha insegnato a leggere.

PROLOGO

Se mi lasci ti cancello non sarebbe stata una buona idea. Soprattutto dal momento in cui ho deciso d'innaffiare film e dispiaceri con la bottiglia di champagne Louis Roederer che doveva servire per festeggiare un primo anniversario, che poi non si è mai verificato.

Nella vita, ci sono anche i momenti in cui stabilisci consapevolmente di farti del male.

Perciò, quando scosto il piumone, non posso che rimpiangere la nottata che ho finito in grande stile abbracciata al water, a spremere stupide lacrime tra un conato di vomito e l'altro.

In pellegrinaggio verso la cucina, spero che una doppia dose di caffeina abbia su di me l'effetto Lourdes, facendomi risvegliare dalla catatonia. Poi, proseguendo negli automatismi, accendo la radio per sentire le notizie, e rallegrarmi empaticamente del fatto che ci sia qualcuno che sta peggio di me.

Alla fine prendo coraggio e punto alla volta del bagno. *Ommioddio*. Nello specchio c'è il ritratto di Dorian Gray, versione femminile in pigiama. Le occhiaie mi fanno sembrare un panda con la parrucca.

Carlo, ti odio, penso, raccogliendo i resti di me stessa e dell'orgia di cibo spazzatura sparso per casa.

Carlo è il mio ex fidanzato storico. Cinque anni insieme. Sette mesi, dodici giorni e quattro ore (minuto più, minuto meno) di convivenza risalenti ormai a quasi due anni fa. Certo, una in due anni una vita dovrebbe essersela rifatta, e io l'ho fatto. O perlomeno ho cercato, vista la sequenza di uomini sbagliati che ho imbroccato dopo di lui (l'ultimo dei quali, Giorgio, mi ha lasciato in eredità proprio quel maledetto champagne). Il problema è che, mentre gli altri andavano e venivano, Carlo è sempre rimasto, anche se non stiamo più insieme. Ho sempre pensato che il nostro, alla fin fine, fosse un legame che andava al di là dell'amore come lo si concepisce di solito, qualcosa di più complesso, che trascendeva l'attrazione fisica. Come in *Harry ti presento Sally*.

È stato sul divano di Carlo che mi sono rifugiata quel paio di volte in cui gli uomini sbagliati di questi due anni mi hanno spezzato il cuore. E, d'altra parte, io sono stata sua complice nel ricevere le confidenze che riguardavano le sue effimere

LO ZODIACO PUÒ ATTENDERE

Ci sono giorni in cui te lo senti nelle ossa. Ti svegli e hai la certezza che niente girerà per il verso giusto, che faresti bene a restare a letto, voltarti verso il muro e tirarti il piumone sopra la testa.

In un film, sarebbe la mia voce fuori campo a dire che non ho voglia di alzarmi, e che invece vorrei prendere da sotto il letto la scatola sulla quale ho scritto: KIT DI SOPRAVVIVENZA.

Nel mio kit di sopravvivenza, oltre a una foto degli addominali di Hugh Jackman, caramelle gommose e un sacchetto di mais pronto a diventare popcorn, ci sono quei film, ancora rigorosamente in VHS, che non dovrebbero comparire nella videoteca dell'appassionata di cinema per la quale mi spaccio... In barba alla tripla K, che non sta per Ku Klux Klan, ma per Kubrick, Kiarostami e Kusturica, i cui cofanetti fanno bella mostra dalla Billy Ikea del mio salotto, sotto il letto nascondo pellicole scottanti come *Notting Hill*, *Dirty Dancing*, *Pretty Woman* e *Ghost*...

È vero. Quando tutto gira storto, mi faccio un'overdose di zucchero formato celluloide. Perché proprio quei film, e in generale le commedie romantiche degli anni '80 e '90? Perché sono un'eterna bambina, e quelle pellicole sono per me come la madeleine di Proust. Già dalle prime inquadrature, riescono ad accogliermi nel mondo protetto e sicuro della mia infanzia. Mi fanno pensare che nella vita ci sia un ordine e che, anche quando tutto sembra andare male, un lieto fine sia lì, appena dietro l'angolo, al minuto 120, giusto in tempo per i titoli di coda.

Oggi è uno di quei giorni. Lo so non appena apro gli occhi al lamento della sveglia. Sono tentata. Molto tentata. Ma, ovviamente, i giorni da kit di sopravvivenza hanno la tendenza a manifestarsi di lunedì, quando al lavoro hai una riunione d'importanza paragonabile solo a un vertice dell'ONU.

E sì che ieri sera un po' lo sapevo che spararsi in endovena conquiste. Sempre consapevole che sarebbero state per l'appunto questo: *effimere*.

Invece Carlo si sposa.

Tra sette mesi.

E l'ho dovuto scoprire guardando Facebook. E neppure da lui, ma da quell'oca giuliva di Cristina, che sulla sua bacheca ha annunciato al mondo: *Sono incinta, Carlo e io ci sposiamo a settembre, nel giorno del mio compleanno!*

Fantastico. Congratulazioni. Felicitazioni vivissime. E un bel vaffanculo grosso come il duomo di Milano, va bene? E pensare che all'inizio la credevo un'amica.

Non che voglia essere al posto di Cristina, ma è solo che dovrei essere io, tra me e Carlo, quella che si sposa per prima. Non si dice sempre «prima le signore»?

E qui veniamo all'altro mio pressante problema: l'età. Non sono proprio di primo pelo, visto che ormai ho scavallato i trenta da un po'. Vorrei tanto conoscere qualcuno, innamorarmi sul serio (e ricambiata, magari), metter su famiglia. Invece mi sembra di concorrere per le Zitelliadi, tanto sono sfigata in amore.

> «... CUB, COBAS e SDL hanno confermato lo sciopero generale dei mezzi di trasporto urbano, indetto per la giornata di oggi. Ricordiamo che lo stop è previsto dalle ore 8.45 di questa mattina fino alle 15.00 e poi dalle 18.00 al termine del servizio... »

Mi trovo sul gabinetto con la testa appoggiata alle ginocchia, quando sento distrattamente il servizio in radio.

«Oh, cazzo! »

Quello sì che sui miei nervi ha l'effetto di una doccia di adrenalina. La riunione inizia alle nove e mezzo e la mia macchina sarà dal meccanico fino a mercoledì.

Alice, sveglia! Come hai fatto a dimenticartene? Sono già le 8.04, prendendo per buono l'orologio del bagno. E, contando che da qui alla fermata del tram ci vogliono circa dieci minuti, non me ne rimangono neppure venti per la trasformazione da

Carrie – Lo sguardo di Satana a una versione low budget di Alice Bassi.

Addio doccia. Addio piastra per capelli. Addio smalto per unghie. Anzi, quello lo getto in borsa, chissà mai che non abbia il tempo di darmi una passata appena arrivata in ufficio.

Inserisco la modalità velocità doppia e pesco dall'armadio uno dei miei stili standard, per non dovermi arrovellare troppo sull'abbinamento.

Alla fine, stacco un tempo meglio di Carl Lewis e in dieci minuti netti sono fuori casa, maledicendo la mia sindrome da disordine cronico, che mi ha fatto rinunciare a priori alla ricerca dell'ombrello.

Sotto il diluvio universale, corro verso la fermata del tram. Per aggiungermi alla ressa di deportati che aspetta col muso lungo l'arrivo del 4.

Sono le 8.16, e qualcuno vocifera che non si farà in tempo per l'ultima corsa. Nella mia testa ricomincio a fare i calcoli. Da qui al passante ferroviario, che è quello che devo prendere io, ci vorrà un quarto d'ora a piedi... E sto già attraversando la strada a passo sostenuto, cercando di fregarmene della pioggia che m'infradicia i capelli e la giacca.

« Ma che giornata di merda! Che giornata di merda! » continuo a ringhiare tra i denti come un mantra.

In risposta, ferma a un semaforo, mi guadagno la disapprovazione di un'ottuagenaria armata di carrello della spesa: « Signorina, non lo sa che le parolacce non stanno bene in bocca a una donna? Non lo vuole trovare, un marito? »

Mi concentro sul colore del semaforo, con una rispostaccia sulla punta della lingua. Poi il verde scatta e risparmio il fiato e la bile correndo via.

Mentre le calze a righe colorate mi s'inzuppano fino al ginocchio, rimpiango il mio kit di sopravvivenza, specialmente *Ghost*. Perché perlomeno lì lui è un fantasma e non è che puoi avere il dubbio che dopo la fine del film cambi idea, lasci Demi Moore e metta incinta un'altra.

« Mi dispiace, signori, l'ultimo è già passato », dice l'omino che sta chiudendo il cancello del passante ferroviario.

Non è possibile. Questo è un incubo. Per meritarmi una giornata del genere, nella mia vita precedente devo aver fatto qualcosa di terribile come il friggitore di bambini all'Oktoberfest degli orchi, lo sfregiatore seriale di opere d'arte, o perlomeno il produttore di quella schifezza del secondo capitolo di *Highlander*.

Mi aggrappo all'ultima speranza del numero dei taxi nella rubrica dello smartphone, e dopo un altro quarto d'ora sotto l'acqua arriva il mio angelo salvatore: Wapiti 28 47.

« Buongiorno », dico al tassista, senza troppa convinzione.

Il tizio, che ha una faccia scavata e abbronzata alla Crocodile Dundee, mi fissa per un attimo e poi m'indica un quotidiano appoggiato sul sedile posteriore. « Non è che si siederebbe su quello, signora? Altrimenti mi s'infradicia tutto il sedile. »

Certo. Perfetto. Odio quando mi chiamano « signora ». E ora devo avvolgere il culo nella carta di giornale, neanche fossi un branzino preso al mercato. « Ma certo », ribatto, amabile. Ci manca solo che mi metta a litigare con Crocodile Dundee, col rischio di essere scaricata per strada a chilometri dall'ufficio.

« Un bel disagio con questo sciopero, eh? » dice lui ripartendo.

« Già. »

« Meno male che c'è Wapiti. »

Vedo che mi guarda dallo specchietto retrovisore. Ha gli occhi azzurri, che insieme al volto segnato e al gilè di similpelle lucida fanno davvero *old cowboy*. Allo specchietto è appeso una specie di acchiappasogni indiano, con tanto di piume. « Che sarebbe? » gli chiedo allora.

« La ringrazio della domanda. Il wapiti è un alce canadese. Nella medicina sciamanica, è considerato un animale sacro. È simbolo dell'equilibrio, le persone che lo hanno come spirito guida magari non arriveranno prime alla meta, ma perseguiranno i loro obiettivi con costanza, senza consumare tutte le energie. »

Be', io però spero che questo Wapiti alla meta ci arrivi almeno per le nove e un quarto.

« Lei mi sembra aver bisogno di recuperare un po' di energie, scusi se glielo dico, sa. Alla sua età dovrebbe iniziare a riguardarsi. Ha mai provato con la cristalloterapia? »

Alla mia età? *Alla mia età?* Dio del cielo, fammi scendere da questo maledetto alce canadese travestito da Citroën! Quanti anni pensa che abbia? Certo, non mi sono truccata, ho ancora le occhiaie da panda; i capelli, ora come ora, saranno peggio di quelli di Johnny Depp in *Edward mani di forbice*... ma, diamine, non ho un piede nella fossa!

No, il piede nella fossa, invece, lo metto qualche minuto più tardi, quando Wapiti si ferma davanti al carraio di Rete Mi-A-Mi, che è la piccola emittente TV per la quale sputo l'anima ogni giorno da dieci anni. Aprire la portiera e infilare il piede in un cratere pieno d'acqua è praticamente tutt'uno. Perfetto.

« Quanto le devo? » dico, trattenendo una smorfia tra la rabbia e il disgusto.

« Sono ventidue euro e sessantacinque. Va bene ventidue e cinquanta. »

Hai capito lo sciamano?

Apro il portafogli. E mi rendo conto di avere solo dieci euro in contanti. Merda. E adesso chi lo dice a Wapiti-Crocodile Dundee? Già mi vedo a fare la cristalloterapia per lapidazione. « Mi scusi un istante... »

Quando alzo la testa, vedo Raffaella, la mia collega, avvolta in un impeccabile impermeabile Gucci, l'ombrello e gli stivali della stessa tinta grigio malva. Non ha un capello fuori posto. A lei le gocce la schivano con deferenza.

« Addirittura col taxi », mi dice, strizzandomi l'occhio. « Ci trattiamo bene... »

« Aspetta, Raffa! Potresti prestarmi tredici euro? Te li rendo all'ora di pranzo, che vado al bancomat. »

« Ma certamente, cara. Sei sicura che ti bastino? » mi fa lei, elargendomi un pezzo da venti. « Tienili, che così ti prendi un tè caldo alla macchinetta. Hai l'aria provata. »

Saluto Dundee e mi avvio con lei all'ingresso, dove non sono mai stata così felice di timbrare il cartellino. Ce l'ho fatta. Sono le 9.17. Praticamente ho un quarto d'ora per cercare di assumere un aspetto umano.

« Oh, santo cielo, Alice, che hai fatto alla gonna? » Dietro di me, Raffa sta puntando il dito verso il mio lato B.

E, sollevando un po' la giacca, capisco il perché: ho un articolo di giornale impresso sulle chiappe. Merito di Wapiti-Dundee e della sua geniale idea di farmi sedere, fradicia, su un quotidiano.

La saluto in fretta e mi scapicollo giù per le scale che portano agli studi di registrazione. Lì ci sono i bagni, ma soprattutto ci sono i camerini dove teniamo qualche costume di scena. Spero di trovarci qualcosa della mia taglia.

« Buongiorno. »

C'è un uomo davanti alla macchinetta del caffè accanto alla regia. Si volta verso di me e mi squadra da capo a piedi. « È nuova? Si è persa? »

Nuova io? Lui, piuttosto. A giudicare dall'altezza, dai jeans, dallo sguardo magnetico e dai capelli brizzolati, sarà un aspirante attore di *Mal d'amore*, la soap che giriamo nello studio Alpha. Forse stamattina ci sono dei provini. E lui, che ha un po' l'aria da Richard Gere, ma più alto, secondo me ha buone chance.

« Veramente è parecchio che non sono nuova », rispondo a Richard Gere, ma più alto. « Ma usato garantito... » concludo, in modo audace, perché quando sono nervosa finisce sempre che dico qualche cavolata. E, visti lo stato della mia faccia, la macchia sul didietro e il suo sguardo penetrante, sono decisamente su di giri.

Poi però tiro dritto verso i camerini, in cui trovo due gonne. Una è a tubo, ma di un improponibile color giallo canarino; l'altra è una specie di gonnellino a pieghe scuro, il che andrebbe anche bene, se non fosse trapuntata di paillettes. Perciò posso scegliere se assomigliare a Titti o a Britney Spears. Scelgo Britney, visto che, dopotutto, essendo scure, le paillettes passano un po' via.

« Complimenti, le sta bene. Che trasmissione conduce? » mi chiede Richard Gere, ma più alto, che finisce di sorseggiare il caffè e poi centra il cestino col bicchiere di plastica.

« Oh, io... no, non conduco nessuna trasmissione... » rispondo, sdilinquendomi in un sorriso. Be', se pensa che possa andare in video, forse non sono così conciata.

« Ah, ecco. Mi sembrava, ma dal momento che sta prelevando quella gonna dalla sartoria... »

Io intanto mi allontano facendo ondeggiare il braccio a mo' di saluto. Ho sempre la spada di Damocle della riunione che inizia tra neppure dieci minuti.

Ho giusto il tempo di venire a patti coi miei capelli frizionandoli un po' con la carta e darmi un minimo sindacale di trucco. Ora assomiglio un po' meno a un panda e un po' di più a un istrice. Evviva la fattoria degli animali.

« Oh, Alice, sei qui, finalmente! » mi apostrofa Enrico, il mio capo. « Telefona al bar e fa' portare un thermos di caffè. Recupera anche dei bicchieri di carta. E dei tovagliolini. »

Certo che ho fatto un bel salto di qualità dal lavoro part-time di cameriera nella pizzeria sotto casa.

Quando arrivo in sala, sono tutti un po' in ritardo. Ho il tempo di sistemare i fogli per gli appunti, le penne e le brocche dell'acqua e controllare che ci siano pennarelli funzionanti per la lavagna. Poi, visto che sono ancora da sola, mi dico che forse ho un minuto per dare una sistemata a quell'unghia da cui mi è saltato via lo smalto. Non ci metterò molto.

Sto giusto dando le ultime pennellate quando entra Carlo, che mi getta un'occhiata e accenna un sorriso colpevole. Dio, non riuscirebbe a nascondere di aver rubato una caramella. Faccio la gnorri, ovviamente: il codice di comportamento della donna vera, forte e indipendente, prevede che ostenti un certo menefreghismo. E proseguo a mettermi lo smalto anche sulle altre unghie, fissandomi le mani neanche fossi Leonardo con la *Gioconda*.

Con la coda dell'occhio, vedo che Carlo prende posto, ben lontano da me. Bene. Soffio sulle unghie e muovo le dita con femminilità. Sono io a essere importante, il resto del mondo non esiste.

Poi sento qualcuno che si schiarisce la gola.

E alzo gli occhi.

Sono arrivati tutti. Raffa scuote la testa e si avvicina a Enrico per dirgli qualcosa all'orecchio. Cristina appoggia una mano sul braccio di Carlo, che ha la fronte corrugata e un'espressione un po' triste. Ma, soprattutto, in piedi davanti alla lavagna ci sono Nostro Signore il Presidentissimo della rete e Richard Gere, ma più alto. E quest'ultimo si schiarisce di nuovo la gola. « Be', se la signorina ha finito di farsi le unghie, direi che possiamo iniziare, presidente. »

Chiudo gli occhi. E penso alla cassetta di *Dirty Dancing*, sotto il mio letto. *Nessuno può mettere Baby in un angolo*. E lei con sicurezza si alza e fa vedere a tutti di che pasta è fatta, anche se è bruttina e ha il nasone. La rivincita delle pseudozitelle.

Io invece me ne resto impietrita, perché non c'è nessun Patrick Swayze a darmi il la porgendomi la mano. Che oltretutto non gliela potrei prendere, altrimenti mi si rovinerebbe lo smalto.

Al suo posto, c'è quel tizio, quello che pensavo fosse un attore belloccio, di quelli che se devono mettere in fila più di tre battute si sentono già De Niro in *Taxi Driver*. E non ha più il sorriso affabile col quale mi ha salutata alla macchinetta del caffè. I suoi occhi sono duri, mentre mi fissa con le palpebre strette.

« Bene », dice il Presidentissimo richiamando l'attenzione. « Come sapete, la nostra è una piccola emittente. Una piccola, grande famiglia con tanta voglia di crescere. E ora è giunto il momento di farlo, di tentare di compiere il salto per diventare qualcosa d'importante. Questo significherà uno sforzo da parte di tutti, perché non sarà facile, visto che c'è la crisi. Ma il cambiamento è necessario per non soccombere. Perciò, in vista del restyling che vogliamo dare alla rete, il signor Davide Nardi è venuto ad aiutarci. Nei prossimi mesi, osserverà e valuterà il lavoro che viene svolto in azienda, per poi dirci come e dove intervenire. Dove cambiare, ampliare... o *tagliare*... »

Batto le palpebre e guardo Nardi, come se lo vedessi per la prima volta, o meglio ho una visione di lui con cappuccio nero e falce. Perché è questo che è: un tagliatore di teste, ingaggiato dal Presidentissimo per sfrondare il personale.

E io, tra la gonna e le unghie, gli ho appena dato la peggiore delle mie versioni.

Alla fine della riunione, Raffa mi batte sulla spalla, con aria contrita. Ha la faccia di quella che sta dando l'estremo saluto a un moribondo. «Non c'è fretta per i soldi del taxi, avevo appena prelevato. Lo sai come sono io: penso *sempre* a tutto», conclude, lanciando un'occhiata ammiccante a Nardi. E gli batte pure le ciglia.

Mi viene voglia di vomitare. Inforco la porta, mentre sento Nardi dire: «Ovviamente, saranno bene accette le vostre idee per lo sviluppo della rete. Chi dovesse avere in mente una trasmissione o un nuovo format di qualche interesse, ne parli pure e la cosa verrà valutata».

Forse una trasmissione su come si cerca un nuovo lavoro, *Assunto o licenziato*? Dieci anni di esperienza, una laurea in Comunicazione e spettacolo e un diploma alla Scuola di Cinema buttati nel cesso!

«Ci sono i germi.»

Sollevo la testa dalle mani. Sono seduta per terra in uno dei box del bagno, col gomito appoggiato all'asse chiusa. Per riflettere sul mio futuro, mi è sembrato il posto migliore.

Davanti a me c'è un ragazzone alto, coi capelli biondi e con un vistoso orecchino al lobo sinistro. «Scusa?»

Lui mi sorride, si accuccia accanto a me e scuote la testa. «Tesoro, scusa se te lo dico, ma non hai affatto una bella cera.»

«Diciamo che proprio non è giornata.» Sospiro. «È un momento complicato. Non c'è una cosa che giri per il verso giusto. Non una!»

Lui mette una mano sulla mia. E al medio porta un anello con dei simboli strani. «Lo so», mi fa, annuendo.

Lo guardo negli occhi, ed è come se fosse davvero consapevole. Ho come la sensazione che lui abbia tutte le risposte. Come la fata madrina di Cenerentola, solo che è un uomo, ha i capelli ossigenati, gli occhi sottolineati dal kajal e un orecchino.

Lui mi fissa a sua volta, benevolo, poi dice: «Sei della Bilancia, non è vero?»

ARIETE

Avete presente quegli uomini tutti d'un pezzo, quei ruvidi cowboy che non chiedono mai, più che altro per la loro incapacità di articolare frasi grammaticalmente complesse? Ecco l'Ariete: personaggio basico, capace di stupore ammirato di fronte a eventi tipo la scoperta del fuoco e l'invenzione della ruota, ma geneticamente impossibilitato a cogliere sfumature quali il comune senso dell'igiene o la galanteria, che giudica inopportuni sintomi di promiscuità sessuale.

In poche parole, Tarzan era sicuramente dell'Ariete. E, se non desiderate recuperare il vostro uomo su un albero, o non volete portarlo a fare i suoi bisogni tre volte al giorno, vi conviene passare oltre.

1

TRAVOLTI DA UN INSOLITO DESTINO NELL'AZZURRO CIELO DELLA BILANCIA

È così che è incominciato tutto. Quando si dice dei momenti fondamentali della vita. Uno si aspetta che si presentino quando sei al top delle tue energie. Depilata e profumata di deodorante, insomma. Ma io mi devo sempre distinguere, e il mio momento topico lo devo vivere seduta nel box di un gabinetto aziendale, coi capelli ancora fradici e col mascara colato sulle guance.

« Una... Bilancia? » ripeto.

« È un segno zodiacale », mi spiega lui.

« Lo so cos'è una Bilancia », ribatto. Ma la cosa mi ha stupita davvero, perché in effetti ci ha preso. Sono davvero della Bilancia.

Lui si alza, senza staccare i suoi occhi da me. E mi tende la mano. Io la prendo, ed è calda; la sua stretta è sicura, quando mi solleva per aiutarmi a riprendere una posizione da donna *sapiens sapiens*.

« Comunque io, scusami, ma non ci credo. L'astrologia è per i boccaloni. Non siamo più nel Medioevo. »

Lui scrolla le spalle e poi mi tende nuovamente la destra. « Ciao, io sono Tio. »

« Che razza di nome è Tio? » gli chiedo, stringendogliela. « Ah, Alice. »

« È un nome d'arte. L'abbreviazione di Tiziano. Faccio l'attore. E, non ti preoccupare, la maggior parte delle persone non crede nell'oroscopo. Però poi lo leggono tutti. »

Mentre mi avvicino al lavandino, penso che ha ragione. Perché anch'io mi sono trovata a farlo diverse volte.

Mi lavo la faccia. E cerco di guardarmi allo specchio il meno possibile, perché so che sarei pronta per il set di un film di Dario Argento. « Sai cosa mi fa più incazzare? » gli dico, cercando di fargli almeno la parvenza di un sorriso. «Quando leggo sul mio oroscopo che è un bel periodo: che ho almeno tre stellette in amore, negli affari e in salute, e invece mi sento uno straccio, sono appena stata mollata e rischio di perdere il posto. Ecco, mi viene voglia di prendere il telefono e chiamare il tizio che l'ha scritto, coprirlo d'insulti e dirgli che lo citerò in tribunale. Insomma, quando leggo un bell'oroscopo e la mia vita invece sta andando uno schifo, mi sento un'emarginata. M'immagino che tutti quelli del mio segno siano saliti sull'autobus della fortuna, che invece a me ha chiuso le porte in faccia.»

Tio mi guarda perplesso, poi sorride. «Be', ora sull'autobus ci sei salita, tesoro. Anzi, su un bell'aereo in business class.» Mi fa l'occhiolino e mi prende sottobraccio. «Si pregano i signori passeggeri di allacciarsi le cinture. È il comandante Tio che vi parla. Decolleremo tra pochi secondi.»

Andiamo verso la porta.

«E lo sai qual è il tuo primo colpo di fortuna? Ti offro il pranzo. Devo festeggiare: mi hanno preso per una parte in *Mal d'amore.*»

Gli sorrido, perché sono ancora capace di gioire per il successo di qualcun altro, nonostante lo tsunami che ha investito la mia vita. «Così mi spiegherai cosa ci facevi nel bagno delle signore.»

«Ehm, veramente è quello degli uomini.»

E, quando spalanco la porta, ci troviamo davanti Carlo, che immediatamente sobbalza nel vedermi.

Oh, merda...

«A... Alice!» Si gratta la testa, mentre il suo sorriso è ridotto a una smorfia. «Senti, io... volevo parlarti.»

Certo, posso ancora gioire delle vittorie altrui, ma non esageriamo. L'ultima cosa di cui ho bisogno è tastare con mano la felicità di Carlo per la sua futura paternità.

Scocco uno sguardo a Tio, desiderando che mi lanci una fune per tirarmi fuori da quelle sabbie mobili dove mi sento impantanata.

E il miracolo accade. Tio si comporta come una perfetta fata madrina. «Ci scusi, ma stavamo andando a pranzo... per discutere di lavoro», dice, con un'aria talmente professionale che quasi ci credo e non mi sembra neanche troppo strano che lui se ne esca con questa battuta mentre lasciamo un gabinetto. Non è niente male come attore.

«Devi essere un falso magro.» A meno che non sia stato rinchiuso in una gabbia senza cibo per tre giorni, la foga con cui è riuscito a ingurgitare tutto quello che aveva sul vassoio ha un che da Guinness dei primati. Io sto ancora cincischiando coi miei maccheroni scotti.

«Ho un buon metabolismo e, come molti Gemelli, ho una struttura mercuriale. Sono nervoso e scattante.»

«Ancora con l'astrologia? Va be', dai, allora spiegami come hai fatto a indovinare che sono Bilancia.»

Tio raddrizza la schiena e si dà un colpetto sullo sterno mentre sopprime un ruttino. «Attualmente il cielo non ha una disposizione facile per i Bilancia. Saturno è retrogrado per tutto il mese. Il Sole è entrato in Ariete da qualche giorno. E sulla costellazione della Bilancia si accumulano situazioni complicate e stress sia dal punto di vista emotivo, per Venere in Quadrato Negativo con Giove, sia dal punto di vista professionale, con l'Opposizione di Plutone e il Transito Negativo di Urano.»

Batto le palpebre perché, se da un lato non ci ho capito una mazza, dall'altro le mie orecchie hanno filtrato tutte le sue parole, facendo immediatamente una sintesi: ho la sindrome da sfiga interplanetaria. «Perciò, insomma, non c'è niente da fare: non è che sono io... O che potrei farci qualcosa. Non ho scampo.»

Tio si mette a ridere e mi batte sulla mano col fare da vecchio amico. «Ma no, dai. A parte che si tratta solo di un periodo e che i Transiti cambieranno presto, poi, vuoi mettere: sapere cosa ti sta capitando a livello astrologico ti può aiutare a prevenire certe défaillance. Insomma, se sai che deve piovere, cosa fai? Ti porti l'ombrello.»

Sbuffo. Non fa una grinza. «Non per fare quella che si lamenta sempre, ma non è che prima di questo mese sia andata molto meglio.» Oh, sì, ho avuto dei picchi di felicità, negli ultimi due anni, ma è stato come stare sulle montagne russe: il panorama è stupendo finché non ti tocca un doppio avvitamento e un giro della morte.

Tio sospira. « I Bilancia non hanno avuto vita facile. Colpa del Transito di Saturno nel segno. C'è rimasto per circa due anni. Che ci vuoi fare? È il pianeta della durezza, della disciplina e delle prove della vita. Ma la buona notizia è che ora è passato in Scorpione e, siccome è uno dei pianeti lenti, non tornerà nell'orbita della Bilancia per i prossimi trent'anni. »

« *Mors tua vita mea.* »

« Alice... »

Quando sollevo gli occhi e guardo oltre le spalle di Tio, vedo Carlo, a qualche metro dal bar della mensa. Sembra ancora sulle spine. Bene. « Cosa vuoi? Non vedi che sto parlando? »

« Alice, per favore, lo so che... »

« Se lo sai, allora, perché mi scocci, scusa? Non vedi che sono occupata? Vengo forse a interromperti quando sei in riunione? »

Anche Tio si volta un attimo, poi torna a guardarmi e alza gli occhi al soffitto.

« È un vero peccato che lui non sia dello Scorpione », gli dico tra i denti. Abbozzando un calcolo approssimativo, a lui la sfiga di Saturno non toccherà per almeno dodici anni. Troppo tardi per poterci fare affidamento. Devo informarmi se c'è qualche altro pianeta un po' più celere che possa menargli iella nell'attesa.

Vederlo diventare tutto paonazzo, però, è già un quarto di soddisfazione.

Lo guardo allontanarsi, e le mie orecchie registrano il commento di Tio: « Dev'essere Marte Negativo in Medio Cielo: rende molto aggressivi e poco diplomatici ».

Faccio ondeggiare la mano, come per minimizzare la cosa. « Oh, è solo che lui è il mio ex... Cioè, il mio ex *storico.* » In realtà, contando tutte le relazioni sfortunate che mi sono capitate dopo di lui, dovrei dire che è il mio ex-ex-ex-ex-ex... Sempre che non mi sia dimenticata di qualcuno. « Abbiamo un rapporto... molto contorto. »

« Di che segno è lui? »

« Acquario. »

Tio guarda distrattamente l'ora. Mi ha detto che dopo la pausa pranzo deve presentarsi in sartoria per i suoi abiti di scena. « L'Acquario è il segno della libertà e della sperimentazione. È difficile fargli mettere radici. Ama il rischio e l'imprevedibilità. »

Ah, e così ha preso due piccioni con una fava: il rischio, evidentemente, lo ha corso, e le radici le metterà per forza, con un bel test di gravidanza positivo. Al di là di tutto, però, un po' mi sento in colpa per come l'ho trattato. Sollevo lo sguardo, cercandolo per il bar, ma deve essersene già andato. Posso davvero incolpare Marte per averlo aggredito in quel modo?

« Tra Acquario e Bilancia c'è una certa armonia, in effetti », continua intanto Tio. « Ma, se l'intesa non si rafforza sul piano erotico, l'Acquario ha la tendenza a divagare. Però la buona notizia è che può esserci un rapporto di amicizia leale e sincero. »

Non mi sta dicendo niente di nuovo, in effetti. E vengo assalita da un forte senso di malinconia. Non è colpa di nessuno dei due, né di Carlo né mia, se tra noi è finita. La convivenza ci ha dimostrato che non eravamo fatti l'uno per l'altra. Ci esasperavamo, sebbene ci volessimo bene. Sostanzialmente avevamo le stesse passioni, gli stessi obiettivi, ma il percorso col quale decidevamo di perseguirli era del tutto diverso. Un esempio: io sono totalmente disordinata, mentre lui è sempre stato un maniaco della nomenclatura e pretendeva di mettere tutto in ordine alfabetico, dai DVD al contenuto degli armadietti della cucina. Perciò dovevi ricordarti di cercare i biscotti vicino al bicarbonato, e non dove tenevi il tè o lo zucchero.

« Vedi? Ora sai già che potenzialmente con gli Acquario non può finire bene. I Bilancia di solito soffrono con segni che non sanno prendersi cura di loro o che sono troppo rigidi, come i Capricorno, i Vergine o i Toro. Per te ci vorrebbe un bel Leone, un maschio Alpha, dominante, ma capace di prestare vera attenzione alla sua compagna. O un avventuroso Sagittario. Con lo Scorpione, fammi pensare... »

« Eh, no! Lo Scorpione non lo voglio », dico, alzandomi. « Ne ho già avute abbastanza di mio, adesso Saturno se lo gode da solo. Al massimo ne riparliamo tra due anni, quando sbologna la patata bollente a qualcun altro! »

Quando lascio Tio in sartoria ci scambiamo i numeri di telefono, e lui mi promette che si farà sentire molto presto. Nel salutarmi, mi stampa due baci sulle guance e mi sussurra che è stato il Trigono fortunato di Venere a farci incontrare.

Per un attimo sono tentata di aggiungerlo al gruppo « Sconclusionati senza speranza » (piuttosto affollato sul mio telefono), ma decido di dargli una chance e stare a vedere.

2

RICOMINCIO DALL'ARIETE

Per quanto sia scettica riguardo a tutta la teoria astrologica di Tio, non posso dire di non trovarla affascinante. Sotto sotto, queste cose mi piacciono. Il pensiero che ci sia una qualche predestinazione, uno schema superiore, mi fa sentire meno allo sbaraglio. Tempo fa, per esempio, ho accarezzato l'idea di darmi al Feng Shui. Ma non in maniera blanda, del tipo un cuscino rosa lì, una tendina verde là. Mi ero messa in testa di riorganizzare tutta la casa.

È stato subito dopo il matrimonio di Paola, la mia migliore amica.

Non ho sempre vissuto da sola, in questi ultimi anni. Sono una persona socievole, e Paola è stata la terza e ultima delle mie coinquiline. E, come le due che l'hanno preceduta, Sara e Marta, si è innamorata e ha fatto i bagagli dopo neppure quattro mesi.

Dopo la sua partenza, ho iniziato a pensare che il mio appartamento fosse l'agente catalizzatore di forze ultraterrene che stimolano l'unione. Una specie di agenzia matrimoniale naturale: vieni a vivere con me e stai certa che ti sistemerai a breve.

Ora, voglio un gran bene alle mie amiche, ma non sarebbe male se la cosa funzionasse anche per la sottoscritta. E, visto che Sara, la prima, mi ha lasciato per andare a convivere; Marta, la seconda, si è sposata e Paola, la terza, ha addirittura avuto un bambino, mi era sembrato che il potere miracoloso stesse crescendo.

Da lì il Feng Shui. Ho provato a riorganizzare la disposizione dell'arredamento, per incanalare le energie verso di me. Ho addirittura cambiato stanza da letto, occupando quella che era stata la loro.

Niente, sono peggio di Obelix: su di me la pozione non ha effetto. Anzi, sono addirittura riuscita a peggiorare le cose: vedendomi tanto presa dal sacro fuoco propiziatorio, l'uomo che frequentavo all'epoca ha avuto un improvviso ripensamento sulla nostra relazione e ha deciso di troncarla.

Presa da un raptus, ho rimesso tutto com'era, e ho usato il manuale di Feng Shui per lavare i vetri. Perlomeno, posso dire che un po' di chiarezza mi ha aiutato a farla.

In tutto questo, non fraintendetemi: sono davvero felice per le mie amiche, soprattutto per Paola. Il fatto che abbia trovato un uomo come Giacomo e che si amino alla follia mi dà un certo sollievo. Insomma, mi fa pensare che un po' di speranza per l'amore vero ci sia ancora a questo mondo.

E oggi sono contenta di vederla, perché col bambino appena arrivato le occasioni si sono ridotte. Ma stasera Giacomo si è offerto di occuparsene da solo, per lasciarci andare a bere qualcosa e fare il reciproco download di tutte le nostre cose dall'ultima volta che ci siamo viste. In quindici anni di amicizia, Paola e io siamo diventate bravissime nell'analisi delle reciproche emozioni. Se esistesse una cattedra di Anatomopatologia emotiva, la presiederemmo *honoris causa*.

Il primo Spritz è tutto dedicato al parto (argomento che abbiamo sì già largamente approfondito, ma che a spremerlo riesce ancora a dare qualche spunto di riflessione), alle smorfiette di Sandro (con tanto di dimostrazione pratica e illustrativa), e al cambiamento epocale di una donna da essere individuale a madre, inteso come prolungamento del sé al di fuori della propria persona verso un'altra. Ma la filosofia non regge al secondo giro d'alcol, dove scivoliamo su argomenti più prosaici come il sesso (ultimamente per entrambe non pervenuto, per varie e disparate ragioni), gli uomini (i miei, in teoria, ma anche qui è il deserto dei Tartari), e infine i segni zodiacali (intesi come summa dei tre: astrologia applicata al sesso e quindi alla ricerca dell'uomo giusto).

«... Be', ho letto da qualche parte che gli Scorpione sono molto focosi.»

«Stando a quanto dice Tio, il punto non è quanto un segno sia propenso all'amore, ma quanto sia compatibile col tuo. Se ci pensi, è giusto. È come dire che è la personalità che conta», le spiego, sollevando il bicchiere mezzo vuoto (io sono una di quelle persone che vedono sempre il bicchiere mezzo vuoto). «Prendi Carlo. Lui è Acquario. Con la Bilancia, che sarei io, c'è compatibilità, pare, ma fino a un certo punto. Poi l'Acquario mi si disperde. E Carlo è un po' dispersivo, in effetti.»

«In che senso? Mi sembrava che ti lamentassi di quanto fosse precisino.»

«Sì, e lo è infatti. Ma è dispersivo nelle relazioni. Dopo di me, quante ne ha avute? Perdeva subito interesse. Anche nei miei confronti aveva perso interesse. Non è uno da storia per la vita.»

Paola si schiarisce la voce. «Ma Cristina è incinta... E si sposano.»

Il bicchiere mezzo vuoto diventa vuoto del tutto con un lungo sorso. «Già. Ma è comunque dispersivo», dico, risoluta. Perché non posso pensare che sia stato dispersivo solo con me, insomma. Che sia io quella che non voleva sposare, quella in cui c'era qualcosa che non andava.

Paola non infierisce e liquida il discorso con un'alzata di spalle. «Comunque è stato un po' dispersivo col suo seme. Perché non mi sembra il tipo da volersi buttare nella paternità così in quattro e quattr'otto.»

Scoppiamo entrambe a ridere.

«Senti, parlando di cose serie, come pensi di affrontare questo nuovo problema al lavoro?»

Il nuovo problema al lavoro ha un nome e un cognome: Davide Nardi.

Sospiro e sollevo la mano per richiamare l'attenzione della cameriera. Ho bisogno di un terzo Spritz per affrontare la questione. «Non lo so. La mia idea è di volare basso. Hai presente i documentari dove quei piccoli animaletti con gli occhi spauriti cercano di sfuggire al predatore mimetizzandosi con una foglia o con un sasso? Pensavo di cercare di confondermi col pavimento o con la scrivania, nella speranza che lui si dimentichi che esisto.»

Paola si sporge verso di me e mi afferra la mano appena prima che io possa attaccarmi al nuovo bicchiere (stavolta bello pieno). «Perché invece non la prendi come la tua grande occasione? Sono anni che ti sento lamentarti del fatto che non sei mai valorizzata. Sono anni che voli basso! Pulcino, adesso sei cresciuta e sei pronta per il grande salto.»

Non sto a puntualizzare che un pulcino cresciuto è una gallina starnazzante, che prima o poi finirà nella pentola di qualcuno. «Sarebbe bello ma...»

«Il tuo è un problema di autostima!» Paola mi guarda con l'aria dell'analista. «Se tu per prima non credi in te stessa, come puoi pretendere che ci creda qualcun altro? Prendi la questione degli uomini, per esempio: che razza di compagno vuoi trovare se offri solo il tuo bisogno di essere amata? Tu non vuoi un uomo, vuoi una stampella.»

Il problema con Paola è che ha una mira infallibile. «Tornando a Nardi, secondo te, allora, cosa dovrei fare?»

«Be', non devi nasconderti, questo è chiaro. Piuttosto diventa propositiva ed efficiente. Fagli vedere di che stoffa sei fatta. Sei molto più intelligente della maggior parte delle persone che lavorano lì dentro.»

Propositiva e intelligente.

Quasi quasi sento partire in sottofondo il tema di *Una donna in carriera*: *Let the river run / let all the dreamers wake the nation...* Mi sento come Melanie Griffith e sono pronta a dare battaglia per tenermi stretto il posto di lavoro e guadagnarmi un ufficio con tanto di finestra. E, nel frattempo, magari, impalmare il mio Harrison Ford. Ma chi sarebbe... Nardi?

Ommioddio.

«Scusami un secondo. Devo fare pipì.» Mi alzo e punto verso il bagno.

Gli effetti collaterali di tre Spritz sono vescica gonfia e pensieri decisamente contorti. Metto i polsi sotto l'acqua fredda, e mi sembra che si schiariscano un po' anche le idee. Che assurdità pensare a Nardi (per un istante; un solo, solissimo istante!) come a un possibile candidato al ruolo di Principe Consorte. Non avrò mica la sindrome di Stoccolma?

Quando torno da Paola, per un attimo penso che mi si sia sdoppiata la vista. Poi mi rendo conto che c'è qualcun altro al tavolo con lei.

«Ciao, sono Luca.»

Scansione. Maschio, bianco. Età: fra i trentacinque e i quaranta. Capelli: castano chiaro. Occhi: castani. Spalle: non male... E soprattutto: mano sinistra priva di anelli.

«Piacere, Alice.» Lancio uno sguardo a Paola. Il sottotesto è: *com'è che mi basta allontanarmi per un attimo che a te si avvicina un uomo?*

«Luca è un mio collega del giornale», mi spiega lei.

«Sì. Un collega molto stupito di vedere la mammina che fa serata in un locale.»

Sogghigno e prendo posto tra loro. «Sono io che la porto sulla cattiva strada.»

«Brava!» Stavolta è lui a scannerizzarmi con lo sguardo. Il risultato è un sorriso di apprezzamento. «Non bisogna mai perdere i contatti sociali. Non fate come me. Ho fatto di tutto per la mia ragazza: gite romantiche, viaggi, serate a lume di candela...»

Ragazza? Alt. Fidanzato! Pericolo. Bollino rosso.

La mia espressione cambia e la palpebra da maliarda si solleva per far assumere all'occhio lo sguardo comprensivo di Nonna Papera.

«E alla fine... SBANG! Anna mi ha lasciato perché aveva bisogno dei suoi spazi.»

«Oh...» facciamo in coro Paola e io.

«Non lo sapevo, mi dispiace», dice Paola, che di sottecchi mi lancia un'occhiata.

«Adesso sto recuperando le amicizie. Cerco di godermi la vita, insomma.»

Povero, povero ragazzo! Chissà come ha sofferto, pensa l'Infermiera Alice.

«Ma va bene anche così. Stavo giusto aspettando della gente per andare a fare quattro salti.» Luca si alza. «Spero di rivederti, Alice. Organizziamo con Paola, se ti va.»

E lo guardiamo allontanarsi per raggiungere tre o quattro tizi in piedi al bancone del bar.

«Mi dispiace davvero, poverino», dice Paola. «È un ragazzo simpaticissimo. E anche uno tosto sul lavoro.»

Faccio la finta tonta e sorseggio quello che rimane del mio Spritz. «E... sai di che segno è?»

Paola stringe le palpebre e poi abbozza un sorriso. «Ariete, credo.»

3

QUELLA BILANCIA DI UN GIORNO DA CANI

Una donna al volante è una donna che ha il controllo della propria vita. Anche se non si direbbe, guardando le ammaccature sulla carrozzeria del mio macinino. Ma, spiego sempre a chi mi rimprovera di non averle fatte sistemare, la mia macchina è un po' una metafora dell'anima: ci sono graffi che non si possono cancellare.

E, d'altra parte, visto che nemmeno io mi faccio riempire le rughe, direi che siamo pari.

Dopo l'incidente della scorsa settimana, stamattina io e lei ci siamo finalmente riunite e sono particolarmente euforica mentre ci dirigiamo al lavoro.

Il sole brilla alto nel cielo. La notte ha spazzato via tutte le nuvole, portando su Milano un'idea di primavera che mi fa venire voglia di cantare.

Non manca molto all'arrivo, ma credo di avere il tempo di una canzone, perciò mi metto a frugare nel cassetto alla ricerca della radio. C'è una confusione di fogli, il libretto di circolazione, ticket per la sosta usati e mai gettati... Dove diavolo è finito il frontalino? Mi abbasso, allungando la mano sotto il sedile.

La macchina sculetta per la strada.

Qualcuno dietro di me suona il clacson.

« Ehi, calma, calma! » Sollevo la mano verso la moto che mi supera per poi frenare poco più avanti, al semaforo rosso. « Ecco, vedi? Tutta questa fretta e poi ti devi fermare pure tu », dico, raggiungendolo.

Nel frattempo trovo finalmente il frontalino della radio, che non appena aggancio si mette a strillare. È *Dancing Queen* degli ABBA, proprio quello che ci voleva, visto che anch'io voglio sentirmi la reginetta del ballo. Attacco subito pure io, battendo a ritmo sul volante e ondeggiando sul sedile.

Quando mi volto, il motociclista mi sta guardando. Cioè, non lo vedo in faccia perché indossa un casco chiuso, ma è voltato verso di me.

Ho il finestrino abbassato, perciò immagino che stia sentendo i lamenti miei e degli ABBA. Ops...

Ma oggi non ho intenzione di farmi smontare così facilmente. Cos'ha detto Paola? Fiducia. Devo essere sicura e non farmi sbatacchiare di qua e di là da qualsiasi cosa. Perciò lo guardo con nonchalance, continuo a cantare per lui e poi, appena scatta il verde, gli faccio l'occhiolino e spingo sul gas.

Inizio a ridere come una pazza, e l'ultimo paio di chilometri ce lo contendiamo io e la moto in una specie di gara tra un rosso e l'altro.

All'ultimo semaforo, sento la suoneria del mio telefonino, che mi annuncia l'arrivo di un messaggio su WhatsApp. Sto parcheggiando, la moto mi supera definitivamente e io le faccio ciao ciao con la manina, prima di prendere lo smartphone e guardare chi è.

Ignoro le chiamate senza risposta di Carlo, archiviandole con una linguaccia.

Appena sopra, invece, c'è dell'altro. E stavolta sorrido.

È Tio.

Buongiorno, Bilancina! Il suo messaggio inizia così.

La giornata ti sembrerà avere due facce. Sei energica e grintosa, grazie al Trigono di Venere in Transito Positivo con Giove, ma la tua voglia di fare e dimostrare verrà messa alla prova da Saturno e Mercurio, che potrebbero portare a rivelazioni inaspettate, capaci di smorzare un po' il tuo entusiasmo; o a carichi di lavoro inattesi, che richiederanno tutta la tua pazienza. Possibili scontri con persone che hanno idee opposte alle tue. Nelle questioni di cuore, il Quadrato di Venere in Transito Negativo con Plutone invita alla prudenza e allude alla possibilità di un amore potente e tempestoso.

Dopo una faccina sorridente, conclude: *Tio arriva all'una per trucco e parrucco. Ama i sandwich al tonno.*

Chiudo la macchina che sto ancora sorridendo. Ed è solo

quando mi volto nella direzione del cancello d'ingresso che mi accorgo che la moto è parcheggiata lì accanto. Il tizio sta smontando di sella proprio in quel momento.

Accarezzo l'idea di seppellirmi nel bar accanto finché non se ne sarà andato. Ma, ancora, non voglio nascondermi. Attraverso la strada, spavalda, mentre lui si toglie il casco.

Ma dove sono le trombe d'aria tipo *Il mago di Oz* quando ne hai bisogno?

Davide Nardi finisce di sfilarsi i guanti da motociclista e si volta verso di me per fissarmi serio. « È pericoloso distrarsi dalla guida per cercare la radio. »

E vogliamo parlare di quanto lo sia cantare facendo smorfiette in faccia all'uomo che potrebbe farti licenziare? « Ehm... 'giorno... » balbetto.

Coi capelli arruffati dal casco e col volto un po' accaldato, ha ancora di più l'aria da Richard Gere in una delle scene roventi di *American Gigolò*. E, nonostante la mia recente candidatura all'Oscar per le peggiori figure di merda, la circolazione del sangue mi va in tilt come un flipper quando la pallina colpisce il massimo del punteggio. Caldo. Freddo. Freddo. Caldo.

Passo in rassegna le mie funzioni basilari. Okay, non posso fare affidamento sull'uso della parola, ma le gambe camminano ancora. Perciò, avanti, Alice, voltati e raggiungi quella maledetta porta!

« Però hai una bella voce », dice ancora Davide Nardi, alle mie spalle.

Batto le palpebre e, quando mi volto, lui accenna un sorriso.

Io sospiro e mi decido a timbrare il cartellino.

Non ho molto tempo per rimuginare sulla mia performance. E ancora meno per sezionare l'effetto che Nardi (Nardi il Tagliatore di Teste, Nardi il Nemico Pubblico Numero Uno) ha avuto su di me con quel suo giubbotto di pelle e l'aria stropicciata da cattivo ragazzo.

Appena metto piede in redazione, mi viene da pensare che Enrico, il responsabile delle produzioni, nonché mio diretto superiore, stia sostenendo un provino per la parte in un film sulla caccia agli orsi grizzly. E che probabilmente avrà la scrittura. Per la parte dell'orso.

« Come sarebbe a dire che lo studio non è pronto? » A seguire, recita un monologo costellato d'imprecazioni che potrebbe essere l'incipit dell'ennesimo episodio dell'*Esorcista*. « Non avevate le convocazioni? Dove diavolo è finita Alice? »

« Sono qui! » squittisco.

Davanti a lui ci sono il direttore della fotografia e il regista di diverse nostre trasmissioni, ridotti a dimensioni lillipuziane dagli strepiti di Grizzly-Enrico.

Nel vedermi sembrano sollevati, ma non mi faccio illusioni: non sono la madre Teresa degli operatori TV, per loro. È solo che sono carne fresca. Enrico sbranerà me, e loro se la fileranno di gran carriera negli studi, per attivarsi come gli Umpa Lumpa e preparare il set.

« Dove diavolo eri? Hai o non hai un orario di lavoro? »

Inutile ricordargli che sono le nove e il martedì iniziamo sempre a quest'ora. « Cos'è successo? » gli chiedo, invece. Brava. Attiva. Propositiva.

« Luciano dice che i ragazzi non sono pronti con lo studio. Nessuno sapeva che le convocazioni dovevano essere fatte prima e che questa settimana dobbiamo registrare una puntata in più, perché la prossima Marlin sarà a Roma. »

Batto le palpebre. Sono io che faccio le convocazioni, ma stando alle informazioni che mi vengono passate. E nessuno mi ha detto niente della puntata in più. « Enrico, non mi hai mandato nessuna email in proposito. »

Quando glielo dico, lui diventa violaceo e per un attimo temo che gli spuntino i canini da Dracula. « In che senso non ti ho mandato? Io... Ne abbiamo parlato! »

« No! Non mi hai detto niente! Accidenti! » Ma non ho tempo di discutere con lui. Raggiungo la mia scrivania e afferro la cartelletta con tutti i fogli di produzione di *Buongiorno, Milano*, la trasmissione che dobbiamo girare, quindi corro alla volta dello studio.

A metà strada, nel corridoio, le urla di Enrico fanno l'effetto doppler delle ambulanze, confondendosi con quelle di tutti i ragazzi della regia, sovrastate dalla voce di Marlin, dalla sala trucco. « Due puntate e non siete ancora pronti! Santa Incompetenza! » starnazza, sotto il pennello della truccatrice.

Neppure entro a salutarla e punto direttamente allo studio, dove il direttore della fotografia è appeso alla scala a sistemare il piazzato. « Inondala di luce e buona così », gli urlo. A Marlin piace essere illuminata come la Madonna di Lourdes, dice che le si spianano le rughe.

Poi mi fiondo dal regista, Luciano, e insieme diamo uno sguardo alla scaletta, mentre nel salottino lì accanto iniziano già ad assieparsi i primi ospiti. « Le facciamo tutt'e due tranquille, senza colpi di genio, Lu'. »

Luciano annuisce e mi guarda negli occhi. « Proprio oggi, Alice! » mi rimprovera debolmente, guardando oltre la mia spalla.

Io mi giro un istante, e in fondo al corridoio intravedo il Presidentissimo appoggiato alla porta della sala trucco, che fa il piacione con Marlin. Davide Nardi è appena dietro di lui, sta infilando qualche monetina nella macchinetta delle bibite.

« Lo so, Luciano... mi dispiace », balbetto. « Non sapevo niente della puntata in più. Enrico non mi ha detto nulla. »

« I ragazzi sono molto nervosi per tutta la storia dello svecchiamento della rete e dei possibili tagli. Di sopra dicono che vorrebbero idee nuove. Trasmissioni nuove. Gente nuova. E noi ci facciamo subito cogliere impreparati! » E mi lascia scuotendo la testa.

Idee nuove! Rabbrividisco al solo pensiero di cosa potrebbero inventarsi.

« Si può avere un caffè? » urla qualcuno dalla saletta d'attesa, e riprendo a trottare.

« Sicuro! » esclamo. Mi stampo sulla faccia il sorriso più Durbans dell'universo e vado dagli ospiti dicendo: « Caffè, tè... »

Davide Nardi si volta verso di me e io non posso fare a meno di pensare alla battuta di *Una donna in carriera*: *Caffè, tè... Me...* Aggiungo la terza col pensiero, quando incrocio il suo sguardo.

Lui mi fissa per qualche istante e poi sorride. « Niente caffè, grazie, ma mi piacerebbe avere una bottiglia d'acqua naturale. La macchina qui fuori s'è mangiata i soldi. »

Azione e reazione, Alice. È piuttosto semplice.

Io invece me ne rimango lì, inebetita, mentre gli ospiti pronunciano a pioggia le loro ordinazioni.

« Certo. » Dopo qualche secondo di troppo, mi volto come un automa verso il distributore. Non è la prima volta che questo maledetto s'inceppa. Ma abbiamo elaborato un metodo pressoché infallibile.

Fermo un collega che sta passando lì vicino. « Sergio, mi serve lo *scuotino*, per favore. »

Sergio annuisce, mentre Nardi ci raggiunge. « Posso darvi una mano? »

« Afferri il distributore dall'altra parte », gli dice Sergio, prima che io possa intervenire.

Lo inclinano all'indietro e io rimango immobile, a fissare Nardi che fa X-Man con la macchinetta delle bibite.

« Alice! » Sergio mi richiama alla realtà, perché ora tocca a me e, visto che sono stata io a dare il la allo scuotino, non posso tirarmi indietro.

Sospiro. E, sotto gli occhi del tagliatore di teste, faccio ondeggiare il bacino colpendo con forza il distributore col fianco.

Subito, questo eroga ben due bottigliette, che prendo e consegno a Nardi. « Ecco qua. Tenga. » Mi sento bruciare il collo dall'imbarazzo, perciò mi allontano in fretta, con la scusa dei caffè.

« Grazie... dello *scuotino*... Alice », gli sento dire.

Ossignore.

« Allora? Non siete ancora pronti? » grida Enrico, che nel frattempo ci ha raggiunti in regia. « Alice, se non siamo pronti tra cinque minuti... »

Ma che gli prende?

Fortunatamente, riesco ancora a trasformarmi nella donna bionica e al minuto numero tre siamo già in sigla. Di solito l'atmosfera è stemperata da battute tra noi e su Marlin ma, con la presenza di Nardi e del Presidentissimo, in regia oggi non vola una mosca. Non sono l'unica a farsela sotto per il posto di lavoro.

Probabilmente è per questo che anche Enrico è tanto nervoso.

« Oggi abbiamo in studio con noi il signor Paolo Claretti, che ha una delle collezioni di dischi più grandi del mondo. I vecchi LP, ve li ricordate? Andavano a 33 giri... Oggi invece ci sono i CD, che vanno a 45 giri... »

« STOOOOP!!! » Enrico batte la mano sul muro con tanta di quella forza da far tremare la parete.

In studio alcuni ospiti ridacchiano, mentre Marlin si guarda intorno, smarrita. « Perché ci siamo fermati? » chiede, avvicinandosi alla bocca il microfono applicato alla scollatura, facendolo frusciare.

« Perché sei un'ignorante! » sbraita Enrico. « Ecco perché ci siamo fermati, maledizione. Abbiamo già poco tempo e Sua Senità non sa neppure che i CD non vanno a giri! Adesso vado lì dentro e... »

Mi precipito verso Enrico e lo trascino via dalla regia per un braccio. È vero che i tecnici hanno soprannominato Marlin « Sua Senità »... Be', subito dopo la mastoplastica dello scorso anno, ma lui di solito si guarda bene dall'usare quel nomignolo e sicuramente non dovrebbe farlo quando c'è in giro il Presidentissimo, che pare ne sia il mecenate.

« Ti dai una calmata? » gli sibilo.

« Se avessi fatto il tuo lavoro, me la darei! Siamo in ritardo! »

Respiro e conto fino a tre. Se lui mi avesse detto qualcosa, lo avrei fatto. Non sono mica un'indovina, no?

Meglio contare fino a cinque.

« Me ne occupo io », gli dico poi, senza toccare l'argomento. « Ma non cacciarti nei guai, per favore. »

Mi allontano e vado in studio, dove dico a Marlin che dobbiamo ripartire dalla presentazione del signor Claretti, e le spiego a grandi linee la differenza tra un LP e un CD.

Passano altri cinque minuti per riavviare le macchine e riuscire a far riagganciare Marlin in modo credibile.

Quando esco dallo studio, mi appoggio un attimo alla porta di ferro, chiudo gli occhi e sospiro. E non sono neppure a metà giornata.

Quando li riapro ci sono due persone che mi fissano: Davide Nardi, dalla porta, e Carlo, dal fondo del corridoio. Quest'ultimo solleva un dito, come per richiamare la mia attenzione, ma io scuoto la testa e mi precipito in regia, andando quasi a sbattere contro Nardi.

4

UN GEMELLI PER TUTTE LE STAGIONI

Quasi non ci credo che siamo riusciti a registrare tutt'e due le puntate.

Nel sentire la sigla di chiusura ci manca poco che mi afflosci sulla sedia per il sollievo.

Vorrei fare la coda come un pavone verso Enrico, ma quando mi volto lo vedo dietro la porta a vetri dei centralini, che discute animatamente al cellulare.

Do lo « studio libero » e, dopo una puntatina al bar, mi presento nella sala trucco di *Mal d'amore* con due grossi tramezzini al tonno. Il sorriso che mi sono stampata sulla faccia vacilla però nel vedere Tio con un quintale di autoabbronzante sulla faccia e un paio di occhialetti tondi. « E chi diavolo saresti? » gli chiedo, mentre lui dà il primo morso al tramezzino, cercando di non rovinarsi il cerone.

« Sciono Marrscius Alvars... » biascica, masticando. « Marcus Alvarez De la Rosa. Cugino di Ferdinando Prandi. Ed ex della sua fidanzata. Abbiamo avuto una storia da ragazzi, quando lei era in vacanza a Tenerife. »

Scuoto la testa. Ma ce l'hanno un po' di fantasia, questi sceneggiatori? E come l'hanno conciato? Sembra un incrocio tra Eduardo Palomo e Harry Potter. Gli hanno persino messo le extension. « E perché hai una cicatrice sulla fronte? »

« Dopo la mia storia con Matilda, sono finito in un giro losco e, una sera, dei tizi mi hanno portato via. Tutti hanno pensato che fossi morto. Mi avevano picchiato e avevo battuto la testa, facendomi perdere la memoria. E ora... Ta-daaaa! Eccomi qua. »

Non approfondisco come mai il cugino di tale Ferdinando Prandi possa chiamarsi Marcus Alvarez De la Rosa. Ne ho già abbastanza delle beghe di *Buongiorno, Milano* e tutto il resto.

« Hai ricevuto il mio messaggio, allora? » mi chiede Tio quando finiscono di fargli dei boccoli che farebbero l'invidia di Shirley Temple.

« Sì... » gli rispondo, un po' distratta.

« Eh? »

« E l'ho letto... Ma oggi è una giornata caotica e... » Mi giro verso di lui e sgrano gli occhi.

Tio mi sorride e, con tutto quel trucco, il capello lungo e la cicatrice, quella sua aria da bambino saputello è vagamente inquietante.

Mi frugo in tasca e pesco il cellulare, per rileggere il suo messaggio di stamattina.

La giornata era partita bene e, dopo la serata con Paola, avevo tanta voglia di far vedere di cosa ero capace. E Tio mi aveva scritto che, sì, sarei stata energica e grintosa, ma che poi Saturno e Mercurio... Il messaggio parla d'inattesi carichi di lavoro.

« Come hai fatto? » gli chiedo, fissando lo schermo.

« Te l'ho detto, è il tuo oroscopo. La posizione dei pianeti nel tuo segno è chiara. »

Ancora non so cosa avrei potuto fare per migliorare la situazione. Ma un attimo... « E l'amore potente e tempestoso? » Stringo le palpebre e mi paro davanti a lui, tagliandogli la strada. « No, perché ora lo voglio! 'Potente e tempestoso.' Come dice qui. Carta canta! Passionale eccetera eccetera. » Se avesse azzeccato solo le cose negative, potrei mettermi a urlare.

« Eh, non lo so, abbi pazienza, mica sono un'agenzia matrimoniale. Il Transito dei pianeti dice così. »

Stiamo passeggiando per i corridoi, in attesa del suo primo ciak, quando intravedo Carlo e benedico il character designer di Marcus Alvarez, soprattutto per la chioma leonina di Tio, che mi permette di nascondermici dietro come a un cespuglio.

« Non potrai evitarlo per sempre, lo sai? »

Per sempre no, certo... Ma almeno fino a dopo il matrimonio? No, perché a Cristina, in nome della nostra amicizia di un tempo, potrebbe venire in mente di chiedermi di farle da damigella e garantirmi un posto in prima fila al suo trionfo.

Sbuffo e m'infilo il cellulare in tasca.

Ma sobbalzo subito dopo, sentendolo vibrare furibondo contro la coscia.

Lo riprendo e, oltre al messaggio di Tio, c'è quello di un numero che non ho in rubrica.

Hallo, sono Luca, il collega di Paola. Ci siamo visti ieri sera. Mi chiedevo se ti andasse di bere qualcosa una sera di queste.

Sollevo lo sguardo su Tio e mi sento incredula come Luke Skywalker quando Yoda gli fa levitare robe davanti con la sola forza del pensiero. Quando lui mi batte sulla spalla con una mano, mi aspetto quasi che mi dica: « Che la forza sia con te ». Invece, fa un saltino sul posto e lancia un grido di giubilo come una cheerleader. « Non mi dire che è un UOMO?! »

E, quando annuisco, si mette a improvvisare una specie di danza lì nel corridoio. « Sono o non sono bravo? »

« Sei... fenomenale », dico, senza che neppure me ne renda conto.

Nella mia testa stanno scoppiando dei fuochi d'artificio, o la terza guerra mondiale. Insomma, in qualche modo, c'è una gran confusione. Luca è carino. E a suo vantaggio ha:

1) la parola di Paola, che lo ha definito brillante e simpatico;

2) il suo messaggio, scritto in un italiano impeccabile, che di questi tempi, con tutte le K e tutti i congiuntivi in libera uscita, non è da sottovalutarsi;

3) ... be', ha chiesto il mio numero di telefono e mi ha domandato di uscire! È o non è indice che ha buon gusto?

Tio sta ancora facendo ondeggiare il bacino davanti a me, quando gli dico: « Mi pare che sia Ariete ».

E lui si ferma di colpo.

« Che ha che non va? » Ora mi sta fissando come se la TV avesse appena rettificato il numero vincente del SuperEnalotto.

« No, niente, ma... Ariete... insomma. Be', che poi può dipendere da tante cose, no? » Tira fuori il suo telefono e inizia a digitarci sopra, con la fronte aggrottata.

Io rimango a guardarlo, ma sto già pensando a cosa mettermi per la serata col collega di Paola. Sono mesi che non esco con nessuno e sono agitata come una scolaretta.

Amore potente e tempestoso: arrivo!

« È solo che l'Ariete è un segno così volitivo... Può anche essere egoista, a volte. Direi irrequieto. E tu, da Bilancina, hai già avuto così tanti capovolgimenti nel tuo recente passato... »

« Ma è proprio questo, no? Potente e tempestoso. » Deve essere così.

Tio annuisce. « In effetti... » Sospira e mi prende il viso tra le mani. « Mi sento una vecchia zia che dà consigli e, quand'è il momento di lasciarti andare con le tue gambe, ho paura che ti faccia male. Ma ti seguirò passo passo, capito? »

Quasi mi vengono le lacrime agli occhi. Quest'uomo, che conosco da così poco, si preoccupa per me! Lo abbraccio forte. « Sai, sei davvero eccezionale. Tutte le ragazze dovrebbero avere un Tio che le guidi e dia loro dei consigli. »

Già. Anche solo il fatto di avere un amico come lui, be', mi fa sentire più sicura. Protetta. E, visto che sono così felice, mi sento generosa come madre Teresa e vorrei davvero poter condividere col mondo intero la sua bravura. « Bisognerebbe clonarti. Se tutte le ragazze avessero un amico come te, sono sicura che le sofferenze per amore di questo mondo si ridurrebbero di una buona percentuale. »

Lui ride di gusto. « Una specie di guru, eh? Be', col turbante non starei niente male... »

« Più che un guru, una guida... Una guida astrologica... per cuori infranti. »

TORO

Se avete avuto un incidente devastante che vi impedisce di muovervi o di pensare, parlare o anche solo decidere se sia meglio respirare con la bocca o col naso, ecco, in questo caso – e solo in questo caso – il Toro è l'uomo che fa per voi. Il Toro parla, il Toro decide, il Toro fa, senza lasciarsi minimamente scoraggiare dal fatto che voi siate lì a chiedergli voce in capitolo sulla vostra vita. D'altra parte, indovinate un po' di che segno era Hitler?

5

BILANCE SULL'ORLO DI UNA CRISI DI NERVI

È ufficiale: non ho niente da mettermi.

Metà del contenuto del mio armadio è accatastata sul letto, l'altra sparsa nella stanza, divisa in mucchietti. In questo momento, casa mia sembra un outlet per barboni.

E non ho la più pallida idea di come vestirmi stasera.

Seguendo il consiglio di Tio, sono passati dieci giorni dal primo messaggio di Luca.

« Mica vorrai dargliela subito vinta, Alice? Guarda che l'Ariete è un cacciatore. Se non sente il profumo della sfida non si diverte e mi perde interesse. E tu non vuoi che mi perda interesse, vero? »

E io no che non voglio che *gli* perda interesse. Dunque, anche se il mio « carnet di ballo » è stato sfitto per diverse sere, mi sono inventata quattro aperitivi, due compleanni, un cinema, una cena dai miei (l'unica vera, che tristezza) e addirittura un addio al nubilato (che, nel caso Cristina dovesse invitarmi, credo preferirei la cura Ludovico di *Arancia meccanica*).

Paola però ha mangiato la foglia a metà strada, qualche giorno fa. « Pronto, Alice? Com'è che stasera saresti al compleanno di mia sorella? Ma che stai combinando? Mi sembrava che ci volessi uscire con Luca... Dice che sei sempre impegnata. Da quando sei così presa? »

Le ho dovuto spiegare la storia dell'Ariete e il fatto che non volevo fargli pensare che smaniassi per uscire con lui.

« Sì, ma ora basta », mi ha detto, a un certo punto del mio pistolotto astrologico. « E poi, scusami, con tutto il rispetto per il tuo amico veggente, io Luca lo conosco. E non è così. È un ragazzo dolce, forte anche, ma gentile. Insomma, perché non cerchi di essere più spontanea? »

Le ho spiegato che Tio è un astrologo e non mago Merlino e

che, con la spontaneità, come la chiama lei, finora ho sempre fatto cilecca.

Ma alla fine ho ceduto. Dopotutto, un giorno o due ancora non poteva far troppa differenza.

Il tempo dell'attesa però non è andato sprecato. In questi dieci giorni mi sono sottoposta a un regime di vita che Demi Moore in *Soldato Jane* al confronto era in vacanza alle Bahamas.

Sveglia alle sei del mattino per fare piegamenti e flessioni con una vecchia videocassetta, *Tutte sode con Jane Fonda*. Me l'ha rifilata mia madre più di un mese fa perché i miei stanno sgomberando casa per tinteggiare.

Alle sgambettate per avere chiappe sode in stile Barbarella, ho abbinato la dieta depurativa dei monaci tibetani. Il che vuol dire che mi sto alimentando come una capra da dieci giorni a questa parte. Ma i miei fianchi si sono un po' asciugati e mi sento in pace con me stessa.

Insomma, sono tonica. Sono figa. Sono pronta.

Ma sono in crisi per cosa mettermi.

Provocante/elegante, o casual/chic? Donna sofisticata o ragazza della porta accanto?

Mi siedo sul letto e scrivo una richiesta di soccorso a Tio.

Neppure un minuto dopo, il mio telefono squilla e mi ci aggrappo come all'ultimo salvagente del *Titanic*. «Pronto!»

«Ciao, bellezza, allora come vanno i preparativi?»

All'altro capo della linea c'è Paola, che deve aver sentito le vibrazioni della mia disperazione. «Peggio di così non potrebbe. Cosa mi metto?»

«Ma dai, di che ti preoccupi? Vestiti carina, senza eccessi. Devi sentirti a tuo agio.»

Giusto. Col telefono premuto contro l'orecchio, vago tra le macerie degli indumenti sparsi e pesco i miei jeans attillati. Con una camicetta di quelle un po' aderenti, sto piuttosto bene. Nulla di trascendentale, ma posso sempre impreziosire la mise con qualche accessorio di bigiotteria.

Il trillo di un messaggio in entrata mi fa sobbalzare e scivolare via lo smartphone. Stavolta è Tio.

Stendilo col tuo sex appeal. Tacchi alti e minigonna. L'Ariete è un carnivoro, e tu devi fargli dondolare davanti la merce, e fargli pensare però che non te ne freghi niente di fargliela assaggiare.

In effetti, presentarsi scafandrata con jeans e camicetta accollata non è il massimo in materia di seduzione. Abbandono gli indumenti ai rispettivi mucchietti e vado a frugare altrove.

«Senti, Paola, e se invece mettessi quel corpetto un po' sexy, quello che fa tanto Moulin Rouge?»

Ne invio all'istante la foto a Tio, che un nanosecondo dopo mi risponde con l'emoticon di un pollice alzato e tanti punti esclamativi.

«Sei matta? Quello va bene per la discoteca... ma neanche! Ti confesso che mi è sempre sembrato un po' volgarotto. Dai! E poi rischi di startene imbalsamata sulla sedia con la paura che al minimo movimento ti scappi fuori una tetta.»

Già. Avrei troppe cose cui stare attenta durante la serata. Scartato anche Moulin Rouge.

Scrivo a Tio un laconico: *No, non va bene, troppo impegnativo...*

E mi rimetto a cercare.

«Senti, Alice, Luca è un tipo alla mano. Se vuoi, mettiti anche una minigonna, ma non credi che dovrebbe concentrare l'attenzione su di te come persona, piuttosto che sulle tue tette e le tue gambe? Dopotutto, quando ti ha incontrata eri vestita normale e gli sei interessata comunque.»

Esasperata, mi butto sul letto e fisso il soffitto accarezzando l'idea di mandare a monte tutto.

Mentre Paola continua la sua ramanzina sulla spontaneità, leggo un altro messaggio di Tio.

Mi raccomando, devi farlo sospirare. L'Ariete è il segno degli istinti primordiali. Può dare l'idea di un uomo semplice, ma in realtà è un vulcano addormentato. La sua donna ideale è una finta ingenua. Gli piace contendersi l'osso, come un cane, ma manca d'immaginazione e devi dargli tu l'idea di come sia fatto quell'osso.

Mi rialzo e inizio a pescare come una forsennata tra le mie cose. Cercando di tener conto dei suggerimenti di entrambi, quando valuto il mio riflesso allo specchio ho su: gonna al ginocchio con spacco laterale, camicetta accollata ma aderentissima e scarpe non troppo alte. Non va: sembro la versione moderna di Mary Poppins. Mi svesto e ricomincio daccapo. Stivale alto, minigonna, top. Pronti-via per il Puttan Tour. Niente. Canottierina, pantaloni e scarpe basse. Okay, quando deciderò di andare in un locale lesbo la mise è già pronta.

Mi affloscio sul bordo del letto, e l'unico pensiero vagamente positivo è che, con tutto questo tran tran, sto bruciando più calorie di quello che Jane Fonda mi ordina di fare ogni mattina.

L'ennesimo messaggio di Tio ha il sapore del colpo di grazia.

Dimenticavo: da animale primordiale qual è, l'Ariete ama i colori decisi. Tipo il rosso, o il giallo. Che poi essendo un segno di fuoco sono proprio i suoi. Spero di esserti stato d'aiuto.

Eh, certo...

«Alice? Ci sei?»

«Sì, Paola...» Cioè, sì, Paola, sono in alto mare, ma grazie, Paola.

«Vuoi che venga a darti una mano?»

«No, dai, ora scelgo.» Tra l'altro, solo per crearmi un varco e arrivare alla porta ad aprirle mi ci vorrebbe un quarto d'ora.

«Okay, dai, ti lascio allora. Ciao, tesorina. Divertiti.»

Appoggio il telefono sul letto e ricomincio la ricerca, determinata a non lasciarmi più distrarre. Ma tre secondi dopo quello si mette a squillare di nuovo.

È mia madre.

Rispondo, perché per mia madre io sono ancora un'adolescente e si preoccupa quando perdo le sue chiamate. «Mamma... ciao...»

«Ciao, piccolina, allora?»

Ecco, è il tipico attacco di quando mi chiama perché si sta semplicemente annoiando. «Sì, scusami, mamma, ma sto uscendo.»

«Quando ti chiamo io non hai mai tempo.»

« No, scusami... è che ho un appuntamento e mi devo ancora vestire. »

Perché gliel'ho detto? Dall'altra parte del ricevitore c'è il vuoto per diversi secondi.

« Con un uomo? » mi chiede poi.

Sospiro. « No... cioè, sì... ma è un amico... »

E sospira anche lei. « Guido, Alice deve uscire con un *uomo*, stasera. »

« Mamma! »

« Va be', cosa ti metti? » mi chiede poi. Buon sangue non mente.

« Non lo so ancora, mamma. Stavo decidendo. »

« Perché non passi di qua? Sai che stiamo facendo gli scatoloni per svuotare casa, e nel tuo armadio ho trovato quella bella gonna, quella a pois, e la camicetta col colletto di pizzi e con la spilla fatta a camelia. Ti ricordi? »

Dio, dammi la forza. « Mamma, le mettevo quando avevo dodici anni. » E avrei dovuto vergognarmi anche allora. Probabilmente è stato per la gonna a pois con la camicetta a volant di pizzo che ero una bambina disadattata. Chi avrebbe voluto farsi vedere in giro insieme a una Saint Honoré col morbillo? « Scusami, devo proprio lasciarti. »

« E vieni a prendere le tue cose, un giorno di questi, Alice! » mi grida mia madre quando ho il dito praticamente appoggiato al telefono per chiudere la chiamata. « In garage non ci sta più niente e ho bisogno che porti via la tua roba. »

« Va bene, mamma. Ciao. »

Quando il telefono suona ancora e sul display leggo NUMERO PRIVATO, penso che non ce la farò mai a uscire da questa casa. « Pronto? »

« Alice, sono Carlo. Scusami se ho occultato il numero, ma ti devo parlare. Per favore. Stanno succedendo tante cose tutte insieme e io non ci capisco più niente. » Attacca a raffica, investendomi di parole: « So che te la sei presa per Cristina, per il bambino... Insomma, posso capire che tu sia gelosa... e permalosa... Dio, se sei sempre stata insopportabilmente permalosa... »

« Gelosa, io? PERMALOSA, IO?!? »

« Ecco vedi, appunto. »

« Allora, se sono così insopportabilmente PERMALOSA, che cosa vuoi da me? » urlo, praticamente strangolando il cellulare.

« Un po' di comprensione! Non che mi tratti come un paro di Calcutta. »

« Pariah, quelli sono i pariah. Ignorante. »

« Dio, quando fai la saccente sei odiosa. Ma perché sto ancora a perdere tempo con te? Ti domandi mai perché gli uomini scappano ogni volta? Oppure è sempre colpa del tuo destino avverso? Tu che, poverina, fai sempre gli incontri sbagliati. Forse sei tu l'incontro sbagliato. »

Eh, no. « Adesso basta! Non ho bisogno delle ramanzine di un imbecille senza un briciolo di sensibilità. Non abbiamo più niente da dirci. Tanto le cose importanti me le fai sapere da Internet, no? Aspetterò che annunci la data delle nozze su Facebook per scriverti un messaggio di auguri in bacheca. Per il resto, stai sereno e, soprattutto, stammi lontano. » Scaglio il cellulare tra i cuscini e la stanza inizia a girare tutta.

Guardo i cumuli di vestiti sparsi in giro e non riesco più a pensare: casual, elegante, colori decisi, sobrietà, semplicità, sensualità, fascino... Carlo e Cristina, Tio, il lavoro, Paola, gli uomini sbagliati, io sbagliata... E non riesco a respirare. Il cuore mi batte a mille nella gola. Non sarà mica un attacco di panico?

Grazie al cielo ho dei calmanti nel comodino. Ne ingollo uno e mi prendo cinque minuti per stendermi sul letto. Respira, Alice. Respira.

Ma, un attimo dopo, l'incubo ricomincia. « Che palle! » esclamo, afferrando di nuovo il telefono che squilla.

No, non è passato solo « un attimo »... ma quasi un'ora.

« Ehm, ciao, Alice. Sono Luca. Volevo dirti che sono qui sotto. »

6

LA BILANCIA, L'ARIETE, SUA MOGLIE E L'AMANTE

Sto scendendo con l'ascensore e sento la cabina che vibra sotto i piedi. E penso con terrore alla possibilità di rimanerci chiusa dentro. Sarebbe la ciliegina sulla torta, visto pure che è sabato sera e chissà quanto passerebbe prima dell'arrivo del Pronto Intervento. Ma riesco a raggiungere incolume il piano terra, per poi rendermi conto che le vibrazioni non sono dovute all'ascensore ma ai bassi di una musica che si fa sempre più vicina. Sul carraio di casa mia c'è una macchina sportiva rosso fiamma ed è da quella che proviene il rumore ora assordante.

« Ciao! » urlo, aprendo la portiera, praticamente accovacciandomi al suolo per entrare.

« Ah, Alisss, buonasera, benarrivata », mi dice Luca, storpiando il mio nome all'americana, Alisssss.

Corrispondo con un: « Ehi, Luke », e mi metto a ridere.

« Tutto bene? Stavo iniziando a pensare che avessi cambiato idea... »

« No, anzi, scusami. Ho ricevuto un po' di telefonate che mi hanno fatto fare tardi coi preparativi. »

« Cosa? » grida lui. Certo, se abbassasse un filo il volume forse riusciremmo anche a capirci senza dover usare il linguaggio dei segni.

« Bella macchina! »

« Ti piace? È la mia bambina. Ce l'ho da neppure un mese. »

Mentre ingrana la retro, ci tiene a informarmi della cilindrata, della velocità che riesce a raggiungere e anche dell'impianto stereo degno di una discoteca che purtroppo ha deciso d'installarci sopra. Sento la metà di quello che dice, ma tanto non capisco niente di macchine e non farebbe molta differenza.

« Dove stiamo andando? » gli chiedo a un certo punto.

«Ah, sì. È un posto pazzesco. Zona Porta Romana, claro. Fanno uno Sbagliato che è la fine del mondo.»

«Davvero? A me non piace molto il Negroni, sbagliato o no, ma... Si mangia anche?»

A Milano non si può parlare di vero aperitivo se non ci si abbuffa di tutto e di più.

Lui non mi risponde, probabilmente assordato dal rombo di auto e autoradio, sopra le quali continua a sgolarsi per tessere le lodi della bella vita cui mi sta introducendo.

In effetti il locale in cui entriamo è la quintessenza di quella Milano da bere, fatta di abbronzature a metà novembre e colletti delle polo in stile mantello di Dracula. Luci basse, pareti con le pietre a vista e fiamme alte circa due metri, fortunatamente ingabbiate da strutture di metallo. Molto coreografico.

«Luca! *Allò, brader!*» Appena entrati, uno dei barman lo saluta e gli batte il cinque, stringendogli poi la mano alla maniera dei rapper. «Ehi, è un po' che non passi. Come sta Anna?»

Mi faccio avanti, aspettando che mi presenti. Ma Luca farfuglia qualcosa che non capisco. D'altra parte, tra la sua macchina e questo posto non c'è un decibel di differenza.

«Cosa vi porto, ragazzi?»

Allungo una mano verso il menu, mentre Luca dice: «Due Sbagliati. Come solo tu li sai fare, *brader*!»

Probabilmente in macchina non ha sentito quando gli ho detto che il Negroni non mi piace, ma ora mi sembra scortese star qui a ripeterglielo. Sorrido e mi volto verso il buffet. «E dunque tu e Paola vi siete conosciuti al giornale», dico, quando rimaniamo da soli lui, io e il tunz-tunz della cassa appesa sopra le nostre teste.

Lui mi sorride e attacca a parlare del suo lavoro. Dei colleghi e di Paola. «La stimo molto. È davvero brava per essere una donna.» Vorrei chiedergli un chiarimento su quest'ultima precisazione, ma si è già buttato nel discorso che riguarda i sogni per il futuro. «Cioè, perché vedi, non è che quando sono entrato lì volessi proprio fare il venditore di spazi pubblicitari. Io sono un giornalista, meglio ancora un reporter d'assalto. Voglio girare il mondo e vivere al massimo.»

Il Negroni mi fa veramente schifo, ma il suo racconto sul

freeclimbing che ha fatto in Malesia non è male. E anche quello sul diving nelle Filippine. E sul trekking in Kenya. Il rafting in Colorado. Il kayak in Ecuador. E il deltaplano in Zimbabwe...

« Magari ci prendiamo qualcosa da mangiare, che dici? » gli chiedo, con le orecchie che mi ronzano, non so se per il rumore di sottofondo o tutte quelle informazioni sugli sport più estremi praticati nei posti più estremi del pianeta.

Avvicinandomi al bancone del buffet, sento vibrare il cellulare. C'è un messaggio di Tio.

Allora? Come va? Riesce a staccarti gli occhi dalla scollatura oppure è già completamente andato?

Alla fine ho cercato di fare un mix, per salvare capra e cavoli. Indosso un abitino di velluto rosso (colore deciso e che richiama il fuoco degli Ariete, come diceva Tio), morbido sui fianchi, in modo da potermi muovere con naturalezza (come suggeriva Paola). Poi con orrore mi rendo conto che per la fretta ho sbagliato clamorosamente le scarpe. Cioè, non è che non si accordino al vestito... lo fanno: ognuna per conto suo.

Ho infilato due scarpe diverse.

Una è nera e l'altra zebrata con strisce di sfumature rosse. Come ho fatto a essere così sbadata?

Cerco di nascondere il piede rosso dietro l'altra gamba, e mi riempio il piatto senza neppure guardare, per poi sgattaiolare verso il posto, zoppicando come un trampoliere.

Rispondo al messaggio informando Tio del mio errore clamoroso, ma lui ribatte:

Tranquilla, è un Ariete, non è dotato della facoltà di accorgersi di ciò che gli accade intorno. Devi solo pendere dalle sue labbra e fingerti piena di gratitudine solo per il fatto che ti parli.

Io sbuffo tornando al posto. Lo so che Tio non è troppo contento di questa uscita. L'Ariete non gli è mai andato giù. Non sopporta che le sue previsioni sull'uomo più adatto a me possano, anche solo in parte, essere sbagliate.

«Quante cose buone ci sono», dico, tornando a sedermi. «Questo posto è davvero carino...»

Luca riprende dall'isola di Pasqua, per poi virare verso la Nuova Guinea, dov'è stato in una recente vacanza con degli amici a fare bungee jumping. «... perché è un FLASH sentirsi addosso la forza della natura, così. È un... BAM! Capisci? Percepisci tutto. SBENG! Respiri tutto...»

Io annuisco, cercando di dargli l'idea di pendere dalle sue labbra a ogni suono guttural-onomatopeico che emette. «Sono cose che a me fanno un po' paura, sai. Cioè, io sono nata in città...»

«Capisco, le donne in genere hanno paura di queste cose. Sono sport per uomini veri. Però potresti venire a vedermi, una volta. E ti posso far provare qualcosa di semplice come il bungee jumping. Ormai lo fanno dappertutto e non devi fare molto, sei soltanto legata.»

Io il bungee jumping? A rimbalzare come Tarzan appesa a un elastico, eh? Fammici pensare... Ma anche no. Non è mai stato tra le mie ambizioni. «Ti dirò, interessante è interessante. Non ho mai preso in considerazione gli sport estremi, in realtà.» Ed è un bene, che con la goffaggine congenita che mi porto appresso sarei già morta, se avessi voluto fare Indiana Jones.

A questo punto, colgo un varco nel discorso. Percepisco che è il mio turno per raccontarmi un po', perciò gli parlo del cinema, del mio lavoro alla TV, del mio interesse per la cultura e...

E i casi sono due: o Luca è stato colpito da uno strano caso di strabismo fulminante, oppure sta guardando qualcosa alle mie spalle.

«Mmm... dev'essere... boh... be'... *figo* lavorare in una libreria...» commenta poi, vago.

Ma, a quel punto, il barman di prima, Mr Sbagliato-Come-Te-Nessuno-Mai, ci si avvicina, sorride e poi si china a bisbigliargli qualcosa all'orecchio.

«Grazie, *brader*», gli fa Luca, battendogli sulla spalla. «Mi scusi un istante, Alisss?»

Quando lo seguo con lo sguardo, vedo che va verso una biondona alta due metri, con una microgonna che le copre pudicamente il perizoma e una magliettina sportiva striminzita.

L'insieme è inspiegabilmente elegante e sexy ma, d'altra parte, Claudia Schiffer farebbe quell'effetto anche coi vestiti della Caritas.

Luca la bacia sulle guance, poi saluta il suo compagno, trattenendogli la mano in una stretta che dura almeno otto secondi e che gli fa indurire i muscoli della mascella come all'Incredibile Hulk durante la trasformazione.

Quando torna, ha la fronte sudata e gli occhi leggermente spiritati. «Vuoi altro da mangiare? Vieni, dai.» Mi scosta la sedia come un vero cavaliere, poi mi accompagna al tavolo del buffet, appoggiandomi una mano sulla vita e sussurrandomi all'orecchio con confidenza: «Sei bellissima, stasera. Te l'ho già detto?»

No, in effetti ancora non aveva emesso un fiato d'apprezzamento. E io spero sempre che non noti la scarpa da zebra.

Luca ora è veramente amabile. Mi chiede cosa gradisco mangiare e mi serve, seguendomi per tutto il percorso. Mi fa addirittura assaggiare un'oliva avvicinando alla mia bocca le dita, per poi leccarsele subito dopo, mentre mi guarda negli occhi. Che, se non fosse che l'oliva è terribilmente ripiena di peperoncino, mi sentirei nel trailer di *9 settimane e 1/2*.

Ecco, Tio, penso, tossendo e sputando quel che rimane in un tovagliolino, *vedi che quest'Ariete non è il cafone che vai dipingendo? È amabile e cortese, proprio come diceva Paola*. Inizio a rilassarmi e mi lascio riaccompagnare al nostro tavolo, confortata dalla sua mano calda appoggiata sulla parte bassa della mia schiena.

«Ah, scusami, tesoro.» Luca si ferma a metà strada e si volta verso un altro tavolino. È quello dove sono seduti la Schiffer e il suo compagno. «Ragazzi, lei è Alissss.»

Biondona mi sorride a denti stretti. «Anna.»

Anna... Tipo: Anna la sua ex fidanzata?

«Che piacere, Alisss», mi dice Anna.

«Alice, in realtà.»

Lei fa scivolare lo sguardo su di me, facendomi passare come il riso. Accidenti, è una donna, e cioè geneticamente programmata per notare i particolari. Quello della mia scarpa sbagliata, soprattutto.

Ma subito rialza gli occhi e, invece di commentare, si gira

per mettere le cosce a favore di Luca e accavallare le gambe in stile *Basic Instinct*.

«Ciao», mi dice anche il suo amico, che scopro rispondere all'improbabile nome di Lupo. «Dai, sedetevi un attimo.»

Siccome Luca non ha il minimo tentennamento, faccio il giro del tavolo e scosto la sedia accanto a Lupo.

Mentre ci vengono serviti altri due Sbagliati, che non riesco a fermare neppure stavolta, viene fuori che quello è il locale storico di Luca e Anna. Insomma, che da coppia andavano sempre lì. Che tenerezza...

«Spero che non ti dispiaccia, tesoro, se ora ci porto anche Alisss», dice lui, allungando la mano di traverso al tavolo, per sfiorarmi le dita.

«Ma certo, cicci», risponde Anna. «Dopotutto, anch'io ci ho portato Lupo, no?» Sfiora il mento del suo attuale compagno con la punta dell'indice.

«Allora potremmo fare un brindisino», commenta Lupo, che richiama subito uno dei camerieri e ordina dei chupiti.

Nonostante l'aspetto sensuale, Anna si rivela una specie di vichinga in fatto di alcol e ingolla due bicchierini di grappa l'uno in fila all'altro senza che un capello le vada fuori posto. Dopo il secondo, guarda Luca e gli strizza l'occhio. «Ti manco come compagna di bevute, eh? Ti ricordi in Messico? Cazzo, li abbiamo spazzati via a suon di tequile.»

Mentre iniziano a raccontare un aneddoto su dei messicani ubriachi, chiedo scusa e mi alzo per andare al bagno.

Inizia a fare veramente caldo. E mi sento un tantinino estraniata, come se mi vedessi dall'esterno e alla distanza minima di un metro dalle cose.

Dai gabinetti, scrivo a Tio.

Star andao bene. Lca è gintile e mi ha perso la mana. Ma c'è la sua Xe e stamo al suo cavolo. Cosa fave?

La sua risposta arriva neanche trenta secondi dopo.

Sei ubriaca? Il tuo messaggio è un delirio. La EX? Forse ti sta mettendo alla prova. Vuole essere lui l'oggetto di conquista. Tu però non cedere. Sii provocante ma mantieni le distanze. Parla con altri. Fagli capire che non è lui l'unica preda. E smettila di bere.

Ma sì, mi gira un po' la testa, ma non è che non ragiono.

Quando torno, vedo che gli altri sono appena fuori dal locale. Lupo ha rollato una canna e Anna sta ingollando il chupito numero... boh, perché ho perso il conto dei miei, figuriamoci dei suoi.

« Un tiro? »

« Ehm... no, ti ringrazio... non fumo. »

E scoppiano tutti e tre a ridere. « Cazzo, forse sei l'unica sulla Terra, lo sai? »

« No, è che... » Va be', per farli smettere di ridere faccio due boccate anch'io.

Mi ritrovo con un bicchierino di tequila in mano e non ricordo nemmeno quando lo hanno ordinato. Però mi sto divertendo. Anna alla fine è simpatica e pure Lupo non è male. Anzi, lui è proprio forte. Stiamo parlando... boh, non lo so di cosa stiamo parlando, ma mi fa ridere un sacco. È uno spasso.

« Vuoi un'altra vodka? Io ne faccio ancora un giro », mi dice, accarezzandomi un fianco con la mano.

A questo punto, non sono più tanto sicura che lui e Anna stiano insieme. Anzi, dove sono finiti lei e Luca? Saranno rientrati per chiedere qualcos'altro al bar. Il locale adesso è talmente pieno che la gente se ne sta in piedi e non riesco a vederli da nessuna parte.

Intanto Lupo mi si stringe addosso. Oddio, mi manca l'aria e mi gira la testa.

« Vuoi venire un attimo in macchina con me? Sentiamo un po' di musica. »

« No, l'unica cosa che mi fa bene è l'aria fresca sulle guance. Ho bisogno di respirare a fondo. »

« Ti accompagno a fare una passeggiata, allora. C'è un parchetto, proprio qui dietro. » La sua mano scivola appena sopra la mia natica.

« Alice? »

Quando mi volto, rimango stupita come da una visione. « Raffaella? »

« Non sapevo che venissi al Cave », mi fa lei.

« Sono qui con degli amici, non è la mia zona... tu? »

« Oh, io invece abito qui vicino. »

E in quel momento una persona la raggiunge e le passa un Margarita.

Lo sapevo. Lo sapevo che dovevo dar retta a Tio. Ho bevuto troppo e adesso ho allucinazioni perverse.

« C'è una calca pazzesca », dice l'uomo, e poi si volta verso di me e mi riconosce. « Alice... buonasera. »

Quindi Davide Nardi è davvero qui, di fronte a me. « Bu... buonasera. »

Lupo finalmente mi stacca la mano dalla natica e la tende verso di loro. « Io sono Lupo. »

Davide solleva un sopracciglio. Guarda Lupo e poi me. « Quindi lei è Cappuccetto Rosso? » dice poi, osservando il colore rubino del mio vestito e abbozzando un sorriso.

Scoppio a ridere. Questo particolare mi era proprio sfuggito. Ma quest'uomo è divertentissimo! Che sagoma! Non riesco a fermarmi.

« Alice, ti senti bene? » mi chiede Raffaella.

« Lupo... Cappuccetto Rosso... e il parchetto... la mano sul... cioè... » Oddio, ma cosa sto farneticando? Mi mordo con ferocia l'interno della guancia, sperando che mi passi l'attacco di ridarella isterico-alcolica. « Veramente ero qui con un'altra persona. » E dov'è finito il mio Ariete?

« Ah, ma davvero? » ribatte Davide, allungando il collo, come se potesse localizzare Luca senza averlo mai visto.

« Strane, le tue scarpe », mi fa allora Raffaella. Accidenti a lei. Ora sia Lupo sia Davide le stanno guardando.

« È... un modello particolare », spiego. « Sai com'è la moda, non sanno più cosa inventarsi. »

« Vado a prenderti qualcos'altro da bere, cara? » mi chiede Lupo, tornando in versione piovra e avvinghiandosi al mio fianco.

Istintivamente, faccio un passo per allontanarmi, ma accanto a me c'è il muro e ci vado a sbattere.

«Qualcosa di analcolico», sottolinea Davide, sollevando il suo cocktail.

Mi scappa ancora da ridere. Col giubbotto di pelle nera e in mano un bicchiere con fragoline e tanto di ombrellino, è quantomeno bizzarro.

Sparisce dentro il locale inseguendo Lupo, mentre Raffa e io rimaniamo sul marciapiede, circondate dagli altri avventori usciti per fumare o prendere una boccata d'aria.

«Ti senti bene, Alice? Non mi sembri molto... stabile.»

Alzo il pollice per farle capire che è tutto okay. «Ci vuole ben altro, credimi. Tu, invece, ma che ci fai con Nardi?»

«Oh, nulla... Sai, sono solo gentile. L'ho accompagnato a vedere un appartamento. Non è di Milano e deve trovare una sistemazione per i mesi che rimarrà a lavorare da noi.»

Cioè per il tempo che impiegherà a prendere la mira per farci fuori uno per uno. Ma è gentile da parte di Raffaella dargli una mano a sistemarsi. Magari poi fornirà all'azienda delle magliette con tanto di bersaglio, giusto per aiutarlo a prendere la mira.

«Ma no, dai. Non dire così. E poi lavora per il bene della rete, in fondo.»

Come ha fatto a sentire i miei pensieri? Mi tappo la bocca con una mano. Accidenti, non l'ho solo pensato, l'ho anche detto. Imbarazzata, mi scolo l'ultimo goccio di birra del bicchiere appoggiato al davanzale lì di fianco.

«Ehi!» Un tizio vicino a noi mi fissa malissimo. «Guarda che era il mio.»

In quel momento, Davide torna da noi, con una bottiglietta d'acqua naturale. «Certo che è un casino farsi capire lì dentro. Volevano per forza rifilarmi dell'acquavite. Tieni.» Forza il tappo senza toglierlo del tutto e me la porge.

«Poi devi assolutamente assaggiare questo», dice Lupo, che ci ha raggiunti e ha un cocktail multicolore in mano. «È una favola.»

«Sarebbe meglio di no», replica Davide.

«Ehi, là ci sono dei miei amici», esclama Raffaella. «Vieni, Davide, che te li presento. Così, se prendessi l'appartamento, conosceresti già qualcuno...» Lo prende sottobraccio e lo trascina via, e le ultime parole della sua frase si disperdono nel brusio della folla.

Lupo mi porge il bicchiere. A questo punto sarebbe scortese se rifiutassi di assaggiarlo, visto che l'ha preso apposta. È piacevole. Fresco. E poi non è male come il mondo si trasforma quando hai un po' di alcol in circolo. Le persone davanti a me sono delle forme multicolori che ballano.

Ci sono anche le lucciole. Tante lucciole gialle che mi danzano davanti agli occhi. E mi sento le gambe molli.

E poi il nulla.

7

IL BUIO OLTRE L'ARIETE

No, non sono svenuta. Sono del tutto consapevole. E sento ogni cosa perfettamente. Fin troppo, visto che mi sembra che i rumori siano addirittura amplificati. Per esempio, il bicchiere che si frantuma e mi schizza sulle maledette scarpe è un tuono nei miei timpani. C'è però che non vedo più niente. «Io credo di dovermi sedere un attimo...» dico, sforzando i muscoli degli occhi, sgranandoli, ma continuando a non vederci un benemerito niente.

«Vieni, ho la macchina qui vicino.» Lupo mi stringe contro di sé per sorreggermi e mi fa allontanare non so dove. Mi fa appoggiare a una macchina, mentre sento il rumore della portiera che viene aperta. «Siediti, ecco.»

Cazzo, e se la vista non mi torna? Merda... È proprio il caso di dirlo: non vedrò mai più un uomo in vita mia!

Lo sento ridacchiare. «Ma no, dai, vedrai che adesso ti torna. E poi perché ti preoccupi degli uomini: ci sono qua io.»

Ommadonna, ho di nuovo pensato ad alta voce.

Sono le sue labbra quelle che sento accanto alla mia bocca? «No, aspetta...»

«Ma sì, dai, un bacetto.»

«Non mi sento proprio un fiore...»

Lui però mi bacia ancora e sento la sua mano sul ginocchio.

Racimolo le forze e mi alzo. Naturalmente sbatto con la testa contro la portiera e faccio solo un paio di passi prima di crollare sulle ginocchia e avere un incontro ravvicinato del terzo tipo con l'asfalto.

Un paio di mani mi afferra appena sotto le ascelle. «Che le è successo?»

È la voce di Davide Nardi ed è arrabbiata.

«Non... non ci vedo...»

«Ma che cazzo le hai dato ancora da bere, idiota?»

«Mi dispiace, non mi ero accorto che stava messa così.»

Qualcuno mi solleva da terra. La faccia mi si appiccica a un tessuto liscio e vagamente profumato. Pelle. È il giubbotto di Davide Nardi. «Va be', adesso te ne puoi anche andare», ringhia lui.

«Aspetta!» grido, rivolta a Lupo. «Di che segno sei?»

Non sento la sua risposta e, subito dopo, Davide mi porta via.

Accidenti, Debra Winger non era certo cieca quando Richard Gere se la portava via in braccio dalla fabbrica in *Ufficiale e gentiluomo*. Mi sento come al cinema, quando quel cretino seduto davanti a te si alza e ti fa perdere la scena più bella. Solo che in questo caso sono io la cretina, perché posso incolpare solo me stessa per aver alzato il gomito fino a perdermi questo salvataggio in grande stile. E Tio me l'aveva pure detto di smetterla di bere!

«Chi è Tio?»

«Cosa?»

Sento che mi sta mettendo seduta. Quella sotto di me è una panchina e lui mi rimane accanto. Non riesco a tenere sollevata la testa, che crolla sulla sua spalla.

«Hai nominato un certo Tio. Che razza di nome.»

«Ma perché continuo a parlare i miei pensieri?»

«Cosa?»

«No, sì... Tio è un mio amico. Mi aveva avvertito di non bere troppo.»

Lo sento sbuffare. «Se è per questo, te l'avevo detto anch'io. Ma mi sa tanto che tu non dai retta a nessuno. Fai sempre di testa tua, eh?»

«E finisco col rompermela.»

«Be', prima con l'asfalto c'è mancato poco.»

Sento qualcosa di umido e fresco contro la fronte e tiro un po' indietro la testa.

«È solo un fazzoletto bagnato», mi spiega lui. «Probabilmente hai avuto un calo di pressione.»

Già, e di certo non posso dirgli che ho pure fumato dell'erba. Sento la mia testa sobbalzare. «Non starai mica ridendo?»

« Chi, io? No, giuro... » Ma glielo sento nella voce.

« Io sono in punto di morte, col mio fegato Hannibal Lecter potrebbe farci dell'ottimo pâté... e tu ridi? Be', certo, che altro mi potrei aspettare da uno come te? »

Lo sento irrigidirsi. « In che senso? Come sarebbe uno come me? »

No, Alice, fermati. Ma che c'era in quel cocktail, il pentothal di Diabolik? « Voglio dire che il tuo ruolo ti impone di vedere tutto con distacco. »

« Capisco. Come ti senti? La vista? »

Non vedo ancora niente. In compenso il mio stomaco sta incubando una specie di Alien. « Credo... » mormoro, sollevando la testa. « Credo di dover vomitare. »

Mi alzo barcollando, e lui mi afferra per un braccio, scostandomi i capelli dal viso appena prima che inizi a rimettere tutto.

« Scusa. » Sono la regina delle figure di merda. « Scusa. » Ma forse mi sveglierò e scoprirò che è tutto un incubo come la morte di Bobby in *Dallas*. « Veramente una sceneggiatura orrenda. E poi dov'è finito Luca? Perché a me l'Ariete sembra un po' un menefreghista, in definitiva. Sarà anche forte e determinato, ma qui mi pare che sia stato determinato solo a sparire. »

Appena finisco di vomitare, la nebbia sui miei occhi si dirada. Ancora non mi reggo bene in piedi, ma perlomeno ci vedo.

Appena mi giro mi ritrovo Davide davanti, a meno di un palmo da me. Oddio, posso tornare al buio, per favore? Mi sta stringendo i capelli dietro la nuca, per evitare che si sporchino e ha un'espressione tesa.

Batto le palpebre. E lui si accorge che ora lo vedo. « Ciao. » Mi fa un mezzo sorriso che gli torce la bocca da un lato. Perché lui dev'essere così sexy quando io ho ancora il saporaccio dei succhi gastrici in bocca?

Devo avere una qualche maledizione per cacciarmi sempre in situazioni tanto paradossali. E poi con lui, soprattutto. E non trovo neanche giusto che sia così affascinante. Possibile che mi basti vederlo, o anche non vederlo, visti gli ultimi sviluppi, perché i miei neuroni perdano completamente le sinapsi? No, non è giusto. A chi si può inoltrare formale protesta contro il destino?

Davide sorride e si morde le labbra. « Tu sei tutta matta », commenta. Poi mi solleva come una bomboletta e mi mette diritta, si fruga nella tasca e mi pulisce le labbra con un fazzoletto. « Meglio? »

Mentre annuisco, mi salgono le lacrime agli occhi. Sono un disastro. Al lavoro, con Carlo e con tutti gli altri uomini. Sono sola e senza prospettive. Oh, no, ci manca solo la ciucca triste!

« Senti, perché hai chiesto il segno zodiacale a quel tizio? » mi chiede Davide riaccompagnandomi a sedere.

Che faccio, glielo dico della teoria di Tio? Be', dopotutto credo ancora che coi segni zodiacali si possa arrivare a qualcosa. Insomma, come scrematura. Sarebbe un bel servizio per tutti se Tio fosse a disposizione, perché non sarò mica solo io quella che ha problemi, no? Cioè, voglio sperare di no.

Uno come Tio potrebbe aiutare a fare chiarezza. In un periodo di crisi come questo, ce ne sarebbe proprio bisogno. La televisione dovrebbe parlarne. E offrire un servizio utile al cittadino, spiegando le relazioni tra le persone attraverso lo schieramento dei pianeti. Io, per esempio, lo sto provando sulla mia pelle e funziona. Mi sento la Marie Curie dei segni zodiacali, sperimento sul campo senza protezione. Qui si fa la scienza. O quasi...

Lo sento ridere. « Una guida astrologica, eh? » Si accovaccia davanti a me e mi solleva un piede. Così mi rendo conto che sono scalza. Le mie scarpe spaiate sono nelle tasche della sua giacca. Me le infila una alla volta, che per un attimo riesco quasi a credere di essere « quella gran culo di Cenerentola », come dice l'amica di Julia Roberts in *Pretty Woman*. « Ce la fai a camminare? »

8

UN MERCOLEDÌ DA BILANCE

Sto cercando di mantenere la mia amicizia con Jane Fonda e, dopo una domenica passata a sonnecchiare per riprendermi dall'alcol, oggi mi sono alzata presto per fare esercizio. Così, quando arrivo al lavoro, sono addirittura in anticipo e posso permettermi il secondo caffè alla macchinetta in tutta calma. Mi sento libera da inutili apprensioni e in pace con me stessa.

Il mio cellulare però deve avere dei problemi di linea, perché non ho ancora ricevuto neppure un messaggio da parte di Luca.

« Ah, è tutto a posto? Quindi posso ricevere regolarmente... Capisco », commento al tizio del call center che ho chiamato per far sistemare la mia linea telefonica.

Dunque deve essere Luca che non riesce a mandare messaggi.

Mi domando ancora cosa gli sia successo, anche se, durante il post-sbornia di ieri, ho avuto modo di rimuginarci a fondo, nonché di raccogliere i pareri in materia dei miei due migliori amici.

Per Paola: ho giustamente fatto valere i miei diritti di donna, anche se forse avrei dovuto cercare di capire il punto di vista di Luca, interrogarmi su quello che gli era successo e scoprire, magari, se aveva bisogno di aiuto. È sicura che, se ne avessi avuta l'occasione, non avrei mancato di dimostrarmi empatica coi suoi problemi e questo ci avrebbe avvicinati ancora di più. Insomma, secondo lei c'è una ragione per la sua scomparsa. Una telefonata che lo avvertiva di un incidente ai genitori, o perlomeno a un nonno. Non dovrei tirare somme azzardate e concentrarmi invece ad analizzare i sentimenti che ho provato nel passare del tempo con lui, finché non si farà sentire. Perché si farà sentire. Male il mio comportamento promiscuo, perché baciare un altro e andarmene con un altro ancora non è da me, e non dà certo l'idea di una persona coerente e interessata a una relazione stabile e duratura (argomento, questo, che non mi trova pienamente d'accordo, visto che Lupo mi ha baciata a tradimento e non sono certa che Davide mi abbia portata a casa, dove comunque, grazie a Dio, non è successo nient'altro... almeno credo).

Per Tio: l'Ariete ha ferito i miei teneri sentimenti di Bilancina romantica, agendo in linea con la sua natura di essere ruvido e tentando, subdolamente, d'invertire i ruoli e farsi inseguire. Mi ha lasciata a me stessa e non ha scusanti, né come uomo né come segno zodiacale. Meglio se non chiamasse mai più. Bene il mio comportamento distaccato. Tirando le somme, gliel'avrei fatta vedere io, dimostrandogli che non è l'unico sulla faccia della Terra, baciando un altro e andandomene a casa con un altro ancora (argomento, questo, che non mi trova pienamente d'accordo, visto che Lupo mi ha baciata a tradimento e non sono certa che Davide mi abbia portata a casa, dove comunque, grazie a Dio, non è successo nient'altro... almeno credo). Il mio modo di fare, secondo Tio, si è dimostrato perfettamente in linea col mood della Bilancia, segno etereo e vagamente incoerente. Anche se Luca venisse a sapere del bacio e del ritorno a casa, la cosa mi farebbe gioco, primo perché mi vedrebbe come una preda molto ambita, e secondo perché eviterei di spaventarlo, facendogli subito pensare che sono interessata a una relazione stabile e duratura.

Mi scaldo il viso col raggio di sole che filtra dalla finestra, e per un attimo rimango incantata a fissare Davide che parcheggia la moto e si sfila il casco, per poi passarsi una mano tra i capelli scarmigliati. Lo seguo con lo sguardo fino a quando non sento la punta del naso contro il vetro. È in questo momento che mi viene in mente che non ho modo di scendere al mio ufficio senza passare per il corridoio e nell'atrio, cosa che farà anche lui, per raggiungere il suo al primo piano. Lo incrocerò per forza. A meno che non riesca a mimetizzarmi tra i vasi delle piante ornamentali.

E adesso che gli dico?

Non posso affrontarlo ora. Non sono pronta. Non lo sarò mai, è vero, ma non posso incontrarlo già alle nove del mattino.

Sguscio nel corridoio appiattendomi come un ninja contro la parete, e cerco d'infilarmi dentro il primo ufficio che mi capita a tiro. Ma la porta è ancora chiusa. Poi mi viene l'idea. Sono salva! In fondo, ci sono i bagni. Posso chiudermi lì dentro e aspettare una decina di minuti, finché non sarò sicura che lui sia passato.

Peccato che il corridoio sia una roba lunghissima, che se volessimo girarci il remake di *Shining* sarebbe perfetto. E con le scarpe alte, che fanno parte del mio programma «iniezione di fiducia», correre significa sfidare la morte. Tutto quello che mi posso permettere è al massimo un leggero trotto.

«Alice!»

Beccata quando avevo già la mano sulla maniglia.

«Ehm, buongiorno.» E come lo devo chiamare ora? Signor Nardi? Davide?... Darth Vader?

Quando si avvicina, ha la fronte corrugata che gli dà un'aria perplessa. «Tutto okay? Voglio dire, stai bene?»

Mi stringo le braccia intorno al corpo. «Sì, certo. Grazie.»

«Mi dispiace di non essermi fatto sentire, ieri.»

Adesso sono io che lo guardo stranita, e mi sento a disagio, perché intravedo qualcosa nei suoi occhi. Ed è qualcosa che non so, che non mi ricordo. «Non c'è problema», bofonchio, fissandomi la punta delle scarpe.

Lui sospira. «Invece avrei voluto parlarti. Insomma, sarebbe stato giusto, dopo l'altra notte... Prima di vederci qui al lavoro.»

In un attimo, sento defluire il sangue dalle guance. In che senso «dopo l'altra notte»?

Cioè, sì, è vero, ho fatto un'immane figura di palta con lui, ubriaca marcia e svomitazzante in pieno centro di Milano, ma detta così e con quello sguardo infuocato sembra tutt'altra cosa...

La verità è che non mi ricordo nulla, dopo aver fatto *A piedi nudi nel parco* con lui. Cioè, se fosse successo qualcosa tra noi, qualcosa di clamoroso, non potrei essermene dimenticata. Vero? I miei occhi si allargano nel cercare di carpire un indizio dalla sua espressione.

Vorrei avere un telecomando per poter mettere in pausa e pensare a cosa dire. « Non ti preoccupare. Non mi sono offesa... »

Prendi tempo, Alice. Prendi tempo.

Poi trasalisco.

No, no, no!

Perché ho quest'immagine tremenda? Sicuramente l'ho sognato. Anzi, no, mi sto confondendo con qualche commedia romantica vista al cinema.

Primo, è come se vedessi il mio ricordo dall'esterno, cioè ho l'immagine di Davide con me caricata in spalla, e non è possibile. Secondo, se fossi stata priva di sensi non mi potrei ricordare di Davide che mi porta a casa, in braccio e per tre piani, giusto? Terzo, perché Davide mi avrebbe portata in spalla, visto che ho l'ascensore?

Oddio, forse abbiamo passato una notte infuocata e lui ora si sente in colpa perché pensa di essersi approfittato di me.

Davide abbozza un sorriso. « Comunque, mi spiace di non averti chiamata per sincerarmi che stessi bene, ma non avevo il tuo numero. »

Lo squadro di nuovo da capo a piedi, e mi sfugge un sospiro di rammarico per non ricordarmi assolutamente nulla. « Be', per quello... possiamo lavorarci », gli dico, rilanciando il sorriso e aggiungendoci, perché no, anche una strizzatina d'occhio.

Lui aggrotta la fronte. « Certo, ma non ce n'è bisogno. Raggiungimi tra un'ora nel mio ufficio, puoi? »

Questo risvolto della situazione proprio non me lo sarei aspettato. Certo, Paola non sarebbe d'accordo, e anch'io dovrei farmi qualche remora, vista la sua posizione qui in azienda. Sto giocando col fuoco. Vado a letto col nemico! Dovrei cogliere l'occasione per spiegargli che è stato tutto un errore, che ero fuori di me per l'alcol e via dicendo. Oddio, meno male che ho fatto la doccia stamattina.

Mentre mi allontano per tornare al mio ufficio, mi fermo e mi volto ancora. Lui sta già oltrepassando la porta.

« Davide? »
« Sì? »
« Di che segno sei? »
Lui sorride e mi strizza l'occhio. « Brava! Sei già sul pezzo. »

Nell'ora successiva non riesco a fare altro che guardare l'orologio, tipo ogni tre minuti, e cercare di scavarmi nella mente per ricordare qualche particolare delle acrobazie tra le lenzuola con Davide. Il nulla. Dopo le scale, e a questo punto quello dev'essere successo davvero, nella mia testa c'è un buco nero delle dimensioni dell'asteroide di *Armageddon*.

Raffaella entra in ufficio più bella che mai. O ha un parrucchiere sotto casa disposto a farle la messa in piega alle sette di lunedì mattina, oppure Dio è stato proprio ingiusto quando ha distribuito i capelli alle persone. « Ciao, cara. Ti sei ripresa? » dice, e le teste di due colleghe si sollevano dalle rispettive scrivanie per guardarmi.

« Cos'è successo? » chiedono.

« Oh, ma nulla... non mi sono sentita troppo bene. »

« Alice è una camionista », spiega lei dandomi di gomito. « Dovreste vedere quanto beve. »

Benvenuti a una riunione di alcolisti non troppo anonimi.

« Ma no, giusto un paio di bicchieri... » mormoro, sperando di sminuire la cosa.

Comunque, Raffa non sembra più darmi retta. Sospira, guardandosi intorno, e per un attimo ha l'aria malinconica di Lucia Mondella che dà l'addio ai monti.

« È successo qualcosa? » le domando.

« Nulla. » Ma sorride come chi ha un segreto. Scuote i boccoli dai riflessi caramello. « Una bella cosa, in realtà... ma non posso dire niente. » Sparisce subito dopo, leggera come una farfalla.

Quando guardo l'orologio, mi rendo conto che mancano dieci minuti all'appuntamento con Nardi. Davide...

Corro in bagno col cuore che balla la macarena. Mi darò una sistemata e cercherò di calmarmi.

Davanti allo specchio c'è Raffaella, che si ripassa la bocca col lucidalabbra. Mi sorride ancora, poi getta la testa in avanti e si ravviva i ricci con le mani, prima di tirarsi su, seducente come Gilda, e andarsene.

Io faccio la stessa cosa, peccato che sembri che mi sono pettinata coi petardi, perciò alla fine opto per legarmi i capelli in una coda.

Quando sto per uscire, mi arriva l'oroscopo di Tio.

Questa giornata nasce con la Luna nel tuo segno, ma non è garanzia di serenità. La tensione è forte, dal punto di vista sia lavorativo sia sentimentale. Novità in vista, ma il vento che le porta non corrisponde del tutto alle tue aspettative. Si prospetta un mese interessante nel campo del lavoro, ma oggi nello specifico è per i sentimenti che ti senti sotto pressione.

Caro Tio... Non può certo immaginare quello che sta per succedere.

Salgo al piano di sopra, cercando di tenere le spalle dritte. Il cuore mi batte fortissimo nelle orecchie.

Raggiungo la sua porta e appoggio la mano alla maniglia, cercando di farmi coraggio. «Permesso.»

Davide è in piedi davanti alla finestra. E quando si volta il sole gli illumina i capelli di riflessi dorati.

Poi anche Raffaella e il Presidentissimo si girano per guardarmi.

«Oh, scusami, non volevo disturbare.»

Davide fa un passo in avanti. «Prego, signorina Bassi, si accomodi.»

Deglutisco e fisso Raffaella. Neppure lei sembra troppo convinta di quello che sta succedendo.

Poi un pensiero mi colpisce. Mi stanno per licenziare!

Altro che amore. Altro che *Pretty Woman*, Cenerentola e compagnia cantante. La verità è che mi sono resa ridicola, che ho mostrato il mio lato peggiore, irresponsabile e malandato. Ho sovrapposto tutti i cliché delle commedie romantiche a quello che mi è successo, pensando che un uomo come Davide Nardi (Il Nemico Pubblico Numero Uno) potesse provare dell'interesse per me. Ma lui è stato assunto per sfrondare l'organico aziendale. Programmato per uccidere. E io mi sono offerta a lui su un piatto d'argento.

Prendo posto e aspetto la sentenza.

« Davide mi ha molto parlato di lei, signorina Bassi », attacca il Presidentissimo.

Oh, ma davvero? Proviamo a indovinare, in mancanza del mio numero, domenica ha fatto il suo e gli ha raccontato le mie gesta. Ma che carino... « Sì, ma posso spiegare. Non è una cosa che mi capiti tutti i giorni. »

« Lo immagino. E una spiegazione più dettagliata era proprio quello che ci auspicavamo. Come sa, non si possono investire soldi sulle persone senza una garanzia. »

Chiaramente sta parlando dello stipendio che sta per levarmi. Oddio, come farò?

« Presidente », interviene Raffaella. « A me sembra un po' avventato. Insomma, sulla base di qualche chiacchiera... » Meno male che c'è ancora qualcuno disposto a darmi fiducia. Le sorrido con gratitudine, ma la sua bocca s'indurisce in una specie di smorfia, prima che si volti ancora verso Davide. « Dopotutto, anche quello che ho fatto io... »

Accipicchia, non avrei mai pensato che la sua amicizia arrivasse a tanto.

« Raffaella, non dico che il tuo progetto non sia valido, ma è molto dispendioso. E la rete non se lo può permettere ora come ora », dice Davide.

Ecco, così non ci sto capendo più un'acca. Di cosa stiamo parlando, di grazia?

« In effetti », continua il Presidentissimo, appoggiandomi una mano sulla spalla, « l'idea di Alice si presta di più. Ed è anche giovane, fresca. Nessun'altra rete l'ha mai fatto. È sperimentale, corrisponde in pieno all'immagine nuova che vogliamo dare per accattivarci un pubblico più ampio. »

Incrocio lo sguardo con quello di Davide, e mi sembra che le sue labbra si pieghino, appena appena, nell'accenno di un sorriso. « Se è disposta a lavorarci su nei prossimi giorni, potremmo già essere pronti a girare la puntata pilota della *Guida astrologica per cuori infranti* alla fine del mese. »

GEMELLI

Uno, nessuno e centomila, il Gemelli è uno di quei segni che fanno la fortuna degli analisti. Lui non soffre di semplice sdoppiamento della personalità, no, in lui le personalità sono talmente tante che per litigare fanno una riunione di condominio. E, proprio perché vive costantemente in questa specie di caos primordiale, il Gemelli non riesce ad avere solo un'idea, o solo un'opinione, né tantomeno solo una donna. Ciò che dichiara oggi non influisce minimamente su quel che farà domani. Quindi, se dovesse ricordarsi di venire al cinema con voi due giorni dopo avervelo chiesto, siete autorizzate a sentire le campane a nozze, perché di certo vi considera una storia seria.

9

UNA BILANCIA IN CARRIERA

Nell'ultima settimana avrò dormito sì e no quattro ore per notte. Il resto del tempo l'ho passato qui, nello studio Delta, senza finestre, senza quasi sapere se fuori fosse notte o giorno, se ci fosse il sole, piovesse o la Terra fosse stata invasa dagli alieni.

Da dieci giorni a questa parte, in redazione, in studio e persino in mensa, non si fa altro che parlare di astrologia e del nuovo programma di punta della rete.

È come se fossi finita in una puntata di *Ai confini della realtà*, e all'improvviso sapere il segno zodiacale di qualcuno fosse più importante che conoscere il suo gruppo sanguigno dopo un incidente stradale. « Ci vogliono 12 cc di Capricorno, infermiera, o lo perderemo per sempre! »

L'aria è carica di elettricità, di adrenalina... e di sudore. Perché, diciamocelo, in quattro e quattr'otto abbiamo dovuto inventare il programma, le scenografie e tutto il resto, e il tempo da dedicare agli hobby personali, tra i quali per qualcuno c'è l'igiene, si è ridotto ai minimi storici.

Io stessa oggi sfoggio una bella treccia, che, oltre a farmi sentire un po' Lara Croft, dissimula il fatto che non vincerei certo un concorso della L'Oréal.

Capelli a parte, mi sono data un tono, trattandosi della prima puntata di una trasmissione che vede il mio nome tra gli autori, e ho indossato un bel tailleur grigio e le mie nuovissime Christian Louboutin, che da sole mi sono costate quasi l'intero bonus incassato per l'idea del programma. Peccato che i miei piedi si siano già gonfiati in modo inversamente proporzionale al mio portafogli.

« Qualcuno ha visto Tio? » domando dopo aver messo la testa nello stanzino del trucco, senza trovarlo.

« Alice! Alice, aspetta! » mi grida Marlin, scacciando la truccatrice come una mosca che la infastidisce.

« Dimmi, Marlin. »

« Guarda un po'. » Con nonchalance, solleva una gamba e la piazza sul ripiano, per poi staccare dalla caviglia un cerotto delle dimensioni di un pugno.

Sotto c'è il tatuaggio di una signorina discinta, le cui sembianze sono quelle della stessa Marlin, che sorride con lo sguardo rivolto al proprio seno. Di fianco al disegno c'è una scritta: ARIES.

« L'ho fatto fare ieri pomeriggio », mi dice, tutta orgogliosa.

« Ma perché c'è scritto Aries, cioè Ariete? » le domando, sconcertata. « Quello sembra il simbolo della Vergine, quindi dovrebbe essere Virgo. »

Lei mi guarda e storce il naso. « Nah, troppo volgare. »

Mi stringo nelle spalle e me ne esco, mentre lei aggiunge: « ... E poi comunque sono dei Pesci ».

Qualsiasi ulteriore commento sarebbe superfluo, così come domandarsi come e perché una che di nome d'arte ha scelto di chiamarsi come un pesce spada possa essere finita a fare danni anche sulla mia *Guida astrologica*.

« Alice, guarda che ci sono degli ospiti! » grida Luciano dalla regia.

« Nella saletta d'attesa? »

« Come fanno a starci tutti? Mica li puoi stipare come mucche. »

Questo perché la rete ha pensato di aggiungere al programma la genialata del reality. Oltre agli ospiti canonici, esperti del settore astrologico e non, ci saranno dodici concorrenti, uno per segno, che seguiremo di settimana in settimana. Quando si tratta d'idee fresche e moderne sappiamo proprio come distinguerci.

Eh, sì, i miei segni non saranno mucche, ma si stanno comportando come una mandria impazzita. Per fortuna li posso riconoscere al volo, perché abbiamo fatto fare delle magliette, ognuna col segno zodiacale corrispondente. Mi porto le dita alla bocca e fischio come Heidi alle sue caprette. « Ehi, tu, Toro, puoi scendere dall'impalcatura? » dico a quello che fa l'Uomo Ragno sulla scaletta che porta al piazzato luci.

Lui mi fissa col suo occhio bovino per qualche secondo, e io prego che non mi tocchi fare Calamity Jane per riacciuffarlo, anche perché con queste scarpe (bellissime, bellissime scarpe) rischierei l'osso del collo.

Riporto l'ordine distribuendo tramezzini, e prendo nota di rifornirmi di uno stock di fiori di Bach per le prossime volte.

Sto tornando verso il corridoio, quando di nuovo mi urlano alle spalle: « Alice! Cazzo, manca l'ottica della steadycam! Capisco che adesso fai 'l'autrice', ma qui c'è bisogno di qualcuno che controlli ».

« Ferruccio, ti prego, non ti ci mettere anche tu. »

« Io non mi ci sarei messo volentieri. A quest'ora ero già a casa a guardarmi un film. Invece siamo tutti qui a fare la *tua* trasmissione. Almeno collabora. »

Invoco la calma zen che il corso di yoga dell'anno scorso avrebbe dovuto insegnarmi, e mi domando se le lezioni fondamentali non siano state quelle che ho saltato. *Dai la cera, togli la cera,* mi ripeto per calmarmi. Tra mezz'ora siamo in sigla. « Chiedi a Enrico », taglio corto. Dopotutto è lui il direttore di produzione, no?

Ferruccio mi ride in faccia. « Buona questa. Se si trovasse da qualche parte! »

Mi allontano, assicurandogli che lo andrò a cercare.

« E ricordati di stampare le scalette », mi grida Luciano, mettendo la testa fuori dalla regia.

« Ma doveva farlo Raffaella! » esclamo, col cuore, per non dire altro, che si frantuma a terra.

« Lei dice che l'aveva detto a te. »

Okay. Okay. Per tutti i bulloni dell'uomo bionico, corro via ignorando il dolore causato dalle vesciche che mi si stanno formando ai piedi. Louboutin non si accontenta del mio conto in banca, vuole anche il mio sangue.

Inforco le scale per il piano di sopra e sto quasi per raggiungere l'ufficio di Enrico quando lo avvisto, a ore tre, nell'alcova dei distributori. Beccato *in flagrante delicto* mentre si riempie le mani di merendine, pronto a trasgredire:

A) alla dieta perenne cui so che il suo medico lo ha sottoposto, dopo l'accenno d'infarto di sei mesi fa;

B) cosa più importante, al mio ordine del giorno che lo vorrebbe al mio fianco, vigile e scattante come una faina.

Quando lo chiamo, lui sobbalza, lasciando cadere a terra il maltolto: quattro succhi di frutta, tre merendine al cioccolato, due schiacciatine e una confezione di biscotti alla marmellata dietetica (giusto per non sentirsi in colpa). Poi digrigna i denti: « TU! Cosa ci fai qui? Devi stare negli studi, non ti è ancora chiaro, dopo dieci anni che lavori qui dentro? »

No, il maestro Miyagi non sarebbe affatto contento di me, quando mi ergo in tutta la mia altezza (aiutata dai dieci centimetri di tacco) e gli grido che forse è lui che ignora quali siano i suoi doveri qui dentro. Non ne posso più di sentirmi dire che è tutta colpa mia. *Dai la cera, togli la cera* un corno.

Enrico getta il malloppo sul davanzale e mi punta contro il suo dito paffutello, che è fasciato da una benda improvvisata fatta di kleenex e scotch di carta. « E non osare lamentarti come tuo solito, eh? Dopo che hai tirato su tutto questo casino col tuo programma, che ci hai fatti sgobbare notte e giorno, che neanche so più com'è fatta casa mia. Ma a te non importa niente, eh? Chissenefrega delle vite degli altri. L'importante è che la signorina si faccia bella coi capi, che tanto ci pensa Enrico a organizzare tutto! Come se non avessi già passato abbastanza serate qui dentro. Come se già non le avessi dato il sangue, a quest'azienda! »

Ormai è praticamente diventato blu come il Grande Puffo e non vorrei trovarmi a improvvisare un massaggio cardiaco o, Dio me ne scampi, una respirazione bocca a bocca. « Enrico, ora calmati. Vedrai che andrà bene, ma ho bisogno che tu mi dia una mano. Mi dispiace, siamo tutti stanchi. Ti capisco... »

« No, tu non capisci. Non capisci proprio il danno che hai fatto. » Si allontana verso il suo ufficio. « Scendo subito. Tu va' avanti », mi dice, tirando fuori dalla tasca la chiave e infilandola nella toppa.

Gli corro dietro. « Aspetta, devo stampare le scalette. Lo faccio da te. »

Ma lui mi blocca: « Ho finito l'inchiostro! »

Cinque minuti dopo, sono di nuovo in regia e lancio scalette come frisbee. Io e i miei piedi preghiamo il Signore che Tio sia al trucco, a questo punto. Ma la saletta ribolle solo di segni zodiacali.

La Vergine si è portata il makeup da casa e non vuole altro, perché ha la pelle sensibile. Il Toro sbuffa perché non è mica una checca, lui, e non vuole essere sfiorato da un pennello di qualsivoglia tipo. Il Bilancia invece si è prestato più che volentieri alla cosa, ma ci sta mettendo una vita, perché è indeciso sulla nuance del fondotinta.

La truccatrice mi lancia uno sguardo disperato, poi stringe le palpebre e fa una smorfia. « Mi ha detto Raffaella che questo programma è opera tua... »

Sì, sì. D'accordo. Sono io. Mi avete scoperta. Sono più perfida di Keyser Söze e ho ordito tutto questo ai vostri danni, solo perché vi odio.

Prima di sgambettare via ancora una volta, adocchio Enrico che si avvicina alla regia e corro a informarlo dell'obiettivo mancante. Quando si volta, mi accorgo che ha un occhio semichiuso, gonfio e iniettato di sangue. « E che cosa aspettavi a dirmelo! » grida, per poi correre da Ferruccio.

Ormai incasso senza battere ciglio. Il mio unico scopo è trovare Tio. Altrimenti addio programma. E addio alla mia vita, perché di sicuro qualcuno (più di uno) esigerà la mia testa su uno dei vassoi del costoso catering.

Ma so dove può essere.

Mal d'amore.

Perché, per quanto lo abbia pregato di rinunciare alla scrittura, Tio ha piagnucolato che lui è e rimane un attore. E vuole recitare. Be', come se farlo in una soap opera possa chiamarsi recitare... Comunque, purtroppo oggi è giorno di riprese anche per loro e Tio è impegnato sul set.

Quando entro nello studio Alpha, lo faccio in punta di piedi, anche perché ormai non credo mi sia rimasto molto altro infilato nelle mie costose scarpe. Ci sono poche luci soffuse a illuminare la scena di una camera e Tio, a letto, si agita come in preda a un incubo.

Mi faccio avanti e, composta come una vera professionista,

aspetto che finiscano di girare. Poi mi avvicino al regista e gli dico: « Scusi, sa, sono l'autrice della *Guida astrologica* ». Perché è sempre meglio far valere i propri titoli con certa gente. E anche perché, sì, quanto mi piace dirlo!

« Abbiamo finito », taglia corto lui.

E io, contenta di aver fatto valere la mia autorità, vado ad aiutare Tio a raccattare i vestiti che il suo personaggio ha sparso per terra.

« No es buena para mí, Salva. »

Ho in mano un calzino recuperato da sotto la branda, quando la voce, calda e pastosa, accarezza le S come il velluto sulla pelle nuda.

Il timbro latino mi fa sollevare la testa di scatto, e sbatto contro lo spigolo di legno, maledicendo il signor Ikea e la sua famiglia per sette generazioni. Quando mi volto, ancora nella nobile posizione a carponi, mi trovo davanti un paio di gambe fasciate da pantaloni di pelle scamosciata.

« Tenemos que filmarla otra vez. Para mí, la luz no era perfecta. »

Una mano olivastra si tende verso di me, e d'istinto la afferro, notando l'avambraccio che si gonfia, mettendo in bell'evidenza la vena più sexy del pianeta.

Poi la mia linea dell'orizzonte oltrepassa la cintola dello sconosciuto. *Lassù qualcuno mi ama,* penso, adocchiando un ventre piatto e muscoloso che meriterebbe una ola da stadio. La peluria scura e sottile che sale fino all'ombelico mi fa cadere la mascella come nei cartoni animati. E poi gli addominali... *Gli addominali!* Ma allora non sono solo una subdola invenzione delle pubblicità di Dolce & Gabbana. La tartaruga esiste! Dio esiste!

Sentendomi una miracolata, finisco la mia carrellata su un volto dalla mascella volitiva, occhi scuri, sopracciglia folte e capelli che neppure Daniel Day Lewis nell'*Ultimo dei Mohicani*.

E mi scappa fuori un sospiro post-coitale che mi fa guadagnare un paio di colpi di tosse da parte di Tio. « Dobbiamo andare, altrimenti Enrico lo senti. »

Batto le palpebre. « Enrico... chi? »

« Ma sì, Alejandro, lasciali andare. *Déjalos*. Magari la rifacciamo domani», dice il regista, abbassando poi il tono della voce, rivolto alla segretaria di edizione: «Che rompicoglioni. Per me l'ultima era buona. L'abbiamo rifatta dieci volte».

«Siete ancora qua!» esclama un'altra voce alle mie spalle. «Alice, eccoti! È mezz'ora che ti cerco!»

Quando mi volto, vedo Raffaella che incede (perché lei non cammina ma incede) verso di noi brandendo la cartelletta col logo della *Guida astrologica*. «Mancano quindici minuti alla diretta. Ho fatto preparare gli ospiti. Ho dato l'ordine di entrata ai segni zodiacali. Ho controllato i contributi grafici e i filmati con l'RVM... Manca solo Tio. Se solo *potessi* darmi una mano, per favore.»

E succede l'irreparabile, il bell'Alejandro si stacca da me per guardare lei con un sorriso che farebbe sciogliere un ghiacciaio. «Hola...»

Raffaella ci raggiunge e gli si rivolge in uno spagnolo spedito e perfetto.

Lui ride e si passa una mano tra i capelli, poi mi guarda di sottecchi. Che cosa gli avrà detto?

Tio mi tira per una manica.

«Arrivo subito», dico rimanendo in disparte a fissare Alejandro e Raffaella come la piccola fiammiferaia.

In quel momento, Raffa deve rendersi conto che c'è ancora un fastidioso terzo incomodo tra lei e il Banderas della rete, e si volta arricciando il naso al mio indirizzo. «Perdonami, Alice», mi sussurra. «So che non è carino ma, da amica, devo dirtelo: se riesci, passa a darti una sciacquata. Non hai un buon odore.»

Non ho... Faccio immediatamente un passo indietro, come se cinquanta centimetri di distanza fossero sufficienti a garantire la quarantena. Che poi non si tratta solo di far figuracce con l'uomo tartaruga, no: il problema è che ho ancora davanti quasi tre ore di diretta, in cui dovrò gestire più di venti persone. Non voglio puzzare come un muflone nano dell'Eurasia inferiore.

Sulla porta, getto ancora un'occhiata alla schiena di Alejandro e sospiro. I suoi muscoli risplendono lucidi sotto la luce dei riflettori. Ma lui può, anzi, deve. L'uomo accaldato fa sexy e virile, mentre la donna dovrebbe essere geneticamente priva di ghiandole sudoripare.

Ma forse ho una soluzione: per il mio ultimo compleanno i colleghi mi hanno regalato un profumo che ho lasciato nel cassetto della mia scrivania, ancora sigillato. Vedo la luce in fondo al tunnel!

10

LA MALEDIZIONE DELLO SCORPIONE DI GIADA

Quando mi pizzica a gironzolare al piano di sopra, Enrico grida: « Alice, cosa ci fai ancora qui! »

Rallento, ma mantengo la distanza, perché mi sento una lebbrosa. « Ho... ho dimenticato una cosa. »

Lui chiude la porta e ci si appiattisce sopra, esattamente come io sto strisciando lungo il muro dall'altro lato. Il suo occhio è ancora rosso e gonfio e su una guancia ha una striscia di biro. All'interno si sente sbattere qualcosa. Enrico sobbalza. « A... Accidenti, devo aver lasciato la finestra aperta. Tu va'. Corri, però! »

E io volo via veloce, sperando di non lasciarmi dietro la scia chimica.

Apro il cassetto della mia scrivania ed emetto un grido di giubilo, neanche vi avessi trovato il Santo Graal. Strappo in fretta la plastica e mi sottopongo a una pioggia decontaminante.

Faccio un respiro profondo.

Troppo profondo.

E tossisco.

Sa di Arbre Magique alla Big Babol, e misto al sudore rischia il brevetto come arma di distruzione di massa.

Disperata, torno verso la regia, con la speranza che, correndo, l'effetto svanisca almeno un po', ma mi sento ancora a disagio quando Tio si avvicina, ma poi fa un passo indietro, facendomi cenno che mi parlerà più tardi.

« Un minuto alla sigla », gracchia la voce dell'emissionista dalla cassa dell'intercom.

Enrico si allontana dicendo che va nel suo ufficio a stampare delle liberatorie, e a me non rimane che sentirmi a disagio quando mi siedo e le due persone che ho accanto si scansano di qualche centimetro.

In apertura di programma, Tio se la cava alla grande, disquisendo di oroscopo con tanta sicumera che neppure Margherita Hack avrebbe osato contraddirlo. L'unico scivolone durante il primo blocco lo fa Marlin, presentando l'« Ospite Scettico », un esponente del CICAP, il Comitato italiano per il controllo delle affermazioni sulle pseudo-scienze. Dopo aver dato una sbirciata alla stampa del suo profilo, lo chiama « dottore » e gli chiede se, durante i suoi « Cic-Ap », abbia scoperto che ci sono segni zodiacali particolarmente predisposti a malattie.

Nel maldestro tentativo di salvarla, Tio stravolge la scaletta e, invece di presentare il concorrente dell'Ariete, presenta, seguendo un suo filo logico, quello dello Scorpione. Gli Scorpione, a sua detta, sarebbero quelli che ora come ora avrebbero maggiormente bisogno di sottoporsi a un buon controllo medico. « Nel cielo di quest'anno, infatti, dominerà Saturno, entrato da pochi mesi in Scorpione. E questo pianeta fa emergere le debolezze del segno, i suoi comportamenti sbagliati. Soprattutto potrebbe acuire un tratto già distintivo dei nativi dello Scorpione, e cioè il pessimismo. O anche spronarli a nuove scelte, nuove strade, a mettersi alla prova, insomma. Per chi è in coppia e già da tempo sente qualche difficoltà potrebbe addirittura esserci una rottura. L'introversione dello Scorpione non aiuta. È un segno che dovrebbe imparare a comunicare di più, a chiedere aiuto quando ne ha bisogno. »

Sospiro e sollevo le braccia per stirarle, al di sopra della testa, ma subito le tiro giù, per paura che l'effetto gas nervino provochi un istantaneo genocidio in regia. Quando controllo furtivamente che nessuno abbia perso i sensi, intravedo in fondo al corridoio il macho di *Mal d'amore,* Alejandro. Stavolta indossa una maglietta verde militare, ma così aderente che sembra che i muscoli ce li abbia disegnati sopra.

Lui incrocia il suo sguardo penetrante col mio e sorride, facendo qualche passo avanti. Maledico il fatto che quando finalmente pare abbia mezza chance con uno strafigo debba sapere di Cheval N° 5, perciò sono almeno in parte sollevata quando Raffaella lo placca a metà strada. Ne approfitto per sgattaiolare via in favore del bagno più vicino, con l'intenzione di decontaminare l'ascella.

Quando esco dalla toilette mi sento in pace con me stessa e sono pronta a stupire il bell'Alejandro con gli effetti speciali del sapone liquido.

Passando di fianco allo stanzino delle luci, sento un rumore e, immaginando che possa trattarsi di lui che ripone dell'attrezzatura, mi propongo appoggiandomi allo stipite della porta in una posa languido-sexy. « Ciao... »

Ma a sollevarsi di scatto da terra, dopo aver chiuso la zip di un borsone, è Sergio, il mio collega. « Ah... Ciao, Alice. Avevi bisogno? Enrico mi ha mandato a prendere delle batterie. »

« Oh, certo... ehm... » Mi dissolvo all'istante, pensando che mai una volta mi va come nei film.

Quando torno in regia, siamo in pubblicità, e Tio è fuori dallo studio per una boccata d'aria. Quando mi vede, mi prende in disparte e mi sorride. « Allora? »

« Bravo. Sei stato bravissimo. » Mi sollevo sulla punta dei piedi per stampargli un bacio sulla guancia e lui mi stringe forte.

« Grazie. E vedrai che sarà sempre meglio ora che io e Sua Senità ci siamo riscaldati. »

Io ridacchio e gli faccio segno di abbassare la voce.

« Comunque, io intendevo come sta il tuo amico, lo Scorpione. Non avevi capito? »

« Hai stravolto la scaletta per dirmi di... Alejandro? » Mi mordo le labbra per non sorridere come un'ebete, ma Tio corruga la fronte.

« No. » Solleva un sopracciglio. « Non Alejandro. Enrico. »

« Cosa? »

Mi prende per un braccio e mi trascina via. « Senti, io sarò anche un esperto di segni zodiacali, ma tu hai le fette di salame sugli occhi. Tipico della Bilancia, comunque. Quello sta combinando qualcosa. E non se la passa bene, te lo dico io. Con te mi è bastata un'occhiata per sapere di che segno eri. Vuoi che non mi sia accorto che lui è Scorpione, dopo un mese che lo conosco? Ascolta. » E inizia a elencare contando sulle dita: « Di natura è piuttosto brontolone, perché il pianeta che lo domina è Marte. Ma sa essere pure dolce, tenero a suo modo, e infatti Enrico ha anche un fare paterno con tutti voi. Questo perché lo Scorpione è il segno degli opposti e non ti puoi mai fidare del tutto. Nei sentimenti, tende a nascondere, perché non gli piace mostrarsi debole e per questo preferisce essere il primo ad attaccare. Se non l'hai notato, il tuo capo ultimamente è fuori di testa, su di giri, scatta per un nonnulla. Ergo, è Scorpione, e Saturno gli sta facendo vedere i sorci verdi. Ora dobbiamo solo scoprire di che sorci verdi si tratta».

Sentendo il countdown per il rientro in studio, rimando Tio al suo posto, ma tornando in regia non posso fare a meno di cercare con lo sguardo Enrico. E lui non è ancora tornato. Aveva detto che andava a stampare qualcosa nel suo ufficio. Ma... non aveva finito l'inchiostro? E prima non mi ha lasciata entrare. Quando mi alzo per andare a cercarlo, mi sento un po' Jessica Fletcher, pur se con qualche anno di meno e un tacco dieci di più.

« Alice... »

Sentire quella voce e avere ginocchia ridotte a caramelle gommose è tutt'uno. La porta dell'ufficio di Davide è aperta per metà e lui mi guarda dalla sua scrivania. È così tardi che mai avrei pensato che ci fosse ancora qualcuno qui di sopra. Ma il diavolo non dorme mai, giusto?

« Ciao, ehm... »

« Come sta andando? »

« Bene. Sì. Bene. Tio è molto preparato. Marlin è... Marlin è bellissima. »

Lui sbuffa. « Per il presidente era fondamentale che lei ci fosse. Ma tu come stai? Hai l'aria stanca. »

Istintivamente mi porto una mano al viso. Perché mi sento ferita da quell'affermazione? Di sicuro non intendeva offendermi. E io non sono certo una di quelle che anche durante il ciclo non hanno un capello fuori posto e si gettano dall'aereo col paracadute e col sorriso sulle labbra. No, io a un primo accenno di stanchezza sotto gli occhi ho due borse come quando fai la spesa grossa al Carrefour. « Ho dovuto correre un po', oggi. Sai com'è quando s'inizia una trasmissione nuova. »

Lui sbuffa e si stropiccia il viso con una mano. Se io ho l'aria stanca, lui sembra avere il peso del mondo sulle spalle. Un po' come il presidente Obama. O Iron Man. « No. Veramente non lo so, come vanno le cose in una televisione. È la prima volta che lavoro in quest'ambiente. » Quando guarda fuori dalla finestra, m'incanto per qualche secondo sul suo profilo.

« In che senso? Non hai mai lavorato per una televisione? » gli domando poi.

Lui scuote la testa. « Sono un revisore. Un osservatore. Il mio lavoro è valutare l'organico di un'azienda. Capire il suo funzionamento e vederne le falle... Con distacco. » Sposta dei fogli sulla sua scrivania e si alza, sgranchendosi la schiena. « Ma alle volte mi sembra che non cambi mai niente... solo i posti. Roma, Parigi, Barcellona... » Si stringe nelle spalle.

« Un po' come stare in un frullatore », commento io, pensando a tutta la gente che deve aver conosciuto. A tutte le Alice Bassi che gli saranno passate davanti. A tutte quelle che ancora lo aspettano in futuro. E il pensiero m'inquieta e mi fa stringere forte la mano sul pomello della porta. Lo guardo negli occhi e ho come la sensazione di affondare.

Lui però ride. « Il frullatore rende bene l'idea. Sono praticamente un senzatetto. »

« E l'appartamento? Quello che eri andato a vedere con Raffaella? »

Davide mi guarda negli occhi e poi scuote la testa. « Non andava bene. Non posso tenerci il cane. »

« Hai un cane! »

« Qualcuno che mi faccia compagnia ci vuole. »

In quel momento il suo telefono squilla e lui guarda il display e chiude gli occhi un istante prima di rispondere. « Pronto? » Solleva l'indice verso di me, come a chiedermi di aspettare, ed esce dall'ufficio dicendo: « Al lavoro. Sì, ancora ».

Io sospiro. Ma che ci faccio qui dentro? Che ci faccio con lui? Eppure le scarpette rosse che mi stanno massacrando gli alluci non si risolvono ad andare. Arrivano fino alla porta, ma poi tornano indietro, anche se sanno, come so anch'io, che devo trovare Enrico e che giù mi aspettano.

Dal corridoio sento ancora la sua voce: « Ti ho detto che è un lavoro lungo. Non lo so. No. Non questo fine settimana ».

Sorrido perché la sua scrivania è un caos di fogli, bicchierini del caffè, penne, matite e cianfrusaglie varie, e questa anarchia degli oggetti me lo fa sembrare un po' più umano e un po' meno Terminator.

Poi la mia attenzione viene attirata da qualcosa di famigliare. Il mio nome. Sotto una penna e accanto al curriculum di Sergio, c'è anche il mio, corredato da una dimentichevole fototessera in cui ho una cofana di capelli tra Doris Day e i Playmobil. Me la ricordo, ero andata apposta dal parrucchiere. Dio, che vergogna che Davide l'abbia vista. Non che essere in imbarazzo per una foto di dieci anni prima abbia molto senso, ora, soprattutto dopo che ha rischiato l'ernia portandomi a casa come un sacco di patate, e mi ha tenuto la testa mentre rimettevo l'anima a Dio.

Insomma, vuoi vedere che in definitiva non è cattivo ma è solo che « lo disegnano così »? Per quanto si sia scelto un lavoro in lizza per il premio all'uomo più odiato dell'anno, riesco a intravedere *lui,* al di là di tutto. Un uomo solo, che non può mettere radici e continua a scappare da se stesso.

Ma Davide è davvero così? Getto un'occhiata nel corridoio, ma lui è distante e non sento neppure le sue parole. Quando si volta di scatto, riesco a sostenere il suo sguardo solo pochi secondi, poi mi ronzano le orecchie e allora mi allontano in fretta, facendogli un cenno con la mano. Devo tornare al mio lavoro. Devo cercare Enrico. Devo tornare in regia. Restare lì a ciondolare tra il suo ufficio e il corridoio non ha nessunissimo senso. Proprio nessuno.

Al contrario di quella di Davide, la porta dell'ufficio di Enrico è chiusa.

« Enrico? » Ho il pugno sollevato per bussare, ma faccio un balzo indietro nel sentire un urlo degno di Tarzan. Senza pensarci due volte, entro. E rimango a fissare quella che sembra la scena del delitto di un filmaccio horror. Uno di quelli dove c'è un serial killer grafomane con la tendenza a esprimere il proprio disagio esistenziale sulle pareti col sangue delle vittime. «Mio Dio, Enrico, ma...»

Poi i miei occhi colgono il movimento di qualcos'altro che, veloce, si stacca dalla sua gamba e sgattaiola via.

«Cos'era?» gli chiedo.

«Ti avevo detto di restartene giù in regia», ribatte lui.

E io guardo con angoscia la parete, terrorizzata all'idea di leggerci *il mattino ha l'oro in bocca* ripetuto *n* volte. Ma la maggior parte dei segni sono privi di senso o al massimo sembrano... casette e automobiline.

Aggrotto la fronte e guardo di nuovo Enrico, che solleva il pantalone e si massaggia la gamba. Ha il polpaccio viola e il segno di un morso sullo stinco. Poi sbuffa e mi volta le spalle dicendo: «Riccardino, per favore, vieni fuori. Da bravo, vieni da papà».

«Riccardino? Hai portato *tuo figlio* al lavoro? Ma è vietato!» esclamo.

Enrico torna a guardarmi, furente. «Con che coraggio parli! Proprio tu! Che se non fosse per colpa tua e della tua maledetta trasmissione non sarei in questo guaio!» Quasi quasi schiuma dalla bocca. «Sei stata tu a mettermi in questa situazione. Se ce ne fossimo stati tranquilli, senza colpi di testa, ma invece no! Tu dovevi inventarti 'sta roba. La *Guida astrologica* dei miei coglioni!»

«Enrico!» grido, cercando con lo sguardo il bambino, che non dovrebbe sentire certe parole.

Lui si morde le labbra e si gira. «Riccardino, non ripeterlo, eh? Fa' un favore al papà.»

«Vojo mamma.»

La vocina proviene da dietro lo schedario. «Ehi, ciao, piccolino. Eccoti qui.»

Riccardino solleva una testa di boccoli d'oro e mi guarda con occhi più azzurri di quelli di suo padre.

«Ma che amore!»

Qualcun altro bussa alla porta, e d'istinto rischiaccio il bambino dietro il mobile, mentre Enrico corre ad aprire. «Davide... hai bisogno?» gli sento dire.

« Sì, scusami, Enrico. Devo parlare con te. Anzi, ho bisogno che scendiamo negli studi. Si tratta di una questione piuttosto grave. »

Lo schedario mi viene addosso con forza, colpendomi al ginocchio. « Ahia! »

Enrico mi fulmina con lo sguardo, mentre sento Davide che gli chiede: « C'è qualcun altro? »

« Eh? No, solo Alice... »

« Ah, be', può venire anche lei. »

« No! » Enrico mi guarda in cagnesco. « Alice adesso non può venire. Alice deve restare qui e sistemare delle cose. »

Apro la bocca per ribattere, ma lui non me ne lascia il tempo. « Perché Alice *me lo deve.* »

Sta per chiudersi la porta alle spalle quando gli chiedo: « Enrico, ma di che segno sei? »

Lui torna indietro e mi guarda sprezzante. « 'Fanculo. Sono Scorpione. »

Allora, Tio aveva ragione, ancora una volta: Enrico, da bravo Scorpione, si sta smazzando il mefistofelico Saturno. E adesso io con lui, accidenti.

E ora cosa faccio? Be', per prima cosa potrei alzarmi dallo schedario e liberare il bambino prima che gli venga in mente di denunciarmi al Telefono Azzurro. Poi mi guardo intorno e cerco qualcosa con cui poterlo distrarre. « Guarda, Riccardino, guarda che bella macchinina. Giochiamo con la macchinina? »

Lui me la strappa di mano e inizia a batterla sul pavimento. « Io la voglio spaccare, la macchinina! »

« No, dai, non fare così. » Cerco di togliergliela di mano, perché sta facendo un rumore del diavolo e, più che il Telefono Azzurro, di questo passo arriveranno i pompieri. « Dammi questa macchinina, dai... Dammela! »

Ma lui non si lascia sfuggire l'occasione per pestarmela sulla mano con tutte le sue giovani forze.

« Merda! » Mi porto la mano alla bocca, e ho le lacrime agli occhi per il dolore.

Lui però si è fermato. «La merda è come la pupù?» mi chiede.

«Ehm, no. Cioè... io poi non ho detto merda, tecnicamente... Cioè, non ho detto quella parola.»

«Merda!»

«No!»

«Merdapupù, merdapupù, merdapupù!»

«Basta!» Mi viene un lampo di genio. «Guardiamo un po' di TV, vuoi?»

Nelle mie infinite discussioni con Paola, abbiamo stabilito che la televisione è altamente diseducativa e abbiamo sempre deprecato quei genitori incapaci di fare altro che sedare le giovani menti dei loro figli piazzandoli davanti a insulsi programmi. Perciò dovrei sentirmi in colpa mentre cerco con foga il telecomando? Al diavolo, tanto non è mica figlio mio, no? Se avessi una cerbottana con degli spilli alla camomilla e passiflora giuro che la userei.

Purtroppo, però, quando scanalo, mi rendo conto che quella nell'ufficio di Enrico non è una vera TV, ma soltanto il monitor di controllo collegato con l'emissione. In pratica, ora si vede soltanto lo studio Delta. E, nello specifico, il fuori onda della *Guida astrologica*, perché devono essere andati in pubblicità.

«Quel signore è tutto nudo!» esclama Riccardino puntando il dito.

Mi siedo alla scrivania e, quando alzo gli occhi sul monitor, vedo Alejandro che sta passando davanti alle telecamere, ed è ancora senza maglietta. Un attimo dopo, compare anche Raffaella, che gli appoggia una mano sugli addominali e lo spinge via. «Oh, vaff...» Mi fermo appena in tempo e mi volto verso il bambino con aria colpevole.

Riccardino mi guarda negli occhi e mi dice con sicurezza: «Merda».

Sospiro, lo schermo va a nero e, dopo lo stacchetto, il programma ricomincia.

«Per incantare uno Scorpione», dice Tio, «dovrete fare i misteriosi. Ma, anche nelle relazioni migliori, aspettatevi una burrasca appena dietro ogni angolo. Per tenerlo legato a voi, dovrete sfuggirgli sempre. Ma è anche uno dei segni più pericolosi dello zodiaco e, se dovesse pensare che gli avete fatto un torto, potrebbe inseguirvi fino in capo al mondo pur di farvela pagare. »

Oh, al diavolo Enrico, Tio che mi ha mandata a cercarlo, lo Scorpione e tutto il resto.

« Ho setona! » dice Riccardino.

Sulla scrivania di Enrico ci sono diversi succhi di frutta consumati, ma ce n'è ancora uno chiuso. « Vuoi questo? » gli domando, infilando la cannuccia nel Tetra Pak.

Lui allora mi si arrampica addosso e inizia a bere di gusto. Certo che quand'è più tranquillo è proprio carino. Sembra un angioletto.

È da quando Carlo e io ci siamo lasciati che ho represso il mio istinto materno. Ma avere un bambino tra le braccia dà una sensazione speciale. Lui posa la testolina ricciuta su di me e sospira, rilassandosi. Io faccio altrettanto, appoggiandomi allo schienale della sedia e godendomi il tepore che emana il suo corpicino. Un tepore che si diffonde in tutto il mio corpo.

No, un attimo. Non proprio in tutto il mio corpo...

Sollevo Riccardino di peso e alzo gli occhi al soffitto inveendo contro la maledizione di Saturno. E la pipì del bambino sulla gonna del mio tailleur.

« Ma perché diamine non ti mettono il pannolino, piccolo idrante di Satana? »

In tutta risposta, Riccardino scoppia a piangere. E l'unica soluzione è che andiamo a lavarci e cambiarci. Fortuna sua, trovo un borsone con altri suoi indumenti. Io invece dovrò attingere ancora al reparto costumi, pregando di scovare almeno un gonnellino hawaiano.

Ma stavolta va male, anzi, malissimo: è così tardi che la sartoria è chiusa a chiave. Non mi rimane che lavare la gonna e cercare di asciugarla sotto il getto dell'aria calda.

Non distante dagli studi, c'è un bagno attrezzato per la dirigenza, con tanto di doccia e phon per i capelli. È lì che mi avvio trascinando con me Riccardino. Per lui è un gioco, ed è molto più divertente che stare rinchiuso nell'ufficio di papà.

« Facciamo che eravamo delle barchette? » mi dice, aprendo il rubinetto del lavandino e schizzandomi l'acqua addosso.

« Facciamo che tu eri un pesce e io ti metto la testa sott'acqua e vedo se respiri? » ribatto, mentre inizio a togliermi i vestiti. Perché a questo punto so che nemmeno la camicetta ne uscirà indenne, se me la tengo addosso mentre lo lavo, e tanto vale approfittare, visto che c'è una doccia, per togliermi, nell'ordine: sudore, Arbre Magique e pipì.

Dopo aver sciacquato i miei indumenti, consegno il phon a Riccardino con un compito: « Ora sei un cowboy e punti questa pistola verso i vestiti, che sono dei pericolosi banditi, hai capito? » Così perlomeno mi aiuterà ad asciugarli mentre faccio una doccia veloce.

Mentre m'insapono, però, continuo a guardarmi alle spalle. Dietro la tenda opaca vedo agitarsi la sua ombra, e prego che non gli venga in mente di fare *Psycho* e magari gettarmi per scherzo il phon acceso addosso.

Quando ho finito, mi avvolgo nell'asciugamano dirigenziale. Ma, appena chiudo l'acqua, mi rendo conto che nella stanza c'è troppa, troppa quiete.

E, infatti, tirando la tenda quasi mi viene un colpo. Non c'è. La porta è spalancata e Riccardino se n'è andato. La cosa peggiore però è che anche i miei vestiti risultano desaparecidi. Tutti. A parte una scarpa, che fa il verso a Cenerentola, quando non ho neppure mezza zucca da mettermi addosso.

« Riccardino! »

Ma niente. Anche quando mi sporgo nel corridoio, il piccolo infame non si vede da nessuna parte. Invece mi sembra di scorgere qualcosa sul pavimento. E, siccome è inutile che me ne rimanga lì impalata, sebbene sappia che si tratti praticamente di una missione suicida, corro a recuperare il reggiseno disseminato a terra da Pollicino.

Mi trovo a novanta, quando sento delle voci, e faccio appena in tempo a togliere il reggiseno di mezzo e infilarmi in uno stanzino, che Davide ed Enrico passano proprio lì davanti.

« La correttezza viene prima di tutto, Davide. Sottrarrre del materiale è inammissibile e, se ha sbagliato, deve assumersi le sue responsabilità. »

Se solo non ci fosse stato Davide, magari avrei potuto richiamare l'attenzione di Enrico e farmi aiutare. Ma poi, cosa gli avrei detto? «Papà, ho perso tuo figlio»?

Dio, se sapesse che Riccardino sta facendo la maratona da solo per i corridoi degli studi, andarmene in giro come Lady Godiva sarebbe l'ultimo dei miei problemi.

Ma a un tratto lo sento ridere. Accidenti a lui, si sta pure divertendo, quell'Attila in formato Teletubbies!

La porta della regia che utilizziamo per il telegiornale è aperta.

«Riccardino? Sei qui dentro? Dai, il gioco è bello quando dura poco. Vieni fuori.» Allungo una mano verso l'interruttore della luce, ma poi mi ricordo che per illuminare il piazzato bisogna prima accendere il pannello generale, che si trova da tutt'altra parte.

Procedo allora al buio, ma mi fermo quando intravedo un'ombra che corre da una parte all'altra.

«Riccardino!» esclamo. E poi, quando ho ripreso fiato: «Dai, piccolino, non ti voglio fare niente». E invece quasi quasi mi parte l'embolo come a Jack Torrance, se continua a fare così.

Poi lo intravedo nella penombra, ma lui mi travolge buttandomi a terra e inforcando la porta.

Quando mi alzo a tentoni, scopro che, nella fuga, Baby Killer ha perso un altro dei suoi trofei. Dio sia lodato, è la mia gonna. Ancora umida, è vero, ma almeno non rischierò più di mostrare il lato B (o quello A, che è pure peggio!).

Un attimo dopo, mi sento morire quando Davide ed Enrico attraversano il corridoio. Davide si ferma accanto alla colonna dietro cui sono nascosta, e io prego che non sia dotato della supervista a raggi X.

«Davide...?» lo chiama Enrico, che si è allontanato di qualche metro.

«No, nulla», dice Davide. «Mi è solo sembrato di sentire la voce di un bambino.»

«Un bambino?» Enrico fa una risata isterica. «Qui? Un bambino? Ah, che assurdità!»

« Sì... » Davide si volta verso il corridoio che si snoda in avanti, tra i vari studi. « Là in fondo. »

Aspetto che Enrico se lo porta via, quindi seguo l'indicazione di Davide. Aveva ragione. Ora che sono più vicina lo sento anch'io. « Riccardino? »

Lo vedo. Che paura, è immobile di spalle come la bambina di *The Ring*, e quando si volta mi dice: « Io ti vojo fare la bua! » Per poi attaccarsi a mo' di rottweiler al mio polpaccio.

Dopo un tempo che mi pare infinito, mi ritrovo ansimante sul pavimento, azzoppata come un cavallo, ma con la camicetta ben salda nelle mie mani. Riccardino detto Dracula dei miei stivali 0, Alice The Wrestler 1.

Mentre mi trascino via zoppicando, scalza, sul mio piede sinistro, mi allaccio i bottoni della camicetta e penso a tutti i modi in cui potergliela far pagare.

Quando svolto l'angolo, però, vado a sbattere contro una parete di cemento armato che prima, sono sicura, non c'era. Una parete che mi afferra e che mi tiene stretta. Mettendomi le sue mani sul sedere. Una parete con dei muscoli guizzanti e un buon odore di cuoio, maschio e virile.

Alejandro.

La stretta sulle mie natiche non accenna a diminuire.

Lui mi guarda negli occhi e mi dice: « Lo siento mucho ».

« Lo sento mucho pure io », replico, con un filo di voce, che in effetti tra noi sembra si stia gonfiando un canotto.

« Alice! »

Il tuono è la voce di Enrico, che ha l'effetto di far scollare le mani di Alejandro dalle mie chiappe e farmi barcollare all'indietro.

« Cosa stai...? Dov'è...? » Enrico sbianca, poi si morde le labbra. Perché davanti a Davide non può certo chiedermi del suo dolce pargoletto.

Già. Davide. Ormai girano in coppia come i carabinieri. Ovviamente c'è anche lui. E fissa prima Alejandro e poi me senza dire niente.

« Ehm, è tutto... sotto controllo », dico, mentre strattono la camicetta per darmi un contegno, e mi accorgo di aver allacciato i bottoni storti. «Stavamo parlando della trasmissione, con Alejandro, qui... e gli stavo chiedendo, ehm... di che segno era.»

«*Sagitario.*»

«Ah, ehm, bene... interessante.»

Ricacciata in studio senza passare dal via, dopo aver spiegato a Enrico che, se fossi in lui, prenderei in considerazione *SOS Tata*, o ancora meglio un esorcista, sono più che decisa a non lasciarmi distrarre oltre.

«Scoprire il segno zodiacale di qualcuno e poi il suo oroscopo è un modo efficace per iniziare a comprendere una persona», sta dicendo Tio. «Qui in trasmissione vi daremo delle dritte su come comportarvi. Volete ammansire uno Scorpione? Essendo un segno amante degli estremi, potreste provare con del cibo piccante o una torta di panna molto dolce...»

Mah, io penso che, con Enrico, ora come ora, sarebbe più utile una collana d'aglio.

«Soprattutto preparatevi a vivere alla giornata, con continui colpi di scena.»

E, in quel momento, Luciano stacca sul totale dello studio. E ho una folgorazione.

Appoggiata al grande schermo dietro le poltrone degli ospiti, giace solitaria la mia scarpetta mancante. «Manda la pubblicità!» esclamo.

«Non posso, mancano almeno dieci minuti. Che ti prende?» mi chiede Luciano.

Se la mia Christian Louboutin è lì dentro, dev'esserci anche Riccardino!

Ignoro gli strepiti di Luciano e, cercando di fare meno rumore possibile, m'infilo nello studio guardandomi intorno. Ci sono i cameramen, l'assistente di studio, gli ospiti, Tio e Marlin... Ma Riccardino? Anche se è piccolo, di certo qualcuno se lo troverebbe tra i piedi. A meno che...

Quando lo scorgo, a momenti mi viene un colpo. È riuscito a salire sulla pensilina che corre intorno al piazzato luci, a quasi quattro metri da terra.

Se cadesse, forse al mondo verrebbe risparmiata una terribile piaga in futuro, ma io non sarei lì a beneficiarne.

Mi vede anche lui, e in risposta ai miei gesti disperati solleva l'ultimo indumento che gli è rimasto e lo sventola. Le mie mutandine.

Quando inizio ad arrampicarmi sulla scaletta, non so se ho più paura che lui si sfracelli, che lasci andare le mutandine sulla testa di un ospite, oppure che qualcuno levi lo sguardo e si accorga che me ne vado in giro in versione *Sotto il vestito niente*.

Riccardino invece è bello serafico, fa la variante mignon del fantasma del palcoscenico, e s'inabissa giù per la scaletta al lato opposto dello studio.

A me, invece, quant'è vero che sto agli sport estremi come la donna cannone alla dieta a punti, scivola il piede e finisco col contare i pioli dal primo all'ultimo col sedere. Mi ringoio un paio di esternazioni tanto doverose quanto poco signorili e imbocco la porticina di servizio per raccogliere le mutandine che Riccardino ha lasciato dietro di sé.

« Alice? »

Potrebbe essere un incubo. Potrei svegliarmi di soprassalto ora e scoprire che devo ancora andare al lavoro e niente di tutto questo è successo davvero. Invece rimango lì, coi miei slip in mano, a fissare Davide.

« Si può sapere cosa sta succedendo stasera? »

Non sta scherzando. Non ha più quello sguardo malinconico e sognante che mi ha rivolto poco prima nel suo ufficio.

E io cosa potrei mai dirgli se non: « Non è come sembra. Ti posso spiegare »?

Se aggiungessi anche « Cielo, mio marito », avrei terminato i cliché del caso.

I suoi occhi diventano due feritoie. « Non te le rimetti? » dice, alludendo alle mutande.

Mi mordo le labbra e lui sospira e mi dà le spalle, concedendomi, bontà sua, un pizzico di privacy.

« Quindi? Proprio non poteva aspettare? »

Batto le palpebre. « Be', no, Enrico... »

« Enrico? » Si volta, e il collo gli diventa tutto rosso. « Prima quella specie di King Kong e adesso Enrico? »

« Alejandro? » Ora sembriamo due pomodori in un campo. « Ma no... » Devo spiegargli tutto dall'inizio, sperando che Enrico poi non decida di bere il mio sangue. E che Davide non stia davvero dalla parte del lato oscuro della forza, e voglia prendere provvedimenti su entrambi per aver nascosto un minore in un luogo di lavoro pieno d'insidie. Quando ho finito, lui mi fissa come se gli avessi appena rivelato che al Presidentissimo in privato piace travestirsi da suora e farsi sculacciare.

« Ti ha rubato i vestiti? »

« Dopo avermi fatto la pipì addosso, sì. »

Si stropiccia il volto con una mano, e fa una smorfia. Allora noto che ha le nocche sbucciate. « Ti sei fatto male? »

« Non è niente, solo un graffio. » Certo che, tra tutti e due, potrebbero prenderci come dialogisti di *Mal d'amore.*

Rimango a fissarlo qualche istante, mentre lui si allontana di pochi passi, poi si volta verso di me. « Vieni? »

« Dove? »

« A cercare il bambino. »

« Come mai hai deciso di lavorare in televisione? »

Stiamo camminando tra le scenografie di *Mal d'amore* e passiamo dagli uffici dei potenti magnati delle acciaierie della serie al corridoio del pronto soccorso.

Agli angoli degli occhi di Davide si disegnano linee sottili che gli intensificano lo sguardo.

« Mah... in realtà, avrei voluto fare cinema », gli dico.

« E che film ti piacciono? »

Svio lo sguardo. « Oh, be', ovviamente quelli dei grandi registi. Hai presente Forman? Kubrick? Kiarostami... » Mi mordicchio le labbra, nel tentativo di farmene venire in mente qualcun altro.

Davide si china un attimo per dare un'occhiata sotto un tavolo, nel caso Riccardino ci si fosse nascosto, ma poi si rialza e mi guarda. « La verità, invece? »

« Che vuoi dire? »

« Che non sono davvero quelli i film che ti piacciono. Capisco quando menti, Alice. »

E chi diavolo sei, un agente della CIA? «E va bene, hai vinto. Adoro i film romantici, quelli pieni di equivoci ma con un bell'happy end che ti fa sentire in pace con l'universo. Mettono tranquillità.»

«Tipo?»

«Be', *Ghost*, per esempio. È una storia d'amore bellissima.»

«Mmm, certo: lui muore. Cosa può esserci di più meraviglioso?»

«*Pretty Woman.*»

«Romanticissimo. Lei è una prost...»

«*Qualcuno come te!*» lo interrompo.

«Come *me*?»

«No, cioè... è il titolo di un altro film. *Harry ti presento Sally, Notting Hill... Dirty Dancing.*»

«Mi sembrano tutti un po' datati, però. Per esempio, non c'è niente al cinema adesso che ti interesserebbe andare a vedere?»

Faccio spallucce. «Quando li rivedo, torno a sentirmi una ragazzina. Che ti devo dire, ho sempre avuto la testa un po' tra le nuvole. Colpa di mio padre.»

«In che senso?»

Io faccio per aprire l'anta di un armadio, per cercarci Riccardino, ma dev'essere appena appoggiata, perché si sbilancia subito.

«Attenta!» Dietro di me, Davide l'afferra con entrambe le mani, evitando che mi finisca in testa.

E mi ritrovo intrappolata tra le sue braccia e l'armadio. «In questo senso», dico, cercando di non pensare al calore del suo corpo e al battito del suo cuore contro la mia schiena. «L'ha scelto lui il mio nome. Alice. Mi chiama Alice nel Paese delle Meraviglie. Io dico che Alice nel Paese delle Figuracce sarebbe più adatto.»

Lo sento ridere, mentre rimette cautamente l'anta in posa. Ma rimane dietro di me qualche momento ancora. «Credo sia solo un po' di sbadataggine. E forse anche una buona dose di sfiducia nelle tue capacità. Ma sul lavoro sembri dimenticartene, per fortuna.»

Mi volto e vedo che sorride. « Si vede che sono talmente sbadata che mi dimentico anche di essere sbadata. Tu, invece? »

Attraversiamo quella che sembra la corsia di un centro commerciale, con gli scaffali pieni di prodotti colorati.

« Be', niente Davide e Golia. Mi hanno semplicemente chiamato come mio nonno. »

« Non intendevo questo! » Rido e mi volto di scatto, andando a sbattere con la mano contro un vasetto di sottaceti.

Davide lo acchiappa al volo, rimettendolo a posto. « Puoi cercare di dimenticartene un po' anche ora? Di essere così goffa, intendo. »

Incrocio le braccia sul petto e cammino in mezzo alla corsia, scoccando occhiate furtive agli scaffali che mi sfidano ad avvicinarmi. « Io intanto ti stavo chiedendo come mai fai questo lavoro... »

Serio, Davide sposta lo sguardo verso il set successivo. « Proviamo ad andare di là. » Invece di rispondermi, imbocca un'altra scenografia e la esamina come la scena di un crimine. Evitando accuratamente di guardarmi.

« Direi che non è neanche qui. Va bene che è piccolo, ma non può essersi infilato tra le fessure del pavimento », commento, guadagnandomi un suo sguardo e una sbuffata.

« Fai sempre così? »

« Così come? »

« L'ironica. »

Mi stringo nelle spalle. « Non è che riesca a essere diversa. »

« No! È bello, cioè, a me piace, ma... » Attraversa un'altra porta, lasciando quel « ma » in sospeso. Ma cosa?

Lo guardo interrogativa e lui sospira di nuovo.

« Non è facile starti al passo. »

Ahi, ahi. Un punto in meno ad Alice.

« Anche al tuo, di passo, non è semplice andarci », dico, ma senza essere aggressiva, mettendomi sulle labbra un sorriso dolce. « Uomo in carriera, con posizione di livello. Insomma, una ragazza si potrebbe anche sentire a disagio », ridacchio. E poi sdrammatizzo: « Ma anche tu sei un uomo, mica Iron Man. Voglio dire, per quanto, anche tu hai la tua vita... Per dire, probabilmente giocavi con gli altri bambini come facevo io, la mamma ti sgridava perché non volevi mangiare le verdure. Quelle cose lì, da essere umano».

Ma lo vedo indurire la mascella. «Ehm... No.»

Non aggiunge nient'altro e mi gira le spalle. Quando abbiamo percorso praticamente tutte le scenografie senza trovare traccia del bambino, mi tiene aperta la porta per farmi passare e io ho come la sensazione di qualcosa che finisce, di un incantesimo che si spezza. Infatti subito dopo veniamo raggiunti da Enrico, che mi lancia uno sguardo torvo, poi si morde le labbra fissando Davide e mi chiede: «Perché non sei in regia?»

Non so cosa dire. Enrico non sa che Davide sa. Io so che Davide sa ma pure che non dovrebbe sapere quello che sa. Ma Davide sa che non dovrebbe sapere quello che sa? Mi gira la testa.

«L'ho chiamata io», dice Davide, facendomi tirare il fiato dal sollievo. «Ma ora è tutta tua, se hai bisogno di lei.»

Non significa niente, ma quel «tutta tua» mi causa una stretta allo stomaco.

«L'hai trovato?» chiedo a Enrico appena siamo soli.

«No che non l'ho trovato! Accidenti, Alice, ma come diavolo hai fatto a perderlo? Se gli succede qualcosa, Emilia mi ammazza. E io ammazzo te, sia chiaro.»

«Ma tua moglie non se lo poteva tenere a casa?» ringhio io.

Lui si scompiglia quei quattro reduci che ancora chiama coraggiosamente capelli. «Ha detto che devo stare un po' con mio figlio. E che lei aveva bisogno di riposare.»

Anche se non ho dubbi che la mamma del piccolo Squartatore avesse bisogno di una tregua, scuoto la testa. «Tu però devi lavorare, Enrico. Questo lei deve capirlo. Non puoi portare qui un bambino, con tutti i pericoli che ci sono. Una baby-sitter?»

«Emilia se n'è andata, Alice. Oggi pomeriggio. Ha preso ed è partita. È al mare con le sue amiche. E le baby-sitter hanno detto tutt'e tre di no.»

Certo, capisco che passare una serata con la reincarnazione cinquenne di Hitler non sia proprio in cima alle priorità di un'adolescente. «Ma non mi dire? Nessuno apprezza più di giocare a ti lego e ti pianto degli spilli sotto le dita? Che mondo!»

«Ora piantala. Riccardino è un bambino vivace, ma non è cattivo.»

Io guardo il suo occhio ancora gonfio, il segno di biro che gli attraversa la faccia in stile *Scarface*, il dito fasciato e la gamba alla quale l'incompreso Riccardino si è attaccato nell'imitazione perfetta di un piranha. Ma come fai a dire a un padre che suo figlio avrebbe bisogno dell'esorcista? «Continuiamo a cercarlo, dai.»

Ci dividiamo di nuovo, per rastrellare più zone e, quando capito vicino alla regia, Luciano si sporge dal mixer video e mi ferma: «Eccoti qui, Alice». Per un attimo temo che voglia farmi la ramanzina anche lui, invece ammicca verso il telefono. «Ha chiamato Nardi. Ti vuole nel suo ufficio. Mi ha detto di dirti che 'l'ha trovato'. Non so cosa, ma l'ha trovato.»

Salgo i gradini a due a due. Ah, ma ora quella peste mi sentirà. Quando avrò finito con lui, sì che somiglierà a Macaulay Culkin, ma dopo la cura in una comunità di recupero.

Quando spalanco la porta, però, rimango spiazzata. Davide si gira verso di me, senza alzarsi dalla poltrona, per non svegliare Riccardino, che gli dorme tra le braccia, come un angioletto. «L'ho trovato vicino alla macchinetta delle merendine. Era già addormentato, con una mano infilata nello sportello. Credo avesse fame, ma poi la stanchezza deve aver vinto.»

A me tutte quelle parole fanno l'effetto di una specie di ronzio, perché riesco solo a pensare che non ci sia niente di più affascinante di un uomo con un bambino addormentato tra le braccia.

Lui si alza. «Avrei bisogno del tuo aiuto...»

Solo quando mi raggiunge noto che una delle sue mani è piantata nella bocca del bambino, ben salda tra i dentini. «Oh! Ossignore...»

«Non molla. E non sembra avere intenzione di svegliarsi. Non so neanche come abbia fatto, visto che dormiva.»

Mi stringo nelle spalle. «Dev'essere un riflesso incondizionato, un po' come con gli squali.» Gli pinzo il nasino tra le dita e, meno di tre secondi dopo, Riccardino stappa la bocca mollando la presa.

«Donna dalle mille risorse», commenta Davide, consegnandomi il ragazzino e massaggiandosi la mano. « Sta' attenta. »

« Deve solo provarci, con me », gli dico strizzando l'occhio. « Inizio a pensare che la strega di Hänsel e Gretel avesse i suoi buoni motivi. » Cerco di scuotere via una ciocca di capelli che mi è scivolata sul viso e mi fa prudere il naso, ma con Riccardino in braccio non è facile e continuo a soffiare e soffiare, facendola rimbalzare.

Davide cerca di aiutarmi, sfiorandomi la guancia con le dita.

D'istinto, faccio un passo indietro, verso l'uscita. Ho già fatto tante, troppe gaffe con lui, che l'ennesima gradirei risparmiarmela. E, visto che già sento che mi si sta ricoprendo la faccia di macchie rosse, mi volto ed esco nel corridoio. « Grazie per averlo trovato. E per aver chiamato me e non Enrico. Insomma per... »

« Per non essere il mostro che dovrei essere? Nonostante il mio lavoro? »

« No... »

« Sì, invece. È quello che mi hai chiesto prima. Come si possa fare un lavoro come il mio. Alice, io cerco di salvarle, le aziende, non di distruggerle. Vorrei che capissi questo. Davvero, ci terrei molto. »

Ancora, ha quel modo di guardarmi che sembra volermi scavare nella testa e anche più a fondo. E allora riesco solo a borbottare un: « Certo. Certo che lo capisco ». E mi allontano in fretta, perché la realtà invece è che non ci capisco davvero niente.

La prima cosa che faccio, dopo aver posato Riccardino sul divanetto, è chiamare Enrico e dirgli che ho trovato il bambino e sta bene. Appena arriva, mi abbraccia forte, ma subito dopo mi scaccia via in malo modo, ringhiando che sono del tutto inaffidabile ed è meglio che mi levi subito dalla sua vista.

Sulla porta, lo guardo fare una carezza al bambino e mormoro: « Tipico dello Scorpione ».

Lui allora mi sorride e batte le palpebre, per non farmi vedere una lacrima. « Fila via. »

Ho il cuore più leggero. E mi viene da pensare che forse sono stata un po' egocentrica nel pensare di essere l'unica al mondo ad avere dei problemi, con Enrico, a un passo da me, e il suo matrimonio in crisi. E Davide. Penso a Davide che mi spiazza ogni volta. Ha detto di essersi preso un cane per avere compagnia. Non dev'essere facile condurre una vita di spostamenti, con la consapevolezza di non poter allacciare legami duraturi.

Anche solo per questo, dovrei tenermi ben lontana da lui.

Altro che continuare a fantasticare su Iron Man, Batman e vari ed eventuali supereroi solitari che non hanno né il tempo né la voglia di frequentare una donna per qualcosa di più impegnativo di un aiuto a capire se le calzamaglie vanno coi delicati o è meglio portarle in lavanderia.

Ma intanto continuo a pensarci.

Quando arrivo in regia, la trasmissione è finita e sono andati via quasi tutti. C'è però Raffaella, che mi fa un gran sorriso. «Enrico mi ha detto che hai avuto dei problemi, stasera. Non ti preoccupare, ho pensato a tutto io, qui.» Sta imboccando la porta, quando si gira verso di me. «Hai saputo?»

«Saputo cosa?»

«Sergio è stato licenziato. Temo che sia iniziata la mattanza.» Mi batte sulla spalla. «Chissà chi sarà il prossimo...»

Si allontana, e io mi sento in una bolla. Sento la voce di Davide che mi prega di non avercela con lui, perché non è nulla di personale, se deve licenziare qualcuno. E nella testa mi passa un'immagine, un ricordo. Di stasera, quando Davide ha risposto alla telefonata e sono rimasta sola nel suo ufficio. Allora, pensando all'uomo e non alla figura professionale che rappresenta, non al suo ruolo in azienda ma a una delle mie solite proiezioni pseudoromantiche, mi sono avvicinata alla sua scrivania e ho visto il curriculum di Sergio. Accanto al mio.

Chissà chi sarà il prossimo...

Fuori piove forte. Non me n'ero neppure accorta. Corro verso la mia macchina, perché l'unica cosa che voglio è guidare, accendere la radio a tutto volume, stordirmi di musica e non pensare a quello che sta succedendo. A Sergio senza più un lavoro. A Davide che lo ha mandato via. A me, che come al solito non ho capito un tubo.

Ma, quando arrivo, mi accorgo che, per l'ennesima volta, sono stata una scema, perché ho dimenticato la borsa, che è rimasta in regia, con le chiavi della macchina e tutto il resto.

Rientro sbattendo con violenza la porta. Sono furente.

Ce l'ho con Davide, perché mi ha mentito, perché non è la persona che sembra; e con me stessa, perché continuo a interpretare i segnali solo ed esclusivamente in una direzione, come se ogni volta mettessi un paio di occhiali con le lenti rosa. Sono talmente arrabbiata che mi manca il fiato. E ho i vestiti fradici, e il tessuto mi s'incolla alla pelle in un modo così irritante che me li devo strappare via.

Ho già tolto la camicetta, quando mi accorgo di non essere da sola.

Sulla porta della regia, Alejandro non dice una parola, ma mi guarda con quei suoi occhi latini, scuri e languidi. Nemmeno io dico niente, ma mi avvicino, senza staccare lo sguardo dal suo.

Con un gesto fluido, collaudato, lui si sfila la maglietta, mostrando ancora una volta quei suoi addominali da competizione. Ho bisogno di questo. Ho bisogno di perdermi.

Le sue labbra hanno il sapore salato della mia disillusione.

CANCRO

Togliamoci subito questo sassolino dalla scarpa: non cucinerete, non rammenderete, non pulirete mai casa, così come non farete mai nessuna qualsiasi altra cosa al mondo meglio della sua amata mamma. A confronto del bambino del Cancro... oh, pardon! dell'Uomo, *dell'Uomo* del Cancro, Edipo era una personcina equilibrata, per nulla attaccato alle gonnelle materne. Tuttavia avrete sicuramente modo di conoscere presto la vostra rivale in amore, non appena il Cancro v'inviterà a casa, a vedere la sua cameretta.

11

IL PROFUMO DEL SAGITTARIO SELVATICO

« Non l'hai fatto davvero! »

« Paola, è stato solo un bacio, mica ho girato un filmino osé sul bancone della regia. »

Però gongolo mentre lo dico, perché è stato un bacio soltanto, sì, ma torrido come il deserto del Gobi.

Mi sono sentita come in uno di quei film americani dove le donne sono belle e spregiudicate. Talmente belle e spregiudicate che quando entrano in un locale non devono neppure fare lo sforzo di aprire bocca. Con una sola occhiata, bella e spregiudicata, si sono già guadagnate almeno un drink (gratuito), un uomo per la serata (ma che, come in ogni film che si rispetti, sarà l'amore vero), l'abito bianco, una villa con piscina, una batteria di pentole acciaio Inox 18/10, e magari anche un set di materassi comprensivo di reti ortopediche.

« Non starai esagerando? » mi chiede Paola, che da brava migliore amica fa da torre di controllo e avvia le manovre d'atterraggio. « Alice, guarda, io sono contenta che tu abbia vissuto questa cosa così... così passionale, ma non vorrei che ti facessi illusioni su quel tizio. Insomma, uno che se ne va in giro mezzo nudo come uno scimmione, con tutto quell'ambaradan di tartaruga di fuori... E ti salta addosso che neanche vi siete scambiati cento parole, con tutta l'intenzione di sfoderare l'anaconda... Non mi verrebbe da pensare che sia in cerca dell'anima gemella. »

« A parte che, più che un bacio, tra un po' mi sembra di aver fatto un giro allo zoo safari », le dico sbuffando. « E poi non mi sarei potuta spingere sino in fondo. »

« Grazie al cielo, Alice. Sono contenta che tu abbia avuto un po' di giudizio e non sia successo l'irreparabile. »

« L'irreparabile », come lo chiama lei, sarebbe stato tutt'al più un simpatico diversivo per le mie parti basse che, ormai in prepensionamento, non avrebbero detto di no a un giro in giostra o, per continuare la metafora di Tarzan e affini, a un volo sulla liana. «Sì, be', certo, anche quello, *nonnina*. Ma più che altro è che devo ancora bonificare l'area. Domani prenoto per una ceretta total body. E allora, se mi ricapita sotto tiro, si salvi chi può», ribatto, con tutta l'intenzione di stuzzicarla.

Lo so che non approva: Paola è della regola dei cinque appuntamenti, non uno di meno e forse qualcuno di più. Ma perlomeno si mette a ridere, e in sottofondo sento ridacchiare anche suo figlio Sandrino. E, visto che so che Paola mette spesso il vivavoce per avere le mani libere col bambino, ringrazio il cielo che sia troppo piccolo per capire.

«Fa' la brava, Alice, e aspetta per la ceretta.» Per un attimo, sento la sua voce come se fosse più distante: «Sì, è Alice, la mia amica. Mi passi quel vasetto?»

«N... Non sei da sola?» balbetto.

«C'è qui mia madre, mi sta aiutando a preparare le pappe da surgelare.»

«Ciao, Alice!» sento chiaramente in distanza. «Salutami la tua mamma.»

«Certo, signora. Ehm, buona giornata a lei.»

Al telefono con Paola mi è facile fare la splendida, fingere di essere una femme fatale cui gli uomini cadono ai piedi appena schiocca le dita.

Invece non sono mai riuscita a capire come si faccia a schioccare le dita, ed è forse per questo che mi sono dovuta inventare mille altre strategie per accaparrarmi uno straccio di fidanzato.

Visti gli esiti, però, forse dovrei fare pratica con lo schiocco.

Quando timbro il cartellino, lunedì mattina, sto ancora strofinando il pollice sull'indice, nel tentativo di produrre uno schiocco degno di questo nome. Più che altro lo faccio per scaricare la tensione, anche se il messaggio di Tio avrebbe dovuto mettermi di buonumore.

Buongiorno, Bilancina,

sprizzi energia e gioia di vivere, e questo è una calamita per le persone che ti circondano. Lo devi alla Luna Piena in Bilan-

cia, ma anche alla Congiunzione tra Venere e Urano, che favorisce le relazioni e le nuove amicizie.

Attenzione però alla Luna Quadrata, in Transito Negativo con Nettuno, che ti porta ad abbandonarti all'illusione, a lasciare la realtà per il sogno. Urano in congiunzione con Venere può farti litigare con la persona amata o anche renderti impulsiva nelle scelte di cuore e nel trarre conclusioni. Tuttavia il Sestile di Mercurio con Plutone ed il Trigono di Marte con la Luna ti assicurano un certo piglio nelle scelte, e sarà difficile farti cambiare idea. Tutto, comunque, sta a indicare che sei sulla buona strada per determinare la tua personalità e affermare la tua forza, soprattutto in ambito lavorativo, dove Saturno ti spalleggia, favorendo la concentrazione e lasciandoti affrontare con tranquillità incarichi anche stressanti.

Insomma, chiudo gli occhi e faccio un gran respiro, sperando di riempire i polmoni di forza e determinazione. Purtroppo, quando lascio andare il fiato, espiro anche tutti i buoni propositi che Tio cerca d'inculcarmi. Per quanto mi piacerebbe abbandonarmi alla fantasia di essere una superdonna che non deve chiedere mai, non posso ignorare il licenziamento che potrebbe attendermi in un prossimo futuro. Così come non posso evitare d'incontrare Alejandro e venire a patti con l'imbarazzo dovuto al nostro magic moment di mercoledì notte. E Davide.

Dovrò affrontare Davide.

Non so quando. E non so come. Ma accadrà, visto che lavoriamo insieme, come una di quelle coppie dei telefilm. Come in *Cuore e batticuore,* però non siamo miliardari, non siamo sposati e io non scrivo bestseller. Come in *X-Files*... Anche se qui di alieno mi sa che c'è soltanto il mio senso pratico. Be', mi devo arrendere all'evidenza, Davide e io non ci azzecchiamo un bel niente, al massimo siamo come Superman e la Tata.

E, a proposito di tata e tate, metto la testa dentro l'ufficio di Enrico, perché vorrei chiedergli come sta, se la moglie è tornata, e se ieri ha scovato una farmacia di turno per il bromuro di Riccardino. In giro però non c'è nessuno, il che è parecchio strano, considerato che è lunedì mattina.

Anche i cubicoli del loft sono tutti vuoti. Trovo solo Conchita, che svuota i cestini della carta, spolvera le scrivanie e dà l'acqua alle piante. Se già altre volte mi era venuto da pensare che fosse l'unica a lavorare davvero qui dentro, in questo momento ne ho la certezza. « Concy, ciao, sai dove sono gli altri? »

Lei fa spallucce e poi il gesto di portarsi una tazzina invisibile alle labbra, col mignolo rigorosamente alzato. « *Binisdi* », dice. E, quando scuoto la testa perché non ho capito, aggiunge più semplicemente: « Bar ».

Mentre percorro il corridoio verso la mensa, sento un crescente brusio e, quando spingo le porte basculanti, sono tutti lì radunati. Stanno brindando a suon di caffè e succhi di frutta. Il *binisdi* di Conchita.

« Auguri! » esclama Enrico, battendo sulla spalla di Carlo e dandogli uno scrollone.

« Auguri, Cristina! » dice invece Raffaella, porgendole un pacchetto enorme.

Com'è che mi sembra di essere capitata in un horror party stile *Ai confini della realtà*? Quelle cose un po' anni '50, dove le donne hanno tutte bellissime cofane cotonate e gonne a campana, ma poi con un gran sorriso ti mettono davanti una torta fatta di arti umani brulicanti di vermi.

Cristina fa la ruota come una pavonessa, massaggiandosi il pancino appena pronunciato. No, non si tratta di un semplice brindisi per qualche successo lavorativo. No, sono capitata nel bel mezzo di un Baby Shower Party per la futura prole di Carlo!

« Grazie, amici, che dolci », dice la mia ex amica con una dose di zucchero da mandarti in overdose.

Mentre lei apre la busta che sormonta il pacchetto, Raffa mi vede e, come alla moviola, solleva le mani e se le porta alla bocca. « Alice! »

Si voltano tutti verso di me. Carlo fa un passo in avanti, ma poi desiste, fulminato dall'occhiata della sua quasi consorte e quasi madre di suo figlio.

« Ehm, Alice, vieni », dice Cristina. « E grazie », aggiunge, accennando al pacchetto infiocchettato.

È Raffa a venire verso di me, attorniata dalle segretarie di Eastwick del piano di sopra. « Veramente, Alice non ha partecipato al regalo », dice, per poi rivolgersi a me con fare comprensivo. « Mi è sembrato più delicato non dirti niente. »

Ecco, ora ho la conferma che a questa simpatica festicciola io non sono stata invitata di proposito.

La cosa peggiore è che hanno smesso tutti di sorridere, come se fosse arrivata la Strega dell'Ovest a rompere le palle a Dorothy e compagnia.

E tutto quello con cui riesco a uscirmene fuori è: « Scusate ». Anche se vorrei potermi spacciare per un ologramma o dire che sono soltanto frutto di un'allucinazione collettiva dovuta al caffè corretto.

Faccio un passo indietro, nel disperato tentativo di guadagnare la porta, ma qualcuno mi afferra la spalla. « A dire il vero, Alice sapeva di questo rinfresco. Gliel'ho detto io, quando le ho chiesto di aiutarmi a prendere il regalo. » Davide mi trascina in avanti. « E, infatti, alla fine abbiamo scelto di farlo insieme. Eccolo qui. » Piazza sul pacchettone un pacchettino più piccolo, ma ben incartato, e con un elegante fiocco color crema. « Questo è da parte mia. E di Alice. »

Chissà come, la sua mano è scivolata giù lungo il mio braccio e ora le sue dita sfiorano le mie. Io lo guardo negli occhi, mentre un moscerino fastidioso sibila: « Oh, ma grazie, che carini che siete stati. Non è vero, Carlo, che sono stati carini? Loro due. Davide *e Alice* ».

Il mio sguardo scende per una frazione di secondo sulle nostre mani. E Davide toglie subito la sua, infilandosela in tasca. « Figurati, Cristina. Congratulazioni », le dice.

Evito il bacio di Giuda di Carlo, sporgendomi verso le guance di Cristina, e sperando di uscirne con la giugulare integra.

« Grazie, Davide. E Alice », fa comunque il mio ex fidanzato. « Grazie di averci regalato una... minichitarra acustica. »

« Ehm, immagino che Carletto Jr. ci delizierà... tra qualche anno », dice Cristina.

E lo vedo arrossire. Davide. Davide Nardi, il licenziatore più veloce del West, che forse ha appena scritto il mio nome in cima alla sua lunga lista. Tra parentesi, non è che le occhiate degli altri siano meno dure, ora che mi spalleggia lui. Se nasci Tristo Mietitore, non è che ti puoi improvvisare Lancillotto e giocare a chi è il cavaliere più servente del reame. E, infatti, finisce che Luciano e Ferruccio m'inceneriscono coi loro sguardi.

«Non so se tu l'hai già bevuto, ma io ho bisogno di un caffè», chiedo a Davide per trarlo d'impaccio di fronte a Carlo e Cristina. Mi sembra un gesto equo per sdebitarmi della sua carineria.

«Lo prendo volentieri», mi risponde, facendomi strada verso il bancone del bar.

Rimaniamo in silenzio mentre il barista ci prepara i caffè. Esegue una serie di movimenti meccanici, e noi lo fissiamo neanche si stesse esibendo in un numero da funambolo. Non è che sia proprio un bel vedere, dal momento che, estate e inverno, sotto le ascelle ha sempre due voglie di sudore grosse come braciole, ma diciamo che un punto in movimento ci fornisce la scusa di non rivolgere lo sguardo l'uno all'altra.

«Com'è andato...»

«Hai saputo di...»

Ci parliamo sopra, allo start delle tazzine che colpiscono i piattini.

«Scusami», dico.

«Di' tu.» Scuote la testa, evitando ancora di guardarmi.

«Volevo solo chiederti se sapevi com'era andata la prima puntata della *Guida astrologica.*»

«Oh, sì. Be', bene... mi pare bene. Ma controlleremo lo share più tardi, col presidente.»

Io sospiro e mando giù il caffè, sperando che sia così davvero, perché, visto l'andazzo, quei due potrebbero giocare alle equivalenze, e a ogni punto di share perso fare il tiro al piattello con noi dipendenti. Forse era questo che intendeva Tio nell'oroscopo che mi ha mandato: *una calamita per le persone che ti circondano.* Solo che non ha specificato che i miei colleghi mi avrebbero inseguita coi forconi.

Quando lo vedo aggrottare la fronte e fissare un punto oltre la mia spalla, mi viene spontaneo voltarmi, e mi ritrovo davanti Conchita, col suo spazzolone per i pavimenti in una mano e con una rosa gialla nell'altra.

È una visione sconcertante.

Di getto, dico: «No, grazie». Perché, ogni volta che vedo

una rosa, ormai dietro c'è sempre quello che cerca di vendertela.

«No. Pette», ribadisce Conchita. «Potata ora. Pette.»

«Credo che voglia dire che l'hanno portata ora per te, Alice», mi spiega Davide. «Grazie, Conchita.»

Ecco cosa vuol dire avere un lavoro che ti fa viaggiare: si finisce per farsi l'orecchio sulle lingue straniere.

Davide sfila il fiore di mano alla donna e me lo porge, ma io rimango immobile, gli occhi nei suoi. E rimango immobile, occhi nei suoi, per un motivo.

In quello stesso momento, infatti, un braccio mi circonda la vita e un paio di labbra morbide, calde e... *latine* si posa sul mio collo. Mentre una voce alle mie spalle sussurra: «*Querida...*»

Che, se non fosse per la situazione, forse mi metterei a ridere pensando a Gomez della famiglia Addams, e in risposta al pizzicotto che mi sento dare sul sedere potrei dire: «Grazie, Mano!»

Però non c'è niente da ridere. Non guardando Davide, comunque, che, se per un attimo rimane lì con la rosa in mano a fissare Alejandro che fa la lambada contro di me alle nove del mattino, un istante dopo depone il fiore sul bancone. «Be', devo andare», dice tra i denti. «Buona giornata, Alice.»

12

LE RAGAZZE DELLA BILANCIA SONO FACILI

Ora, in tempi non sospetti, sono stata una grande fan di Agatha Christie, ma mai e poi mai avrei pensato che qualcosa nella mia vita avrebbe potuto, un giorno lontano, tingersi di giallo. A parte le pareti di casa, ovviamente.

Invece è proprio così. Sono alle prese col *Giallo della rosa gialla.*

Non molto originale come titolo, ma la sostanza è questa: quella rosa, io non ho idea di chi me l'abbia mandata.

Ammetto che, sulle prime, e per una certa concomitanza di eventi, ho dato per scontato che fosse opera di Jeeg addominali d'acciaio, visto che il bell'Alejandro si era materializzato praticamente in sincrono alla rosa.

Lui però ha smentito subito, sottolineando che, semmai, me l'avrebbe regalata *roja* come la *pasión*. E scommetto pure che non avrebbe mancato di porgermela stringendola tra i denti.

« Pronto, mamma? » dico, quando sento la sua voce all'altro capo del telefono.

« Ciao, tesorino, cosa c'è? »

« Ehm, tu o papà per caso mi avete mandato dei fiori qui in azienda? »

« Aspetta, che tuo padre è sulla scala. Oggi è in fregola. Ha già lucidato tutte le sue scarpe e ora gioca all'Uomo Ragno nel ripostiglio. Guido! Scendi dallo scaffale che si rompe! »

« Non si rompe, ci sono appena appoggiato, Ada. Abbi un po' di fiducia. Sarò anche andato in pensione, ma non mi sono mica rimbambito. »

« Sì, sì, certo, con questa storia che è in pensione, adesso non sa più come dimostrare che è un uomo vero. Sta' attento che cadi. Poi ti spacchi un femore e a chi tocca spingerti sulla carrozzina? »

Mio padre brontola in sottofondo: « Te lo do io il femore, tie' ».

« Insomma, non siete stati voi a mandarmi i fiori. »

« Guido, Alice dice che ha ricevuto dei fiori e non sa da chi! » grida la mamma.

« Si saranno sbagliati! » esclama molto carinamente mio padre dall'altra parte della casa.

« Perché devono essersi sbagliati? Non posso ricevere fiori, io? » esclamo, piccata.

« Certo sarebbe una novità, passerotto. Di questi tempi lo sai bene che uomini ci sono in giro. »

Sento ancora mio padre, in sottofondo: « Se qualcuno ruba un fiore per te è perché non sa come fare, ma a letto ti vuole portare ».

Sospiro. « Okay, devo andare. Ringrazia papà della poesia. »

Quando chiudo la comunicazione, sento uno strano brivido scendermi lungo la schiena. Se fosse il primo passo di uno stalker? Dopotutto essere autrice di un programma porta una certa notorietà, il mio nome è finito anche in un trafiletto di *City*.

Ma dico, però, è il colmo, che io sia qui, senza l'ombra di un fidanzato e che qualcuno s'innamori di me e inizi a stalkizzarmi a suon di rose. Insomma, se questo tizio avesse un briciolo di coraggio e si facesse avanti, potrei anche valutare la cosa.

« Chissà di che segno è... »

A pranzo, cerco di distrarre la mente dall'imminente minaccia, mangiando con Tio.

« Dai, hai ricevuto un fiore, non un orecchio umano! » mi dice, minimizzando.

« Già, ma vorrei sapere da chi. »

« Perché sei curiosa come una scimmia. » Si guarda intorno, nella mensa, addentando un altro boccone del suo panino e ruminando a pieno palato. « Nardi? Ce lo vedo come ammiratore segreto. Fa tanto il duro, ma in fondo è un timidone. »

Davide. Sollevo lo sguardo verso il piano rialzato della mensa. Lui è al tavolo col Presidentissimo e col direttore del personale, Franco Minora, detto Minority Report per le lettere di richiamo che partono dal suo ufficio.

« Non credo. Sembrava sorpreso dall'arrivo di Conchita. »

«Dall'arrivo di Conchita o da quello di Addominal Man?»

Già, non ci siamo più incrociati da stamattina, con Davide. Dovrei essere contenta delle effusioni di Addominal Man – voglio dire, Alejandro – eppure ripensare a quel momento mi fa sentire una punta di disagio.

«Parli del diavolo e spuntano i bicipiti.»

Le parole di Tio mi fanno girare verso le porte basculanti, dalle quali è comparso Alejandro, che si guarda intorno come un pistolero in un saloon.

Al tavolo accanto al nostro, l'assistente di *Mal d'amore*, Mara, gli fa un cenno con la mano, e lui si avvicina col suo incedere da ghepardo, fluido, indolente e carico di sex appeal.

Solo che non si siede al posto che lei gli ha liberato spostando la borsa; no, a un passo dalla sedia, Alejandro scuote la criniera e devia verso di me, fissando Tio come uno stallone imbizzarrito. «Dulse Aliz, eccote.» Mi prende la mano, poi mi toglie delicatamente la forchetta infilzata d'insalata dalle dita, e posa un bacio sulle mie nocche. «Te ho sercato mucho. Mi mancavi...»

Io sospiro, guardandolo in quei suoi occhi neri come la notte.

«Ma non vi eravate visti a colazione?» interviene Tio, schizzando qualche briciola del suo panino verso di noi.

Stringo le palpebre a fessura e lui fa spallucce.

Invece di lasciarmi la mano, però, Alejandro la tira verso di sé, facendo un passo indietro, invitandomi ad alzarmi.

«Deve ancora finire la sua insalata», fa Tio sollevando gli occhi svogliatamente.

«No es esto el cibo di cui Aliz ha bisogno», ribatte Alejandro. «Vieni conmigo, querida.»

Per effetto del timbro spagnolo della sua voce, anche a me sembra di camminare fluida come una ghepardo, quando guadagno l'uscita.

«Io direi di metterlo ai voti», esclamo, sollevando la mano, mentre sono seduta alla mia scrivania. Tio è davanti a me e fissa perplesso il cellulare in vivavoce tra noi.

« Per me è NO, Alice. Assolutamente NO », dice Paola dall'altra parte della rete.

« Quindi secondo te io stasera dovrei uscire con Alejandro così... senza *depilarmi*?! »

« Me l'hai chiesto, e io te l'ho detto. Se non ti depili, non ti passerà neppure per l'anticamera del cervello di dargliela al primo appuntamento. È una tattica, Alice. Con uomini così basta un mezzo sorriso che ti ritrovi senza mutandine. Fatti furba! »

Sbuffo e rivolgo a Tio uno sguardo da cucciolo abbandonato.

« NO », dice lui incrociando le braccia sul petto. E, quando io sporgo il labbruccio, nell'ultimo tentativo d'intenerirlo, lui si appoggia allo schienale della sedia, mettendo maggiore distanza tra noi. « Vi siete già baciati. Lui ora ti ha chiesto di uscire. E tu hai già fatto l'errore di dirgli subito di sì. Bisogna rimediare in altro modo. Alejandro è un Sagittario, cavoli, è l'*homo* più *eroticus* di tutto lo zodiaco. Ti basti sapere che il Sagittario è sempre impegnato nel sesso: se non lo sta facendo con qualcuno, sta pensando di farlo, oppure lo sta facendo da solo. Certo, quando capita di rotolarsi tra le lenzuola con un Sagittario, si scopre un amante eccezionale, superaccessoriato, il sogno proibito di ogni donna, l'esperienza mistica per antonomasia... »

« TIO! » sentiamo esclamare Paola dal telefono.

« Perdonami, Paola. Era solo per dire. Ma alla fine non sono dei fanatici dei legami duraturi. Per questo è meglio cercare di far crescere il loro interesse, prima di concedergli di raggiungere l'obiettivo. »

« Okay, quindi niente, Alice. Siamo due a uno: niente ceretta. Vietato. NIET. Ci siamo capiti? Almeno per... guarda, te ne abbuono due. Niente ceretta per i primi tre appuntamenti. »

« TRE? Tu sei pazza. No, peggio, sei sadica! » Tra l'altro, questo significa che dovrò adottare una mise che sia, sì, seducente, ma che nasconda bene le zone boschive.

Così, quando Alejandro passa a prendermi, mi barcameno su un paio di stivali a stiletto con gambale alto, castigatissime calze 80 denari e minigonna.

Benché sia consapevole del mio barbatrucco, quando mi avvicino alla sua macchina mi sento bella, affascinante, sofisticata. Insomma, la donna ideale per un uomo che di cognome fa SexAppeal.

Alejandro però sembra pronto a smentire ogni congettura di quei due cospiratori che chiamo ancora amici. Innanzitutto non mi salta addosso come Paola ha detto che mi sarei dovuta aspettare, viste le premesse. Non tenta neppure una palpatina veloce durante i baci di cortesia sulle guance, come Tio diceva mi sarei dovuta aspettare, viste le premesse. Anzi, è così gentile da aprirmi addirittura la portiera dell'auto, cosa che neanche Carlo in cinque anni di fidanzamento si è mai degnato di fare.

Mi sembra anche un po' imbarazzato, mentre siamo in macchina e scanala sull'autoradio chiedendomi che tipo di musica mi piace ascoltare, se ho freddo o se preferisco abbassare un po' il finestrino, per sentire sulle guance l'aria della notte.

Durante il tragitto, parla molto, mi racconta di sé, di Sevilla, della España, e mi chiede se ci sono stata, cosa ne penso, cosa mi è piaciuto. Insomma, mi sento sempre più propensa a credere che quei due non abbiano capito un'acca di lui, tant'è che anch'io rifletto sulla possibilità di essere stata, a mio modo, ingenerosa. Mi sono sempre lamentata di quanto gli uomini giudichino solo dalle apparenze, per come si facciano prendere dall'aspetto fisico, senza andare al di là. Ma io che ho fatto? Ho visto questo bel manzo e ho pensato che non fosse altro, per l'appunto, che un succulento boccone con bicipiti abbronzati, cosce d'acciaio e addominali... Ah, non posso pensare ai suoi addominali, altrimenti rischio di sbavare.

Dov'ero rimasta? Ah, sì: lo sto ascoltando.

« Perciò vedi, quando l'altra sera ti ho vista otra vez in regia, e tu... Me devo escusar contigo, porque no es mi manera de hacer. Solo che mi piaci, Aliz. Y ho finito por aprovechar de tí. Lo siento mucho. Y esta noche lo que quería, quello che vorrei fare, es desculparme. »

Il suo modo di *desculparse* prevede un locale che, a detta sua, piacerà molto a una ragazza « semplice e spontanea » come me. Certo, col mio gambale di pelle e col tacco a spillo, non è che mi senta proprio semplice e spontanea, stasera, e neanche stabile a camminare sull'erba alta, mentre cerchiamo di raggiungere quelle luci laggiù.

Evito la seconda storta fermandomi a contemplare le lanterne colorate che ondeggiano nella brezza. « Quanto sono belle », dico, per riprendere fiato.

« Forse dovevo decirte donde te portavo esta noche », dice lui, sorridendomi. « Non vorrei te haceste mal. Espere... Aspetta. » Si piega sulle ginocchia e, senza nessuno sforzo (ci tengo a sottolinearlo: senza nessuno sforzo!), mi solleva tra le braccia e finisce di attraversare il prato per quel centinaio di metri che resta.

Ora, se mi mettessi a descrivere le palpitazioni del suo e del mio cuore, il profumo di quei capelli che ondeggiano nel vento e mi solleticano la guancia, il calore che il suo corpo da maschio Alpha emana e tutto il mio turbamento che ne consegue, rischierei di sembrare una di quelle svenevoli eroine da romanzetto para-austeniano. Basti sapere che mi godo ogni singola falcata di quella passeggiata al chiaro di luna e, quando mi fa posare i piedi sulle tavole di legno grezzo di quella specie di pista da ballo *en plein air*, rimango avvolta dal sogno.

Ci sono diversi ballerini dai vestiti colorati intorno a noi, pur non essendo affollato. E si muovono in sincrono, che sembra di stare in un film di Baz Luhrmann. « E questo cos'è? » gli chiedo, contenta che il suo braccio mi sostenga ancora.

« Aquí bailamos. Flamenco, tango... Bailes de mi tierra. »

Ecco, ora sì che mi sembra di non essere più a Milano ma in uno dei peggiori bar di Caracas.

Solo che io non so muovere un passo, e non è solo per gli stivali alti, che con questo tacco di sicuro mi s'incuneeranno tra tavola e tavola non appena tenterò di muovermi. No, è che sono sempre stata un pezzo di legno. Ballare è un'arte proibitiva per me, e vorrei dirgli una roba tipo che ho il nervo sciatico infiammato, o che da piccola ho fatto il voto sacro di non ballare per ottenere una grazia, ma lui mi porge la mano. « Es da quando te ho vista que quiero haberte tra le bracia... Quiero bailar contigo, Alice. »

E come si fa a dire di no a uno che lo chiede così?

Mi dico che se ce l'ha fatta Jennifer Grey posso farlo anche io, dopotutto. Mi faccio mentalmente il segno della croce e via.

Neanche a dirlo, Alejandro è un dio a ballare.

Io ovviamente no. E inciampo. Ma lui non se la prende e mi recupera, mi corregge con dolcezza, sussurrandomi all'orecchio cosa devo fare. E io lo faccio. Sto ballando senza neppure fare troppo sforzo.

Finiamo accaldati, io contro il suo petto ansimante. Il cuore ci batte impazzito e ci guardiamo negli occhi come se già avessimo fatto l'amore. Perché è questa la sensazione che mi ha dato ballare con lui, sfiorarlo, sentire la sua stretta sicura. Abbiamo fatto l'amore nel senso più sublime e platonico del termine.

« Alejandro? Posso invitarti a ballare? »

Chi è questa tizia che tanto indiscretamente si mette tra noi? Lo sguardo inceneritore non ha effetto, la tizia se ne frega altamente e Alejandro, accidenti a lui, le sorride e la prende per mano. « Così te riposas un poquito », mi dice, anche se sarei già pronta per il secondo round e oltre!

Mi sposto al lato della pista cercando di fare la superiore e non guardarli, ma non posso fare a meno di rosicare per il modo in cui lei si muove contro il corpo del mio Sagittario. Mi aspetto che lui in qualche modo prenda le distanze, ma probabilmente è il ballo che prevede tutto quello strusciamento e, anche se Alejandro lo vorrebbe con tutto se stesso, non può farci niente.

Continuo la mia strategia del niente, fingendo di essere interessata, nell'ordine: alle luci colorate, ai ballerini, alla musica, ai suonatori, al bar (dove ho il tempo di scolarmi un paio di drink) e alla campagna intorno, mentre i balli si susseguono e Alejandro sembra essersi dimenticato di avermi portato qui. Nessun altro m'invita a ballare.

Poi tutt'a un tratto torna.

« Y ahora te sei riposada abbastanza », mi dice, tirandomi di nuovo a sé.

Allora non si era dimenticato! Mi ha soltanto fatto riposare i piedi.

E balliamo di nuovo, stavolta una musica lenta e sensuale. E di nuovo ci sono le carezze, le labbra accanto al mio orecchio, il suo fiato caldo che mi accarezza il collo.

E mi bacia.

Lo fa fermandosi all'improvviso, in mezzo alla pista e in mezzo al ballo. Chiude la distanza tra noi rimanendo un paio di secondi a capo chino. Nonostante la musica, lo sento sospirare quando solleva gli occhi nei miei e mi rivolge uno sguardo che dovrebbe essere vietato ai minori di diciotto anni. Poi mi prende il viso tra le mani.

E sarà per il ballo concitato, per i drink, o semplicemente perché lui è Sagittario fino al midollo, ma perdo la cognizione del tempo e dello spazio.

No, non mi ha drogata con una di quelle polverine che dicono che ti mettono nei bicchieri, però non so come non siamo più sulla pista ma accanto alla sua macchina. Continuiamo a baciarci, ad accarezzarci, a sussurrarci parole che in effetti non hanno nessun senso e che sono più dei sospiri articolati.

« Non so quanto tempo è passato dall'ultima vez che mi sono sentito así. »

Strofino la guancia sul palmo della sua mano. Posso dire di essere mai stata più felice di così? È mai esistito un momento più sublime?

Vengo smentita un attimo dopo, quando lui pronuncia queste parole: « Aliz, mi vida es stata un cammino así imperfecto, ho corso, corso siempre, desde un Estato al otro, desde un continente al otro. Como si fuera un hombre alla ricerca desperada de algo, un naufrago che muere de sed, di sete... y intenta beber agua salada cada vez. Però, ahora pienso che ho trovado mi fuente de agua pura. Y eres tú, Aliz. Eres tú, mi querida. Fa' l'amore con me... por favor... Aiuta un hombre moribundo ».

Come faccio a non aiutare un moribundo? Diamine, vorrei già essere nel suo letto...

E invece non posso! Per colpa di Tio, di Paola e dei peli superflui.

Sorrido, amabile, baciandogli la punta del naso. « Mi scusi solo un secondo, *querido*? »

« Claro, muñequita. »

Mi allontano alla chetichella, frugando nella borsetta e componendo il numero di Tio, poi, quando questo non mi risponde, faccio quello di Paola, mentre mi metto in fila al bar.

«Pronto, Alice? Ma sei già a casa? Com'è andata?»

«Paola, accidenti! Accidenti! Accidenti!»

«Tesoro, così mi fai preoccupare. Cosa ti ha fatto?»

«Cosa mi ha fatto? Cosa NON mi ha fatto! Cosa non mi può fare... E, soprattutto, cosa farò io domani a te! Alejandro è... è semplicemente divino... siamo innamorati... e io non posso andare a letto con lui perché mi hai vietato di depilarmi.» Sorrido al ballerino in coda davanti a me, che si è girato e mi ha guardata sollevando un sopracciglio. «Prego, credo che tocchi a lei», gli dico socchiudendo le palpebre.

«Alice, è proprio questo che devi evitare. Dai, tieni duro. Ci saranno altre occasioni. Dopotutto... se ti ama veramente, saprà anche aspettare.»

«Non hai capito: sono io che non posso aspettare! Te lo dico, o trovo un rasoio, oppure me li strappo via coi denti uno per uno questi peli, e mi avrai sulla coscienza.»

«No, Alice! Te lo proibisco. Non ti depilare.»

«Invece sì. Ora mi depilo.» E non darò mai più retta a quei due in vita mia.

Finalmente è arrivato il mio turno al bar, e allontano il ricevitore dall'orecchio, pur senza chiudere la conversazione.

«Scusi, senta, guardi, lo so che è una richiesta un po' particolare... ma non è che avrebbe un rasoio? Tipo uno di quelli usa e getta, ha presente?»

13

LA BILANCIA SUL TETTO CHE SCOTTA

Passerò una notte insonne. E non per via di qualcuno alto un metro e ottantacinque e con un parco di addominali da competizione, purtroppo.

Per via di un'altra rosa gialla.

Ho scoperto, infatti, che i peggiori bar di Caracas non prevedono la distribuzione sottobanco di linee di cortesia come negli hotel e, visto che sarebbe stata un po' lunga operare su ogni bulbo pilifero con un ombrellino da cocktail, alla fine ho lasciato perdere.

Certo, avrei potuto dire ad Alejandro di salire a casa mia, e lì cercare almeno un rasoio nel mio bagno, ma siccome, sempre per dar retta a Paola e Tio, avevo lasciato l'appartamento che sembrava il set di un film sulla realtà post-atomica, alla fine me ne sono fatta una ragione e ho accettato che, di bollente, la mia notte prevedesse soltanto una tazza di camomilla per sedare gli ardori.

Me ne sono uscita dall'ascensore camminando sulla mia nuvoletta, dopo un bacio di quelli che ti sconvolgono tutti i punti cardinali. E l'ho vista.

Houston, abbiamo un problema!

Sullo zerbino davanti alla mia porta c'è una rosa identica a quella che ho ricevuto in ufficio.

Okay, niente panico. Potrebbe essere un messaggio pubblicitario dei testimoni di Geova? Lo escludo, così come escludo che un venditore ambulante possa essere passato casualmente sul mio pianerottolo e ne abbia persa una. Poi è gialla, proprio come l'altra. Il caso non esiste a questo punto.

Mi chino a raccoglierla e, non appena la sollevo, un brivido mi percorre la schiena. C'è un biglietto, stavolta. E c'è scritta solo una parola: *Ricordi?*

Okay, panico. Che mi devo ricordare?

Il condominio l'ho appena pagato, quindi non potrebbe neppure essere una trovata creativa dell'amministratore.

M'infilo in casa il più in fretta possibile, sprangando la porta.

Va be', Alice, potrebbe davvero trattarsi di un ammiratore segreto. Eccheccaspita, non sono proprio io quella che crede anche alle situazioni più improbabili dei film d'amore? Insomma, per me una ragazzina con un gran naso può vincere una gara di ballo senza aver mai mosso un passo prima, un libraio timido e goffo può trovarsi sulla porta una megastar del cinema che s'innamora di lui, due persone che non si sono mai viste possono sentirsi attratte l'una dall'altra da due Stati diversi e una prostituta può sposare un miliardario... Perché a me non potrebbe succedere una cosa del genere?

Il problema è che ho sempre pensato alla mia vita come una commedia rosa. E se invece fossi in un thriller? Magari io penso di essere Julia Roberts, e invece sono solo una di quelle comparse che muoiono nei primi dieci minuti di film e di cui non frega niente a nessuno.

Insomma, tra i bollori per Alejandro e la prospettiva di fare la fine di una stupida cheerleader nei film horror, mi ci vuole un bel po' per addormentarmi, tanto che neppure il caro vecchio kit di sopravvivenza riesce ad avere un effetto consolatorio.

Per questo, il giorno dopo, che ho di riposo, decido che ho bisogno di coccole, oltre che di un'estetista che mi permetta di spogliarmi senza che qualcuno pensi di aver trovato l'anello mancante tra l'uomo e la scimmia.

Dopo la ceretta, che mi fa sentire bella, glabra e soprattutto pronta alle folli notti del dottor Testosterone, decido di concedermi un po' di relax con un massaggio del corpo alla betulla.

Betulla. Che nome dolce ed evocativo. Già quando mi preparo a entrare nella stanza dove me lo praticheranno mi sento una ninfa dei boschi.

Non mi sono resa conto, invece, di entrare in un tunnel dell'orrore.

La massaggiatrice, Marika, due braccia rubate alla forestale, non ci pensa proprio a cospargermi di oli profumati dagli straordinari effetti benefici. No, come mi spiega, il massaggio è la betulla stessa a fartelo, cioè proprio coi rami, coi quali Marika si scatena su di me e sulle mie carni già spennate per quaranta minuti.

Mi chiedo se a brevettare questa cosa sia stato il marchese de Sade.

Dopo il centro estetico, nel pomeriggio attraverso parco Sempione per raggiungere il tram verso casa. Non ho fretta, perché con Alejandro stasera ci vedremo sul tardi e mi godo la passeggiata tra i viali alberati, immersa nei sogni e nel tepore primaverile.

Mi concedo solo un attimo di smarrimento al pensiero di non essere più single. È vero, la mia storia con Alejandro sta iniziando solo ora, ma ha tutte le premesse per crescere e diventare qualcosa di meraviglioso. Tipo che potremmo andare in vacanza in Spagna quest'estate. Tipo che potremmo anche decidere di sposarci là. Un matrimonio con tanto di nacchere e balli, e io potrei indossare uno di quei vestiti tutti balze e pois, anche se odio le balze e i pois.

Chi l'avrebbe mai detto che avrei sposato uno spagnolo? Figo. Fa molto Melanie Griffith, anche se non sono bionda.

Quando il mio cellulare trilla, lo tiro fuori e faccio un sospiro. È Alejandro. Ci mandiamo messaggini dolci da stamattina. È normale; d'altra parte, siamo innamorati.

Lui scrive: *Como facio a non pensarte?*

Rispondo: *Arrenditi. E pensami.*

Breve e incisivo. Brava, Alice. Gli dai il contentino senza dilungarti troppo e fargli pensare che pendi dalle sue labbra.

Lui, ancora: *Trabajar sin tí es un suplicio. Donde está la luz de mi vida?*

Sospiro, e rispondo: *Si prepara ad abbracciarti. Ho fatto un bagno caldo coi petali di rose...*

Va be', non è vero, ma mica posso dirgli che un'energumena mi ha preso a sculacciate con dei rami! Consideriamola una licenza poetica.

Un altro trillo. Apro, trepidante.
Stavolta è Tio. Uff.

Non credere che non sappia che cosa stai facendo! La tua Luna è congiunta a Nettuno, e questo non ti fa vedere le cose in modo realistico, ma facilita l'abbandono a stati sognanti e illusioni. In più c'è il Sestile di Mercurio, che stuzzica la tua già naturale attrazione per il mistero... E non mi rispondi da stamattina. Insomma, non ti credere: lo so che stai combinando qualcosa! Ricordati che il Sagittario è tanto bravo nella seduzione quanto è maestro nel darsela a gambe. Non dico che non sia sincero quando dice di amarti, ma domani potrebbe dirlo, altrettanto sinceramente, a qualcun'altra. E poi te l'ho spiegato che ci vuole anche l'Ascendente per andare sul sicuro. Scoprilo e ne riparliamo.

Accidenti a Tio e al suo terzo occhio astrologico. Ora che ha conosciuto Paola, sono sicura che andrà a spifferarle tutto. Per di più non mi sembra che stia capendo molto di Alejandro.

Ha detto che mi avrebbe aiutata con gli uomini, ma non gli va mai bene niente. Per dire, a me risulta che il Sagittario sia uno dei miei segni compatibili. Me l'ha menzionato più di una volta e, quando io ho esultato perché finalmente mi ero incrociata con qualcuno che andava bene, lui no, ha tirato fuori la storia che ci vuole anche l'Ascendente. Eccheddiamine. Mi cambia tutte le carte in tavola. Io che ne so dell'Ascendente di Alejandro? Ho pure provato a chiederglielo, ma mi ha risposto con tre punti interrogativi, che vuol dire che neppure l'ha mai sentito nominare.

Decido di tagliare per un prato, e a questo giro non mi dà neppure fastidio vedere un paio di coppiette che si strusciano nell'erba al calar della sera. Non mi sento più tagliata fuori. Un domani ci potrei essere io su questo prato.

Ma, proprio mentre sto visualizzando l'immagine degna di un film anni '80, con le silhouette mia e di Alejandro che ci baciamo davanti a un sole rosso fuoco al tramonto, succedono due cose.

La prima è un meteorite che mi colpisce alla nuca e mi sbilancia in avanti.

La seconda è un TIR di carne, zampe e bava che mi travolge buttandomi a terra e facendomi volare via lo smartphone con l'ultimo messaggino di Alejandro: *Tu eres así elegante y hermosa.*

Perciò mi ritrovo, *hermosa* ed elegante, con la faccia premuta a terra.

L'unica consolazione, se di consolazione si può parlare, è che stavolta non è colpa della mia sbadataggine.

Appena cerco di rialzarmi, un lingua lunga e calda mi lappa la guancia, facendomi scattare all'indietro.

« Aspetti! » esclama una voce alle mie spalle. « Buono, Flash. Cuccia. »

Mi sento strana, come quella sensazione che ti fanno i baci sul collo, specie se inaspettati. Dura un microsecondo, e non capisco se lo riconosco perché mi volto o se mi volto perché lo riconosco. So solo che davanti a me c'è Davide.

Che sembra essersi rimpicciolito come un Puffo di fianco a un cane delle dimensioni di un cavallo.

Mi corre incontro. « Alice, stai bene? Ti sei fatta male? Fa' vedere. »

Sarà la botta, sarà lo stress della giornata o magari l'effetto del cane di Jurassic Park, ma non capisco. Continuo a fissarlo e basta, col cuore che mi pompa nella gola quando mi solleva il braccio. « No... sto bene, figurati. »

« Scusa, Flash non capisce più niente quando giochiamo a palla. »

Intanto il telefonino trilla ancora, segno che non si è rotto con la caduta. Meno male! Già temevo di aver perso il contatto con Alejandro. Si è sfiorata la tragedia.

« Vieni, andiamo a sciacquarci. »

Mi lascio trascinare via, ma con l'altra mano controllo il messaggio.

Hermosa, non vedo l'ora de asaporar tus besos...

Sospiro e, quando mi volto, mi trovo il muso della fiera praticamente di fianco, le fauci spalancate, il linguone pendulo e il fiato coriaceo di quando torni dalle vacanze e scopri che è saltata la luce facendo andare a male la roba che avevi lasciato in freezer.

« Non svenire. È solo un po' di sangue », mi fa Davide.

Sangue?

...

SANGUE!

Mi guardo il braccio. C'è un taglio che corre dal polso fino quasi al gomito. E sanguino.

Mi aggrappo a Davide facendo appello a tutte le mie forze di donna vera, perché non vorrei finire per essere caricata sul dorso di quella specie di cavallo come una bisaccia.

Senza contare che poi quel coso potrebbe scambiare il mio braccio per una bistecca. « Bravo, Cujo... fa' il bravo. »

« Si chiama Flash. Non avere paura. È buono come il pane. »

Non è che mi aspettassi che Davide fosse fan di quei cani da borsetta modello Paris Hilton, ma mi domando come a uno abituato a spostarsi per lavoro possa saltare in mente di avere un cane con l'obbligo del porto d'armi.

Dallo smartphone proviene un trillino che annuncia un nuovo messaggio. Do un'occhiata veloce.

Che fai? Por que non me rispondi?

Oddio, è vero, non gli ho risposto. E se adesso si preoccupa? E se pensa che non lo sto pensando?

« È un alano », mi dice Davide, e intanto mi mette il braccio sotto l'acqua della fontana. « Ha bisogno di correre e ogni tanto veniamo a giocare a palla. »

Più precisamente, col pallone bucato, di cuoio, duro come il cemento armato, che mi ha colpito a tradimento.

Col braccio ancora gocciolante di acqua rossastra (per fortuna, però, il taglio non è profondo) digito velocemente: *stavo decidendo cosa mettermi per te...*

Torno a Davide, che mi guarda con un sopracciglio sollevato. « Non si è rotto, vero? » chiede, accennando al telefonino.

Cielo, perché arrossisco? « Controllavo. No, non si è rotto, per fortuna. »

« Bene. Mi dispiace per la caduta », mi dice, spostando lo sguardo sul cane. « Vieni, per farci perdonare, Flash e io ti offriamo un aperitivo. »

Ordiniamo un tagliere di salumi e due bicchieri di vino bianco. Davide insiste per pagare, rabbuiandosi quando tento di prendere il mio portafogli. « Non ci provare neanche. »

Abbasso lo sguardo, lusingata. E mi sento vagamente colpevole quando il cellulare trilla ancora.

Te imagino mientras te vesti por mí, mientras te infili las mutandiñas...

Avvampo e mi porto il bicchiere alle labbra.

« Con tutti questi incontri casuali, potresti pensare che ti stia inseguendo. »

Le bollicine mi vanno nel naso e inizio a tossire coprendomi con la mano.

Nella mia testa è comparsa l'immagine della rosa gialla. E se Tio avesse avuto ragione quando ha detto che ce lo vedeva, Davide, a fare Cyrano de Bergerac? In effetti, sa anche dove abito, visto che una volta mi ha riportata a casa.

« Eh...? » domando, strozzata.

Flash, detto anche l'abominevole alano delle nevi, abbaia gonfiando le ganasce.

« Esagerata. Non ho mica detto di averlo fatto. Ho detto che potresti pensarlo. Ho preso casa qui vicino, alla fine, al quartiere Isola. »

« Ah... » Magari potrei riuscire ad articolare anche qualche parola, invece di puntellare il suo monologo con esclamazioni. Ma la verità è che sono confusa. Mi domando perché Davide abbia sempre questo effetto allucinatorio su di me, anche se posso immaginare che in questo momento sia aggravato dalla botta in testa, dall'euforia per Alejandro e i suoi messaggini, e dalla fiatella del cane, che da seduto riesce praticamente a guardarmi negli occhi. « Sono contenta. Anche per Flash », dico, gettando ancora un'occhiata al telefono, che ha trillato di nuovo.

« Già. Non poteva più stare dov'era », fa lui, spostando lo sguardo da me allo smartphone. « Di giorno gli lascio aperto il terrazzo. »

Nel frattempo, Alejandro è sempre più rovente: *De che color es tu biancheria, querida? Fami sognar hacia esta noche.*

Oddio. Per un attimo, guardo nel vuoto e nella mia mente vedo Alejandro che si toglie la maglietta. Solo che, appena se la sfila dalla testa, non è più lui, ma...

Davide è sempre davanti a me. « Stai bene? »

Ingollo un altro sorso di vino. E mi obbligo a rispondere, mentre digito qualcosa per Alejandro. «Certo... sì... quindi che ci facevi qui?»

Lui continua a guardarmi e aggrotta la fronte. «Te l'ho appena detto. Alice, sei sicura che non vuoi che andiamo al pronto soccorso? Hai qualcosa di strano...»

«No, no. Sto bene. Niente ospedali.» Che non sia mai gli venisse in mente di trattenermi in osservazione per la notte.

Davide si stringe nelle spalle e sorseggia il suo vino. «In realtà, quello che intendevo dire era che mi fa piacere averti incontrata. Perché ci sono cose che vorrei spiegarti, Alice.»

Il trillo del telefono mi distrae ancora. Suona due, tre volte. Alejandro è su di giri per la mia descrizione dell'intimo. Quando alzo gli occhi, vedo che Davide sbuffa, e incrocia le braccia sul petto.

«Scusami. Tu di'. Faccio in un attimo.»

«In parte riguarda il lavoro. Ma no, in realtà, no, non proprio... Certo, sì, il lavoro c'entra, ma è che sento il bisogno di chiarire una cosa con te. È qualcosa che sta succedendo, e volevo chiederti...»

I messaggi del mio stallone latino sono ormai deliranti. Arriva addirittura ad accennare ad alcune particolari torture cui mi sottoporrà tramite la sua lingua. Accidenti. Che gli rispondo adesso?

«Quindi, dicevi della trasmissione?» sospiro, dopo aver inviato degli emoticon come una dodicenne.

Ma Davide si sta alzando. «Nulla», ribatte, secco. «Scusami se ti ho trattenuta. È evidente che ora hai da fare. Ne parleremo in ufficio.»

14

UN SAGITTARIO PICCOLO PICCOLO

Non capisco perché Davide se ne sia andato tanto di fretta.

Soprattutto, però, non so perché ci continuo a pensare, anche ora che sono qui da Alejandro. Sono proprio fatta male se col mio F-I-D-A-N-Z-A-T-O mi sto ad arrovellare su quello che un altro ha detto o non ha detto.

A questo proposito, con Davide, ho sempre l'impressione che mi stia sfuggendo qualcosa.

Ma non posso pensarci adesso. Ci penserò domani. Ora mi devo concentrare. Su Alejandro.

Oggi ha lavorato fino a sera, perciò, in barba a Paola e a Tio, l'ho raggiunto direttamente a casa sua, nel piccolo appartamento che ha affittato non distante dagli studi televisivi.

Ho mangiato qualcosa prima, come mi ha detto lui, visto che avrebbe fatto tardi. Così non avremmo perso tempo.

Mentre Alejandro si fa la doccia, faccio un rapido check di me stessa. Gamba: depilata. Metto un po' di crema idratante. Ascella: opportunamente glabra, ma una spruzzata di deodorante in più male non fa. Denti: mmm... mi sono portata dietro il filo interdentale, che non si sa mai. Capelli: sistemo il ciuffo con uno zic di lacca. Unghie: se mettessi un'altra mano di smalto? Labbra: certo, il rossetto non durerà molto, ma vuoi mettere l'effetto quando uscirà dal bagno e io gli sorriderò timidamente lasciando intravedere i denti (puliti, perché ho appena passato il filo) sotto le labbra Rouge Passion?

Meno male che mi sono portata dietro il trolley, altrimenti non mi ci sarebbe stato tutto nella borsetta.

« Mi amor. »

Ecco, sento un brivido corrermi per la schiena. Sento la sua bocca bagnata sul retro del collo.

Mi chino in avanti per appoggiare il rotolino del filo interdentale sul ripiano e potermi dedicare a lui, alle sue braccia, alla sua bocca, ai suoi bicipiti, ai suoi baci.

Brividi. Provo brividi dappertutto. Per l'eccitazione, mi sento come l'eroina di uno di quei romanzi pornosoft sempre in vetta alle classifiche. Solo che io non voglio le sfumature di grigio, di bianco o di nero, voglio vivermi ogni istante in technicolor.

E allora mi dedico a quegli addominali da pubblicità patinata, accarezzandoli come i tasti di un pianoforte.

Do re mi fa sol la *SI!* do.

Tra il « la » e il « do » sono già sul letto, pronta a fare nove settimane e mezzo in tre secondi e un quarto.

Le mani latine di Alejandro mi percorrono, mi spogliano, mi accarezzano, seguite dalla sua lingua calda, dalle gocce fredde dell'acqua che ancora gli bagna i capelli e che mi cadono negli occhi.

Ma sì, in fondo posso anche fare a meno di vederci.

Inspiro a fondo, perché voglio inebriarmi del suo odore, cerco il profumo di cuoio che trovo sempre nelle descrizioni dei libri romantici, quando un uomo si spoglia. L'odore del maschio. Sento solo quello del bagnoschiuma, che non è neppure pino silvestre, ma frutti di bosco. Ma che importa quando sto per vivere l'esperienza sessualmente più mistica, stratosferica, molteplicemente appagante e unica della storia? Sapesse anche di pandizenzero, andrebbe bene comunque.

Al concorso di Mister Zodiaco, il Sagittario è arrivato primo smarcandosi dagli altri segni per diverse *lunghezze*. L'ha detto Tio. Lo dicono gli astri che avrò tanti orgasmi quante le stelle dell'Orsa Maggiore. Evviva!

Mi divarica le gambe, per poi ergersi su di me e, solo allora, togliersi l'asciugamano dal giro vita.

Mi guarda. Lo guardo.

Verginalmente, batto le ciglia, facendo scivolare gli occhi sul collo possente, sul petto virile, su quella tartaruga da svenimento di massa... E poi?

Oddio, potrebbe anche trattarsi di un'illusione ottica, dopo cotanto dispiegamento di muscoli poco sopra, ma l'effetto è quello di quegli sternuti che quando t'inizia a pizzicare il naso sembra che devi tirar giù una casa, e poi ti si spengono in gola con un rantolino.

Corrugo la fronte, ma solo per un attimo. Mi hanno sempre insegnato che non sta bene fissare e riporto gli occhi nei suoi. Sorridendo con garbo.

Chi lo sa, magari Alejandro è come Sting ai tempi d'oro, che faceva sesso per cinque e passa ore e gli bastava uno sguardo per farti godere. Speriamo, mi dico, continuando a fissarlo quando lui si avvicina.

Avanti, Alice, anche se non è Rocco Siffredi, sarà pur sempre un'esperienza fantastica. Vi amate!

Ai nostri bambini racconterò la fiaba di Pollicino... e, come in ogni fiaba che si rispetti, il finale non potrà che essere: e vissero felici e contenti.

LEONE

...

No, cioè... LEONE!

Ancora non vi è chiaro? Dico: L-E-O-N-E!

Siete forse delle anime troppo semplici? Delle persone meschine e prive di qualsivoglia senso estetico, critico o quantomeno realistico per non capire al volo che quando uno dice LEONE non c'è bisogno di aggiungere altro...?

15

SIGNORI, IL SAGITTARIO È SERVITO

Per la cronaca: se questa fosse una fiaba, la mia storia si sarebbe conclusa, e mi sarei già sprangata alle spalle il portone del mio castello dorato come Cenerentola.

Il mio idillio dura già da quasi due settimane. Quando guardo Alejandro in quei suoi occhi neri, mi perdo, e lui mi può parlare di tutto, che io pendo dalle sue labbra senza fare un fiato.

Facciamo anche l'amore, sebbene non sia l'elemento più importante della nostra relazione. Ci sono sguardi, parole, uno scambio di anime, insomma, cose che valgono molto di più che qualche ora di ginnastica da letto.

Mi sento così arricchita da tutto quello che è. Sono così felice che stasera ho deciso che faccio outing coi miei genitori. Già al telefono, quando ho detto che sarei andata a cena da loro, ho anticipato che avrei avuto delle grosse novità.

Il pretesto è quello dei famosi scatoloni, quelli con le mie cose che mamma e papà hanno imballato per la tinteggiatura. Anche se ho detto che si tratta solo di un amico che mi aiuterà a portare via i miei effetti, loro capiranno subito che tra noi c'è qualcosa di più, dai nostri sguardi, dai nostri sorrisi, dal modo in cui le nostre mani si cercheranno e si sfioreranno.

E Tio finalmente si dovrà ricredere sul conto del mio Sagittario, visto che stasera si è praticamente autoinvitato a cena e quindi ci sarà anche lui. Devo dire che è stato molto gentile: si è fatto prestare un Doblò da un amico, così da poterci caricare tutte le mie cose senza difficoltà.

Con quello, ha già fatto breccia nel cuore di mio padre, che ama molto le persone con piglio organizzativo.

Appena varcata la soglia di casa, Tio si è vinto un tour completo, con tanto di spiegazioni illustrate riguardo al rimodernamento.

Il mio astrologo personale segue papà e si mostra interessato alle tecniche d'imbiancatura, facendo domande degne di un esperto d'arte di fronte all'imminente restauro della Cappella Sistina. «Sono sicuro che verrà un lavoro di prim'ordine. Lei, Guido, è Capricorno, e i Capricorno sono nati per i lavori pratici.»

Mio padre sorride, inebetito dall'entusiasmo per tutti quei complimenti. Tio è fatto così, può accattivarsi la simpatia delle persone in un amen. Ti sa leggere dentro, con quella sua roba dell'astrologia. Tanto che ti sembra di conoscerlo da sempre. O meglio sembra che lui ti conosca da sempre, perché in effetti di sé parla poco.

Forse è anche colpa mia. Sono stata così presa dai miei problemi. Mi riprometto di essere una buona amica, d'ora in poi. Magari già da stasera. Dopotutto potrei anche ricambiargli il favore. Potrei aiutarlo anch'io a trovare una ragazza.

Tio si volta un istante verso di me. Papà sta tirando fuori tutta la collezione di chincaglierie già imballata, deve ritenere che Tio non potrebbe continuare a vivere senza vederla. Sorrido al mio amico, e lui mi fa l'occhiolino. Vado in cucina a prendere piatti e tovaglia per apparecchiare la tavola.

Do un'occhiata all'orologio e prendo un piatto in più. Alejandro dovrebbe essere qui a breve. Che agitazione: dopo Giorgio, mi ero ripromessa che, la volta che avrei presentato i miei genitori a un uomo, sarebbe stato quello giusto.

Ma lui è quello giusto. L'altra sera gli ho proposto di vedere uno dei miei film preferiti, *Prima dell'alba*. Dopo mezz'ora, mi ha supplicato di risparmiargli quel supplizio e in effetti era un po' tardi. Lui però è stato così carino da promettermi che avrebbe fatto qualsiasi altra cosa per me. Per questo stasera verrà qui.

«Il tuo amico è proprio simpatico», dice mia madre, davanti ai fornelli. «Ed è anche un bell'uomo.» Fa un cenno verso il soggiorno.

Strano che mia madre si sbilanci con apprezzamenti su uomini che non siano mio padre. Ma mi dimentico sempre che, oltre a presentare la mia trasmissione, Tio è anche un divo dei teleromanzi, e mamma lo ha già chiamato Marcus tre volte, come il personaggio che interpreta.

Insomma, è successo che volevo essere coccolata, volevo che Alejandro mi stringesse tra le braccia più con tenerezza che con passione. Okay, forse non vincerei l'Oscar per le coreografie in camera da letto, ma a volte mi sembra di essere un pupazzo nelle sue mani; tirata, voltata e rivoltata come una cotoletta.

Lo dico perché ora sono arrabbiata con lui, perché non può venire stasera a cena. Non sarei tanto crudele, altrimenti.

«Allora come va? Meglio?» mi chiede Tio, dopo una manciata di salatini e un'altra d'inutili chiacchiere del più e del meno coi miei. Mamma e papà ora si sono eclissati in cucina, e lui ne approfitta per prendermi a braccetto e fare qualche passo verso la finestra.

Mi stringo nelle spalle. «Ma sì. Forse mi sento anche meglio a non dare l'annuncio stasera.»

«Addirittura *l'annuncio*!»

«Per dire.»

Lui mi guarda un po' storto. «Alice, stai bene veramente? Non intendo dire ora, perché Alejandro non verrà a cena, ma in generale. Sei sicura di stare bene con lui?»

«Certo», rispondo annuendo vigorosamente. «Non eri tu che dicevi che Bilancia e Sagittario sono due segni compatibili? *Molto* compatibili?»

Lui sospira e s'infila le mani nelle tasche dei jeans, ondeggiando avanti e indietro. Indeciso. «Il Sagittario è indubbiamente un segno compatibile, e a mio avviso un buon segno... ma spesso è individualista, e anche totalizzante. Poi, soprattutto, è uno spirito libero, che ama partire alla conquista delle novità e non si accasa facilmente. Alejandro per di più è molto bello, ed è spagnolo.»

«Non ti facevo razzista, Tio. Ora, perché uno è straniero deve per forza essere cattivo?»

«Non volevo dire questo.» Sospira. «Indubbiamente stai subendo il fascino delle *enormi* qualità del segno. Possono far perdere la testa. Soprattutto a una donna.» Per sdrammatizzare, mi fa l'occhiolino, come quello che la sa lunga, davvero lunga, sull'argomento.

Eh, no. Un attimo. Non così *lunga*, diamine! Mi mordo le

labbra, perché non è che voglio toccare questioni tanto intime. Dopotutto Tio è un uomo, e in giro ci sono pure mamma e papà. Ma la verità è che c'è quella cosa... quel *piccolo* particolare che Tio mi aveva detto, riguardo al Sagittario... Be', *piccolo* particolare... Piccolo è piccolo, certo. Ma in una relazione ha la sua rilevanza, mi pare. « Forse ti lasci influenzare troppo dai segni zodiacali per giudicare le persone. Non tutto corrisponde. Te lo assicuro. »

Lui sposta lo sguardo sui palazzi che si vedono fuori dalla finestra. « Certo », commenta, mordendosi le labbra. « E perciò è una storia seria? Voglio dire, comunque è un po' presto per dirlo... per presentarlo ai tuoi, non ti pare? »

Vorrei tanto che lui e Paola capissero, dopotutto sono i miei migliori amici. « Io sono felice, Tio. Non sempre si riesce a vedere la felicità quando la si ha tra le mani. Io cerco di farci caso: quando Alejandro mi abbraccia, quando mi bacia, quando... Insomma, sono felice. Cioè, nonostante la relativa *lunghezza...* » Do un colpo di tosse. « Della nostra storia, intendo. »

Perché continuo a pensare al sesso? Certo che sei assurda, Alice. Hai trovato un uomo bellissimo e dolce, non dovrebbe importare altro. Il sesso dopotutto è cosa di *scarsa* importanza. Alla *lunga,* ciò che conta sono i sentimenti, no? Ora, sono gli uomini che fanno certe considerazioni riguardo al volume del seno o alla qualità della prestazione sessuale. Eppure, per farla *breve,* io continuo a pensarci.

E, visti i commenti di Tio sulle *smisurate* capacità del Sagittario, mi piacerebbe domandargli se questa particolare eccezione alla regola possa essere dovuta che ne so... all'Ascendente?

« Be', sì, l'Ascendente è una parte importante », mi dice Tio, quando ci giro intorno e gli faccio la domanda. « È un po' la maschera con la quale ci si presenta al mondo, che determina in larga misura il modo in cui gli altri ci vedono, la prima impressione. Prima del XX secolo era considerato addirittura più importante del Segno Solare per il suo influsso. »

Penso al modo in cui facciamo l'amore Alejandro e io, perché appena varchiamo la porta della camera da letto lui mi sembra un altro e, invece di avvicinarci, il sesso mi pare ci allontani. C'è uno spazio vuoto tra noi che i nostri corpi non riescono ad attraversare. Quale può essere il demoniaco Ascendente che rende le cose tanto difficili?

«Be', non è che poi uno debba per forza strafare», ribatto. «In una relazione, ciò che conta è il sentimento che lega le persone. Poi ovviamente la fisicità ha il suo peso, ma non è mica tutto, anzi, la considererei una percentuale di scarsa, *scarsissima* importanza.»

«Ma va' là!» esclama lui battendomi sulla spalla. «Guarda che ti cresce il naso. Non ti crede nessuno. Il sesso ha un'importanza basilare nella vita della coppia. Se funziona quello, si gettano delle buone basi per il futuro. Altrimenti...»

Altrimenti? «'Altrimenti' cosa? Pensi che senza il sesso una relazione non possa funzionare?» Mi sento già abbastanza in colpa per fare questo discorso, per prendere anche soltanto in considerazione l'ipotesi che Alejandro sia meno che perfetto (da donna innamorata proprio non lo dovrei fare) e ora lui mi sta dicendo che, visto che non mi trovo bene a fare l'amore col mio F-I-D-A-N-Z-A-T-O, il nostro rapporto è destinato a finire. Sono una donna squallida e miserabile. «Fai proprio dei discorsi da maschio!» sbotto. «Ora, cosa vuol dire che, se uno ce l'ha piccolo e non riesce a soddisfare una donna non possa avere una relazione seria e appagante con qualcuno? Per tua informazione, io sono molto, *molto* felice. *Molto*. Puoi dire altrettanto? Dove sono le tue fidanzate? Allora sei tu quello che ha qualcosa da nascondere!»

Vedo la sua espressione che si rabbuia. La linea della mascella s'indurisce, i suoi occhi si stringono e diventano di un blu cupo, quasi acciaio, come il mare in tempesta.

Per fortuna interviene mia madre, che compare sulla soglia della cucina, sorridente come una casalinga della pubblicità, con la zuppiera tra le mani.

Ci sediamo tutti, e io lancio uno sguardo duro a Tio. Anche se so che non devo avercela con lui ma solo con me stessa, e che non ha colpa per quello che sto passando. «So che di solito lo faccio solo a Natale», annuncia orgogliosa mamma, «ma stasera c'è un ospite e, se non ho capito male, bisogna festeggiare, giusto? Perciò ho fatto un piatto tipico della mia famiglia, che veniva dai Lidi di Comacchio, il capitone.» Sorride ammiccante a mio padre. «Guido me ne ha trovato uno *bello grosso.*»

Chiudo gli occhi, chiedendomi se questa non sia una congiura. Certo, se non avessi il chiodo fisso su quel piccolo grande dilemma, non me ne accorgerei neppure. E avrei evitato quell'uscita infelice con Tio. Dopotutto non so niente della sua vita amorosa.

La verità è che sono divorata dal senso di colpa. Sì, perché in realtà con Alejandro... be', non è un completo disastro, ma solo perché a un certo punto mi do per vinta. E penso a qualcun altro.

La prima volta è successo per caso. Per sbaglio. Assolutamente per sbaglio.

Davide lo avevo incontrato quel pomeriggio e, a un certo punto, mentre ero a letto con Alejandro, mi è venuto in mente quel momento in cui lo guardavo negli occhi fantasticando che si togliesse la maglietta. Non so che mi sia preso. Ma mi è bastata quell'immagine per farmi vedere le stelle.

Ecco, l'ho detto. *Mea culpa.*

Ho suggellato la mia prima volta con Alejandro pensando a un altro.

La seconda volta è stato per esasperazione. Mi sono sforzata, davvero sforzata di concentrarmi su Alejandro. Quando ormai mi stavo mettendo il cuore in pace, la mia testa ha preso a vagare e ho pensato a quello che Davide doveva dirmi al parco. È bastato un secondo di distrazione. Accidenti.

«Sei contenta, Alice? A te piace tanto l'anguilla», mi dice mia madre quando le passo il mio piatto.

«Eh, già», ripeto io. «A me piace tanto...»

«E il tuo fidanzato com'è messo?» Quando mio padre fa questa domanda, mi volto di scatto verso di lui, che aggiunge: «La mangia, l'anguilla?»

Segue un momento d'imbarazzo glaciale, dove Tio guarda me, e io guardo lui. E capisco.

Per i miei genitori, *Indovina chi viene a cena* è Tio, non Alejandro, di cui non sanno nulla.

«Guido, sei il solito guastafeste! Dovevi aspettare che lo dicessero loro, no?»

«Oh, a me l'anguilla piace, e molto», risponde Tio a denti stretti. «Probabilmente per una sorta di sublimazione», aggiunge, scoccandomi un'occhiataccia. «Quanto all'amore, temo che ci sia un equivoco, perché Alice non mi considera più che un buon amico. È una Bilancia, dopotutto, e come tutti quelli del suo segno sogna un amore totalizzante e perfetto.»

«Ah, Alice è sempre stata una perfezionista», dice rammaricata mia madre, scuotendo la testa. «Dovrebbe imparare che la felicità sta nelle piccole cose.»

Tio solleva un sopracciglio al mio indirizzo, con l'aria astuta e crudele di chi ha capito tutto, ma non è disposto a perdonare. «Già. È quello che le dice sempre il *suo fidanzato*.»

16

NON DRAMMATIZZIAMO...
È SOLO UNA QUESTIONE DI OROSCOPO

Sono giorni che non ricevo il mio oroscopo. E tra l'altro mi farebbe comodo per capire la mia situazione, visto che con Alejandro non riusciamo più a trovare un attimo per vederci. Controllo sempre anche la cartella degli spam sul telefono, ma non è per un errore del sistema che non mi sta arrivando. È per un errore umano. Tio è arrabbiato con me. No, io sono arrabbiata con lui. Paola sostiene che siamo due fessi a trascinare avanti questo gioco del silenzio.

Oggi però uno dei due dovrà cedere, perché c'è la trasmissione, e dovremo comportarci come i seri professionisti che siamo e mettere da parte i dissapori personali.

«Alice, abbiamo un problema», mi dice un collega entrando in regia mentre controllo gli RVM.

«Cosa c'è?»

«A Marlin non piace la scaletta.»

«In che senso non le piace? La voleva stampata su carta profumata?»

«Spiritosa. Vuole fare lei l'intervista all'ospite scettico, il geologo.»

Sapevo che sarebbe arrivato questo momento. Il momento in cui avrei dovuto varcare la soglia del camerino e trovarmi faccia a faccia con Tio. O meglio lui di spalle e io attraverso lo specchio.

Sono sicura che lui mi abbia vista, e che sia per questo che si nasconde dietro la sua copia di *TuttoZodiaco*, fingendosi immerso nella lettura. Sull'altra poltrona, Marlin prende il gesto come un affronto personale, e di suo solleva il flacone dello struccante, strizzando le palpebre nel tentativo di mettere a fuoco le scritte in giapponese sul retro.

« Allora? » chiedo, spostando lo sguardo dall'uno all'altra, senza ottenere risposta.

L'unica che si volta verso di me è Erika, la truccatrice, che scuote la testa e solleva le spalle. Poveretta, non la invidio a doversi barcamenare tra quei due.

Tio continua a guardare il giornale. I suoi occhi sono fissi sulla pubblicità di un'agenzia di pompe funebri che fa servizi online e, a meno che non stia ordendo una macumba ai miei danni, sarei pronta a giurare che non sta davvero leggendo quello che ha davanti. Marlin coglie l'occasione e sbatte il flacone sul tavolo a mo' di giudice della corte suprema. « Io ho condotto *Buongiorno, Milano, Vacanze insieme, Il salotto del giovedì*... E adesso? Faccio entrare gli ospiti, poi me ne devo stare seduta sul *crespolo* per tutto il tempo. Cosa sono? Una hostess sono! Pensate che sia una *normodotata*? Ah, se è così che la pensi, Alice, ti sbagli di grosso! So benissimo come s'intervista un cazzo di *teologo*. »

« Geologo. »

« È uguale. »

Ovviamente non posso lasciare Andrea Magni, il famoso geologo, tra le grinfie laccate di Marlin, dopo che mi ci è voluta una vita per convincerlo a venire in trasmissione.

Tio si rivolge a Erika senza abbassare il giornale. « Tesoro, potresti riferire alla nostra autrice che non può lasciar intervistare un famoso geologo a una che pensa che la tettonica delle placche sia una malattia di ceppo germanico? »

Marlin apre e chiude la bocca, indignata, e poi inizia a pestare le unghie affilate sul touchscreen dello smartphone. « Tettona lo dici a tua sorella. Adesso lo senti, Giampy », borbotta, componendo il numero privato del Presidentissimo ed eclissandosi nel corridoio a piagnucolare.

Erika si volta verso di me con uno sguardo smarrito. « Alice, Tio vorrebbe che ti dicessi... »

Eh, no. Un attimo. Sollevo la mano. « Scusami, Erika, potresti dire a Tio che dovrebbe essere più cortese coi suoi colleghi? »

Erika mi guarda stralunata, poi si gira verso Tio, il quale volta con rabbia la pagina del giornale.

« Erika, perdonami », dice, tutto affettato. « Potresti riportare alla nostra esimia autrice queste esatte parole. » Mi guarda attraverso lo specchio e ringhia: « Da che pulpito! » E, quando stringo le palpebre, pensando che non devo mettermi al suo livello, lui aggiunge: « E dille pure che così le verranno le rughe ».

Eh, no, le rughe proprio no! Dove siamo, all'asilo Mariuccia? « Erika », dico, ignorando lo sguardo disperato della poveretta. « Potresti ricordare al signor Tiziano Falcetti che, se non fosse stato il primo a sparare sentenze sulla vita privata altrui, non sarebbe successo nulla? »

Lui sbatte il giornale sul ripiano davanti allo specchio. Odia che usi il suo nome vero. « E allora, Erika cara », replica, prendendosi una pausa a effetto, come se tirasse la corda di un arco per prendere la mira. « Rispondile che, se lei non fosse venuta da me a piagnucolare sulla miseranda vita sessuale sua e del suo fidanzato, io non mi sarei mai azzardato a dire la mia. Se non le piacciono i miei consigli, che la smettesse di stressarmi e ripetesse quello che si vuole sentir dire davanti a uno specchio. »

Erika infila velocemente nella borsa tutti i trucchi sparsi sul ripiano. « Io ho finito », dice, raggiungendo la porta.

« Erika! » La voce mi esce così stridula dalla gola che non la riconosco. Non mi volto, ma la vedo riflessa. Fisso Tio negli occhi. « Per piacere, di' a Marlin di venire da me. Dobbiamo discutere di quello che chiederà ad Andrea Magni nell'intervista. »

Il dado è tratto, penso, con la soddisfazione di chi si è appena tirato la zappa sui piedi. Ma non potevo farla passare liscia a Tio. Chi si crede di essere? Non ha nessun diritto di sputare sentenze sulla mia vita. Ora che sono *felice*, poi. Non ho bisogno di niente e di nessuno, io.

Peccato, perché così non saprà qual è l'Ascendente di Alejandro, e sono certa che è curioso come un gatto. Per dire, l'Ascendente di Alejandro è Capricorno. Lo so perché ho chiesto la sua ora di nascita a mia suocera, al telefono. A sua madre, cioè. Be', in realtà io non le ho parlato, l'ha fatto lui. Ma mi sarebbe piaciuto farlo.

Detto fatto, ho trovato l'Ascendente. Non è così difficile, lo sai quanti programmi di astrologia ci sono in rete? Migliaia, per non dire milioni.

Tio non è indispensabile. Ma per favore. Nessuno lo è a questo mondo.

Quindi, d'ora in avanti, ho deciso che chi fa da sé fa per tre e mi sono scaricata una bella applicazione sul telefono. Per neppure sei euro a settimana (5,99 per la precisione) ho notizie in tempo reale, aggiornamenti sulla mappa del cielo, Quadri Astrologici, Decadi, Case, Segni Lunari, Sinastrie, Effemeridi.. a sapere cosa sono. Va be', non sarà mica così complicato, se ci è arrivato uno che per mestiere si fa mettere le extension. Fammi un po' vedere. Appena l'avvio, parte un metallico arpeggio New Age e, pochi secondi dopo aver inserito i dati, sullo schermo mi appare il messaggio del mio nuovo servizio astrologico di fiducia: *Caratteristiche caratteriali del Sagittario Ascendente Capricorno.*

Certo il titolo è un po' farraginoso, ma dopotutto è la sostanza che conta. Il pezzo è lungo e, m'immagino, sarà anche dettagliato. Inizio a leggere.

Soggetti allegri, onesto, pieni di energia, atletici e amante dei viaggi e della libertà.

Nonostante l'italiano zoppicante (ma non si può chiedere a un database di scrivere come Umberto Eco), mi pare una definizione azzeccata. Che meraviglia. Cosa aspettava Tio a dirmelo?

Buona salute ereditaria. I loro genitori potrebbero avere un'influenza benefica nella sua situazione finanziaria. Terreni o lasciti in eredità.

Anche questo mi fa molto piacere. Non è che voglio fargli i conti in tasca, ma sarebbe fantastico avere una tenuta in Spagna.

Dotato di un'emotività altalenante, sono spesso instabilità, ombrosi, pigri e con crearsi una doppia vita.
Nei casi alla peggio, dipendenza da alcol e droga.

Non capisco, possibile che in poche righe possa essersi trasformato da dottor Jekyll a Mr Hyde? E poi... droga? Ossignore!

Persona serena e rassicuranti.

Certo, sono molto rassicurata, ora.

Scarse probabilità di ereditare.

E niente tenuta in Spagna, a quanto pare. Dio dà e Dio toglie in un colpo di stella. Sbuffo, sollevando la testa, e sento un colpetto di tosse alle mie spalle. Quando mi volto, mi trovo davanti un uomo e ho come l'impressione che ci sia qualcosa che stride in lui. Ha una giacca color castagna con le toppe più chiare sui gomiti, occhialini dorati e un gilè abbottonato, che non si addice molto a una regia piena di leve e pulsanti luminosi come la plancia di *Star Trek*.

« Mi consenta di presentarmi. Andrea Magni », mi dice, porgendomi la mano. « La signorina Bassi, suppongo? »

Mi trattengo a stento dal fargli l'inchino, neanche fossi in un libro di Jane Austen. « Piacere, Alice Bassi. Be', insomma, Alice. » Come si parla a uno che ha pubblicato più di dieci libri sulla geologia dei pianeti e vinto diversi premi?

« I miei sentiti ringraziamenti per il vostro invito in trasmissione », mi dice lui, chinando la testa e scomponendo brevemente i lineamenti in un sorriso molto British.

« Oh. Sicuro. Non c'è di che, anzi, siamo noi che la ringraziamo... ehm, sentitamente per aver accettato di venire. Prego. » Gli indico una delle sedie, per fargli compilare la liberatoria.

Lui scosta quella dalla quale mi sono appena alzata. « Dopo di lei. »

Lo osservo riempire la scheda coi suoi dati, quasi stupita che non abbia una scrittura con tanto di svolazzi da XIX secolo, e mi sorprendo quando segna la sua data di nascita, perché l'anno è uguale al mio. Io e quest'uomo che sembra uscito da un baule in soffitta eravamo bambini nello stesso periodo, magari guardavamo pure gli stessi cartoni animati e andavamo in solluchero per le sorprese delle merendine. Lo fisso più inebetita di quello che farei se mi parlasse della scissione dell'atomo.

«Dunque, la vostra trasmissione disquisisce di astrologia», mi dice lui, posando la penna.

Io annuisco, con un brivido che mi percorre la schiena. So bene che parlare di astrologia a uno scienziato equivale a sventolare un drappo rosso davanti a un toro e non sono sicura che il maggiordomo di *Quel che resta del giorno*, qui, non nasconda un animo battagliero. Dopotutto è proprio Toro, a giudicare dalla data di nascita.

E io ho appena concesso a Marlin d'intervistarlo. Dio, potrebbe finire in tragedia. «Sì, sa com'è, la nostra è una trasmissione rivolta a una grande fascia di pubblico, non esperto di questioni scientifiche», dico, a mo' di giustificazione. «Che vuole divertire, soprattutto. Ma teniamo molto ad avere anche ospiti che non la pensino esattamente così. Tuttavia vorrei che la sua intervista vertesse su questioni che le stanno a cuore, dottor Magni, che ci spiegasse il suo lavoro, insomma, le ricerche che sta portando avanti...» Spero di riuscire ad ammansirlo un po', dopotutto anche il Toro è sotto il dominio di Venere, giusto? Quindi dovrebbe essere un po' narciso come la Bilancia. Ho fatto i compiti a casa.

«Certo», ribatte lui. «Solitamente la TV non si preoccupa di passare al volgo le questioni di scienza. Se lo facesse, avremmo menti più sveglie e consapevoli, invece ci sono sempre e solo le solite trasmissioni spazzatura.»

«Se è per questo, vogliamo anche informare. Parlare di oroscopo in modo più serio di quanto si faccia di solito.»

«Serietà e oroscopo non sono due lemmi che si leghino, signorina. Pur se, in linea puramente ludica, io non trovi niente di male nel consultarlo, così come trovo perfettamente lecito leggere un'opera di finzione, per intendersi. Come forma di svago. Ovviamente, lei e io sappiamo bene che sono tutte sciocchezze buone a imbonire menti miserande.»

Eh... lo sappiamo bene. Furtivamente, allungo la mano verso il mio cellulare e me lo infilo in tasca, pensando ad Alejandro e al suo carattere aperto e ombroso. «Per questo non mi permetterei di chiederle più di un accenno alla sua avversione alle teorie astrologiche, mentre mi piacerebbe dare più spazio alla scienza, di cui, come giustamente sostiene, si parla ancora troppo poco», finisco di dire, trattenendo il respiro.

Con la redazione si è discusso molto se invitarlo o no, ma io so che faremo il botto di ascolti con lui in studio, visto che, per essere uno scienziato di fama, è anche così giovane e per nulla brutto.

«La ringrazio. Sarei deliziato di poter lasciare al pubblico l'impressione che ci sia anche altro, oltre alla facile cialtroneria degli oroscopi, e che sarebbe d'uopo approfondire. Sicuramente le persone potrebbero interessarsi alle emissioni di diossido di carbonio rilasciate dalla cometa ISON, o entusiasmarsi per le Super-Terre scoperte nel sistema di Tau Ceti, a soli dodici miliardi di anni luce da noi. La geologia astronomica è una scienza che 'spacca', come direbbe la gioventù di oggi.» Sogghigna, soddisfatto della sua battuta, mentre si alza, e io faccio altrettanto, per accompagnarlo al trucco. Solo che quando ci voltiamo...

«Salve», dice affabilmente il geologo tendendo la mano. «Andrea Magni, e lei è?»

«Professor Tiziano Falcetti», ribatte Tio, a denti strettissimi. «Il 'ciarlatano' che conduce questa baracca.»

Magni, grazie al cielo (è proprio il caso di dirlo), incassa la gaffe con aplomb inglese, mentre Tio stringe le palpebre e probabilmente anche le unghie per la trasmissione con lui, e il dopotrasmissione con me.

«Professore?» balbetto mentre lo oltrepasso, ma lui non mi degna di uno sguardo.

«Dottor Mangi!» Sulla porta del camerino emerge una Marlin inguainata in una tutina di lattice che non lascia spazio all'imaginazione.

«Per Giove», esclama il geologo, il quale, al di sotto della sua crosta terrestre, forse ha un nucleo palpitante di passioni anche fisiche oltre che astrofisiche.

«Buonasera, dottor Mangi. Io sono Marlin e mi occuperò di lei... nell'intervista.» Se lo prende a braccetto e lui neppure si preoccupa di correggere il suo cognome. «Venga, venga, che così mentre la fanno bello parliamo delle zattere. O zolle? Quelle lì dei continenti. Che si muovono. Lei lo sapeva? Bah, io l'ho sempre sospettato, a mio modo. Le tettoniche vanno sempre. Ma bisogna saperle usare.»

No, non serve un mago per presagire il disastro.

Consapevole dell'imminente disfatta, non mi resta che tentare il tutto per tutto con l'unica persona che potrebbe salvarmi. Sono pronta a fare ammenda, a pagare pegno, a fare giurin giuretta che non oserò mai più contraddirlo per il resto dei miei giorni.

«Tio.» Faccio gli occhioni languidi del cucciolo da salvare.

Ma lui si volta, solleva una mano come a dirmi di tacere, scuote la testa e si allontana.

Mi sento veramente sola, per la prima volta da mesi.

«Allora, adesso mi arrabbio», esordisce Ferruccio, il datore luci, asciugandosi la fronte. «Cioè, si può sapere dove diavolo si è nascosto il bel tenebroso, lì, il tuo ispanico?»

«Non è il mio ispanico!» m'impunto, anche se non la do a bere a nessuno, in un ambiente come questo è impossibile tenere segreta una liaison. Ma Ferruccio ha ragione: Alejandro è di turno con noi, stasera, per dargli una mano.

Ne sono felice, perché per lo meno riusciremo a vederci. E, anche se non ce lo siamo detto, dopo la trasmissione conto di tornare a casa con lui, per questo sono venuta coi mezzi pubblici, stamattina. Così potremo parlare, di noi, del nostro futuro.

In preda all'ansia per il lavoro e la mia vita sentimentale, mi rifugio dietro una colonna del corridoio a leggere sul cellulare gli appunti dell'applicazione.

Difficoltà famigliari, oppure padre severo e educazione spartana. Madre malata psichicamente.

Oddio, e se fosse per questo che lo sento distante? In effetti, dopo la telefonata con sua madre mi è sembrato triste. Magari è il motivo per cui non ha voluto farmici parlare. Ha paura che lo giudichi male per la sua famiglia. Spesso si arriva a una dipendenza a causa di un'infanzia difficile.

Tendono ad avere un concetto tutto loro di onestà. Possibili problemi ai piedi e guai con la giustizia.

Aggrotto la fronte. In effetti, con tutto quel ballare, non poteva che venirgli mal di piedi. Ma guai con la giustizia? C'entrerà la droga di prima?

Molto rispettosi dell'etica e della morale.

A questo punto, sollevo un sopracciglio e stacco un attimo gli occhi dallo schermo per andare a infilare la testa nello studio di *Mal d'amore* per cercarlo. Ho bisogno di risposte, perché quest'oroscopo più che risolvermeli, i dubbi, me li sta creando.

L'individuo sente l'esigenza di una stabilità affettiva.

Questo è molto bello. Be', forse, dopo i guai con la giustizia e i problemi ai piedi per il troppo tango, è venuto in Italia per lasciarsi alle spalle un'infanzia difficile e ha visto in me la possibilità di costruire qualcosa di duraturo. Vado avanti e sussulto leggendo: *Portati a innamorarsi di una persona straniera.* Eccolo qua. NERO SU BIANCO! Quasi quasi inoltro un messaggio a Tio. No, meglio di no.

«Scusa!» esclamo, richiamando l'attenzione della tizia che fa l'assistente alla regia di *Mal d'amore.*

Lei si volta e stringe le labbra in una smorfia che vorrebbe assomigliare a un sorriso.

«Mara, giusto?» le dico, cercando di essere carina. «Sai dove posso trovare Alejandro, delle luci?»

«Ah!» sbotta lei, stringendo le palpebre, mentre il suo sorriso si allarga un po' di più. «Benvenuta nel club.»

«Cosa vuoi dire?» le chiedo. So di non esserle simpatica, perché ogni volta che c'incontriamo lei cambia strada come se fossi un'appestata.

«Che è quello che ci domandiamo un po' tutti, dove sia finito Alejandro», ribatte lei.

Ha detto «un po' tutti» o «un po' tutte»? No, perché il significato cambia. Ma immagino che sia gelosa. Ho visto come lo guardava. Sarebbe meglio se ne facesse una ragione, mi dico stringendomi nelle spalle. Alejandro aveva bisogno di stabilità affettiva, di una storia seria che lo facesse sentire al sicuro, con tutti i problemi che ha avuto in passato. E l'ha trovata. Con me.

Mi volto giusto un attimo, prima di uscire, e la vedo che mi fissa con uno sguardo vuoto, apre la bocca, ma poi si morde il labbro e torna alla sceneggiatura che stava controllando.

Ne approfitto per andare in bagno, e mentre faccio pipì continuo la lettura.

Esistenza segnata da prove a carattere cronico. Operazioni, degenze in casa di cura. Decesso a causa di malattia intestinale.

« Oh, no! » esclamo.

« Ehi, tutto bene? » sento dal box di fianco. « Se vuoi ho degli assorbenti. »

È una delle centraliniste e mi affretto a risponderle che non ho bisogno di nulla.

Lei rimane in silenzio per un istante, poi tira l'acqua. « Guarda che non sempre sono affidabili. I test di gravidanza, dico. Prova a rifarlo. » E, senza aggiungere altro, se ne esce dal bagno.

Io sto ancora fissando le parole sul piccolo schermo del cellulare, chiedendomi come abbia mai fatto a trovare *Ghost* un bel film. Col cavolo che vorrei essere nei panni di Demi Moore. Però mi sentirei una vera stronza se dovessi anche solo pensare di lasciare Alejandro perché spaventata dai suoi problemi di salute.

Mi sciacquo velocemente le mani ed esco, ma finisco per sbattere il naso proprio contro di lui, il mio spagnolo sfuggente, che infatti fa un passo indietro e accompagna la porta del bagno degli uomini fino ad assicurarsi che sia ben chiusa.

« Tutto bene? » gli chiedo.

« Certo. Ero solo in bagno. »

Guardo per un istante la porta chiusa, poi lui. Mi sembra pallido rispetto al solito. Che mi stia nascondendo qualcosa?

Forse è così che tutto ha inizio. I suoi problemi all'intestino, intendo. « Hai bisogno di qualcosa? Posso fare qualcosa? » Tengo sempre qualche medicinale nel cassetto della scrivania. Forse ho anche qualche pasticca d'Imodium.

« No, Alice. No necesito de nada. No te preocupes. »

Cerco di camminare al suo fianco, mentre ci avviamo verso lo studio, ma Alejandro ha le gambe più lunghe delle mie e va veloce. Come ultimo tentativo, infilo la mano sotto il suo braccio.

« Perdona, ma tengo muchisimo trabajo con Feruchio. No te puedo dare retta a tí », dice, sollevando il braccio per lasciarmi lì, nel corridoio, a guardare la sua schiena muscolosa che si allontana.

Non mi sto immaginando tutto. C'è qualcosa che non va e devo capire di cosa si tratta.

Il ricordo della loro infanzia serena suscita in loro una certa malinconia.

Allora ha nostalgia di casa, mi dico, leggendo un altro paragrafo della descrizione del Sagittario Ascendente Capricorno. Magari è sinceramente attaccato ai suoi, sebbene suo padre lo picchiasse e sua madre fosse rinchiusa in un manicomio.

Ottime capacità organizzative e decisionali. Situazione finanziaria confusa; scarsa sagacia e spirito organizzativo col denaro.

Ora sono perplessa, visto che poco sopra era abile negli affari. Che poi, non è per venalità che vorrei capire. Cioè, va bene, i soldi non fanno la felicità, ma potrebbero servire per le sue visite specialistiche e le operazioni all'intestino, ai piedi o allo stomaco. Ma non lo so, non lo posso sapere, povero caro. Vorrei tanto poterlo aiutare.

Sembra quasi un plotone d'esecuzione.

In prima fila c'è Tio, che per l'occasione ha deciso di non restare in studio ma in regia e mi gufa alle spalle, appoggiato allo stipite della porta. Poi c'è il Presidentissimo. È venuto per Marlin, non per me, certo, ma sarà il primo a mangiarmi viva se la sua protetta prenderà qualche scivolone di troppo sminuendo la sua immagine, quella della trasmissione e di tutta la rete.

E poi c'è Davide, appoggiato alla parete di cartongesso, le mani dietro la schiena, le labbra strette in una linea dura.

Sento che c'è qualcosa che non va, qualcosa che lo turba, anche se è perfettamente controllato, come sempre. Non dipende dalla distanza che si è aperta tra noi da un mese a questa parte, almeno non stasera. Il suo sguardo mi attraversa senza vedermi davvero. Non è concentrato, non è qui, adesso.

Mi rendo conto di non conoscerlo affatto. A parte l'esistenza di Flash, cosa so della sua vita? Nulla.

Allora cerco Alejandro, sperando di trovare man forte almeno in lui, per questa prova che devo affrontare. È in regia, ma mi volta le spalle e parla a bassa voce con Raffaella. Lei si scosta i capelli, accarezzandosi il collo.

L'emissione gracchia nell'intercom che mancano trenta secondi alla ripresa della diretta. Afferro il microfono, premo il pulsante che mi consente di parlare con lo studio e avviso tutti di prendere posto.

Gli occhioni verdi della nostra star bucano lo schermo e lei sorride ammiccante alla telecamera, prendendosi il tempo di una camminata ancheggiante fino allo sgabello.

Perlomeno la presentazione è impeccabile: miracolosamente, il nome lo pronuncia giusto e anche la professione, forse aiutata, in entrambi i casi, dal libro dell'esogeologo, che ha in mano.

I guai però iniziano subito dopo la prima domanda: « Perché studiare la composizione dei pianeti? »

Una domandina facile facile, insomma, di quelle che si accontentano di una risposta senza tanti fronzoli. Però Magni ha progetti didattici più vasti e vedo Marlin vacillare sotto il fuoco di fila di paroloni tipo geomorfologia, petrografia, magnetosfera, idrocarburi, campi magnetici, parametri orbitali...

Per un attimo, penso che la poveretta stia per svenire. Io forse lo farei, al posto suo. Ma poi sembra riscuotersi di soprassalto alla parola « universo », che riesce a inserirsi persino nel suo scarno vocabolario (anche se più frequentemente in associazione alla parola «Miss»), e batte le palpebre, dicendogli che si sente sempre sopraffatta dall'immensità del firmamento, che trova così romantico proprio perché è infinito e insondabile.

Sì, dice proprio *insondabile*, ne sono scioccata, però Magni non si lascia impressionare dalle prodezze lessicali di Marlin; gongola tutto, gonfiando il petto, e sorride, lanciandosi nell'ennesima spiegazione: «... quindi, mia cara, la variabile di Hubble, che non è altro che $v = H \times d$, ci dice la velocità di spostamento di una galassia rispetto alle altre, dove v è la velocità di allontanamento della stessa nella direzione della nostra linea di vista, d esprime la distanza della galassia dalla Terra e H è una costante di proporzionalità il cui valore, ahimè, risulta ancora piuttosto incerto, ma dovrebbe aggirarsi intorno ai sessantacinque chilometri al secondo per ogni megaparsec di distanza. A questo punto, credo risulti chiaro per tutti che la costante ci dà il tasso di espansione dell'universo, che quindi, in un certo qual modo, è perfettamente misurabile».

«Oh, vi prego, sparategli in un ginocchio!» esclama Luciano al mixer video, staccando su una panoramica che sale dalla caviglia di Marlin fino alla scollatura. Un disperato tentativo di risvegliare l'audience a casa.

Il Presidentissimo gli batte sulla spalla a mo' di ringraziamento. «Di questo passo, possiamo solo sperare che la gente si addormenti davanti alla TV prima di cambiare canale.»

«Povera Marlin», commenta Raffaella. «Lasciata in pasto al lupo. Perché le abbiamo fatto una cosa del genere?» Scuote la testa, con l'espressione della chioccia preoccupata, per poi guardare di sottecchi il Presidentissimo. «Io non l'avrei mai permesso», commenta, mentre il suo sguardo guizza per un nanosecondo soltanto su di me.

Torno a fissare il monitor di controllo, dove sia Magni sia Marlin sono inquadrati nel totale.

«... in quanto la fisica della materia degenere impone alla Nana Bianca una massa limite, detto Limite di Chandrasekhar. Nel tipo più comune, quelle a carbonio-ossigeno, il superamento di tale limite, solitamente per trasferimento di massa in un sistema binario, può provocarne l'esplosione in una Nova o Supernova.»

Marlin si scosta una ciocca di capelli dal seno. «Poveretta, però, nana e pure obesa!»

Mi copro gli occhi con una mano, per quel che serve.

«Mandate la pubblicità», sento alle mie spalle. «Qualcosa di lungo, è possibile?»

Davide si è staccato dal muro e, in piedi di fianco alla mia sedia, sfoglia la scaletta con la fronte corrugata. «Anticipiamo il TG», dice poi, puntando l'indice sulla carta.

«Ma è due blocchi più avanti. Mancherà mezz'ora», farfuglio, avvicinandomi per leggere e poi sollevando lo sguardo nel suo.

«Abbiamo bisogno di tempo per organizzarci», mi dice, fissandomi con quei suoi occhi scuri come il cioccolato fondente, che a un tratto si stringono, disegnando delle sottili rughe ai lati esterni, perché mi sta sorridendo. «Possiamo farcela, Alice. Tu e io, insieme.»

Batto le palpebre e mi sembra che il sangue mi faccia su e giù per il corpo, come in caduta libera.

«E Tio», aggiunge poi Davide, rivolgendosi a Tio, ancora a braccia conserte appoggiato alla porta. «Vieni.»

E, mentre parlo alla cuffia dell'assistente di studio, dicendogli di chiamare la pubblicità, i due si eclissano nell'adiacente saletta di redazione. Dalla parete di vetro, vedo Davide sedersi al computer e Tio che gli dice qualcosa mentre prende posto al suo fianco.

Non ho idea di cosa abbia in mente, ma non ho il tempo di rifletterci, perché vengo investita dagli improperi della nostra Nana Rossastra, che tacchetta in regia sui suoi trampoli di quindici centimetri. «Si può sapere che diavolo succede? Il countdown segnava ancora sette minuti! Perché avete mandato la pubblicità?»

«Già», le fa eco Magni, aggiustandosi la cravatta verde che spicca sul gilè rosso. «Di grazia, potreste fornirci una spiegazione?»

«Be', ecco...» Cosa gli dico, che la sua intervista faceva schifo e non si capiva un tubo? Che Marlin si stava rendendo ridicola coi suoi commenti a sproposito? Almeno potessi appellarmi al quinto emendamento, come fanno nei film americani.

« Cara, andava tutto splendidamente. E, lascia che te lo dica, stasera sei bellissima », interviene il Presidentissimo. « Ma il telegiornale ci ha chiesto la linea. Le faccio le mie scuse, dottor Magni, riprenderemo al più presto. »

« Oh, diamine, cosa mai può essere accaduto? » esclama l'astrofisico.

Il Presidentissimo fa ondeggiare la mano. « Oh, nulla di grave. Venga, le offro un caffè. »

« La ringrazio. » Tira fuori di tasca il telefonino e lo accende. « Mi perdoni solo un istante, ci sono alcuni amici che stanno seguendo e mia madre sta incidendo su nastro la trasmissione. Divulgo *urbi et orbi* di questo cambio di programma e sono da voi. »

Li osservo allontanarsi e, mentre cerco Alejandro con lo sguardo, sento Marlin commentare: « Strano nome, Urbi... sua madre è tedesca? »

Mancano meno di cinque minuti alla fine del telegiornale, e io sto pregando che il pubblico a casa abbia avuto la pazienza di aspettarci.

Alejandro mi oltrepassa velocemente, tirando un cavo.

« Che fai? » gli domando.

« Feruchio me ha chiesto de poner otra luz sobre Marlin », dice, scostandosi da me di un passo, senza sollevare gli occhi.

« Ti aiuto? » faccio per prendere il cavo, ma lui si volta.

« Me sta ya aiutando Rafaela. »

E infatti lei mi passa a fianco, reggendo una parte di cavo con due dita, per non sporcarsi troppo la preziosa manina.

Rimango interdetta a guardarli, Raffaella che lo oltrepassa e lui che le appoggia la mano sulla schiena, finché non sento una voce alle mie spalle.

« Alice... »

Davide. Così vicino a me che devo alzare il mento per guardarlo negli occhi.

Solleva appena un angolo della bocca, con quel movimento che da solo farebbe sciogliere le calotte polari. Con Alejandro che mi ha appena liquidata in due parole, è normale che mi senta tanto disorientata, se qualcun altro invece mi guarda in questo modo. E lui è così vicino. Non si è accorto d'invadere il mio spazio vitale? Ma non posso dire di esserne infastidita. Odora di buono, e il calore che emana il suo petto ha un effetto rassicurante.

«Cosa c'è?» farfuglio.

Non dice niente. Mi guarda ancora, con quel suo sorriso magnetico, poi prende un paio di cuffie che ha appoggiato sulla plancia della regia. E me le mette.

Subito, nella mia testa partono delle note, una musica, una canzone. Quella canzone.

Reality. Il tempo delle mele.

Nel caos di una serata assurda, non posso credere di sentirmi come a una festa di tredicenni. Fisso Davide negli occhi e aspetto che mi appoggi le mani sui fianchi per ballare.

Lui però non lo fa. Invece fa un passo indietro e si porta un trasmettitore alle labbra. «Mi senti? Prova, prova. Saa... saaa, uno, due... Alice, mi senti bene?»

Lo sento perfettamente.

Non c'è nessuna musica, se non nella mia fantasia, e il motivo per cui Davide mi ha cacciato in testa queste cuffie non ha niente a che vedere con Sophie Marceau e il suo primo bacio.

Annuisco, però lui non mi dà retta e si rinfila nello stanzino della redazione. Mi saluta dalla vetrina. «Mi senti anche adesso, tesoro?»

Mi avvicino al vetro di un paio di passi. Poi vedo che la cuffia ha anche un microfono con due pulsanti. Ne schiaccio uno e Davide sussulta togliendosi l'auricolare. L'accensione ha prodotto un sibilo che dev'essere stato più forte per lui che per me. «Scusa», gli dico. «Mi senti?»

«Sì, Alice. Allora, ascolta. L'idea è questa, dobbiamo fare un ponte: a Marlin metteremo un auricolare senza fili, nascosto dentro l'orecchio, sulla frequenza del tuo intercom, così potrà ripetere ciò che tu le dirai per intervistare Magni senza fare gaffe.»

Cioè lei dirà quello che le dirò io? «Io non sono un'astrofisica! Se pensi che non farà figuracce con quello che potrei dirle ti sbagli.»

Lui solleva la mano per zittirmi. «Ma tu ripeterai quello che ti suggerirò io.»

«Ma perché non le parli tu direttamente?» obietto, considerando la cosa del ponte un po' contorta: se succede come nel telefono senza fili, chissà che obbrobri possono venire fuori.

«Ho bisogno di tempo per fare eventuali ricerche su Internet. Nemmeno io sono un esperto di astrofisica, Alice. Dovrai stare attenta, se cambiasse argomento all'improvviso e io fossi troppo preso a leggere per accorgermene. Due menti sono meglio di una.»

Non sono certissima che si possa dire così se una di quelle due menti è la mia, ma è lui il capo.

«Tutti pronti!» esclama Ferruccio scostando la sua sedia al posto di comando. «Manca un minuto! Gente, in studio. Tutti ai propri posti. Alice!»

Con difficoltà, stacco lo sguardo da Davide per annuire verso il regista. «Sono pronta.»

«Davvero?» La voce di Davide si riversa densa e calda direttamente nel mio orecchio.

Mi giro ancora a guardarlo.

«Devi essere la mia donna... dietro la donna. Sei pronta, Alice?» Solleva una mano e la posa sul vetro, come se volesse toccarmi.

Non è un brivido, non sono farfalle nello stomaco, non è un calore che mi accende il ventre. Guardarlo è un terremoto nella quiete perfetta. Non mi viene neppure una parola. E finisco col rimanermene lì come uno stoccafisso, mentre leggere nella mia testa ricominciano magicamente a suonare le note di *Reality* di Richard Sanderson.

Poi riprendo l'uso dei miei arti. La mia mano si stacca dal fianco per allungarsi verso il vetro. Non posso fare a meno di pensare a quanto sia magico questo istante, mentre mi avvicino, anche se so benissimo che non ha nessun significato. Almeno, non quello che penserei di dargli io.

«Dieci secondi, Alice!»

I miei polpastrelli scivolano appena sul vetro, proprio quando Davide stacca la mano e si volta per sedersi al computer.

« Bentornati in studio », esclama una Marlin raggiante non appena s'illumina la lucetta rossa della telecamera puntata su di lei.

Premo il pulsante della cuffia che mi consente di parlarle. « Ci scusiamo per gli inconvenienti tecnici. »

« Ci scusiamo per gli inconvenienti tecnici », ripete lei, aggiungendo di suo il sorriso ammiccante, per poi proseguire secondo le mie istruzioni: « Ma, per quelli che hanno continuato a seguirci, ora proseguiremo l'interessante intervista al dottor Andrea Magni ».

« Il famoso astrofisico », le suggerisco nell'auricolare.

« ... che, a ben guardare, dovrebbe essere famoso anche per il fisico, e non solo perché è un astrofisico », aggiunge, per fargli poi la domanda che le ho suggerito.

Nella mia cuffia sento un *bip*, poi la voce di Davide: « Le hai detto tu di dirlo? Ti piace quel tipo? »

« Certo che no! » esclamo.

« Certo che no! » ripete Marlin, sorridendo a Magni.

Mi affretto a chiudere la comunicazione con lei, mentre Magni solleva un sopracciglio.

« Pasticciona », mi sussurra Davide, con un sorriso nella voce.

« Sei tu che mi distrai! » commento io col broncio, stavolta premendo il pulsante giusto, per fortuna. Mi volto, e lui è lì in piedi dietro il vetro. Mi guarda sorseggiando caffè da un bicchierino di plastica, poi torna al PC.

Quando Magni esprime i suoi dubbi di scienziato sull'effettiva efficacia dell'astrologia, Tio, che bontà sua ha acconsentito a tornare in studio, viene imbeccato da Marlin (e cioè da Davide e poi da me e quindi da Marlin) a ribattere col suo punto di vista.

« Meno male », dico a Davide in cuffia. « Abbiamo salvato capra e cavoli. »

« Lasciami indovinare chi sarebbe la capra... » ribatte lui.

Adesso si mette addirittura a fare battute. Mi pare stranamente esaltato, come se quel gioco gli piacesse molto, l'apatia di prima del tutto dimenticata.

« Lei, signor Nardi, non me la racconta giusta », lo canzono. « Di' la verità, ti stai divertendo a fare *The Truman Show.* »

Lo sento ridere. Mi rendo conto che non lo fa molto spesso, perché mi sembra un suono nuovo, strano per lui. « Ah, Alice, sei tu che sei divertente, non il Truman Show. »

Mi chiedo se mi trovi divertente come Buster Keaton, e cioè irrimediabilmente goffa. O invece come Meg Ryan, un po' nevrotica, certo, ma anche tenera e seducente.

Intanto, Magni dice che l'astrologia ha sì preceduto l'astronomia, ma solo perché i tempi in cui è nata erano decisamente bui per quello che riguardava la scienza. « Venere è un pianeta deserto, avvolto da un ammasso di nuvole e rovente come un forno. È questa la verità. Pur se comprendo che sia molto più romantico pensare che possa darci informazioni sul nostro futuro sentimentale. » Abbozza un sorriso condiscendente e guarda Marlin.

Ci stiamo addentrando in un terreno pericoloso. Dallo schermo vedo Tio che scalpita e prendo l'iniziativa per riportare la conversazione sui binari giusti, proponendo a Marlin una domanda sul lavoro di Magni, senza che sia Davide a suggerirmela.

« Ben fatto », mi commenta lui in cuffia. « Brava. Vedi che siamo una bella squadra? »

Arrossisco, e per fortuna gli do le spalle e non mi può vedere.

« I complimenti ti mettono in difficoltà, eh? »

Riattivo la comunicazione con lui. « Come fai a dirlo? » Ecco, questa è una delle cose che mi affascina e mi spaventa di più in lui, che sembra sapere sempre tutto di me, anche se non gli dico niente. È come se avesse quegli occhialetti agli infrarossi che ti vendono promettendo di farti vedere attraverso i vestiti.

« Hai sempre la risposta pronta, ma se qualcosa ti spiazza non sai cosa dire. È normale. Ora, la vera domanda è: perché non riesci ad accettare un complimento? »

Non so se mi stia guardando, ma irrigidisco le spalle per impedirmi di voltarmi e cerco di concentrarmi su quello che sta succedendo in studio. Nonostante il formicolio che sento sulla nuca.

«... mi sono sempre domandato», sta dicendo provocatoriamente Magni, «perché per determinare il segno zodiacale, e quindi il carattere della persona, gli astrologi tengano in conto il momento in cui si viene alla luce, e non quello del concepimento. Dopotutto è quella l'origine della vita. Gli astri non hanno nessun influsso sul feto? Sono schermati dall'involucro materno?»

Mentre Tio risponde che è il distacco dalla madre a creare l'individualità, sento di nuovo il *bip* nella cuffia e mi preparo a prendere mentalmente appunti per quello che Davide mi dirà di suggerire a Marlin.

«O anche perché per molti sarebbe difficile determinare il momento esatto del concepimento, ti pare? Gli astrologi sono dei furbi», dice Davide, la voce più tentennante, come se stesse saggiando il terreno, visto che poco fa non gli ho risposto.

Schiaccio il pulsante per parlargli e ribattere: «Ma tu da che parte stai? Devo dirle davvero questo?»

«Ma no! Lo stavo dicendo a te. Sono tutte fesserie, queste degli oroscopi, no?»

Sbuffo e chiudo la conversazione, poi ci ripenso e clicco di nuovo per rispondere: «Fesserie o no, trovo una certa corrispondenza tra caratteristiche del segno e carattere delle persone. Poi, ovvio, abbiamo vissuti diversi. Tu di che segno sei? Vediamo!»

Solo che ho di nuovo sbagliato pulsante e Marlin ripete la stessa cosa.

«Ommioddio...»

«Ehm, sarei del Toro», dice Andrea Magni in studio.

«L'hai rifatto, non è così?» Davide ridacchia nel mio auricolare. «Hai di nuovo sbagliato bottone! Ah, Alice, sei così... sei ciò che di più divertente abbia trovato in questo posto. Sei unica.»

Batto le palpebre, sentendo un gran bisogno di voltarmi verso il vetro. Sentendo il suo sguardo che mi perfora la schiena.

Un altro *bip*, poi ancora la sua voce: «Questo non dirlo a Marlin, però».

Quando mi tolgo le cuffie, sulla sigla di coda, ho le orecchie che ronzano e il cervello che mi sembra un cicca masticata. In regia scoppiano grida di giubilo per la chiusura di un'altra puntata e per l'esito positivo di una serata che poteva essere una Caporetto.

«Bravi, bravi tutti», ci dice il Presidentissimo raggiungendo Davide. Anche lui ha gli occhi stanchi, ma non si tira indietro quando il presidente gli mette una mano sulla spalla e lo porta via per parlargli.

È destino che tra me e quell'uomo rimanga il mistero, mi dico.

Ma, d'altra parte, mi sono già ripetuta più di una volta che non vale la pena di andare a sbatterci la testa. Davide è off limits per me, e non solo per la sua posizione in azienda. Più di una volta ha dato prova di non tenerci a farsi conoscere da nessuno. Svicola ogni volta che gli si fa una domanda personale, scappa di fronte a un discorso che possa rivelare qualcosa del suo passato, o anche del suo presente al di fuori delle quattro mura aziendali. E io di domande ne avrei, solo che mi si annoda sempre la lingua.

Come potrei stare con un uomo così?

E poi c'è Alejandro. Voglio dire, abbiamo i nostri problemi, ma siamo una bella coppia.

Mentre Luciano spegne i macchinari della regia, io mi affaccio in studio, dove il calore delle lampade ha arroventato l'aria. I tecnici hanno spalancato le porte di ferro del capannone per lasciar passare il fresco della notte.

Tio sta fumando una sigaretta con Andrea Magni, e li sento ridere affabilmente. Che strana accoppiata.

Ferruccio armeggia con le lampade e i cavi, e Alejandro si è tolto la maglietta e il torace gli brilla di sudore. Erika, Raffaella e Marlin sono sedute sugli sgabelli e lo guardano, perse, e io per un attimo non provo gelosia, ma un misto d'invidia e di pietà per i loro sogni a occhi aperti.

I cinque metri che sì e no ci separano mi sembrano allungarsi come in quegli incubi dove non riesci mai a raggiungere la meta. Anche quando sono lì, è come se osservassi la scena attraverso un cannocchiale, da un pianeta lontano, a milioni di anni luce di distanza. « Andiamo a casa insieme? » dico.

Le sue spalle si afflosciano e, dopo qualche secondo, lui mi dice: « No puedo, Alice. Lo siento. Otra vez, eh? » Non ha neppure smesso di fare quello che sta facendo. Continua ad avvolgere il cavo infinito intorno al braccio. Non mi guarda.

« Hai qualche altro impegno? »

« Sì... no... è che sono muy cansado... Stanco. »

« C'è qualcosa che non va? Non riusciamo più a vederci! O sei stanco, oppure hai qualcos'altro da fare. » Odio il mio squittire di supplica, la voce che si alza di un tono, come quella delle bambine che fanno i capricci. Una mosca che sbatte contro il vetro per uscire.

Quando mi guarda, Alejandro ha un'espressione trasparente sulla quale rimbalzo senza ottenere risposte. « Nada, Alice. Facciamo che te chiamo io. »

In bagno, mi sciacquo la faccia sotto l'acqua fredda e, quando mi guardo riflessa nello specchio, ho una specie di déjà-vu. C'è qualcosa nei miei occhi lucidi e spiritati, nella mia bocca rigida, nella mia carnagione pallida.

E poi mi viene in mente. Mara, l'assistente di *Mal d'amore*, i suoi occhi, la sua espressione dura e vuota. Delusa.

È quello che ci domandiamo un po' tutti, dove sia finito Alejandro.

Sul lavabo c'è il mio smartphone, lo schermo ancora illuminato lascia intravedere l'ultima frase che ho letto sul profilo del suo segno.

Forte sessualità. Blocchi psicologici nella sfera sessuale. Molteplici flirt e mancanza di un attaccamento sincero. Scarso interesse sessuale.

« Un euro per i tuoi pensieri. »

Queste parole mi riscuotono dal torpore che mi aveva inghiottita. Sto fissando il distributore delle bibite da chissà quanto tempo. Neppure saprei dire come o quando ci sono capitata davanti.

Davide infila una moneta nella macchina. « Ti è andata bene, non ho tagli più piccoli. »

Mi sforzo di sorridergli. « Grazie », dico, selezionando una bottiglietta d'acqua naturale.

In questo preciso istante mi rendo conto di avere la gola come il deserto. Mi attacco alla bottiglietta con disperazione, sperando di rinvenire per un miracoloso effetto, come una pianta che qualcuno si è dimenticato d'innaffiare.

« Avevi sete », commenta Davide con la fronte aggrottata, dopo avermi osservata buttare giù mezzo litro d'acqua in un unico sorso. « Stai bene? »

« Sto bene », ripeto a papera, quasi come se stessi rivolgendo la domanda a me stessa.

« Non devi preoccuparti per la trasmissione, è andato tutto benissimo. Il presidente era molto contento. E anche le gaffe di Marlin... be', tutto fa audience. »

La trasmissione, lo share, Marlin, Tio che se n'è già andato senza neppure salutarmi, Alejandro che non ha più motivo di farlo. Mi sento svuotata.

« Ti va di parlarmene? » dice poi lui piano, tentennante. Lo guardo negli occhi e allora fa un sorriso timido.

« Chiedi sempre degli altri, ma non parli mai di te », ribatto, e sembra quasi un'accusa.

Lui se ne stupisce e stringe le palpebre. « Si vede che sono poco interessante. Non ci sono cose eclatanti nella mia vita, a parte un grosso cane, qualche casa in affitto e tanti spostamenti. »

« Come mai hai un cane così grande? »

Davide ci pensa su un attimo, come se non riuscisse a decidere cosa dirmi. « Mi è capitato... durante un lavoro. »

« Tutto qui? »

« Cosa? »

« Tutto qui quello che mi puoi dire. Ti è capitato. Mi piacerebbe che me lo raccontassi. »

Solleva il braccio per guardare l'orologio. « È mezzanotte

passata, Alice. Magari un'altra volta, eh? Ti accompagno alla macchina.»

Se neppure mi può dire qualcosa del cane, figuriamoci il resto! «Non ti preoccupare. Non sono in macchina stasera, chiamo un taxi.»

«Perché non hai la macchina?»

«È mezzanotte passata, Davide. Magari te lo spiego un'altra volta», gli dico, gettando la bottiglietta vuota nel contenitore della plastica.

«Ti porto a casa io, allora.»

«Perché?» gli ringhio, con gli occhi che mi si riempiono di lacrime. E non so se sono arrabbiata di più con lui e il muro che mi para davanti o con Alejandro e la porta che ha appena chiuso. In qualsiasi caso, odio le barriere architettoniche.

Davide però non smette di squadrarmi. «Perché non si lascia mai una donna in difficoltà», dice alla fine.

«Sono in difficoltà? A me non sembra.» Tiro fuori il portafogli e gli mostro che ho ben settanta euro in contanti. «Posso pagarmi un taxi e magari fare anche avanti e indietro fra qui e casa mia tre o quattro volte.»

Lui solleva le mani. «Mi piacerebbe portarti a casa, Alice. Mi piacerebbe farlo per ringraziarti di stasera.»

Ma io ancora non gli rispondo.

«Mi piacerebbe parlare con te.»

Quando la sua macchina si ferma sotto casa mia, ho saputo che Flash era il cane di uno dei suoi ultimi datori di lavoro e che, quando questo era morto, la moglie non lo aveva più voluto. «Piuttosto che farlo sopprimere, ho preferito prenderlo con me. Che vuoi, mi ci ero affezionato», mi spiega spegnendo il motore.

«Che persona orribile. Come si può pensare di sopprimere un cane perfettamente in salute?»

«Sbagli, non è cattiva, solo che Flash le ha sempre fatto paura. E poi, tra i figli e il resto, non aveva proprio tempo di occuparsene. Insomma, è giusto che si possa scegliere, no?»

Non trovo giusto che si possa scegliere di ammazzare così

indiscriminatamente, ma sto zitta, e sono felice che Flash abbia trovato un altro padrone. «Sono contenta che sia una storia a lieto fine.»

«A te piacciono molto. Le storie a lieto fine, intendo. I tuoi film d'amore.»

Mi stringo nelle spalle. «La vita è un'altra cosa, però. Il lieto fine non è mai così scontato.»

Davide mi prende la mano e le sue dita si stringono intorno alle mie. Mi volto, nella penombra azzurrognola dell'abitacolo, e lui mi sta guardando. «No. Il lieto fine non è mai scontato.»

«L'amore è sempre molto più complicato che nei film. Lì di solito si capisce subito dove e con chi la protagonista andrà a parare, non ci sono dubbi, solo qualche malinteso.»

«E non ci sono tradimenti», sospira Davide tornando a fissare il volante. «Tu hai mai tradito, Alice?»

La domanda arriva diretta come una freccia, e non capisco se sia per Alejandro, del quale non gli ho certo spiegato, o per un passato nel quale lui stesso deve aver vissuto i tormenti dell'uomo tradito. Mi chiedo se, per caso, voglia cercare di capire la mia dirittura morale. «No. Non mi è mai capitato», rispondo, ma per il disagio sdrammatizzo con le solite banalità: «È già complicato starvi dietro uno alla volta, figuriamoci averne due nello stesso momento».

Lui annuisce senza ribattere, e per qualche secondo ci guardiamo e basta, la luce del lampione che disegna appena i contorni dei nostri volti, distinguendoli dal resto.

E c'è un abisso di domande, di parole invisibili, che rende lo spazio tra noi talmente denso da non poterlo attraversare. Il suo corpo si muove a fatica verso di me, come un astronauta nello spazio, finché il suo viso è così vicino da sembrarmi irreale. «Buonanotte, Alice», sussurra, prima di posare le labbra sulla mia guancia.

VERGINE

Se siete innamorate di un uomo della Vergine è possibile che abbiate seri problemi psicologici. Ah, no? Avete mai visto *Psycho*? O letto uno di quei romanzi dove viene fuori che l'assassino è un tipo abitudinario, apparentemente mite ed equilibrato, ossessionato dai dettagli e che trae infinito piacere dal ripetere lo stesso lavoro rincretinente giorno dopo giorno, ora dopo ora? Ah... ora sì che vi ricorda qualcuno!

17

LE REGOLE DELLA CASA DEL CANCRO

È un gran peccato che non sia inverno.

L'inverno è fatto apposta per le pene di cuore, quando ti puoi rintanare sotto le coperte e fingere che non esista più nulla, nemmeno tu. Soprattutto tu.

Invece la primavera è ormai iniziata e fa già troppo caldo per il piumone. Mi tocca stare fuori dalle lenzuola, esposta alla tortura della luce e degli oggetti, che mi urlano che sono ancora tutta intera, per quanto strano mi possa sembrare. Mi trascino per casa col naso premuto nei fazzoletti e con gli occhi spenti.

Sul divano ci abbiamo visto la televisione insieme. In cucina lui si sedeva sempre su quella sedia. In bagno c'è lo spazzolino che gli avevo comprato. Quanto sono taglienti gli oggetti quotidiani con l'assenza.

Sono sola.

Non c'è astrologia che tenga, non troverò mai qualcuno che voglia costruire con me qualcosa di più di un castello di carte. È quanto di più scoraggiante ci possa essere: ci ho creduto e ci sono cascata di nuovo.

Solo nei film succede che qualcuno dica: «Tu mi piaci da morire, Bridget. Così come sei».

Scivolo a sedere sul pavimento, con la schiena contro il divano. Mi sono messa in malattia e sono tre giorni che non metto il becco fuori di casa, che non rifaccio il letto, che per nutrirmi faccio la roulette russa, apro il frigo e prendo la prima cosa che mi capita tra le mani (ieri è stato un vasetto di cetriolini). Che non rispondo al telefono e lo fisso inebetita mentre appare ossessivamente un nome: *Paola*.

Voglio morire. Fammi morire. Sto troppo male. Non posso più andare avanti così, non ce la faccio. Ma dovrei avvisare qualcuno? Cioè, inizia a fare caldo, se morissi davvero e trovassero il mio corpo tra diversi giorni potrebbe essere in uno stato pietoso.

Il trillo del citofono per poco non mi fa davvero prendere un colpo, ponendo fine a ogni mia disperazione.

Lo alzo senza dire niente.

« Aprimi, deficiente. »

Ecco cosa succede a ignorarla.

Più veloce di un aereo, più letale di un missile, più spavalda di Superman, trenta secondi dopo mi ritrovo Paola che varca la porta di casa e avanza nel corridoio a colpi di passeggino.

Non si perde in chiacchiere ed entra in cucina, senza risparmiarmi un gemito per la catasta di piatti sporchi, vasetti vuoti, bottiglie e tovaglioli abbandonati. « Ah, conosco le mie galline », dice, tirando fuori un esercito di prodotti per la pulizia e trasformandosi nella versione biondo-ricciuta di Mastro Lindo.

Legato al sedile del passeggino, Sandrino guarda sua madre, per poi mettersi con nonchalance a fare bolle con la bocca. Giustamente, lui è Acquario. Loro sono superiori e distaccati.

« Lo so benissimo », prosegue lei. « Lo so io come si diventa quando si viene lasciati: non ci si cura più di niente. Si finisce con l'abbruttirsi davanti alla TV, ingozzandosi di cibo spazzatura e lasciando la casa alla deriva. »

Io la guardo dalla porta, incapace di mettere in azione un solo muscolo per aiutarla, fermarla o anche solo risponderle.

« Mediamente, quando si è depressi, si finisce per ingurgitare dalle duemila alle tremila calorie in più del fabbisogno giornaliero. Lo dicevano in quella trasmissione. Hai visto quanto sono grassi gli americani, no? È perché sono depressi, per la maggior parte. Non vorrai mica fare quella fine? » Apre il frigorifero e caccia un urlo, inizia a svuotarlo e borbotta: « Neanche una verdura! » Rassetta la cucina in meno di tre minuti, riempiendo uno degli enormi sacchi neri che ha con sé. « Lo sai quanto possono essere pericolosi i germi? Lo sai quante specie diverse si annidano nelle fessure, nei tappeti, nelle intercapedini? Potrebbero venirti delle malattie mortali. »

Ecco, per i nati del Cancro, il mondo è sempre pieno d'insidie, e Paola, soprattutto quand'è in preda a uno dei suoi attacchi di mammite acuta, è l'esponente del suo segno per antonomasia. Così come per il fatto di essere dotata di un grandissimo talento per far sentire amato e capito chi le sta intorno, congiunto a una lealtà che la permea fino all'ultimo dei suoi capelli biondo Marilyn Monroe.

Però, tra le altre caratteristiche zodiacali, è anche dotata di una sensibilità praticamente ultraterrena, unita a una memoria fotografica che la accomuna all'uomo bionico. Queste due cose la rendono immune alle bugie. Lei semplicemente sa la verità.

Mentre traffica in camera da letto, lamentandosi di tutto («Ma dormi nella cuccia di un cane? Cielo, queste lenzuola camminano da sole! Da quanto non apri la finestra per cambiare l'aria? Dovresti avere più cura delle tue cose...»), io mi affloscio sul divano col telecomando in mano e con la TV spenta. Sandrino mi guarda perplesso, proseguendo nella sua occupazione preferita. Fare le bolle. Beato lui.

Il citofono scampanella un paio di volte.

«Aspetti qualcuno?» mi chiede Paola, affacciandosi nel salottino.

Solo Joe Black, vorrei risponderle.

Mi limito a sollevare una spalla.

Passano pochi minuti e sento la porta che si apre, Paola parla sottovoce. Non sposto neppure la testa, nella totale apatia.

Un attimo dopo, davanti a me si materializza Tio, con tanto di sacchettone della spesa tra le braccia. «Allora, saputella? Hai finito di tirartela?» mi dice, accucciandosi e avvolgendomi tra le braccia.

Vorrei dirgli che mi dispiace, ma non riesco, ho la gola bloccata.

«Su, su. Guarda che è tipico della Bilancia credere di essere detentrice della verità.» Lui fruga nel sacchetto e tira fuori una barretta al cioccolato. «Ecco qua. Scommetto che non fai un pasto decente da almeno tre giorni. E il cioccolato mette di buonumore. Mangia.» Si rialza e si guarda intorno, scuotendo la testa.

Sul tavolo, Paola ha allineato alcune magliette da uomo che ha trovato in camera mia, insieme alle foto di Alejandro e alle rose gialle secche.

« Lo sai che queste cose le fanno i serial killer, vero? Queste specie di musei santuario. »

Io mi stringo nelle spalle.

Con un gesto, Tio butta tutto per terra, strappa una foto e me ne dà un'altra, invitandomi a fare altrettanto. « Lo so che, quando si è depressi, una reazione tipica della Bilancia è il voler fare ordine a tutti i costi. Perciò si pulisce e ripulisce allo sfinimento. Invece ti dovresti incazzare, spaccare tutto, giocare a freccette con la sua fotografia. Dai, fallo! È liberatorio. » Getta i pezzetti di foto per terra e ci salta sopra, poi mi lascia per andare in bagno.

Rimango a fissare la fotografia di Alejandro, senza riuscire a decidermi.

« E quella? » esclama Paola dalla porta, additando la barretta di cioccolato. « Accidenti, Alice, ma vuoi lievitare come Moby Dick? » La prende e la getta nel secchio della spazzatura, disgustata. « E poi... ma cosa stai facendo? » Guarda il pavimento, dove sono finite le magliette di Alejandro, i pezzetti della foto sparsi dappertutto. « Io pulisco e tu ributti a terra le cose? Stracciare le sue foto non serve a niente. Non hai mica sedici anni, no? »

Perché non mi lasciano in pace? Perché semplicemente non si siedono qui con me e mi lasciano piangere sui miei dolori? Uffa.

Tio esce dal bagno. Lui e Paola mi guardano e poi si scambiano un'occhiata sconsolata e complice, scuotendo la testa, prima che lei si eclissi ancora per andare a disinfettare qualche anfratto non ben precisato della mia casa.

« Perché non ti guardi un film, tesorino? » mi dice Tio togliendomi di mano il telecomando. « Dai, ti metto su qualcosa di allegro. » Pesca il primo della pila e caccia *Cime tempestose* nel lettore DVD. « Ecco qui. Vado a prepararti un tè coi biscottini, eh? Non c'è nulla che non possa essere riparato con un po' di buon tè caldo e qualche biscotto al burro. » Mi fa l'occhiolino, e io rimango a fissare Ralph Fiennes che si strapperebbe il cuore per Juliette Binoche.

« Cosa devo fare io con te? » esclama Paola, portandomi via di mano il telecomando e mettendo in pausa. « Quante volte l'avrai già guardato, eh? Perché io ti conosco. Tu li consumi, 'sti DVD. E ti fai un sacco di film assurdi nella testa. Pronto? Qui è la vita reale, Alice! »

« È una testona », ribadisce Tio, tornando con una tazza di tè fumante tra le mani. « Quante volte pensi che glielo abbia detto di non fidarsi? Okay, Alejandro era Sagittario, ma bisognava valutare l'Ascendente. E sicuramente il suo Quadro Astrologico doveva fare acqua da tutte le parti. » Mi guarda, dimenando l'indice a mezz'aria. « È ora di fare un bel discorsetto, noi due, signorinella. »

Chiudo gli occhi, mentre loro continuano ad affaccendarsi intorno a me come i genitori di un'adolescente in crisi. Ma quando Catherine Earnshaw si doleva per Heathcliff non aveva in giro due rompicoglioni di tale portata!

« Forse dovremmo chiamare un dottore », dice Paola a un certo punto, appoggiandomi la mano sulla fronte. « Questa non ha detto una parola da quando sono arrivata. »

Ah, se ne sono accorti. Le parole sono inutili. Sopravvalutate. Guarda tutto quello che mi ha detto Alejandro. *Querida, mi amor...* Bla bla bla. Cazzate. Per protesta, non parlerò più per tutta la vita.

Forse sarebbe meglio dirglielo, però, così non si preoccupano.

« Alice? Mi senti? Puoi tornare tra noi, per favore? » mugugna Paola.

« Alice, tesoro », fa Tio.

Come fanno a non capire? Non sarà mai più la stessa cosa. Basta. È finita. Ho chiuso. Sono sconfitta.

Sotto il sedere, il mio cellulare inizia a vibrare insistentemente e poi a suonare la musichetta che ho abbinato ai numeri del lavoro. Ci manca solo questa. Devo scriverlo a caratteri cubitali che voglio essere lasciata in pace?

Compio lo sforzo d'infilare la mano sotto di me per prenderlo, e ho tutta l'intenzione di scagliarlo contro la parete, così poi Paola potrà lamentarsi che deve raccogliere i pezzi e Tio non farà che ripetere che la Bilancia è soggetta a forti momenti di squilibrio.

«Pronto!» Scatto in piedi, passandomi la mano libera tra i capelli. «Sono a casa. Sì, in malattia... niente...» Tossisco. «Niente di che, solo un po' d'influenza.»

Tio e Paola mi fissano con le braccia conserte e un'identica espressione scettica sulla faccia.

«No, no che non mi disturbi. Dimmi pure, Davide...»

18

NON È UN PAESE PER BILANCE

Essere lasciate non è certo la fine del mondo. Ci sono già passata, non è mica la prima volta. A ben guardare, l'insignificante storia con Alejandro neanche meriterebbe di essere presa in considerazione.

Troppo, troppo spesso noi lasciate di ruolo abbiamo la tendenza a nasconderci, ad abbassare gli occhi, a ritenerci indegne di essere apostrofate con una parola gentile. Ma chi l'ha detto che siamo delle appestate senza dignità? Dovrebbero essere loro a vergognarsi, i frangicuori a raffica, i turisti dell'amore, professionisti del sentimental discount.

E invece io ho scelto di essere l'araba fenice e rinasco dalle mie ceneri. Sta' un po' a vedere.

Quando entro dal portone di Rete Mi-A-Mi, come una funambola su un paio di tacchi vertiginosi, lo faccio nel modo più chiassoso possibile, salutando e baciando le persone che incontro con un sorriso radioso.

« Ciao, Vale! » esclamo, tutta cuoricini e vezzosità, facendo il giro del bancone per baciare e abbracciare la receptionist, con lo stesso slancio che avrei di ritorno da un tour di due mesi nel Burkina Faso.

« Tesoro, come stai? » mi fa lei strizzandomi con calore. « Ti sei ripresa? »

Ma questi pettegoli non hanno delle vite? Avranno dissezionato la mia relazione con Alejandro che neanche *CSI*, mentre non c'ero. « Oh, ma dai, non è mica successo niente, eh? Anzi, se non fosse capitata così, penso che avrei deciso io di farlo. È stata solo questione di tempistica. »

« Davvero? Non pensavo che si potesse decidere di avere il morbillo. Ma perché l'avresti voluto avere? »

Oh, merda. Certo, dato che mi ero messa in malattia è di

questo che stiamo parlando. « Oh, sai », ribatto facendo ondeggiare la mano. « Dicono che le tossine che butti fuori siano incredibilmente purificanti. Meglio di un lifting per la pelle. »

Mi allontano, pensando che forse ho esagerato con l'integratore all'iperico ma, al rientro al lavoro, non volevo avere l'aria da rimpatrio della salma. Però, quando arrivo davanti alla mia scrivania, bianca come un cadavere credo di diventarlo davvero. Stavolta non c'è una rosa gialla. C'è un intero rigoglioso mazzo.

« Chi le ha portate? » grido, afferrando il biglietto. Ancora una sola frase.

Mi manchi

E niente firma.

È che, in un momento come questo, una cosa del genere mi sa tanto di presa per i fondelli: « Cara la mia lasciata cronica, come premio di consolazione riceverà un mazzo di rose gialle e il gioco in scatola della nostra trasmissione ».

Eh, no, stavolta dico no al maniaco della rosa, e sì a un'Alice che non si fa lisciare da facili complimenti. Prendo tutto il mazzo e lo archivio nella pattumiera.

Quanto mi sento bene. Sono una donna nuova. Libera e spensierata.

« Ah », mi fa Enrico avvicinandosi. « Ciao, Alice. Prima è passato Davide e ti cercava. »

Incurante delle spine (ahi!) infilo le mani nel cestino per recuperare il mazzo di rose e adagiarlo con cura sulla scrivania, per poi fissarle, perplessa.

Ebbene sì, ormai è inutile che continui a negarmelo. Quell'uomo mi piace. E tanto.

Davanti al suo ufficio prendo fiato. È vero che, professionalmente parlando, dovrebbe essere zona di caccia proibita, ma la storia è piena di esempi come questo. Tipo... tipo *Mystic Pizza*, o *C'è posta per te*... o *Cenerentola*.

« Ciao, Davide, Enrico mi ha detto che volevi vedermi. »

Lui si alza dalla scrivania. « Alice », dice, con gli occhi che danzano stretti per il sorriso. « Sei tornata... Ti vedo bene. »

«Ehm.» Mi liscio il vestito, sperando che non lo giudichi troppo sfacciato per l'orario di lavoro. «Grazie. E grazie... sì, di tutto. Di avermi telefonato, di avermi riaccompagnata a casa, l'altro giorno. Cioè di esserti interessato... E di avermi raccontato... Insomma, spero che Flash stia bene.» Oddio, devo mettere fine alla logorrea fulminante. Fermati, Alice. Fermati. Mi fermo.

In tutto questo lui dice: «Sì».

Be', potrebbe anche sforzarsi un attimino in più. Voglio dire, io sono impacciata, ma pure lui non scherza.

Devo armarmi di coraggio e fare io quella che rompe il ghiaccio, perché Davide mi sembra così indeciso, inquieto addirittura. «Riguarda gli ascolti della trasmissione?» gli chiedo, preoccupata.

«Sì... cioè, no. Gli ascolti sono andati molto bene. Magni ha fatto il picco, specie nei suoi battibecchi con Tio. Direi che il nostro esperimento ha funzionato alla grande.»

«Davvero?» Il *nostro* esperimento... Ci guardiamo e vedo la sua espressione mutare lentamente. Il sorriso si stempera e i suoi occhi si velano di una distanza che vorrei colmare facendo qualche passo in avanti. Ma è come se entrambi fossimo bloccati.

«Non c'è nient'altro?» riesco a domandargli, mentre la mia mano si posa sulla maniglia.

Ti prego, Davide, parla. Dimmi qualcosa. Fermami.

Ogni volta che ci vediamo, ogni volta che ci parliamo, mi sembra che l'aria si carichi di elettricità, che i colori siano più vivi, i suoni più cristallini, le forme più definite. Vorrà dire qualcosa?

«Di... di che segno sei?» mormoro, ma la voce mi esce talmente bassa che non credo possa aver sentito.

Lui mi guarda aggrottando ancora di più la fronte. «Alice, aspetta.» Sospira e si morde le labbra mentre oltrepassa la scrivania, raggiungendomi. «C'è qualcos'altro di cui volevo parlarti.» Quando mi prende la mano, la sua è fredda, il polso accelerato, e il mio si mette subito al passo.

«Sì», sussurro, e potrei perdermi nei suoi occhi.

«Alice... io ti devo delle scuse.»

I violini smettono di suonare, gli uccellini di cinguettare intrecciandomi i capelli. Non mi sento più in una fiaba, e non capisco cosa stia succedendo. Perché lui senta il bisogno di scusarsi.

« Riguarda il lavoro? » chiedo, terrorizzata che mi stia per dire che ho vinto una vacanza a tempo indeterminato. Lo sapevo, lo sapevo che non dovevo fidarmi!

Lui però scuote la testa. Indietreggio pian piano, trovandomi con la schiena contro la porta, la mano nella sua e il cuore che minaccia di uscirmi dalle orecchie.

« Volevo... Devo scusarmi con te per il mio comportamento. » Credo che gli costi un bel po' di fatica pronunciare ogni parola. « Io dovrei dirti una cosa. Cioè, diciamo che sento di essermi comportato male con te... Sei una donna bellissima, sei simpatica, intelligente. Chi non si sentirebbe attratto da te? »

Cosa cavolo stai dicendo, Davide? penso, ma in realtà non sono capace di muovere più che le palpebre.

« L'altra sera, quando ti ho accompagnata a casa, c'è stato un attimo... Per poco non ho perso il controllo. E non sarebbe giusto. Tu non vuoi questo. Eri a pezzi. Io, insomma... volevo scusarmi con te, nel caso ti avessi dato un'impressione... be', sbagliata. Perché noi lavoriamo insieme. E perché ci sono anche altre cose... Insomma, mi dispiace. »

Quando mi chiudo la porta alle spalle, fa solo un debole *clic*, ma a me sembra la deflagrazione di un palazzo di otto piani.

Mi avvio verso le scale e penso al fulmine che si accanisce su una persona che già è stata aggredita e lasciata a terra moribonda.

Cristina esce da uno degli uffici in quel momento, per poco non ci scontriamo. La sua pancia è sempre più evidente. « Scusami », dice, massaggiandosi. « Inizio a essere ingombrante. »

Ha un sorriso timido, oggi, stentato. Saranno gli ormoni. Dicono che in gravidanza l'umore sia quanto di più ballerino. Sarà... Non credo che la cosa potrà mai riguardarmi.

« Hai parlato con Carlo ultimamente...? » mi chiede, mentre mi allontano, facendomi voltare ancora.

« No », ribatto. Ho tanta voglia di chiacchierare con lei quanto di prendermi a martellate su un dito.

« Ah... Pensavo che voi due vi diceste tutto. »

È vero. Era vero. Era così, ma Cristina e soprattutto il bambino hanno cambiato ogni cosa.

Mentre scendo le scale mi chiedo perché. In fondo non è colpa di Carlo se si è rifatto una vita prima di me. La mia dopotutto è solo invidia, perché lui ha qualcosa che io non ho.

E torno a pensare ad Alejandro, a Davide... Si possono avere due delusioni tanto ravvicinate? Certo, con Davide non è mai successo nulla. Me ne devo fare una ragione. Ma sono arrabbiata.

È come se pestassi gradini intrisi di rancore, a ogni passo sento che m'irrigidisco sempre di più.

Quando ritorno alla mia scrivania, le rose gialle sono ancora lì, solo i boccioli sono un po' più flosci di prima, proprio come mi sento io.

Sto per gettarle nel cestino, quando nel loft entrano Ferruccio e Alejandro. Alejandro non sembra diverso dal solito: indossa una delle sue magliette aderenti e il suo sorriso affascinante, anche se stavolta non è per una donna. E, invece di buttare le rose nel bidoncino della carta sotto la scrivania, emetto un gemito di piacere talmente alto da far impallidire Meg Ryan e me le porto sotto il naso, fingendomi tutta compiaciuta. « Chissà », aggiungo, sentendomi sì un'idiota, ma nascondendolo perfettamente dietro le mie doti di attrice consumata.

Devo però dare atto ad Alejandro di essere un attore ancora migliore di me, perché non muove un muscolo per dimostrare di essere interessato alla cosa o anche solo di aver sentito.

Appena i due spariscono dalla visuale, il mazzo di rose finisce di nuovo nel cestino. « Bah! »

« Stai diventando molto popolare, di che ti lamenti? »

« Certo, *Cosmopolitan* mi vuole per un'intervista alle dieci donne più lasciate del pianeta », dico a Tio, sforzandomi di sorridere.

« Se ti riferisci al bovaro in camicia, guarda che devi solo ritenerti fortunata. Non era l'uomo per te. Quando mi darai retta? »

« E dov'è l'uomo per me, Tio? Dove sta scritto che esiste davvero? Sai quante volte mi sono sentita ripetere che se si chiude una porta poi si aprirà un portone? Si aprirà pure, ma io non ci sono mai davanti. Neppure l'astrologia mi è stata d'aiuto. Sono un caso disperato. La mia mezza mela dev'essersela già mangiata qualcun altro.» Mi siedo e batto la testa sul piano della scrivania un paio di volte, prima di lasciarmici andare con un sospiro. Non ho voglia di parlargli di Davide. Mi sembra troppo complicato da spiegare, e soprattutto non ho voglia di sentirmi dire, ancora una volta, che ho sbagliato persona, che non è l'uomo per me.

«Senti», mi dice Tio battendomi sulla spalla. «È vero, sei un po' sfortunata in amore, ma...»

«Un po'?» domando con un gemito sollevando la testa di qualche centimetro, prima di rischiantarla sulla scrivania. «Un po' è come dire che la bomba atomica ha fatto *un po'* di vittime. Tio, io sto ai fidanzamenti come uno zoppo alla corsa a ostacoli.»

Però Tio non si lascia scoraggiare dalle mie lamentele. «Ma non è ancora detta l'ultima parola.» Quando scuoto la testa come a dirgli di lasciarmi lì a morire in pace, lui prosegue: «Finora forse abbiamo preso sottogamba il problema. Ma cosa succede quando il gioco si fa duro?»

«Lasciami indovinare... se ne sceglie uno più facile?»

«Sbagliato! I duri iniziano a giocare.»

19

ANCHE I TORI HANNO UN'ANIMA

Davanti alla mia scrivania, Tio continua a fissarmi con aria sorniona, poi si volta verso la borsa che porta a tracolla e ne sfila un rotolo che svolge davanti a me, e ho come l'impressione che ci stiamo preparando per dare battaglia.

«E questo che diavolo è?» gli domando, fissando i disegni arzigogolati, le linee e i simboli in diversi colori.

«Questo, mia cara», fa lui, con tutta l'enfasi di un attore che interpreta il ruolo di mago Merlino, «è il tuo Tema Natale.»

«Il mio...?»

«Il tuo Tema Natale!» Quasi quasi metterebbe sotto uno squillo di tromba. Io continuo a non sapere di cosa stia parlando. «Ricordi quando mi hai dato la tua data di nascita, con l'orario e tutto quanto? Ecco, così ho ricavato il tuo Quadro Astrologico.» Ma, di fronte al mio perplesso battito di ciglia, sospira. «Diamine, significa che è la riproduzione del tuo cielo di nascita. Le stelle com'erano allora, nel giorno e nell'orario preciso del primo respiro che hai emesso in questa vita.»

Ecco, ora sì che guardo strabiliata il foglione steso tra noi. «Wow», mormoro, accarezzando le linee con la punta delle dita, come se potessero emanare energia o comunicarmi qualcosa al solo tatto. «Accipicchia, detto così fa una certa impressione. Sembra una roba seria.»

Lui incrocia le braccia sul petto. «Signorina, crede che stiamo scherzando, qui?»

Mi affretto a fare di no con la testa.

«Ah, ecco. Perché un Tema Natale non è una cosa da prendere sottogamba, soprattutto non è semplice da leggere. Hai visto quella stupida applicazione che ti eri scaricata con Alejandro, no? Ogni Tema è pieno di dettagli con significati diversi, e metterli tutti insieme è un'arte.» Torna a spiegare il foglio che mi ha messo di fronte. « I tre elementi chiave per capire un Tema Natale sono Case, segni e pianeti. Vedi questi spicchi che dividono il cerchio? Sono le dodici Case dell'Astrologia, ognuna delle quali rappresenta un'area della vita: denaro, amore, comunicazione, creatività, salute, morte, amici... Seguimi e non storcere il naso. »

« Ma è complicato », ribatto, grattandomi una tempia.

« E la vita non lo è? »

Sbuffo e ritorno a fissare la mappa.

Lui allora riprende: « Da qui si parte per vedere in quali Case sono posizionati i pianeti al momento della nascita. Quando una Casa contiene più di un pianeta, per esempio, viene enfatizzata. Se poi il pianeta si trova nel segno che presiede, allora la sua influenza sarà ancora più forte ».

« Uh, allora vediamo », dico cercando d'impegnarmi. « Qual è la mia Casa dell'amore? »

« L'amore sta nella VII Casa. Si chiama Casa del Matrimonio e della Collaborazione », risponde lui, puntando l'indice sul tabellone.

Io guardo il foglio. Poi lui. Poi di nuovo il foglio. E ancora lui. « Mi stai prendendo in giro? »

« Perché? »

« È vuota », ribatto, incrociando le braccia sul petto. « Cos'è successo ai pianeti? Perché non ce n'è neppure uno lì dentro? »

Tio si stringe nelle spalle. « Be', può capitare. Non è grav... » Mi fa un mezzo sorriso. « ... issimo... »

« Ah, certo, non è 'gravissimo'. La mia Casa dell'Amore è vuota come un buco nero nello spazio profondo, ma non fa niente. Stiamo tranquilli! » Alzo le mani, esasperata.

« Calmati, davvero, non è una cosa terribile. Ehm, non avere pianeti nella Casa del Matrimonio... non vuol dire che non avrai mai l'amore... Solo che le nozze potranno essere ritardate o anche diffidenza verso le unioni. »

« Be', a questo punto non ci sarebbe da stupirsi », reagisco, piccata, incrociando le braccia sul petto. « Dove sono finiti? Dove diavolo è Venere, per esempio? » Ne adocchio un bel manipolo in uno spicchio in alto a sinistra del cerchio.

« Ne hai molti nella Casa della Carriera. E hai Venere vicina all'Ascendente. Significa che sei una persona affascinante e anche diplomatica, portata per lavori artistici... Può anche significare un po' di confusione e qualche delusione sul piano amoroso, ma dobbiamo essere ottimisti.»

Faccio una smorfia. Lo sapevo che c'era qualcosa di sbagliato alla base. E adesso viene fuori che c'ho i pianeti confusi, che il mio ritratto astrologico assomiglia a un quadro di Picasso. «Vedi allora che ho ragione? Sono una sfigata astroplanetaria. Che si fa in questi casi? Secondo me neppure Lourdes funziona in situazioni cosmiche come questa.»

Tio mi mette il braccio intorno alle spalle per consolarmi. «Non bisogna mai lasciarsi scoraggiare. L'astrologia è un'indicazione su quello che si è, ma poi sta a noi giocarcela, te l'ho già detto. Tu sei una donna bella, simpatica, intelligente. Non vedo perché non dovresti trovare qualcuno. Solo che, te l'ho detto, scegli sempre i tipi sbagliati. Forse perché sono affascinanti, misteriosi. Tipico, vedendo il tuo Quadro Astrologico. Prendi in considerazione anche qualcun altro, qualcuno che ti sembra l'opposto, magari. Valutiamo il suo Quadro Astrologico e chissà, potresti avere delle sorprese.»

Io sospiro e sprofondo nel suo abbraccio. Perché non riesco a trovare una persona così rassicurante? Sarebbe davvero bello avere un uomo che si occupasse di me come fa Tio, con saggezza e tenerezza.

Mi dà un bacio sulla fronte, mormorando al mio orecchio: «Sei proprio una testona, chissà quando capirai!»

«Dolente d'interrompervi», dice una voce dietro di lui.

Quando Tio si scosta in tutta fretta, vedo Andrea Magni di fronte alla mia scrivania.

«Buongiorno», lo saluto, consapevole che nella mia voce c'è un punto di domanda. Cosa ci fa qui?

«Andrea, salve», lo saluta Tio, facendosi serio in volto, per poi passarsi una mano sulla faccia, a disagio. Be', come non capirlo: se le sono date di santa ragione in studio, essendo su due posizioni diametralmente opposte.

«Tiziano.» Magni gli sorride con la sua solita pacatezza.

«Aveva bisogno, signor Magni? Posso fare qualcosa per lei?» gli chiedo.

« Oh, io passavo di qui. Mi premeva di porgervi un saluto e rinnovare i miei ringraziamenti per la vostra cordialità. »

« Vuoi un caffè? » gli chiede Tio, facendo il bravo e porgendo l'altra guancia. Meno male. Tra l'altro, non ha fatto una piega neppure quando Magni l'ha chiamato col suo nome per intero, cosa che di solito lo fa inviperire.

« Be', per Giove, come rifiutare? »

« Venga », dico, avviandomi alla porta.

« Diamoci pure del tu. Alice, vero? Suppongo avremo più o meno la stessa età. »

« Esattamente la stessa », ribatto di getto, ricordando di aver fatto caso al suo anno di nascita, quando ha compilato la liberatoria.

« Prego. » Mi tiene aperta la porta per farmi passare. « Prima le signore. »

Non c'è che dire, davvero un gentiluomo, un uomo d'altri tempi, che tratta le donne coi guanti di velluto, come se fossero di porcellana.

Ed è affabile anche con Tio, sebbene abbiano idee tanto diverse. Insiste per offrirci il caffè e ci fa qualche domanda sulla trasmissione.

« Ho avuto modo di rivedere la registrazione », dice Andrea. « Il nostro dibattito era acceso ma non è mai scaduto in banali volgarità. Anche il tuo punto di vista, Tiziano, era piuttosto ben argomentato, nonostante tutto. »

Ohi, ohi... quel « nonostante tutto » non mi piace affatto. Guardo Tio, aspettandomi una delle sue stoccate, ma lui si limita a dire: « Ti ringrazio, sei molto gentile ». Si appoggia alla macchinetta del caffè e gli sorride. « Tu sei molto telegenico, te l'hanno mai detto? » Poi dà un colpetto di tosse e mi guarda. « Non è vero, Alice? Non lo stavamo dicendo proprio stamattina? Che Andrea è venuto molto bene in video... Poi mi pare che gli ascolti siano andati alla grande. Non sarebbe il caso di farlo tornare? »

Oddio, veramente non abbiamo detto niente del genere, ma non mi costa nulla assecondarlo. « Certo. »

« La tua proposta è alquanto lusinghiera, Tiziano, così come il tuo complimento. »

« Be', potremmo pensare a qualche siparietto interessante, come scambiarci i ruoli, ehm... l'analisi del tuo segno zodiacale e Quadro Astrologico. Sei Toro, giusto? » Guarda ancora me, come per cercare una conferma, poi prosegue: « Il Toro ha una visione piuttosto serena della vita, è altruista, disponibile, tra l'altro, dedito all'osservazione della natura. Cosa che in effetti tu fai. Potrei prenderti in castagna, mio caro ». Ride e mi guarda, facendomi l'occhiolino. « È altruista, pacato e tendenzialmente... fedele. »

« Oh! » Sposto lo sguardo da Tio a Magni, poi di nuovo da Magni a Tio. E capisco. Mi sta suggerendo di prendere in considerazione uno come Andrea, un tipo tranquillo, abitudinario, poco incline ai colpi di testa. Sospiro e lo guardo. Be', tutto sommato è pure un bell'uomo.

Certo, dubito che tra le sue doti ci sia il sex appeal di Alejandro. E di sicuro non mi fa mancare la terra sotto i piedi come ogni volta che parlo con Davide, ma perché non provare a conoscerlo?

« Mi sembra un'ottima idea, varrebbe la pena di discuterne. » Guardo l'orologio. « Ma ora devo occuparmi di altre cose. » Faccio un respiro profondo. Non è da me, lo so. Non è da me, ma dico: « Potremmo parlarne a cena ».

La testa di Tio si sposta di scatto verso di me. « A... cena? »

Io non gli do retta e guardo Andrea. Mi sembra un po' più pallido. Forse l'ho intimorito, prendendo l'iniziativa, ma con persone così se aspetti che siano loro a fare il primo passo finisce che te ne dimentichi per un attacco di demenza senile. E tanto sarebbe un po' come un appuntamento di lavoro.

« Oh, be', certo, ne sarei lieto... Vieni anche tu, Tiziano? »

Tio apre la bocca per parlare, ma lo interrompo: « Oh, giusto... » Faccio schioccare le dita. « Tio purtroppo stasera ha un impegno, ma visto che si tratta della trasmissione di mercoledì sarebbe piuttosto urgente incontrarci per discuterne », dico, mordendomi le labbra subito dopo.

Andrea si passa una mano sul pizzetto e guarda Tio. « Be', in tal caso... mi pare d'uopo... »

« Alice, bisognerebbe valutare meglio... » mormora Tio guardandomi con gli occhi sgranati.

E adesso che vuole? Me l'ha suggerito lui di prendere in considerazione persone molto diverse dai miei standard. Posso provare, no?

« Alice, senti, davvero non pensi che sia il caso che venga anch'io? »

Sarà la settima telefonata che ricevo da Tio nel giro di neppure due ore.

« Potrei dire che il mio appuntamento è saltato, non è grave. »

« Non vedo perché dovresti farlo », sbuffo, controllando sul display del telefono. No, non è la settima. È l'undicesima. « So che temi che rimanga nuovamente delusa, ma ti assicuro che non può succedere niente d'irreparabile. Sarà solo una serata per conoscerci meglio », gli dico, chiudendo la portiera della macchina e infilandomi l'auricolare per guidare fino al posto dove ci siamo dati appuntamento con Andrea per l'aperitivo. « Dopotutto me l'hai suggerito tu. Hai detto tu che scelgo sempre tipi troppo tenebrosi e complicati. Andrea mi sembra tutto l'opposto. Non è certo l'uomo che potrebbe interessarmi. »

« Appunto! Lascia stare! » grida, direttamente nel mio timpano.

« Ma l'hai visto il suo Quadro Astrologico? Certo che l'hai visto, l'hai fatto tu oggi pomeriggio. » E io me lo sono praticamente imparato a memoria. D'altra parte inizio a masticarci qualcosa anch'io di astrologia ormai. « Devo ricordarti la... cos'era? Il Tropico Luna-Urano? »

« Il Trigono. »

« Il Trigono Luna-Urano che dice che abbiamo potenzialmente una forte intesa dal lato fisico. Ma non solo, pure il Sestile di Marte-Giove, me lo sono segnato. Anche se non abbiamo gli stessi interessi, ci completiamo e ci comprendiamo molto bene l'un l'altra. »

Lo sento sbuffare e cincischiare con qualcosa, all'altro capo della linea, probabilmente dei fogli. « Sì, be', ma non c'è mica solo quello. C'è... c'è... c'è l'Opposizione tra le Lune di nascita, ecco qui! Vivrete di squilibri emotivi per tutta la vita. »

«Sai che novità! E poi sei andato a pescare una delle poche righe che remano contro. Cattivo.»

«Alice, ascoltami, davvero, ci sono altri fattori da tenere in considerazione, a parte l'astrologia.»

Ora mi potrei arrabbiare. «Fammi capire, sono mesi che ti lamenti che dovrei dare retta all'astrologia e, ora che, carta canta, c'è un uomo potenzialmente perfetto per me, dici che non è l'unica cosa da valutare?» ringhio nel ricevitore, adocchiando, subito dopo, Andrea accanto alla porta d'ingresso, impalato come uno stoccafisso. Mi vesto di un sorriso rassicurante, mentre chiudo la conversazione con Tio dicendo: «La terremo aggiornata sugli sviluppi, non si preoccupi. Buona serata a lei».

Guardo l'orologio, e sono le 21.02. Praticamente in orario perfetto, ma comunque mi scuso per averlo fatto aspettare. «Sei arrivato da molto?»

«Analiticamente soltanto i due minuti del tuo ritardo, ma ciò mi ha portato a rimuginare sull'assunto col quale Einstein spiegava ironicamente la teoria della relatività, e cioè che, laddove un'ora passata con una bella ragazza può sembrare un minuto, un minuto seduti su una stufa sembrerà più lungo di qualsiasi ora.»

Mi aggrappo al braccio che mi porge prima di entrare, vagliando al ballottaggio le parole «stufa» e «bella ragazza». Vorrà essere, a suo modo, un complimento? Be', nonostante l'opposizione delle nostre Lune sembrerebbe indicarlo. «Anch'io sono contenta di vederti», ribatto, optando per una risposta diplomaticamente priva di riferimenti.

Mentre saliamo in ascensore fino al locale, rischio il torcicollo per guardarlo. Dai, non è affatto brutto. Non mi dispiacciono gli uomini coi capelli ricci. Oddio, quello sul lobo dell'orecchio è un pelo?

Lui rinnova i complimenti per la trasmissione, dicendo che si è divertito, e che Tio gli è molto simpatico. Mi chiede se lo conosco da tanto tempo. Gli racconto che ci frequentiamo solo da qualche mese.

«Ah, vi frequentate...» fa lui.

«No, nel senso che ci conosciamo, che siamo amici da pochi mesi. Noi *non* ci frequentiamo in quel senso.»

Però, diretto, l'astro-playboy, eh? Qui c'è sicuramente lo zampino del Tropico del Toro... lì, quel Trigono Luna-Urano, che ci attrae.

Chissà se la fanno la luce pulsata ai lobi.

Il locale è piuttosto pieno ma, grazie alla sua periscopica altezza, Andrea scorge un tavolino libero sulla terrazza. Romantico!

« La temperatura si aggira intorno ai ventun gradi, stasera, perciò non dovresti subire una variazione termica tale da avvertire sintomi di freddo », mi dice, scostando galantemente la mia sedia.

« Peccato che in città ci sia troppa luce e le stelle non si vedano », sospiro, prendendo posto. Lo guardo negli occhi e mi sforzo d'immaginare come potrebbe essere la vita insieme, io e lui. Potrebbe farmi la dichiarazione sotto un cielo stellato! Quel cielo che ci porta così tanta fortuna, con Marte e Urano dalla nostra per un'unione duratura. Al nostro primo anniversario, poi, la sua Venere in Gemelli lo spingerà a farmi una sorpresa: illuminerà la nostra camera da letto con un piccolo planetario domestico. Ammireremo il brillio degli astri stringendoci sotto le coperte e lui mi dirà...

« Tecnicamente, il motivo per cui non possiamo scorgere le stelle di giorno non è la presenza di fonti luminose, ma l'atmosfera terrestre. » L'Andrea di fronte a me, ben diverso dal mio immaginario marito, allarga le braccia. Certo che sono davvero lunghe, fanno un po' impressione. « L'atmosfera non è del tutto trasparente alla luce per via delle particelle solide, di vapore acqueo e di aria, che funzionano come dei microprismi e riflettono la luce in tutte le direzioni. »

Saluto la mia fantasia e annuisco ripetutamente fino a quando Piero Angela, qui davanti, non ha finito con la sua romantica spiegazione sul firmamento. Poi sospiro e mi seppellisco dietro il menu. Immagino che dovremo lavorarci un po', visto che ha Mercurio in Toro, a renderlo un po' duro di comprendonio. « Il buffet qui è ottimo, sai? C'è di tutto, praticamente dal primo al dolce. »

« Già, anche se mi sfugge un po' la logica nel denominarlo aperitivo, visto che si svolge per usanza in orario più consono a una cena e prevede di abbuffarsi come a un pranzo di nozze.»

Rido alla battuta, posando la mano sulla sua. Be', dai, a suo modo è simpatico.

Lui fa scivolare via la mano per prendere il menu. «Dicevi che potrei tornare in trasmissione per dibattere nuovamente con Tio: cosa avevi in mente?» chiede dopo essersi appoggiato allo schienale.

Ordiniamo. Io il solito Spritz e lui una cedrata.

Ha Chirone in Toro, e questo lo rende rispettoso verso il suo fisico, molto attento alle diete, ed è apprezzabile. Oddio, però non si può vedere un uomo di quasi quarant'anni che beve cedrata con la cannuccia. Che poi un goccetto magari spingerebbe un po' la conversazione, mi viene da dire dopo un quarto d'ora passato a cercare di seguire i suoi discorsi, ma, vuoi perché mi mancano le basi di studio, vuoi perché l'unica che ho io, di base, in questo momento, è quella dell'alcol, mi s'iniziano a chiudere gli occhi e mi viene da sbadigliare.

«Credi non piacerebbe al pubblico? Non l'hai capita?» mi chiede lui a un tratto.

«Scusa?»

«Era una freddura da scienziati. Sarebbe divertente mostrare che anche noi abbiamo un certo senso dell'umorismo. Te la ripeto: cos'è un orso polare?»

Forse mi sono persa tra i nostri vari pianeti e mi è sfuggito qualcosa negli ultimi minuti della conversazione, perché a quanto pare siamo al colmo dei colmi e alle barzellette. «È... un animale?»

«Ah! Per un matematico un orso polare è un orso rettangolare dopo la trasformazione delle coordinate.» Incredibilmente, si mette a ridere tutto da solo battendosi la mano sul ginocchio.

Io fingo di seguirlo, ma dalla gola mi esce un gorgheggio sgraziato.

Ossignore. No, non è possibile. Dev'esserci qualcosa di sbagliato nei calcoli di Tio. Quest'uomo e io non possiamo essere la coppia perfetta. Oddio, quasi perfetta. Non c'era quella cosa...? L'Opposizione tra le Lune, sarà stato quello a far saltare tutto? Ma perché per tutti gli altri sembra così semplice uscire con qualcuno e io invece inanello una sequenza di personaggi da cartone animato?

« Mi puoi scusare un attimo? » Mi alzo e raggiungo la toilette. « Pronto? Tio, accidenti! » strillo.

« Calmati, cosa succede? » mi risponde lui, indolente, dall'altro capo del telefono.

« Dimmi che è uno scherzo! Non posso essere destinata a un uomo... a un uomo che ha il senso dell'umorismo di un elaboratore. Voglio il calore, la passione, gli sguardi innamorati... Non m'interessa sapere che Einstein si sedeva sulla stufa o che gli orsi sono bipolari! »

« Dai, tranquilla, ci penso io. »

« Ma come? Rifarai i calcoli? Dai, io cercherò di arrivare in fondo alla serata senza addormentarmi e infilarmi per sbaglio la cannuccia nel naso. »

« Lascia fare a me. E... »

No, non potrei sopportarlo. « Ti prego, non dire 'te l'avevo detto', non ti sopporto quando lo fai. »

« E io non sopporto di avertelo detto, tesoro. »

« Mmm, ti adoro. »

« Anch'io. »

Chiudo la conversazione e mi sciacquo collo e polsi con un po' di acqua fredda, giusto per darmi una svegliata. Okay, basta con l'alcol per stasera, ho bisogno di tutte le mie energie per non cadere con la testa nel piatto.

Sulla porta del bagno, mi pizzico le guance, raddrizzo le spalle e faccio un bel sospiro. Okay, Mr Saputello, a noi due.

Ritorno in sala e mi dirigo verso la terrazza ma, quando raggiungo la portafinestra, mi fermo e sgrano gli occhi. Andrea è sempre lì, al tavolo, che ride e chiacchiera animatamente con qualcuno. Poi Tio si volta verso di me e mi fa un cenno di saluto con la mano.

20

BILANCIA IN ROSA

Ci sono giorni in cui si pensa di essere kaput, di avere chiuso, di essere ormai un catorcio da buttare. Si vorrebbe che la moda prevedesse il modello Sacco di juta in testa, e si pensa con nostalgia a quel tempo in cui le famiglie combinavano i matrimoni e la facevi finita lì, o al massimo ci si ritirava in convento, se proprio andava di sfiga.

Poi però arrivano i giorni come oggi.

Oggi è il momento del mese che preferisco. Con Paola, lo abbiamo chiamato il Giorno Sacrosanto.

È Sacrosanto perché neppure guerre, inondazioni, missili terra-aria, improvvisate della suocera, invasioni marziane o qualsivoglia evento di cataclismatica portata può togliercelo. Ci hanno provato, ma gli è andata male. Ci ha provato il mio mal di denti notturno e ci ha riprovato una tubatura scoppiata nella cantina di Paola o anche un'invasione di formiche alate. Quand'è proprio la Natura a rivoltarsi ti fai delle domande, ma la risposta è sempre quella: Giorno Sacrosanto. Insomma, per ora, nulla è riuscito a fermarci.

Parafrasando Mel Gibson, « possono toglierci la vita, ma non ci toglieranno mai il nostro Giorno Sacrosanto »!

Oggi è il giorno in cui andiamo a farci le unghie da Karin.

Futili cose da femmine sciocche, sosterrebbe qualcuno. E quel qualcuno farebbe sicuramente parte di quella metà del cielo che crede che noi donne dedichiamo all'uomo ogni nostro singolo respiro, che se ci svegliamo la mattina lo facciamo solo per *lui*, se ci pettiniamo, se ci trucchiamo... Maschi, ah! Una specie tra le più grette, che alla parola « autogratificazione » associa automaticamente certi siti Internet vietati ai minori e non capisce la poesia che sta alla base della scelta di uno smalto, ma soprattutto l'infinito potere terapeutico del dedicare tempo alla cura di se stessi.

Il Giorno Sacrosanto è una giornata da donne, tra donne e per donne, consacrata alla bellezza, al relax, allo shopping, alle chiacchiere... Una parentesi senza uomini tra i piedi, per parlare di quelli che sono davvero i nostri problemi e i nostri interessi.

« Quindi? » mi chiede Karin, dando un ultimo ritocco all'unghia del mio mignolo.

« Quindi *lui* era talmente noioso che mi si chiudevano gli occhi », dico, infilando la mano nel bocchetto della lampada. « Meno male che è arrivato Tio, che si è immolato per la causa e ha parlato con Andrea della trasmissione per il resto della serata. È un tesoro. »

« Basta, però, Alice, eh? » mi rimprovera la mia amica manicure. « Ma li trovi tutti tu, i tipi strani? Cos'hai, la calamita? Mi ricordo quando mi parlavi di quello là, quel cretino... »

« Alejandro? »

« No, l'altro. »

« Luca? »

« Luca? Questo mi manca, chi è? »

« Non pervenuto, passiamo oltre. Dici Carlo? »

« Ma no, quello è preistoria! Dico quello che frequentavi l'anno scorso. »

« Ah, Giorgio, allora! »

« Per carità divina », esclama Paola dalle retrovie del divanetto.

« Sì, sì, lui, ecco. » Karin sorride, sorniona, perché sa che l'argomento mi punzecchia. « Quello che aveva fatto il salto della quaglia dal letto della moglie al tuo. »

« Ex », correggo. « Ex moglie. »

« Ma se neppure avevano firmato la separazione », ci tiene a puntualizzare Paola che, in modalità multitasking, sta ascoltando la conversazione, leggendo un articolo su *Vanity Fair*, masticando un pasticcino e scegliendo il colore di smalto per le sue unghie.

Lei Giorgio non l'ha mai digerito. Troppo esagerato nelle

sue manifestazioni, troppo sopra le righe per risultare sincero. Il che, in effetti, poi è stato dimostrato.

« E ti faccio presente che aveva grossi problemi di memoria, soprattutto quando doveva ricordarsi che era fidanzato con te e che non poteva sfilarsi le mutande con chiunque. » Paola si pulisce le mani, posa il giornale e sospira. « Alice, basta coi problematici, gli indecisi, i bambini di quarant'anni, le sanguisughe e i manipolatori. Te l'ho già detto, devi volerti bene, altrimenti continuerai a elemosinare briciole d'attenzione, senza sentirti degna di avere quello che invece ti spetta davvero, l'amore. Quello vero, non quello a sud della cintura. Lì son bravi tutti, o quasi... »

Storco il naso, perché so che si sta riferendo ad Alejandro. « Va be', va be'! » Faccio ondeggiare la mano. « A dar retta a te sarei quasi da ricovero! D.C., dopo Carlo, è stato un po' burrascoso, ma, cavoli, mi sto assestando dopo una storia impegnativa. »

« Alice, sono più di due anni di assestamento. Neanche un sisma di magnitudo otto ci mette così tanto. »

Quelli del Cancro non possono proprio fare a meno di fare i maestrini.

« E questo Tio? » chiede Karin. « Deve volerti molto bene. »

Paola scuote la testa e sopprime una risata.

« Cosa? » le chiedo.

« Nulla. È vero che ti vuole molto bene. »

Sbuffo e ritorno a fissare le mie unghie, sperando che il tono di rosa, e soprattutto i brillantini, mi aiutino a tirarmi su d'umore nei giorni a venire. « Tu parli bene, Paola. Per te è semplice, ora che hai trovato Giacomo. Ma non è per niente facile. Prendi Andrea: Quadro Astrologico perfetto, segno zodiacale, Ascendente, disposizione planetaria e affinità di coppia... E poi? E poi niente. Non scatta. Neppure il minimo interesse. »

« E ti credo! » dice lei.

« Secondo te non sono abbastanza intelligente per un astrofisico? »

« Credo che sia tu a non poter essere interessata a un tipo come lui », spiega, voltando l'ennesima pagina per notare che le frange faranno di nuovo tendenza il prossimo autunno. « La scintilla non scatta sempre, solo perché tutto è perfetto. »

« Vedrai, con queste superunghie ne stenderai almeno una decina », dice Karin, incoraggiante. « Uno per dito. »

Guardo le mie mani che sfavillano e mi domando se qualcuno le noterà. Se Davide le noterà... Ma non è un pensiero che abbia molto senso, viste le ultime cose che mi ha detto. Potrei essere una tentazione con questi brillantini? Bah! Non voglio essere una tentazione per lui.

« Vuoi uscire con un amico di Federico, il mio ragazzo? » chiede Karin, interrompendo le mie tristi elucubrazioni. « Mi ha appena parlato di un tizio interessante che frequenta il suo bar. Se non sbaglio è una specie di artista, uno figo insomma. Se vuoi... »

« Di che segno è? » chiedo, e lei prende il cellulare.

« Alice, smettila », mi rimprovera Paola. « Non è così che troverai l'uomo della tua vita. »

« E come, Paola? Dove lo troverò, nelle patatine? » Torno a rivolgermi a Karin, che è già al telefono con Federico. « Mi raccomando, chiedigli tutta la data di nascita: l'ora, il luogo... » bisbiglio, alzandomi e girando le spalle alla mia migliore amica, che so già che mi ha messo il broncio. « Non potrò trovarlo se non esco, Paola. Cosa devo fare, starmene in casa e non reagire dopo che Alejandro mi ha lasciata? Ti sembra giusto? »

Lei chiude il giornale e mi guarda. « E Davide? Che fine ha fatto? »

Eh, bella domanda, che fine ha fatto Davide? Paola non lo sa, ma il suo è un colpo basso.

« Credo che lo possiamo aggiungere alla lunga, lunghissima lista denominata: 'Uomini che scartano Alice'. »

« Perché non ne apri una chiamata: 'Uomini scartati da Alice'? Mi sembra suoni un po' meglio. E sarebbe ora la cominciassi. »

Lo so che ha ragione, ma non riesco a eliminare quel senso di rifiuto che percepisco ogni volta che va male con qualcuno. Dovrei dirmi che, se non andava, semplicemente è meglio così, invece mi distruggo, cercando di capire cosa ci sia in me che lui non abbia trovato alla sua altezza.

« Davide? » fa Karin chiudendo la telefonata. « Voglio sapere tutto. Chi è? Che fa? Di che segno è? »

Paola posa il giornale. « Già. Davide di che segno è? »

Ammetto la sconfitta scuotendo la testa. « Non ne ho la più pallida idea. »

« Anni? »

« Boh! »

« Accidenti, così ci siamo giocati anche l'oroscopo cinese! » esclama Paola, mentre brandisce lo smalto del colore che ha scelto.

« Smettila di prendermi in giro. »

« Sono solo stupita che il detective Alice non sia ancora sceso in campo. Potresti sfilargli il portafogli e sbirciargli la carta d'identità. »

« Digli semplicemente che hai bisogno dei suoi dati per la segreteria », mi offre Karin, un po' meno ironica della mia migliore amica.

« Chissà », prosegue invece Paola, « magari Davide potrebbe essere il primo uomo non oroscopato della lista... »

Sospiro. « Non mi piace troppo come suona. »

BILANCIA

Essere o non essere... questo è il problema. E non solo! Sì, perché non sono soltanto gli esistenziali dubbi amletici a dilaniare quel pover'uomo della Bilancia, ma ogni singola e insidiosa scelta quotidiana. La camicia azzurra o quella a quadri? Gli spaghetti al pomodoro o la bistecca ai ferri? Perché purtroppo qualsiasi scelta esclude qualcos'altro e il Bilancia non può sopportare l'idea di compiere quella sbagliata. Turberebbe il mondo perfetto e armonioso che è il suo naturale habitat. Habitat che voi potreste in qualche modo destabilizzare, nel caso riuscisse mai a decidersi di chiedervi di uscire...

21

L'AMORE AI TEMPI DELL'ACQUARIO

Sono proprio orgogliosa di me stessa.

Oggi, invece di soccombere a una tediosa domenica in solitaria, schiava degli avanzi di cibo e dell'occhio appesantito davanti alla TV, ho preso una decisione e fatto qualcosa che mai avevo fatto prima.

Sono andata al cinema. Da sola.

Perché il cinema dev'essere appannaggio di coppiette e famiglie? Io che ne sono appassionata, poi, devo potermi sentire libera di andarci come e quando meglio credo, senza farmi scappare i film che mi fanno gola solo perché non trovo nessuno che mi ci accompagni.

Certo, prima ho telefonato a Tio, che però aveva già un impegno.

E a Paola, ma era a pranzo dalla suocera, e in un certo senso non l'ho invidiata.

I miei poi mi hanno fatto la sorpresa di non essere neppure a Milano. Sono scappati al mare, presi dall'euforia di un weekend effettivamente pre-estivo.

Comunque non è stato così male sedersi in un cinema da soli. Ho inforcato gli occhiali e... ho finto di prendere appunti mentre le luci erano accese e durante l'intervallo. Così, per far credere agli altri di essere una specie di critico di qualche giornale.

Felice di essermela cavata anche in quest'occasione, all'uscita decido di premiarmi e concedermi lo zuccherino dello shopping. Ed è proprio quando saltabecco da una vetrina all'altra che mi ritrovo davanti a una scena che scriverla per un film sembrerebbe troppo assurda.

Resto ferma, davanti al gradino del bar, indecisa se entrare o no, perché in effetti non ho idea di come presentarmi.

Dentro c'è Carlo, solo, a un tavolino, e sta chiaramente piangendo.

Non so cosa fare: per quanto siamo stati vicini in tutti questi anni, negli ultimi tempi tra noi si è alzata una barriera.

Vorrei rimediare ora, ma purtroppo non sono mai stata brava in queste cose.

Quello che invece fa davvero parte del mio DNA è l'indole da crocerossina, patologia che non è troppo difficile riscontrare nelle donne della mia generazione, ingozzate come oche da foie gras a suon di cartoni animati strappalacrime come *Remì*, *Anna dai capelli rossi* o, il Cartone per antonomasia, *Candy Candy*.

« Lo vuole o no questo caffè? » dice qualcuno alle mie spalle, dopo che sono entrata. « Sta creando fila. »

Che brutto carattere! Poi ci lamentiamo quando ci prendono in giro perché a Milano corriamo sempre, ma qui anche gli anziani sembrano avere fretta, come questa signora che mi ha appena tirato una gomitata nel fianco per passare.

Carlo è a pochi passi da me, si gingilla tra le mani la tazza che ha davanti, fissandola come se potesse leggerci il futuro. Si è asciugato le lacrime, ma ha ancora gli occhi arrossati. È come se fosse in una bolla fuori dal tempo, e avvicinarmi mi fa un po' paura.

Poi di colpo alza la testa, come se avesse percepito qualcosa. Ma non si volta verso di me. Il suo sguardo corre verso la porta del bagno, che è appena stata aperta da una ragazza dai colori chiari: la camicetta, i pantaloni, gli occhi hanno il tono azzurro slavato dei nontiscordardimé.

Sto per fare un passo, ma lei mi precede, sedendosi davanti a Carlo e prendendogli la mano.

La sensazione è quella di essere capitata in una scena che non è la mia, nella vita di qualcuno per cui ho cessato di essere importante.

Vedo le loro labbra che si muovono, la mano di Carlo che si stringe sul braccio di lei, ma le voci sono troppo basse perché riesca a sentire quello che si stanno dicendo.

Poi la ragazza si alza e Carlo pure. Fa per oltrepassarlo, ma lui la trattiene circondandole la vita col braccio. Se ci fosse la nebbia, potrebbe essere il finale di *Casablanca*.

Si guardano negli occhi, e non esiste più nient'altro, prima che Carlo chiuda la distanza tra loro con un bacio morbido e disperato, che mi fa sciogliere le ginocchia.

Un momento!

Ma quello non è Carlo, detto anche Carlo il mio-ex-fidanzato-che-in-quattro-e-quattr'otto-ha-messo-incinta-un'altra-annunciando-le-nozze-su-Facebook? No, perché in questo preciso istante non ha affatto l'aria del futuro papà, ma soprattutto la donna che sta baciando non è incinta.

D'istinto, cerco di ripararmi dietro la prima cosa che mi capita, che in mancanza di colonne è l'anziana di prima.

« Mi lasci, aiuto! » sbraita lei, stringendosi la borsa al petto, forse pensando che la voglia derubare.

Gli amanti sciolgono l'abbraccio, e la ragazza guarda intensamente Carlo, prima di voltargli le spalle e andarsene. Cosa che fa passando a meno di mezzo metro da me, e che ahimè spinge lo sguardo del mio ex fidanzato a posarsi prima sulla nonnetta-scudo, e poi sulla sottoscritta, che avvampa nel fuoco dell'imbarazzo.

Perché, perché, perché mi sono cacciata in questo pasticcio?

Soluzione A: fingere di essere una persona che mi assomiglia incredibilmente ma non sono io, imitare un accento straniero e spacciarmi per la badante della suddetta vecchina.

Soluzione B: fingere un attacco di amnesia, dargli del lei e magari chiedergli l'ora.

Soluzione C: dimostrare di avere un briciolo di fegato e andare a parlargli.

Ma Carlo non dice niente e mi volta le spalle, tornando a sedersi davanti alla tazza di caffè ormai vuota.

« Ehm, ciao... »

Non alza nemmeno lo sguardo quando prendo posto davanti a lui, ma noto un quasi impercettibile tremolio alla spalla.

Mi siedo.

« Cosa ci fai qui? » chiede a voce talmente bassa che ci metto qualche secondo a ricostruire la domanda.

« Io... ti ho visto... cioè ero fuori... tu eri da solo e sono passata per salutarti. »

« Allora ciao », dice, secco, ma neppure ora alza gli occhi.

Mai una volta che ti desse una mano. Non era lui a cercare di parlarmi fino a qualche settimana fa? Be', che facesse uno sforzo adesso! «Mi vuoi dire cosa sta succedendo?»

«E perché dovrei? Non smetterai proprio mai d'impicciarti degli affari miei, eh? E poi hai gli occhi anche tu, no? Dimmi un po', a te cosa sembrava?» Alza lo sguardo per puntarlo con ferocia su di me.

«Ti assicuro che non era mia intenzione spiarti. Davvero, passavo per caso, sono stata al cinema...»

Carlo stringe ancora di più le palpebre, per poi mettere a fuoco un qualche punto alle mie spalle. «Quindi c'è pure qualcun altro? Paola?»

E poi sono io quella che si fa gli affari degli altri. Certo. «Tranquillo. Ci sono stata da sola», esclamo, non senza una buona dose di spavalderia.

«Nah! Non è da te. Figuriamoci. Non potresti mai.»

«Secondo te non sarei in grado di andare al cinema da sola? Guarda che non è che ci voglia la scienza infusa.»

«In cinque anni che siamo stati insieme, non hai mai mosso un muscolo se non lo facevo anch'io. O se non eri insieme a Paola o qualche altra tua amica. Fammi il favore.»

«Cosa ne sai? Sono passati due anni da quando non stiamo più insieme, posso essere cambiata. Sono cambiata.»

«Tsé. Le persone non cambiano. Tu non cambi. Questa è la terribile verità.»

Certo che, quando ci si mette, Carlo ha quel senso del tragico che Amleto in confronto raccontava barzellette allo Zelig. «Tu non lo sai, non ci frequentiamo più.»

«So quello che vedo. Una che cerca di fare la donna in carriera, che si mette il push up e i tacchi alti.»

«Ti dà fastidio che dimostri di essere femminile?»

«Prima non te ne fregava niente.»

«No, Carlo. Era a te che non fregava niente. Io mi adattavo. Mi adattavo quando dicevi che solo le stupide ci tenevano a truccarsi per andare in ufficio, a curare il loro aspetto. Invece ho capito che truccarsi è sentirsi bene con se stesse, per questo vado tutti i mesi a fare la manicure, vedi?» Gli mostro le mani, con le mie scintillantissime unghie rosa. Ma chissà perché mi sento subito molto stupida per averlo fatto. Per essere lì, in quel bar, a discutere con lui del nostro rapporto ormai morto e sepolto, dopo che l'ho visto baciare una sconosciuta.

« Ah, le unghie. Certo, un bel problema. Immagino che sia per questo che non hai più avuto tempo per gli amici. »

Ignoro la sua stoccata, sono abituata ai suoi modi, soprattutto quand'è arrabbiato. « Ognuno ha la vita che si sceglie, dopotutto. »

« Davvero? Credi che si possa sempre scegliere? »

All'improvviso l'aria intorno a noi sembra avere la consistenza della gelatina, spessa e dura. Ci siamo imprigionati dentro, le parole escono a stento dalle nostre bocche, con una fatica disumana. « Non lo vuoi il bambino? Non ami Cristina? »

« Non fingere di non avere visto quello che hai visto, Alice. Come potrei baciare un'altra donna se amassi Cristina? » sibila, infervorato. « È che tu non capisci, non puoi capire. Io... la amo. »

Mi volto un attimo verso la porta, come se la ragazza fosse ancora là, un'eco di lei, perlomeno, che riverbera ancora nell'aria, insieme alla scia del suo profumo. « Non è che hai solo paura dell'impegno che sta per arrivare. Voglio dire, un bambino non è cosa da poco. »

« E tu cosa ne sai? Tu non sai niente. Non mi hai chiesto niente. Sei semplicemente sparita quando avevo più bisogno del tuo consiglio, del tuo appoggio. »

Abbasso lo sguardo sulle mie mani, ma i brillantini e lo smalto rosa mi fanno sentire ancora più a disagio adesso. « Io mi sono sentita... tradita », riesco solo a mormorare, anche se so che non ha molto senso. Ma ricordo molto bene lo sconforto che avevo provato nell'apprendere la notizia, come se lui stesse andando avanti nella sua vita e io invece non ci riuscissi ancora. Mi ero sentita come un barattolo di conserva che ha quasi raggiunto la data di scadenza e che perciò nessuno compra più.

« Ma piantala, Alice. Noi non stiamo più insieme da un pezzo. E abbiamo fatto solo bene a lasciarci, non ci amavamo davvero. »

Adesso torno a guardarlo, più intensamente di prima. « Cosa stai dicendo? »

« Che ora so che cos'è l'amore. Quello che provo per Sonia è amore vero. E non l'avevo mai provato prima, né per te, né tantomeno per Cristina. »

Se avesse preso quel cucchiaino da caffè e me l'avesse piantato nel petto avremmo fatto prima.

Ho passato cinque anni con quest'uomo, cinque degli anni migliori della mia vita, durante i quali ho pensato di avere al fianco la persona perfetta per me, quella che avrei sposato e con la quale avrei avuto dei figli. Lui è riuscito, con una frase, a cancellare tutto. La storia più importante che ho avuto, l'ha vanificata, riducendola alla stregua di uno scherzo.

« Sonia è... be', è una storia complicata », inizia a spiegare lui, come se niente fosse. « Tanto per iniziare, non si fida del tutto di me. Il bambino è un problema, per lei. »

« Ma va'? Sagace, la ragazza! » Cosa si aspettava? « *Cara, ti amo, ma sto per sposare un'altra. Ah, a proposito, è anche incinta.* »

« *Oh, amore mio, che notizia fantastica, congratulazioni, verrò senz'altro al battesimo!* »

Se gli avesse risposto così avrei davvero iniziato a pensare ai geni recessivi delle bionde.

Carlo mi guarda sprezzante. « Non ho la pretesa che proprio tu capisca. Sei sempre stata piuttosto superficiale. Come il resto del mondo. »

« Oh, chiaro, invece tu sei una persona così sensibile! » sbotto, ricordandomi all'improvviso quello che mi ha detto Tio sul suo oroscopo e sul perché sarebbe stato impossibile che una Bilancia con la Luna in Pesci come me stesse con un Acquario Ascendente Gemelli come lui. Gli Acquario, per definizione, sono i bastian contrari dello zodiaco. Tu dici bianco? Sta' pur certa che, se anche per lui era bianco fino a un minuto prima, ora dirà nero. Odia omologarsi alla massa. E, con questo doppio carpiato con avvitamento nella sua vita amorosa, Carlo è balzato decisamente fuori dagli schemi. Se poi pensiamo che ha la Luna in Ariete... « È la tua Luna in Ariete che ti rende impulsivo e incostante, sai? Probabilmente contribuisce al tuo essere un po' Peter Pan, a farti stare stretto il giogo del legame imminente con Cristina.»

«Ma che cazzo stai dicendo?» Batte il pugno sul tavolino, facendo sobbalzare la tazzina. «Ti sei rincretinita? Ariete, Luna, *oroscopo*? Io ti dico che la mia vita è distrutta e tu mi tiri fuori 'ste baggianate!»

«Ah, certo, sarai intelligente tu che te ne vai in giro a fare Inseminator e poi frigni come un bambino contro il tuo destino infame.»

«Mi aspettavo un po' più d'intelligenza da te, Alice. Mi sono sbagliato. Come su noi due, d'altra parte. Ma, se allora ci ho messo cinque anni per capire che non andavi bene, ora mi sono bastati cinque minuti.»

Chiaro. Se uno non la pensa come lui, allora viene tacciato di mancare d'intelligenza. Oh, se conosco questo giochetto! È un vecchio adagio. Una delle cose che non sopportavo di lui. Come i suoi calzini ordinati per colore nel cassetto, che ogni volta impazzivo a chiedermi se il blu andasse prima o dopo il grigio nella scala cromatica.

«Si vede allora che sono un po' dura di comprendonio.» Mi alzo e lo guardo negli occhi, ripensando a ciò che abbiamo vissuto, a quell'amore che lui ha rinnegato con la nonchalance con cui si getterebbe via una gomma masticata cui si è tolto tutto il sapore. E mi sento inutile perché, se lui, che è l'uomo con cui ho avuto la mia storia più seria, pensa di non avermi mai amata davvero, allora nessuno l'ha fatto mai.

«Avevo bisogno della tua amicizia», mormora.

E ha il coraggio di parlare ancora di amicizia? Quando non si preoccupa di usare parole come coltelli?

In questo momento capisco di averlo sempre idealizzato e mi sembra di vederlo per la prima volta. Non l'uomo forte, intelligente, carismatico che era quando mi corteggiava. Ora vedo un bambino capriccioso, che non vuole crescere, che ha paura delle responsabilità.

«Non so come fare», dice ancora, tenendosi la testa tra le mani.

La rabbia mi travolge come una marea improvvisa. Capisco che non sono mai stata speciale per lui. Ma la cosa non mi fa male. Perché mi rendo conto pure che lui non è speciale per me. Non lo è più.

Ed è una di quelle occasioni in cui rimpiango di non avere un paio di baffi, il sopracciglio guizzante e la voce roca. Ma la battuta la so, ed è lì, pronta per me dal lontano 1939.

Lo guardo in quei suoi occhi pieni di rabbia e mi mordo le labbra, vacillando solo per un attimo, ma poi lo dico: «Francamente, me ne infischio».

22

PANE, AMORE E... ASTROLOGIA

« Ma a te dove t'han preso, coi punti della *cerveza*? Dai, Alejandro, dove diavolo hai messo la sacca coi faretti? » Ferruccio è fuori di sé e sbraita gesticolando davanti al bagagliaio del furgone.

« No sé. Yo la avevo messa aquí. » Anche i muscoli di Alejandro sembrano rattrappirsi, talmente è contrito.

« E adesso come diavolo facciamo? »

« Te juro, Ferruchio, io ho cargato todo, sí, proprio no sé como es que ahora non c'è. »

« Sì, sì, diamolo il lavoro agli stranieri... Alice! Vieni subito qui! »

Quando mi avvicino, stringo le palpebre e arriccio il naso come la signorina Rottermeier.

« Guarda, qua. » Ferruccio indica i borsoni che sono appena stati scaricati. « Manca il numero 4. E dentro c'erano i faretti per illuminare le segrete per la prova dei segni di Fuoco. Come facciamo? »

Grazie agli ascolti del duo Tio/Magni, abbiamo ottenuto un nuovo sponsor, così come una valanga di recensioni lusinghiere sulla possibile svolta di qualità della trasmissione. E ci siamo guadagnati una trasferta fighissima in un castello medievale per registrare parte della prossima puntata. Dio mio, mi sento quasi di stare a Hollywood e, per rimarcare il mio status di brillante autrice/produttrice TV, indosso un completo blu scuro che fa tanto Armani, insieme a un piglio professionale efficiente e severo ma pur sempre molto femminile. Adoro questo lavoro.

« Che succede? »

La voce alle nostre spalle ci fa voltare tutti e tre.

Ecco, l'unico neo della giornata è questo: è Carlo a sovrintendere le produzioni in esterna. Essere obbligati ad avere a che fare con lui dopo quello che ci siamo detti l'altro giorno in quel bar è piacevole quanto pestarsi ripetutamente il dito in una porta.

Ma io sono una professionista, il che vuol dire che affronterò la questione con calma, dignità e classe, accantonando le nostre beghe personali. « Alejandro ha pensato che potessimo girare al buio la prova nelle segrete », sbuffo, indicando svogliatamente il mio ex fidanzato al mio ex-ex-ex-ex-ex fidanzato. « A quanto pare, voi uomini vi dimenticate piuttosto facilmente di avere delle responsabilità », aggiungo poi, lanciando a Carlo uno sguardo ruvido.

Lui stringe le palpebre. « Che bisogno abbiamo di ricordarcelo da soli, quando ci siete voi donne, che amate ripetercelo allo sfinimento? »

Ecco, e poi sono io quella bellicosa.

Apro la bocca per ribattere, ma Alejandro mi precede. « Pero io te giuro que estaba allí, Alice. Recordo de haberlo puesto en el bagagliaio, no? » piagnucola, accarezzandosi la tartaruga con una mano, come per rassicurarsi.

Eh, no, bello mio, ormai non attacca. « Non m'interessa che tu l'abbia visto. Il passato è passato. Remoto. Andato. Che mi dici del presente? Dov'è questa sacca con le luci? » ribatto, perché ne ho anche per lui, basta chiedere.

« Ma smettila », interviene Carlo. « Quella scena dobbiamo girarla oggi pomeriggio. Salterà fuori. Concentriamoci su quello che dobbiamo fare ora. No, Alice? Presente. Come dici tu. Dov'è l'ordine del giorno? »

« Sì, sì », taglio corto, facendo ondeggiare la mano. Come si suol dire, fedifrago non mangia fedifrago. Mi aspettavo che Carlo mi desse man forte? E quando mai? Tiro fuori l'orologio dalla manica del mio giacchino Armani-fake. « Ora ti do tutto, non ti preoccupare », gli dico, mentre già si allontana. Poi, ad Alejandro: « Allora? »

« Ehm, puede ser che lo haya lasciato... no está in ninguna machina. »

« Va be' », gli faccio, diventando la poliziotta buona. « È vero che la ripresa è nel pomeriggio, perciò potrai tranquillamente tornare a prenderli. »

« Ma ce vorrà más de dos horas para todo! »

« Mi dispiace, ci servono quei faretti... »

« Bueno, voy. » Alejandro scuote il capo e fa per raggiungere una delle macchine.

« Ehm, no, scusa, *tesoro*. Ora Ferruccio ha bisogno di te qui, per l'allestimento della prima scena, quella dei segni di Terra. Ci andrai in pausa pranzo. »

« Ma... »

Sollevo una mano e penso con gusto al pollice verso degli imperatori romani, quando decretavano la morte di un gladiatore. Se mi sento in colpa quando lo guardo allontanarsi con le spalle abbattute pensando all'agriturismo presso cui noialtri invece mangeremo? Vediamo... No, neanche un po'.

Finalmente sola, mi godo la pace dell'aperta campagna. Ci sono almeno due o tre gradi in meno rispetto alla città, l'aria è pulita, il sole splende in un cielo così azzurro che sembra modificato con Photoshop.

Inspiro a pieni polmoni. La vita ogni tanto riserva svolte piuttosto divertenti, mi dico, stiracchiandomi, mentre controllo il baule della mia auto e lo chiudo, per poi prendere le scalette e l'ordine del giorno dalla borsa di tela appoggiata sul sedile del passeggero.

Potrei anche abituarmi a tutto questo silenzio.

« Io non me le metto quelle corna sulla testa! »

Silenzio che noi cittadini non ci facciamo scrupolo di rompere. « Cosa c'è, adesso? »

Mentre sollevo lo sguardo al cielo, ancora terso e luminoso, Marlin esce dal castello avvolta in un magnifico abito di velluto e broccato, gli occhi verdi che fanno fuoco e fiamme, al pari dei suoi capelli ramati. « Io non mi faccio riprendere con in testa quel coso che sembra un paio di corna! » esclama, stridula, puntando dritta verso la moto dalla quale Davide sta smontando proprio in questo momento.

Dio, cos'è bono! Alejandro è obiettivamente bello e scultoreo, mentre i lineamenti di Davide, così come il suo fisico, non sono da fotomodello; eppure ha un fascino magnetico che Alejandro farebbe meglio a ritirarsi in un vecchio mulino a impastare biscotti.

Davide si sgranchisce il collo, e le mie viscere fanno il Tagadà. Stringo i denti e m'impegno a mantenere il personaggio che mi sono imposta. Om! Non vacillerò davanti al suo sorriso sghembo e al suo sguardo ti-spoglio-ma-non-ti-voglio.

Il match di un paio di settimane fa con Carlo mi ha fatto riflettere sulla necessità di cambiare registro, per non farmi più menare per il naso. Sono cresciuta, migliorata, determinata. Una versione ALICE 2.0, insomma. Dove A sta per Algida, L per Letale, e I-C-E per Inibita (ai) Cedimenti Emotivi.

« Alice, ciao. »

Davide passa subito all'offensiva, lanciandomi uno dei suoi sguardi magnetici, ma io lo schivo che neanche Matrix e mi volto verso Marlin. « Benarrivato. Ci stiamo preparando per la prima ripresa. I segni sono al trucco e Marlin sta provando dei vestiti che, oh, ma, amore, sei un incanto », esclamo, fingendo di accorgermene solo in quel momento. « Stai da Dio. E che vitino che ti fa quest'abito! Hai perso qualche chilo? »

Lei si scioglie, e per un attimo dimentica il copricapo, francamente ridicolo, che deve indossare. « Trovi? Sono questi inserti che slanciano. »

Visto che le sue foto non è che le debbano rimpicciolire granché per metterle sulle guide TV, Marlin è molto sensibile ai complimenti sull'altezza, perciò decido di rincarare la dose: « Sai cosa ti slancia anche? Lo so che è un po' strano, ma all'epoca erano le dame più importanti a metterselo ». Le tolgo di mano il bicorno e glielo calco in testa. « Voilà! Meravigliosa. Così sembri davvero altissima. »

Lascio andare il fiato, mentre lei si allontana tutta contenta, borbottando che alla fine potrebbe metterselo e – perché no? – anche in trasmissione e magari lanciare una nuova tendenza.

Ma non ho neppure il tempo di gigioneggiare con me stessa per l'ottima prova di velocità che subito sento un braccio circondarmi la vita. Le labbra di Davide si posano sulla mia guancia, calde e leggere. «Sei stata fantastica. Non avrei saputo fare di meglio.»

Parole che mi penetrano nella pelle. Eh, ma allora lo fa apposta! Questo *lanciosassismo* con ritrazione della mano sta diventando un leitmotiv della nostra relazione. Bah, relazione! Va be', di questa cosa che non si capisce cosa sia tra noi due.

Ma la nuova Alice 2.0 m'impone di allontanarmi di un passo, per dimostrargli che non subisco più (se mai l'ho subito!) il suo fascino. «Quindi... Come mai qui?» gli domando.

Brava, Alice: distaccata, professionale.

Ora è lui a scostare gli occhi, probabilmente intimidito dal mio sguardo versione Alice Riveduta e Corretta. «Conosco i proprietari», spiega laconicamente, aprendosi il giubbotto di pelle.

Non mi stupisce che non ne abbia saputo niente fino a ora. Con Davide è sempre così, le cose gliele devi cavare di bocca col forcipe, ed è sempre un parto podalico, e non fa differenza che ti debba dare la lista della spesa o la formula alchemica della pietra filosofale.

No, no, ma te lo immagini che fatica avere al fianco uno così nella vita?

Lui si arruffa ancora i capelli con la mano e mi oltrepassa. I jeans neri gli fasciano stretti le cosce e il sedere. «Mmm...» sospiro. Eh, già... che fatica...

Quello che dobbiamo girare oggi ha un po' il sapore vecchio stampo di *Giochi senza frontiere*, uno di quei cari vecchi giochi a premi dove i concorrenti, divisi in squadre, devono sostenere prove di forza, abilità e ingegno, possibilmente dando un pessimo spettacolo di se stessi e del genere umano in generale.

Per ottenere ciò, abbiamo diviso i rappresentanti dei segni zodiacali in quattro squadre.

Una delle prime cose che ho appreso, da nuova adepta dell'astrologia, è che ognuno dei dodici segni è presidiato non solo da un pianeta che lo domina, ma anche da uno dei quattro elementi: Terra, Aria, Fuoco e Acqua. La Bilancia, per esempio, è un segno d'Aria e questo significa che, come Gemelli e Acquario, è dominato dalla sfera dell'intelletto e della creatività. Siamo persone curiose, indipendenti e dalla mente aperta.

Così, a seconda del loro elemento di appartenenza, tutti i concorrenti dovranno sostenere delle prove che sono più o meno consone alla loro squadra, ricevendo dei punti per la vittoria o perdendoli per la sconfitta.

« Dunque partiremo dalla presentazione di Tio, per poi seguire il gioco con le telecamere », dice Carlo, dando ordini sul tipo di riprese che vuole fare.

Tio, codino, pantaloni di pelle scamosciata e ampia camicia, fa tanto pirati dei Carabi e lo sa. « *En guard* », dice, sollevando una finta spada e afferrandomi per la vita, come se volesse rapirmi.

« Dai, non fare il cretino », gli dice Alice 2.0, cercando di restare seria, ma con lui è molto difficile. È da qualche giorno che emana una carica d'energia che è dura tenere a freno.

Mi dà un bacio sulla spalla e mi lascia andare. « Tesoro, tu devi mandarli tutti a quel paese e divertirti di più. »

La fa facile lui, quando devo lavorare con Carlo, detto Renegade, il rinnegatore di relazioni; Alejandro, la cerniera più veloce del West; e Davide, alias Passo di Gambero, uno avanti e tre indietro. Non ce la posso fare. È come ricevere la visita dei fantasmi del passato, del presente e del futuro tutti in una botta sola.

« Se avete finito di tubare, voi due, qui noi persone senza senso della responsabilità saremmo pronte a metterci a correre », grida Carlo che, poco distante, ha appena finito di allacciarsi le scarpe da ginnastica.

« Wow, qualcuno ha mangiato pane e limoni a colazione », fa Tio.

Non gli do retta e rispondo a Carlo, alzando la voce: « Immagino: quando c'è da darsela a gambe, siete sempre tutti pronti, *voi* ».

Mi guadagno un'occhiata al fulmicotone. La prova però consiste proprio in questo, in una specie di corsa, che lui, gli operatori di ripresa e gli assistenti dovranno seguire a distanza ravvicinata.

Ovviamente non si tratta di una banale gara di velocità, per dare sapore al tutto vi abbiamo abbinato una caccia al tesoro con prove pratiche tipo uno strano tiro con l'arco, dove un membro della squadra dovrà fare da arciere e salire su un piedistallo basculante, mentre gli altri due gli indicheranno la traiettoria del tiro.

Trattandosi della prova in cui è privilegiato l'elemento Terra, le doti che occorrono sono soprattutto razionalità, collaborazione e ragionamento. Teoricamente Toro, Capricorno e Vergine, i segni dominati da questo elemento, hanno un vantaggio caratteriale, rispetto soprattutto a Leone, Sagittario e Ariete, i segni di Fuoco, che, più passionali e prevaricatori, si stanno già scornando su chi dovrà partire per primo e fare da caposquadra.

Bilancia, Gemelli e Acquario, i segni d'Aria, chiedono tempo per discutere della strategia, mentre i segni d'Acqua, Cancro e Pesci, capitanati dallo Scorpione, se ne stanno ognuno per conto suo a rimuginare sul percorso, lanciandosi occhiate diffidenti e sospiri scoraggiati.

Quando raggiungo Carlo per la ripresa, lui mi afferra un gomito e mi trascina da parte. «La pianti? Sembri una fidanzata gelosa. Siamo qui per lavorare, non per fare una scampagnata.»

«Da che pulpito!» ribatto, scostandogli la mano. «Se non te ne fossi accorto, c'è il mio nome su questa trasmissione. È come un figlio per me. E io so come si porta avanti un lavoro iniziato. Non credo che tu possa dire la stessa cosa.»

Lui sta per rispondermi per le rime, ne sono sicura perché ha l'aria del vulcano un istante prima dell'eruzione, ma io sollevo l'indice per chiedergli tempo, mentre mi sfilo di tasca il cellulare, che vibra illuminandosi a intermittenza.

Sul display c'è la scritta NUMERO SCONOSCIUTO, perciò immagino che sia qualche call center che mi contatta perché sono la fortunata vincitrice della loro incredibile promozione. Rinfilo il cellulare nella tasca e tiro fuori il cronometro per dare il via alla prova.

«Comunque smettila», riprende Carlo. «È già abbastanza che tu abbia detto a Cristina di venire con noi. Nelle sue condizioni non dovrebbe sottoporsi a stress, lo sai. Non so come si sia lasciata convincere.»

« Ah, l'avrei convinta io a venire? » Mi stavo proprio chiedendo perché se la fosse portata dietro. Tra l'altro, da quando siamo arrivati mi sta attaccata che pare una cozza.

Infatti, non appena inizia la gara, lei si apposta alle mie spalle come un condor.

« Sai che sei stata la prima persona che ho conosciuto in rete? » dice a un certo punto. « Ti ricordi? Ci siamo incontrate il giorno del mio colloquio. Mi sembravi così sicura di te. E sei stata tanto gentile. »

Le dedico appena il tempo di un sorriso e mi porto la mano all'orecchio coperto dalla cuffia, come a farle capire che non le posso dare retta perché sto lavorando.

Guardo il piccolo monitor che ho davanti, sul quale scorrono le immagini che Carlo, Alejandro e gli altri stanno riprendendo.

Dietro di me, invece, Cristina è ancora tutta presa dall'Amarcord. « Ho pensato... Allora avevo pensato che io e quella ragazza così gentile saremmo diventate grandi amiche... »

Sospiro, cercando di annullare la sua voce, mentre il Toro passa in testa, scrupolosamente spalleggiato dal Capricorno, che sarebbe pronto a vendersi la madre pur di raggiungere l'obiettivo, mentre il Vergine si organizza già per la tappa successiva.

La Vergine è così, sempre avanti, in continua lotta per portare ordine al caos.

Mi volto un istante verso Cristina, ricordandomi che il suo compleanno è il 6 settembre. Vergine. Ambiziosa e perfettina.

« È tutta colpa di Carlo », mugugna ancora. « Se non fosse stato per lui, io e te saremmo diventate buone amiche. »

Quello che sta dicendo è vero.

Lo ammetto, io e la gatta morta c'è stato un momento che ci siamo trovate simpatiche. Poi però lei si è fiondata su Carlo, io sono diventata lo scomodo scheletro nell'armadio del suo uomo e lei è diventata la scomoda storia seria del mio migliore amico. Insomma, quell'amicizia non s'aveva da fare.

Ritorno a guardare il gioco, dove la squadra dell'Acqua è quella più in difficoltà, impantanata ancora alla prima manche e troppo intenta a darsi la colpa, invece di comunicare. C'era da aspettarselo, visto che l'elemento Acqua domina l'inconscio, rendendo i suoi segni taciturni e introspettivi... che tradotto significa asociali ed egocentrici.

Lo Scorpione lancia tuoni, fulmini e saette all'indirizzo del Pesci, che piagnucola, trovando comprensione nel Cancro.

« Chissà, tutto poteva essere », le rispondo. Certo non posso permettere che la mia corazza venga incrinata proprio da Cristina, con tutta la fatica che sto facendo con Carlo, Alejandro e Davide.

Ma, quando sento un singhiozzo, non riesco a non voltarmi.

« È che sono così emotiva... » dice, in lacrime, attaccandosi al mio braccio. « Il bambino... cioè, ho continui sbalzi di umore e mi fisso su dei pensieri... credo... Sono così stanca. »

Si massaggia la schiena e io le indico una delle sedie pieghevoli che abbiamo a disposizione. « Almeno siediti. »

Lei annuisce e prende posto, le labbra imbronciate come le ragazzine. « È stata soprattutto colpa mia. Mi sono sentita minacciata da te, Alice. In fondo mi hai sempre fatto paura. Quando mi sono messa con Carlo, le colleghe erano tutte lì a dirmi che dovevo mandarlo a farsi un giro, perché, anche se vi eravate lasciati, sempre da te tornava, gira che rigira. Che sciocca a essere così gelosa, eh? Perché tu non sei innamorata di Carlo. E lui sta per sposare me. »

Lo ammetto, avrei fatto di tutto per dividerli, perché... perché sono una sciocca e avevo preso la loro relazione e il fatto del bambino soprattutto come un affronto personale. Ma era solo un pensiero assurdo, stupido ed egoista, questo almeno con me stessa lo devo riconoscere. Ero gelosa di quello che Carlo era riuscito ad avere, ma non è né colpa sua, né tantomeno di Cristina, se a me sono capitate le persone sbagliate.

Intanto, i segni di Fuoco hanno rimontato fino in seconda posizione, giocando sull'irruenza, ma, arrivati al tiro con l'arco, si arenano, bisticciando su chi debba salire sulla pedana e scoccare la freccia piuttosto che cercare di stabilizzare il piedistallo, collaborando per prendere la mira.

« Non ti preoccupare », dico a Cristina. « Non ce l'ho con te. »

«Ho sempre saputo che sei una persona buona. Che... che non ti metteresti mai tra me e Carlo, sapendo poi che lui sta per avere un figlio. Che razza di persona lo farebbe?»

La guardo negli occhi ancora una volta e ci leggo un'implorazione. E capisco. Per quanto mi possa sembrare calma e granitica, da brava Vergine, Cristina non lo è affatto; appena sotto pelle vibra l'ansia di chi si è accorto che le cose non sono più al loro posto. Ciò che mi sta dicendo in realtà è proprio questo, che sospetta che Carlo e io ci frequentiamo ancora alle sue spalle.

La vedo accarezzarsi il ventre ormai accentuato, e sospirare, lì seduta da sola, su quell'unica seggiolina nel prato, mentre gli altri sono tutti presi dal gioco.

Le grida di giubilo dei segni d'Aria mi fanno capire che stanno rimontando: avevano perso un mucchio di tempo perché il Gemelli tracciava piani su piani sul terreno, l'Acquario dissentiva e il Bilancia cercava di fare da paciere, ma ora sembra che non sia stata fatica sprecata e la strategia che hanno concordato li fa oltrepassare i segni di Fuoco, purtroppo ancora a disputarsi l'arco tra loro.

E se fosse capitato a me quello che sta capitando a Cristina? Sono quasi alle soglie di quell'età in cui al massimo potrò fare la zia, ma sarebbe stato peggio se avessi avuto figli con Carlo, il Signore dell'Incostanza.

Vorrei andare da lui e dargli uno scrollone. E vorrei dirgli di crescere, una buona volta. Che i figli non si mettono al mondo come si sputano i semi di ciliegia, giocando a chi lo tira più lontano.

Intanto i quattro gruppi sono quasi giunti alla meta e si disputano la chiave dello scrigno al termine del percorso, frugando come forsennati nella melma e riempiendo di fango Alejandro, accovacciato lì per la ripresa. Quando uno schizzo gli cola dall'occhio alle labbra, lo vedo irrigidirsi e trattenere una smorfia. Io invece quello che trattengo è un sorriso.

«Carlo è solo preoccupato per il futuro», dico, rivolta a Cristina. «È il primo figlio anche per lui e vorrebbe dargli il mondo intero, così come vorrebbe darlo a te, ma sai che c'è la crisi e... insomma, questa è un'enorme fonte di stress per lui. Cerca di avere pazienza. »

Sul fischio di fine gara, il suo « grazie » si confonde con le grida di giubilo della squadra dell'Aria e le lamentele di Alejandro, imbrattato di fango da capo a piedi.

Raffaella gli corre incontro con un pacchetto di fazzoletti di carta, ma lui la scansa per puntare verso di me. « Y ahora como faccio, eh? » mi urla, fuori dalla grazia del Signore. « No tengo nada para cambiarmi. »

Lo guardo, e sono il candore fatto persona. « Be', puoi toglierti la maglietta... come fai sempre. »

23

DAL GEMELLI CON FURORE

Trovo Tio sulla strada davanti al cancello, tutto agitato a sbracciarsi verso un'Alfa Romeo che schizza ghiaia lungo il viale.

«Stavamo aspettando qualcun altro?» domando, raggiungendolo.

Lui si sposta dietro l'orecchio un ciuffo di capelli che gli è sfuggito dalla coda. «Andrea», dice, un po' verso di me e un po' chiamando il guidatore dell'auto, che ci frena accanto, abbassando il finestrino.

Andrea Magni solleva gli occhiali da sole, salutandoci.

«Entra qui», gli spiega Tio. «Più avanti trovi le nostre macchine e puoi parcheggiare a fianco.»

«Cosa ci fa qui Andrea Magni?» Sono stupita. È vero che giusto qualche giorno fa ha firmato un contratto di collaborazione con noi, ma la sua presenza non era prevista oggi.

«Teneva una conferenza qui vicino, stamattina, e gli ho detto di raggiungerci per pranzo», mi spiega Tio.

Questo set sta diventando un porto di mare. Prima Cristina e ora Magni, anche se devo dire che il suo fare vecchio stampo non stona con le distese di prato all'inglese di questo posto.

Ma io volevo parlare con Tio di Carlo, e ora lui sta correndo verso Andrea, che sta uscendo dall'auto e si sgranchisce le lunghe braccia sollevandole oltre la testa.

«Aspetta, Tio!»

Lui rallenta e mi sorride.

«Speravo di poterti parlare prima di andare in pausa pranzo.»

«Sono qui», mi dice, e io guardo Andrea, che ci aspetta a una cinquantina di metri.

«Sì, ma...» Già non sono sicura che sia giusto rivelare a terzi i problemi di Carlo e Cristina, e sicuramente non ho voglia di farli sapere a un tizio che potrebbe trasformarli in equazioni matematiche, confondendomi ancora di più le idee. « Ho un problema etico... » inizio, trattenendolo per un braccio. « Cosa faresti se avessi sempre pensato di conoscere una persona, se gli avessi sempre voluto bene - come amico, eh! - ma avessi di recente scoperto che il suo comportamento è... be'... diciamo... *promiscuo*... Insomma, hai sempre creduto che questo tuo amico andasse in una direzione, che avesse fatto una scelta, invece ora hai scoperto che non è così. » Guardo Andrea, che si sta avvicinando a noi, e parlo più in fretta perché non voglio che ci raggiunga quando sono a metà del discorso. « Cioè, per quanto tu gli voglia bene, proprio non puoi accettare questo comportamento e non sai se fai bene o male a parlarne ad altri che potrebbero prendere provvedimenti nei suoi confronti sapendo quello che è in realtà. »

Bene, ora che l'ho detto mi sento sollevata. Mi sono tolta un peso dallo stomaco e sono stata brava nel rimanere sul vago e rispettare così la privacy di Cristina e Carlo.

Quando mi volto, però, Tio è rimasto fermo qualche passo indietro. Il suo bel sorriso ha lasciato il posto a un'espressione intagliata nel legno e i suoi occhi sono diventati stretti come le feritoie del castello medievale che stiamo mettendo sottosopra.

« Be'? »

« Be', mi sembra piuttosto ipocrita da parte tua », ribatte lui.

« Cosa? »

« Dovresti cercare di comprendere il tuo amico, invece di condannarlo. Pensi di avere in mano lo scettro della giustizia e della verità? Ma chi sei per giudicare i sentimenti altrui? Forse non te ne ha mai parlato apertamente proprio perché aveva paura di non essere compreso, di essere rifiutato da te e allontanato. E la cosa gli avrebbe fatto molto, molto peggio piuttosto che continuare a stare nell'ombra, ma al sicuro con la tua amicizia. »

Lo fisso, stralunata, poi mi volto un attimo verso Magni, il quale deve aver capito che c'è qualcosa che non va e si è fermato a metà strada.

Ma di cosa sta parlando Tio? Sono talmente sbalordita dal suo attacco senza senso che non riesco ad aprire bocca. Anzi, la mia bocca in realtà è aperta, ma riesco solo ad annaspare come un pesce in asfissia.

Andrea tenta di fermare Tio mettendogli una mano sul braccio, ma lui tira dritto, scostandolo in malo modo.

Vorrei inseguirlo, per cercare di chiarire non so bene cosa, ma un urlo da gelare il sangue mi fa correre come una forsennata verso il bosco.

«Soffre di vertigini, poverino...» commenta Raffaella, accarezzando la schiena di Alejandro, che boccheggia aggrappato ai fili d'erba con entrambe le mani.

«Deve solo seguire il movimento dei concorrenti sulla carrucola», spiega Carlo.

Constatando che non è accaduto niente di grave, rallento.

«Es culpa tua!» grida Alejandro verso di me. «Tua e di esto malditisimo programma! Ya me sono dovuto metere estos», dice, indicando i pantaloni aderenti e a scacchi che gli ho dato al posto dei suoi pieni di fango. «Io no me facio legare sopra quel coso sospeso nel niente!»

Osservo il burrone sul quale stiamo montando la scenografia per il gioco dei segni d'Aria. «Mi dispiace, Alejandro, ma è il tuo lavoro», gli rispondo, senza vacillare.

«E comunque sei in completa sicurezza», ribatte Mara, l'assistente di *Mal d'amore* che oggi ho preso in prestito per avere una segretaria di edizione. «Figurati se il presidente potrebbe permettersi di affrontare lo scandalo di una morte sul lavoro.»

Alejandro però non sembra affatto rincuorato dalle nostre parole e il suo colorito olivastro prende la sfumatura grigia della sabbia bagnata.

Un momento dopo, tutti iniziano a dire la loro sull'argomento. Carlo, come regista-realizzatore; Raffaella, nelle vesti poco credibili ma totalmente griffate di angelo custode; Mara, caustica e implacabilmente concentrata sul lavoro; Marlin («Perché si lamenta tanto, dev'essere ripreso lui? Dov'è trucco e parrucco?»), caustica e implacabilmente concentrata su se stessa.

Io invece non faccio che pensare a Tio, a dove si possa essere cacciato e perché se la sia presa tanto.

Mi vengono in mente le parole di Karin sul fatto che Tio mi

voglia davvero molto bene... poi le insinuazioni di mia madre, tutto l'affetto che lui riversa sempre su di me e il suo accanimento nel cercarmi sì un fidanzato, ma nello smontare poi ogni mia aspettativa dicendo che non è quello giusto.

Per un attimo mi sembra di sentire la voce di Paola.

Per inciso, quando ho rivelazioni piuttosto assennate, sento sempre la voce di Paola, ma tipo con l'eco, come se fosse uno spirito guida o un animale totem.

Comunque la sostanza rimane quella, la mia voce, camuffata da quella di Paola con l'eco, m'illumina d'immenso con sei semplici parole: *Tio è innamorato di te, Alice.*

Oh, diamine. E adesso?

Perché, se Tio è davvero innamorato di me, il problema è serio. Terribilmente serio.

E lo capisco appena metto piede nell'atrio del castello e vedo una persona in piedi, che osserva il quadro di un gentiluomo con una gran parrucca.

Potrebbe essere la scena di un film in costume, tipo *Orgoglio e pregiudizio*, con Mr Darcy intento a contemplare il ritratto di un antenato, mentre Elizabeth entra per sbaglio nella stanza, interrompendo le sue elucubrazioni. Se non fosse che i guanti che stringe dietro la schiena sono sì di pelle, ma da motociclista, e indossa un paio di jeans neri e sdruciti che fanno tanto bad boy.

E decisamente non è un film in costume, visto che il mio cellulare si è messo a vibrare di nuovo.

Stizzita, rispondo al numero sconosciuto di prima. « Pronto? »

Davide si volta di scatto, e per la sorpresa un guanto gli cade sul pavimento.

« Pronto. Alice? Mi ha dato il suo numero Karin. Sono un amico... » ronza la voce fastidiosa al telefono.

Non gli do retta e chiudo la comunicazione senza staccare gli occhi da quelli di Davide.

Dopotutto non puoi intrattenere una cortese conversazione telefonica mentre sei in preda alla sindrome di Stendhal. E non parlo del ritratto alla parete.

C'è qualcosa. Davide ha qualcosa. Ancora. Lo definirei stupore, o forse ansia, anche malinconia. Forse sono quelli i tre vertici del Triangolo delle Bermuda che mi attira verso di lui.

Come sempre, però, mi guarda, sulle spine, e non parla.

«'La forgmula, Doctor Jones...'» gli dico io, in preda al nervosismo. «'Mi conzegni la forgmula e potgrà andarzene fifo'», finisco, per poi scoppiare a ridere come una deficiente. «Scusami, ma mi sei sembrato così serio! Ti sei girato verso di me e sei impallidito come se avessi visto un fantasma.»

«Io? Ah, be', ecco... Il fatto è che stavo immaginando proprio questo.»

«Che avrei fatto la parodia d'*Indiana Jones e l'ultima crociata*?»

«Che saresti entrata da quella porta.»

«Oh...» Le mie labbra fanno un sorriso, anche se non so bene cosa significhi. «Certo che sei strano. Te l'hanno mai detto?»

«Costantemente. E a te?»

«Costantemente. Pensavo di scriverlo anche sulla carta d'identità.»

Ridiamo entrambi.

«Vedi perché non posso fare a meno di te?» dice poi a un tratto. «Sei così brillante. Sei bella, simpatica, intelligente...»

Okay. Fermi tutti. A questo punto dire che sono un tantino confusa è un eufemismo.

«Volevo dire, speravo che arrivassi perché devo dirti una cosa.»

Gli sorrido. «Dimmela.»

Le sue labbra si schiudono, poi la sua lingua le inumidisce e i suoi denti le mordicchiano per un istante... Che s'insinua come un bug nel sistema di Alice 2.0, disinstallando i file di aggiornamento e ripristinando la vecchia, cara versione, più insicura e vulnerabile che mai.

Ecco perché devo chiarire le cose con Tio.

Se anche, disgraziatamente, si fosse preso una cotta per me, come ho il terrore che sia, io non posso, semplicemente non posso... Così come non poteva funzionare con Andrea, o con Alejandro, o con Carlo, non potrebbe mai funzionare con lui.

E non per i nostri oroscopi sbagliati, per il segno, per l'Ascendente o per qualche pianeta ballerino che si è messo capricciosamente di traverso al momento della nostra nascita.

Non può funzionare perché io sono già innamorata di un altro.

L'ho capito adesso, entrando da quella porta, guardando Davide di spalle.

Mi è tutto chiarissimo come se l'avessi qui, scritto davanti a me. Sono innamorata di Davide.

E ho una paura fottuta.

Mi rendo conto che amo sentir vibrare tutta la sua forza sotto la sua apparenza pacata. Amo ogni cosa su cui posa gli occhi, perché il suo sguardo la avvolge e la culla con dolcezza, e amo ogni parola che gli esce dalle labbra, con quella voce morbidamente ruvida che è come una carezza intima tra lui e me.

«Sono un coglione», sbotta.

«Scusa?» Certo, la sua voce a volte è un po' meno carezzevole, va detto. La mia fronte si arriccia mentre gli domando: «Era questa la grande rivelazione?»

Ma la mia battuta non riesce a stemperare il suo malumore, e lui mi prende la mano. «Portarti qui è stato un errore. Ma che cazzo avevo in testa?» E, mentre mi trascina verso la porta, lo sento ripetere (con voce sempre carezzevole ma determinata): «Coglione, coglione, coglione!»

«Vuoi fermarti un attimo? Non possiamo andarcene. Io non posso andarmene. Devo lavorare. Devo cercare Tio...» Per quanto desideri andare via con lui, salire sulla sua moto e stringerlo, aggrappandomi forte, premendo la guancia contro la sua schiena, non posso lasciare il set e non posso lasciare Tio così, senza prima aver sistemato le cose, o almeno averci tentato.

Davide però non mi sta a sentire e si allaccia il casco, direi quasi febbricitante, lo sguardo determinato a non incrociare il mio mentre apre il bauletto della moto, tira fuori un secondo casco e me lo piazza in testa. «Aspetta, te lo sistemo io, questo ha la fibbia un po' impigrita», dice, armeggiando con le dita sotto il mio mento. «Devo parlarti, Alice. Ma devo farlo lontano da qui. E subito. Per favore, vieni con me. Adesso.»

Lo tsunami dei suoi occhi mi travolge. Annaspo nel flusso disordinato delle parole e delle emozioni, di quello che è logico e giusto e ciò che provo e voglio.

E annuisco.

E lui mi guarda di nuovo negli occhi, terribilmente serio, incamerando aria come per farsi coraggio. Fa per infilarsi i guanti, ma si rende conto di averne in mano soltanto uno.

« Aspetta, ti è caduto nell'atrio, l'ho visto. » Corro verso la porta e il casco mi fa ballare la testa come uno di quei cagnetti con la molla, le orecchie ovattate e il battito del mio cuore che rimbomba a ritmo col mio fiato.

Riesco sventolando il guanto, vittoriosa, ma Davide non è più da solo.

Di nuovo, ho la visione del suo bel *derrière,* ma stavolta non mi ci perdo perché la mia attenzione va alla donna con cui sta parlando, che ha parcheggiato, per così dire, il cavallo da cui è appena scesa di fianco alla sua moto.

Accoppiata alquanto strana, una motocicletta e un cavallo. Ma, d'altra parte, lei tutta eterea nel suo completo beige da amazzone e Davide in ruvido total black c'entrano come il giorno e la notte.

Mentre la guardo, mi sovviene una riflessione sulla crudeltà della vita.

Ed è questa: che, per quanto uno s'impegni, l'eleganza è davvero qualcosa d'innato. Io ne sono l'esempio lampante: sebbene abbia indosso un completo quasi-Armani, me ne sto andando in giro come Ufo Robot con un casco sulla testa e mi sento le guance deformate, il che di sicuro non mi fa avere un'espressione più intelligente. Lei invece ha appena fatto sport galoppando per i boschi, con vento, rami e sudore equino. Noi comuni mortali avremmo minimo minimo la camicetta stampata a chiazze come la deriva dei continenti, i capelli a mazzo di carciofi e un non troppo discreto arrossamento della faccia. Lei niente. Nessuna alterazione delle funzioni vitali. Praticamente una vulcaniana.

Vorrei sfilarmi questo coso dalla testa, mi aiuterebbe a sentirmi un po' meno imbecille e fuori luogo, ma la fibbia non ne vuole sapere di aprirsi. Confido in Davide, altrimenti bisognerà chiamare gli artificieri.

Ma, quando li raggiungo, lui sembra non farci caso, anzi, quasi non mi guarda e punta gli occhi a terra, poi li sposta sull'altra donna. « Barbara, ti presento Alice... Alice Bassi. Una collega. Ehm, l'autrice del programma, a dire il vero. Alice, lei è Barbara Buchneim-Wessler Ricci Pastori... Che ci ha gentilmente aperto i cancelli di casa sua oggi. »

« Piacere signora Bu-ka-inen... » Impossibile non incespicare su quel cognome, e già che il cavallo non nitrisca è un buon segno. « Ehm, se è lei la proprietaria di questo magnifico posto, complimenti. E tanto piacere. »

« E io sono deliziata di conoscere qualcuno del lavoro di Davide. » Sembra Grace Kelly in quei vecchi film dove anche quando si svegliavano avevano il rossetto senza uno sbaffo. Mentre mi stringe la mano, i suoi occhi si posano su Davide, e le labbra svelano una fila di denti cangianti come iceberg.

Dipenderà dal cognome? Non è che ti puoi chiamare Blucher-Vattelapesca e non andartene in giro come se avessi un bastone piantato dove non batte il sole. Cerco d'immaginare come sarebbe presentarmi con un nome del genere: Piacere, Alice Friztqualcosadiimpronunciabile tipo Supercalifragilistichespiralidoso Eccetera Eccetera. Quando hai finito di dirlo sei in debito d'ossigeno per almeno cinque minuti.

Oddio, la detesto. È troppo perfetta per non farmi sentire in difetto. Guardandola, mi rendo conto di ogni poro ostruito della mia pelle, dei miei capelli appiccicati sotto il famigerato casco, della vescichetta sull'alluce del mio piede sinistro, delle spalle che dovrei sforzarmi di tenere più dritte. Come si fa a competere con Barbie Frau Blucher-Fritz-Ricca? E poi c'è quello sguardo che lancia a Davide, mentre gli posa la mano sul braccio, con la grazia di una geisha intenta a disporre un ikebana. Dovrebbe tenersi più da conto quelle sue manine piene di dita, se vuole preservarle.

« Vi conoscevate già, allora », dico io, imitandola e appoggiando una mano su Davide.

« Oh, be'... sì. Ci conosciamo da un po'... » Gli sorride e infila il braccio sotto quello di lui, come a mettere i sottotitoli alla confidenza.

«Oh, ma davvero?» Mi avvicino un po' di più e lei fa lo stesso.

«Ho lavorato col marito di Barbara prima di venire assunto da Rete Mi-A-Mi», interviene Davide, facendo un passo verso la moto, e lasciandoci indietro entrambe.

Oh!

MARITO.

Vostro onore, si metta agli atti che è stata pronunciata la parola «marito», udita distintamente dalla sottoscritta. «Davvero? Ma è fantastico», esclamo, sorridendo verso la donna. Be', è terribilmente meschino detestare qualcuno soltanto perché è molto bello, elegante, ricco e impronunciabile. Chi sono io per giudicare? «Cioè, è bello che siate rimasti in contatto una volta finito il rapporto di lavoro. Si vede che sei stato bravo.»

«Molto. È stato molto d'aiuto in un periodo davvero non facile», dice Barbara con affetto.

Lui si schiarisce la voce. «Barbara è stata gentile a offrirci di venire a fare le riprese qui a casa sua.»

«Sì, l'hai già detto», ribatto io.

«Oh, non è affatto un disturbo», interviene lei. «Quando Davide me l'ha proposto, sono stata più che felice di aiutarlo. Ma avevo il mio tornaconto, visto che ultimamente riesco a vederlo così poco. Il lavoro me lo tiene lontano. A proposito, come sta Flash?»

«Lui sta bene. Sembra felice nella sua nuova casa.»

Questa cosa di Flash ha un suono strano alle mie orecchie, è come se dovesse farmi venire in mente qualcosa, che ora come ora però mi sfugge.

E non è solo una questione di memoria, ma anche di distrazione, perché la troupe affluisce verso la casa vociando per raggiungere macchine e furgone e poter finalmente andare in pausa pranzo.

Alejandro mi lancia uno sguardo pieno di rancore, probabilmente pensando alla cascata di cibo buono e genuino che aspetta noialtri all'agriturismo, e Raffaella gli batte sulla spalla e gli consegna il sacchetto coi panini, che lui lascia cadere sul sedile della Peugeot che userà per tornare in azienda a cercare la famosa sacca delle luci.

Da lontano, Mara mi lancia uno sguardo d'intesa, poi si avvicina ai due, richiamando l'attenzione di Alejandro sul piano di lavorazione pomeridiano, e allontanarsi con entrambi mentre lo illustra.

Riluttante, stacco la mano dal braccio di Davide. Per quanto mi scocci lasciare il campo, ho un lavoro da svolgere. La nostra minifuga dovrà aspettare, così come la cosa che era sul punto di dirmi.

Quando m'intrufolo tra le auto parcheggiate, vedo Cristina che gira come un'anima in pena, massaggiandosi lo stomaco.

« Tutto bene? » le chiedo quando mi raggiunge vicino alla Peugeot.

« Mi sento uno schifo », risponde lei col suo sguardo da agnello sacrificale. « Mi... »

« Cosa? »

« Mi viene da vomitare! »

Oh, merda! Lei si piega in avanti, trattenendo a stento un conato, e io apro in fretta la portiera dell'auto, afferro dal sedile il sacchetto che volevo prendere e glielo piazzo davanti alla bocca, giusto in tempo, prima che lei ci riversi dentro i succhi gastrici e quel che resta del giorno.

« Scusami! » mi dice. « Che schifo. »

« Fa niente », rispondo. In effetti, pensandoci... « Anzi, grazie mille. »

Mentre lei si allontana per sciacquarsi mani e bocca alla fontana, io chiudo il sacchetto e lo ributto sul sedile, poi tento di nuovo di slacciare il casco, ma riesco solo a farmi male a un'unghia.

« Qualcosa non va? » mi chiede Carlo.

« Dovresti chiederlo a lei », ribatto, accennando a Cristina, che si è seduta sul bordo della vasca e vi tiene immerse le mani fino ai polsi. « È molto stanca. »

« Doveva starsene a casa. »

« Voleva starti vicino. »

Carlo si morde le labbra e guarda l'orologio. « Siamo a buon punto col lavoro, ma non dobbiamo lasciarci distrarre. »

Guardo lui, e poi ancora Cristina. È un miracolo se riuscirà a buttar giù qualcosa all'agriturismo. « Toglimi questo coso », dico, riferendomi al casco.

Carlo manovra con le dita sotto il mio mento.

« Su una cosa hai ragione », aggiungo, soprappensiero, spostando gli occhi verso Cristina. « Non dobbiamo lasciarci distrarre. »

Lui capisce che non mi sto riferendo al lavoro e stacca le mani, smettendo di provare a liberarmi.

« Dai, sgancialo », lo esorto.

« Non ci riesco, e comunque tu non te lo meriti, un favore da parte mia. Invece di continuare a rigirare il dito nelle mie piaghe, potresti occuparti del tuo Golden Boy e andarlo a ripescare ovunque si sia cacciato? »

« Tio? » Di certo non gli dirò che ho litigato pure con lui, anche se di base è colpa sua. « È arrivato Andrea Magni. Saranno da qualche parte a chiacchierare. »

« Non credo proprio. Andrea è là. »

Seguo il suo sguardo e vedo Magni appoggiato con la spalla al tronco di un albero, le braccia incrociate sul petto e l'espressione tormentata.

Carlo guarda me e poi sposta gli occhi verso Davide e Barbara, abbozzando un sorrisetto. « Non dobbiamo lasciarci distrarre... »

Non serve mandarlo a quel paese, Carlo la strada la sa benissimo da solo. Perciò mi allontano facendo un vago gesto con la mano, puntando invece verso Andrea Magni.

Quando si accorge di me, lui raddrizza le spalle e cerca di farmi un sorriso che però gli esce male. C'è qualcosa che lo turba e non riesce a nasconderlo.

« Scusami, Andrea, sai dove posso trovare Tio... Tiziano? » chiedo, mentre continuo a provare ad aprire la cinghia del casco, riuscendo però soltanto a stringerla di più.

Magni ha perso la sua aria da affabile bietolone e mi guarda accigliato. « Eravamo nei pressi del sito ove effettuerete le riprese, quando mi ha comunicato la sua esigenza di restare da solo », dice, secco.

« Ah, capisco... » Lo lascio subito dopo con un cenno del capo, che con questo casco deve sembrare esagerato, e mi addentro nella boscaglia, pensando a come intavolare il discorso con Tio senza ferirlo ulteriormente. Non più del dovuto insomma.

Ma non sarà facile, accidenti. Io lo so bene come vanno certe cose, quanto si può soffrire per amore. Quando Alejandro mi ha scaricata, ci sono stati dei momenti in cui non ho desiderato che di morire.

Ommioddio. Mi fermo giusto quell'istante per racimolare le idee.

Il set che stiamo preparando è quello che si affaccia su un burrone di almeno quindici metri.

E se gli fosse venuta una qualche idea balzana?

Va be', dai, non siamo melodrammatici.

Cioè, io posso pensare certe cose, ma Tio non lo farebbe mai.

Comunque, giusto per togliermi il pensiero, quando arrivo all'orrido mi sporgo un po' per vedere di sotto. Dio, che vertigine! La testa mi balla in avanti per il peso del casco, facendomi strizzare lo stomaco.

« Io non lo farei se fossi in te. Neppure col casco, dico », mi avvisa una voce alle mie spalle, poi qualcuno mi bracca per le braccia.

« Sei vivo! » Mi volto e gli volo addosso, cozzando contro il suo petto come un giocatore di rugby.

« Ahi, sì... per ora! » Lui non mi abbraccia e, dopo pochi istanti di smarrito irrigidimento, mi allontana. « Cosa sei venuta a fare qui? » mi dice, imbronciato.

« Be', innanzitutto stiamo per andare a mangiare », balbetto, prendendola alla larga.

« Io non vengo. Non ho fame. »

« Dai, non fare così. »

« No. Io con te non mangio. »

Dio, quanto lo odio quando fa i capricci come un bambino. « Ci hai mangiato un sacco di volte con me. Avanti, dobbiamo parlare. »

« Non credo proprio. »

«Ma devi lasciarmi spiegare. Capisco quello che provi, ma... è sbagliato. E se sono qui è perché ci tengo, a te, e voglio che ragioniamo insieme.»

Lui si scioglie la coda e se la rifà, con movimenti nervosi. «Alice, davvero, lasciamo stare. Così non si farà male nessuno. Io *pensavo* di volertene parlare. Ma forse mi è sempre stato difficile perché sentivo che non avresti capito.» Scalcia qualche sassolino, che rotola giù saltellando per il burrone. «Il problema è che tengo molto a te, e non volevo più mentirti per starti vicino. Anche Paola mi ha suggerito più di una volta di dirtelo, ma...»

«Paola?» Cioè Paola, la *mia* Paola, sapeva e non mi ha detto nulla? Ora, passi che sia una specie di Oracolo di Delfi, un Venerabile Yoda in gonnella e boccoli biondi ma, visto che l'ho scritturata nel ruolo di migliore amica, non dovrebbe tenermi aggiornata su certe questioni almeno quanto non faccia sulle evoluzioni esofagee della sua giovane prole?

Tio annuisce. «Lei l'ha capito subito. Ma l'ho pregata di tenerselo per sé.»

Certo, facciamo comunella alle spalle di Alice. Okay, Paola si è trovata alle strette, visto che glielo aveva giurato, ma non poteva lanciarmi dei segnali? Che so, fingere di dimenticare un appunto sulla poltrona una volta che ero da lei, tamburellarlo con le dita sul tavolino in codice Morse...

«Mi dispiace», dico a mezza voce. «Avrei voluto che le cose rimanessero com'erano.»

«Lo volevo anch'io. Ma si arriva a un punto in cui è impossibile continuare a nascondere la verità. E, credimi, per me è molto difficile, non l'ho mai detto a nessuno prima d'ora... Ma tra noi, Alice... Con te è diverso. Cioè *era* diverso.»

«Tio, per favore, cerca di capire. Neanche per me è facile. Non ho mai sospettato niente. Almeno mi fossi potuta preparare un po', prima, che ne so.» Scuoto il capo; ormai, con questo coso in testa, la labirintite è garantita. «Io non volevo, non volevo che si arrivasse a questo. Ho avuto qualche dubbio, forse, ma probabilmente dentro di me non volevo vedere. Tio, io sono certa che in cuor tuo sai bene che non può andare. Io lo so di ferirti, ma non posso... non posso accettare.»

« Ah, Andrea lo diceva che non potevo fidarmi! Cazzo, siamo nel XXI secolo o cosa? »

Batto le palpebre, interdetta. Ah, adesso lo sapeva pure Andrea! Vogliamo aggiungere qualcun altro? I miei? La donna delle pulizie? « E Andrea che c'entra? E poi guarda che certe cose non cambiano mai. Non è che sia diverso oggi dal Medioevo... »

« Ah, complimenti! » esclama, passandosi una mano tra i capelli. « Ho una notizia per te: la gente si è evoluta. Sei tu che ragioni come una vecchia bigotta. »

Lo fisso con la bocca spalancata. « Bigotta a me? » *Eh, sì, e ti ha detto pure vecchia*, mi suggerisce la voce di Paola (quella con l'eco) nella mia coscienza. « Sono solo una persona con una morale! » Per questo non volevo ferirlo, ma ora, certo, chi se ne frega!

Sarò anche vecchia, ma ancora abbastanza agile da tirargli un calcio in uno stinco.

Stiamo evidentemente degenerando.

E, mentre lui mi stringe per i polsi, nel tentativo di tenermi lontana, dice: « Questo è il tuo modo di risolvere le cose, vero? Da brava cavernicola. D'altra parte che mi aspettavo da una che definisce promiscui i sentimenti di un amico e minaccia di riferirlo ad altri perché venga allontanato? »

Il mio secondo calcio va a vuoto. E anche il terzo. E il quarto. Tio è piuttosto forte e mi fanno male i polsi. « Allora secondo te non ho ragione a cercare di difendere una donna incinta? » grido, rabbiosa. « Non ho ragione di arrabbiarmi se Carlo se ne vuole fregare e mandare a monte il matrimonio? Ma sì, giustificalo, dopotutto sei un uomo anche tu. Ma si può che uno a neanche cinque mesi dalle nozze s'innamori di un'altra? Sono troppo all'antica, sono troppo gretta se la penso così? No, perché non voglio essere una persona moderna se questo vuol dire calpestare gli altri. Non ho una mentalità tanto aperta. Carlo sta sbagliando, e Cristina... Cristina ha più che mai bisogno di un'amica, adesso, ma io non so se dirle come stanno davvero le cose servirebbe a migliorare la situazione. Per questo ero venuta a parlarti, prima, volevo un tuo consiglio, ma mi dispiace che tu abbia frainteso. E mi dispiace di ferire i tuoi sentimenti...

però io ho capito quali sono i miei, Tio. E non posso... non posso amarti. Per me sei un amico davvero speciale, ma non ho da offrirti niente di più. E ho il terrore di perderti, credimi, sono terrorizzata da questa possibilità. Ma cosa ci posso fare se non ti amo? Probabilmente sarebbe tutto più facile se ricambiassi i tuoi sentimenti, però non puoi farmene una colpa. Magari i nostri oroscopi sono meravigliosi insieme ma... » Sono senza fiato, le parole mi sgorgano dalle labbra così come le lacrime dagli occhi. E non vedo più niente, e non sento più niente, con questo maledetto coso con cui ormai ho il sospetto che verrò sepolta.

« Ferma. Basta, Alice! Basta! » Le sue mani picchiano sul casco, producendo un tonfo che mi rimbomba nella testa.

Quando riapro gli occhi, Tio è davanti a me, il suo viso a un palmo dal mio naso.

Le sue dita armeggiano con la fibbia malefica e, dopo qualche tentativo, riescono ad aprirla.

E sono libera. Appena mi leva la cofana dalla testa, mi sembra di respirare di nuovo, come quando ti si stappano le orecchie dopo l'aereo, che ronzano e sembra di sentire il mare.

Tio mi prende il viso tra le mani e abbozza un sorriso. Mi guarda negli occhi, e i suoi sono azzurri, limpidi, sinceri come non mai. « Alice, io sono gay. »

Il rumore del mare nelle orecchie appena stappate a volte può provocare qualche allucinazione uditiva. « Scusa? »

« Sono gay. È questo che ti sto dicendo da mezz'ora. Era già un po' che pensavo di parlartene. Anche quando sei venuta da me, prima. Ma poi hai fatto tutto quel discorso sulla promiscuità, dicendo che non potevi accettarmi... »

« Parlavo di Carlo. »

« Lo so. Ora lo so. » Sospira e solleva gli occhi verso il cielo. Non c'è neppure una nube. « Sono gay », ripete, piano, come se lo dicesse anche a se stesso, assorbendolo fin nelle ossa. « Era questo che volevo dirti. » Si stringe nelle spalle e mi guarda ancora. « Non so come la pensi a riguardo, ma non devi preoccuparti del fatto che non mi ami. Non ti amo neppure io. Non in quel senso perlomeno. Ma ti voglio un bene dell'anima, brutta testona che non sei altro. »

« Oh, Tio! » esclamo tra le lacrime, stavolta di gioia. « Nemmeno io ti amo. »

Non ci amiamo. Evviva.

Ma ci abbracciamo forte.

Tio è andato a cambiarsi per poi andare a pranzo e, nel parcheggio, accanto alla mia auto, è rimasta solo la piccola utilitaria di Mara, che mi aspetta appoggiata al cofano con le braccia incrociate sul petto.

Quando mi vede si alza e s'infila una mano in tasca. « Tieni, Nardi mi ha chiesto di darti questo perché doveva andare via. »

Aggrotto la fronte e prendo il biglietto piegato in quattro parti e scarabocchiato molto frettolosamente a penna.

Rientro in ufficio martedì. Ti vengo a prendere quella sera stessa alle otto. Alice, non è una domanda.

Mi domando perché non mi abbia mandato un messaggio sul cellulare.

« Tutto okay? » mi chiede Mara.

So che non l'ha letto. Davide ha consegnato a lei il biglietto perché, tra tutti, è quella che gli è sembrata più affidabile. E a ragione.

Nelle scorse settimane, ho avuto modo di conoscere meglio Mara e di apprezzarla sia per come lavora sia per la persona che è. Tra l'altro, abbiamo scoperto di avere molto in comune, a parte il flirt ormai esaurito con Alejandro, siamo entrambe Bilancia, per esempio. Saperlo me l'ha resa cara quasi come una sorella, anche se lei poi ha l'Ascendente in Scorpione e tutti i pianeti al posto giusto, nella sua Carta del Cielo, per essere una tosta.

In effetti, Mara è un po' come potrei essere io fuori dal tunnel.

« Sì », mormoro, soprappensiero.

Lei stira le braccia tendendole dietro la schiena, mentre fa il giro dell'auto raggiungendo il baule. « L'hai buttato il *suo* pranzo? » mi chiede, infilando le chiavi dell'auto nellá toppa del bagagliaio.

Ripiego il foglietto e me lo infilo in tasca. « Ho fatto di meglio », le rispondo.

Poi sorrido, pensando a quando Alejandro infilerà la mano nel sacchetto dei panini e ci troverà la farcitura che Cristina mi ha gentilmente offerto. Ah, quanto vorrei aver installato una microcamera nella sua macchina!

Mara apre il baule. « Che ne facciamo ora di questa? »

Eccola, la sacca numero 4, quella coi faretti che cercava Ferruccio. E sospiro, guardando l'orologio. « Aspettiamo ancora un po'. Sarà appena entrato in autostrada. » Prendo uno dei manici della sacca. Lei afferra l'altro e insieme la solleviamo per portarla dentro il capanno dove abbiamo sistemato tutta l'attrezzatura. « Tra dieci minuti lo chiamiamo, gli diciamo che l'abbiamo trovata e che deve tornare indietro. »

Appena richiusa la porta, vediamo Tio che ci viene incontro e gli sorridiamo entrambe. Innocenti... come Thelma e Louise.

SCORPIONE

L'uomo Scorpione deve la sua immensa fortuna alle collane economiche di romanzetti d'amore. Bello, tenebroso e di poche, pochissime parole, lo Scorpione incarna con esattezza l'ideale dell'eroe capace di torturare la protagonista per un'intera trama, e poi risolvere il tutto con una bofonchiata profferta d'amore e un'alzata di sopracciglio. Per riuscire a stargli accanto dovrete essere un'amante della *Settimana Enigmistica,* perché ha un lato oscuro che neppure Darth Vader. Ma, anche così, preparatevi a un futuro fatto d'interminabili sedute dall'analista, perché il suo passatempo preferito sarà quello di rendervi una larva umana in suo potere.

24

UN COMPLICATO INTRIGO DI ROSE, SHOPPING E BILANCE

Anche i guru hanno i loro difetti, e Paola, mia personal guru, mi cede proprio nel frangente shopping.

Sì, perché lei e Giacomo si amano e si rispettano talmente tanto che mai e poi mai Paola gli infliggerebbe un pomeriggio di scarpinate, perciò tocca a me accompagnarla. Lui gliel'ha spacciata come un'allergia a qualche fantomatico prodotto che spruzzano sulle vetrine, specie quelle dei negozi di vestiti, e anche la spesa sono arrivati a farla online.

Ergo, la poveretta, che come ogni donna i numeri della carta di credito ce li ha stampati al posto del codice del DNA, ogni tanto va in crisi d'astinenza e mi telefona sussurrando nel ricevitore, con voce quasi camuffata, tipo le spie russe: «Hai da fare oggi pomeriggio? Non ce la faccio più a stare chiusa in casa. È bello stare in maternità ma... ho piazzato Sandrino da mia madre, facciamo un giro in corso Buenos Aires?»

E, visto che, putacaso, sebbene sia martedì, oggi è il mio giorno libero, ci diamo le coordinate e sincronizziamo gli orologi.

Et voilà. Il risultato è che sono da tre quarti d'ora dentro un negozio che vende bigiotteria. A guardare orecchini. *Tutti* gli orecchini.

«Paola...» cerco di richiamarla all'ordine, tamburellando con le dita sulla mensola.

Lei si volta con un sorriso luminoso e gli occhi febbricitanti. «Meglio questi coi brillantini azzurri e col pendente, o questi altri col pendente e coi brillantini azzurri?»

Fingo di valutare la situazione da vera esperta di pietre preziose o simil tali. «Mmm, sono bellissimi entrambi, ma forse questi qui sono più luminosi.»

Lei mi fissa, dubbiosa, poi si rimira allo specchio. «Non lo so... Forse sono meglio questi altri? » Ne tira su un terzo paio, stavolta rosso fuoco e senza pendente.

« Questi. Questi sono decisamente il tuo tipo. »

Ma non funziona, e lei riprende a frugare tra gli scaffali.

Per istinto di sopravvivenza, prendo in esame i braccialetti. Devo assolutamente farla smettere. Deve esserci un modo per sedarla, anche a costo di caricarmela in spalla per riportarla a casa.

Non che a me non piaccia fare shopping, ma oggi ho le ore contate.

Paola però non lo sa.

« Mi scusi... »

La commessa mi tende un agguato dietro lo specchio.

« Sì, do solo un'occhiata, grazie. » Sono sempre indispettita dall'invadenza dei negozianti. Ci ha chiesto prima se avevamo bisogno di aiuto. Per i miei canoni, la seconda volta già diventa molestia.

« Certo. Ma prima è entrato un signore... è un po' strano, ma ha lasciato cinquanta euro per lei in omaggio, da spendere come desidera. »

Mi guardo intorno, e non so bene se sto cercando di più il fantomatico ammiratore oppure le telecamere nascoste della candid camera.

« Oh, è andato via subito », mi spiega la giovane commessa. « Ma ecco qua. » Tira fuori la banconota e me la mostra. C'è scritto: *Raggiungimi, sono al bar di fronte.*

Il cuore mi schizza in gola, perché subito penso a Davide e, a riprova, tiro fuori il messaggio che mi ha lasciato al castello (e che conservo gelosamente nel portafogli). No. Le calligrafie non potrebbero essere più diverse. Da un lato ne sono anche felice. Lasciare cinquanta euro come buono spesa... be', è alquanto volgare. Anche se vorrebbe essere un gesto carino, è esagerato. Decisamente fuori luogo.

Sospiro mestamente, in contrasto alla giovane commessa, che invece è in brodo di giuggiole. Come darle torto, visto che qualcuno l'ha catapultata nel mondo di *Serendipity* senza passare dal via?

Strizzo le palpebre in direzione del bar, ma la vetrina è fumé e non lascia intravedere che ombre, mentre ai tavolini esterni c'è solo una coppietta infastidita dall'ennesimo venditore di rose.

Rose...

« Com'era? Cioè, me lo può descrivere? » chiedo, sentendo defluire il sangue dal viso.

Certo, potrebbe essere un altro ammiratore segreto. Ma quante probabilità ci sono che non si tratti del maniaco della rosa gialla? Voglio dire, non si può avere più di uno stalker alla volta, giusto? Di questo passo rischierei di entrare nel Guinness dei primati.

« Mmm, vediamo, non troppo alto, nella media direi », comincia la commessa. « Capelli di lunghezza media, corporatura media, occhi... »

« Nella media », finisco io per lei.

« Chi? » chiede Paola, avvicinandosi con le mani piene di chincaglieria.

« Un tizio che ha lasciato cinquanta euro per noi da spendere qui dentro », spiego, lanciandole un'occhiata significativa, perché non voglio parlare del mio maniaco personale lì nel negozio.

Lei però non coglie, e invece le brillano gli occhi. « Wow. Davvero? » si passa la lingua sulle labbra.

« Età? Come le sembrava? Un tipo a posto? » incalzo io, gettando il bottino di Paola sul bancone. « Prendiamo questi. »

« Non le so dire. Normale. Un po' furtivo, magari. »

« Be', immagino. » Altrimenti avrebbe anche potuto avvicinarmi qui dentro. Invece ha fatto di tutto per non farsi vedere. Mentre adesso vuole che lo raggiunga al bar.

« E secondo lei di che segno era? » domanda Paola ironicamente, mentre io la trascino fuori borbottando: « Cretina. Muoviti ».

« Ehi, calma... Mi fanno male i piedi. »

« Ah, allora sei umana. Dopo dieci chilometri di vetrine, vorrei anche vedere. » Entro d'impeto nel bar, spalancando la porta come i pistoleri nei saloon, ma dentro non c'è l'accidenti di nessuno. « Senta, scusi », chiedo, avvicinandomi al banco dei tabacchi. « Abbiamo appuntamento qui con un uomo... un uomo che non conosciamo. »

Il tizio alla cassa, una specie di Vin Diesel dei tabaccai, tutto muscoli e tattoo, mi guarda strano, squadrando prima me, poi Paola, e soffermandosi sul seno della mia amica, di diverse taglie più generoso del mio. « Ah, davvero? Tutt'e due? » dice, sollevando un sopracciglio.

« Senta, c'era un uomo, da solo, qui nel suo bar oppure no? » ribatto io, incenerendolo con lo sguardo.

« Be', sì, in effetti. Qualche minuto fa è entrato uno che ha chiesto un caffè. Ma non mi sembrava aspettasse qualcuno. Se l'è bevuto e poi se n'è andato. »

« L'abbiamo perso », esclamo con amarezza verso Paola, dopo che, uscite dall'esercizio, siamo corse fino all'angolo, con la speranza di trovare non so cosa e non so chi.

Di gente in giro ce n'è parecchia, e il mio maniaco benefattore potrebbe essere chiunque.

Fisso con sospetto alcuni uomini nella media che ci passano accanto.

« Mbe' », mi fa Paola, fermandosi e massaggiandosi un piede, appoggiata al muro. « Ti vuoi dare una calmata? Magari si è reso conto di aver fatto una stupidaggine e si è intimidito. Non puoi correre dietro, stavolta letteralmente, a ogni uomo che ti dimostra un po' d'interesse, dai! »

« Ma non hai capito, Paola? » La fisso, indispettita e anche piuttosto stupita che lo shopping le faccia l'effetto della criptonite, ottundendo la sua naturale perspicacia. Poi le spiego che il nostro banchiere del mistero molto probabilmente non è né papà gambalunga, né il principe della collina, ma molto più semplicemente l'enigmista delle rose gialle.

« Oh, cazzo! »

Che, per tirar fuori una parolaccia lei, è quasi una manifestazione epifanica, equivalente a un profondo turbamento interiore.

Visto che siamo entrambe terribilmente sconvolte, non vediamo altra soluzione che immergerci nella biancheria intima. Riprendiamo fiato, tra rassicuranti culotte di pizzo e reggiseni a balconcino, e il tarlo dell'ignoto ammiratore lascia il campo ad altre, ben più pregnanti, domande esistenziali.

« Meglio tanga o brasiliana? »

Credo proprio che un completino nuovo sia quello che ci vuole per iniziare la serata con Davide sotto i migliori auspici.

Non che voglia arrivare a tanto, eh! Non sia mai... Oh, be', se anche fosse...

« Ma non avevi detto, dopo Alejandro, che non ti saresti più comprata niente di sexy fino al prossimo, *consolidato* fidanzato? »

Mannaggia, le sta tornando la memoria! « Uh, guarda quella guêpière azzurra! Giacomo impazzirebbe, ci scommetto! »

Lei afferra la guêpière come per un comando subliminale. Accarezza l'intreccio dei pizzi sul reggipetto imbottito. Vacilla. Batte le palpebre e mi guarda. « Mi stai nascondendo qualcosa? »

Guadagno il camerino in tutta velocità. « Tipo che il mio migliore amico è gay e che la mia supposta migliore amica lo sapeva benissimo e non mi ha detto niente, facendomi fare una serie di rocambolesche figure di merda? » Do un tiro secco alla tenda, nascondendomi nella cabina.

La verità è che non ho detto ad anima viva dell'uscita di stasera con Davide. Non lo sanno né lei né Tio. E non ho intenzione di rivelarlo a nessuno dei due.

Non so bene il motivo, forse semplicemente perché voglio assaporare questa cosa da sola, tenerla cara per me e solo per me. Non voglio sentire parole, giudizi, consigli... Voglio che siamo solo io e lui. Io e Davide.

Dall'altra parte, sento Paola sbuffare. « Ti ho già detto che mi dispiace, ma continuo a pensare che siano affari suoi e che, se voleva dirtelo, come poi è stato, doveva essere lui a farlo. »

Apro la tenda per mostrarle il primo completino che ho indossato.

Lei mi squadra da capo a piedi. « Hai appena fatto la ceretta? » chiede, stringendo le palpebre.

Io sollevo lo sguardo al soffitto. « Ogni tanto capita anche a me, Paola », dico, tornando nel camerino massaggiandomi le cosce ancora arrossate. Sarà il caso che metta una crema lenitiva, così, non sia mai che stasera si vedano ancora i capillari arrossati. Non che debba succedere niente, eh! Diciamo per scaramanzia.

«Mmm...» sento di nuovo Paola fuori dal camerino. «E comunque, cosa avresti pensato di me se ti fossi venuta a raccontare i fatti di qualcun altro?»

Stavolta sbuco solo con la testa. «Paola, siamo donne. Noi ci raccontiamo sempre i fatti degli altri, è inevitabile. Come respirare.» Le mostro la seconda versione del completo.

«Molto sexy. Ti sta bene.» E integra il suo apprezzamento con un cenno del capo. «Ora dimmi un po', Miss Cinquanta Sfumature di Arrampicata sugli Specchi, con chi è che hai appuntamento stasera?»

Faccio finta di non sentire e, mentre mi rivesto, penso alacremente a una bugia plausibile da poterle ammannire. «Perché se una si fa la ceretta deve per forza avere un appuntamento? Io mi voglio bene e mi curo anche solo per me stessa.»

«Certo, e io domani vado a cena con Brad Pitt.»

Arriccio il naso mentre la oltrepasso per andare a pagare. «A Giacomo e Angelina non piacerà affatto.»

«Alice, non mi sto facendo i fatti tuoi tanto per farmeli, voglio solo evitare di stare in pensiero. Non voglio preoccuparmi tutta la sera per te, pensandoti là fuori a farti spezzare il cuore da chissà chi.»

«Mmm, invece sapere un nome ti farebbe stare più tranquilla? Dai, non devo uscire con nessuno. Vuoi saperlo? Ho fatto la ceretta perché devo andare dal ginecologo. Contenta?»

Lei mi guarda storto. «Lasciami indovinare, la piega dal parrucchiere invece l'hai fatta per l'esame al cervello?»

Okay. Non invidio Sandrino quando dovrà vedersela con lei per spiegare perché non è rincasato all'ora del coprifuoco. Le prendo le mani e la guardo negli occhi. «Non ce l'ho con te perché non mi hai detto di Tio. Avrei voluto che lo facessi e, certo, mi avresti risparmiato un bel po' di guai, ma capisco che avevi solo le migliori intenzioni.» Ora viene la parte più difficile. «Ma questa cosa la voglio fare da sola. Lui è... è troppo importante per me e non voglio rovinare tutto imbottendomi la testa di pensieri. Voglio godermi la serata. Vedere davvero come va. Camminare con le mie gambe, insomma.»

Dopo qualche secondo in cui mi guarda perplessa, Paola mi abbraccia, in un cincischiare di grucce di plastica e imbottiture ricamate. «Oh, tesoro, sono così orgogliosa di te! Mi basta che tu stia attenta.»

Santo Dio, sono ridotta male se la mia migliore amica si preoccupa per me come se fossi una bimbetta di otto anni? Certo, è del Cancro, per cui la *premurosite acuta* è congenita, ma già lo shopping è stato un'emozione forte, non vorrei che adesso mi scoppiasse a piangere come in una crisi post-parto.

Sorrido alla commessa e striscio la carta di credito con nonchalance, sotto lo sguardo dolce e orgoglioso della mia amica.

«Un momento.»

La commessa ci richiama quando siamo sulla soglia, e io sollevo il sacchetto verso di lei, pensando che si sia dimenticata di togliere l'antitaccheggio.

«Quand'eravate al piano di sopra è entrato un signore e mi ha chiesto di darle queste», mi dice invece la ragazza, tirando fuori da sotto il bancone tre magnifiche rose gialle.

25

STRAZIAMI, MA DI LEONE SAZIAMI

Se pensavo che stavolta sarebbe stato più facile, e che la serata si sarebbe svolta seguendo un percorso lineare, be', mi sbagliavo di grosso.

Sul biglietto, Davide diceva per le otto, ma io sono qui, seduta sul bordo del divano, con la borsetta sulle ginocchia, da oltre venti minuti. Fisso il televisore. Che, mi rendo conto adesso, è spento.

Do un'occhiata al cellulare, ma non ci sono né chiamate né messaggi.

Ancora una volta, mi controllo nello specchio della camera da letto, contemplando la possibilità di chiamarlo. *Combattuta* sulla possibilità di chiamarlo. Ma no, che orrore. Gli farei capire che sono qui a non aspettare altri che lui. Il che, in fin dei conti, è piuttosto logico, visto che avevamo un appuntamento per venti, anzi, venticinque minuti fa... Tuttavia sarebbe meglio lasciare che pensasse che anch'io, da donna impegnata, e soprattutto sentimentalmente indipendente, quale sono, me ne sia dimenticata.

Quando esco sul balcone, per dare l'acqua alle piante, per la terza volta nel giro di mezz'ora, mi scappa l'occhio per strada e lo vedo.

Ha parcheggiato in doppia fila, dall'altra parte della via, e fa la spola dall'auto all'ingresso del mio palazzo. La prima volta penso che abbia dimenticato qualcosa, perché riapre la portiera e fa per entrare. La seconda forse non ha chiuso, perché arriva solo fino alla maniglia. La terza, invece, si ferma a metà percorso, e mi chiedo che diavolo stia combinando.

Lo vedo restare lì in mezzo fino a che una macchina non gli suona. Lui allora si gratta la testa e alza lo sguardo. Faccio appena in tempo a nascondermi tra il basilico striminzito e quel che resta del mio ennesimo tentativo con la salvia.

Avrei potuto fargli un cenno e quindi obbligarlo a dare un taglio a quelle sue assurde manovre e citofonarmi. Ma mai e poi mai mi sarei fatta vedere alla finestra come la donna del tenente francese ad aspettare sulla scogliera. E confesso una certa curiosità nel capire dove vuole andare a parare.

Tra una foglia e l'altra, lo vedo tirare fuori il cellulare e, quando suona il mio, arranco in stile marine fino alla portafinestra, per recuperarlo sul tavolino del soggiorno.

« Pronto? »

« Pronto... Alice? »

Non riconosco la voce all'altro capo del telefono. Mi aspettavo Davide, che diamine. Mi azzardo a sporgere la testa da dietro la tenda, e lo vedo ancora di sotto, in strada, anche lui impegnato al cellulare. Ma che fa? Chi diavolo ha chiamato invece di dirmi di scendere?

« Chi parla? »

« Sono... mi chiamo Daniele, sono un amico di Karin. Sono Pesci, Ascendente Vergine. »

« Cosa? » Karin deve avermi preso alla lettera quando ho chiesto di sapere prima le coordinate astrologiche di questo tizio. « Oh, bene. »

E ora? Dalla finestra, vedo Davide che fa su e giù col telefonino all'orecchio. Magari sta provando a chiamarmi e sta trovando occupato.

« Tu? » fa Daniele dei Pesci Ascendente Vergine.

« Io cosa? »

« Be', il tuo segno... »

« Bilancia. »

Intanto, in strada, Davide solleva lo sguardo verso la mia finestra. « Però, Daniele, devi proprio perdonarmi, ma è un momento molto delicato per me. »

« Oh, hai detto così anche domenica. »

« Ehm, lo so. Scusa. Ho una vita complicata. Ci sentiamo domani? »

E, dopo un rapido saluto, riesco a riagganciare. Adesso come faccio? Avrei dovuto tagliare subito, ma mi sono sentita in colpa. Se Davide scoprisse che sto intrallazzando con un altro non ci farei una gran bella figura.

Corro al citofono, non appena lo sento trillare.

« Alice, sei in casa? »

Secondo lui dove dovrei essere, visto che ho risposto? « Sì. Certo », dico, con tono volutamente leggero. Depistare. Depistare sempre. « Sei arrivato? » (Visto che concorriamo per le domande più stupide, mi metto al passo.)

C'è una pausa. Come se la comunicazione fosse stata interrotta. Poi un sospiro. « Sì. Sono qui sotto. »

Il bacio che mi dà sulla guancia è frettoloso, ma, quando sto per attraversare la strada per raggiungere la sua macchina, Davide mi mette una mano sulla schiena, allungando il braccio, come se volesse fermare il traffico e farmi scudo. Non so perché, ma questo piccolo gesto ha un effetto balsamico, in parte compensatore di quella distrazione che mi sembra di leggergli sul volto. Kevin Costner non avrebbe potuto essere più protettivo e, quando alzo lo sguardo su di lui, un attimo prima che chiuda la portiera, penso anch'io, come Whitney, *I will always love you...*

Parcheggiamo vicino ai giardini di Porta Venezia, ed è una delle prime serate davvero calde qui in città, che a passeggiare tra laghetti e aiuole non sembra neanche di stare a Milano.

Girovaghiamo come se non avessimo una meta. Per fortuna ho un paio di stivali comodi, ma comunque i piedi sarebbero l'ultimo dei miei problemi, visto che solo per stargli accanto cammino sulla proverbiale nuvoletta.

Ma la cosa che più mi fa sospettare che questo sia davvero un sogno è che, per la prima volta, lui sta parlando a ruota libera. « Mi rendo conto di essere sempre stato un po' scostante. Ma io preferisco riflettere bene sulle situazioni, capire quali possono essere le conseguenze delle mie azioni. Questo mi ha molto aiutato anche nel lavoro. Il ragionamento determina il controllo. »

In effetti, è una delle cose che mi piacciono di lui, che me lo fanno sentire un uomo concreto, solido, protettivo. È uno che raramente, quando ha preso una decisione, vacillerà e ti presenterà delle sorprese.

Mi scappa uno sguardo di sottecchi, mentre mi chiedo di che segno potrebbe essere e come sia il suo Quadro Astrologico... magari rispetto al mio.

La domanda mi sale sulla punta della lingua, ma me la inghiotto.

Perché?

Perché, di nuovo, come non ho voluto dire niente a Paola, ho deciso che con lui non voglio saperne di segni zodiacali e pianeti vari ed eventuali.

« Ho sempre pensato che ciò che ci rende uomini, quello che ci rende diversi dagli animali, è saper reagire di fronte agli istinti. La possibilità di ragionare di fronte a una scelta », dice ancora.

« Sono d'accordo. Il ragionamento aiuta a inquadrare le cose. Ma, in fondo, i sentimenti ci completano e ci fanno sentire davvero vivi », replico, cercando d'incoraggiarlo. Dopotutto, per un uomo tanto controllato come lui, un uomo che dev'essere rimasto ferito gravemente per amore, non è sicuramente facile confessare le proprie emozioni e imbarcarsi in qualcosa di nuovo.

« Sì, già... Però le cose non sono mai semplici. Le implicazioni esterne spesso rendono tutto davvero complicato. Impossibile, anche. »

Eh, no. Impossibile no, che diamine! Capisco che ci sia di mezzo il mio posto di lavoro e che la sua posizione, diciamo, in questo momento sia in leggero conflitto d'interessi con ciò che prova, ma non lascerò che Rete Mi-A-Mi, il Presidentissimo e compagnia bella mi rovinino la vita. « Per quanto si possa effettivamente rinnegare quello che si prova e comportarsi come se niente fosse, non si annienta un sentimento negandoselo. »

Una bicicletta ci sfreccia a neppure mezzo metro di distanza e, d'istinto, Davide mi fa spostare, circondandomi la vita col braccio. Il calore delle sue dita mi brucia la pelle attraverso i vestiti, mi sale nel ventre, propagandosi per tutto il mio corpo. Voglio quelle mani dappertutto su di me, penso. E, per un attimo, temo di averlo detto, perché lui mi guarda sgranando gli occhi, imbarazzato.

La sua mano inizia a scivolare via.

E io la fermo.

Non stacco gli occhi da lui, mentre le nostre dita si fondono insieme.

« Non fare così... » lo sento sussurrare. È quasi impercettibile, ma siamo molto vicini.

« 'Così' come? » gli chiedo, cercando di provocarlo, spingendomi un passo più avanti.

La punta della lingua gli inumidisce le labbra, ma poi Davide indietreggia. « Cos'è quello? » mi domanda, deviando bruscamente discorso.

Mi volto appena. « Il Planetario. »

« Ma dai! Potremmo... Ti va di andarci? Potrebbe tornarci utile per la trasmissione. »

La trasmissione. Ancora. Sempre in mezzo ai piedi.

Ma non ha tolto la mano dalla mia. No, non l'ha tolta.

Ci sediamo sulle panche in fondo, mentre le luci già si affievoliscono e la gente fa silenzio sulla musica che parte.

« Davide, io proprio non ti capisco... » sussurro, mentre la conferenza ha inizio.

La sua mano si stringe ancora di più sulla mia. « È bellissimo », mormora. Vedo il suo profilo che si solleva verso la cupola, dove pian piano il cielo s'illumina di una distesa infinita di pianeti e poi si anima di stelle cadenti.

La mano di Davide ha un guizzo e mi trasmette il brivido che lo percorre.

« ... e le cosiddette stelle cadenti in realtà non sono vere e proprie stelle. Si chiamano Perseidi e sono soltanto polvere che s'incendia per la velocità, come quando accendiamo un cerino », dice il conferenziere. « Perciò, sì, è molto romantico pensare di esprimere un desiderio, quando se ne vede una, ma personalmente non ho mai sentito nessuno cui si sia avverato. Comunque, se volete, qui al Planetario ne vedrete tante, ed esprimere desideri è sempre bello. »

Mi giro ancora verso Davide e vorrei dirgli che il mio unico desiderio è lui, ma mi manca il fiato.

È come se fossimo persi nello spazio, in una magia fatta di pianeti e stelle cadenti (pardon, Perseidi!) che si muove intorno a noi al ritmo dolce della musica di sottofondo.

« Anche i segni zodiacali e la cosiddetta astrologia non hanno molto senso », prosegue il conferenziere. « Le costellazioni sono disegnate dall'uomo su un percorso bidimensionale ma, se guardiamo il cielo da un'altra prospettiva, vediamo come le figure cambino geometricamente, come stelle tra loro lontanissime vengano accomunate nella stessa costellazione... »

Accanto a me, Davide ridacchia. « Andrea non ha ancora tirato fuori questi argomenti con Tio. »

« Mmm, credo che ne abbia tirati fuori altri. »

« Cosa? »

« Oh, nulla... voglio dire, ci sono tante cose che si possono dire contro l'astrologia... a ben guardare, non è che vi si possa fare troppo affidamento. »

« Stai cambiando bandiera? E pensare che invece io un po' inizio a crederci. Per esempio, io sono un Leone. »

Oddio. No. Non sta succedendo. Non me lo sta dicendo davvero.

Proprio quando mi ero decisa a non volerne sapere più niente.

Tappati le orecchie, mi dico. *Blablabla. Non voglio sentire. Non lo voglio sapere.*

« 22 agosto 1978, alle undici e venti del mattino. E devo dire che, da quando facciamo la tua trasmissione, alcune corrispondenze le ho trovate, almeno sul carattere. »

L'ha detto. Per quanto mi sforzi di dimenticarmelo, la mia vocina interiore continua a ripetere ossessivamente la sua data di nascita.

« Sempre parlando delle costellazioni dei segni zodiacali », dice intanto il conferenziere, « va fatta un'ulteriore precisazione, che vanifica tutto l'impianto su cui si basano i sedicenti astrologi: le stelle non sono fisse e le costellazioni si trasformano, pianissimo è vero, come i tasselli di un caleidoscopio. Perciò il cielo che vediamo adesso non è lo stesso di duemila anni fa. »

Sulla cupola del Planetario si dipinge una specie di ghiera che mostra i movimenti delle costellazioni zodiacali, sottolineando che ora non coincidono più con quelle di un tempo, quando l'astrologia è stata convenzionata.

« Così si potrebbe tutti avere un segno di riserva. Se non ci piace quello che dice il nostro oroscopo, possiamo guardarne un altro», mi dice Davide all'orecchio, sorridendo.

«Sono cavolate», ribatto secca, più per me stessa che per lui. E a voce più alta, per cercare di zittire quella vocina interiore che mi ripete ossessivamente la data.

22 agosto 1978, h 11.20.

22 agosto 1978, h 11.20.

22 agosto 1978, h 11.20.

22 agosto 1978, h 11.20.

Jack Torrance sarebbe fiero di me.

Cerco di distrarmi guardando il cielo del Planetario. E anche Davide mi sembra più rilassato rispetto a prima.

A un certo punto, per osservare meglio la costellazione di Orione, ci dobbiamo sporgere in avanti (è quella proprio sopra di noi che, sulle panche, rischiamo di non vederla) e finisce che ci rannicchiamo per terra.

«Sarebbe bello poter osservare veramente il cielo così», dico. «Magari in montagna, dove c'è davvero tanto buio.»

«Sarebbe bello...» sottolinea lui, e lo sento sospirare.

Prendo coraggio e, con la scusa di vedere meglio le stelle, mi sdraio, appoggiando la testa sulle sue ginocchia.

La sua mano mi toglie una ciocca di capelli dalle labbra, con una carezza. «Sarebbe bello davvero», lo sento ripetere. «Se solo fosse possibile.»

Come tutti i sogni, la magia del Planetario non dura in eterno, purtroppo, e sul più bello si accendono le luci, cogliendoci nel più totale imbarazzo. Mi rialzo, staccandomi un po' a fatica dal comodo rifugio delle sue ginocchia. Davide mi lascia la mano.

Quando usciamo, nel fiume delle persone che con noi (ma dov'erano?) hanno assistito alla conferenza, siamo distanti. Lui riaccende il cellulare e si allontana nell'angolo del foyer per fare una telefonata.

«Sì... no, scusa, non prendeva...» gli sento dire. Io gli sorrido, ma lui mi volta le spalle. «È che sono fuori...»

Lo guardo. Poi fisso il mio telefono spento.

22 agosto 1978, h 11.20.

Anche Paola potrebbe avermi cercata. Visto come si preoccupava oggi pomeriggio, non si sa mai. Lo devo riaccendere. Per forza. Non è una scusa. Giuro.

Quando carica tutta la scheda dei programmi, vedo che mi è arrivato un messaggio. Non è di Paola, ma di Tio.

Tutto bene?

Ecco. Forse è un segno.

Sì, ho detto che non lo dovrei fare... Ma Davide ora se ne sta in quell'angolo a parlottare al telefono. E io sono qui da sola ad arrovellarmi sul destino.

Inoltre, per quanto prima abbia detto che non c'è oroscopo che tenga, in realtà Tio bene o male mi ha sempre rivelato cose vere sui tizi con cui sono uscita, per cui un fondo di verità deve esserci.

Alzo di nuovo lo sguardo su Davide. «... con amici», lo sento dire.

Forse semplicemente sarei più tranquilla se sapessi che potenzialmente ci sono delle speranze, no? Mi vivrei questa serata con maggiore serenità.

E, per dirla tutta, mi sento anche un po' in colpa verso Tio, per non avergli detto niente prima. Lui potrebbe leggerla come una ripicca perché non mi ha parlato subito di Andrea, quindi è l'occasione perfetta per rimediare.

Digito in fretta sul display. *22 agosto 1978, h 11.20.*

Spedisci.

Senza un commento, senza un nome. Tanto so che Tio capirà al volo.

«Andiamo a mangiare qualcosa, ti va?» mi dice Davide mettendo via il cellulare. «Scusa, era importante», aggiunge, riferendosi alla chiamata.

Però va detto: è una serata perfetta.

Camminando per le viuzze del quartiere Isola, con tutti i suoi localini intimi e dal sapore vecchia Milano che ogni tanto sembra di stare a Parigi, siamo finiti in un piccolo bistrot, a ordinare calici di vino e taglieri di salumi. Davide mi sorride, appoggiando il viso sulle nocche delle mani, per guardarmi negli occhi e farmi tante piccole domande sulla mia vita.

I miei gusti in fatto di cibo (a parte che proprio non riesco a digerire i peperoni, sono praticamente onnivora), oppure se leggo (ebbene sì, è uno dei miei tanti talenti), se mi piace ballare (baro e sparo tango per quelle tre volte con Alejandro, tanto secondo me Davide non è il tipo da portarmi in una milonga), se sono mai andata in moto (qui è meglio attenersi scrupolosamente al realistico, ma è come se, dato che ho visto diverse volte *Top Gun*, e lì Tom Cruise in moto ci andava parecchio).

Quando il cameriere si avvicina e accende una candela sul tavolo, commentando con: « Un tocco di romanticismo... », io gli sorrido, pensando che ormai sanno come arruffianarsi la clientela, mentre Davide si sposta all'indietro, incrociando le braccia sul petto.

« Ehm, grazie », dice. Poi, quando quello si allontana e siamo di nuovo soli, mi scruta, direi forse con sospetto. « Ho quasi l'impressione che tutto questo non sia reale », mormora.

« Dici? » Che anche lui la pensi come me, che stia vivendo questo come un momento di pura magia è davvero molto più di quanto avrei potuto sperare.

Oddio, certo, c'è ancora la seconda parte della serata... E, per quella, col cavolo che mi accontento di sogni e lume di candela. Ma per adesso va bene così, sta filando tutto liscio come mai prima d'ora tra noi due. Ma che dico « tra noi due »? Con nessun uomo con cui sia mai uscita c'è stato questo idillio.

È perché sei innamorata, Alice. (Paola, quella con l'eco.)

È perché (lo guardo)... perché lui è *Quello Giusto*.

Socchiudo gli occhi, cercando di sentire qualche campanellino interiore, una consapevolezza, un cambiamento, uno spostamento dell'asse terrestre, un segnale, insomma, del momento storico che sto vivendo.

Il mio stomaco brontola.

« Sono felice che tu mi abbia chiesto di uscire », dico in fretta, per coprire il rumore. « In realtà ci pensavo da molto tempo, anche se, dopo quello che hai detto la settimana scorsa in ufficio, credevo di aver capito male.» Sospiro, e gli offro un sorriso un po' tremolante, in cerca di rassicurazioni.

Davide si morde le labbra, e anche lui ha un'espressione un po' smarrita quando mi prende la mano. «Alice, senti...»

Ecco, ora so cosa succede quando Quello Giusto sta per farti la dichiarazione. Non uno scombussolamento, non il terremoto, ma più semplicemente una canzone. La sento partire in sottofondo, con le prime note, dolcissime, mentre lo sguardo di Davide mi fa scendere un brivido per la schiena.

Now I've had the time of my life.

Patrick Swayze era davvero bono in quel film.

No, I never felt this way before.

Davanti a me, Davide rimane con le labbra schiuse, evidentemente anche lui troppo sopraffatto dall'emozione per parlare.

Yes I swear, it's the truth and I owe it all to you.

Mi domando se anche lui stia sentendo una canzone, per suggellare questo momento, e quale sia.

«Alice...»

«Dimmi...»

«Credo... credo... è il tuo, questo cellulare?»

Mi volto verso la borsa. Certo che sto sentendo la canzone di *Dirty Dancing*, visto che l'ho messa di recente come suoneria abbinata a Tio.

E infatti ci sono il suo nome e la sua foto che lampeggiano sullo schermo.

La musica è talmente forte che qualcuno dai tavoli di fianco si è voltato per guardarmi con rimprovero.

Agguanto il telefono e chiudo la chiamata. Scusa, Tio, ma non è proprio il caso.

«Non rispondi?» mi chiede Davide, perplesso.

«Ma no, ma no... non è niente d'importante.»

Accidenti, certo che non è niente d'importante. Nell'ordine delle mie priorità, poche, pochissime cose potrebbero venire prima della dichiarazione dell'uomo della mia vita.

«Dicevamo?»

Now I've had the time of my life...

Queste cose a Julia Roberts non succedono mai.

«Forse è urgente», mi dice Davide. E mi lascia andare la

mano, appoggiandosi allo schienale per sorseggiare un po' di vino.

No, no, no! Tio, ma non hai visto che sul mio oroscopo di oggi c'era scritto NON DISTURBARE?

Spero vivissimamente che sia questione di capitale importanza.

Mi sforzo di sorridere a Davide senza perdere il mio aplomb. «Pronto...?»

«Vieni. Subito. Via. Di. Lì.»

«Come?»

«Mi hai sentito? Alice, trova una scusa. Saluta. Ringrazia. E vattene.»

«Ma...» Sollevo gli occhi su Davide e lui è lì, davanti a me, che gingilla con sguardo assente il bicchiere di Nebbiolo che abbiamo ordinato. «Non posso.»

«Alice, ora ascoltami bene.» All'altro capo del ricevitore, Tio usa quel tono che hanno i poliziotti quando cercano di convincerti a non gettarti di sotto. «Quell'uomo, chiunque sia, ha fascino da vendere, okay. Ma è terribilmente pericoloso per te. Capito? *Terribilmente.*»

E su questo non ci piove, visto che l'effetto che mi fa anche solo guardarlo per un millesimo di secondo ha la potenza di un TIR. «No. Ho capito, ma no», ribatto, testarda.

«Ti ho mai ingannato? Tesoro, ascolta. Innanzitutto, il Leone è di per sé il segno più egocentrico di tutto lo zodiaco.» Adesso parla velocemente, per paura che io possa chiudergli il telefono in faccia (cosa che medito di fare). «La Vergine, con cui questo tizio è in cuspide, lo quadra, esaltando il suo fascino e rendendolo ancora più determinato. Perciò, se si è messo in testa di conquistarti, lo farà.»

«Appunto. Argomento chiuso.»

«No, no, no, ascolta! Proprio perché gode nell'essere al centro dell'attenzione, ha l'innamoramento facile, ma è incostante. E questo non lo dice solo il suo segno, ma anche il suo Quadro Astrologico: ha Mercurio in Leone e Venere in Bilancia, e questo gli rende difficile essere stabile negli affetti.»

«Ehi, aspetta, pure io ho...» Abbasso la voce, perché sto urlando e, per non farmi sentire neppure da Davide, metto una mano davanti alla bocca: « Anch'io ho Venere in Bilancia. E allora? »

« Cara, infatti hai visto con quante persone sei uscita ultimamente? »

Giuro che lo strozzo. « Non sarebbe così se Alej... » Mi mordo la lingua. « Hai finito? »

« Magari! Ha Urano in Scorpione Quadrato al Sole e questo arriva a renderlo praticamente indecifrabile. »

Stavolta batto le palpebre, mettendo di nuovo a fuoco Davide, che si rigira tra le mani la forchetta, osservandone i rebbi. *Touché*, penso tra me, perché ho sempre considerato quest'uomo l'equivalente del terzo mistero di Fatima.

« È capace di carpirti qualsiasi informazione per poi usarla a suo vantaggio. Scommetto che ti ha fatto un sacco di domande. Dimmi di no, eh! »

« Ehm, no... » Uffa. « Sì, in effetti... » Ma non le fanno tutti al primo appuntamento? Perché devo pensare che Davide sia una specie di spia venuta dal freddo?

« E poi c'è Venere in XII Casa. Sai cosa vuol dire? Eh, lo sai? Te lo dico io cosa vuol dire, che non ha nessunissima intenzione di sposarsi e mettere su famiglia. È estremamente indipendente e non vuole legami stabili. Chiedigli un po' se vuole dei figli, sono curioso », esclama Tio, spavaldo come un bambino capriccioso, e sento la sua voce che rimbomba, come se tuonasse.

« Ma dove sei? » gli domando.

« Non importa, non importa. Quello che devi fare tu è venire via subito da lì. Di' che stai male. Che hai mal di pancia, che ti sono venute le tue cose. Basta che vieni via. »

« Ma sei impazzito? » Come se mai potessi ammettere davanti a un uomo, anzi, all'Uomo, di essere anch'io in balia delle più grette funzioni corporali. « Senti, non posso. E non voglio. Anzi, adesso ti devo salutare, sono fuori a cena e non è carino che me ne stia al telefono con te. »

Chiudo la comunicazione e ripongo discretamente il telefono nella borsa, scusandomi con Davide per l'interruzione.

« Non ti preoccupare », mi dice lui, affabile, per poi stringere le palpebre. « Sembrava una cosa importante. »

« Oh... be'... sì... un'amica! » Perché ha stretto le palpebre? È come se cercasse di leggermi più in profondità. Mentre lui è *indecifrabile*... perché ha Urano in Scorpione. Oh, porca... «Ehm, sì, dunque un'amica che ha problemi col suo... fidanzato... sono in crisi, sai, perché lei vorrebbe dei figli, mentre lui proprio non ne vuole sapere...» Mi fermo per osservare la sua reazione. Lo sguardo diventa ancora più penetrante? La linea della bocca s'indurisce?

«Be', lui non ha tutti i torti», dice, dopo qualche secondo. «Mettere al mondo dei figli è piuttosto incosciente al giorno d'oggi.»

Li daranno dei sacchetti antipanico in questo posto?

Il mio telefono squilla ancora, e adesso sono così agitata che rispondo senza esitazioni. «Cosa c'è?» sbraito nel ricevitore.

Dall'altra parte sento dei rumori, come se qualcuno stesse sfregando qualcosa sul microfono. «Alice!» È ancora Tio, ma stavolta la sua voce è un po' più lontana.

«Smettila, metti giù», lo sgrida una seconda voce che non riconosco subito.

«Alice, te ne sei già andata?»

«No», ribatto io, laconica e anche un po' stanca di tutte quelle sue premure che mi stanno decisamente rovinando la serata.

«Guarda che ho controllato anche l'affinità, e fa schifo!» esclama Tio, ma la sua voce è sempre più disturbata da altri rumori.

«Basta, Tiziano. Adesso è troppo», dice l'altra persona. E ora lo riconosco. È Andrea. Solo lui lo chiama Tiziano.

«Sì, soltanto una cosa ancora. Tra i vostri due Quadri Astrologici... c'è l'Opposizione Luna-Medio Cielo!» Quasi singhiozza sulle ultime parole.

«Tiziano, buon Dio, non ho mai udito tante sciocchezze messe in fila!»

«Non capisci, Andrea, questa unione non è solo impossibile perché non c'è comunicazione, con l'Opposizione Luna-Giove o, come se non bastasse, con l'Opposizione Luna-Saturno, che parla d'illusioni e instabilità... L'Opposizione Luna-Plutone predice violenza e aggressività!»

«Ma per favore, come se non ti avessi già dato delucidazioni sul fatto che è altamente improbabile che ci sia una qualche attinenza tra pianeti e destino. Suvvia. Da bravo, adesso usciamo da questo bagno, eh? Saluta Alice e chiudi la comunicazione. Alice, per cortesia, non dargli retta e fa' una buona serata.»

«Sì...» Osservo Davide che stavolta, per ingannare il tempo, accarezza il dorso del coltello. «Le Opposizioni, eh?» balbetto.

Tio riprende la parola, concitato e speranzoso: «Esatto. Ricordati che anche Barbablù doveva avere un certo fascino se si è sposato otto volte».

«Ommioddio...»

«Qualcosa non va?» chiede Davide, preoccupato, e, quando si sporge in avanti per prendermi la mano, io scatto come una molla.

«Ah!»

«Cos'è stato? Che ti ha fatto?» grida Tio.

«Niente... nulla. Ero solo soprappensiero.» Questo è un incubo. Lo sapevo, lo sapevo che non dovevo mandargli quella data, accidenti a me.

Ma, se alle vittime del mostro di Milwaukee avessero detto con chi stavano uscendo, non ne sarebbero state contente?

«Adesso smettetela entrambi», interviene ancora Andrea. «Sii ragionevole, Tiziano, guarda noi. Potremmo essere più diversi?»

«Ah, bravo, perché secondo te io non ho controllato i nostri Quadri Astrologici, prima?»

Poi sento cadere la comunicazione e scosto il telefono dall'orecchio, fissandolo sconcertata.

Davide me lo sfila di mano delicatamente. «Che ne dici se ora lo spegniamo?»

Riesco soltanto a fare di sì con la testa.

«Tutto bene? Mi sembri parecchio scossa.» Davide non aspetta una mia risposta e fa un cenno al cameriere chiedendogli dell'acqua fresca. «Sei impallidita. Ti senti male?» E, quando mi posa la mano sulla guancia, percepisco tutto il suo calore, un fluido caldo che mi attraversa e mi arriva fino al cuore.

Non può essere vero.

Tio deve aver fatto un errore stavolta. Altrimenti questa è

sicuramente l'eccezione che conferma la regola. O quella che dice che la regola è sbagliata.

Perché io voglio quest'uomo, continuo a desiderarlo con ogni fibra del mio corpo e leggo le stesse cose nei suoi occhi. Anche ora che mi solleva la mano e se la porta alle labbra.

Oh, al diavolo!

Al diavolo Tio e tutta l'astrologia. Ha sicuramente ragione Andrea che dice che me ne devo infischiare. Dopotutto lui è pure laureato, no?

« Volevo dire... » riprende Davide. « In realtà volevo dire che mi dispiace per come sta andando questa serata. Volevo parlarti. Dirti... Dirti cose importanti, ma mi è molto difficile, perché... perché sono un egoista e ho paura di rovinare tutto. Perdon... »

Gli appoggio l'indice sulle labbra. « Non c'è nulla da perdonare. »

Lui si guarda intorno. « Ti va se usciamo di qui? Mi sento soffocare. »

E in effetti il locale è diventato quanto mai affollato, non il genere d'intimità che vorrei per una dichiarazione.

Fuori, una pioggerellina leggera ci fa correre stretti sotto un androne.

« Quando prima ti ho detto che questa serata mi sembrava qualcosa al di fuori del reale non mentivo, Alice. Sto bene con te. E questo è un guaio, un vero guaio. »

Io gli sorrido, spavalda, sollevando il viso verso di lui, le ciglia che si bagnano di pioggia. « Questa serata è stata un sogno, Davide. » E poco importa che per un attimo abbia sfiorato l'incubo, con l'interferenza del mio EX migliore amico. « Non potremmo lasciare da parte la logica, per una volta soltanto? »

Lui chiude gli occhi e sospira, alzando il volto verso il cielo.

La sua mano si appoggia sulla mia nuca, attirandomi in avanti, contro il suo petto.

Sento il suo cuore che batte forte, fortissimo, contro la mia fronte. Posa un bacio sulla sommità del mio capo.

« Non sai quello che stai chiedendo », mormora.

Cerco di alzare il viso verso di lui, facendomi strada tra i bottoni della sua camicia, la stoffa del colletto, la pelle morbida della sua giacca. Trovo per primo il suo mento, e le mie labbra lo sfiorano appena, troppo timorose di dargli un vero e proprio bacio.

Le sue dita s'immergono tra i miei capelli, scostandomi indietro la testa. E allora le sue labbra sono sulle mie, la sua bocca, che mi cerca con dolce ferocia, per aprirmi, per assaggiarmi, mentre i nostri respiri si confondono col ticchettio della pioggia.

Lo amo.

Oh, se lo amo.

Tio può dire quello che vuole. Presentarmi il suo Quadro Astrologico siglato in ceralacca dal papa in persona. Io lo amo.

Le labbra di Davide si staccano per lo spazio di un fiato dalle mie. « Alice, è tutto sbagliato. Tu non vuoi questo. Non puoi volere questo... »

La testa mi gira da impazzire, le gambe sono molli. Non capisco più nulla. Non capisco cosa sta dicendo. « Io voglio *solo* questo. »

« No... no... no... » Anche lui continua a baciarmi, le sue labbra cercano le mie, la sua lingua è una carezza disperata. « Invece non lo sai », ansima contro la mia pelle, la mano che scosta il tessuto della camicetta, il calore delle sue parole che mi scalda il collo. « Non lo sai perché non mi hai mai fatto una domanda. »

Stordita dai suoi baci, non capisco il senso di quello che sta dicendo. Mi sembra di avergli fatto tante domande, soprattutto stasera.

Mi stacco da lui, ma solo quei pochi centimetri che mi permettono di parlare, mantenendo il contatto della mia fronte contro la sua, gli occhi chiusi, perché mi sembra che la nostra pelle possa strapparsi, per l'ustione di un distacco improvviso. « Davide, Houdini non era nessuno in confronto alla tua capacità di eludere le domande. Io te ne ho fatte sempre. Ho sempre desiderato sapere tutto di te. »

Le sue labbra si schiudono vicino alle mie. « Non mi hai mai chiesto se ero libero. »

Le sue parole sono uno sparo troppo prossimo al mio cuore. La deflagrazione le copre rendendole incomprensibili. Non ho capito bene. Non posso aver capito bene. « Eh... » La mia voce è roca, come se si stesse arrampicando sulle rocce per poter uscire. « Non lo sei? »

È adesso che lui strappa la sua fronte dalla mia, che io sento freddo, perché si allontana, appoggiandosi con la schiena al muro del palazzo. « No. Non lo sono », ammette, e si stropiccia la faccia, restando con la mano sulla bocca mentre mi guarda. Forse per l'imbarazzo di quello che ha appena detto, forse per ingabbiare i baci che vorrebbe continuare a darmi.

So perfettamente cosa dovrei fare adesso. So che dovrei voltarmi, so che dovrei attraversare di nuovo questa strada, so che dovrei andarmene.

So che non dovrei starmene qui immobile a fissarlo, pensando che lo amo, ma non posso smettere di farlo.

« Tu mi piaci molto, Alice. » Allunga una mano, senza spostarsi dalla zona franca del muro, e mi accarezza il viso.

La testa mi urla di scostarmi, mi dice che aveva ragione Tio, dopotutto, che questo è un supplizio, che è troppo essere arrivata a tanto così dalla felicità per poi scoprire che c'erano, che ci sono, tante, troppe bugie tra noi.

Ma, invece di scansarmi, piego il viso verso di lui, la guancia che si strofina sul suo palmo.

« Cosa dovrei fare secondo te? » mi chiede lui, supplicante.

Allora sollevo la testa e lo guardo negli occhi, quegli occhi che pensavo di conoscere ormai così bene, che credevo nascondessero un uomo ferito dalla vita, da una donna, da un tradimento, per tenersi tanto a distanza da me. Ora mi sembra di leggerli con più chiarezza, e la sua domanda di qualche tempo fa assume un significato diverso: *Hai mai tradito qualcuno?* Non me l'aveva fatta per capire se ero fedele o avrei potuto ferirlo come aveva già fatto qualcun'altra, bensì per sapere se avrei mai potuto accettare di essere io « l'altra ».

« Per come la vedo io, è molto semplice », dico, con la durezza che viene dalla disperazione. « Lascia lei. Stai con me. » Sono diretta, tagliente, forse anche ingiusta nei confronti di quest'altra donna incolpevole, proprio come lo sono io.

Le sue palpebre si abbassano lentamente. « Non è possibile », dice piano, quasi impercettibile. « Non ora... Anche se le cose non vanno benissimo. Ma Barbara è vulnerabile, soprattutto da quando suo marito è morto.»

Barbara.

Come Barbara, Barbie Grace Kelly, Impronunciabilmente Bella, Ricca e Sofisticata?

«*Quella* Barbara?»

Davide si morde le labbra e annuisce. «L'hai conosciuta al castello», mi conferma. «Quando le ho chiesto di ospitare le riprese per la trasmissione, ho pensato che sarebbe stato più semplice metterti davanti al fatto compiuto. Evitare di parlartene, ma solo presentartela come la mia compagna. Ma poi... quando ti ho vista entrare, ho capito che ti avrei ferita e che non lo meritavi. Che ero un egoista che non si prendeva le sue responsabilità.»

Per questo mi voleva portare via.

Per questo, non riuscendoci, visto che dovevo lavorare, ha finito col portare via lei, chiedendomi poi di vederlo stasera.

Barbara Buchneim-Wessler Ricci Pastori. Già solo contando le lettere del suo nome per confrontarle con le mie si capisce che non c'è gara. Che in realtà non c'è mai stata gara. Come posso concorrere con la perfezione?

«Sono uno stronzo, Alice.»

Chiudo gli occhi e m'impongo di respirare. «Sì. Lo sei.»

«Ti accompagno a casa.»

Sollevo una mano, imponendogli di fermarsi. «Preferisco chiamare un taxi.»

26

PER FAVORE NON TOCCATE LA BILANCIA

Ormai si può dire che ci abbia fatto il callo a essere rifiutata. So come affrontare la situazione. È tutta una questione di cassetti. Cioè, cassetti mentali: prendo le cose che non voglio vedere, le situazioni che non posso affrontare e chiudo tutto in uno scompartimento stagno. Un cassetto che non si deve aprire, almeno per un po'. Per un bel po'.

Vietato grattarsi le ferite e versarci sopra il sale, quindi, vietato starsene a casa a rimuginare, a pensare a quello che poteva essere, agli sguardi, alle parole di velluto, ai baci, insomma a tutti i ricordi e via discorrendo.

Via libera invece al divertimento, alla calca di corpi stipati in una discoteca, per esempio, alle serate con le amiche come stasera, che mi fanno sentire giovane e piena di energia.

E piena di alcol, anche. Be', via, non sono ubriaca, solo un po' su di giri, al massimo. Ma mi reggo perfettamente in piedi. Riesco anche a toccarmi la punta del naso stando su una gamba sola, no? Magari al tassista che mi sta aspettando con la portiera aperta non gliene frega molto, ma per me è importante.

Mi sono proprio divertita. Ho ballato, ho cantato... mi pare anche di aver baciato qualcuno a un certo punto, ma non me lo ricordo, non ha importanza.

Ho fatto uscire Davide dalla mia vita.

Guarda dritto davanti a te, Alice, m'impongo. Dritto, come hai sempre fatto.

Non è successo nulla. Sei sempre la stessa persona di prima. Lui non ti ha portato né tolto niente di quello che sei. Me lo ripeto. All'infinito.

Questo maledetto taxi sembra non arrivare mai a destinazione, e il vecchio pezzo jazz che sta passando in radio lacera le mie difese.

Sono stanca. Stanca di crederci. Stanca di essere delusa. Sono stanca di soffrire. Sono stanca di ricostruirmi, ogni volta, daccapo. Sono stanca di rimettermi insieme per qualcuno che poi preferirà un'altra. Sono stanca di essere forte. Sono stanca che mi si dica che sono forte, come un alibi per trattarmi male. Non ne posso più. Non ci credo più.

Se l'amore fosse una ghiandola, giuro che me la farei levare. Una tonsilla infiammata. Le adenoidi. Le emorroidi dell'amore.

Pago svelta il taxi, per scappare via, e mi affretto a cincischiare con le chiavi, per aprire il portone.

Non vedo l'ora di chiudermi in casa e mettermi a letto. Quando le difese si abbassano, l'unica cosa sana da fare è dormire. E domani sarò ritemprata e pronta a non pensarci di nuovo più.

La luce delle scale si sta scassando ancora e il neon dà scariche senza riuscire ad accendersi del tutto. Che palle.

Chiamo l'ascensore, ma qualche vicino non proprio premuroso deve aver lasciato aperte le porte, perché, quando schiaccio il pulsante, non riesce a fare contatto.

« Okay, voglio parlare con un responsabile », biascico, rivolta al niente, perché se esiste un Dio vorrei davvero farci due chiacchiere in questo momento, mi accontento anche di uno dei suoi sottoposti.

Inizio a salire a piedi. E non posso fare a meno di ricordare quando Davide mi ci ha portata in spalla, per queste scale, quella sera che ero uscita con l'amico di Paola.

Questa è una di quelle cose cui non devo pensare. *Puff.* Sparita nel cassetto impenetrabile. Via.

Scavalco la rosa gialla che qualcuno ha perso.

Distrattamente, accarezzo il corrimano. Mi rifiuto categoricamente di piangere.

L'ultima rampa è cosparsa di petali, che il neon illumina come un flash mentre continuo a salire.

Solo adesso me ne rendo conto.

Perché ci sono dei petali di rosa sulle mie scale?

All'improvviso Davide è lontano mille miglia, e io sono qui, nel presente, fuori dalla mia testa e dai miei problemi di cuore, in tutto e per tutto consapevole di quello che mi sta intorno.

È buio. O quasi.
È notte. E sono da sola.
Forse.
Cerco forsennata il cellulare nella borsetta, ma sono troppo nervosa e le mie dita annaspano sul portafogli, sull'agenda, sul pacchetto di fazzoletti di carta che prima in taxi col cavolo che ho trovato.
Mi fermo, appiattendomi contro la parete, cercando di non respirare per tendere l'orecchio e sentire se ci sono dei rumori.
E qualcosa c'è. Come un passo.
Una rampa ancora e sono arrivata.
Vedo la porta di casa mia illuminata dal neon a intermittenza.
Penso a quei film dove le comparse cretine scendono nelle cantine buie con quelle lampadine che frizzano prima di fulminarsi del tutto, e loro vengono ammazzate. Tutto perché non hanno chiamato l'elettricista.
Ma io sto salendo e non scendendo, mi dico. Non sono mica scema che andrei in cantina a quest'ora di notte e con una luce così.
Però ci sono le rose, quelle rose gialle che qualcuno mi continua a mandare.
A un tratto la luce sembra stabilizzarsi. Continua a frizzare, ma resta accesa.
E allora corro. Faccio i gradini volando, mentre stringo la chiave, pronta a infilarla nella toppa a tutta velocità.
Ma comunque riesco a vedere l'ombra che si stacca dall'altra rampa di scale, un attimo prima che la luce si spenga di nuovo.
« Sei arrivata, finalmente. »
Mi volto, cacciando un urlo che mi prenderebbero per doppiare Tarzan.
Poi una mano si abbatte sulla mia bocca, chiudendomela.
« Ehi, sstt! Vuoi svegliare tutto il palazzo? »
Cerco di divincolarmi, ma l'uomo mi tiene.
« Calmati, Alice. *Pantofolina,* calmati. »
Mi appiattisco contro la porta di casa, mentre i miei occhi lo mettono a fuoco, nonostante il terrore e il tremolio della luce.

Lui annuisce, e lentamente molla la presa, con un sorriso che gli si allarga sulle labbra. «Sono tornato», cantilena, gongolando. «*Tesorino*, allora, non sei contenta di vedermi? Non hai avuto i miei fiori?»

Dietro di lui, appoggiato ai gradini della rampa che prosegue verso il quarto piano, c'è un enorme mazzo di rose gialle.

«Come in quel film che ti piaceva tanto, ti ricordi? *L'età dell'incoscienza.*»

«*L'età dell'innocenza*», mormoro, cercando di fare mente locale su tutto quello che sta succedendo.

Stento a credere ai miei occhi, e batto le palpebre ripetutamente, che dopo una serata del genere forse mi sono partite del tutto un paio di rotelle.

Poi prendo fiato e gli domando: «Cosa ci fai qui, Giorgio?»

SAGITTARIO

Affermare che l'uomo Sagittario sia scarsamente fedele è un po' come dire che Hiroshima ha fatto qualche vittima. Ma non lo fa per cattiveria, no, lui è geneticamente predisposto al tradimento, essendo nato senza il comune senso della morale e quasi del tutto privo di sinapsi, cosa che gli impedisce di pensare prima di agire. Tuttavia, se c'è una cosa che invece gli viene bene è scaricare la colpa del «malinteso» su di voi, la donna che amava e che l'ha costretto al terribile passo di portarsi a letto qualcun'altra.

27

FULL METAL GEMINI

Ebbene, infine il mistero è svelato. Dietro ogni rosa gialla, dietro ogni petalo e, soprattutto, dietro ogni spina, c'è sempre stato lui. Giorgio, l'uomo che mi ha spaccato il cuore. Okay, uno degli uomini che mi hanno spaccato il cuore, ma è stato lui a dare il la alla poi troppo lunga serie. Anche se all'epoca l'evento era stato stigmatizzato da Paola con la frase: « Dovresti baciarti un gomito. E cambiare la serratura di casa ».

Ma io credevo davvero nella nostra storia. È durata quasi un anno, il che, per me, che dopo Carlo non ero più riuscita a uscire con nessuno per più di due settimane, significava praticamente che avevo trovato l'uomo della mia vita.

« Cosa ci fai qui, Giorgio? »

È che, di tutti, ma proprio di tutti, quelli che sono entrati e usciti dalla mia vita, Giorgio è probabilmente l'ultimo che mi aspettavo di rivedere. O che desiderassi rivedere.

« Sono passato a trovarti, *trappolina.* »

« Alle due di notte? Cos'hai, il fuso orario di Shanghai? » Non sono per nulla gentile, lo so, e per un attimo credo anche di essere ingiustamente troppo acida con lui. Solo per un attimo, però, perché, se ripenso anche solo a qualcuna delle cose che ha fatto, fargli lo sgambetto e buttarlo giù dalle scale sarebbe comunque un atto di pietà.

« Ah ah ah, tu e il tuo senso dell'umorismo... » ribatte lui, grattandosi la testa. « *Dovevo* assolutamente parlarti. »

« Non potevi telefonare? »

« Ci ho provato, ma forse hai cambiato numero. »

Mi batto una mano sulla fronte. « Ah, no, è vero! Ho messo il tuo cellulare tra gli indesiderati. »

Lui mi guarda addolorato. « E perché? »

Sospiro. Potrei fargli una lista? « Così... »

« Sei sempre stata una da colpi di testa », ribatte, ringalluzzito. « La mia bella pantofolina focosa. »

Eh, no. Pantofolina focosa no. « Sono piuttosto stanca, Giorgio. Possiamo rimandare a tempi migliori? » Tipo a un'altra vita? O meglio tra un paio di vite? « Dammi un tuo recapito, mi faccio viva io. »

« Ecco... è proprio questo il problema. Non ce l'ho, un recapito. Ambra mi ha sbattuto fuori di casa. »

Uno strano rimescolio di trionfo e pena m'impedisce di commentare la rivelazione più che con un: « Oh! »

Invece a lui le parole non mancano. « Quella stronza approfittatrice. Vuole il divorzio, quella carogna ingrata. E i figli, ovviamente. I miei figli, ti rendi conto? »

« Immagino. Be', sono anche i suoi. Volesse i figli di qualcun altro mi preoccuperei. E poi, quante volte ti ha già sbattuto fuori? » Anche quando ci siamo conosciuti l'antifona era simile.

Giorgio scuote la testa. « Stavolta fa sul serio. E vuole tutti i soldi. Quella maledetta mi ha fatto bloccare i conti e... »

Intanto apro la porta di casa. Non è che son proprio dell'umore di passare il resto della notte qui sul pianerottolo a fare da kleenex al mio ex, che piange per la sua ex (per la quale, per inciso, mi ha mollata).

« ... e quindi non ho un posto dove andare », finisce Giorgio, ammiccando verso la porta. La mia porta.

« Scusa? »

« Ecco, Alice... io lo so che tra noi c'è un bene molto profondo, so che in cuor tuo mi hai perdonato, è la tua indole. Ti chiedo solo per poche notti. I miei avvocati si sono già attivati per sbloccare la cosa e quindi non ti distu... »

« No. »

« Una notte soltanto! Giusto per darmi tregua. Ieri ho dormito nel parco... Non sai che gente gira nel parco! »

« Brutta? »

« Col cane! Ti fanno fare i bisogni del cane neppure a un metro! » Rabbrividisce.

E io sospiro. « Giorgio, ragiona, questo non è un libro di fantascienza. Non posso riprendermi in casa una persona che mi ha trattato a pesci in faccia, che mi ha tradita, che mi ha usata per far ingelosire la moglie...» Ex moglie, diceva! «Che c'ho scritto *Gioconda* sulla fronte?»

Lui stringe un po' le palpebre e mi fissa davvero la fronte per qualche secondo.

Dio, dammi la forza.

«Io... non so davvero cosa fare...» mormora, piano, e la voce gli s'incrina della nota stonata del pianto. «Sono solo... Completamente solo.»

Entro in casa e mi chiudo subito la porta alle spalle, col timore che possa essere in grado di fare l'uomo sottiletta per entrare. Il cuore però mi batte a mille per il senso di colpa.

Che fine, penso con un filo di mestizia: lui che mi riempiva di fiori tra i più rari e costosi, ora s'è ridotto a prendere all'ingrosso le rose dai venditori di strada, con l'assurda idea di fare colpo ed elemosinare un posto per dormire.

Decido di prepararmi una tisana, perché questo incontro mi ha buttata talmente per aria che sono sicura ci metterò parecchio per dormire. E, mentre aspetto il fischio del bollitore, inizio a sedare i sensi di colpa ruminando biscotti al cioccolato.

Intanto Giorgio è sempre sulle scale. Ha appoggiato la testa alla parete e si è gettato la giacca sulle spalle a mo' di coperta. Lo so perché lo vedo dallo spioncino, facendo la spola tra la cucina e il corridoio.

Se rimane lì, farà venire l'infarto alla portinaia, domani mattina.

Come faccio a mandarlo via?

Ancora non lo so, ma questa è la domanda che più mi assillerà nelle prossime settimane.

28

FEBBRE DA BILANCIA

Ho un mostruoso cerchio alla testa, sintomo di quel raffreddore che mi sta devastando, esprimendo, come la punta dell'iceberg del *Titanic*, come mi sento: un relitto che aspetta solo di essere smaltito.

(« Certo che se fossi vagamente più ordinata, Pantofolina, avresti trovato i fazzoletti e non saresti costretta a riempirti le tasche di carta igienica. »)

Era la scusa ideale per starsene raggomitolati a letto a guardare tutti i film del mio kit di sopravvivenza, invece al lavoro ci sono venuta lo stesso.

« Alice? Alice, sei lì dentro? Rispondimi, ti prego! Alice! »

La voce di Cristina mi fa sobbalzare e per poco il cellulare non mi cade nel water.

Ebbene sì, ormai « siamo amiche ». O almeno così ha decretato lei, in virtù di quell'accenno di simpatia lasciato in sospeso più di un anno fa, alla sua assunzione qui in rete. Il suo concetto di amicizia, però, al momento si basa sul bisogno, egregiamente espresso, di trovare un'alleata, un appoggio, una rassicurazione. E forse, soprattutto, sulla necessità di un confronto dove lei possa risultare vincente, visto come sto messa io di questi tempi.

(« Hai visto? Te l'ho sgorgato. Tu neanche te n'eri accorta, eh, che l'acqua non scendeva bene... Le donne a queste cose mica ci badano. »)

« Sì, soDo qui. DiBBi. »

« Ehm, ti disturbo? Stai male? »

Tiro l'acqua per dare un senso alla mia uscita, anche se me ne sarei rimasta chiusa nel gabinetto in sterile meditazione. « Di ringrazio, ho solo un bruDDo raffreddore. Ero venuDa per la carDa.» Sospiro. «Doveva proprio venirBi il raffreddore a Baggio...» commento, soffiandomi ripetutamente il naso.

«Sì. Maggio...» ripete Cristina, e la guardo attraverso lo specchio del bagno. Ha gli occhi bassi e i pugni stretti ai lati del corpo.

«Sei proDta?» le dico, cercando di scuotermi dal torpore. Abbiamo una riunione tra poco e devo cercare di essere più presente a me stessa.

(«Mangia almeno le uova con la pancetta. Fanno sostanza. Non lo vuoi un bicchiere di latte col whisky? Il latte col whisky ammazza tutto, figurati se non ammazza quei brutti germolini lì che ti fanno stare male.»)

Neanche il caffè ho preso, che al solo pensiero d'ingurgitare qualcosa mi si strizza lo stomaco.

«Come vuoi che sia pronta?» Dietro di me, Cristina dà uno scrollone ai miei pensieri con note acute che perforano la barriera delle mie mucose. «Ma mi hai vista? Il matrimonio si avvicina. Sabato ho la prova del vestito, e sono orribilmente grassa. Sono grassa. Un pesce palla. Un'otaria. Una balena. Una mongolfiera. Un dirigibile...»

«Credo che ti possa ferBare priBa di arrivare a piaDeti e galassie. Cristina: sei iDciDta.»

A quella parola, però, lei singhiozza ancora più forte. «E sono mostruosa. Mi devo sposare e la gente potrebbe scambiarmi per la meringata di tre piani!»

«Ba dai, tu sei più alta di uDa BeriDgata di tre piaDi.»

No, forse non è la strategia giusta: i singhiozzi si sono fatti più forti. Forse nella trousse che ho in borsetta ci sono ancora i tappi che usavo in piscina.

«Ba sei anche Bolto più cariDa di uDa BeriDgata. CristiDa, DoD fare così. Ti sposi, sei iD uDa posizione iDvidiabile...»

(«Stanotte proprio non riuscivo a trovare una posizione. Il tuo divano è scomodissimo, lo sapevi, Pantofolina?»)

«Sono incredibilmente brutta! Faccio schifo, anche la faccia mi si è allargata. Come posso stupirmi se Carlo non mi guarda neppure più? E devo mettermi quel coso... quel ridicolo coso bianco tutto pieno di brillantini. Sembrerò un'enorme palla di neve. Una palla da bowling bianca che rotola per la navata. Sarò la sposa più brutta e grassa dell'universo.»

Cerco di consolarla, e vorrei dirle che non dipende dai suoi chili se Carlo non le rivolge uno sguardo.

Bella amica. Sì, ma a volte non dire è meglio che usare le parole come una ruspa. Per esempio, non posso farmi divorare dai sensi di colpa per non aver richiamato Paola quelle sei volte che mi ha telefonato in questi ultimi quindici giorni...

Finalmente appoggio la testa sulla scrivania, vorrei solo perdermi nell'oblio del truciolato. Scomparire come una *mongolfiera* all'orizzonte.

(«Sai, dovresti smetterla di dare la colpa al ciclo se sei gonfia e ammettere che sei ingrassata. Dovresti fare un po' di sport, ciccia.»)

«Allora? Terra chiama Alice. Inizio manovre di atterraggio. Tuuuu...tuuuu...»

La voce di Tio mi raggiunge nell'oltretomba dove mi sono rifugiata e qualcosa mi solleva la testa per i capelli. È la sua mano.

«Ahia!»

Mi ha guardata negli occhi, scuotendo il capo, prima di lasciarmi andare. La mia fronte ha sbattuto di nuovo sulla scrivania.

«Ci ho pensato e ripensato. Dimmi solo: vecchio o nuovo? Vecchio o nuovo?»

«Cosa, Tio? Chi?» Nella mia testa manca solo il tizio che grida nel megafono: «Prendi la codina! Chi prende la codina vince un altro giro in giostra». E io vorrei solamente scendere.

«Questo Leone del mistero. Dai.»

«ADcora? BasDa.» Non ho voglia, proprio non ho voglia di parlare del Leone. *Il Leone si è addormentato awimmawe...* «Da quanti giorni mi stai tormentando, eh?»

«Esattamente quindici giorni, sette ore e ventitré minuti.»

Awimmawe...

«Ti ho già detto che DoD ha iBportanza. DoD ha più iBportanza, visto che è fiDita aDcora priBa d'iDiziare. E tu dovresti solo esserDe coDteDto, Do? DoD hai fatto altro che sbraiDare che dovevo scaBBare a gaBbe levate. Avevi ragioDe. Chiuso.»

«Sì, ma io sono curioso.»

«Tu sei peDDegolo.»

«Sono pettegolo. Sono curioso. E sono preoccupato per te.» Prende una manciata di semi dalla ciotola sulla mia scrivania, li osserva e poi se ne infila qualcuno in bocca.

«Quello è poDpourri. DoD si Bangia», lo avverto, anche se forse un principio di avvelenamento gli darebbe qualcos'altro cui pensare.

Fa una smorfia e mette i rimanenti di nuovo nella ciotola. «Nessun futuro come snack, in effetti. Comunque sei strana.»

Io che non mangio potpourri sarei strana, va be'. «Ho il raffreddore.»

«Quando dico che sei strana, non è per il tuo accento di oggi, *tovarish*. Però hai fatto male a dormire con la finestra aperta.»

«E tu coBe lo sai!» Con una mano copro il telefono, come se mi fossi dimenticata di mettergli le mutande. Ma in effetti un cellulare non ha bisogno di mutande. Piuttosto sono io che ho una coda di paglia da qui a Timbuctù, e non solo con Paola, ma anche con Tio, visto che ho steso uno spesso velo di omertà sugli ultimi sviluppi della mia vita.

«Ho tirato a indovinare, sorella. Stai serena.»

(«Qui si vede proprio che manca la mano di un uomo, mia cara. Era tempo che qualcuno pensasse a te. Ah, accidenti, io i figli avrei dovuto farli con te, non con quella stronza...»)

«Vedi che faccio bene a preoccuparmi? E secondo me sei così nervosa per via di quel tizio.»

«Quale tizio? DoD c'è Dessun Dizio!» esclamo, preoccupata che, grazie ai suoi poteri astrologici, possa essere venuto a sapere qualcosa.

Tio alza gli occhi al soffitto. «Pronto, cercavo Alice... Ah, è ancora nel Paese delle Meraviglie? Ehi, sto parlando del Leone!»

«Basta coD questa storia.» Faccio ondeggiare la mano per minimizzare, pur se so di star facendo freeclimbing sugli specchi. « Stai diveDtando peggio di Paola. QuaDte volte ti devo dire che DoD c'è DessuDo. SoDo da sola. *Abito* da sola », gracchio.

Anche se è una bugia.

Cioè, non è proprio una bugia, visto che legalmente sono l'unica occupante del mio appartamento.

Ma ho un ospite. E da più dei classici tre giorni... Visto che Giorgio ha piantato le tende a casa mia da ormai due settimane.

All'inizio doveva essere solo una notte, ma poi in effetti ho voluto dar credito al suo cambiamento e non mi è sembrato giusto buttarlo fuori senza dargli una chance. A dirla tutta, si sta anche rendendo utile in casa... Insomma, è pure piacevole avere una specie di amico/domestico che ti porta la colazione a letto e ti fa trovare la casa pulita e la cena sul fuoco.

Nella sua totale imprevedibilità, tra le personalità molteplici che lo pervadono, visto che è la quintessenza del Gemelli, c'è anche quella del perfetto « geisho », quando vuole. E io avevo bisogno di un po' di servizievole compagnia.

Davanti a me, Tio mi mette una mano sulla fronte e scuote la testa. « Stai attenta, Alice. Guarda che il tuo oroscopo non dice niente bene in questo momento. Sei in una fase critica, come la crisalide che si è chiusa nel suo bozzolo per diventare una farfalla. C'è la Luna che rema contro e l'Opposizione di Marte in Transito Negativo con Urano, che ti suggerisce di mettere le carte in tavola con le persone... O il Quadrato del Sole, in Transito Negativo con la Luna di Nascita, che ti fa sentire come se avessi il mondo sulle spalle, troppe cose cui pensare. »

Il mondo sulle spalle? A giudicare da quello che mi sta dicendo lui, non c'è un solo pianeta che non abbia deciso di usarmi da birillo per una partita di bowling intergalattica.

« È che vorrei che ti aprissi con me come facevi un tempo... » dice la voce di Tio, e io sono talmente sfasata dal raffreddore che mi sembra mi parli in un interfono tra dimensioni parallele. « Se no come faccio a farlo io? »

« Posso ricordarDi che hai detto priBa a Paola che a Be della tua storia con ADdrea? E io dovrei essere la tua Bigliore aBica? » rispondo soffiandomi il naso.

« Be', ma lei è la *tua*, di migliore amica... perciò è un po' come se l'avessi detto a te. Per osmosi. »

Butto il pezzo di carta nel cestino e cerco di stringere i canotti che oggi ho al posto delle palpebre, per fargli capire che avrò anche il respiro rantolante di un carlino, ma riesco ancora a ragionare. In parte, almeno.

« Sai che, adesso che hai gli occhi così gonfi, mi fai venire in mente Marlon Brandon nel *Padrino*... In realtà sono molto preoccupato. Andrea e io siamo a pranzo da sua madre questo weekend. »

« Di solito si porta una boDDiglia di viDo. »

« Mi trovi elegante? Voglio dire, sono una persona elegante, secondo te? Perché io sono un uomo di spettacolo, sono sgargiante, egocentrico... ossigenato. Trovi che i miei capelli siano troppo ossigenati? Sua madre potrebbe avere da ridire. Loro sono così *sobri*. Insomma, non so ancora cosa mettermi. »

Annaspo con la bocca aperta, cercando di mettere in fila delle parole coerenti: « BenveDuto nel club... La verità è che DoD c'è Bai Diente di perfetto da Bettere ».

« Non è solo per i vestiti o i capelli, sai... » dice lui, abbattendo le spalle.

« Ah, Do? »

« Certo che no! »

« Ah, volevo beD vedere. Dico, DoD sarò la sola a essere riBasta uD po', coBe dire, basiDa Del sapere... »

« Brava, proprio uno di quei termini che usa lui. 'Basida.' »

« 'BasiTa.' Vuol dire stupita. »

« Esatto. È che a volte, quando Andrea parla, io non lo capisco. Lo amo. Ma non lo capisco. »

Sospiro. « Tesoro, aDche questo fa parte della coDdizione uBana... Ba quaDdo Bai le coppie si capiscono? »

« Sì, ma, se anche sua madre parlerà così, io andrò in confusione. E se capissi fischi per fiaschi e facessi una figura di mer... una brutta figura? Vedi? Corro un rischio mortale. »

« Tio, la Badre di ADdrea sa già... che siete uDa coppia? »

« Be', ovviamente no. »

Gli do qualche leggera pacca sulla mano. « Ecco. Io lavorerei su questo, di probleBa. »

« Lavorare! Che parola grossa, per una che se ne sta sdraiata sulla scrivania. » Raffaella, la prova vivente che anche le stronze, un po' come gli orologi guasti, due volte all'anno possono sbagliare l'abbinamento delle scarpe, è dietro di me, livida e furente.

« Il giallo acidità si portava l'aDDo scorso », dico a denti stretti, perché avrò anche il naso chiuso e la testa tra nuvole di Vicks VapoRub, ma questo non ottunde la mia memoria su tutto il resto. « Ho solo il raffreddore. »

« Ah! È il minimo, in risposta alle mie preghiere », esclama Raffaella in un accesso di religiosità.

« Ahi! » Tio abbozza un sorriso e canticchia: « Quando il Sagittario va, lascialo andare... »

Lei lo fulminerebbe col suo sguardo iniettato di sangue. Ci fulminerebbe entrambi, ma per fortuna deve avere già morso qualcun altro prima, scaricando il veleno. « Sei solo una stronza egoista, ecco cosa sei. Alejandro era il tuo fidanzato, prima, d'accordo, ma poi le cose non andavano tra voi... mentre con me... Poteva nascere qualcosa di speciale, se tu non ti fossi intromessa con tutte quelle telefonate, tutti quei lavori che gli trovavi agli orari più strani. Dio, lo chiamavi alle tre del mattino, e lui correva... Perché, poverino, ha bisogno di lavorare. Hai fatto di tutto per dividerci. Per farlo allontanare da me. Non esisteva più tempo libero per noi. Non mi poteva più portare a ballare il tango. Con tutte quelle uscite in trasferta! Anche nei weekend. Sarai contenta, adesso che mi ha lasciata! Non ne hai mai abbastanza, Alice? Ti sei presa il mio lavoro, ti sei presa Alejandro. Vuoi tutto. E non fare quella faccia! Sei solo una stronzetta intrigante ed egoista. »

« L'hai già detto », sbuffa Tio.

Raffaella lo guarda stralunata.

Lui si stringe nelle spalle. « Stronza ed egoista. Detesto quando la gente si ripete. È indice di pochezza intellettuale. »

Lei allora schianta sulla scrivania la pila di cartellette che contengono i documenti per la riunione.

Io però sono rimasta qualche passo indietro: più precisamente, alle telefonate nel cuore della notte. « Cosa diavolo stai diceDdo, Raffa? »

Sono settimane che, per me e Mara, Alejandro non gira più con un bersaglio tatuato sulla schiena. Che poi si è sempre trattato di qualche scherzo innocente, nell'ambito dell'orario lavorativo. Non mi è mai passato per la testa di fare straordinari con lui, tantomeno di puntarmi la sveglia alle tre del mattino rovinando anche il mio, di sonno, e correndo il rischio di coltivare più rughe di quelle che già mi stanno spuntando. Tsé!

« Non fare la finta tonta. Ipocrita. Lo so che eri tu. Lui... lui me lo diceva! »

« Ah! » esclama di nuovo Tio. « Qual fantasia! Su un punto ti do ragione, cara: ha fatto male a lasciarti, in due rischiavate di fare un cervello. »

E, mentre lei ci molla, presumibilmente per raggiungere Cristina, nel bagno, e fondarvi il Club delle Vergini Suicide, Tio esclama: « Ah, gli uomini... » Per poi guardarmi di sottecchi con l'aria di quello che cerca ancora uno spiraglio di conversazione sul mio fantomatico Leone, suppongo.

Sollevo gli occhi al soffitto. « Ba ADdrea è diverso », dico rispostando il discorso.

« E ne sono felice. Sono felice che non sia uno di quei tipi che promettono la luna per poi prenderti a bastonate così forte da farti solo vedere le stelle. *Leoni* sotto le vesti di agnelli... »

L'ha fatto apposta a sbagliare il proverbio, lo so. « Ah ah. Divertente. » Ho finito il rotolo di carta asciugamani per soffiarmi il naso e mi piego sui cassetti alla ricerca disperata di un pacchetto di fazzoletti dimenticato. Il mio regno per uno scampolo di cellulosa.

« Dico sul serio. Sarà che sono un uomo anch'io. Innegabilmente affascinante, va da sé », prosegue Tio. « Ma, chiamalo sesto senso astrologico o un po' come vuoi, io lo so riconoscere a prima vista, un cretino. Quello che è appena entrato, per esempio. Quello è un deficiente, garantito al cento per cento. Guarda come se ne va in giro impettito, con quel sorriso da venditore porta a porta, per poi voltarsi... eccolo... puntuale come un foruncolo al primo appuntamento, per guardare qualsiasi cosa assomigli vagamente a un paio di tette. Sarei proprio curioso di vedere in faccia la tizia che se lo piglia. Povera scema. »

Non riesco a credere alla mia fortuna quando, dietro gli assorbenti, scovo un unico fazzoletto di carta ancora intonso.

Riemergo toccandomi le narici ormai di carta pesta, con la speranza che non sia rimasto niente attaccato, e mi volto piano.

« Oh, Berda... »

« L'hai visto? »

« Tio, devi prepararDi per *Bal d'aBore.* »

« Guarda che sono in riunione con te stamattina, non sul set di *Mal d'amore.* »

« Sì... Ba... dovresti prepararDi lo stesso. » Cerco di spingerlo verso la porta, ma anche il comandante del *Titanic* sapeva che si sarebbe andati incontro alla tragedia, una volta speronato il maledetto iceberg. « Vuoi Bettere quaDdo hai le trecciDe e il foulard da pirata? Faresti uD figuroDe e potresti... »

Dall'altro capo del loft, l'uomo appena entrato grida: « Pantofolina! »

29

LEONI PER GEMELLI

Rimango immobile, mentre Tio si volta verso di me, con un'espressione che definire severa sarebbe come dire che Nerone con Roma ha combinato un bel casino.

«Oh, Giorgio... ciao. Cosa ci fai qui?!»

In sottofondo potrebbero esserci gli strappi degli archi di *Psycho*.

«Sono venuto perché sapevo che avevi bisogno di me, *Babe.*» Svuota il sacchetto della farmacia sul tavolo vicino. «Donne, è arrivato l'arrotino», esclama in festante falsetto. «Fazzoletti, spruzzatori, termometri, caramelle per la gola e... Oh! Assorbenti.» Li usa a mo' di giocoliere, improvvisando un piccolo show per i miei colleghi. «Interni, 'per essere sempre libere e belle'. Ho controllato sulla tua agendina e dovremmo quasi esserci, *Pantù.*»

«Che previdente...» commenta Tio con le braccia incrociate sul petto.

Giorgio fa spallucce e mi dà un bacio sulla guancia.

«DoD lo fare», gli dico a denti stretti, quando lui cerca di trattenermi per la vita. «DoD vorrei aDDaccarti qualcosa...»

A conferma che il mio karma astrologico deve assomigliare a un quadro di Picasso, le porte a vetri si aprono e buttano in scena anche Nardi (ho deciso che d'ora in avanti lo chiamerò solo e soltanto «Nardi»), che punta direttamente verso di me, senza guardare niente e nessun altro.

«Come stai?» mi dice, dopo avermi presa per un gomito e avermi allontanata dagli altri.

Mi guardo intorno, preoccupata, e noto che, in mancanza mia, Giorgio si è attaccato a Tio. «Ho il raffreddore», rispondo piuttosto sul vago.

«Alice, mi dispiace.»

« Passerà. »

« Sì, non intendevo il raffreddore. »

« ADch'io. Passerà. » Mi chiedo cosa voglia ancora quest'uomo, perché questa conversazione non dovrebbe avere corso. È soltanto spiacevole e sbagliata. Sbagliata per il luogo e per il momento, ma soprattutto è inutile.

« Mi sono reso conto di essermi comportato come un... un mascalzone. Non sarei dovuto neppure uscire con te, è stato come lasciarsi andare a qualcosa di bello... ma che non può essere. Tu vuoi un fidanzato, vuoi il sogno di un futuro insieme, e io ho già Barbara. »

No, Barbara no! Proprio non voglio ascoltare la cerimonia di beatificazione della sua fidanzata, che mi farà sentire ancora di più la piccola fiammiferaia dell'amore. « Ti riDgrazio per volerBi far rivivere tutto il Bagnifico disagio dell'ultiBa volta, Ba ti assicuro che DoD ce n'è bisogno. Ricordo perfettaBente senza il riassuDto delle puDtate precedeDti. »

« Volevo solo dirti che, se non m'importasse niente di te, se non ti stimassi... credo che mi sarei approfittato di quello che provi. »

Questo mi fa veramente perdere le staffe. Mi ferisce nell'orgoglio sentirlo parlare di emozioni (di emozioni *solo* mie?) che pare non lo riguardino affatto. « Bi seBbra che tu stia un po' esageraDdo », gli dico, fissandolo negli occhi. « C'è stato solo uD bacio. DoD siaBo nell'Ottocento e DoD Bi hai compromessa per sempre. Per quaDto Bi riguarda, è acqua passaDa. Io soDo qui per lavorare e, Bi pare, aDche tu. »

Mi allontano, col cuore che prima prende il largo in mezzo a una tempesta, e poi fa un tuffo nelle rapide, quando vedo Giorgio correre incontro al Presidentissimo con la mano tesa e il sorriso ruffiano del più consumato degli attori.

« Giorgio, per l'aBor del cielo! » gli intimo, afferrandolo per la camicia. « DoD è proprio il Bomento. »

« Babe, non ti arrabbiare con me, lo sai quanto sono fragile. È solo che mi preoccupo per te e per come ti trattano qui. Devono rendersi conto di quanto vali! »

« E sei molDo cariDo, davvero. Ti riDgrazio, Ba io devo lavorare, DoD puoi stare qui. »

In tutta risposta, lui fa gli occhi da Gatto con gli Stivali. «Quanto sei bella quando fai la donna manager, Pantofolina. Ah, dovevo sposare te, mica quella stronza!»

Ora o mai più, mi dico, perché quando Giorgio attacca con «Quellastronzadellamiaex» è finita, potrebbe tenere banco per ore. «Ho visto che Del Degozio all'aDgolo c'è uDa svendi-Da di Rolex!» esclamo in extremis.

«Davvero?»

Pericolo scampato: i beni di lusso stanno a Giorgio come la criptonite a Superman. Hanno un effetto catalizzatore, e ogni suo altro pensiero viene immediatamente polverizzato. È anche per questo motivo che si è rovinato. Oltre ad aver sposato una donna che era esattamente uguale a lui e che sta cercando di spolpargli fino all'ultimo calzino per fargli scontare le avventure extraconiugali, il videopoker e, in ultimo, lo strip club dove la telecamera dell'investigatore privato lo ha ripreso durante una serata di *joie de vivre* da far sembrare *Paura e delirio a Las Vegas* un filmatino delle vacanze.

A peggiorare le cose, Davide mi passa accanto, provandoci ancora ad allungarmi una delle sue occhiate magnetiche. Io però fingo di non accorgermene, di non darci peso, di essere perfettamente in possesso di tutte le mie facoltà, di essere una donna completa, sicura, sobria, capace d'intendere e di volere, una cuoca d'eccezione, una campionessa di lancio del disco, un'étoile che riceve gli applausi alla fine del *Lago dei cigni*... Insomma, lo guarderei anch'io, come no e, nell'estremo tentativo di non fare la figura della sfigata che sbava dietro all'uomo sbagliato, non mi resta altro che soffiarmi il naso.

«Pantofolina, prendi almeno le medicine», esclama Giorgio, infilzandomi come uno spiedo col vaporizzatore. «Altrimenti non farai che rigirarti nel letto e russare come stanotte.»

Purtroppo anche Davide mi sta ancora guardando. Parla col Presidentissimo, ma lo vedo che scocca occhiate nella mia direzione, e mi sento morire per quanto sono vulnerabile.

Dopo aver guardato storto Giorgio, Tio lancia un'occhiata nella direzione di Davide e del presidente. Poi a me. Incrocia le braccia sul petto e mi guarda come a sfidarmi a spargargli altre cazzate. Cosa che non potrei fare neppure volendo, con uno spruzzatore infilato nel condotto nasale.

« Ora ho capito! » mi dice, dopo avermi stappato il naso e aver riconsegnato l'arma a Giorgio, per poi allontanarsi con me di qualche passo. « Pensavi di potermelo nascondere? Che non avrei fatto due più due sapendo il segno e tutto il resto? »

Stavolta nicchio, cincischiando coi fogli sulla scrivania. « Do, va be', Ba orBai è uDa storia chiusa... »

« Alice, non è che mi diverta a dirti che i Quadri Astrologici delle persone sono sbagliati, credimi. Ma qui è palese. Non ho fatto altro che osservarvi, e ora sono più che mai convinto di quello che ti ho detto sul Leone. Ma guardati. Vedendovi insieme non posso far altro che convincermi ancora di più che quel Leone potrebbe essere la tua rovina. Ti ho osservata e... ne sei annientata. E non può che peggiorare. »

Mi salgono le lacrime agli occhi e la gola mi si chiude completamente. « DoD posso farci nieDte », ammetto, con la voce che inizia a sgretolarsi. Davide è qui, a pochi passi da me, e devo comportarmi come se fossimo due estranei. « Tio, ne soDo iDDaBorata. È terribile, lo so. DoD so coBe ho fatto. DoD riesco a DoD pensarlo, a DoD aBarlo, DoDostante tutto quello che Bi ha fatto. »

Lui mi guarda strabuzzando gli occhi, poi mi appoggia una mano sulla fronte. « Dev'essere la febbre. Secondo me stai delirando. » Mi appoggia una mano sulla spalla mentre ci dirigiamo verso la sala riunioni. « Sappi che non ti lascerò affondare in questo modo! Io... Io ti salverò! »

30

IL LEONE (S)FUGGENTE

Numeri. Numeri e parole.

Siamo finalmente entrati nella sala riunioni e l'atmosfera si è fatta seria, come se all'improvviso avessimo cambiato set e non lavorassimo più in televisione ma per una banca, o come se stessimo programmando una battaglia, tutta carteggi e strategie.

Non ci sono più facce, non si discute di copioni, di battute, di creatività; intorno a quel tavolo ovale, la mia trasmissione viene dissezionata algebricamente, diventando segmenti di equazioni che corrispondono a fasce orarie, pubblicità e share.

Io è come se fossi da un'altra parte, esclusa da quello che mi succede intorno come se il mio corpo fosse una corazza imbottita di gommapiuma.

Il chiacchiericcio è talmente forte che riesco a escluderlo come il rumore del vento. E sento solo ogni tanto parole come «indice di gradimento», «aumento delle entrate pubblicitarie» e «proposte di fusione».

Mentre il Presidentissimo parla esponendo con una bacchetta le meraviglie del mondo televisivo, gli occhi di Davide... di *Nardi,* non lasciano i miei.

Cerco con tutte le mie forze d'impedirmi di leggerci qualcosa. Rammarico. Lussuria. Tenerezza. Dolore.

Mi dico che sono degli specchi di quello che provo io. Che provo solo io.

Lui *non si è voluto approfittare* dei miei sentimenti...

Non posso fidarmi altro che di me stessa. Neanche, forse, visto che ho sempre sbagliato nelle scelte, nella valutazione delle persone, degli uomini che ho incontrato.

Sul foglio davanti a me c'è scritto il nome della trasmissione che mi sono inventata: *Guida astrologica per cuori infranti.*

Perché scelgo sempre l'uomo sbagliato? Magari là fuori c'è

quello giusto, magari più vicino di quanto creda, ma non faccio che allontanarlo, non gli do nessuna possibilità di avvicinarsi.

Poi nel fischio del vento mi sembra di sentire un nome. Lui si alza, la sedia che gratta sul pavimento, come uno strappo.

È ancora il Presidentissimo a parlare: « Visto che sono presenti tutti quelli che si occupano della *Guida astrologica*, direi che possiamo fare una breve digressione sull'ultima puntata ».

Davide abbassa gli occhi un momento, come per cercare qualcosa sui fogli che ha davanti, in realtà per un tempo troppo breve per risultare plausibile. « Sì, ecco, abbiamo pensato che l'ultima puntata della *Guida astrologica per cuori infranti* meritasse un evento speciale. Gli ascolti sono alle stelle... ehm... anche se sembra una battuta. »

Nessuno ride, però, e dentro di me gongolo un po' nel vederlo in difficoltà. Ben gli sta di fare la figura del fesso davanti a un pubblico difficile.

« Eh... e bisogna chiudere in bellezza, con un ospite davvero d'eccezione. »

« Il professor Klauzen », lo interrompe il Presidentissimo, impaziente. « Delle cliniche Klauzen, famoso in tutto il mondo, ormai, per il suo metodo di programmazione delle nascite. »

« Quel professor Klauzen? Del Klauzen Institut di Colonia? Della Fondazione Klauzen di Amburgo? » domanda Tio sgranando gli occhi, visibilmente euforico alla notizia.

« Il Klauzen di tutte quelle cose e altre ancora, sì », conferma il Presidentissimo.

« Caspita, non sarà semplice trovarmelo in studio per un'intervista. »

« Non sarà proprio così. Klauzen è un tipo molto particolare, oltre che un medico estremamente impegnato. Perciò non verrà lui da noi, ma andremo noi da lui. Registreremo un'intervista e saranno Marlin e Nardi ad andare a Parigi a fargliela. »

« Perché non io? » esclama Tio, del tutto risentito.

« Perché avrai già altre cose da preparare qui per la trasmissione, e perché così, con Marlin, potremo avvalerci anche di uno sponsor di abiti femminili coi quali le saranno fatti dei contributi filmati in giro per la città. »

Vedo il mio amico divorarsi la bile per l'invidia, ma incassare il colpo con stile. Probabilmente la frequentazione di Andrea ha i suoi meriti.

« Visto che Nardi conosce il professore personalmente, farà lui da accompagnatore a Marlin. » Il Presidentissimo sorride, soddisfatto. « Lo prenda un po' anche come un piccolo viaggio premio, Davide, visto che molto del successo odierno della rete è merito suo e della sua lungimiranza. »

Davide annuisce senza sorridere. « Grazie, presidente », dice, riprendendo la parola. « Dunque, tornando ad argomenti più generali... Alla luce dei fatti, con la proposta di acquisizione che è stata presentata da parte del gruppo World, fortemente in crescita nel mercato televisivo, è evidente che abbiamo visto giusto nel puntare sul rinnovamento dell'offerta. Le nuove trasmissioni hanno incuriosito il pubblico, richiamando su Rete Mi-A-Mi l'attenzione della pubblicità, creando nuovi segmenti di mercato. E sono felice che il mio mandato termini all'alba di prospettive tanto rosee per l'azienda. »

Il Presidentissimo applaude con un espressione sorniona, seguito subito da Marlin e da tutti gli altri. « Ha fatto un ottimo lavoro, Nardi. Ci mancherà. »

E io sento il sangue che defluisce dal corpo, anche se non ho ferite. Si rannicchia, comprimendosi chissà dove, prima di mettersi a urlare nelle mie vene tutto in una volta.

Davide se ne va.

Davide se ne va. Il suo sorriso sghembo. Le schermaglie. I malintesi. Quella volta che mi ha sfiorato la mano. Il sapore dei suoi baci.

Sapevo che il suo era un mandato a termine, ma non avevo idea di quando, non avevo idea di come, e solo adesso mi rendo conto che, con ogni probabilità, dopo che andrà a Parigi, non lo rivedrò mai più.

Il gelo mi avvolge e so che è per colpa del buco, di quel buco al centro della mia anima.

C'è un gran stringersi di mani, uno scambio di sorrisi, di pacche sulle spalle, qualche risata troppo alta per non essere volgare. Mentre raccolgo i fogli dal banco, sento formicolare le braccia e le mani.

Mi sembra che tutti vadano al doppio della velocità, mentre io cerco di rimanere coi piedi ben piantati sul pavimento, perché ho l'impressione che anche il moto terrestre possa mandarmi a gambe all'aria.

Faccio lo sforzo di alzarmi, ma succede qualcosa. Mi sembra che i piedi sprofondino nel pavimento, che le pareti di cartongesso si ripieghino su di me.

Il tavolo mi viene incontro.

E all'improvviso intorno a me non c'è più nulla.

31

ANCHE I LEONI TIRANO DI DESTRO

Intorno a me c'è una stanza in penombra. È camera mia. La mia cameretta, con la scrivania, il letto a ponte e la vetrinetta coi miei giochi. Dalle labbra mi esce un lento sospiro e mi sento sollevata.

Era tutto un sogno. Soltanto un sogno strano della mia vita futura, come in *Dallas*, e poi Bobby non è morto ma sta solo facendo la doccia. Mi crogiolo nel tepore del piumino leggero. Oggi è lunedì e a scuola mi aspettano due ore di disegno dal vero. Fortuna che ci lasciano usare il walkman e a me piace disegnare con le cuffie.

Sento una fitta leggera, la punta di una strana nostalgia.

Devono essere i residui del sonno a inumidirmi ancora gli occhi e farmi scivolare una lacrima lungo la guancia, eppure mi sembra che ci sia qualcosa che mi sfugge.

«Hai proprio la faccia come...»

La mia compagna di banco, Giovanna, vorrebbe andare al cinema, mercoledì pomeriggio.

«Paola, calmati. Capisco che, da brava Cancerina, ti senta molto chioccia preoccupata, ma Alice starà bene, ha solo la febbre.»

Però io sto risparmiando la paghetta per comprarmi la mia prima videocassetta, quella di quel film che hanno dato in TV il mese scorso, *Ladyhawke*.

«No che non ha *solo* la febbre! Prima con questa storia dei segni zodiacali e adesso lui!»

Chissà, magari poi papà capirà che lo voglio davvero, il videoregistratore, e me lo comprerà per Natale.

«Ora ti prego di non tirare in ballo l'astrologia, eh! Distinguiamo tra amici e nemici. Se mi metti sullo stesso piano di questo... questo tizio del Leone, giuro che faccio una strage.»

«Tio, tu sei arrivato adesso nella vita di Alice, non hai idea di quello che ha combinato quest'idiota.»

«Ehi, io sono presente! L'idiota ha un nome, che è Giorgio. E anche un segno zodiacale, che è Gemelli.»

«Ma no! Tu... tu sei il Leone!»

«Gemelli.»

«Leone!»

«Gemelli.»

«Tio, questo schifo d'uomo è Gemelli. Per quel che vale. Me la ricordo ancora, la sua megafesta di compleanno in piscina, ed era a inizio giugno.»

«Te la ricordi, eh? Che figata la festa hawaiana. Tutte quelle ragazze col gonnellino... Quando do le feste io!»

«In effetti, questo è tipico del Gemelli...»

«Oh, se me lo ricordo, come mi ricordo quelle due donnine con cui ti ho trovato nel bagno turco. E il gonnellino loro non l'avevano...»

«Be', era un regalo di compleanno. Non potevo mica rifiutare...»

«Ma piantala.»

«Posso offrirvi un caffè? No, forse è meglio la camomilla. Cosa ne dici, Guido?»

«Decisamente. Una caraffa di camomilla per tutti, Adalgisa. Presto!»

L'ondata arriva sulle voci dei miei genitori.

Dio, quanto vorrei che fossero ancora gli anni '90 per davvero. Era tutto più semplice allora. La scuola, lo studio, le vacanze, l'amore, il futuro, tutto sembrava possibile ed estremamente a portata di mano. La vita che sognavo era alla distanza di un soffio e il tempo era un mare sconfinato e senza forma che neppure tutte le fantasie riuscivano a riempire. Ora ho più che mai l'impressione che il tempo sia una linea sottilissima, sulla quale devo camminare in punta di piedi e anche così fatico a mantenere l'equilibrio.

Invece ho soltanto perso i sensi, perché non stavo bene, perché ero in sala riunioni e faceva caldo, perché Giorgio è tornato con prepotenza nella mia vita, perché Carlo si sposa con Cristina anche se si è invaghito di un'altra, perché Tio mi dà consigli sui segni zodiacali da frequentare ma lui stesso non capisce l'uomo della sua vita, perché non avrei dovuto innamorarmi di un Leone con un Quadro Astrologico così disastroso.

Perché Davide andrà via.

«Pantofolina! Sei sveglia?»

La porta si è aperta sulla mia stanza, la luce la invade come una lama.

Se non rispondo magari se ne andrà, se faccio finta di non essermi ancora ripresa.

«Baaaaabeeee, rispondimi!»

Ecco, come non detto. I miei timpani ringraziano. Ma è solo quando mi arriva una sberla che apro occhi e bocca e me lo trovo a meno di un palmo dalla faccia.

«Ti sei svegliata, Pantofolina! Finalmente.» Gli piglia un attacco d'iperattività e tira su la tapparella, saltellando, come uno di quei fastidiosi cani topo.

«Brutto cretino, l'hai svegliata!» esclama Paola sulla porta.

D'istinto, io mi tiro la coperta fin sotto il naso, perché, se ormai non temo più le lavate di capo di mia madre, Paola, oh, è molto più pericolosa.

Solo quando lei lo acciuffa per un braccio, noto che Giorgio ha un occhio gonfio e arrossato.

«Quando uno ha una commozione cerebrale non lo si deve lasciar dormire, non lo sai, Paolotta?»

«Ce l'hai tu, la commozione cerebrale, da quando sei nato. E non t'azzardare a chiamarmi Paolotta, *Pantofolino*, se non vuoi trovarti un tacco infilato nella giugulare.»

«Si tratta solo di un po' d'influenza», interviene Tio, che, per fortuna, pare proprio abbia intenzione di fare da paciere. «E glielo dicevo stamattina che il Quadrato del Sole, in Transito Negativo con la Luna di Nascita, poteva causare problemi.»

«Ma basta con queste baggianate! Non c'è da stupirsi che le abbia dato di volta il cervello, dopo quello che le hai ammannito per mesi!»

Come non detto. Quando Paola imbraccia la spada da Signora dell'Apocalisse non fa prigionieri, e a Tio non rimane che parare come può: « Ho soltanto cercato di aiutarla, visto che il suo radar per gli uomini funziona peggio di un robot da cucina comprato dai cinesi. E ti ricordo che tu l'hai fatta uscire con quel tuo collega dell'Ariete, quel Luca, che l'ha scaricata neanche a metà del primo appuntamento, lasciandola ubriaca marcia per la strada ».

« Oh, chiaro. Perciò invece tu con Alejandro hai fatto un ottimo lavoro. Bravo. »

« Cosa c'entra? Io le avevo detto che era una pessima idea uscire con quella specie di tanguero sottosviluppato. Mai fidarsi ciecamente di un Sagittario, non senza aver verificato il suo Quadro Astrologico. E quello del tanguero era pessimo. »

« Cosa che invece non si può dire del Tema Natale di Andrea... che ora è il *tuo* fidanzato. »

« Questo è davvero un colpo basso, Paola! Io l'avevo avvertita... »

« No, Tio. Non è un colpo basso, è solo la verità: Alejandro *non* andava bene e il suo Quadro Astrologico non si addiceva a quello di Alice. Andrea *non* andava bene, anche se il suo Quadro Astrologico si addiceva a quello di Alice. Perché? Perché loro sono *persone* e non segni zodiacali. E che mi dici di Giorgio? È un pessimo elemento perché è dei Gemelli? Ti ricordo che lo sei anche tu! »

« Sicuramente ha una Carta Astrologica orribile. »

« Guarda che io ho un senso dell'orientamento invidiabile. Mai chiesta un'indicazione in vita mia e mai avuto bisogno di una carta stradale », interviene Giorgio.

« Zitto! » gli sibilano entrambi.

« Mi avete rotto! » sbotta allora il mio ex fidanzato. « Ci sono io con Alicina, adesso. Caro il mio zingaro con la sfera di cristallo, ti ricordo che non sapevi da che parte iniziare quando Alice poco fa ha praticamente avuto un infarto e tu piagnucolavi come una bimbetta. E la Mantide Religiosa, qui, neanche c'era. È arrivata dopo e solo per fare casino. »

« Invece tu, caro il mio Gemelli ex Leone, sei arrivato al momento giusto per prenderti un pugno da Nardi. L'unico rammarico che ho è di non avertelo dato io. »

Risbuco dal piumino, mettendo fuori le antenne come una timida lumaca. Ho sentito bene? Perché mai Giorgio si sarebbe preso un pugno da parte di Davide? « Ehm, scusate se intervengo ma... »

« È viva! » Giorgio mi si lancia addosso come se mi avessero appena estratta dalle lamiere miracolosamente illesa.

« Lasciala respirare! » Paola gli caccia un pugno in un braccio.

« Vattene tu, strega! »

« Smettetela! »

Ho gridato talmente forte che la voce mi rimbomba nella testa. Ma in questo modo sono riuscita a farli stare tutti zitti per un attimo.

« Qualcuno mi vuole spiegare cos'è successo? »

Dal rifugio del mio lettino, fisso i miei tre soliti sospetti che si guardano in cagnesco, ma i loro resoconti hanno il sapore di quei film dove la verità è sempre filtrata da un solido e quanto mai parziale punto di vista.

PAOLA: *Candy Candy chiamata alle armi*

Ero a casa di mia madre per aiutarla a fare le lasagne. Hai presente le lasagne di mia madre? E sai anche da quanto tempo la stia supplicando di darmi la ricetta. Ora, dopo aver fatto quell'intervento al tendine d'Achille, la settimana scorsa, ha capito di non essere eterna e che non può portarsi il segreto nella tomba, perciò ha deciso di cantare. Capisci quindi che, quando ho ricevuto la telefonata di Tio, ho rinunciato a qualcosa di veramente importante per venire a toglierti dai guai.

Ho cercato di calmarlo per telefono: « Tio, Tio, cosa succede? Non ti capisco se piangi. Respira a fondo. Bravo. Respira! » Dovevo parlargli come a un bambino.

« Si tratta di Alice! Vieni, sta male... Io... io non so più cosa fare! Aiutami, Paola! Aiutami! Solo tu puoi salvarla. »

« Ma sto facendo le lasagne! »

« La lasagna può attendere! Per Alice, invece, potrebbe essere già troppo tardi. » E poi ha messo giù il telefono.

Io allora ho messo giù il mattarello e mi sono precipitata fuori. Per fortuna, in macchina ho sempre la valigetta del pronto soccorso. Meglio essere previdenti...

E quando sono arrivata a Rete Mi-A-Mi... Dio, mi sono chiesta se solo con le mie forze avrei potuto farcela a salvarli tutti. Ho stretto al petto la mia valigetta e mi sono fatta largo in quella folla urlante, finché non ti ho trovata, tra le braccia di Tio, che ti scuoteva piangendo come un disperato. « Parlami, Alice! Parlami! » gridava.

Era talmente sotto shock che ho dovuto dargli uno schiaffo. « Ora ascoltami, devi lasciarla andare. Ci sono qui io. Ci penso io. D'accordo? »

Ah, gli uomini, non reggono un minimo quando qualcuno sta male. Giacomo scappa in cantina al primo accenno di coliche di Sandrino.

Forse una perdita di conoscenza non è proprio paragonabile all'attacco di diarrea di un neonato, penso. Ma le voglio bene, e capisco quanto la renda felice poter giocare all'Allegro Chirurgo, così mi lascio toccare la fronte per capire se scotto, allargare la palpebra inferiore e per farle scrutare il mio occhio con la determinazione di una fattucchiera coi fondi del caffè.

« Poi, una volta chiamata l'ambulanza », prosegue la mia migliore amica, « l'ho visto. Ho visto quest'imbecille del tuo ex che menava la gente a destra e a manca per tutto il salone. Uno spettacolo vergognoso. »

« Vergognoso, esatto! » la interrompe Giorgio. « C'è gente che non ha la minima idea di quali siano le regole base di un combattimento corpo a corpo. »

GIORGIO: *Rambo Apocalypse... now!*

Milano. Merda. Sono di nuovo a Milano. Ogni volta penso che mi risveglierò di nuovo nella giungla.

Annuso l'aria, sentendo sulla pelle che c'è qualcosa che non va. C'è troppo silenzio. Troppo irreale. Troppo silenzio irreale, insomma, perché i miei sensi non mi dicano che sta per succedere qualcosa. E quando sono i miei sensi a dirmi che sta per succedere qualcosa, oh, puoi scommetterci, che sta per succedere qualcosa.

Respiro ancora. Adoro l'odore del Napalm al mattino. Mi fa sentire il profumo della vittoria. Anche se sono le 12.45 e non è che si possa dire che è ancora mattino. Fa lo stesso.

Ci sono due donne, due civili, che mi tengono d'occhio. Potrebbero anche essere spie, così mi avvicino e tento di distrarle con la visione del mio corpo, i muscoli tesi mentre pratico alcune mosse di Ba Ji Quan.

« Te lo ricordi il Ba Ji Quan, Pantofolina? »

« Il Ba Ji Cosa...? » chiede il mezzo uomo bistrato.

« Ba Ji Quan », gli ripeto. « È un'arte marziale cinese. Modestamente ne sono maestro. L'ho imparata quand'ero in Cina e facevo lotta nelle gabbie. »

« Peccato che dopo le abbiano aperte, le gabbie. »

Paola. La fisso stringendo le palpebre, come per incenerirla, lei e quelle sue tette da competizione. Sembra che non voglia accettare il fatto di avere di fronte un esperto in tecniche di guerriglia, un uomo che è il migliore coi fucili, coi coltelli, a mani nude anche...

Nonostante le civili che cercano di oscurarmi la visuale, adocchio qualcosa a ore nove. È un energumeno di quasi due metri, che ti sta portando via.

Era la mia missione. Non ne avrei più avuta un'altra.

Allora gli sono addosso. Grido: « Dio perdona, io no! » In cinese, ovviamente. Per darmi la carica.

E, quando ti ho strappata dalle sue grinfie, cerco di rianimarti con foga disperata. Non respiri. Fortuna tua, ho una specie di laurea in Medicina d'urgenza, e quindi so cosa fare in caso di arresto cardiaco. E, pur non avendo con me il mio coltello a serramanico, col quale ti avrei praticato un foro nella gola per facilitarti la respirazione, mi applico corpo e mente per farti la respirazione bocca a bocca e un massaggio cardiaco.

« Col quale rischiava di spaccarti le costole, se Nardi, che invece cercava di portarti sul divanetto accanto alla finestra, non gli avesse mollato un pugno. »

«Zitto, uomo col mascara.»
«Coglione, era solo svenuta e tu volevi tagliarle la gola!»

Cerco di divincolarmi, ma sono in otto a tenermi, a tentare di placare la mia furia. Quando mi libero, mi avvento sull'uomo che mi ha dato il pugno e impedito di soccorrerti. Non vedo più niente. Il fumo, il sangue.

«'In città sei tu la legge'», gli dico. «'Qui sono io. Lascia perdere. Lasciami stare o scateno una guerra che non te la sogni neppure.'» È una battuta di Rambo. *Lo so a memoria.*

«Ovviamente glielo grido in cinese, Pantofolina. Lo sai che, quando sono arrabbiato, mi parte sempre il cinese.»

Proprio così. Giorgio parla cinese. E lituano. È esperto di arti marziali. Ha una laurea in Scienze politiche e un'altra in Storia delle filosofie orientali. Eccetera eccetera. È vero, di primo acchito può sembrare un pirla, e lo è davvero ma, come un incrocio tra Rain Man e l'uomo da un milione di dollari, ha incamerato miliardi di nozioni, che, per quanto eccezionali, in lui risultano completamente inutili.

Secondo Paola, il suo cervello dovrebbe essere donato alla scienza, ma subito, per fare un favore al mondo.

Un tempo queste sue stranezze lo rendevano eccezionale ai miei occhi, più di un principe azzurro, era il mio principe in scintillante multicolor. Pensavo che accanto a lui avrei avuto una vita insolita, avventurosa e mai banale. Mi ci sono voluti mesi di Paola-therapy per rinsavire, e un corso di yoga per esercitarmi a baciarmi i gomiti.

Nonostante tutto, però, ora come ora non riesco a volergli male. Quand'eravamo insieme, Giorgio mi ha fatta sentire la donna più bella del mondo, facendomi assaggiare una vita che molte Cenerentole incallite si accontentano di vivere attraverso i romanzetti o i racconti sulle riviste femminili. La timida segretaria che incontra lo sceicco. La barista che sposa il principe ereditario della casata tal dei tali. La produttrice televisiva che impalma lo stravagante miliardario con triste storia di un matrimonio sfasciato alle spalle. Peccato che il matrimonio lo avesse (più volte a quanto pare) sfasciato lui, e applicandocisi con una certa dedizione.

« Ma io dico, tu, come hai fatto? Come hai fatto a riprenderti uno come questo? » salta su Tio, indicandomi Giorgio. « Dopo tutto quello che ti ho insegnato! »

TIO: *Spazio, ultima frontiera...*

Data Giuliana 2.456.402,92. Latitudine 45.28, Longitudine -9.12. Pianeta Terra.

Il comportamento della Bilancia mi aveva già fatto preoccupare nelle settimane precedenti, e non solo perché il suo Transito Negativo tra Marte e Urano sottolineava la possibilità che stesse prendendo decisioni sbagliate, ma anche e soprattutto perché lei stessa aveva confessato di essere uscita con un Leone Ascendente Bilancia, un uomo con una Carta Astrologica che in combinazione dinamica con la sua avrebbe avuto esiti potenzialmente disastrosi.

Così, questa mattina, dopo aver scrupolosamente controllato il suo oroscopo, ho deciso di affrontarla di petto, con l'intenzione di alleggerire il suo Transito Negativo con la Luna di Nascita, facendole sentire il mio appoggio, qualsiasi cosa stesse succedendo.

Non è da me sbagliare tanto clamorosamente il segno zodiacale di qualcuno, ma la Bilancia si era data da fare per intorbidire le acque, fornendomi di proposito una data sbagliata, e il mio Mercurio in Toro deve aver fatto il resto, rendendomi caparbiamente cieco.

Adirato con lei, mi sono tenuto in disparte alla fine della riunione, invece di complimentarmi per il successo raggiunto, come il suo Trigono di Saturno aveva annunciato. Non avevo dato troppo peso all'eccessivo carico del Quadrato del Sole, in Transito Negativo con la Luna di Nascita, che invece l'ha fatta svenire.

Purtroppo ho Nettuno in Sagittario, a impedirmi d'intervenire con prontezza in certe situazioni, ma quando l'altro Gemelli ha ingaggiato una lotta senza quartiere con...

Tio mi fissa, rimanendo a bocca aperta. « Con... Nardi », dice. Poi scuote la testa nella mia direzione e mormora: « Il Leone. Il Leone ha cercato di proteggerti ».

Mi mordo le labbra e abbasso gli occhi. « Va' avanti... »

Ma non fa in tempo, perché nella mia camera fanno irruzione i miei genitori, tutti agitati. « Sei in TV! » esclama mia madre premendo il pulsante sul telecomando del televisore nella mia stanza.

E non posso credere ai miei occhi, al telegiornale stanno parlando di una rissa avvenuta « negli studi di una nota TV locale ».

« Ommioddio. »

Quando parte il servizio, sembra *Bowling a Columbine*. O un film di guerra girato da Lars von Trier, tutto macchina a spalla e movimenti concitati. Uno dei videogiornalisti spiega alla telecamera che stavano uscendo per l'intervista a un calciatore, ma che lui e l'operatore sono stati richiamati dalle grida che provenivano dal loft degli uffici di produzione. Alle sue spalle s'intravedono i miei piedi.

« Ommioddio », ripeto, e mio padre mi batte sulla spalla per rincuorarmi. « Mi manca una scarpa! Vengo ripresa e vado in TV... e mi manca una scarpa! » E poi sono bianca come un cencio e ho la bocca aperta. Ci manca solo un rivolo di bava che mi cola dalle labbra: è un disastro. Guardo Tio con rabbia, visto che era lui a tenermi tra le braccia. « Ho i capelli sulla faccia. E non mi hai neppure chiuso la bocca! »

Lui si copre il volto con le mani. « Perdono! » dice, e scoppia in singhiozzi. « Ho avuto tanta paura! »

Poi, veloce come una faina, in TV appare Paola: coi codini biondi, con la cassetta del pronto soccorso e con giubbotto e stivali di pelle, sembra Candy Candy versione Manga Cyberpunk.

In una delle riprese del telegiornale, s'intravede di sfuggita Giorgio, che spicca su un gruppo indistinto di persone; doveva essere salito su una scrivania, per poi lanciarsi, gridando, nella mischia.

« Ecco, ecco, hai sentito, Pantofolina? *Shàngdì de kuānshù, wo bù zhīdào* », esclama. « Che forte, eh? Gliel'ho fatta vedere, io. »

Io riesco soltanto a mormorare: « Ommioddio » per la terza volta, come un mantra. Poi mi rifugio sotto le coperte e vorrei scomparire davvero.

Sento ancora le loro voci. Delle mani si appoggiano su di me.

No. Ho ancora la febbre.

« Andate via », dico. « Andatevene via tutti. »

Qui urge una soluzione. Una presa di posizione. Una direzione. Un'idea. Un cambio d'identità. Un programma di protezione testimoni.

Riesco solo a pensare alla figuraccia che ho appena fatto in mondovisione.

E a Davide che si gettava su Giorgio per difendermi. O solo perché Giorgio lo aveva aggredito?

Non è che adesso se una sviene può pensare che quello che la raccatta da terra sia il suo principe della collina.

Sciocchezze, dovrei concentrarmi su cose più importanti, tipo la lettera di richiamo che sicuramente è già in viaggio verso casa mia. E questo se sono fortunata, perché visto che, in quella specie di rissa da saloon, Giorgio ha anche fatto lo sgambetto al Presidentissimo, potrebbero esserci gli estremi della giusta causa per un mio licenziamento.

Com'è potuto succedere?

Ha ragione Paola, quando dice che devo imparare a volermi bene, a non lasciare che le persone mi si accozzino invadendo i miei territori. Ma d'altra parte ha ragione anche Tio, quando dice che la generosità è insita nel mio Quadro Astrologico. È la Luna in Pesci, che mi rende estremamente gentile e desiderosa di prendermi cura delle persone.

Per esempio, non potrei mai gettare Giorgio in mezzo alla strada, anche dopo tutto quello che ha fatto. Se c'è una cosa che ho imparato da Tio e i suoi insegnamenti sui segni zodiacali, è che il germe di noi è già scritto al momento della nascita. E purtroppo l'essere così sopra le righe, completamente fuori da ogni schema preordinato è proprio nella natura di Giorgio. In fondo non è neppure cattivo, ma soltanto uno che crede fermamente nell'edonismo più estremizzato. Negarsi un piacere per lui sarebbe come picchiare un bambino o rubare la pensione a una vecchietta: un delitto contro la morale.

A pensarci bene, è tutto molto chiaro, ovvio, anzi. Quando

ho guardato il Quadro Astrologico di Giorgio, qualche giorno fa, ho trovato delle corrispondenze che mi hanno fatto rizzare i capelli: addirittura la VI Casa in Leone parlava del suo amore per i beni di lusso; ed è Marte in Cancro a determinare il suo piglio vagamente dittatoriale e la sua possessività così tenace nelle relazioni. E Davide? Con Giove in IX Casa, è ovvio che viva un'esistenza di costanti spostamenti, mentre Venere in XII Casa dice chiaramente che è allergico a legami troppo stretti. Barbara non lo obbligherà mai a convivere, per non turbare la crescita dei suoi bambini, e per lo stesso motivo non gliene chiederà mai altri, lasciandogli l'idea di poter fare quello che desidera della sua vita. La cara vecchia storia del guinzaglio abbastanza lungo. Su Alejandro c'è poco da dire, le corrispondenze, una volta che ho imparato a leggerle, erano un faro che rischiarava la notte: l'VIII Casa in Cancro, unita alla Luna in III e Mercurio e Venere in I sottolineavano come un lampeggiante il fatto che abbia un disperato bisogno di piacere, che la sua autostima sia del tutto legata alla sua sessualità e questo lo fa passare da una donna all'altra.

C'è bisogno di qualche altra prova, Vostro Onore?

D'ora in poi... o zodiaco, o morte.

CAPRICORNO

Dotato del senso dell'umorismo di un'asciugatrice, l'uomo del Capricorno nasconde tuttavia la rara qualità della serietà e della fedeltà. Lui si vuole sistemare. Con voi. Soprattutto se dopo aver controllato la vostra dichiarazione dei redditi sarà sicuro che siate sul punto di ereditare un ingente patrimonio da quella vecchia zia ottuagenaria. Preparate il vestito bianco... e l'atto di comunione dei beni.

32

TUTTO QUELLO CHE AVRESTE SEMPRE VOLUTO SAPERE SULL'OROSCOPO* (*MA NON AVETE MAI OSATO CHIEDERE)

«... Quindi dalla sua data di nascita deduco che lei è...» Mordicchio la base della penna senza perderlo di vista.

«Pesci.»

«Pesci...» Scandisco scribacchiando. «Mi dice anche l'ora e il luogo, per cortesia?»

«Sono nato a Milano, intorno alle tre del pomeriggio, mi pare.»

«Bene.» Digito ancora velocemente sul mio tablet e mi perdo nella lettura.

L'uomo davanti a me sospira. «Signorina, allora glielo affetto quest'etto di prosciutto o vuole sapere anche quanto pesavo al mio primo vagito?»

Alzo di scatto la testa e lo scruto attentamente, socchiudendo le palpebre. Poi mi mordo le labbra. «Mmm, no. Meglio di no.» E, senza aggiungere più che un frettoloso saluto, gli volto le spalle ed esco in fretta dal negozio.

E con questo fanno cinque. Forse dovrei pensare di cambiare casa, o quartiere, perché mi sta diventando un po' scomodo.

Sì, insomma, l'altro giorno ho scoperto che il mio parrucchiere ha l'VIII Casa in Pesci, e ciò significa che potrebbe anche far uso di droghe. In effetti, a giudicare dalle pettinature di alcune clienti, la cosa è probabile.

Ho notato pure che il macellaio ha un colorito tra il giallo limone e il verde asparago, e i miei sospetti hanno trovato conferma quando ho saputo che la sua Congiunzione Saturno-Plutone favorisce le malattie rare. Insomma, non vorrei dovermi curare da qualcosa di cui non riesco neppure a pronunciare il nome.

Di conseguenza ho dovuto chiedere all'ASL di cambiare il mio medico di base: aveva Mercurio in Gemelli, e non c'è da fidarsi, perché questo è solitamente indice di superficialità.

E adesso viene fuori che il salumiere è dei Pesci! Lo sanno tutti che i Pesci già di per sé hanno un'indole bugiarda e, con una Venere in Capricorno, freddezza e calcolo vengono esasperati.

Insomma, devo aver macinato almeno cinque chilometri a piedi, quando varco il cancello di casa sono a dir poco esausta e molto tentata di lasciar squillare il telefono nella borsa, ma ho riconosciuto la suoneria di Paola, e non voglio che pensi che la sto ancora evitando.

« Come mai hai il fiatone? » mi domanda quando mi lascio sfuggire un lamento.

« Ho girato tutto il quartiere per fare la spesa. »

« Ma non hai un supermercato vicino? »

« Ehm, sì, però... Hai presente quanta gente lavora in un supermercato? Non ce la farei con tutti quegli oroscopi da controllare, i turni e via dicendo. »

« Alice, ascolta, questa storia dello zodiaco inizia a preoccuparmi. »

« Ovviamente. »

« Come 'ovviamente'? »

« Ovviamente. È colpa del tuo Nettuno in Scorpione, che enfatizza la tua emotività. »

« Ma per favore! »

« E sapevo pure che avresti risposto così. Per via dell'Aspetto Negativo tra Mercurio e Plutone: sei piena di pregiudizi. »

« Oh, al diavolo. Mi sembri posseduta. *Tio*, esci da quel corpo! Posso parlare con Alice? La MIA Alice? »

Mi metto a ridere. Prima o poi riuscirò a spiegarlo anche a Paola che, per una volta nella vita, sento di avere per le mani uno strumento che mi dà sicurezza. Così è tutto un po' più facile. Non dico che sia matematicamente impossibile prendere fregature, ma è senz'altro un modo per limitare i rischi. « Ma sì, certo, scherzavo », dico, però, per andarle incontro. « Sai che oggi mi ha richiamata quel tizio, l'amico di Karin... quello che voleva uscire con me? »

Lei sembra rianimarsi. « Davvero? Tenace, il ragazzo, dopo che gli hai sbattuto il telefono in faccia tre volte. »

« Mmm... otto. Ma non è colpa mia se chiama sempre nel

momento sbagliato. Comunque lo conoscerò. Abbiamo un appuntamento domani sera.»

Dall'altra parte sento il silenzio.

«Paola?»

«Sì, ci sono. Ehm... E *Pantofolino* cosa ne pensa? Perché Babe Maialino Scorreggioso è sempre in modalità bivacco sul tuo divano, vero?»

«Appunto. Sul mio *divano*, Paola: non nel mio letto.» Appoggio le borse sullo zerbino e, tenendo il telefono tra la spalla e l'orecchio, armeggio alla ricerca delle chiavi di casa. «Giorgio e io non stiamo più insieme. Lo sto ospitando da amica. Non ho nessuna intenzione di rimettermi con lui.»

«Sia ringraziato il cielo, allora c'è ancora segno di attività cerebrale in mezzo a tutto quel caos astrologico.»

«Non ti sfiora neanche l'idea che sia proprio *grazie* al 'caos astrologico', come lo chiami tu, che ragiono? Ha Urano in VII Casa, santo cielo! I legami lo terrorizzano. E ho già provato sulla mia pelle il nostro Quadrato Marte-Plutone... non potrebbe mai esserci una relazione stabile tra noi.»

«Okay, okay, mi basta che lo tieni lontano da te; sui motivi, possiamo lavorarci.»

Sbuffo, e finalmente infilo le chiavi nella toppa. «Comunque, sei ingenerosa nei suoi confronti. Poverino, con tutto quello che sta passando...»

«Oh, no! Poverino non si può sentire. Non per lui! Se non stai attenta, quello ti fa fare le capriole a comando.»

Stavolta scoppio a ridere. «Guarda, in questo momento potrebbe anche piangere in cinese, cosa che tra l'altro gli ho già sentito fare, e non riuscirebbe a smuovermi: sono disfatta, voglio solo farmi un bagno caldo e infilarmi il pigiama per il resto del pomeriggio. E poi comunque lui è fuori. Sta cercando lavoro, e gli ho procurato un colloquio in un ristorante.»

«Bene. Meno male, così appena sarà economicamente indipendente non avrà più scuse per svuotarti il frigo.»

Sospiro ed entro in casa. Non c'è assolutamente niente da fare, con Paola. Detesto il suo Marte in Cancro, Pinochet era un filo più malleabile.

Ma non faccio in tempo a entrare che un paio di mani solerti strappa dalle mie le buste della spesa e la sorpresa mi fa cadere per terra il cellulare.

« Alice, cos'è stato? Tutto bene? » sento gracchiare la voce di Paola.

« Sì, non è nulla... Mi è scivolato il telefono. Sai, Giorgio mi stava aiutando con la spesa... »

« Ma non doveva essere fuori, quel mentecatto? »

« Sì... forse è già tornato. »

Dopo aver salutato Paola, come Pollicino, seguo la scia di limoni caduti da un sacchetto e arrivo fino in cucina. « Com'è andato il colloquio? »

« Non ci sono andato. » Giorgio strappa le buste per prendere la spesa.

« Ehi, aspetta, le usavo per la raccolta differenziata della carta! Come 'non sei andato'? Perché? »

« Ti ho scritto una poesia. »

« Una poesia? Ma Giorgio! »

« Sstt. Ascolta. » Si fruga nella tasca dei pantaloni e tira fuori un Post-it. « *Sorridimi ancora, stringendo il mio cuore tra le tue labbra. Colpiscimi con la tua ironia coerente. Il tuo cuore leggero. Ormai non spero più di uscirne indenne. Lo specchio dei tuoi occhi. Le unghie francesi, fra il tuo sorriso e la mia malinconia.* »

Bella è bella, eh. Sembra uscita da un generatore automatico di cazzate. Devo averne ancora cassetti pieni delle sue esuberanze creative. Me le scriveva soprattutto quando aveva qualcosa da farsi perdonare. Come dire, il lupo perde il pelo... « Grazie. La metterò in cornice », dico, strappandogliela di mano. « Allora, perché non sei andato a quel colloquio? Insomma, mi avevi pregato di trovarti qualcosa. »

« Be', sì... » fa lui, cincischiando con le uova e la carta igienica. « Ma in un ristorante a fare lo sguattero! Non è che si possa dire che ti sei proprio data da fare, eh... »

Sbuffo e sfilo il dentrificio dal cassetto delle posate dove lui l'ha messo.

« Giorgio Pifferetti non lo fa, lo sguattero. Giorgio Pifferetti è destinato a grandi cose. Ti sembra che possa fare lo sguattero uno come Giorgio Pifferetti? Con tutto questo popò di fisico, questo popò di cervello... »

Meno male che non c'è Paola, perché sono sicura che a questo punto lo correggerebbe con qualcosa tipo « tutta questa pupù nel cervello »... « Lo sguattero? Veramente cercavano un sommelier e, visto che mi hai detto di avere la certificazione AIS, ho pensato che il vino t'interessasse. »

« M'interessa. Berlo. Specie se è un Cristal, accompagnato da ostriche della Bretagna. Ma il sommelier! Praticamente è un cameriere. »

« Avevi detto che ti sarebbe andato bene qualsiasi lavoro. E sai quanto sia difficile in questo momento trovare qualcosa. »

« Ma come? » mi risponde lui, facendo la voce in falsetto. « Non hai fiducia nel tuo Pantofolino, Pantofolina? Vedrai che troverò di molto meglio. » Mi schiocca un bacio sulla guancia e se ne va, lasciando un uovo che rotola per il tavolo e che acchiappo al volo, prima che mi faccia una frittata sul pavimento.

Che dire? Non è che sia facile ragionare con uno che ha il Sole in II Casa, ma al contempo un Aspetto Negativo tra Saturno e Nettuno, cioè fa in modo che sia sì finanziariamente molto ambizioso, ma anche completamente cieco per quanto riguarda le questioni pratiche.

A essere sincera, in questo momento non ho nessuna voglia di discutere. Mi toccherà una telefonata di scuse ad Alfredo, il mio amico ristoratore, ma nulla che quattro sorrisi e un po' di lavoro di ciglia non possano sistemare.

Quando l'acqua nella vasca è pronta, m'infilo in bagno e faccio per chiudere la porta.

« Cosa fai, Super Pantofolina? »

Oh, bene, posso considerarmi arrivata, ora che sono una ciabatta coi superpoteri. « Sono esausta, mi faccio il bagno e poi mi rilasso davanti alla TV. »

« E invece no », mi fa lui con un sorriso che si allarga da un orecchio all'altro.

« Invece no? »

« Eh, no, perché il tuo Pantofolino ha pensato di regalarti una serata indimenticabile. »

« Dove? »

« Ah, questa è una sorpresa! »

Adoro le sorprese. Cioè le adoro in linea generale. Il nome Giorgio abbinato alla parola sorpresa, invece, mi fa venire un brivido. « Non sono sicura di... »

L'acqua si abbatte sull'auto con tanta violenza che le spazzole non fanno in tempo a spostarla per rischiarare la visuale della strada. Ho praticamente il naso appiccicato al vetro, mentre guido e scorgo come un miraggio il cartello ALT STAZIONE A 3000 M. Dio sia ringraziato, dopo trenta chilometri sotto una pioggia scrosciante, siamo arrivati a Milano.

Giorgio non si è accorto di nulla. Accasciato sul sedile, ronfa da quando siamo saliti in macchina e mancavano cinque metri all'uscita del parcheggio. Come un bambino. O meglio come un adulto che si è scolato quattro birre, due caipiroska e otto (no, dico, *otto*) shottini di sambuca. « Mi sa che dovrai guidare tu, Pantù », mi ha detto, gettandosi direttamente lungo disteso sul sedile dietro.

« Okay... » ho sospirato.

Ma non riesco a volergli male in questo momento.

Nelle vene mi scorre ancora un fiume di adrenalina e mi sento così leggera che l'unico effetto di questo diluvio è farmi pensare di essere pronta per la Parigi-Dakar. Se si forasse una ruota, potrei anche riuscire a cambiarla da sola, insomma.

Be', meglio non tentare il fato dando dei suggerimenti.

All'inizio della serata, avevo storto il naso vedendo il buco dove Giorgio mi aveva portata. Eravamo una ben strana coppia, con lui tutto pimpante e io col muso lungo di quella che ha vinto il premio di consolazione. Ce l'avevo da quando avevo capito che la mia « serata indimenticabile » si sarebbe svolta in uno di quei localacci sulla superstrada, quei bunker psichedelici pieni di zarri della domenica, con luci al neon, cameriere coi pattini e con la cicca in bocca e i flipper dagli improbabili rumori metallici che si fondono al tunz-tunz della musica.

E non mi sono sentita meglio, quando lui mi ha trascinata alla cassa, dove una tizia sfatta con un accenno di lanugine sulle labbra ci ha sbuffato una spipazzata di sigaretta elettronica in faccia, prima di dire: « Seguitemi ».

Nello scantinato.

« Cioè? Scusa...? »

« Con questo miri e con questo spari », mi ha ripetuto la donna baffuta al limite dello spazientito. « E devi correre, carina. Perché sennò gli altri ti beccano e tu crepi. »

Ho lanciato uno sguardo preoccupato a Giorgio, mentre lei mi strizzava nel corsetto di plastica e sensori in stile *Tron*.

« Non muori sul serio, Pantofolina », ha sogghignato lui. « Solo che ti si blocca il fucile e non puoi sparare per cinque o dieci secondi. »

L'energumena mi ha soffiato in faccia un'altra boccata di finto tabacco al mentolo. Poi ha sorriso. « No, *Pantofolina*. Non muori. Ma devi muovere il culo. »

Insomma, è venuto fuori che Giorgio si era dato appuntamento lì con una quarantina di sgallettati di un forum che frequenta online.

Divisi in due squadre, abbiamo corso a perdifiato per qualcosa come quarantacinque minuti pieni. Altro che Jane Fonda, sono in un bagno di sudore. Ma mi sento leggera come non mai.

E abbiamo vinto. In più non avrei mai pensato che scappare e rincorrere fosse tanto terapeutico.

È stato un po' come tornare bambini, lo ammetto. Giorgio è davvero un maestro in certe cose. Trovate come questa fanno parte di quel suo fascino che tanto mi aveva colpita quando l'avevo conosciuto. La capacità di giocare ancora, senza prendersi troppo sul serio.

E così, oltre ad aver fatto amicizia con buona parte del gruppo, battuto cinque e imparato a salutare come i rapper americani grazie a una combriccola di ragazzi di Quarto Oggiaro, non ho pensato al disastro della mia vita amorosa per un'ora. No, che dico, per tutta la serata.

Ovviamente ho dovuto pagare io, otto chupiti compresi.

Paola direbbe che mi sono fatta fregare un'altra volta, ma io dico che ogni tanto anche Giorgio ha una sua utilità e in fondo mi è costato meno di una seduta dallo psicanalista. E su questo neanche Paola e la sua Congiunzione Negativa tra Mercurio e Urano avrebbero da obiettare.

33

FINO ALL'ULTIMO LEONE

Arriccio il naso sentendo uno strano odore di fritto, che mi disorienta. Cerco di rannicchiarmi sotto le coperte, aggrappandomi al sogno che sto facendo, ma stavolta, quando guardo Davide, in riva al mare, col vento che gonfia il mio scintillante abito sottoveste, lo vedo portarsi alle labbra una pinta di birra.

Indossa un paio di calzoncini a salopette e un cappello tirolese con tanto di piuma.

Essendo che sto sognando, la cosa non mi turba minimamente e, se si mettesse a cantare *Edelweiss*, sarei solo felice di offrirgli un coretto alla Julie Andrews. Lui però mi prende la mano, se la porta alle labbra e, guardandomi negli occhi, dice...

« Cucù, Pantofolina. »

E mi bacia.

Le sue labbra sono così calde, roventi, e sanno di... Würstel e senape?

Va be', al diavolo, potrebbe sapere anche di citronella, per quello che mi riguarda, e continuerei a baciarlo, ma, quando sento qualcosa di metallico e appuntito, gli occhi li devo aprire per forza.

« Aaahm, da brava! » Giorgio, in mutande, a cavalcioni su di me, sta cercando di uccidermi coi rebbi di una forchetta puntati contro la mia faccia.

Caccio un urlo e la forchetta vola via insieme a un pezzo di würstel, mentre la senape schizza sul pavimento.

« Ti ho preparato la colazione, Pantù! »

Faccio una smorfia. « Würstel alle...? » Controllo il telefono, sotto carica sul mio comodino. « Alle 6.25 di domenica mattina? »

« English breakfast », mi fa lui.

«Italian vaffanculo», ribatto io, rifugiandomi come un gatto sotto le lenzuola.

Purtroppo però riesco a dormire sì e no ancora una mezz'ora, perché il continuo spadellare che proviene dalla cucina non aiuta a conciliare il sonno.

«Ma che cosa stai combinando?» chiedo una volta in piedi a Giorgio che, grembiule da cucina con tanto di scritta BACIATE LA CUOCA su slip e canotta della salute, ha il braccio immerso nel didietro di un pollo di dimensioni stratosferiche.

«Tacchino ripieno. Per il giorno del Ringraziamento», mi risponde, come se fosse la cosa più naturale del mondo. Anche se siamo in Italia e a fine maggio.

«Il giorno del Ringraziamento non è a novembre?»

«Ma io voglio ringraziare te adesso. Sto facendo il tacchino ripieno.»

Non so bene come dirglielo, perché so già che ci rimarrà male. «Giorgio, ho un impegno a pranzo...»

La mano gli rimane infilata nel tacchino. «Come? Esci? E io?»

Dovrei cercare di spiegargli che vorrei avere ancora una vita sociale? Mi dispiace deluderlo, ma la realtà è che, dopo aver passato tre settimane nel mio microappartamento con lui, sento più che mai il bisogno di starmene un po' per conto mio, da sola. Mangiare quello che voglio e all'ora che voglio, uscire coi miei amici anche senza averlo annunciato due giorni prima o anche semplicemente guardare un film senza dover chiedere a nessuno se interessa (il che con lui diventa difficile, se la pellicola in questione non contiene almeno una buona percentuale di sparatorie, combattimenti corpo a corpo, tecnologia militare avanzata, Bruce Willis o perlomeno Steven Seagal).

«Ho già fatto il ripieno. Tagliato le patate. Condito l'insalata. Pensavo che avremmo passato insieme la domenica. Non te ne importa niente che abbia sfacchinato tutto il santo giorno?»

Se ora se ne viene fuori con la frase: «Questa casa non è un albergo», giuro che mi metto a urlare.

«E con chi esci?» chiede lui, incrociando le braccia sul petto.

«Ho un brunch con Tio e Andrea, lo abbiamo fissato da giorni.»

«Allora mi molli qui per andare a folleggiare col tuo fan club», fa lui, risentito.

«Ma che folleggiare! E poi, quale fan club? È un brunch tra amici, Giorgio.»

«Maschi. E questo vuol dire che penseranno tutto il tempo al sesso.»

Questo può anche essere, ma, conoscendo Tio e Andrea, non è al sesso con me che penserebbero. Lungi da me però fare commenti su questa cosa con Giorgio.

Stringo le palpebre mentre lo oltrepasso per infilarmi in cucina. Prima di continuare questa conversazione ho bisogno di

A) un'endovena di caffè;

B) il mio computer, per controllare le Effemeridi e le Congiunzioni planetarie di oggi.

Ho parecchi Transiti Positivi, da non credersi, è quasi un peccato che non sia una giornata di lavoro. Con quel Saturno Positivo con Urano di Nascita varrebbe la pena approfittarne. Ma quello più interessante è il Transito di Giove con Plutone, che predice imminenti cambiamenti creativi nella mia vita e potrebbe farmi ottenere il favore di qualcuno che conta.

«Insomma, Pantuluffola, te ne freghi così? E io cosa faccio?»

«Tanto per incominciare, potresti uscire a cercarti un lavoro.»

Alla parola «lavoro» lo vedo impallidire e, sì, forse anche tremare. «Lo farò la settimana prossima. Avevo organizzato un pomeriggio perfetto. Tu e io qui a casina, coi giochi da tavola: Forza Quattro, un paio di mani di ramino...»

Wow, mentre m'infilo nella doccia, ancora mi chiedo come faccio a rinunciare a tutto questo. Ma, a parte le facili battute, è chiaro che un po' mi dispiaccia che si sia dato tanto da fare per niente. E, quando esco, intabarrata nell'accappatoio, vado per scusarmi, ma lo trovo in un angolo della sala. Sta confabulando con qualcuno fitto fitto al telefono e appena mi vede fa un mezzo salto indietro. «Ciao, Alice, te ne stai andando?» chiede, imbarazzato e agitato. «Ciao, eh. Ciao!»

«Veramente mi sono appena fatta la doccia.» Insomma, ho pure l'asciugamano sui capelli.

«Ah, sì... come vuoi.» Mi rigira le spalle, apre la portafinestra ed esce sul balcone. «Diceva, avvocato?»

Mentre finisco di vestirmi, lo sento andare avanti e indietro per il corridoio, immerso in altre telefonate. Poi però è quando lo saluto dalla porta che mi stupisce.

Si gira verso di me e mi fissa, grave. «Ultimamente, ti ha chiamata qualcuno chiedendo di me?»

Io mi stringo nelle spalle. «No.»

«Allora ciao. Buon pranzo.»

«Ti sei messa in testa che puoi fare da sola, ma non è così, carina. Non è così.» Tio mi fa dondolare davanti l'indice con un gesto molto drammatico e piccato insieme.

«Non sei sempre tu quello che dice che devo credere di più in me stessa e nelle mie capacità?» biascico, con la bocca ancora piena di cheesecake al cioccolato.

«Per carità, quella è Paola!» fa subito lui di rimando. «Io sono assolutamente convinto della tua incapacità d'intendere e di volere.»

Alzo gli occhi al cielo. «Dai! Devi ammettere che sono diventata brava. E anche attenta: non mi fido più di nessuno senza aver prima controllato il Quadro Astrologico.»

Stavolta è Andrea a intervenire, dopo essersi schiarito la voce: «Ehm, mia cara, sono persuaso che, quando Tiziano ti muove l'accusa di portare il vessillo dell'ingenuità, stia argomentando per iperboli... Quand'è lapalissiano che l'oggetto della contesa qui sia una singolarità e non una pluralità di comportamenti».

Lentamente, riporto lo sguardo su Tio, vagamente terrorizzata per non aver capito una benemerita H di quello che mi ha detto.

Tio però fa un'aria superiore e si stringe nelle spalle. «Prova a consultare il tuo superprogramma astrologico da borsetta. Qualcosa sul Toro dovrebbe dirlo.»

Lo incenerisco tra un bicchiere di spremuta e un'avanzo di crêpe suzette, mentre Andrea sospira e riprende il discorso: «In parole povere, Tio è preoccupato per la tua frequentazione con quell'individuo, quel tal Giorgio, che perseveri nel far pernottare sul tuo sofà. Secondo lui ti sta manipolando».

«Questo non è vero!» sbotto, ma poi abbasso la voce. «Giorgio non mi sta manipolando, non più, ma non ha nessun altro che lo aiuti, Andrea. Cosa dovevo fare, dirgli di mettersi in coda per un piatto di minestra alla mensa dei poveri?»

«D'altro canto, può darsi che scontrarsi con la realtà dell'indigenza l'avrebbe sospinto verso una ricerca più tenace di un impiego, Alice. Hai mai ponderato la possibilità che sia soprattutto tu l'ostacolo alla sua riuscita, col tuo atteggiamento oltremodo protettivo?»

«Ma no...» Oppure sì? Fisso le restanti quattromilacinquecento calorie di cheesecake che ho ancora nel piatto. «Mi ha giurato che dalla settimana prossima si rimboccherà le maniche per cercare lavoro. Uno qualsiasi.»

«Ah, non mi dire che stai prendendo sul serio un Gemelli!» bofonchia Tio, sarcastico.

«Anche tu sei Gemelli!» gli faccio io. «Che, più di un segno doppio, è un segno multiplo... *schizofrenico,* direi. Quante personalità riuscite ad avere? Le hai mai contate?»

«Ma che c'entra? I Quadri Astrologici sono molto diversi. Guarda che lui, per esempio, ha Marte in Cancro! E si vede, così narciso e dittatoriale e inconcludente.»

«Tutte cose che ti sono assolutamente estranee, invece.»

«È che, visto che ora fai tanto l'esperta, dovresti renderti conto che è la tua Luna in Pesci a farti mostrare il fianco con quell'essere, altrimenti lo avresti già buttato fuori a pedate.»

A questo punto, mi sento davvero offesa e cerco di ripagarlo con la sua stessa moneta. «E tu sei sicuro che non sia la tua Venere in Leone a parlare? No, perché mi sembra che, se uno non è sempre lì a farti mille salamelecchi, tu te la leghi al dito come se avessi subito un alto tradimento.»

Credo di averlo colpito, perché boccheggia senza riuscire a dire nulla. Per dieci secondi. «Ah, senti chi parla di bisogno di riconoscimenti e affetto!» esclama quando si è ripreso. «Proprio tu che hai Saturno in Bilancia!»

«Almeno io non ho Plutone in I Casa», ribatto allora.

«Ma hai l'XI in Scorpione!»

« E tu un Aspetto Negativo tra Luna e Medio Cielo! Banderuola! »

« Saturno in Bilancia! » grida allora Tio con rabbia.

« Ora moderiamo i toni », interviene Andrea. « Non vi sovviene neppure per un istante di essere vagamente bizzarri? »

« Ma lei mi ha detto che ho Plutone... per dirmi che voglio sempre essere al centro dell'attenzione. »

« E lui allora? » mugugno, ingollando un terzo della torta senza neppure assaporarla. « Non è colpa mia se ho Saturno in Bilancia! Andrea, Saturno in Bilancia ritarda il matrimonio, e magari ti fa sposare un vecchio. Secondo te chi è stato più cattivo: io a dirgli che è egocentrico o lui ad augurarmi di fare la badante? »

« Eh, però non è neanche colpa di Tiziano se hai Saturno in Bilancia... » C'è un attimo di silenzio. « Oh, via, ma che accipicchia mi fai dire, Alice! Vi rendete conto delle sciocchezze che state sciorinando? »

« Non sono sciocchezze! » rispondiamo in coro Tio e io.

« Ecco, neppure il mio fidanzato mi appoggia », esclama Tio.

« Oh, no, tesoro, non fare così! » dico allora. « Ci sono qui io! »

E lui: « Beccata: Luna in Pesci! »

« Non è giusto! » Mi frega sempre, ma in effetti non sono arrabbiata e sto ridendo.

Tio mi fa un buffetto e ride pure lui. « Dunque, dunque, parlando di cose serie, lo sai che sarebbe il momento di darsi da fare, vero? »

« Intendi il Transito di Giove con Plutone? »

Andrea alza gli occhi al cielo. Per lui probabilmente siamo « creature alquanto bislacche », ma ci vuole bene lo stesso.

« Esattamente. Non sei elettrizzata? »

Elettrizzata è in effetti la parola giusta al momento giusto, perché faccio un salto sulla sedia nel sentire vibrare il cellulare nella tasca dei jeans. « Scusate », dico, sfilandolo. « Una telefona. »

Tio sbuffa, poi deve accorgersi della mia espressione. « Non mi dire: il Leone? Riattacca. »

« No, ma... e se fosse importante? »

« Importante tipo come prendersi la varicella? Riattacca. »

« Pronto? » Mi alzo per evitare che Tio, che nel frattempo si sta sbracciando verso di me, mi strappi il telefono di mano.

Dall'altra parte: « Alice? »

Perché la sua voce ha sempre il potere di sciogliermi le ginocchia? « Davide. »

« Dove sei? »

Mi guardo intorno, come se per qualche istante me ne fossi completamente dimenticata. « Perché? Sono... Sono da California Bakery. »

« Quello in Porta Romana? »

« Sì. »

« Benissimo. Arrivo. »

« Cosa? »

Ma lui ha già messo giù.

Lo so che Tio è arrabbiato. Ha un'espressione truce ed evita di fissarmi direttamente.

Mi mordo le labbra prima di dire: « Arriva ».

« È già arrivato », ribatte il mio amico.

Andrea si volta, facendo rumore con la sedia.

Sto per girarmi anch'io, quando la *sua* voce mi blocca, blocca ogni cosa in me. Cervello, sì, ma anche cuore, fegato e reni. « Posso sedermi? »

« No, ma prego », esclama Tio indicandogli la quarta sedia al nostro tavolo. « Hai davvero un sesto senso, sai? Dev'essere Saturno in Vergine. Oppure hai messo un microchip ad Alice? »

Davide abbassa gli occhi sulla lista, poi chiede un caffè al cameriere che si è avvicinato. Fa tutto con una flemma che rende Tio ancora più nervoso. « Ero in zona », si limita poi a spiegare. « Qualcuno sa com'è qui la tarte Tatin? »

Anche per Tio, pur abituato all'improvvisazione teatrale, quell'apparizione inaspettata e fuori contesto è sconcertante. E allora stavolta sono io a fingere un briciolo di superiorità nel tentare di spiegargli il comportamento di Davide: « Guarda che è bravo a confondere le acque. Ha Mercurio in X Casa ».

Tio guarda Davide, che sembra ancora intento a consultare il menu. « Già. E ha un'Opposizione tra la Luna e l'Ascendente.

Senza dimenticare Venere in XII Casa», sottolinea, cupo, a mio esclusivo beneficio.

So cosa mi sta dicendo. Quell'Aspetto, nella Carta Astrologica di Davide, significa che ha difficoltà nei rapporti, e cerca più che altro la solitudine. Come se non bastasse, c'è Venere in XII Casa, che tradotto suona come «instabilità in amore». Come dire, 2-0. Partita finita.

«La smettete?» Davide aggrotta la fronte. «Sembra Battaglia Navale. Colpito e affondato, va bene?»

«Ma certo», esclama Tio. «Noi la smettiamo subito. Parliamo di cose serie, invece. A proposito, come sta Barbara? Ringraziala ancora per l'ospitalità.»

Con tutta la strafottenza di cui è capace, Davide prende la mia forchetta e la cala nel piatto di Tio, sulla torta al cioccolato che deve ancora finire. «Ottima», dice, masticando, sotto lo sguardo assassino del mio amico: per Tio il cibo è sacro e forse neppure ad Andrea consentirebbe di pescare impunemente nel suo piatto. Soprattutto se sopra c'è una torta al cioccolato.

«Cosa la conduce qui, signor Nardi?» chiede Andrea, nel tentativo di calmare le acque sviando l'attenzione. «Si può ben intuire che deve trattarsi di questione improcrastinabile.»

«Già», mormora allora Davide.

Io mi produco in un'alzata di sopracciglio, mentre lui lancia un'occhiataccia a Tio. «Dovevo vedere Alice per parlarle del nostro viaggio.»

«Viaggio?» diciamo noialtri insieme.

«Il viaggio a Parigi.»

«Ma non dovevi andarci con Marlin?»

«L'hanno chiamata per un provino, per cui dovrai venirci tu con me», ribatte Davide, perentorio.

«Ma perché non io, allora?» esclama Tio. «Sono io il conduttore della trasmissione.»

Davide lo fissa con espressione di granito per un lungo momento, e vedo il pomo d'Adamo di Tio fare su e giù per il disagio. «Perché io voglio Alice.»

34

IL GIORNO IN CUI IL PESCI USCÌ DAL MARE

È come tentare di prosciugare il mare con un ditale.

Si fa la stessa fatica e si hanno le stesse chance di riuscirci, quando bisogna fare una valigia in poco tempo, con la voglia di partire che altalena tra la più stupida euforia e l'entusiasmo del prendere un TIR in faccia.

Il mio treno per Parigi parte domattina alle sei in punto, per cui stasera dovrei restare tutta concentrata sulla valigia e sul lavoro. Ma tra neppure un'ora dovrò uscire per raggiungere il fantomatico Daniele a una mostra. Avrei potuto spiegargli che era meglio rimandare ma, dopo avergli dato buca circa un milione di volte, non me la sono sentita. Anzi, mi sono obbligata ad accettare il suo invito per stasera proprio per contrastare il pensiero di Davide e dei giorni che mi aspettano con lui, solo con lui, nella capitale mondiale del romanticismo.

Come se non bastasse l'agitazione per l'una e l'altra cosa, non mi faccio mancare neppure il bonus della rottura di scatole esterna, una specie di chihuahua coi dentini infilati nella caviglia, che piagnucola mentre finge di aiutarmi e intanto fa l'esatto contrario di quello che gli chiedo: Giorgio, che pare sia in missione suicida per impedirmi di fare tutto quello che devo fare nel poco tempo che mi è rimasto per farlo.

Un altro problema sono le voci che mi blaterano nella testa. Chiaro che è un primo sintomo dell'incipiente follia, ma ho l'attenuante di essere un segno doppio e per giunta con pianeti significativi in costellazioni diametralmente opposte. All'idea di stare *cheek-to-cheek* con Davide per tre giorni, il mio Nettuno in Sagittario ha già indossato le scarpette di cristallo Swarovski e chiamato il servizio zucche per andare al ballo, mentre Mercurio in Scorpione... be', Mercurio in Scorpione in questo momento mi sta dicendo che sono una deficiente totale perché, mentre scorro mentalmente tutta la filmografia romantica, sto infilando in valigia una confezione di crema protezione 30. E sto andando a Parigi. Ed è solo primavera.

«Perché non metti il maglione giallo per fare l'intervista?» Giorgio mi saltella intorno, facendo il gioco delle tre carte coi miei capi d'abbigliamento sparsi sul letto.

«Voglio l'abito blu. Smettila di rimbalzarmi intorno come una pallina del flipper, ho poco tempo e mi devo ancora preparare per stasera.» Riesco a strappargli il vestito dalle mani e spingerlo nel trolley, mentre la bocca di Giorgio prende una piega obliqua.

«Potevi anche risparmiarti di uscire stasera. Avresti avuto più tempo e avresti riposato di più. Senza contare che questo tipo non lo conosci neanche: potrebbe essere pericoloso!»

Più pericoloso che passare la serata in casa con lui? Non credo, perché se continua così rischio l'ergastolo per omicidio preterintenzionale.

Anche se ammetto di non fare i salti di gioia dalla voglia di uscire. Piuttosto vorrei farmi un bagno e godermi un po' di musica e un bicchiere di vino. E indugiare nei sogni su me e Davide, senza pensare invece alla figura patetica che farò se continuo su questa china.

Cerco di mettere a cuccia Nettuno e Mercurio infilandomi in bagno per truccarmi, ma uno dei due (quella linguaccia biforcuta di Mercurio, probabilmente) sibila che, piuttosto che lasciarmi andare a una sciocca eccitazione, dovrei essere arrabbiata con Davide per questo intervento a gamba tesa nella mia vita. Che tre giorni a stretto contatto con lui sono masochismo allo stato puro. Non sono in ansia? Non sono arrabbiata? Non vorrei spaccargli la faccia?

... Non vorrei invece che mi prendesse tra le braccia e mi baciasse ancora?

Zitto, Nettuno, zitto. Per carità, è meglio uscire e subito. Non potrei stare in casa tutta la sera in balia di questi due. Meglio distrarsi. E poi qui c'è ancora Giorgio, che pure adesso che ho chiuso la porta del bagno bussa per sapere a che ora ho intenzione di tornare a casa.

«Non ne ho idea, Giorgio, è un appuntamento.» Santo cielo, non arriveremo al punto in cui dovrò giustificargli quel minimo di vita sociale che mi è rimasta?

«Ecco, appunto, te ne freghi dei colloqui di lavoro che avrò nei prossimi giorni. Avresti potuto aiutarmi a trovare nuove idee e nuovi progetti.»

«Ho rimandato quest'incontro quattro volte. Se questo tizio non mi ha ancora mandata a quel paese, gli devo almeno un po' di rispetto. E poi quando sarò via avrai tutto il tempo e la tranquillità che ti servono per pensare e lavorare.» So benissimo che non è così che funziona. La creatività non è tra i talenti di Giorgio, a meno che non si tratti d'inventarsi castelli di bugie. No, il suo punto di forza è la capacità di manovrare le persone, portandole a fare quello che vuole lui.

Ma in fondo non è un problema mio. Meglio pensare a questo Daniele, che è stato veramente comprensivo, con tutte le volte che gli ho dovuto sbattere il telefono in faccia oppure mi è toccato rimandare i nostri incontri. Senza contare che sono curiosa, visto che è un Pesci Ascendente Vergine e che ha un Quadro Astrologico molto interessante. Una serata almeno se la merita. Anche se direi che non è decisamente quella giusta. Né per me né per lui, visto che, quando mi ha invitata, stasera, dopo che lo avevo chiamato per scusarmi di dover disdire la nostra cena di domani, mi ha detto di avere già un impegno, ma che gli faceva piacere che lo raggiungessi.

Purtroppo, però, se avevo pensato di lasciare a casa i miei due fidi ma contrastanti consiglieri, mi sbagliavo di grosso. Mercurio se la batte con Nettuno sui perché e sui per come di questo appuntamento.

«Signorina, è sicura di volerci andare, a quella mostra?» mi chiede il tassista, frenando all'improvviso.

«Perché me lo chiede?»

«Mi sembra molto agitata, e ora mi sta stritolando la spalla. Se preferisce la riporto indietro.»

E dare così la soddisfazione a Giorgio di avermi in casa con lui? Oppure pensare che sto lasciando che Davide mi rovini il resto dell'esistenza? Giammai. «Sono sicura. Proceda, per favore.»

Dopo qualche minuto, la macchina accosta accanto a un

marciapiede affollato di persone e ombrelli. Accidenti, ero talmente soprappensiero che non mi sono accorta che si è messo a piovere.

Non sia mai che io riesca a conoscere un uomo in stato di grazia, deve esserci sempre qualcosa, agente atmosferico o Congiunzione Astrale che sia, a darmi un'aggiustatina, anche quando non ho grandi pretese per la serata. Di certo non mi aspetto di trovarlo così, l'uomo perfetto, con un appuntamento combinato, nel bel mezzo di un casino sentimentale e con un ex che tenta di mettere radici sul mio divano, ma sarei solo grata al dio dei capelli se per una volta cercasse di essere comprensivo coi miei.

Ovviamente non ho l'ombrello e la mia pochette è talmente piccola che potrebbe ripararmi giusto una forcina, perciò sono in pieno dibattito coi fidi e accaniti Nettuno e Mercurio, quando esco dall'auto facendo le contorsioni per tirarmi sulla testa una parte del trench, ed è per questo che non mi accorgo che in realtà non mi sto bagnando.

« Tu devi essere Alice. »

Vedo prima l'ombrello, grande, rassicurante e aperto sulla mia testa, e solo poi il volto dell'uomo che lo regge e mi sta fissando con un bel sorriso e un paio di occhi verdi e sinceri.

« Daniele », mi dice, porgendomi la mano che ha libera.

Balbetto qualcosa del tipo: « GnaaaaAliceuaaa... » mentre tento di riprendere l'uso della mascella e riavvolgere il chilometro di lingua nella mia bocca. È affascinante.

Solo affascinante? urla Nettuno, indignato. *Dovresti correre alla chiesa più vicina e accendere un cero.*

« Vieni, andiamo dentro, prima che ti si schizzi il vestito, con tutte queste pozzanghere. » Mi accompagna verso l'ingresso tenendo la mano sulla mia schiena, né troppo in alto né troppo in basso. Lì poi mi aiuta a sfilare il trench, che senza nessun tentennamento affida al guardaroba insieme all'ombrello.

Mentre compie tutte queste manovre, ho la possibilità di studiarlo. O meglio l'avrei, se il mio cervello non avesse fatto tilt e stesse trasmettendo solo una serie di gracchianti white noise, come le TV quando vanno in cortocircuito.

È alto, ha i capelli lunghi, di un castano ramato, che tiene raccolti in uno chignon dietro la testa, gli occhiali gli danno un'aria intellettuale, rinforzata dai jeans scoloriti e dalla camicia fuori dai pantaloni.

Uuuh, e un tipo così verrebbe a far la corte a te? s'insinua Mercurio, pragmatico, ma anche decisamente acido.

Ma dopotutto perché no? *Perché tu, sì, proprio tu, non potresti essere la protagonista di una favola meravigliosa?* risponde Nettuno, battendo le ciglia e facendo la boccuccia a cuore.

Daniele mi accompagna verso il corridoio che conduce alla mostra e mi ringrazia di aver accettato il suo invito così all'ultimo minuto, arrivando quasi a scusarsi, come se non fossi stata io a cancellare il nostro appuntamento di domani e ad aver quindi complicato le cose.

È un tipo molto affabile, molto alla mano e, mentre parliamo, guardando quasi distrattamente le foto in mostra sulle pareti, riesce a farmi sentire più leggera, come se ci conoscessimo da sempre e questo non fosse un primo appuntamento. Poco dopo, neppure la sua innegabile bellezza mi mette più a disagio, la prendo come un dato di fatto, come se osservassi il David di Michelangelo e potessi anche parlargli, insomma.

« Ehi, Daniele! »

Lui si volta, gioviale, e mi presenta a un tale Franco, accompagnato da una brunetta con un baschetto sulle ventitré.

« Tutto stupendo, sai? E... volevo anche ringraziarti. »

Daniele gli stringe il braccio scuotendo la testa. « Ma di che, Franco, di che... »

Mentre Franco lo prende in disparte, la brunetta sulle ventitré mi sorride. « Daniele è stato uno dei pochi a restare vicino a Franco in un momento molto difficile », mi spiega. « Ha una sensibilità straordinaria, si vede anche dalle sue foto. »

Mi guardo intorno, come se le pareti si fossero illuminate di colpo, rivelando per la prima volta le fotografie. Le ha fatte lui?

Eh, già. Questa non è semplicemente una mostra. Ma è la *sua* mostra.

La brunetta col baschetto mi sorride e mi dà un colpetto col gomito. « Ragazza fortunata... »

Quando torna ad avvicinarsi e Franco e la ragazza ci salutano, Daniele si scusa per avermi lasciata sola.

« Non mi avevi detto che stavo uscendo con l'artista in persona. Sono bellissime, complimenti. »

« Oh. » Lui si stringe nelle spalle. « Le fotografie sono solo una testimonianza, un modo per portare l'attenzione sulle storie che ci stanno dietro. Non sono gli scatti in sé a essere importanti. »

Mi sembra vagamente imbarazzato. Si toglie gli occhiali e li pulisce con un lembo della camicia, come chi deve inventarsi qualcosa per muovere le mani e tenersi occupato.

Nettuno: *Forse la fabbrica dei principi azzurri ha riaperto i battenti. Forse li producono ancora, in edizione limitata, ma li producono ancora.*

Mercurio: *Be', è chiaro, è semplicemente una posa, un'astuta tattica per fare colpo e magari... portarti a letto stasera stessa. Babbea.*

« Mi piacerebbe sapere cosa ne pensi », dice lui, mentre scaccio quel bisbetico dalla mia testa.

Ci siamo avvicinati a una delle fotografie. Ci sono delle persone che affollano una piazza. Hanno età diverse, vestiti diversi, eppure sembrano in comunicazione tra loro. Stanno ballando e sui loro visi c'è una gioia che fa apparire giovani anche i più vecchi.

Guardo un attimo Daniele e non so cosa dire. O meglio, nel bisticcio tra Mercurio e Nettuno, sono convinta di non poter dire nulla di molto intelligente, non solo perché nelle foto che faccio sembra sempre che abbia scattato durante un terremoto, ma perché l'arte e io in generale non abitiamo sullo stesso pianeta. Ma la fotografia esposta sembra parlare da sola, in effetti.

« Mi sembra... » Tentenno. « Mi piace come riesci a cogliere quello che stanno provando. È come se avessi aspettato a scattare quando tutto era perfetto, non solo l'inquadratura, ma anche l'emozione, quando provavi quello che provavano loro. Riesci a sentire le persone. Tu ami le persone... » Mi schiarisco la voce; stavolta sono io un po' in imbarazzo.

Wow, e da quando sei diventata il Vittorio Sgarbi della fotografia?

« Scusami », chioso, alla fine, perché mi sembra di fare come quelle tipe radical chic che snocciolano filosofia con nonchalance davanti a un bicchiere di vino.

Mi sto fissando la punta degli stivali, quando lui mi appoggia la mano sul braccio. « Sono molto colpito, Alice. È la prima volta che qualcuno mi dice di sentire questo di fronte a una mia foto. » Mi guarda negli occhi, stringendo un po' le palpebre, come se potesse capire molte altre cose di me da quello che ho detto. « E sei Bilancia Ascendente Sagittario », dice poi. « Spirito e materia. Un bel connubio. »

No, un attimo. Non credo di aver capito bene. « Stai parlando del mio...? »

« Del tuo Quadro Astrologico », spiega lui, e vedo i suoi zigomi colorirsi debolmente. « Lo so che nella nostra cultura viene ritenuto una fesseria, ma in altre è portato in gran conto. In India, per esempio, è determinante per un matrimonio: i genitori non darebbero mai il consenso alle nozze dei figli se le Carte Astrologiche degli sposi non fossero in armonia. »

« Sei stato in India? » In un angolo, noto le immagini di alcune donne col sari, la pelle delle braccia ricoperta d'intricati disegni con l'henné. Anche in quello scatto, Daniele ha giocato con la luce e la plasticità dei corpi, ma soprattutto ha saputo cogliere un momento di vita, la nascita di un'emozione.

« Mi piace conoscere il mondo. Be', più che altro cercare di capire le persone con cui entro in contatto. Ognuno di noi è uno scrigno di solitudine, di desideri, di paure e di speranze. Ma tu questo lo sai, sei una persona di rara sensibilità. »

Deglutisco. « Eh, be'... Ho la Luna in Pesci... »

Lui annuisce misteriosamente, come se quella rivelazione gettasse una luce nuova e meravigliosa su di me, come se gli avessi appena detto che sono l'ultima discendente del Mahatma Gandhi, di Buddha o di Elvis Presley.

Ci allontaniamo che mi sento e mi vedo diversa, come se di fianco a Daniele non ci fosse Alice, ma una donna migliore, più bella e più sicura di sé. Mi sento sempre più libera di parlargli di quello che provo di fronte alle sue fotografie, e sempre più coinvolta in quello che vedo e che dico.

Poi, mentre sorseggiamo un bicchiere di analcolico (l'incasso della mostra è interamente devoluto in beneficenza per la lotta all'alcolismo), arriva la doccia fredda, e il conseguente teletrasporto di nuovo nei panni della cara, vecchia Alice, paturnie, frustrazioni, annessi e connessi. È proprio vero che non si sfugge a se stessi.

A pochi passi da me c'è la donna la cui lunghezza del cognome è inferiore solo al numero degli zeri del suo conto in banca: Barbara Buchneim-Wessler Ricci Pastori.

Una vera signora, cresciuta a pane ed eleganza, e che purtroppo si dà il caso sia anche fidanzata con l'uomo che mi è difficile scacciare dalla testa e dalla vita.

Daniele, premuroso, mi chiede subito se c'è qualcosa che non va: « È il cocktail? È troppo freddo? »

Mi appiglio al soggetto di una fotografia un po' triste che abbiamo vicino.

« Sei una donna molto empatica », dice lui e, con gli occhi che brillano, inizia a spiegarmi le circostanze di quel viaggio, la storia di quella persona, come quell'esperienza l'abbia arricchito.

E io, in tutta la mia empatia... guardo Barbara Buchneim eccetera eccetera con la coda dell'occhio e mi domando se non sbucherà anche Davide, mentre Mercurio mi fa notare che sono una persona molto, molto squallida.

Cerco di concentrarmi sulla foto e sulle parole di Daniele, ma non posso fare a meno di fare il periscopio col collo e cercare il suo volto tra la piccola folla dei presenti. Non c'è, per fortuna. Forse però non sono del tutto onesta se non ammetto che un po' mi dispiace. Chissà che faccia avrebbe fatto nel vedermi lì con uno strafigo come Daniele.

« Ti piace? » mi chiede Daniele e, quando lo guardo perplessa, aggiunge: « Stavi sorridendo... » Poi aggrotta la fronte e torna a fissare lo scatto appeso alla parete. « Ehm, sono bambini guerriglieri. Purtroppo vengono prelevati dalle loro case in tenerissima età e praticamente mandati a morire. »

« Oh! » Imbarazzata, mi mordo le labbra e mi volto in fretta ma, così facendo, praticamente mi trovo faccia a faccia con Barbara.

« Buonasera, Daniele. »

Attivo il programma sorriso dolce, affabile e distaccato, anche se lei non sembra neppure vedermi.

« Le rinnovo i complimenti da parte della Fondazione Wessler. Ha una visione così *esotica*. Sta pensando alla possibilità di pubblicare un catalogo? »

Oh, certo. Il motivo per cui si è avvicinata è piuttosto ovvio. Daniele è l'ospite d'onore di questa serata.

« Per la raccolta fondi, certo. Ma non mi chieda di scrivere i testi, non mi ci vedo nei panni dello scrittore... » Poi si volta verso di me. « Però potrebbe darmi una mano Alice. Non vi ho neppure presentate, scusatemi. Alice Bassi, Barbara Buchneim-Wessler Ricci Pastori, che patrocina la fondazione con la quale collaboro. »

Io propenderei per fingere un improvviso vuoto mentale e poi tentare di mimetizzarmi con le pareti, ma lei mi guarda. Noto che i suoi occhi si stringono per un istante e poi si allargano per la sorpresa. « Credo che ci siamo *già* conosciute », dice senza porgermi la mano. « Penso che lavori col mio fidanzato. Dico bene? »

Sbaglio o ha calcato un po' sulla parola *mio*? Non muovo un muscolo, per timore d'inciampare nella coda di paglia, che improvvisamente si è allungata dietro di me. « Ehm, sì, lui è il supervisore dei nostri programmi », spiego poi, più a beneficio di Daniele che di Barbara, che sicuramente è al corrente del lavoro del suo *fidanzato*.

« Non per molto ancora », dice lei con un sorriso felino. « Tra due settimane inizierà a occuparsi dello start-up della mia tenuta in Bretagna, che vorrei trasformare in un'oasi di benessere. Ci vorrà del tempo, almeno un anno o un anno e mezzo. Ma quello per noi è luogo ricco di ricordi e non ci peserà affatto confinarci là per un po'. Soli soletti. »

Bene. Dunque, dov'eravamo rimasti? Ah, giusto, io stavo cercando un cappio da attaccare al soffitto.

Faccio il tentativo di un sorriso, sperando che i denti non mi si sgretolino per il gelo, ma poi per fortuna è lo splendido uomo che mi sta accanto a intervenire: « Allora dovremo organizzare prima per il ritratto fotografico che mi ha chiesto. Domani magari? »

« Purtroppo domani Davide non ci sarà, deve partire per Parigi per lavoro », ribatte Barbara.

Daniele sposta brevemente lo sguardo su di me, quindi sorride e si stringe nelle spalle. « Nel fine settimana allora. »

Perché il fatto che farà una foto a Davide e Barbara mi lascia con una sensazione d'ineluttabilità addosso? Daniele non è un prete e qualche scatto insieme non equivale alla celebrazione di un matrimonio.

Per fortuna il supplizio non dura a lungo e, quando Barbara si allontana, Daniele mi dice che è un po' stufo di restare chiuso lì dentro e mi chiede se abbia voglia di fare quattro passi insieme.

E scopriamo che la mia Milano ha assunto una sfumatura newyorkese. Ha smesso di piovere e l'aria è fresca ma piacevole, la pavimentazione delle strade brilla bagnata dall'acqua e dalla luce dei lampioni, e i nostri riflessi si rincorrono insieme alle ombre.

« Stai bene? » mi chiede, levandosi la giacca per mettermela sulle spalle, proprio come succede nei film.

« Sì... » Prendo una generosa boccata d'aria e mi rendo conto che è vero. Sto davvero bene. La sola presenza di Daniele mi mette una certa, rincuorante tranquillità.

« Mi è sembrato di capire che... » inizia a dire lui, sedendosi su una panchina. « ... che c'era qualcosa che non andava. Alice, so che una persona come me non può pretendere di entrare così nella tua vita, diciamo con prepotenza, e che puoi avere delle cose in sospeso. »

Qualcosa mi dice che si dev'essere reso conto che tutto il discorso di Barbara mi ha colpita e ferita. E non so cosa dire, ma fortunatamente lui non sembra avere la pretesa che io dica alcunché, perché procede: « Ma mi piaci molto. E mi piacerebbe frequentarti, se tu me lo lasciassi fare ». Quest'uomo bellissimo e perfetto mi prende la mano e se la porta alle labbra. « Perciò sappi che sarò qui, quando tornerai dal tuo viaggio con Davide. E che spero per allora avrai deciso che cosa è meglio per te. »

ACQUARIO

Abituate ad anni di lotte con tutti gli altri segni dello zodiaco, l'Acquario vi stupirà... dandovi « ragione ». Sempre. Per poi continuare la sua vita esattamente come prima. È uno stronzo? « Ovviamente sì », ammetterà col sorriso. Ma è soprattutto un tipo che fa dell'originalità e della distinzione dalla massa il suo principale motto, adottando per principio l'idea opposta alla vostra. Poco importa se questo lo obbligherà a dire che la Terra è piatta o che su Saturno potrebbe, in fin dei conti, esserci vita, perché peggiore dell'errore per lui è l'omologazione.

35

UN LEONE CHE SI CHIAMA DESIDERIO

È imbarazzante che il mio subconscio sia a livelli talmente elementari da non riuscire a produrre neppure un incubo di tutto rispetto. Sto inseguendo un uomo con la testa di leone ma, quando svolto l'angolo dove mi pare di averlo visto nascondersi, ne trovo un altro con una coda da pesce, che cerca di afferrarmi. Terribilmente didascalico, non ci vuole certo Freud per spiegarlo: come la mia vita amorosa, anche i miei sogni sono di serie B.

Mancanza di fantasia a parte, è abbastanza ovvio che dorma sonni agitati. Daniele-Sono-L'Uomo-Per-Te Versus Davide-Chi-Mi-Capisce-È-Bravo. E proprio alla vigilia della tre giorni parigina, con l'intervista al professor Klauzen e tutto quanto.

In più, visto che proprio di dormire non c'è stato verso, mi sono messa al computer a fare il calcolo delle affinità, a sondare i Quadri Astrologici e a guardare tutte le Effemeridi possibili e immaginabili.

Cosa ne ho ricavato? Per dirla algebricamente: anche invertendo l'ordine degli addendi il risultato non cambia. Comunque rigiri il Tema Natale di Davide, col mio proprio non c'è verso di farlo funzionare.

Ecco il motivo dell'attacco di panico di stanotte, con tanto di tachicardia e aumento spropositato della sudorazione, giusto per non farsi mancare nulla.

Sono rimasta a fissare il soffitto, chiedendomi perché, *perché,* PERCHÉ sia dovuta nascere con quel Quadro Astrologico tanto sfigato che m'impone d'innamorarmi di chi non s'innamorerà di me e invece... Diamine. Possibile che mi trovi a un passo dalla felicità e mi senta come se mi fosse passato sopra uno schiacciasassi?

Come se non fosse bastato il sogno, ora che finalmente sono

riuscita a addormentarmi, ci si è messo pure il letto. Mai stata tanto scomoda. Mi sono girata e rigirata all'inverosimile, tanto che adesso mi sembra di avere un palo nelle reni, ho il torcicollo e la gola secca. Probabilmente sto dormendo con la bocca spalancata.

E in effetti finisce che mi sveglio per aver russato troppo forte.

Solo per piombare da un incubo poco fantasioso a un altro, decisamente in linea col mio karma.

Perché non sono nel mio letto.

Non sono neppure in quello di Daniele, il che poteva anche essere interessante.

No, mentre mi ritorna la memoria delle ultime ore della mia vita (la sveglia che suona, Giorgio che tiene il bagno occupato mezz'ora e io che alla fine corro col trolley verso la metropolitana), mi rendo disperatamente conto di essere sul treno. Di essermi addormentata e, conseguentemente, stravaccata sul sedile che neanche una contorsionista cinese. Di aver dormito, e probabilmente russato a pieni polmoni.

E di avere la testa appoggia sulla spalla di Davide.

Oltre che il braccio allungato su di lui e la mano sulla sua gamba.

Voglio morire. Qui. Subito. Grazie.

«Dormito bene?»

Mi tiro su immediatamente, fingendo una dignità che non ho, e borbottando nemmeno so cosa, di certo non delle scuse, visto che sono ancora arrabbiata. Qualcosa sul viaggio, ecco. «Quanto manca?»

«Non più di un'ora», risponde. «Stavo dando un'occhiata alla biografia di Klauzen.»

Io ringrazio, letteralmente, il cielo per il suo Saturno in Vergine, che gli fa avere un'attenzione ai limiti dell'autismo per quanto riguarda i dettagli e il lavoro, e mi risparmia commenti sul modo in cui ero abbarbicata su di lui. «Sta andando molto di moda al momento e prossimamente aprirà una clinica privata in Italia, dove sarà possibile far nascere i bambini seguendo il suo metodo.»

Il famoso metodo Klauzen di programmazione delle nascite. Roba da ricchi, in effetti, ma, coi suoi calcoli e coi parti indotti, i genitori più accorti potrebbero regalare ai pargoli una vita pressoché perfetta, sotto il migliore auspicio delle stelle.

«Klauzen...» ripeto, cogliendo il mio riflesso nel vetro e pensando più ai miei capelli schiacciati a carciofo che ad altro.

«Abbiamo avuto fortuna, non concede molte interviste.» Guardo la foto del professore sulla cartella stampa e do una scorsa alla sua biografia ricca di onori.

Ovviamente so già che è un Capricorno, Ascendente Scorpione e con Luna in Acquario. Scorro i miei appunti e mi viene da commentare con un «Elementare, Watson». Tutto nel Tema Natale di quell'uomo parla di una forza di volontà pari a quella di un carro armato. Come si arriva altrimenti ad avere un aereo privato, un attico a Manhattan, la residenza a Monaco e una villa in Bretagna, giusto per riprendersi dalle fatiche del lavoro e giocare a golf?

In Bretagna...

«È amico di Barbara, vero?» domando, scoraggiata.

Davide fissa i fogli che ha di fronte. «Era grande amico del marito. Andavano a caccia insieme.»

Non so perché, ma per un attimo me li immagino entrambi in tenuta coloniale, con lo stivale piazzato sulla testa di qualche povero animale, mentre lei, eterea e fluttuante, prepara tazze di tè bollente a cinquanta gradi all'ombra, senza che una sola ghiandola sudoripara provi un fremito di sconvolgimento.

«Però! Quella ha le mani in pasta ovunque, che neppure la piovra», commento.

«Non sono il suo burattino, se è questo che intendi.» Davide mi guarda torvo, ma il suo cellulare inizia a trillare gioiosamente e lui scatta sull'attenti, incespicando nel tavolino davanti a noi, per poi cercare di scavalcarmi e uscire nel corridoio.

«Ehi, aspetta!» Mi alzo anch'io, mentre la musichetta insiste, a un ritmo sempre più serrato, iroso quasi, e Davide e io restiamo incastrati fra i sedili e il tavolino, i corpi appiccicati, i cuori che battono l'uno sull'altro e gli occhi... Gli occhi, accidenti a lui e a quel suo sguardo magnetico. E accidenti all'attrazione che su di noi esercita la Congiunzione Venere-Plutone!

Sono arrabbiata. Sono arrabbiata. Sono arrabbiata. Sono arrapata. Sono arrapat...

Oh, accidenti!

Eseguo una specie di carpiato verso il corridoio, appoggiandomi con le mani al bracciolo della poltrona dalla parte opposta. Il ragazzo che lo occupa solleva uno sguardo interrogativo dal tablet.

« Ehm, hai presente il Twister? » dico, mentre riesco a sfilare anche una gamba. « Ci annoiavamo... »

Quello solleva un sopracciglio e poi, senza dire niente, torna alla sua partita.

Quanta simpatia! Sarà di sicuro Scorpione.

Davide nel frattempo ha risposto al telefono. « Ciao, Barbara... Sì, sono ancora sul treno. »

Sentire quel nome mi provoca un subitaneo reflusso esofageo.

Mi ripeto come un mantra che Daniele potrebbe essere l'uomo della mia vita, che non ha nessun senso continuare a inseguire uno come Davide, se non con la consapevolezza di saltellare allegramente incontro all'autodistruzione.

Lo vedo allontanarsi lo spazio di qualche sedile.

Dio, mi manca il fiato anche solo a guardarlo. Non c'è un minimo di giustizia a questo mondo?

« Mi scusi, lei lo fa *sesso*? »

Mi volto, trasalendo, dopo aver sentito qualcuno fare quella domanda tanto inopportuna.

E, ancora di più, sgrano gli occhi quando mi trovo di fronte una donnina dai capelli grigi. « Mi scusi? »

La donna sbuffa. « Le ho chiesto se lei lo fa spesso, di togliersi le scarpe in treno, signorina », ribatte quella, puntando il dito verso le mie scarpe. « Perché le assicuro che non è molto igienico. »

In effetti... Devo essermele levate mentre facevo il riposino del contorsionista. Ed è senz'altro per questo motivo che ho capito male la sua frase. Sono ancora mezza addormentata.

La faccio passare e mi risiedo, dando una controllata al cellulare. Ho un messaggio di Daniele. Che carino!

Cosa crede Davide, di essere l'unico uomo su questa Terra?

No, bello mio, a me gli uomini arrivano a grappoli e tu potevi essere quello fortunato. Certo, sei carino da far schifo, hai quel modo di fare che appena ti guardo un panetto al burro dimenticato al sole ha più resistenza, ma...

« Tè, caffè, *sesso*, oppure uno snack, signorina? »

Di fianco a me c'è il tizio col carrello della ristorazione. E mi ha appena offerto del sesso. Sento bruciarmi le radici dei capelli per l'imbarazzo. « Cioè? » balbetto.

« Tè, caffè espresso, oppure uno snack? » ripete quello candidamente.

No, ma ascolta, io ti ho sentito benissimo che hai detto « sesso »! Stavolta non posso essermi sbagliata!

Non può essere tutta colpa della Congiunzione Venere-Plutone, dopotutto.

E Davide mi guarda ancora.

« Sesso », sussurra qualcun altro.

Mi guardo intorno, ma tutte le persone hanno gli occhi puntati su un telefonino, su un tablet, un giornale, un libro, insomma si stanno facendo gli affari loro e non avrebbero motivo di farmi il coretto.

Mi alzo e corro dall'altra parte del vagone, dove cerco di distrarmi tirando fuori lo smartphone.

Ma mi fermo. E se facessi come in *Shining* e finissi per scrivere ossessivamente e compulsivamente *Il mattino ha l'oro in bocca*? Peggio, che ne so, qualcosa tipo: *Sesso e spesso, al mattin tutto è concesso*? Mi domando che razza di Trigono, Quadratura o vattelappesca Congiunzione Astrale mi stia provocando questa tempesta ormonale non identificata.

O più che identificata. Guardo ancora Davide.

Respira, Alice. Fa' prendere ossigeno al neurone.

Purtroppo, però, nella battaglia ormoni contro neurone, non c'è partita.

Era proprio ciò che volevo evitare, quello che temevo nel dover fare un viaggio sola, tre giorni con lui. Mi conosco, lo so che, in sua compagnia, quanto a obiettività, ho l'autonomia di un cerino.

« Tutto bene? »

« Certo. Come no... » Mi volto, schiarendomi la gola e dandomi un tono.

(SESSO). Zitto, neurone assatanato.

Anche Davide mi sembra su di giri però. La curva delle sue labbra è più dura e crudele del solito. « Sei stanca », ribatte con un sibilo. « Hai gli occhi gonfi. »

Di rimbalzo mi porto le mani al viso. (SESSO?) Splendido. Vogliamo parlare anche delle mie rughe o possiamo soprassedere? « Ho dormito poco », dico, cercando di oltrepassarlo per tornare al posto, dove magari potrei trovare un'altra posizione yoga per fare (SESSO!). Per dormire. DORMIRE.

« Forse non è stato molto saggio uscire, ieri sera », commenta lui, duro.

Io mi volto di scatto.

« Visto che avevi il treno alle sei e un lungo viaggio davanti. »

Dunque Lady B. gli ha detto di avermi incontrata alla mostra. Con Daniele.

Bene!

« Credo di riuscirci da sola a scegliere cos'è meglio per la mia vita. Ultimanente ho affinato il mio intuito e va molto meglio. »

« Lo pensi davvero? Pensi di essere tanto furba? »

Non posso credere che stia facendo tanto l'arrogante con me. Ma d'altra parte cosa posso aspettarmi da uno che ha Mercurio in Leone?

« Certo, perché, se le persone sono oneste, mettono subito in chiaro cosa vogliono, senza tanti giri di parole », dico, pensando prima a Daniele e alla sua franca dichiarazione d'intenti, e poi a lui, Mr Complicatezza, che alla domanda « sei solo? » risponde « ho un cane » e solo dopo, ma molto dopo, ti confessa che oltre al cane ha pure una fidanzata che sembra Grace Kelly.

« O non sarà magari che qualcuno è abituato a riempire i puntini un po' come vuole? »

Chiaro, penso io. Guarda come sfodera subito Nettuno in Sagittario e rigira tutto il discorso dando a me la colpa.

Poi, però, il suo Trigono Sole-Luna sbuca fuori, facendogli

completamente cambiare atteggiamento. Mi prende la mano e nei suoi occhi leggo una profonda malinconia. «Alice...»

Maledetto.

«Io sono molto preoccupato per te. Dovevo assolutamente parlarti.» Si morde le labbra e si guarda in giro, per poi abbassare la voce. «Non riesco a capire cosa stai combinando. Ieri sera eri a quella presentazione... E poi vivi con quell'uomo... Voglio dire, se stai facendo tutto questo per farmela pagare, sappi che stai nuocendo solo a te stessa.»

«Cosa?» Okay, niente protesta nonviolenta. «Non posso credere che tu abbia anche solo osato toccare l'argomento. Ah, il tipico egocentrismo del Leone con Mercurio in Leone!»

«Stai parlando del mio oroscopo?»

«Sto parlando del tuo *Quadro Astrologico*, dopo dodici puntate non hai neppure imparato la differenza?»

«Undici... Dell'ultimo capitolo credo dovremo ancora discutere.»

Eh, già. L'ultimo capitolo non è ancora stato scritto.

«Comunque sia, quell'uomo non va bene per te.»

«Quando desidererò il tuo aiuto per capire chi portarmi a letto, ti farò una telefonata, okay?» Devo avere ancora la febbre. Mi auguro di avere ancora la febbre, perché altrimenti non c'è una spiegazione razionale per aver pronunciato quelle parole.

«Allora ci stai andando a letto?»

Mi mordo la lingua e faccio appello a tutto il potere della mia Congiunzione tra Mercurio e Plutone, che tra l'altro dice che dovrei essere riservata sulle mie cose. «Che t'importa? Tu stai andando a letto con Barbara, e io non posso dire niente.» Ma no, invece devono essere gli altri tre o quattro Aspetti della mia favolosa Carta Astrologica ad avere il sopravvento. Sole e Marte, col loro sovraccarico di focosità; o magari Luna e Nettuno, e qui parliamo d'irrequietezza e accessi d'ira, solo per dirne un paio, ma c'è l'imbarazzo della scelta. Grazie, mamma!

Lui allora dice: «Tecnicamente...»

Ora arriverà il momento in cui faccio Glenn Close in *Attrazione fatale* e cerco di piantargli la manopola antipanico nel cuore. Che risposta è « tecnicamente »? E poi la mia non era neppure una domanda. Che m'importa di sapere se lui fa o non fa sesso con Barbara? Tanto con me non lo vuole fare.

Ma che diavolo vorrà dire poi quel « tecnicamente »? Tecnicamente sì? Tecnicamente no?

Tecnicamente quest'uomo mi sta facendo impazzire.

Faccio per oltrepassarlo, ma lui allunga la mano verso di me. Il treno sballotta e, invece di arrivare al mio braccio, la mano di Davide arriva sul mio fianco. « Alice, aspetta... » Istintivamente, il suo braccio si è infilato dietro la mia schiena, e rimaniamo a guardarci per qualche istante, così, senza dire niente.

« Scusate, fate SESSO? »

Davide e io, che in quel momento ci stiamo guardando negli occhi, sobbalziamo e c'irrigidiamo all'unisono. Come in uno specchio, lo vedo arrossire fino alla radice dei capelli, per poi voltarsi verso l'uomo accanto a noi. Questo sorride. « Scusate, è permesso... » ripete con aria candida.

Ci stacchiamo, appiattendoci contro i sedili opposti, per farlo passare.

E in quel momento ne ho la certezza: sarà dura. Oh, sarà molto dura superare questi tre giorni...

36

NIENTE SESSO, SIAMO BILANCE

Sarà pure che Parigi val bene una messa, ma le prime ore non me le godo per niente. Proprio la consapevolezza che sia una città magica e romantica mi fa rodere ancora di più il fegato. Il taxi l'attraversa come una scheggia, e noi al suo interno è come se non le appartenessimo, seduti ai lati opposti del sedile, a farci scudo col plico della cartella stampa.

Avrei voluto passare prima in albergo a darmi una rinfrescata, ma Klauzen, tenendo fede alla sua X Casa in Vergine, ha una tabella di appuntamenti piuttosto rigorosa e, in barba alle sette ore e rotti di treno, ci aspetta insindacabilmente per pranzo.

Insindacabilmente almeno per noi. Perché lui invece si fa attendere tre quarti d'ora, durante i quali guardo un po' Davide e un po' la baguette che campeggia in una figura elaborata a centrotavola. Non so chi dei due mi mangerei per primo.

A cuccia, Alice, e ripeti con me: «Fuori il Leone e avanti i Pesci». Ma estromettere una persona dal tuo cuore non è semplice come aprire una porta e dirle di accomodarsi fuori.

Klauzen arriva col suo seguito subito dopo l'ennesima frecciatina di Davide: «Immagino che, nel frattempo, Giorgio abbia carta bianca in casa tua. Guarda che...»

Sto per ribadirgli che le mie frequentazioni non sono affar suo, ma il supermedico delle nascite, il Signore supremo di tutti i ginecologi, Klauzen, mi si para davanti con un paio di occhi grigi e glaciali. «Allora, senza perdere tempo. Punto uno: faremo l'intervista domattina alle dieci. Nel salone del mio attico. La luce è perfetta. Punto due: vi concedo un'ora, visto che il tutto sarà tre minuti, un tempo più che accettabile in televisione. Punto tre: vi sono concesse quattro domande. Le trovate in allegato alla scheda che vi darà la mia assistente...»

Solerte e silenziosa come un automa, la tizia biondo platino al suo fianco mi porge un plico.

« Lì troverete anche del materiale filmato da integrare. Non più di settanta secondi, da distribuirsi sul pezzo. Vi spiegherà lei dove e cosa usare dopo l'intervista. » Alla fine del suo elenco, Klauzen scatta sull'attenti, e mi aspetto quasi che batta i talloni e sollevi il braccio. « Bene, è tutto. Potete andare. » Scosta la sedia per accomodarsi al tavolo, e Davide tira indietro la sua, facendomi cenno di fare altrettanto.

Mentre ci allontaniamo, mi volto un attimo, solo per vedere il Dottor Capricorn One-and-Only che chiama un cameriere, mentre l'assistente robot rimane in piedi dietro di lui.

« Punto quattro », dico, rivolta a Davide a denti stretti. « Piuttosto che lui, preferirei avere come ginecologo Edward Mani di Forbice. »

Siamo per la strada, e lui si sbraccia per fermare un taxi. « Cosa vuoi fare? Pranziamo, oppure vuoi andare prima in albergo? »

Mi rendo conto che sono appena le due, il che vuol dire che c'è un mare di tempo che si stende davanti a noi prima di domani mattina e dell'intervista. Davide e io da soli.

« Io preferisco andare in hotel », dichiaro, spavalda. « Ma tu va' pure a mangiare. »

Lui aggrotta la fronte. « No, *andiamo* in albergo allora. Mangeremo più tardi. »

Mi mordo le labbra, mi stringo nelle spalle e mi volto, mentre il taxi si ferma davanti a noi. Davide mi precede e mi apre la portiera, guardandomi di sottecchi e sorridendomi timidamente. Io abbasso gli occhi ed entro, per poi cercare di venire a patti con quello che sto provando. Essere un segno doppio non aiuta proprio per niente, mi dico, perché, se da una parte mi sento formicolare dall'esaltazione di trovarmi qui, a Parigi, con lui, dall'altra proprio tutta questa situazione, tutte le sue implicazioni mi fanno una paura matta.

Stai rischiando grosso, Alice, cerco di mettermi in guardia. *Non siete qui in luna di miele, nonostante quel che ti potrebbe suggerire la tua Venere in Bilancia. Non siete neppure i fidanzatini di Pey-*

net. Perciò metti giù calce e mattoni, prima d'iniziare a costruire i soliti castelli in aria.

Getto uno sguardo verso Davide, bello, bello, bello da saltargli addosso, e sospiro.

Eh, no... né un primo né un ultimo tango...

L'istinto di sopravvivenza, o meglio il mio Aspetto di Sestile tra Saturno e l'Ascendente, mi dice che per evitare problemi devo girargli alla larga il più possibile, perciò tiro fuori la guida della città che mi sono ricordata all'ultimo d'infilare nella borsa, senza troppa speranza di poterla usare. In effetti sono una persona molto organizzata per queste cose, non a caso ho la IX Casa in Vergine.

Ecco, sì, la Tour Eiffel potrebbe essere la soluzione. Guardare Parigi da sola, dall'alto, mi darà un senso d'infinito e di controllo, ne sono sicura.

Faccio un orecchio alla pagina e richiudo il libriccino, mentre il mio stomaco ulula come un lupo mannaro. Maledetto Klauzer e la piramide di baguette che ho lasciato sul tavolo per buona creanza.

«Se ti va, so che c'è un bistrot molto carino, dove andare, dopo che avremo portato i bagagli in camera.»

E io, tra la fame e l'ansia, non posso fare a meno di voltarmi verso di lui, sgranando gli occhi.

Camera?! Aspetta, Alice, prima di fare la tua ennesima gaffe grazie ai voli pindarici del tuo Aspetto tra Nettuno e Plutone. Non intendeva dire che avete una *sola* camera. Ecco. Ma perché ho questo chiodo fisso? Accidenti, appena lo guardo non faccio altro che pensare al sesso.

Sono una donna fredda e professionale. Sono una donna fredda e professionale... mi ripeto un po' di volte, prima di rispondergli: «Oh, io pensavo di fare un giro per la città, non mi voglio sedere per mangiare».

Eccellente. Che lui faccia quello che vuole, insomma, mica siamo legati con lo spago.

Ma, quando il taxi si ferma davanti all'hotel, la tachicardia mi assale.

E se davvero ci fosse una camera sola?

Insomma, ho il cuore in gola quando ci avviciniamo al banco dell'accettazione, e le rotelline del trolley fanno il verso al mio stomaco, aggrovigliandosi nel tappeto.

« Attenta... » Davide mi afferra prima che ruzzoli per la hall come una *pomme de terre*, e mi accompagna per gli ultimi metri tenendomi la mano sul fianco, come se fossi di vetro, o un'anziana con l'osteoporosi.

« *Bonjour, mademoiselle, nous avons réservé deux chambres pour le compte de Rete Mi-A-Mì* », dice Davide, appoggiando sul ripiano la sua carta d'identità.

La giovane digita velocemente sulla tastiera del suo computer. « *Oui, monsieur...* » dice lei. Poi solleva gli occhi dallo schermo e aggrotta la fronte. « *Je suis désolée, mais il y a un petit problème avec vos chambres.* »

Che, nonostante il mio scarso francese, suona un po' come: mi dispiace, ma abbiamo avuto un piccolo problema con le vostre stanze.

Oh, porca pupazza, lo sapevo! C'è tutta una filmografia romantica su incidenti di questo tipo: una svista nella prenotazione, un qui pro quo per via della lingua, un'emergenza improvvisa, un virus informatico, una tempesta di meteoriti che ha scombussolato qualsivoglia sistema di comunicazione...

Mi chiedo dove vada tutto il sangue quando te lo senti defluire dal corpo come adesso.

Mentre Davide domanda: « *Quel genre de problème?* » io mentalmente passo in rassegna che:

A) ho fatto la ceretta;

B) la biancheria che ho portato non è eccessivamente sexy, ma neppure quella del supermercato;

C) ho il pigiamone coi pinguini! Accidenti...

E via così, praticamente fino alla Z, con queste stupidaggini, perché tanto io non voglio che succeda nulla tra me e Davide.

Perché ci tengo a me stessa.

Perché sto conoscendo un'altra persona, molto più meritevole e meno problematica di lui.

Perché... oh, al diavolo, chissà se vendono delle cinture di castità qui a Paris!

« *Vous avez demandé deux chambres sur le même étage, mais ce n'est pas possible, parce que l'hôtel est presque complet et il y a peu de chambres doubles libres. Donc je dois vous donner une au troisième étage et l'autre au cinquième, je suis désolée. Dans la chambre au cinquième étage il y a une baignoire et un coin salon, cependant.»*

Okay, il mio francese si ferma più o meno a *Oui, je suis Catherine Deneuve,* per cui ora fatico a capire il senso di tutto il discorso.

Poi però la receptionist appoggia sul bancone due chiavi.

«*Pas de problème*», le dice Davide.

Nessun problema.

«Cosa?» chiedo pacatamente, e per poco non affetto anche uno sbadiglio per sottolineare che non sono davvero interessata all'argomento. Ma dentro di me c'è ancora John Travolta che balla la febbre del sabato sera.

«Non hanno due stanze sullo stesso piano. La tua è al quinto e la mia al terzo. Be', non è un gran problema, no?»

Il mio John Travolta interiore smette di ballare, accende ronzanti luci al neon e si mette a rassettare con mestizia i coriandoli della festa. «No, figuriamoci... Nessun problema.»

Mi rifugio in camera sbattendo la porta, decisa a fare una bella cazziata a quel sognatore del mio Nettuno in Sagittario, per la delusione che provo e per tentare di esorcizzare ennesimamente qualsivoglia pensiero su me e Davide che esuli dal lavoro e, soprattutto, quelli che comprendono un letto.

Medito sulla possibilità di fare una doccia fredda, ma poi vado in bagno e vedo una magnifica vasca doppia con tanto d'idromassaggio. Perfetta per un incontro romantico.

E richiudo la porta con uno schianto. Meglio evitare. Anzi... Mi viene un'idea.

In ascensore, dove Davide ha detto: «Mezz'ora...?» io non ho risposto, perciò...

Vado giusto a fare pipì, poi controllo la borsa, prima di afferrare le chiavi e uscire di fretta. Se scendo subito, lui sarà ancora in camera e io potrò immergermi nelle strade di Parigi, sola e indisturbata.

Che tristezza.

Sì, ma è anche la mia unica salvezza, penso, schiacciando compulsivamente il pulsante dell'ascensore.

Gli manderò un messaggio quando sarò al sicuro in metropolitana, giusto per levarmi il senso di colpa, anche se non so bene cosa gli dirò.

Praticamente faccio il lancio delle chiavi sul bancone della reception, mentre scatto verso la porta girevole come un centometrista al rush finale.

«Sei già pronta. Bene!» Davide chiude il giornale e lo appoggia sul tavolino, poi si alza e mi raggiunge. «Cosa ti va di mangiare?»

«Veramente...» E non è che ci sia molto da inventare. «Volevo andarmene un po' in giro per conto mio», ammetto, evitando di guardarlo negli occhi. Sono sicura che capisca. Deve capire.

«Ma dovrai pur fermarti per mangiare qualcosa. Fammi compagnia al chiosco qui di fianco. Io adoro le *galettes*, le crêpe salate, ma odio mangiare da solo.»

Batto le palpebre più volte, sempre nel tentativo di evitare il contatto diretto coi suoi occhi, che mi tramuterebbero in gelatina. «E va bene...» cedo.

Dopotutto dobbiamo solo mangiare. Mi sembra un prezzo modico da pagare per la libertà di cui godrò dopo.

Solo quando ci sediamo sulle seggiole di plastica, dopo aver ordinato le nostre *galettes*, mi rendo conto di quanto sono affamata. E, visto che ho in corpo solo un caffè da stamattina alle cinque, direi che è più che plausibile che mi venga voglia di attaccarmi coi denti alla gamba del tavolo.

La prima *galette* la divoriamo in silenzio.

Alla seconda iniziamo a emettere qualche cavernicolo gemito di apprezzamento.

Alla terza lui dice: «Certo che sei impegnativa da mantenere... Che fame, eh!»

Io mi fermo col boccone a metà esofago, poi lo butto giù con un sorso di Coca-Cola. «Senti chi parla. Abbiamo mangiato le stesse cose.»

«Ma io sono un uomo.»

«E allora?»

«Le donne non dovrebbero mangiare come uccellini?»

«Ho letto che gli uccellini mangiano otto volte il loro peso.»

«Saccente.»

«Maschilista.»

Ci mordiamo entrambi le labbra, per trattenere la risata. Lui perché non vuole essere il primo, immagino per attendere la mia reazione; io perché non vorrei dargliela vinta, e anche perché ho paura di avere della rucola tra i denti. Ma poi quelle rughette che sottolineano il suo sguardo acuto hanno la meglio, e non riesco a trattenermi.

«Ma è l'aria di Parigi...» dice lui poi, sorridendo e stringendosi nelle spalle. «È tutto magico, non trovi?»

«Ti piace?»

«Ci ho vissuto per un paio d'anni.»

«Anche a Parigi?» Mi guardo intorno, e mi sembra strano che tre o quattro parole di Davide siano capaci di trasformare il mio sguardo su quello che ci circonda. Mi chiedo come possa essere vivere in una città straniera, adattarsi ogni giorno alla lingua, immergersi nella sua quotidianità. Ma lui ha Giove in IX Casa, perciò il suo destino di cittadino del mondo era già scritto nelle stelle.

Quando glielo dico, Davide fa spallucce e prende a raccontarmi di quando ci si era trasferito, per un master alla Sorbona, subito dopo l'università. «Sono passati tanti anni, in realtà. Fa un certo effetto vederla così cambiata. Un po' come quei compagni di scuola che sei abituato a pensare sempre come nelle foto delle elementari... Poi te li trovi davanti e ti accorgi che sono degli adulti, proprio come te. Anche se non ti sembra possibile.»

Oddio, mi sento così piccola e stupida. Lui ha vissuto nel mondo, io, a parte che per fare la turista, non mi sono neppure allontanata dal quartiere dove sono nata. Ho sempre pensato che lui e Barbara non c'entrassero niente, che fossero sbagliati, perché lei è una donna sofisticata, una di quelle che sembrano uscite da un romanzo di Fitzgerald, viziate e fragili come la porcellana. Ma, più conosco Davide, più devo prendere atto della sua complessità, e tutte queste sfaccettature mi sembrano attraenti ma anche pericolosamente abbaglianti.

«Sarà meglio che vada», dico di punto in bianco, fingendo di guardare l'ora. «Visto che conosci Parigi così bene, non ti voglio certo imporre di fare il turista.» Tiro fuori il portafogli e pesco venti euro, che metto sul tavolo per il conto.

Davide appoggia la mano sulla mia. «Lascia, faccio io...»

«Posso farmi rimborsare dalla produzione», ribatto, risoluta, appoggiando il portafogli per afferrare il conto.

Ma la mano di Davide si chiude sul mio polso. «Ce l'hai ancora con me, Alice.»

Non è una domanda, ma sono costretta ad alzare gli occhi.

E io non mi devo fidare del suo Mercurio in Leone, perché sarebbe capace di vendere il ghiaccio agli eschimesi. «Siamo qui insieme solo per lavoro, Davide.»

Lui sospira. «Non siamo neppure più amici, allora?»

Mi sento ribollire dalla rabbia. «Quando lo siamo stati?» dico, senza pretendere una risposta. Poi scuoto la testa, di fronte al suo sguardo ferito. «Sto solo cercando di vivere la mia vita, Davide.»

«E non vuoi che io ci sia.»

Ci fissiamo in silenzio, poi lui allenta la presa e stacca la mano dal mio braccio. Io mi mordo le labbra, come se qualcosa in me volesse mangiare anche quelle parole, ma poi le dico: «No. Non voglio che tu ci sia».

37

INCONTRERAI IL LEONE DEI TUOI SOGNI

Parigi è una città di gran lunga sopravvalutata. E poi dicono che Milano è brutta... Be', sarà anche, ma almeno Milano non ti fa incazzare. Milano è monotona, Milano è caotica. Milano ti passa davanti che nemmeno la noti. Milano è grigia e non ti dà fastidio al cuore.

Parigi è come camminare a piedi nudi sui vetri. A ogni sguardo ti tagliuzzi spingendo un po' più a fondo le schegge nella carne. Coi suoi bistrot colorati. Coi suoi viali alberati. Coi suoi angoli da cartolina, che c'è sempre una coppia che si bacia o ti chiede di scattarle una foto. Dovrebbero scriverlo sulle brochure, che se hai il cuore spezzato non ci devi venire, a Parigi. Ingresso riservato alle coppie felici.

'Fanculo, Paris.

Mi metto a camminare con lo sguardo basso, con la determinazione di non guardare niente fino alla Tour Eiffel. Lì ci vado per forza. O per inerzia. Non lo so più, ma mi ci trascino perché tanto non saprei che altro fare e, di darmi per sconfitta, di rinchiudermi al buio nella stanza dell'hotel a tracannare mignon come se non ci fosse domani, no... mi farebbe più tristezza ancora della tristezza che già ho addosso. Che poi, quanti metri sarà alta la Tour Eiffel?

Mi squilla il telefono. «Qualsiasi cosa tu stia pensando, smettila subito. E piuttosto ricordati di comprarmi un regalo. Va bene un foulard di Hermès, se sei sugli Champs-Élysées...»

«Non sono sugli Champs-Élysées.»

«È un vero peccato.»

«Non per la mia carta di credito. Cosa c'è, Tio?»

«Il tuo oroscopo è un disastro oggi.»

«Non solo l'oroscopo...»

«Appunto.»

Come sempre, parlare con Tio mi strappa un sorriso.

Viene fuori che questi giorni sono astrologicamente *un po' tesi*. Un po' tesi... forse è così che i parigini descrivevano i giorni della Rivoluzione francese: *un po' tesi*. Insomma, sono giorni un po' tesi perché ho ben sette Transiti Negativi su dieci. Direi che è quasi un record. La mia Luna di Nascita deve sostenere l'attacco su più fronti da parte di Sole, Marte e Nettuno. Che mi regalano indimenticabili momenti d'irritabilità, depressione, mancanza di obiettività e umore ballerino. Neanche fossi in preciclo, insomma.

Anche Venere, il maledetto, fa a cazzotti con Giove, Saturno e Plutone. E pensare che uno si aspetterebbe di essere spalleggiato quantomeno dal pianeta che governa il suo segno. Vatti a fidare!

«Vuol dire che devi stare attenta alle spese e non darti allo shopping sfrenato», mi spiega Tio.

«A parte il foulard di Hermès.»

«A parte quello.»

«Mmm.»

«Farai fatica, ma ti devi concentrare sul lavoro e cercare di non affogare i tuoi dispiaceri nelle crêpe...»

«Come fai a sapere delle crêpe?» gli chiedo, gettandomi uno sguardo intorno, come se mi aspettassi di vederlo sbucare da un negozio di souvenir, cellulare all'orecchio, come Rupert Everett nel *Matrimonio del mio migliore amico*.

«Giove», ribatte Tio, laconico.

«A Giove piacciono le crêpe? *Per Giove!*»

«Più o meno.»

«Tio...»

Lo sento sospirare all'altro capo del telefono, come se avesse capito che fino a questo punto abbiamo scherzato e ora sapesse che sta per arrivare la parte peggiore. «Alice.»

«Non ce la faccio», esordisco di punto in bianco. «Parigi, Davide... Non ti sembra troppo? Perché le stelle sono così crudeli? Perché non mi lasciano in pace e non mi fanno avere una storia tranquilla, *classica,* senza scossoni, almeno per un po'? Sono stanca.» E dicendolo mi accascio su una di quelle belle panchine che solo a Parigi; quelle panchine in ferro battuto, che a Milano se c'erano se le erano già fregate e forse è per questo che hanno messo quelle robe verdi, che tentano pudicamente di passare per cespugli.

«Perché questo è il momento di aprirsi ai cambiamenti, tesoro», dice Tio. «Di saper rinunciare anche a quello che ci si è fissati di raggiungere. Alice, hai anche un Transito Positivo, tra Mercurio e Urano, che parla di presa di coscienza e adattamento a nuove situazioni. Sei Bilancia, e non è facile, perché i castelli in aria te li costruisci d'acciaio, ma devi lasciarli andare. Ciccia, è quello che le stelle ti stanno dicendo d'imparare in questo momento. Non lottare più contro i mulini a vento e lascia che sia... semplicemente.»

Non lo sopporto. Mi vengono le lacrime agli occhi, e sono pure per strada, sola, in un Paese straniero. E non so neppure come si faccia a chiedere un fazzoletto in francese. «Ciao, Tio», dico, con un groppo alla gola delle dimensioni di un tacchino.

«Aspetta, Alice!»

Ma non ho più voglia di ascoltarlo e chiudo in fretta la telefonata, per poi rannicchiare le gambe contro il petto e appoggiare il mento alle ginocchia, come facevo da bambina.

Davanti a me passa una coppietta teneramente abbracciata. E se avessi della benzina e un accendino le darei fuoco. Sulla panchina di fianco ci sono due ragazzini che limonano *en plein air* invece di stare a casa a fare i compiti. Spero li boccino entrambi.

Poi vedo una ragazza sola a un tavolino, ha l'aria assorta e un po' spersa. Come me? Un attimo dopo, il suo bel viso francesino s'illumina di un sorriso francesino e un bell'uomo le si avvicina, la prende tra le braccia e la bacia come in quella foto in bianco e nero tanto famosa.

Ripensandoci, forse i mignon del frigobar non sono una cattivissima idea e 'fanculo Paris, la Tour Eiffel e i baci alla francese.

Con un gesto di stizza, prendo la guida e la lancio nel cestino. Al diavolo davvero questa città romantica e i suoi monumenti. Al diavolo gli schemi e tutto quello che mi sono prefissata.

Inizio a camminare a zonzo, infilandomi nelle viuzze laterali, salendo e scendendo gradinate, sbucando in piazze più o meno grandi, più o meno affollate. Non guardo appositamente i nomi delle vie. Non voglio appigli per potermi orientare. Voglio che Parigi mi fagociti e mi faccia vedere chi è, se ha il coraggio.

Voglio che mi annulli e mi faccia rinascere. Francese, magari... col nasino all'insù, coi fianchi stretti e con una baguette sotto il braccio.

Sbuffo, finendo di salire l'ennesima gradinata, e penso che, coi muscoli pesanti di stanchezza, mi sento meglio. Parigi si appoggia sulle mie spalle, gravando su di me col suo peso fatto di ore di sonno perse, di un viaggio interminabile e di un cuore che non ho capito in quante briciole può ancora essere frantumato.

Ma... Parigi è bella. Non di quella finzione da cartolina, però. Mi guardo intorno e mi sembra di scorgere la sua faccia più timida, l'anima più scrostata e vera, lontana dal variopinto carrozzone alla *Moulin Rouge*.

Il problema è che adesso davvero non ho più neppure la vaga idea di dove sono. E, per quanto mi sia, almeno in parte, riconciliata con la città, sotto l'ascella non mi è sbucata nessuna baguette, indi per cui non sono diventata francese. Ergo, oltre a possedere ancora un naso a patata, l'idioma locale continua ad avere su di me l'effetto di una cantilena senza senso e, visto che sono stata tanto fessa da gettare via la guida con la cartina e quant'altro, se voglio avere una chance di orientarmi, ne devo comprare un'altra.

«*Bravò*, Alice», mi dico, tuffandomi in una libreria per acchiappare al volo una mappa... E accorgermi, quando mi metto in fila alla cassa, che nella mia borsa il portafogli non c'è.

Panicò.

I cocci del mio cuore si sollevano faticosamente da terra, iniziando a martellarmi nelle orecchie.

Come diavolo faccio a tornare in albergo?

Come hanno fatto a rubarmi il portafogli?

Merda. I documenti!

Dove diavolo sarà l'ambasciata italiana?

L'unica cosa che mi rimane da fare, purtroppo, è prepararmi a trangugiare un bel sacchetto di bile e chiamare Davide per farmi venire a prendere.

Ma sì, diamo l'ennesima botta di vita al mio orgoglio. Grazie, *Parigi, oh, cara...*

Mentre smanetto sul cellulare, mi preparo ad attraversare la strada. Diligentemente, aspetto che il semaforo diventi verde e, non appena scatta, punto lo sguardo di fronte a me, per poi fare un paio di passi sulle strisce pedonali.

E mi fermo, proprio nel centro.

Davide mi sta davanti, dall'altra parte. « Mi sei venuta incontro... » mi dice.

« Tu mi sei venuto incontro! » ribatto, perché non sia mai che pensi che lo stessi cercando, o peggio che peggio inseguendo!

Premo con forza sullo schermo dello smartphone, per impedire alla chiamata che gli stavo facendo di partire. Troppo tardi. Lui fruga in tasca e tira fuori il suo telefono, che evidentemente ha soltanto vibrato, e mi guarda sollevando appena un angolo della bocca.

Io sposto gli occhi da un'altra parte, e lui non dice niente.

E, quando ci suonano, un po' poco alla francese e un bel po' di più all'italiana, mi prende per un braccio e mi trascina via.

« Dove stavi andando? » mi chiede poi, quando siamo sani e salvi sul marciapiede.

« Da nessuna parte », ammetto, fingendo d'interessarmi a un paio di scarpe in una vetrina. « Mi sono persa. »

« Non avevi la cartina? »

Faccio un gesto vago con la mano, come a dirgli che è una storia lunga e non ho voglia di spiegargliela.

« Potevi mettere il navigatore sul telefono. »

Io e la tecnologia: capitolo 1, « Le basi ».

Neanche ci avevo pensato.

Sono un'imbranata totale, soprattutto quando il mio cervello è Nardicentrico e il criceto che lo abita gioca a palla con l'unico neurone ancora in vita.

« Comunque mi si stava scaricando. E mi hanno derubata. Questo è più grave... Non ho più il portafogli. E ciò vuol dire che sono nei guai. Che si fa in questi casi? Si va alla *police*? La *gendarmerie*? *All'ambasciatà?* Il mio francese basta a malapena per ordinare un'*eau minérale*. E probabilmente finirei per ammettere un qualche efferato omicidio, nel tentativo di spiegarmi.»

Davide sorride ancora e scuote la testa. «Niente *police*. E niente *gendarmerie*.»

«Dunque mi aspetta un vita in *clandestinité*.»

«No, ti aspetta di dirmi: 'Grazie, Davide'.»

Mi volto verso di lui che, come un prestigiatore, sta tirando fuori qualcosa dalla tasca interna del giubbotto.

Mon salvateur! È il mio portafogli. Come accidenti...?

«L'hai lasciato sul tavolino del bar, quando te ne sei scappata via alla chetichella.»

«Non sono...» Va be', faccio più bella figura a non continuare. Lo guardo negli occhi. «Sì. Grazie di averlo preso.»

Sembra stupito, poi è lui a sviare lo sguardo, infilandosi le mani nelle tasche. «In realtà, speravo che te lo dimenticassi.»

«In che senso?»

«Mi ha dato la scusa per seguirti.»

«Mi hai inseguita?»

«Ti ho *seguita*. Non inseguita. Se dici inseguita sembra che sia una specie di stalker.»

Il che, considerata la mia decisione, più volte espressa almeno a parole, di non voler più avere niente a che fare con lui, non si discosta molto dalla verità. Ma tengo per me la considerazione, in virtù del fatto che gli devo quantomeno una tregua per avermi recuperata, salvandomi dal mio senso dell'orientamento degno di una persona affetta da labirintite cronica.

«Okay. Seguita.»

«Sì. Poi però ti ho persa, subito dopo che ti sei alzata dalla panchina. E mi sei risbucata davanti a quell'incrocio.»

Mi viene in mente che sono stata seduta per un bel po' su quella panchina dove ho maledetto Parigi e tutti i suoi cuoricini innamorati, e glielo dico. Omettendo la parte dei cuoricini innamorati, ovviamente. «Perché non mi hai raggiunta lì?»

Davide scrolla le spalle. «Ho pensato che avresti potuto sbranarmi un braccio, nonostante le *galettes*. Avevi una faccia...»

Dev'essere stato quando pensavo di giocare al piccolo piromane con la coppietta dei limoni. Mi stringo nelle spalle, cercando di sterzare la conversazione su un argomento sicuro. Il che significa qualsiasi altra cosa che non sia *noi due*. « Volevo vedere se Parigi mi avrebbe stupita... al di fuori delle solite mete da turista. »

« Be' », fa lui, fingendo di porgermi il braccio come un gentiluomo della Belle Époque, « qual guida migliore, allora, di un ex parigino un po' nostalgico? »

A questo punto non ho neppure più le forze di dirgli di no. Non posso tirargli in faccia l'ennesimo rametto d'ulivo che mi porge. Perciò accetto, senza prendergli il braccio, questo mi pare troppo, ma abbozzando un sorriso. « Cosa c'è sulla tua Guida di Parigi per Donne Scettiche? »

38

IL LEONE DEL PONT-NEUF

«... Sai, invidio molto il fatto che riesci a adattarti a ogni posto e ogni situazione», gli dico quando mi fermo in cima alla scalinata del luogo in cui mi ha condotta. «Figurati che i miei non mi hanno lasciata neppure fare l'Interrail... Chissà cosa poteva succedermi, secondo loro!»

Davide mi fa l'occhiolino. «Eh, già, chissà, potevi finire con lo scoprire un nuovo continente!»

Anche se il mio Mercurio in Scorpione ne esce un po' impermalito, capisco che quella di Davide è solo una battuta. E poi sono troppo presa a osservare il posto bellissimo che mi sta intorno, e di cui io e la mia guida di Parigi ignoravamo l'esistenza, per ribattere alcunché.

«Et voilà la Promenade Plantée», dice Davide.

Ci troviamo su un vecchio ponte di mattoni rossi, una linea ferroviaria in disuso lungo la quale è stata ricavata una passeggiata con giardino. «Non sembra neanche di stare in città.»

«Ci venivo spesso, quando abitavo qui, nelle belle giornate come questa.»

Immagino che ci venisse a leggere, a studiare, magari, questo luogo si presta. Anche se ci sono altre persone, l'atmosfera è rilassata, i suoni attutiti.

«Magari ci sei venuto a passeggiare con qualche bella francesina...» dico, cercando appositamente un tono distaccato, come una vecchia amica che gli dà di gomito.

Il suo Saturno in Vergine lo immusonisce. «No.»

Lo osservo di sottecchi, e ancora una volta l'immagine che ho è quella di un uomo che ricerca la solitudine. Mi domando cosa possa voler dire nella sua vita, e nel suo futuro anche.

«Non...» Esita. Ci sediamo su una panchina.

«Che?»

Davide scuote la testa e sorride, enigmatico come solo uno che ha Plutone in XII Casa, poi fissa qualcosa davanti a sé.

Appena dietro gli alberi s'intravedono le finestre dei piani alti delle case. Una donna passa al di là dei vetri, e in mano ha una gruccia su cui è appeso un abito da sera. La guardo aprire l'anta dell'armadio per riporlo.

« Non ci ho mai portato nessuno », dice poi, senza voltarsi verso di me.

« Sono la prima? » Il pensiero mi colpisce appena ho pronunciato quelle parole. Deglutisco, cercando di ricacciare il cuore al suo posto.

« Sono passati tanti anni. »

« Lo trovi diverso? »

« Lo sono io. Diverso. Ma penso sia ancora molto affascinante. » Continua a fissare davanti a sé. « Cosa credi che farà stasera quella donna? »

Batto le palpebre, perplessa. « Quale donna? »

Lui accenna col mento alla finestra che ho guardato prima.

« Non saprei. Cenerà, credo. La conosci? »

Davide abbozza un sorriso e scuote la testa. « No. Ma mi è sempre piaciuto sbirciare nelle case e domandarmi che vita possano fare le persone. »

Questo è molto strano. Che Davide Nardi, il mio John Wayne della porta accanto, mi s'incanti davanti alle finestre altrui, non lo avrei mai detto.

« Potrebbe dover uscire a cena », dico, quando il silenzio tra noi si sta allungando un po' troppo.

« Chi? »

« La donna. Sì, quella di oggi è una serata importante per lei. Devi sapere che, stamattina, quand'è uscita a prendere il pane, per la strada, è praticamente andata a sbattere contro una persona, un uomo. » Cerco di fare appello alle doti fantasiose del mio Mercurio in Scorpione.

Davide mi guarda scettico. « Un uomo? »

Mi mordo le labbra, cercando d'inventare ancora un altro pezzo di storia.

Ma è lui a intervenire prima: « Un suo vecchio compagno di scuola ».

« Il suo primo amore. »

« Il fratello gemello del suo primo amore, in realtà! Ma lei non lo sa e lo ha scambiato per lui », dice Davide, stupendomi davvero per quel volo pindarico degno di un romanzo d'appendice.

« Perché lui non le ha detto la verità? » gli domando io, interessata al lavorio della sua fantasia.

« Perché segretamente è sempre stato innamorato di lei. »

« Sei un genio. »

Davide solleva il palmo della mano, e io gli batto il cinque.

A volte è così semplice stare con lui.

Dopo aver percorso la striscia di giardino per un paio di chilometri, scendiamo le scale e c'immergiamo nelle gallerie variopinte sotto gli archi. « Questo è Viaduc des Arts, il Viadotto delle Arti. Per lo più gli spazi sono stati convertiti ad atelier per gli artisti. »

Ci sono quadri, stoffe, negozi di souvenir che farebbero brillare gli occhi a Paola, ma non nego che fanno lo stesso effetto anche a me, che per qualche minuto mi perdo tra i banchetti per scegliere cosa portarmi a casa. « Di ogni posto che visito compro un magnete da attaccare al frigorifero. Lo so che non è molto originale come souvenir, ma mi piace. E, più li trovo pacchiani, più li adoro. »

« Io non compro mai niente », mi risponde lui, che è rimasto qualche passo indietro, le mani infilate nelle tasche.

« Peccato! Il tuo frigo sarebbe un capolavoro », ribatto, ridendo.

Lui scrolla le spalle. « Quando sai che ogni oggetto che compri significherà uno scatolone in più per il prossimo trasloco, ci pensi molto bene se lo vuoi davvero. »

« Uff... quanto sei pratico, però! »

« Impari a esserlo, pratico, se da quando hai sette anni tuo padre ti dice che non puoi portare più che lo zaino e una valigia. »

« Davvero? » Penso ai pianti isterici che ho fatto quando mamma e papà si sono rifiutati di comprarmi la villa di Barbie, una specie di catafalco di quasi un metro per un metro. « E con cosa giocavi se non potevi avere nulla? »

« Avevo una tenda da campeggio. »

« Una... »

« Sì, una tenda. Era la mia casetta e volevo dormire solo lì dentro, da bambino », dice piano, mentre ci avviamo per la strada. « Mi ci rintanavo per ore, e di volta in volta era un castello, un fortino, una trincea o un'astronave. Era divertente. »

Un bambino in una tenda vuota, che gioca solo con la forza della sua fantasia. Sì, Dickens l'avrebbe trovato divertente.

Il sole sta tramontando quando sbuchiamo dalla metropolitana di Havre-Caumartin e Davide varca con me la soglia dei grandi magazzini Printemps, dove ha deciso che ceneremo. Un po' mi dispiace non salire sulla Tour Eiffel, ma ho dato retta a Davide quando mi ha detto che è il bello del panorama di Parigi, ed è meglio avercela davanti, piuttosto che starci sopra. E, mentre sorseggiamo un bicchiere di champagne su questa bellissima terrazza panoramica, la città si accende e brilla dei colori della sera, e la torre più di ogni altra cosa luccica come se fosse tempestata di diamanti.

« Grazie, mio Cicerone », gli dico, toccando il suo bicchiere col mio. « Devo ricredermi. Ammetto che ti ho odiato quando ho saputo di dover venire qui con te per due giorni visto che... » Do un colpetto di tosse, perché il terreno di questa conversazione è molto scivoloso. « Be', vista la situazione e... » Sto per nominare Daniele, ma mi freno e invece dico: « ... Giorgio. Perché, vedi, non è che mi fidi molto a lasciargli in mano casa mia ». Ingollo quasi tutto lo champagne d'un fiato, e mi sembra che la testa fluttui più leggera.

« Ecco, Alice, visto che ci siamo... »

Mi guardo in giro e sospiro, e non sento nodi allo stomaco, non provo ansia, sussulti, disagio. « Grazie a te, sto vedendo posti magnifici e, per una volta, una volta tanto nella vita, mi sento davvero in pace con me stessa. Sai una cosa? Lavoro a parte, voglio godermi questi due giorni come se fossero una vacanza da me stessa e, te lo prometto, cercherò di non pensare a tutti i problemi che ci sono. » Lo guardo negli occhi e ammetto: « Anche tra noi ».

Dico davvero. Sarà lo champagne che mi dà alla testa? Ma no, mi sembra di essere completamente lucida. Serena, per una volta, anche nei suoi confronti. Peace and Love, penso. E se il Love non ci può essere... Sospiro... be', che ci sia almeno il Peace.

«Scusami, ti ho interrotto.»

Davide mi guarda. Intorno agli occhi, le rughe sottili sono leggermente più marcate. È stanco. Dopo un istante, mi sorride. «Me lo sono dimenticato.»

«Allora era una bugia», ribatto ridacchiando.

«Io non dico bugie...»

Fingo di guardarlo torva. «Ho detto che mi sento in pace con me stessa, non che mi sono rincretinita di colpo.»

Allora lui ride. «Come vuoi tu. Diciamo che era una bugia.»

Ci voltiamo verso i tetti di Parigi, la torre, Montmartre, le luci, e mi viene da pensare che tutto in questo momento potrebbe essere definito così: una bugia.

Anche le nostre mani, i mignoli che si sfiorano, intrecciandosi per un istante appena, quando restiamo in silenzio a fissare la città davanti a noi.

Una bellissima, scintillante bugia.

39

LA FINE DEL MONDO COL NOSTRO SOLITO OROSCOPO IN UNA NOTTE PIENA DI PIOGGIA

Sotto un pesante scroscio di pioggia, corriamo ridendo come bambini verso l'ingresso dell'hotel.

Le nubi si sono addensate sulle nostre teste già verso la fine della cena e, ora che usciamo dalla stazione della metropolitana, le gocce fredde ci penetrano gli abiti come aghi. Davide cerca di ripararci entrambi sotto la giacca di pelle, e io rido perché così sbattiamo l'uno contro l'altra muovendoci goffi.

«Chissà se vicino all'albergo c'è un parrucchiere... altrimenti domattina, per l'intervista, il cameraman avrà difficoltà a riprendere Klauzen, nascosto dai miei capelli a cespuglio.»

«Si arricciano...» dice Davide osservandomi, dopo aver schiacciato il pulsante di chiamata dell'ascensore, come constatando la reazione chimica di qualche importante esperimento in laboratorio. E, a riprova di questo, tocca una ciocca che mi si è appiccicata alla guancia.

«Sì, divento come un pastore bergamasco.»

«Sei sempre dissacrante.»

Mi stringo nelle spalle. «È colpa di Mercurio in Scorpione.»

Le porte dell'ascensore si aprono ed entriamo, in silenzio. Davide mi guarda senza dire niente, preme il pulsante del suo piano. «Va bene domattina alle otto? Per la colazione?» mi chiede poi, appoggiandosi alla parete.

Sospiro. «Sì. Direi di sì. Facciamo quest'ultimo sforzo.» È quasi l'una e, contando il miracolo che dovrò cercare di compiere tra occhiaie e capelli, mi toccherà puntare la sveglia minimo minimo alle sei e mezzo.

«'L'ultimo sforzo' *con me*...» dice lui arricciando un po' il naso.

«Non era quello che intendevo.»

Ma, quando mi guarda, penso che, sì, è vero anche quello. È

l'ultimo sforzo con Davide, che dopo se ne andrà per la sua strada, incontro a un altro incarico e a una nuova fase della sua vita.

Mi schiarisco la gola, ma non dico niente.

«Senti, Alice, il fatto che ci troviamo qui a Parigi insieme, insomma... Ti volevo chiedere scusa per aver organizzato tutto all'ultimo minuto, e so che avevi altri piani per la settimana, ma era molto importante che...»

L'ascensore si ferma, le porte si aprono sul corridoio.

«Lo so», gli dico, tagliando corto. «Va bene così.»

Questo è un addio, e in fondo l'ho sempre saputo. Ormai le ore che ci separano dal resto delle nostre vite si possono contare alla spicciolata. «La giornata di oggi è stata un sogno, Davide. E vorrei che rimanesse tale. La realtà appartiene a domani. Buonanotte.» Mi sporgo verso di lui e le mie labbra gli sfiorano la guancia.

La sua mano si posa sul mio braccio, ma solo per un istante. «Buonanotte, Alice.»

Quando l'ascensore richiude le porte e riprende a salire, io mi sento sprofondare in un abisso. Non è vero che la realtà mi riagguanterà domattina: già in questo momento i miei sensi la percepiscono in tutta la sua amarezza. Mi accorgo dell'odore lievemente stantio della moquette, dei graffi sulle porte di alluminio, del ronzio del neon sopra la mia testa. In un film, in uno dei *miei* film, un vuoto come questo sarebbe un errore di sceneggiatura. Ora dovrebbe essere già mattina, da Klauzen, o al limite potrebbe esserci un brevissimo stacco sulla mia mano che spegne la luce sul comodino. La vita non è fatta solo di scene significative, di parole importanti, di dialoghi arguti. Purtroppo. La realtà è fatta soprattutto di momenti come questo, tempi morti in cui l'insensatezza di tutto ti arriva addosso come un treno ad alta velocità.

L'ascensore si arresta dolcemente, e sopra la porta s'illumina il numero cinque, il mio piano. Mi stacco dalla parete di fondo, grattandomi distrattamente una mano. Poi le porte si aprono con un fruscio e io dovrei uscire, invece rimango lì impalata.

Davide se ne sta appoggiato con un gomito allo stipite, leggermente piegato in avanti, il volto arrossato, mentre cerca di riprende fiato.

Sollevo la testa per controllare ancora il numero del piano, nel caso l'ascensore non si fosse mosso. È proprio il quinto.

« Cosa ci fai qui? »

« A... A... Alice... » Alle sue spalle, la porta delle scale di servizio bascula ancora.

Dopo qualche secondo, l'ascensore inizia a richiudersi, ma lui allunga il braccio verso di me e mi afferra. « Scusa. Scusami... ma non posso lasciarti andare via così », riesce a dire, ancora col fiatone.

Poi mi bacia.

Eh, già.

Mi prende il viso tra le mani, sollevandolo verso il suo, e le sue labbra mi sfiorano, prima delicatamente, poi sempre più insistenti.

Vorrei rimanere rigida, o spingerlo via, invece schiudo la bocca, subito, arrendendomi completamente alle sensazioni che mi travolgono, alla dolcezza, al calore.

Lui sussurra qualcosa, mentre continua a baciarmi il viso e il collo, qualcosa d'incomprensibile, ma è come se capissi tutto lo stesso. Non c'è bisogno di parole.

E, quando le porte dell'ascensore accennano a richiudersi, mi tira fuori dall'abitacolo, continuando a baciarmi lì, nel corridoio, stringendosi a me contro la parete.

« Davide... »

« Scusami », mormora contro le mie labbra. « Ma non potevo lasciarti andare. Dovrei essere nella mia stanza... Invece, appena l'ascensore si è richiuso, mi sono sentito un idiota. Non potevo andare in camera e fare finta di niente, aspettando domani mattina. Ho fatto le scale di corsa. Vedi, mi manca ancora il fiato. Non è che sia proprio in forma. Ma non potevo lasciarti andare. Hai detto che quello che abbiamo vissuto oggi è un sogno, che non è reale... Invece sì. È reale, Alice. Più che mai. In questo momento mi sembra che non ci sia niente di più reale di questo. Di te e di me. Adesso. »

E allora lo accarezzo. Quasi stento a crederci, di avere la libertà di farlo, di poterlo toccare. E baciare. Dio, ogni fibra del mio corpo vorrebbe mettersi a cantare. È mio! Davide è mio!

Mi tremano le mani che quasi la tessera della porta mi cade per terra. E poi siamo sul letto. Lui mi sbottona la camicetta.

Non so neanche più da quanto tempo ho aspettato, anzi, ho sognato questo momento. Davide che si preme su di me, che mi bacia come se da questo dipendesse tutta la sua vita. Che cerca di sfilarsi la camicia dalla testa, goffamente, e ci rimane impigliato, mentre io mi allungo verso di lui per slacciargli almeno i primi bottoni.

Rido, ma lui mi zittisce subito con un altro bacio. « Non mi sfuggirai più », mi sussurra, chinandosi sul mio petto e percorrendomi l'addome con la lingua.

« Tu non mi sfuggirai più... » Più di qualsiasi cosa al mondo, ho voglia del suo abbraccio, di sentirmi addosso il suo peso e il suo profumo.

Quello che sento facendo l'amore con lui è un fuoco, lava pura nelle mie viscere. Non è solo una sensazione fisica, la mia mente è coinvolta quanto il mio corpo. Non riesco a smettere di guardarlo. Vorrei continuare a baciarlo, anche se mi toglie il fiato. È la fine del mondo, qui, in questo letto, dove non esiste nient'altro a parte noi, Parigi, la pioggia.

Nella vita ci sono quegli istanti che ti rimangono appiccicati addosso per sempre, e so che questo sarà uno di quelli. Non potrò mai dimenticare il volto di Davide appoggiato alla mia spalla, la sensazione della sua fronte contro le mie labbra e le sue dita aperte e possessive sul mio fianco.

« A cosa stai pensando? »

Lui sospira, chiudendo gli occhi per un attimo. « Al modo in cui ci siamo incontrati oggi. A metà strada. Certe coppie non ci riescono per tutta la vita. »

Rimango in silenzio per un po'. « E... noi siamo una coppia? »

« Alice. »

Sbuffo. « E adesso? A cosa stai pensando? »

Lo sento muoversi sotto il piumino. « Alice, senti, questa cosa... Questa cosa di dirsi tutto quello che passa per la testa...

be', io non ne sono un sostenitore. Anzi, credo che nessun maschio lo sia.»

«Be', tu hai Urano in Scorpione, per cui fai dell'introversione una bandiera. Ma devi sapere che noi donne siamo terrorizzate dai silenzi.» Scuoto la testa. «Non c'è niente da fare, siamo proprio due sessi diversi.»

«Anche nel silenzio c'è comunicazione, Alice. Nello sguardo, nel gesto. Basta saperle guardare, le persone, e non c'è bisogno di sapere il loro oroscopo, come un libretto d'istruzioni.»

Mi accoccolo contro di lui, godendo del calore e del profumo della sua pelle, la peluria del petto contro la mia guancia. «Con te, io lo gradirei davvero, il libretto delle istruzioni.»

Lui mi bacia, e di nuovo fa l'amore con me, prima che entrambi ci addormentiamo abbracciati.

È così che riapro gli occhi, con le gambe intrecciate alle sue, il suo naso seppellito tra i miei capelli.

Non appena mi ricordo ciò che è successo, faccio di nuovo fatica a respirare, a muovermi anche, perché ho paura che tutto questo sparisca.

Ma la sveglia suona.

E non ho puntato nessuna sveglia.

Infatti è un telefono, e Davide solleva la testa all'istante, sperticandosi giù dal materasso in cerca dei pantaloni. Mi lancia solo un'occhiata, prima di alzarsi. «Pronto? Sì. No. Non sono in camera, esatto.»

Mi metto a sedere, appoggiandomi alla testiera del letto, abbracciata al cuscino, mentre lui s'infila i pantaloni e raggiunge la porta.

«Le... Cazzo, le nove?» Apre la porta, ma poi si volta verso di me, con uno sguardo urgente e, tenendo il telefono in bilico tra il mento e la spalla, s'indica il polso, dove non indossa nessun orologio. Poi oltrepassa la soglia, scalzo e coi soli pantaloni addosso, e socchiude l'uscio. «Barbara, no, senti, mi sono svegliato presto e sono sceso a leggere i giornali nella hall», gli sento dire quando mi avvicino.

Quella frase ha l'effetto di un'era glaciale.

Non mi colpisce soltanto la prontezza con cui, a meno di tre minuti da quando si è svegliato, riesce a imbastire una bugia, ma anche e soprattutto lo squallore dell'insieme di tutta la sua pantomima: l'uscita dalla stanza mentre si allaccia i pantaloni, la voce che cerca di camuffare contro il ricevitore. E soprattutto il patetico cliché delle corna con una collega consumate durante un viaggio di lavoro.

Mi viene da vomitare.

All'improvviso non riesco più a vedere il Davide di cui mi sono follemente innamorata, vedo soltanto un profittatore meschino, un viscido seduttore che, alla fine, è riuscito a ottenere quello che voleva.

Quante belle parole, ieri sera. Quanta dolcezza. Ora tutta quella dolcezza ha il retrogusto amaro della saccarina.

Noi due.

Qui, adesso.

Le uniche cose reali.

Ora non sono altro che qualcosa da nascondere dietro una porta socchiusa.

Davide continua a parlare con Barbara per qualche minuto, il tono basso, le parole veloci. Non capisco cosa dice, ma in fondo non ce n'è bisogno.

Appoggio la mano sulla maniglia mentre lo sento salutare, mentre le dice che sarà da lei l'indomani. E inghiotto la rabbia, fintanto che non lo sento spingere la porta per tornare dentro.

È allora che anch'io faccio forza, chiudendogliela in faccia.

40

SESSO, BUGIE E LEONE

Davide deve solo provare a parlarmi, mi ripeto picchiando più volte il pulsante dell'ascensore, un'ora più tardi, quando sono pronta per l'intervista di Klauzen.

Per fortuna, con lo smartphone, sono riuscita a cambiare la prenotazione del treno e dopo l'appuntamento filerò diretta in stazione. Senza passare dal via.

Ah, nessuna tregua, niente sconti, stavolta, per i suoi begli occhi scuri.

Né per quel fondoschiena...

Nessuno sconto, ho detto.

Al diavolo. Che se lo tenga pure Barbara. Se lo merita ampiamente.

Falso. Fedifrago. Subdolo.

E senza spina dorsale.

Che provi ad avvicinarmi, con quei suoi modi gentili e le sue belle parole: potrei staccargli la mano con un morso.

Marcio avanti e indietro nella hall, con le braccia incrociate sul petto. Mi tocca pure aspettarlo. Ma, d'altra parte, l'ho sbattuto fuori dalla camera con metà dei vestiti, e la chiave della sua stanza è rimasta da me, insieme alla camicia, alla giacca e ai calzini, penso con una certa soddisfazione. Probabilmente è dovuto scendere mezzo nudo a chiedere il duplicato. Se solo potessi guardare il video della sorveglianza!

Guardo l'orologio, ed è già tardi. Sfoglio la cartelletta, senza guardare davvero gli appunti per l'intervista. Naturalmente non me ne importa un fico secco di Klauzen, solo non vedo l'ora che tutta questa storia sia finita e di poter voltare le spalle a quel mostro (Davide, non Klauzen) e tornarmene a casa.

«*Mademoiselle, pardonnez-moi...*»

Sulle prime, neppure mi volto, ma poi qualcuno mi picchietta sulla spalla e mi trovo davanti una tizia con l'uniforme blu dell'hotel, che mi consegna una busta.

«*C'est pour vous... par monsieur Nardi.*»

Va be', più o meno capisco, e comunque mi basta sentire Nardi, o meglio Nardì, come lo pronuncia lei, per capire che è un messaggio di Davide.

Alice,

hai tutte le ragioni per essere arrabbiata e pensare male di me. Qualsiasi cosa ti dicessi, per cercare di discolparmi, non sarebbe giusto che te la scrivessi di fretta e su un biglietto.

Purtroppo devo andare via, ed è davvero urgente. Però c'è una cosa che ti devo assolutamente dire, e che coincide col vero motivo per cui tu e io ci troviamo a Parigi in questi tre giorni.

Non potevo dirtelo prima, purtroppo.

No, devo essere sincero... avrei potuto dirtelo ieri, ma non volevo rovinare l'atmosfera che c'era tra noi. Sono un cretino, lo so.

Sono stato io a fare in modo che Marlin avesse un provino in questi giorni, così che non potesse venire a Parigi.

Volevo che fossi tu ad accompagnarmi, e non solo perché non volevo affidare a una sciocchina come Marlin un'intervista tanto importante.

Alice, dovevo portarti via da Milano.

Giorgio, che stai ospitando in casa tua, è ricercato dalla polizia per aver truffato delle assicurazioni. La rete è stata contattata dalle forze dell'ordine dopo la messa in onda del servizio televisivo in cui lui metteva a soqquadro gli uffici. È stato riconosciuto da un paio di persone che avevano vagliato le sue pratiche dopo alcuni presunti incidenti, che lui sosteneva gli avessero provocato invalidità permanenti.

Per ora, sono riuscito a tenere fuori il presidente da questa faccenda, ma avevo bisogno di allontanarti da casa tua perché non intralciassi le indagini e, soprattutto, perché non ci finissi in mezzo.

Ci sono altre cose che ti devo dire. Cose importanti, veramente importanti, ma che meritano di essere dette a voce, guardandoci negli occhi. E non ho tempo. Non posso spiegarti, ma devo scappare. C'entra Barbara, ma non nel modo in cui pensi tu.

Ti prego, abbi fiducia in me per una volta. Solo in me, senza guardare oroscopi o fare mille congetture sul mio quadro zodiacale.

Per l'intervista, ho fiducia in te. So che sei una professionista e che, nonostante quello che puoi provare adesso, svolgerai il tuo compito al meglio. Può essere importante per la trasmissione. E anche per il tuo futuro professionale. Dacci dentro.

Vorrei darti un bacio, ma probabilmente non me lo lasceresti fare.

DAVIDE

Non so neppure come faccio a raggiungere il taxi, al quale passo l'indirizzo dell'albergo di Klauzen, scritto su un pezzetto di carta. Ho le gambe talmente molli che mi sembra di avere della gomma al posto delle ginocchia. E sono nella confusione più totale.

Sono ancora arrabbiata con Davide. Come potrei non esserlo? Ma la sua lettera ha avuto l'effetto di una slavina su uno sciatore che già si era rotto una gamba. Insomma, certo che la gamba fa un male cane, però ora c'è anche il problema di essere seppellito dalla neve.

Insomma, già c'era Davide, e il fatto che comunque, alla fine di tutto, avesse scelto Barbara. Ora ci si è messa anche la storia di Giorgio, e il casino in cui mi ha ficcata.

Per un attimo accarezzo l'idea di cambiare di nuovo il biglietto e volare a Timbuctù.

La suite in cui vengo fatta accomodare è completamente bianca e ha un che di asettico che già di per sé mi fa pensare agli ospedali. O all'ultima scena di *2001: Odissea nello spazio.*

Klauzen se ne sta seduto sulla poltrona, davanti alla finestra da cui entra la luce del mattino, e neppure si volta quando mi avvicino. La mia mano, allungata verso di lui, viene intercettata da quella dell'assistente. « Zignorina Bazzi, *f*enga con me che le spie*k*o intergvista. »

Mi allontana da Klauzen, che non ha dato neppure il minimo

segno di essersi accorto di me. Una mosca, forse, l'avrebbe scacciata con un gesto della mano, ma no, io proprio non esisto.

Be', caro mio, non mi straccerò le vesti perché un supponente Capricorno non mi degna di uno sguardo. Sarai anche il signore di tutti i ginecologi, ma per la sottoscritta non sei altro che un fastidioso bruscolino in un occhio. Senza contare che, alla luce dei miei incipienti quarant'anni di solitudine, è piuttosto improbabile che abbia bisogno di Klauzen.

Perciò decido che non farò neppure il minimo tentativo di accattivarmi le sue simpatie.

La vichinga che gli fa da assistente mi spiega come fare l'intervista, dove sedermi, che domande fare. Potrei anche tentare d'imporre minimamente la mia volontà, ma ho usato l'ultimo briciolo che mi era rimasto quando mi sono costretta a salire fin qui in ascensore. Nulla, rimango muta come un pesce e mi limito ad annuire.

Non vedo l'ora di essere a casa.

Certo. E chissà cosa mi aspetta.

Oddio, la polizia! Chissà se ce l'avrò ancora, un appartamento, quando arriverò a Milano...

Mi figuro uno scenario alla *CSI*, dove il mio palazzo è stato circondato col nastro giallo e un avvenente investigatore in borghese (se n'è mai visto uno che non abbia vinto qualche titolo da passerella in spiaggia, in quei telefilm americani?) m'informa che casa mia è sotto sequestro per gli accertamenti del caso.

... E se dovessi cambiare identità per entrare in uno di quei programmi di protezione dei testimoni? Ho già i miei bei problemi di socializzazione, senza dovermi rinchiudere in uno sperduto rifugio di montagna.

È solo quando mi siedo davanti a Klauzen e l'assistente si china al suo orecchio per sussurrargli con deferenza che siamo pronti, che lui chiude il giornale e punta i suoi occhietti di ghiaccio su di me. « Faccia partire la macchina », mi dice senza preamboli, schioccando le dita come se fossi il barboncino di un circo, mentre l'assistente gli mette a posto i capelli argentei con solerzia maniacale.

« *Pardon?* »

Lui solleva gli occhi al soffitto, con impazienza. Poi farfuglia qualcosa in tedesco stretto a «Inga». Oddio, anche se non fosse tedesco stretto, mi ricorderebbe lo stesso uno di quei vecchi film in bianco e nero sulla seconda guerra mondiale.

Inga mi fissa senza tradire nessuna espressione. «Professore parla lui. No fare *t*oman*t*e.»

Ora, io capisco che faccia figo avere un'assistente praticamente cibernetica che interviene come un buttafuori di quart'ordine e ti toglie le castagne dal fuoco, ma, Dio santo, è assurdo che lo faccia quando lui conosce l'idioma, il mio idioma, molto meglio.

A meno che non sia tutta una tattica, perché pensa che un marcato accento tedesco possa incutere più paura; in questo caso non avrebbe tutti i torti.

Stiamo pur sempre parlando di un Capricorno che, se non avesse intrapreso la carriera medica, avrebbe avuto un curriculum perfetto per fare il dittatore; con l'Ascendente in Scorpione, che gli dona una volontà possente e tirannica e un temperamento bilioso che, al confronto, Barbablù era un tipetto un po' dimesso; e un'Opposizione Luna e Saturno, come se non bastasse, che pesta pesantemente sul pedale dell'arroganza.

È un po' il leitmotiv dell'ultimo periodo della mia vita, insomma: a me i rospi tocca mandarli giù e non baciarli per farli trasformare in principi.

Perciò faccio cenno a Pierre, il cameraman, d'iniziare a registrare e mi siedo, con tutta la buona grazia che possiedo.

Il sorrisetto soddisfatto di Klauzen mi dà sui nervi. Mi ricorda quello di Giorgio, quando mi rigira come una frittata per fare esattamente quello che vuole. E quello di Alejandro, allora, vogliamo parlarne? E quello di Carlo, di Davide, di tutti quegli uomini che non si sono fatti il minimo scrupolo di passarmi sopra con uno schiacciasassi?

Tutto tronfio, Klauzen inizia a parlare del suo argomento preferito: se stesso.

Della Fondazione Klauzen, dei Laboratori Klauzen, delle Cliniche Klauzen, del Metodo Klauzen...

È talmente Klauzencentrico che mi gira la testa. Certo, la combinazione tra Segno Solare e Ascendente gli dà una sicurezza incrollabile, ma mi domando come possano essere le sue relazioni sociali, se ne ha.

«Nella vostra *simpatica* trasmissione», dice, ironico, a un tratto, «parlate di oroscopi... e be', questo, come saprà bene, cara la mia signorina, non c'entra nulla con la scienza, ma recenti studi avvalorerebbero l'ipotesi che ci sia un nesso tra il periodo di nascita di un individuo e le sue specificità. Per esempio, i bambini concepiti a maggio più degli altri potrebbero nascere prematuramente, con conseguenti fragilità di salute. Allo stesso modo, pare che i nati di ottobre riescano a ottenere eccellenti risultati accademici, cosa che invece è più difficile per coloro che vedono la luce in luglio. I quali, d'altro canto, potranno godere di altre caratteristiche, come una forma fisica più resistente. Ed è proprio questa lungimiranza che pone il Metodo Klauzen all'avanguardia, dando a un genitore la consapevolezza necessaria per affrontare con serenità la scelta più consona a sé per la propria progenie. Vede bene quindi che, grazie al Klauzen Institut, si possono affrontare queste spiacevoli problematiche e arginare gli inconvenienti che possano rammaricare i genitori, il nascituro stesso e la società.»

Nella testa mi suona un bel campanello d'allarme. «Scusi ma, in questo modo, non ci sarebbe una sorta di discriminazione?»

Klauzen blocca il suo monologo e mi fissa torvo. «Evidentemente le è sfuggito il fatto di dover rimanere zitta.»

Oh, sì, sono una seria professionista e ho bisogno di quest'intervista per la trasmissione. «Sa cosa le dico? Può andarsene al diavolo, lei, la Fondazione Klauzen, il Metodo Klauzen e anche i piccoli Klauzen che sforneranno le sue cliniche naziste. È al corrente del fatto che l'eugenetica è stata bandita da decine di anni? Ciò che propone è una vergogna. Lei vuole sfornare bambini perfetti su ordinazione dei genitori. Bambini che possano essere privilegiati per il modo in cui sono stati concepiti e fatti nascere. Bambini ricchi, figli di genitori ricchi che potranno permettersi le sue attenzioni. E tutti gli altri? Faremo da schiavi a questi individui privilegiati? Non abbiamo forse tutti il diritto di poter sognare di cambiare la nostra vita?»

Inga è talmente in fibrillazione che sta per andare in cortocircuito, mentre si para davanti al dottore, per fargli scudo col suo corpo. Come se volessi attentare alla sua vita.

«Richiami pure l'esercito dei cloni», dico, indicandogliela. «Non ho nessuna intenzione di metterle le mani addosso. Sarebbe troppo disturbo per me. Sa cosa le dico? Io sono fiera delle mie imperfezioni! Il mondo come lo vorrebbe lei sarebbe di una noia mortale. E con questo la saluto.»

41

QUESTO PAZZO, PAZZO, PAZZO, PAZZO GEMELLI

Quando metto piede sulla banchina della stazione, mi sembra di uscire da una bolla, con tutto il senso di estraneità che ciò comporta.

Sono davvero tornata. Sono a casa, a Milano, da sola. Devo affrontare quel che rimane della mia vita, ora, mettere a posto, ancora una volta. Fare ordine. Ricostruirmi.

Che palle.

Per prima cosa urge fare pulizia mentale. Del tipo: Davide... chi?

Macché. Quando ti sbucci un ginocchio devi aspettare che faccia la crosta, non puoi pretendere di riprendere subito a correre. E io, con Davide, le croste ho continuato a grattarmele per mesi.

È principalmente per questo che ho ignorato l'ultimo messaggio di Daniele, che non gli ho scritto per fargli sapere che sarei tornata un giorno prima, e ora esco dalla stazione e mi guardo intorno alla ricerca di un taxi.

Anche se, lì per lì, di motivo me ne sono dato un altro, e ben più pratico.

Nonostante i dolori della giovane Alice si assestino ancora al primo posto nella classifica delle mie angosce quotidiane, vengono seguiti a ruota, in salita a ogni passo verso casa, dall'apprensione per la storia di Giorgio e la polizia.

Non potevo farmi riaccompagnare a casa da Daniele, quando non ho la più pallida idea di quello che mi aspetti. Sempre che abbia ancora una casa e non mi sia stata sequestrata come scena del crimine o roba del genere.

La coda di persone in attesa del taxi è spropositata, anche perché non ce ne sono, cosa piuttosto strana per essere la stazione Garibaldi alle sette e mezzo di sera.

«Dicono che c'è un traffico della malora e che i taxi sono tutti bloccati in giro», spiega qualcuno, impaziente.

«Prima sono passate delle camionette della polizia», dice qualcun altro. «Dev'essere successo qualcosa.»

Va be', per fortuna non abito tanto distante e opto per il metrò, dove mi faccio il viaggio della speranza, insaccata come una sardina nella nuvola degli effluvi ascellari pomeridiani.

«... Io ci ho rinunciato e ho lasciato la macchina a Loreto», sento dire a un tizio che sembra un manager. «C'è polizia dappertutto.»

Quando finalmente emergo in strada, vedo anch'io passare alcune camionette. E sopra di me vola basso e rumoroso un elicottero.

E, come per magia, nella mia testa esplode un centinaio di scene di film d'azione, con le forze dell'ordine che danno la caccia ai criminali facendo saltare auto sulla *circonvalla*, aprendo il fuoco tra il mercato comunale di piazzale Lagosta e l'agenzia delle Poste di via Pola, mentre Giorgio, con indosso giacca di pelle e occhiali scuri, fa Matrix schivando al ralenti le pallottole.

Mi aggrappo al trolley, come una stampella.

Un unico pensiero: *Devo. Arrivare. A. Casa. Subito.*

Sempre che ce l'abbia ancora, una casa!

No, perché gli unici arresti con cui ho una certa famigliarità sono quelli dei film americani, in effetti, e lì, tra l'altro, mai una volta che ci vadano per il sottile.

Mi avranno buttato giù la porta a spallate? Con quella blindata che ho messo l'anno scorso, avrei voluto vederli. Avranno usato dei lacrimogeni per confondere Giorgio e impedirgli di scappare? Hai voglia ad arieggiare, ora.

E il sangue? Oh, Madonna! Mica le so levare le macchie di sangue dalle pareti. E poi che schifo, non riuscirei più a dormire in una casa dov'è stato commesso *un-efferrato-omicidio*.

Ma cosa diavolo vado a pensare? Perché avrebbero dovuto sparare in casa mia? Dopotutto si tratta di un paio di truffe ad assicurazioni. Insomma, non mi sembra il caso di mettersi a fare mezzogiorno di fuoco nel mio corridoio.

Sono davanti a casa, a fissare con perplessità il citofono per decidere cosa fare. Be', in teoria dovrei pure essere «persona estranea ai fatti»... Perciò è giusto che salga e veda cosa sta succedendo. La polizia potrebbe insospettirsi se di punto in bianco cambiassi le mie abitudini.

Infilo le chiavi nella toppa, che mi sento un po' come Giuda. Voglio dire, è vero che probabilmente abbiamo entrambi il telefono sotto controllo, ma non ho pensato di avvertire Giorgio, soprattutto per paura che gli venisse l'idea balzana di scappare insieme. Preferirei l'ergastolo in isolamento piuttosto che passare il resto dei miei giorni con lui a fare Bonnie e Clyde.

L'appartamento mi sembra stranamente tranquillo a parte che...

Sento dei mugolii. Una specie di lamento in sottofondo, come il pianto di un animale ferito.

Per un attimo penso che gli abbiano sparato davvero, per lasciarlo poi a morire dissanguato in casa mia. Ma si tratta della polizia, non di un regolamento di conti! L'ansia fa venire in mente le cose più strane.

Sebbene sia terrorizzata, mi obbligo a muovermi per scoprire cosa sta succedendo. Un passo dopo l'altro, raggiungo la cucina, da cui mi sembra provenire il rumore.

E rimango sulla porta, pietrificata, con la mano sulla bocca per non urlare.

Giorgio è completamente nudo a parte che per il mio guanto da forno, che sta usando per sculacciare una perfetta sconosciuta, altrettanto in déshabillé, a quattro zampe sul mio tavolo da cucina.

«Giorgio!» grido, orripilata.

Lui si volta, col guanto da forno a mezz'asta.

Mi schermo gli occhi con la mano per evitarmi l'imbarazzo di tutte quelle nudità. «Che cazzo stai facendo?»

«E questa chi è?» chiede la perfetta sconosciuta a carponi.

«Mia sorella!» esclama il mio ex fidanzato.

Certo che, col rientro a casa, di tutto mi sarei aspettata tranne che di trovarmi due persone che fanno sesso tra il forno e la lavastoviglie. E la polizia? Dove diavolo è la polizia? «Tua sorella?» ripeto.

« Pantuffly, posso spiegarti tutto », dice lui più piano, facendomi l'occhiolino. « Lasciami lavorare », sussurra.

Lasciarlo lavorare?

Voglio dire, non è che lo abbia sorpreso mentre sovrintende alle operazioni per il lancio di uno Space Shuttle. Al massimo questo potrebbe essere il provino per un film di Rocco Siffredi ma, bontà sua, non vedo telecamere.

« Vestiti », gli dico, secca. « E poi spiegami cosa ci fa questa donna in casa mia. Cioè, lo vedo cosa ci fa... Insomma, vestiti! »

« Casa sua? » riecheggia la donna, che perlomeno si sta rimettendo la biancheria. « Giorgigno, mi avevi detto che era il tuo pied-à-terre... che ti servivano soldi per rimodernarlo in attesa che i tuoi conti in Svizzera venissero sbloccati. »

« In un certo senso... il prestito dalla tua banca in effetti era vitale », le risponde lui, sviando lo sguardo verso la finestra.

Mi affretto a voltargli le spalle. « Potresti almeno metterti un paio di mutande? Mi fa uno strano effetto vedere il mio guanto da forno con le fragoline sui tuoi genitali. »

Ma dov'è finita la polizia? Fuori si sentono ancora le sirene. Avranno sbagliato indirizzo? La devo chiamare io?

Quello che mi viene in mente, però, è che, a questo punto, visto che sono tornata a casa un giorno prima del previsto, sarò qui quando verranno per arrestarlo. Insomma, in una mossa, ho fatto saltare tutta la copertura del viaggio a Parigi.

« Giorgio, senti... » L'unica cosa che mi viene in mente è che, se voglio avere una possibilità, non deve essere in casa mia che verrà preso. Non con me, insomma. « Ascoltami, devi andare via immediatamente. »

« Certo, Pantù, certo », mi zittisce lui, cercando di mettermi la mano sulla bocca. Cosa per la quale inorridisco, visto quello che ci faceva fino a un minuto fa.

« Non ci provare neanche! » esclamo, scostandomi con un balzo felino.

« Okay, ma tu ascoltami », mi fa lui, infilandosi i boxer. « Ho un aereo tra neppure tre ore. »

« Che cosa? » Be', perlomeno siamo d'accordo sul fatto che debba varcare quella soglia in men che non si dica.

« Temo che la polizia mi stia cercando. Un malinteso. Roba

burocratica, di assicurazioni eccetera. Appena prima che tu partissi, mi ha chiamato il mio avvocato per avvertirmi. E...» M'indica con un gesto il corridoio e, di conseguenza, la cucina. «Avevo bisogno di un bel po' di soldi per il biglietto per la Tanzania. Tu non li avevi...» Non so con che coraggio, ma mi guarda pure risentito. «Per questo c'è quella di là.»

«Ti sei scopato una della banca per avere un prestito?»

Lui si stringe nelle spalle, poi si volta e solleva la parte superiore del mio letto, a rivelare il cassettone. Sotto c'è già pronta una valigia.

Non ci faccio subito caso ma, dopo che lui l'ha presa e sta per richiudere il letto, esclamo: «Dov'è finita tutta la mia roba? Dove... Dove sono le mie videocassette?»

Il cassettone sotto il mio letto, infatti, è vuoto. E, insieme alle altre cose, è scomparso anche il mio kit di sopravvivenza.

Giorgio mi guarda stralunato. «Tutta quella vecchia roba là? L'ho portata alla discarica», dice, come se fosse la cosa più naturale del mondo.

Mi devo appoggiare all'armadio per non svenire.

«Mi sembravano cianfrusaglie buttate alla rinfusa in attesa di essere eliminate.» L'imbecille si stringe ancora nelle spalle con aria del tutto svaporata e innocente. «Era il mio regalo d'addio.»

... E fa pure il romantico!

«Ma, Pantuffly, erano solo dei vecchi VHS, ti ho preso un bel Blue-ray. Vedrai quanto è meglio, col Dolby Surround.»

Ma io neppure lo sto più ascoltando. «Hai buttato...» Non riesco a respirare. «Hai buttato...» Oddio muoio. La mia numero uno, la prima videocassetta che mi sono comprata a tredici anni. E poi *Ghost, Pretty Woman, Dirty Dancing*... «Come hai osato?» esclamo, spingendolo verso la porta.

«Ma, Pantù, perché fai così?»

«Perché faccio così? Perché non ti sopporto più. Sono due mesi che sei spiaggiato sul divano di casa mia con la scusa che non hai un lavoro e devi pagare gli alimenti alla tua ex moglie.»

«Ex...?» sento gridare dalla cucina.

«Moglie! E due figli!» aggiungo.

Sento il rumore dei tacchi per il corridoio e la porta di casa che sbatte.

Giorgio fa la boccuccia a mestolo, come se gli avessi rovinato un bel giochino. «Sei gelosa, Pandorina?»

«Sì, sono gelosa! Sono gelosa della mia vita, sono gelosa della mia casa, delle mie cose, del mio tempo! Ah, ma a che serve cercare di spiegare qualcosa a un... un... un... idiota per cui il massimo della serata è vedere quanti shot di vodka riesce a reggere prima di vomitare l'anima sul tappeto?» Lo prendo per la collottola e lo spingo, così com'è, verso il corridoio. Non me ne frega niente che è a torso nudo.

Spalanco la porta e sto per sbatterlo fuori, ma sulla soglia ci sono due tizi che ci fissano aggrottando la fronte. «Salve... cercavamo il signor Giorgio Pifferetti.»

Io tiro un sospiro di sollievo. «Siete della polizia?»

Loro si guardano, perplessi. «Be', sì.»

«Siete in ritardo!»

«C'era traffico...» dice uno dei due, grattandosi la testa.

«Oggi c'è una manifestazione...» chiosa l'altro, come per scusarsi.

«Va be', eccolo qua. È tutto vostro.» E glielo spingo tra le braccia, sbattendo la porta senza aspettare risposta.

PESCI

Ecco un uomo che non fatica a dirvi che vi ama. Naturalmente è una bugia. Dice che siete il suo unico amore. Non credetegli. Giura che quella con cui lo avete visto baciarsi per strada è soltanto sua cugina con la quale intratteneva un diverbio linguistico. A questo punto avreste voglia di usargli violenza. Non fatelo! È esattamente quello che vuole per poter mostrare ad amici e parenti i lividi che dimostrano il vostro scarso equilibrio mentale e la vostra innata cattiveria, perché dopotutto, se c'è una cosa che il Pesci ama più che raccontare palle come se respirasse, è compatirsi e farsi compatire.

42

CHE FINE HA FATTO BABY BILANCIA?

Quello che mi è rimasto, a parte le lacrime di rabbia e di sconforto, è una casa a soqquadro, un cuore vuoto e spezzato e neppure la possibilità di annegarmi nell'oblio di *Pretty Woman*.

Ho cercato di lasciarmi andare alla deriva sul divano, ma avevo troppe cose per la testa e rimanere inattiva stavolta mi faceva impazzire.

Così, in mancanza dei miei soliti film surrogato, ho cercato di anestetizzarmi a suon di Cif Ammoniacal, riordinando e pulendo casa fin nel più dimenticato interstizio. Ancora meglio, nei due giorni successivi, sono diventata la regina del Black& Decker, tanto che l'appartamento a un certo punto era ridotto a un gruviera per tutti i quadri e le mensole che avevo deciso di mettere.

Sfogarmi sui muri devo dire che mi ha dato molta soddisfazione.

E, solo ora che ho finito, ora che ho un bellissimo appartamento da single, pieno di libri e chicchissimi poster di vecchi film, mi concedo di sedermi per terra e piangere.

Piango. Di sollievo.

Mi sento stranamente libera e leggera, e addosso ho la bella sensazione che da qui in avanti potrò davvero ricominciare daccapo.

Senza Giorgio. Senza Davide... E, sì, certo, pure senza le mie preziose videocassette della salvezza.

Ma ogni nuovo inizio parte dalla fine di qualcosa, giusto?

Dopo essermi concessa questa piccola défaillance, getto i fazzoletti usati nel water e tiro l'acqua. Basta con le lacrime, Alice. D'ora in poi si cresce, punto e basta.

Mi sto tamponando gli occhi con l'acqua fredda, quando sento il trillo del campanello.

Oh, no, penso, sconfortata: non ho risposto all'ultima telefonata di Paola (stavo trapanando) e si sarà precipitata di nuovo qui armata di cucchiaino per raccogliermi da terra.

Ma non è il volto della mia amica dalle mille risorse quello che mi trovo davanti sulla soglia.

«Mi devi aiutare!»

«Cosa stai dicendo?»

Cristina mi fissa, gli occhi lucidi e la bocca tremante; se tanto mi dà tanto, sta per scoppiare a piangere.

E lo fa.

Come se fosse la cosa più naturale del mondo, mi si butta tra le braccia singhiozzando e dice: «Carlo mi sta cercando... mi devi nascondere!»

«Il problema è la Luna in XII Casa. Quando hai la Luna in XII Casa, sono sempre guai in amore. E instabilità emotiva», dico, soffiando sulla tazza di tè.

«Il suo problema è che il *tuo* ex fidanzato, *suo* futuro sposo, è un gran bastardo. Questo è il suo problema.»

Ecco com'è fatta Paola. Pragmatica. Dritta al sodo. Colpa della Congiunzione tra Luna e Saturno del suo Tema Natale, ma guai a dirglielo, visto che ha sia Venere sia Marte in Cancro, e il suo rancore potrebbe essere eterno.

Il problema è che Cristina ha saputo quello che non doveva sapere, e cioè che Carlo, Acquario indefesso amante della libertà, in odore di paternità, si è preso una sbandata per un'altra. E Cristina, sconvolta sebbene sia una Vergine con Mercurio in Bilancia, si è presentata a casa mia chiedendo asilo a tempo indeterminato.

«Sì, ma il *mio* problema», sibilo sottovoce, allontanando Paola dal divano dove Cristina è appisolata, «è che io non sono pronta a diventare *madre*... né madre bis o pseudozia, se significa essere svegliati nel cuore della notte per cambiare pannolini o scaldare latte. Cristina non può pensare di stabilirsi a casa mia e chi s'è visto s'è visto.»

Dopotutto ho appena riconquistato la mia libertà. Mi sono appena liberata di Giorgio. E ho pure rimodernato la casa!

Sarò anche una brutta persona, ma non sono mai stata una grande fan di film tutti buonismo e solidarietà femminile. All'atto pratico, la mia vita è già abbastanza incasinata così, tra la precarietà del lavoro e la precarietà ancor più precaria delle mie relazioni, per farmi carico della ex incinta del mio ex. Anche per Freud sarebbe un garbuglio troppo ingarbugliato.

«Come tuo solito, ci hai già costruito sopra da qui ad almeno tre anni, Alice», mi rimprovera Paola. «Bisogna capire come si può sistemare la situazione, non pensare subito al peggio.»

È proprio per questo che l'ho chiamata: Paola è l'amica che tutti vorrebbero avere. È Cancro Ascendente Cancro, che caratterizza la sua profonda umanità e, con Plutone in III Casa, è ovvio che riesca a sentire empaticamente le persone.

Non sapendo che pesci pigliare, quando Cristina mi è piombata in casa singhiozzando, ho fatto quello che chiunque, conoscendo Paola, avrebbe fatto: ho alzato il telefono e l'ho chiamata.

Lei, tenendo fede al suo Quadro Astrologico, in cinque minuti è riuscita a ottenere tre cose da Cristina: l'ha fatta smettere di piangere, s'è fatta raccontare per filo e per segno l'accaduto e l'ha fatta addormentare.

Da brevetto. Subito.

«Siamo sicure di non prenderci qualche malattia?» mi chiede ora quel portento della mia migliore amica, arricciando il naso e scostando con la punta delle dita una delle sedie della cucina.

«Ho pulito tutto», ribatto, un po' ingrugnita.

Con un potere persuasivo come il suo, ovviamente, anche io ho già vuotato il sacco e le ho detto di Giorgio, dell'arresto e della scena da *9 settimane e 1/2* in cucina.

«Ma hai passato anche l'Amuchina?» incalza lei, sedendosi sulla punta della sedia. «Non si sa mai con uno che considera il Puttan Tour un hobby alla stregua del lavoro a maglia.»

«Guarda che anche se ho la Luna in Pesci sono piuttosto pignola, fidati.»

«Alice, dovresti darci un taglio con 'sta roba astrologica.

Non so se te ne rendi conto, ma non dici una frase senza che ci sia in mezzo una Luna, una Cogiunzione o una Triade.»

«Un Trigono. Te l'ho già detto almeno tre volte.»

«Appunto. Senti, Alice, un amico di Giacomo ha avuto problemi con l'alcol ed è andato in un centro... Mi ha detto che curano un po' di tutto, anche le dipendenze psicologiche da Internet, dal gioco... e da oroscopo.»

«Paola, se solo mi stessi ad ascoltare, una buona volta: l'astrologia ti permette di capire molto sia di te stesso sia delle altre persone... e, se impari a maneggiarla bene, novanta su cento riesci a evitare di prenderti delle belle fregature nella vita.»

Lei inarca un sopracciglio, portandosi la tazza di tè alle labbra. «E Davide?» mi butta poi lì, a mo' di guanto della sfida.

Eh, be', ma è naturale che le abbia anche detto di Davide e di quello che è successo tra noi a Parigi. Le ho telefonato apposta dal treno per sfogarmi.

«Davide è... l'eccezione che conferma la regola», rispondo, alzandomi per fingere di cercare qualcosa in un armadietto e avere così la scusa per non guardarla negli occhi. «Cioè, se anche sai che il tuo e il suo Quadro sono assolutamente incompatibili... ma tu niente, ci vuoi sbattere la testa da sola e andare contro le stelle...»

«Si chiama attrazione», ribatte Paola, senza scomporsi. «E farei un'indagine statistica per vedere quanti matrimoni ben riusciti sono basati su un'accoppiata di temi astrologici vincente. Vogliamo provare?»

«Cioè?»

«Giacomo e io, per esempio. Hai controllato?»

«Ehm...» Sto per ribattere, quando il rumore dell'aspirapolvere ci distrae e ci fa correre in salotto. Devo aver attaccato a Cristina il morbo della casalinghite, perché adesso è lei a voler fare le grandi pulizie di primavera.

Dopo un attimo di smarrimento, però, Paola e io ci rendiamo conto del fatto che ci sia una donna incinta di oltre sei mesi in punta di piedi sul mio divano, con l'asta dell'aspirapolvere sollevata sulla testa, a mo' di giavellotto, intenta a togliere lo sporco ostinato dalla parte alta delle librerie.

« Cri, smettila! » grido, ma, con l'aspirapolvere acceso, neppure io mi sento.

Paola si dimostra utile anche in questo caso, staccando prontamente la spina. « Cristina », le dice porgendole la mano, « non dovresti affaticarti. »

Stavolta però devo ammettere che il fascino del Cancro non ha presa, e Cristina si volta, con l'Ira di Khan dipinta sul volto. « Volete che muoia soffocata? Io sono allergica alla polvere. Mi volete far avere uno shock anafilattico? Volete che partorisca sul parquet? »

Ossignore, non avrà mica le doglie? « Devo andare a scaldare dell'acqua? » chiedo a Paola, disperata.

« Solo se ti vuoi fare un'altra tazza di tè, scema. » Poi afferra con precisione da ninja l'asta dell'aspirapolvere, bloccandola sopra la testa di Cristina. « Qui non partorisce nessuno. Per ora. »

Nel disarmare la donna incinta, però, Paola finisce per colpire lo scatolone che ho piazzato da mesi sulla libreria, quello che i miei mi hanno rifilato quando hanno ridipinto casa, e che ancora aspetta di essere passato al vaglio.

« Attente! » Va be', faccio questo gesto eroico e mi gioco un polso per salvarle entrambe dall'essere investite da una pioggia di libri, fogli e ammennicoli vari.

« Accidenti... s'è rotto qualcosa? » chiede Paola subito dopo, venendo in mio soccorso (proprio non riesce a farne a meno).

« Non ne ho idea », le dico, per poi andare da Cristina, che nel frattempo è tornata a singhiozzare sul divano, come nei migliori melodrammi. « Calmati, su... »

Ma ovviamente a me non dà retta, e continua a lamentarsi soffocando le lacrime contro i cuscini.

Paola è già all'opera per fare ordine e io lascio Cristina per darle una mano. « Va be', erano due mesi che dovevo darci un'occhiata, in quello scatolone. Si vede che è un segno del destino. »

Paola alza gli occhi al soffitto.

Ci sono alcuni miei quaderni dell'università. E pure un mio vecchio pupazzo al quale da bambina ero molto affezionata. Penne. Che ovviamente scopro che non scrivono. E fogli. Tanti fogli sparsi che non hanno un vero e proprio ordine. Mamma deve aver svuotato qualche vecchio cassetto direttamente nello scatolone.

« E questo? » esclama Paola, sollevando qualcosa dal pavimento, come se avesse trovato un tesoro. « Cosa ci fa un cucchiaio in mezzo a fogli e quaderni? Certo che sei proprio disordinata, Alice. »

Sbuffo e glielo tolgo di mano. « Non è un semplice cucchiaio, vedi? È un cucchiaio portafortuna, il regalo di mio zio quando sono nata », le spiego con un certo orgoglio. « Vedi? Qui c'è il peso, ehm, ero quasi quattro chili... » Poi mi viene un'idea e mi siedo accanto a Cristina, cercando di distrarla. « Lo facciamo fare anche per il tuo bimbo, cosa ne dici? Dai, guarda che carino. C'è la data di nascita, l'ora di nascita, la lunghezza... »

L'effetto però non è quello che speravo. Cristina singhiozza ancora più forte, tanto che per un attimo accarezzo l'idea di sedarla con una cucchiaiata ben assestata sulla testa. No, decisamente il mio istinto materno ha fatto i bagagli per migrare molto molto lontano.

Faccio per alzarmi dal divano.

Mi risiedo sul divano.

Lo sguardo fisso davanti a me per qualche secondo.

Paola si alza da terra, stirandosi la schiena, con le mani sui fianchi. « Tutto bene? »

Continuo a guardare davanti a me. « Non lo so. »

« In che senso? Ti gira la testa? Ti senti male? » Corre da me per mettermi una mano sulla fronte.

In tutta risposta, io sollevo il cucchiaio, neanche fosse una prova indiziaria.

Lei, è evidente, non capisce.

« L'ora... » balbetto. « Guarda l'ora. »

« 'Alice Bassi, nata alle ore 23.45'... eh? E allora? »

« Mia madre mi ha sempre detto che sono nata alle undici. »

Paola solleva un sopracciglio e mi guarda come se stesse valutando di chiamare il 113. « Quindi? Sei nata alle dodici meno un quarto. »

«Sì, ma di sera!» esclamo. E stavolta mi stacco dal divano per correre al telefono e fare il numero dei miei.

«Amore, come stai?» mi chiede mio padre all'altro capo della linea.

«Papà, quando sono nata?» esclamo io, saltando i convenevoli, con la voce che mi trema nella gola.

«Come? Tata, stai bene? Hai la febbre?»

«È quello che le ho chiesto anche io, signor Bassi», dice Paola, a voce alta, accanto a me.

«Ah, Paola! Ciao, tanti saluti alla tua mamma.»

«Grazie!»

«La volete smettere, voi due? Qui è questione di vita o di morte!»

«Esagerata!» dice Paola.

«Cos'è successo, piccolina?» mi chiede papà.

«Papino, ho bisogno di sapere a che ora sono nata. Con precisione.»

Poi sento la voce di mia madre in distanza: «Dille di passare che ho ritirato le sue scarpe dal calzolaio».

«Tua madre dice che sono pronte le scarpe dal calzolaio. Quando passi?»

«Presto, papà. Ma...»

«Sai chi ho visto l'altro giorno giù ai giardini? La tua insegnante d'italiano del liceo. Te la ricordi? Ma lo sai che è proprio invecchiata?»

«Papà, sono passati quasi vent'anni dal liceo, fa' tu... Ma qualcuno mi dice per cortesia a che ora sono nata? Perché ho trovato il cucchiaio con su i miei dati, il regalo dello zio Christian e...»

«L'abbiamo sentito ieri, il Christian. Ti saluta. Chiede sempre di te, poveretto. Perché non gli fai una telefonata ogni tanto? Deve fare una lastra al ginocchio.»

«Mi dispiace. Papino, ti prego... vi ho telefonato perché ho bisogno di sapere a che ora sono nata. Dimmelo, poi farò tutte le telefonate che vuoi... potrai fare di me ciò che vuoi», lo supplico.

Dall'altra parte c'è un silenzio imbarazzato. Poi: «Adalgisa, a che ora è nata l'Alice?»

Quasi me la vedo, mia madre, che si sporge dalla cucina e lo guarda con la fronte aggrottata. Sento borbottare qualcosa, ma non capisco. « Tua madre dice alle undici », dice poi lui.

« Sì, ma alle undici di mattina o di sera? » Che poi, vogliamo precisare che in realtà sarebbero le dodici meno un quarto (ante o post meridiem che sia)? Il tempo è una cosa così relativa?

« Di sera », sento la voce di mia madre.

E io crollo in ginocchio.

« Alice? Alice, pronto? »

Sono talmente sotto shock che non faccio una piega quando Paola mi prende il telefono. « Sì, buonasera, signor Guido, son la Paola. Sì, stanno tutti bene, grazie. Alice è qui ma non può parlare adesso. No... Sta guardando le stelle, lei... »

Quando mi volto, Cristina ha smesso di piangere e mi porge un bicchiere d'acqua, che io trangugio senza soluzione di continuità.

« Allora? » m'incalza Paola con le braccia incrociate sul petto.

Io non le do retta e mi trascino verso il computer, dove apro il programma di astrologia e immetto i miei dati per il nuovo calcolo.

Alcune cose non sono cambiate. La posizione dei pianeti è quasi la stessa. Ma... i pianeti nelle Case e le Case rispetto al segno, così come gli Aspetti tra i pianeti e addirittura l'Ascendente, non sono più quelli di prima.

Non lo sono mai stati, quelli di prima.

Oddio, mi devo sedere.

Sono già seduta!

Apro appena la bocca, ma mi esce solo un filo di voce: « Chi sono? Chi sono, io? »

43

LOST IN ASTROLOGY

Ci sono troppe persone. È la prima cosa che penso quando varco la porta del loft e il brusio mi assale. Qualcuno si volta verso di me e mi saluta: « Ciao, Alice! »

« Buongiorno, Alice. »

« Salve, Alice. »

« Alice... »

Alice. Alice. Alice.

Non fanno altro che ripetere il mio nome, che mai come adesso mi sembra scollato da me. È come se lo prendessi con la punta delle dita per guardarlo, scostandolo, schifata.

« Alice! »

Sussulto quando una mano mi si posa sulla spalla. « Enrico! » esclamo a mia volta, ritirandomi subito di un passo.

« Buongiorno », dice il mio capo, con un sorriso che gli attraversa la faccia, largo come l'Autostrada del Sole. « Ho portato delle brioche per tutti, ne vuoi? »

Getto uno sguardo verso la sua scrivania, attorniata da un capannello di persone.

Apro la bocca, ma non riesco a dire niente. Come si comporta Alice che è Bilancia Ascendente Leone, col Sole in IV Casa, Marte in II, VI Casa in Capricorno e via dicendo... e tutti gli annessi e connessi tra pianeti, Trigoni, Congiunzioni e Opposizioni del caso?

Mangia la brioche? Non la mangia e va subito a lavorare?

« Un attimo. » Gli volto le spalle e tiro fuori i fogli su cui ho stampato il mio nuovo Tema Natale, per dare una scorsa veloce.

« Non stai bene? » mi domanda Enrico. « Hai il mal di pancia? Non rifiuteresti mai una brioche altrimenti. »

« Davvero? » gli chiedo, sospettosa. Non ricordo bene il suo Quadro Astrologico, ma lo Scorpione solitamente è piuttosto criptico e cupo. Perciò la sua domanda potrebbe celare qualcos'altro.

Oppure no.

Ormai chi può dirlo?

La testa mi pulsa.

Dopo aver contemplato qualche istante il mio mutismo, lui si stringe nelle spalle, quindi si volta e si allontana. «Se cambi idea in fretta, magari ce ne sarà ancora qualcuna. Tra mezz'ora non garantisco.»

Approfitto di questo attimo di quiete per rileggere il mio nuovo Quadro Astrologico. Ma mi si contorcono le budella.

Come posso essere io, col mio desiderio di una storia d'amore concreta, con la mia voglia di famiglia, di stabilità... quando il Quadrato tra Luna e Nettuno dice che non riesco a mettere radici? Da un'altra parte poi sono descritta come individualista... E poi ancora energica, autoritaria ed egocentrica. Ma se non so più neppure dove sto di casa? Quanto alle energie, decisamente ci vorrebbe qualcuno che mi desse una bella scrollata.

E so pure chi.

Tio non ha ancora risposto ai miei messaggi, il che è strano, visto che solitamente è così celere nel correre in mio aiuto.

Poi d'improvviso mi viene in mente una cosa, e scartabello convulsamente tra le cinque pagine della stampata.

XI Casa in Toro: gli amici possono legarsi al soggetto per un personale tornaconto economico.

Ommioddio... E se fossi stata truffata?

Che sciocchezza, che cosa ne avrebbe ricavato Tio?

Be', è diventato una star della televisione. Mmm...

A un tratto lo scorgo. È tra gli avventori di Enrico il Briocharo, col trucco da simil jamaicano-pirata e, con le braccia sollevate oltre la testa a tenere in trofeo una brioche e un cannolo, è praticamente impossibile non vederlo. «Alice, piccola mia!» esclama come una chioccia mentre si fa largo verso di me.

Piccola mia un corno. Se crede di sedarmi con un'endovena di grassi saturi non ha proprio capito che persona sono. Tra l'altro, non avendolo capito neppure io, siamo a cavallo. «Tio!» gli grido. Sono frustrata, sì, ma non posso fare a meno di gettargli le braccia al collo.

« Ehi, ehi, calma... se hai così fame, te li lascio tutti e due », mi dice, facendomi l'occhiolino. « Però saresti potuta venire a festeggiare con Enrico. A quanto pare la mogliettina è tornata a casa, finalmente. »

Getto uno sguardo verso Enrico, che in questo momento sta ridendo di gusto, con le gote rubizze da taglialegna buono. E sono contenta per lui. Ci voleva una buona notizia, un piccolo lieto fine, almeno per qualcuno.

Ma... Come fa Tio a pensare al cibo quando l'intero pianeta è in pericolo, lo sa solo lui!

Va be', forse esagero, ma cercate di capire, è come se a quasi quarant'anni vi venisse detto che siete stati scambiati nella culla, adottati o rapiti da bambini dai vostri genitori. Be', più o meno. Insomma, l'effetto è quello di sentirsi come un animale in via d'estinzione. « Hai ricevuto i miei messaggi? Hai letto l'email? E l'allegato? »

Tio però non sembra affatto consapevole della gravità della situazione e si porta una mano alla bocca per nascondere uno sbadiglio. « Un'occhiata. Fatto tardi ieri con Andrea. Bisogno di un altro caffè. »

Okay, se questo è il prezzo per darmi retta, potrei andare in Brasile a raccogliergli e tostargli personalmente i chicchi.

« Allora? » gli domando, dieci minuti e un caffè del bar dopo.

« Alice. Ma è meraviglioso. »

« Come 'meraviglioso'? Tio, ti rendi conto di quello che stai dicendo? Hai idea di cosa significhi per me? »

Ma lui se ne rimane seduto serafico sul bordo della scrivania e continua a far scorrere con gli occhi i fogli stropicciati che gli ho rifilato.

Per lui è *meraviglioso*. Io non ci ho dormito tutta notte. Ho continuato ad alzarmi per guardarmi allo specchio, convinta che la mia faccia iniziasse a sgretolarsi, come nell'*Invasione degli ultracorpi*.

« Ma sì, cara. Innanzitutto è meraviglioso che tu possa diventare questo tipo di donna, forte e risoluta. E poi... hai controllato l'affinità di coppia con... be', tu sai chi? Forse non va tanto male, ora. »

Ovviamente è la prima cosa che ho fatto. La seconda, se si contano le testate al muro.

La terza cosa che ho fatto è stata tornare a prendere a testate il muro. I Quadri Astrologici mio e di Davide così fanno ancora più a pugni di prima.

« Non c'entra », taglio corto. « Questa non sono io! » esclamo, picchiando l'indice contro quel mio nuovo Quadro Astrologico che mi ha gettata nel baratro dell'incertezza, che mi ha strappato l'identità e mandata in paranoia. Poi glielo tolgo di mano, iniziando a leggere. « Qui dice che sarei Ascendente Leone. Niente meno. E che quindi avrei una personalità da leader. E qui, ancora... Ho Marte in II Casa... che vuol dire che ho una capacità innata di fare soldi. Magari! Dici che posso presentare questo quando chiederò il prossimo finanziamento? »

« Ma dai, Alice », minimizza Tio, facendo ondeggiare la mano come una regina. « Parli come se non sapessi interpretare un oroscopo. E, francamente, dopo tutti questi mesi, pensavo che ci capissi qualcosa di più. » Mi toglie i fogli di mano. « Ecco. Il tuo Ascendente. È vero che il Leone è solitamente indice di leadership ma, qui, leggi: 'è dotato di enorme creatività, ma ha la tendenza a drammatizzare ogni cosa, probabilmente per un fondo d'intima insicurezza' », proclama, con una certa soddisfazione. « Questa *sei* tu. »

Gli ristrappo di mano i fogli e trovo ciò che ha appena letto. È una riga e mezzo all'interno di almeno altre quindici che parlano di quanto mi piaccia primeggiare, avere il ruolo del capo, guidare gruppi di persone ed essere, per loro, perché no, anche fonte d'ispirazione. Fonte d'ispirazione! Io, che al massimo nella mia vita sono riuscita a ispirare gli uomini ad abbandonarmi. « E tutto questo? » gli chiedo, facendogli notare il resto della spataffiata astrologica.

Tio si stringe nelle spalle. « In realtà potresti essere così, ma non avere ancora trovato la forza di uscire dal tuo guscio. » Riprende i fogli. « Però qui è giusto, senti: 'Avete un cuore grande e siete così gentili e benevoli che vi sentite feriti quando dovete confrontarvi con la crudeltà e l'egoismo altrui'. »

Io sbuffo e mi riprendo il Quadro Astrologico, facendo cenno a Luciano di avvicinarsi. « Ascolta », dico al mio collega di regia, continuando a guardare Tio con aria di sfida. « Se qualcuno leggendo il tuo oroscopo ti dicesse: 'Hai un cuore grande e sei così gentile e benevolo che ti senti ferito quando devi confrontarti con la crudeltà e l'egoismo altrui...' »

Luciano annuisce, stringendo le labbra in una smorfia pensierosa. « Ben detto, Alice. Nulla di più esatto. Non sono molti quelli che lo capiscono, te l'assicuro. Ho un animo molto sensibile. »

Dopo che si è allontanato sospirando, Tio batte le mani al mio indirizzo. « Brava, brava. E quindi? »

« Quindi chiunque ti dirà che si riconosce in questa descrizione. »

Lui stringe le palpebre, poi incrocia le braccia sul petto, sulla difensiva. « Ma tu no... »

« Certo che mi ci riconosco. Ma, se tutti possono farlo, che valore ha? Tio, perché non capisci? Se per tutti questi mesi sono potuta andare avanti credendo di essere quella dell'altro Tema Natale, ritrovandomici per filo e per segno, seguendo ogni giorno l'andamento degli astri, che era come se mi parlassero, ora non posso semplicemente dire: ah, ops... tiriamo una riga sopra e apriamo un nuovo capitolo, con un'Alice tutta diversa. Perché è questo che mi dice questo Tema Natale, Tio. Che sono una persona diversa. »

« Tu sei tu a prescindere, tesoro... »

Sospiro. « Ecco. È questo, Tio. Esattamente questo. Io sono sempre io, *a prescindere.* » Scuoto la testa. « Sarà meglio che vada in studio, adesso. »

Qualche minuto più tardi, arrivo davanti alla porta dello studio di registrazione e butto dentro la testa, giusto in tempo per vedere l'insegna al neon con la scritta GUIDA ASTROLOGICA PER pencolare verso il pavimento, attaccata saldamente ad alcuni cavi d'acciaio.

Ferruccio sovrintende le operazioni di smantellamento, mentre le scenografie del mio programma televisivo vengono ordinatamente impilate sul carrello, pronte per essere archiviate nel capannone dell'attrezzistica, dove verranno ridipinte e trasformate in qualcos'altro.

La seconda scritta, CUORI INFRANTI, è ancora appesa, e continua a campeggiare spavalda nel vuoto. Appena sotto di lei, scorgo Carlo, che se ci fosse una freccia la descrizione non potrebbe essere più lampante.

« Allora? » gli dico, cercando d'ingoiare il senso di colpa. C'è mancato poco che Cristina mi facesse firmare col sangue il giuramento di non rivelargli dove si trova.

« Eh... » risponde lui con un sospiro sconsolato.

Non è da Acquario rimanere senza parole, e men che meno da Carlo, ma capisco che il momento non stimoli particolari energie neppure a lui. Mi schiarisco la gola. « Da un lato non era quello che volevi? Come avresti fatto a vivere accanto a una donna che non ami, mentre sei preso di un'altra? E non dirmi del bambino. Il bambino non c'entra. »

Carlo si siede su un cubo di compensato. « Ma cosa ne so io di cosa voglio? Cosa ne sappiamo, Alice? Tu sei sicura di quello che vuoi? È sempre tutto bianco o nero? »

No. Non lo è mai. Non più. Forse un tempo lo è stato, ma con l'età la vista sbiadisce e devi sforzarti sempre di più per vedere tutte quante le sfumature. Le parole di Carlo sono stranamente illuminanti. Tutti noi abbiamo paura. Nessuno sa davvero dove andare.

Gli tendo la mano, e quando lui si alza lo abbraccio. « Vedrai che si sistemerà tutto », gli sussurro. Parlerò con Cristina, cercherò di convincerla a confrontarsi ancora con lui. Mi sento tanto zen e in pace col mondo.

Poi Carlo si scosta da me e i suoi occhi sono così lucidi che sulla punta della lingua mi rotola pronta la frase « Cristina è a casa mia! »

Ma è lui a parlare per primo: « Mi stavo dimenticando... Prima ho incrociato il presidente, e mi ha detto che vuole parlarti ».

Ah.

Be', non è che uno possa essere zen e in pace col mondo per più di trenta secondi.

Mentre esco dagli studi e poi salgo le scale verso i piani alti, cerco ancora di riconciliarmi col mio nuovo Quadro Astrologico, perché è in momenti come questo che vorrei tanto sapere cosa aspettarmi.

Tio direbbe che è tipico della Bilancia non amare le sorprese e desiderare che tutto sia sotto controllo. Io a questo punto direi che è tipico mio che, sì, sono della Bilancia, ma chissà, se fossi nata in marzo forse sarebbe cambiato veramente poco.

A dire il vero, benché ora guardi con sospetto i suggerimenti astrologici, quel Mercurio in IV Casa mi preoccupa un po', perché solitamente indica instabilità. Frequenti cambiamenti di domicilio, anche. Quindi potrei non essere più in grado di pagare l'affitto. Infatti poco dopo dice che potrei avere una professione che svolgo da casa, tipo vendite per corrispondenza. Rabbrividisco.

E come automatismo chiamo Paola, perché sono sicura che due parole con lei riporteranno i miei pensieri sulla retta via.

« E non gli hai detto niente di Cristina, allora? » mi chiede la mia migliore amica, in tono imbronciato. « Non ti pare che questa pantomima sia durata abbastanza? Quei due devono parlarsi. »

« Paola, ho promesso! E poi Carlo mi ha detto che il Presidentissimo mi vuole vedere, perciò abbiamo un problema più impellente da risolvere. »

« Prima scopri cos'è che vuole, poi semmai richiamami che ne parliamo. »

Così parlò Pragma-Paola, la donna più concreta dell'interspazio. E non a torto. Perché non le penso anche io le cose che pensa lei? Non mi sembrano soluzioni tanto complicate.

« Finché non ci parli non puoi sapere cosa vuole », ribadisce la mia amica, e mi sento un pochino più tranquilla. « Dopotutto, a parte la storia di Giorgio, che gli ha procurato un po' di grane con la giustizia, oltre a un occhio nero e gli uffici sottosopra... perché dovrebbe avercela con te? »

Mi fermo davanti alla porta del Presidentissimo col pugno alzato, in procinto di bussare. Già, perché dovrebbe avercela con me?

Dico a Paola che la richiamo dopo e riattacco per poi bussare, senza darmi il tempo di pensare. « Presidente... »

« Alice, accomodati. »

Quando riaccompagno la porta dietro di me, una ventina di minuti dopo, mi sembra di essere entrata in uno di quei film di fantascienza, dove basta varcare una soglia per vivere una realtà parallela.

Sensazione che non dovrebbe essermi nuova, visto che mi è stato appena comunicato che non sarei più l'Alice imbranata e sognatrice che credevo, ma la grintosa Alice che trasforma la sua immaginazione in concreti progetti per il futuro.

Mi tremano le gambe e fisso il telefonino con la chiamata verso Paola già bell'e selezionata. Nella mia vita precedente avrei senz'altro chiamato lei come prima cosa. Ma adesso?

Ora ho bisogno che questa notizia sedimenti dentro di me, in silenzio. Ho bisogno di assaporarne il retrogusto, le sue implicazioni, le possibilità.

Il Presidentissimo mi ha chiesto di andarmene da Rete Mi-A-Mi.

No, non sono stata licenziata, non nel vero senso del termine.

Nei mesi scorsi, la *Guida astrologica per cuori infranti* ha sparigliato l'audience dei primi canali e sono stati in molti ad accorgersene. Quindi la rete ha ricevuto, oltre all'offerta per una fusione che la salverà dal tracollo, anche la proposta di cedere il format dalla RAI in persona. E una casa di produzione avrebbe chiesto anche di me. Vogliono farmi un colloquio. A Roma. Se sono interessata.

Sono interessata?

Senza neppure rendermene conto, mi fermo davanti a una porta chiusa. Se cerco un posto per meditare, non ce n'è di migliore che un ufficio vuoto.

E forse mi farà anche bene, vederlo senza di lui, senza Davide e le sue cose. Mi aiuterà a sgomberare la mente dalla sua immagine, a fissare un punto di svolta, oltre il quale lui non farà più parte della mia vita. Oltre il quale, se prendessi quella decisione, molti di quelli che conosco ora non farebbero più parte della mia vita. Non so se ne avrei le forze.

Se da una parte l'idea mi galvanizza, dall'altra ne sono terrorizzata.

E spingo la maniglia della porta.

La stanza è soffusa di luce e di silenzio. Sulla scrivania c'è uno scatolone e poco altro e gli aloni sulle pareti bianche tradiscono appena un passato fatto di poster e cornici. Accanto alla finestra c'è già una latta di vernice che farà sparire ogni traccia della presenza di Davide qui dentro.

Sospiro piano e mi volto per andarmene, ma la porta che avevo lasciato aperta ora è chiusa e, sebbene stenti a crederci, c'è Davide davanti a me.

« Cosa ci fai qui? » gli domando, stridula.

« Be', è il mio ufficio. Insomma, per oggi. Sono venuto a... » M'indica lo scatolone sul tavolo. « Tu? »

Non sembra destreggiarsi molto con le parole, che gli escono a stento dalla bocca, come se ognuna gli costasse fatica.

Vorrei che il cuore non mi battesse così forte nelle orecchie. Così forte da mandarmi in confusione, mentre il ricordo dei nostri baci mi strappa via dalla realtà per qualche secondo. « Allora... »

« Alice... »

Parliamo insieme, l'uno sopra l'altra. Anche le nostre parole si vogliono abbracciare.

Stupida romantica che non sono altro. Quest'uomo può dire quello che vuole, ma la verità è che mi ha usata nel peggiore dei modi.

« Ti lascio finire di riordinare le tue cose », gli dico, distogliendo lo sguardo dal suo e facendo un passo verso la porta. È una mossa azzardata, visto che lui c'è davanti, ma devo dargli un chiaro segnale del fatto di non potermi più tenere in scacco. « Scusami », incalzo, facendogli capire che ho bisogno che si sposti.

Davide lo fa, si scosta di lato, ma continua a tenere la mano sulla maniglia. « Per favore, Alice, non abbiamo più avuto modo di parlare, dopo... Parigi. »

Le emozioni mi si raggrumano nello stomaco. Cosa vuole? Anche la mia benedizione? « Non c'è niente da dire, Davide. Ci siamo fatti prendere la mano dalla situazione, e dall'attrazione che abbiamo sempre provato in questi mesi. » Mentre parlo, penso a quell'Ascendente Leone che non mi appartiene e non voglio, ma che, come una doppia personalità, in certi casi è un bene che prenda il sopravvento. « L'abbiamo sfogata. E chiudiamola qui. Possiamo tornare alle nostre vite. »

Lui mi guarda aggrottando la fronte, poi finalmente stacca la mano dalla porta, ma solo per prendere la mia. « Non hai torto a dire che in tutti questi mesi siamo stati attratti l'uno dall'altra come calamite. » Sento il suo pollice che accarezza il dorso della mia mano. « Alice... non è facile per me. Sono... Uff. Non riesco a fidarmi delle persone. La mia vita non è mai stata molto stabile, fin da ragazzino. Te l'ho detto. Perciò ho serie difficoltà a... ad affezionarmi. E finisco col fare del male a me stesso e a quelli che vorrebbero starmi accanto. Guarda Barbara... »

Oh, no, la beatificazione di Barbara proprio no, non potrei reggere. « Senti, Davide. Non hai bisogno di giustificarti. » Riesco, con uno sforzo di volontà enorme, a togliere la mano dalla sua. « Ci ho ragionato anch'io e davvero non poteva funzionare tra noi. Comunque. I nostri Quadri Astrologici sono del tutto incompatibili, tanto per cominciare. E poi... a dirla tutta, non sei quello che voglio dalla vita. Voglio un uomo che sia presente. Voglio un uomo che mi faccia sentire come se fossi la sua regina ogni volta che mi guarda. Per il quale non debba avere l'ansia ogni volta che ci salutiamo, perché non so quando lo rivedrò o se mi nasconde qualcosa o di che umore sarà. » Sospiro e lo guardo negli occhi. « Non ho più voglia di scherzare. Voglio un uomo col quale poter costruire qualcosa. O almeno credere di poterlo fare. » Davide apre ancora la bocca per parlare, ma io lo fermo dicendo: « E forse Daniele potrebbe essere quell'uomo ».

Il cuore mi scoppia quasi in gola quando lo dico. Mi sembra di aver calato con forza una mannaia tra il prima e il dopo, e adesso i due pezzi di quella che è stata finora la mia vita non si possono più ricucire.

Davide mi guarda negli occhi. Poi mi oltrepassa, raggiungendo la scrivania e lo scatolone. « Mi fa piacere che tu abbia le idee così chiare », dice, restando girato di spalle. « Sei una bellissima persona, Alice. » Si volta un attimo verso di me e quel suo sorriso sghembo, dolce e un po' malinconico ha ancora l'effetto di farmi tremare le ginocchia. « Se anche solo tutta questa cosa è riuscita a fartelo capire e a farti tirare fuori la grinta... posso solo esserne felice. »

44

LA MIA DROGA SI CHIAMA ASTROLOGIA

«Questo non è un centro commerciale.»

«Un punto per la sagacia, Sherlock.» Paola mi precede nella hall di un istituto tutto toni rilassanti e musica filodiffusa.

«Quindi? Che ci facciamo qui? Mi avevi detto che volevi farmi vedere un nuovo centro!»

«E perciò non ti ho mentito», fa la mia amica stringendosi nelle spalle, mentre il suo Giove in Vergine la fa sorridere compiaciuta. «Questo *è* un nuovo centro. Sei tu che hai pensato a un centro *commerciale.*»

Ovviamente mi sento babbata. Quando mai nel dizionario di Paola «centro» avrebbe declinazioni diverse da shopping sfrenato?

Mi guardo intorno, e quello in cui ci troviamo ha tutta l'aria di essere una struttura ospedaliera. «Non stai bene, Paola? È successo qualcosa?»

Ommioddio, se le capitasse qualcosa non saprei davvero che fare.

«Alice, io sto benissimo», mi rassicura. «Sei tu che mi preoccupi.»

Batto le palpebre un paio di volte. «Ma io non sono malata!»

«Questa tua fissa dell'oroscopo è sempre di più allarmante», mi dice lei, seria.

Tutta colpa del suo Aspetto Negativo tra Marte e Urano, che non fa altro che renderla tanto sicura delle sue idee da sfiorare l'arroganza.

«Ritengo che ne dovresti parlare con qualcuno. Un professionista.»

«Uno strizzacervelli!» esclamo. Non ci posso credere che mi abbia teso una trappola così a cuor leggero. Vatti a fidare di una che ha un Aspetto Negativo tra Plutone e Medio Cielo. Ho sempre ritenuto che nel suo Quadro Astrologico fosse uno sbaglio, ma ora non ho dubbi: Paola sta abusando del potere della nostra amicizia e mi ha raggirata per impormi di fare come dice lei.

« Voglio andarmene. »

« Aspetta un attimo, Alice. Dai. Facciamo un giro. Solo per guardare. Se mi fai questo favore, ti offro il pranzo al giappo che ti piace tanto. »

Be', da una parte non vorrei dargliela vinta, ma Paola ha anche Saturno in Ariete, e non sia mai che se la legasse al dito per tempi biblici. Senza contare che sono mesi che non metto piede da Sakura, e potrei sempre vendicarmi ordinando i piatti più costosi.

Perciò alla fine fingo di dargliela vinta e lei se ne va tutta ringalluzzita verso il banco dell'accettazione.

Scopro che quello dove mi ha portata è un centro per la cura dalle dipendenze psicologiche e che le persone di lì vanno e vengono, senza essere ricoverate.

Niente stanza imbottita per Alice, dunque. La cosa già mi rincuora un attimo, anche se il mio Marte in Leone mi dice di non abbassare la guardia.

La tipa che ci accompagna nel nostro « è-solo-un-tour-di-perlustrazione » dice che lì ci vanno persone con tanti problemi molto diversi tra loro; gente, soprattutto, che vive in maniera scollata dalla realtà. È così che dice, usa il termine « scollato », come se fossimo pezzi di scotch cui la colla si è seccata e che fanno fatica a aderire e confondersi col resto.

« Qui da noi imparano a confrontarsi con altri problemi, a uscire dal guscio protettivo dove si sono rifugiati », dice la dottoressa. « E pian piano li riafferriamo e li riportiamo alla realtà. »

Paola mi guarda come se stesse succhiando un pezzo di zucchero, è talmente compiaciuta che potrebbe venirle il diabete seduta stante. Se ci fosse una giustizia a questo mondo, le verrebbe di sicuro.

« Ma che tipo di persone sono? » chiedo io. « Voglio dire, magari semplicemente sono appassionati di qualcosa... È normale quando si è intrigati da un qualche argomento parlarne spesso.»

«Certamente», ribatte la dottoressa.

«Certamente», le fa eco Paola, zuccheroso-amarognola, stavolta.

«Ma non è normale che questo argomento risucchi via tutto il resto, o che ci faccia percepire in modo distorto la realtà solo perché la vogliamo leggere attraverso di esso.»

«Solo attraverso di esso», dice ancora Paola, annuendo, feroce.

La dottoressa c'invita in caffetteria, visto che non può farci assistere a una delle sedute. Meno male. Non vorrei ritrovarmi a dover dire: «Buongiorno, mi chiamo Alice, e ho una dipendenza da oroscopo!» Anche se così forse farei la gioia di Paola.

Il bar mi sembra un posto molto piacevole e ci sono diverse persone sedute ai tavolini. Però, per fortuna, nessuno è in pigiama, nessuno guarda fuori dalla finestra con gli occhi vitrei e un filo di bava che gli pende dal mento.

Paola e la dottoressa prendono posto, continuando le loro chiacchiere, e a me tocca l'incombenza di andare al banco a ordinare.

Accanto a me c'è un simpatico signore sui sessantacinque, che mi ricorda un po' il mio papà e mi fa subito tanta simpatia. Si sta frugando nelle tasche per trovare qualche spicciolo e, quando sorride al barista, questo scuote la testa e lo rimprovera: «Non posso farti sempre credito, Armando».

Poveretto, magari soffre un po' di Alzheimer, ha l'aria talmente svagata che non me ne stupirei. «Permette?» intervengo. «Posso offrirglielo io oggi, il suo cappuccino?»

Lui mi guarda esterrefatto, mentre il barista commenta: «Armando, le trovi tutte tu, le belle signorine. Che fortuna sfacciata».

«Eh, già già... la signorina è... è proprio piovuta dal cielo.»

Io mi metto a ridere, mentre ordino anche per Paola e la dottoressa. Per me chiedo un tè caldo e, nell'attesa che mi venga consegnato il tutto, mi stiro e massaggio le braccia.

«Giusto», dice Armando, aggiungendo lo zucchero nel suo cappuccino. «Un tè caldo è quello che ci vuole per scaldarsi le ossa... con queste temperature in calo e i possibili piovaschi che potrebbero colpire la nostra regione da qui fino al weekend.»

«Ah, ha sentito le previsioni del tempo?» gli domando distrattamente.

«Sentito?» esclama lui. «Sentito???»

Il barman si volta verso di me e scuote la testa. «Armando ha un'intera stazione meteo in casa sua, signorina.»

Nei successivi tre minuti scopro che Armando frequenta il centro proprio a causa della sua passione per la meteorologia e che il solo sfiorare l'argomento apre un pericoloso baratro cui neppure il mitico colonnello Bernacca potrebbe fare fronte.

Correnti, rovesci, tempeste e affini non hanno segreti per lui, che si destreggia come un vecchio lupo di mare, nella sua stazione meteorologica improvvisata nel bagno di casa, tra lo stendino della biancheria e il bidet... Ragione per la quale è finito al centro, quando «quella santa donna di sua moglie» ha minacciato il divorzio dopo quarantatré anni di onorato servizio matrimoniale. Come a dire, chi semina vento, poi raccoglie tempesta!

Poi ci si mette anche la dottoressa, che si è avvicinata per darmi una mano a portare al tavolo tutto quello che abbiamo ordinato e, quando riconosce Armando, lo saluta chiedendogli: «Allora, come va con tua moglie?»

E lui sospira. «La situazione è molto variabile. Sul versante della vita di coppia le temperature sono ancora in deciso calo, ma confido che il mio impegno fronteggi i suoi rovesci come un provvidenziale anticiclone...»

Lei gli appoggia una mano sul braccio e scuote la testa, per fermarlo prima che gli parta del tutto l'embolo meteorologico.

«Scusi, scusi...» fa lui, grattandosi la testa e tirando fuori dalla tasca delle pillole, che ingoia subito dopo. «Queste mi fanno stare tranquillo», spiega, stringendosi nelle spalle.

No, va be', ma io non sono così. Voglio dire, non è che per ogni cosa che uno mi dice io riduco tutto in termini zodiacali... Ommioddio! Ho il Nodo Lunare Nord in XII Casa! Non ci avevo mai pensato prima, ma potrebbe essere indice di problemi psicologici e anche di ricoveri ospedalieri.

Ommioddio, ommioddio, ommioddio!

No, no, calma, Alice, calma: quello era il mio vecchio Quadro Astrologico!

Nel nuovo, vediamo... Mi metto in un angolo a guardare sul cellulare, perché ancora non lo so a memoria. Ho un Saturno in IV Casa, che parla di difficoltà, ma va be'... E un Marte in II Casa, che preannuncia molti conflitti, soprattutto in campo economico, ma in definitiva niente che dica che sono una pazza furiosa e che presto finirò qui dentro con la camicia di forza.

Per un momento ringrazio il cielo (letteralmente) di aver scoperto di avere sbagliato oroscopo.

Poi ci penso: non ho fatto altro che ragionare in termini di astrologia, proprio come Armando usa i mutamenti climatici.

Scappo in bagno.

Nello specchio c'è l'Alice di sempre. O meglio quell'Alice che mi sembra quella di sempre, ma che è anche una sconosciuta perché, da quando ha scoperto che il suo Quadro Astrologico non è quello che le avevano detto, le sembra di aver perso l'identità.

Mi esce una risata isterica dalla gola.

Non voglio finire qui dentro a fare outing e ricevere applausi per quanti giorni riuscirò a stare senza consultare le stelle.

Mi sciacquo i polsi sotto l'acqua fredda e finalmente mi decido a uscire. Mi è passata la fame, ma gliela farò pagare lo stesso, a Paola, per avermi fatto passare questo brutto quarto d'ora, anche se aveva ragione.

« Andiamo? » le dico, raggiungendola al tavolo.

Lei mi fissa preoccupata, ma poi annuisce. « Andiamo. » Come sempre, ha capito senza che mi debba spiegare troppo.

La dottoressa ci accompagna fino all'uscita, continuando a chiacchierare amabilmente, poi ci stringe le mani con calore. « La sua amica mi ha detto che il suo problema è l'astrologia », dice.

E vorrei sprofondare. « No, cioè... sì, mi piace l'astrologia, ma non credo... »

Lei mi dà qualche colpetto sulla mano e m'induce ad allontanarmi di qualche passo. « Certo, certo, cara... ma perché non prova con le Rune? Sono molto più efficaci, si fidi. »

45

CARA, INSOPPORTABILE VERGINE

« Ti ho portato questo », mi dice Daniele sollevando una busta di carta, quando lo raggiungo, appena oltre il portone di Rete Mi-A-Mi, e lo trovo in piedi, appoggiato alla macchina.

« Che cos'è? Un regalo? » E sono un po' in imbarazzo mentre accetto il pacchetto e ci guardo dentro.

« È solo un poncho. L'ho visto in una vetrina... e ho pensato che s'intonasse coi tuoi capelli. »

Sospiro, trattenendo a stento un sorriso, mentre tiro fuori il poncho dalla busta e me lo provo. Magari non è più stagione, però lui è la persona più carina della Terra.

Mi sollevo sulla punta dei piedi e gli sfioro le labbra con un bacio.

Ci frequentiamo da quasi tre settimane.

Con assiduità.

Nel senso che, da quando ci siamo messi insieme, praticamente non è passato giorno che non ci siamo visti, tanto che mi sembra molto, molto più tempo. O forse perché Daniele mi fa fare una vita così interessante.

Oltre a essere di quel bello ruvido tipo Raz Degan, è una di quelle persone socialmente impegnate, che danno l'idea di essere in consapevole sintonia con l'universo. Come domenica scorsa, che siamo andati a ripulire le acque di quel ruscello... il come-si-chiamava...?

Mi lascio andare alla stanchezza e al suo abbraccio. Ho avuto un'altra riunione oggi, e non vedo l'ora di rilassarmi. Casa sua è piccola ma graziosa, e un bel bagno, magari un po' di televisione dopo una di quelle sue cene biologiche sono quello che ci vuole.

« Stasera andiamo fuori. Voglio farti un regalo, perciò ti porto in un posto che ti piacerà tantissimo. »

Batto le mani per l'entusiasmo e gli do un altro bacio sulla guancia. È bello avere un fidanzato con così tanta iniziativa, e poi le sue idee sono sempre eccezionali.

Quando siamo in macchina, riaccendo il telefono e questo inizia a vibrare per i messaggi in arrivo e alcune chiamate perse.

Due sono di Tio, e mi sento subito stringere la gola per l'ansia. Cancello immediatamente la notifica, decidendo d'ignorarle. Non gli parlo da più di due settimane.

Non è che sia arrabbiata con lui, la mia è soltanto una presa di posizione consapevole per evitare di ricadere nel tunnel della tentazione astrologica. Tunnel, tra l'altro, dove è stato lui a ficcarmi.

E, no, non mi sento in colpa. Ho deciso che non mi devo sentire in colpa se scelgo con maturità di far uscire qualcuno dalla mia vita. Fa parte del mio piano di crescita. Di acquisire una consapevolezza da donna adulta.

Di questo piano dovrebbe far parte anche l'idea di sollevare il telefono e rispondere a quella famosa telefonata che mi è arrivata dalla casa di produzione di Roma, ma ancora non riesco a farlo.

La notifica successiva è di Paola, di cui ho una chiamata persa e poi un messaggio.

Richiamami appena possibile.

Va be', lei credo che la chiamerò, penso sospirando. Dopotutto c'è stata sempre quando ne ho avuto bisogno ed è giusto che senta se anche io posso fare qualcosa per lei. Magari dopo cena, però, non è educato stare al telefono quando si è in compagnia di qualcuno.

E poi ho trentadue chiamate perse da parte di Cristina.

Inizio a grattarmi ferocemente il collo.

«Tutto a posto?» Daniele si volta verso di me.

«Eh? Sì... cioè... Perché?»

Daniele mi sorride, paziente, e allunga la mano per farmi una carezza sul collo. «Ti ci vorrebbe quella pomata al tè verde che ho adoperato in Kenya contro le irritazioni. Non continuare a grattarti, ti stai scorticando.»

Ma io non ne posso fare a meno. Non la sopporto più. Cristina, intendo. Mi basta anche solo sentire la sua voce o, come in questo caso, vedere il suo nome sul telefono, perché mi venga l'orticaria.

Nascondo il cellulare nella borsa, neanche fosse la prova scottante di un reato.

Non è questione di cattiveria. Trentadue chiamate. No, dico. Trentadue. Che, per il paio d'ore in cui ho tenuto spento, vuol dire una telefonata ossessivo-compulsiva ogni tre minuti e mezzo.

« Pronto, Cristina? Tutto bene? » La mia voce è flautata, ma il mio io interiore sta sputando fuoco come un drago con la digestione lenta.

« Io li denuncio tutti! » grida lei, sturandomi un orecchio.

« Cos'è successo? » Trascino le parole stancamente, staccando l'orecchio dal ricevitore per prepararmi all'estenuante tirata in cui Cristina mi spiegherà per filo e per segno perché il mondo è così crudele con lei.

« Mia madre m'impedisce di disdire la cerimonia. Ha preso in mano la gestione del mio matrimonio e ha telefonato a tutti dicendo che 'ovviamente' si farà. Ma ovviamente un corno! Io Carlo non lo sposo neppure sotto tortura! »

In effetti, se già hai una pancia delle dimensioni di un'anguria matura e la stabilità psicologica di Alex DeLarge di *Arancia meccanica,* non ti viene voglia di procedere verso il « sì » quando il tuo fidanzato ti confessa di essersi preso una scuffia per un'altra.

Pur se, per come la vedo io, che lei lo sposi e poi gli dia il tormento per il resto delle loro vite sarebbe una punizione che non scarterei a priori. « Cri, non vuoi almeno parl... »

« Ah! Sei passata dalla loro parte? Non sei più mia amica? No, perché se non sei più mia amica puoi dirlo. Tanto lo so che mi hai sempre odiata. Lo so che non mi hai mai digerita... »

« Cri, ti prego... Hai preso i fiori di Bach? » Glieli ha portati Paola nell'ennesimo tentativo di trovare qualcosa che ristabilisse in lei una qualche parvenza di equilibrio, ma forse è troppo tardi. Non puoi salvarli tutti.

«Tutto bene?» mi chiede Daniele, che intanto inizia le manovre di parcheggio.

Io copro il ricevitore con la mano. «È solo che non sono pronta per la paternità!» sibilo, esasperata, e lui mi guarda aggrottando la fronte. «Per favore, Cri, sta' calma. Senti, sono fuori a cena stasera... No, non farò tardi... Sì, la chiamo io tua madre per dire di andare a farsi fottere... *sicuramente*. Va bene... tu però stai tranquilla... ciao. Certo che ti voglio bene. Ciao... No, non ti odio perché sei una grassona incinta e fuori di testa. Ciao, eh... Ti porto dei cetriolini e della salsa tonnata? Chiedo al ristorante... Ciao. Ciao. Sì... Cia...» Premo il pulsante per l'interruzione di chiamata e mi accascio sul sedile fissando il vuoto.

Poi Daniele mi tocca il braccio e, quando lo guardo, si sporge verso di me per darmi un bacio rincuorante a fior di labbra. «Meglio che non le dici, tutte quelle cose brutte, a sua madre, potrebbe offendersi e sono sicuro che la tua amica non le pensi davvero», aggiunge, prima di scendere dall'auto.

Quando esco anch'io, non sono preparata allo sterrato fangoso che mi accoglie e il piede mi slitta in avanti, minacciando di trasformarmi in Ambra Orfei che fa la spaccata a mezz'aria.

«Attenta!» Daniele mi sostiene, passandomi il braccio intorno alla vita, e non mi molla finché non siamo davanti alla porta. «Ce la fai?»

Se ce la faccio a oltrepassare una porta? Mmm, vediamo... Lo guardo negli occhi e sospiro, strizzando le labbra in un sorriso. «È dura. Ma posso provarci.»

«Aspetta, allora.» Mi precede, spingendo la porta, per poi tenerla aperta per me.

Sì. Be'. Era una battuta. Non l'ha capita? Mmm. Va be', mormoro un: «Grazie». Ed entro.

La prima cosa che noto è che siamo in una cascina coi pavimenti in graniglia, come quello che avevano i miei quand'ero piccola, tipo tre ristrutturazioni fa. Le luci sono al neon, di quel bianco freddo, e una, nell'angolo dello stanzone in fondo, dà continue scariche, come se dovesse fulminarsi da un momento all'altro.

«Non è un posto fantastico?» dice Daniele.

Oddio, forse non avrei usato proprio questo, di aggettivo,

ma, mi dico, prendendo posto, per ora accontentiamoci di non avere le convulsioni e diamo le spalle al neon che ronza a intermittenza.

Non è acidità, la mia: dopotutto sono una Bilancia con Venere in Bilancia e Luna in Pesci e, siccome sono naturalmente predisposta ad apprezzare il bello e il lusso, noto subito quando in un ambiente ci sarebbero delle migliorie da fare. È genetico.

Oh, no. L'ho rifatto! Mi tiro una sberla per punirmi di questa défaillance astrologica.

Non devo, non devo, non devo pensare all'astrologia!

« Non ti piace? » mi chiede Daniele, preoccupato.

« Oh, no... non si tratta di questo. È solo che mi ero dimenticata una cosa. È sicuramente tutto buonissimo. » Allungo la mano e intreccio le dita con le sue. « È un ambiente molto rustico... » dico, guardando le pareti scrostate.

Daniele sorride e mi mette davanti il menu, ed è allora che strabuzzo gli occhi.

Perché da un posto così mi sarei aspettata un foglio scarabocchiato a mano e pieno di errori di ortografia, non questo elegante libro rilegato in seta, e neppure i piatti che ci leggo dentro...

Tipo gamberoni al cioccolato con pomodori, mandorle e pistacchio, risotto alle capesante con crema di corallo, timo, limone e zafferano... Neanche sapevo che il corallo si potesse mangiare. Gli sorrido.

« Sapevo che questo posto ti sarebbe piaciuto. E ancora devi vedere il resto. Tutta la cascina fa parte di un progetto di recupero del territorio. »

Sta per iniziare a parlarmene, quando il mio cellulare si mette a trillare di nuovo. Sul display compare il nome di Paola e non ho cuore di lasciar scattare la segreteria. « Scusami un secondo », dico a Daniele. « Pronto, Paola... ascolta, sono fuori a cena, ti posso... »

« Alice, devi fare qualcosa! » La voce della mia migliore amica non ha nulla della sua solita calma zen, che francamente ogni tanto trovo irritante. « Io non ce la faccio più. Giacomo non ce la fa più. E a Sandrino è venuta l'orticaria. »

« Ma cos'è successo? »

« La *tua* amica Cristina mi chiama in continuazione. Mi sono sentita tutta la storia *con* Carlo. Tutta la storia *di* Carlo. E tutta la sua storia *senza* Carlo. Vorrei avere anche una vita mia, sai com'è. E poi tanto non mi chiama per avere consigli, vuole solo vomitarmi addosso tutta la sua negatività. Devi telefonare a Carlo! » conclude, in tono esasperato e definitivo.

« Paola, non posso chiamarlo. Dai, ho promesso a Cristina che non mi sarei immischiata... Dicevi anche tu che doveva essere lei a decidere quando confrontarsi con Carlo. »

« Quello lo pensavo prima di darle il mio numero di telefono. Davvero, Alice... io qui rischio il divorzio. Prima con Giacomo stavamo per... Be', insomma, il bambino è da mia madre e, sai com'è, noi... »

« Okay, okay, ho capito, ho capito. Ora le telefono e cerco di vedere cosa possiamo fare. Dai, tranquilla. »

« Chiama Carlo. Le cose le possono risolvere solo loro due. »

« Va be'. Ci penso, dai. » Sospiro, esasperata, e mi ci vuole qualche secondo per raccapezzarmi e ricordare di cosa stavamo parlando con Daniele. « Dicevi? »

Ma, di nuovo, il mio smartphone si mette a suonare e ora si tratta di Cristina.

« Oh, no! »

Davanti a me, Daniele si passa una mano sul volto.

« Non rispondo », dico, risoluta, abbassando il volume.

Sto per metterle giù. Già, ma se stesse male? Getto uno sguardo al telefono. Non suona più.

Cerco di rilassarmi e assaporare il piatto meraviglioso che mi è appena stato messo davanti, dimenticando Cristina, Paola e qualsiasi altra interferenza esterna. Daniele mi versa dell'altro vino e io sospiro ancora di fronte alla sua innegabile e selvaggia bellezza.

Quest'uomo è perfetto, penso. Forse valeva la pena prendersi tutte quelle fregature, se era per aspettare che arrivasse lui, con cui mi sento così in sintonia.

« Il poncho, i fiori, questo ristorante così particolare... sembra quasi che dobbiamo festeggiare qualcosa. Facciamo l'anniversario e io non me ne ricordo? » dico, scherzando, un po' frastornata, in effetti, che, quando sei abituata a prendere pesci in faccia, puzza un po' che qualcuno getti petali di rose al tuo passaggio.

Daniele si asciuga le labbra e mi guarda perplesso. « Be', un anniversario si festeggia dopo un anno, Alice. Noi usciamo solo da poche settimane. »

Eh, sì. Mi chiedo se dovrei spiegargli che era una battuta. Mah, be', diciamo che la nostra intesa è *quasi* perfetta. Dopotutto quale coppia non ci deve lavorare un po'?

« Vorrei parlarti di una cosa... » gli dico, deglutendo timorosa.

Si tratta, a dire il vero, di una questione sulla quale sto tergiversando da più di tre settimane, ma che devo tirare fuori, perché riguarda il mio futuro.

Non ho ancora dato una risposta alla proposta che ho ricevuto dalla RAI, di andare a Roma.

« In realtà qualcosa da festeggiare c'è », dice lui, invece, interrompendomi e guardandomi intensamente negli occhi. « Alice, come abbiamo notato prima, non è molto che ci frequentiamo, ma io sento che stai diventando una persona importante nella mia vita. »

Aggrotto la fronte e cerco di concentrarmi sulle parole di Daniele, ma mi sento come se nelle orecchie rimbombasse l'effetto doppler della sirena di un'ambulanza.

« Sì, be', sono solo tre settimane in effetti. Poco. Pochissimo tempo. »

« Sì. Ma io non voglio perderti, Alice. »

Stringo le palpebre, perplessa, perché non capisco.

Lui si volta verso il cameriere e gli fa un cenno, per poi alzarsi e farmi capire di seguirlo. Prendiamo una porta diversa da quella dell'ingresso, che sbuca sullo sterrato della corte di questa cascina. L'attraverso, concentrata sul calore della mano che Daniele ha posato sul mio fianco.

« Mi è stato appena offerto un bellissimo progetto, una di quelle cose che ho sempre sognato, sai? » mi dice.

Raggiungiamo quello che sulle prime sembra un pannello

di legno, ma poi lui ne afferra un'estremità e lo fa scorrere, rivelando che si tratta di una porta. L'ambiente è fiocamente illuminato, ma piccoli spot di luce bianca tratteggiano le linee di alcune sculture moderne.

«Questo posto non è mai ciò che sembra», ribatto, con un accenno di nervosismo, mentre inizio a intravedere nella penombra anche delle figure che si muovono, altre persone.

«La Fondazione Wessler crede molto in questa cosa e sono disposti a finanziarmi per due anni, l'intera durata del progetto.»

«Due anni?» Mi gira la testa. «Ah, bene...» Non so cosa dire. «Ma dove?»

«In giro per il mondo. Non starò nello stesso posto per più di due mesi.»

Ah. E io che mi facevo problemi a parlargli di Roma!

«Ma, Alice...» Mi guarda negli occhi e mi stringe le mani, portandosele alle labbra. «Tu verrai con me.»

«Cosa?»

Mi chiedo perché improvvisamente faccia così caldo qui dentro, e perché abbia l'impressione che questa scultura, che sembra un'enorme arnia ricurva, mi stia per cadere addosso.

Respiro. E penso che a me già solo l'idea di cambiare città sconvolge, figuriamoci stare in giro per il mondo per due anni. «Daniele, io non lo so...»

Tutto d'un tratto, mi manca Tio. Il suo abbraccio rassicurante e fraterno, le sue sciocchezze che mi aiutavano a stemperare i problemi, la sua leggerezza.

Allontanarmi da Daniele mi fa sentire più leggera, e mi metto a gironzolare per la mostra come se fluttuassi.

Fisso quello che sembra il volto di una donna ricostruito con schegge di vetro. La didascalia dice che è il ritratto della moglie dell'artista.

Chissà com'è essere la moglie dell'artista. Com'è essere trasformati in un'opera d'arte?

Che cosa fa la moglie dell'artista mentre l'artista fa l'artista?

Nella penombra, Daniele sta parlando con delle sagome scure.

Certo, come dice lui, potrei vedere il mondo. Un'occasione

più unica che rara di depennare praticamente tutto dalla mia lista di quello che da sempre vorrei vedere.

Dopo però?

Cosa si desidera quando non si ha più niente da desiderare?

Oddio. Mi gira la testa. Mi sto facendo troppe domande. E sì che a scuola ho sempre odiato l'ora di filosofia. Probabilmente è per questo che ora mi sembra che mi si fonda il cervello. Non riesco a stare dietro ai miei pensieri. Ho già l'immagine di me su un cammello, in perfetta mise sahariana... Ma sono anche in India con un magnifico sari, e sto scalando l'Himalaya aggrappandomici a mani nude. E Daniele? Boh...

Ritratto della donna dell'artista quando l'artista è artisticamente impegnato.

Fisso negli occhi la donna fatta coi fondi di bottiglia. O, perlomeno, la fisso in quelli che penso possano essere gli occhi. In realtà potrebbero anche benissimo essere le orecchie o le narici. Meno male che Daniele fa il fotografo perché, se io fossi la signora ritratta qui, due paroline a mio marito gliele azzarderei.

Il problema, però, è che mi sento troppo piccola per affrontare tutto questo. Non è che creda di non essere all'altezza, solo mi sembra impossibile che quella donna che immagino possa davvero essere io. Io, Alice Bassi. L'impiegata che sognava di fare il cinema e invece nuota a stento tra le scartoffie dei talk show di una piccola emittente televisiva.

La segretaria di produzione che una casa di produzione di Roma vuole a colloquio.

Anche questo mi sembra un sogno più grande di me.

Il problema è che potrebbe essere il *mio* sogno...

Alle mie spalle vengono accese delle luci e, quando mi volto, noto un piccolo palco, giusto un cubo rialzato da terra, sul quale è stato disposto un microfono. Qualcuno batte le mani, e allora lo faccio anch'io, con timido spirito di mimetizzazione, ma, quando riconosco l'uomo salito sulla predella, mi prende una specie di crampo alle braccia. « Oh, cazzo... » mormoro.

« È il professor Klauzen », mi spiega Daniele, che nel frattempo mi ha raggiunta e di nuovo fa l'octopussy col mio girovita. «Parte dei ricavati dell'asta di stasera è devoluta alla sua ricerca.»

«L'arte è la vita... La vita è arte...» declama dal palco Klauzen, da consumato Laurence Olivier. «O, come nel caso di stasera, l'arte ridona vita, nel suo meraviglioso potenziale di perfezione. '*A thing of beauty is a joy forever*', diceva Keats nella poesia che ha dedicato alla perfezione della bellezza. La bellezza di una vita sana e piena, come quella che le ricerche Klauzen si auspicano di raggiungere...»

«È davvero un grand'uomo», mi sussurra Daniele, sporgendosi ancora verso il mio orecchio. «Si è letteralmente innamorato del mio lavoro e vuole che faccia un reportage sulle sue ricerche. Con tanto di ritratto.» Mi dà un bacio sulla guancia. «Avere dalla mia parte una persona del suo calibro è fondamentale.»

Eh, certo. Poteva mai considerarlo l'emerito coglione borioso e tronfio che in realtà Klauzen è? E, soprattutto, poteva mai non essere d'importanza capitale per la sua carriera? Mi mordicchio così ferocemente le dita da farmene sanguinare uno. «Cazzo!»

«Ehm, Alice, tesoro, abbassa la voce», mi rimprovera.

Klauzen intanto continua a gigioneggiare sul palco, mentre io mi domando se il faro che gli hanno puntato addosso sia abbastanza forte da accecarlo e impedirgli di scorgere le facce del pubblico e, nella fattispecie, la mia. Dandomi perlomeno il tempo di pensare a un diversivo.

Sicuramente, quando Klauzen avrà finito di fare Marlon Brando, Daniele vorrà andare a scambiare un saluto. E io non voglio essere lì a rovinargli la carriera.

«Vado un attimo a incipriarmi il naso...»

Daniele mi soppesa con lo sguardo. «Incipriarti il naso? Guarda che sei già abbastanza pallida.»

Chiudo gli occhi e faccio un bel respiro. «Voglio dire che devo andare a fare la pipì», spiego poi, mettendo i sottotitoli alla pagina 777 del televideo.

«Oh... va bene. I bagni sono là in fondo. Ti aspetto qui.»

Ovviamente trovo la cosa molto poco rincuorante.

Con tutto questo popò di ristrutturazione che han fatto, devo dire che la toilette è una vera delusione. Praticamente è un loculo di un metro per un metro e con un solo box. Che al momento è pure occupato.

Nell'attesa, lo sguardo mi cade sullo specchio. Eh, sì, ho proprio il colorito della Sposa Cadavere. Acuto, Daniele, nel dire che sono pallida.

La bocca mi si torce.

Sono una stronza. Di che mi lamento? Ho un uomo perfetto, carino, attento... Certo, ha l'ironia di un ferro da stiro, ma che c'entra? Non siamo tutti uguali a questo mondo.

Diamine, che se c'era proprio una persona che non avrei più voluto incontrare nella vita era Klauzen! Sospiro. Che culo, eh?

Nel gabinetto, sento tirare lo sciacquone, e allora mi asciugo le mani e mi raddrizzo, cercando di assumere un'espressione di cordiale neutralità.

Errata corrige.

Nella top ten delle persone con le quali mai più avrei voluto trovarmi faccia a faccia nella vita, mi rendo improvvisamente conto che Klauzen non occupa la pole position.

Perché in cima alla classifica c'è Barbara Buchneim-Wessler Ricci Pastori, e ce l'ho di fronte adesso.

Per un attimo, penso addirittura che sia una specie di visione, tipo Bernadette con la Madonna, ma al contrario, perché per me Barbara e Satana devono essere cugini di primo grado. Il secondo pensiero che mi attraversa la mente è: anche Barbara Buchneim-Wessler Ricci Pastori fa la pipì come noi comuni mortali. E, tra l'altro, si sistema l'elastico delle mutande pizzicandosi il didietro.

È un pensiero idiota, ma la cosa è un tantino rincuorante.

Spero invano di mimetizzarmi col lavabo, ma, no, inutile tentare vie di fuga. Barbara mi guarda con quei suoi occhi verdi da gatta e il suo viso passa dalla distensione di chi ha appena trovato un onesto sollievo all'irrigimento indispettito di quello che si è appena accorto di avere uno spiacevole ricordino sotto la scarpa.

Nella fattispecie, *io* sono lo spiacevole ricordino.

Nessuna delle due apre bocca, e il rumore dell'acqua che lei fa scorrere nel lavandino risuona assordante come una cascata.

Un attimo dopo è uscita e io mi rinchiudo nel box del gabinetto dove ancora aleggia il suo costoso profumo di vaniglia e gelsomino.

E adesso? Voglio dire, se per Klauzen ancora ancora qualcosa me lo potevo inventare, tipo fingere di essere colpita da improvvisa sindrome di Stendhal e passare il resto della serata all'ombra di una statua, con Barbara so già che non funzionerà.

Chiudo la tazza e mi ci siedo sopra, prendendomi la testa tra le mani. Ma porca miseria, possibile che, di riffa o di raffa, io finisca sempre a nascondermi in un gabinetto a piangere sulla mia vita?

Potrebbe andare peggio?

Potrei vedere Davide al fianco della sua fidanzata.

Oh, no. Ti prego, Signore della Sfiga, risparmiami almeno questa.

«Pronto?»

«Amore! Non ci credo che alla fine mi hai telefonato!»

La voce di Tio è piena d'emozione e, mio malgrado, sorrido.

«Scusami... è solo che... sto cercando di prendere in mano la mia vita e non farmi condizionare dall'oroscopo.»

«Fa nulla, tesoro. Dimmi, dove sei?»

«Ehm, chiusa in un gabinetto...»

«Ah... Mi sembra un ottimo metodo per prendere in mano la propria vita.»

«Tio, sono in una cascina appena fuori Milano. Hai presente quei posti riattati un po' per moda e un po' per beneficenza... Ci fanno addirittura le mostre.»

«Mmm, sì. Ho capito dove. Ci sono passato qualche settimana fa con Andrea. Ottima cucina.» Resta in silenzio, nell'attesa che sia io a dire qualcosa, e quando non lo faccio continua: «E il bagno com'è?»

«Eh... una delusione.»

«Ah, ecco. Sempre lì mi cadono gli architetti.»

«Tio, di là c'è Klauzen.»

«Oh, merda.»

«E ho appena sbattuto il naso contro Barbara Buchneim-Wessler eccetera eccetera.»

«Doppia merda eccetera eccetera. Non c'è una finestra in cui puoi infilarti per uscire senza essere vista?»

Sollevo la testa e ne scorgo una piccola e con le sbarre. «Ma dai, Tio, non posso scappare: sono con Daniele.»

«Fingi un arresto cardiaco e fatti portare a casa, allora.»

«Certo, così, tanto per dare al dottor Klauzen la soddisfazione di palparmi le tette mentre fa l'eroe davanti a tutti.»

«Be', perlomeno te lo faresti amico... stavolta.»

«Se mi riconoscesse, scommetto che farebbe apposta a incrinarmi qualche costola, o magari mi lascerebbe lì a morire», dico, cincischiando col rotolo della carta igienica.

«Va be', allora passerò a trovarti nei prossimi giorni... Lì, nel gabinetto dove ora risiedi.»

«Sii serio.»

«No, tu sii seria», sbotta, perdendo i toni lievi. «Hai evitato il tuo migliore amico per tre settimane. Ora te ne stai rinchiusa nel cesso di un ristorante. È così che intendi fare la persona adulta, Alice? Rifugiandoti sempre in situazioni di comodo per non prendere decisioni più serie? Rinunciando a delle belle opportunità perché potresti confrontarti con te stessa, finalmente?»

«Cosa stai dicendo?»

«Sto dicendo che so che ti è stato offerto un colloquio a Roma e non hai ancora risposto. Cazzo, Alice, vuoi perdere la possibilità di avere il lavoro della tua vita per l'ennesimo uomo che in realtà non ami?»

Ecco, lo sapevo che era uno sbaglio chiamarlo. Ora ho un groppo alla gola delle dimensioni di un dolmen. «Tu... tu... tu...» riesco solo a dire, come se gli avessi attaccato la cornetta.

«Io niente. Ora vai di là e tiri fuori quelle cazzo di unghie. Sei Alice Bassi. Grazie a te e alla tua trasmissione, una rete televisiva che tutti davano per spacciata è tornata a fare un'audience da fare invidia ai primi canali. Sei una tosta, una sopravvissuta. Perché hai sofferto e ti sei rialzata. Sempre. E, anche se non ci credi, c'è più forza in quelle tue braccette smilze che in quelle di un lottatore di sumo. Vai di là e cavale gli occhi, a quella vipera.»

Mi alzo di scatto, così galvanizzata dal suo discorso d'incoraggiamento che neanche Rocky Balboa quando doveva vincere il titolo mondiale. « Vado di là e li *spiezzo* in due. »

« Ottimo. Ci vediamo all'inferno, *gringa.* »

E vado. Però, se anche spalanco la porta del bagno con la stessa baldanza di un bandito del Far West, pian piano che il brusio aumenta e la luce diminuisce, il mio coraggio inizia a vacillare.

Va be', magari non è che debba proprio *spiezzarli* in due. Magari basta un saluto veloce, fingo uno svenimento e mi faccio portare a casa. Anche questo sembra un ottimo piano.

Ovviamente, mi dice *benissimo*: Daniele ha raggiunto il palco e al suo fianco ha sia Klauzen sia Barbara e, come se non bastasse, ora che la presentazione è finita, le luci sono state riaccese e anche se volessi non avrei più la benché minima possibilità di nascondermi.

Punto dritto all'occhio del ciclone.

« Eccoti qui! Iniziavo a temere che fossi caduta nella tazza », esclama Daniele, euforico, ridendo poi tutto da solo.

Be', dai, qualche battuta ogni tanto la fa... Sì, rispolverando quelle che ha sentito all'asilo. « Ehm... » faccio io. (Brava, Alice, attacca! Stanno già tremando.)

Poi, stranamente, mentre Barbara serra le labbra, inacidita, Klauzen aggrotta la fronte e mi sorride. Va be', diciamo che mostra la dentatura più volte sbiancata, e mi dà la mano. « Ah, dunque è lei la famosa fidanzatina del nostro Daniele. »

Punto 1. Non ero più stata definita la « fidanzatina » di qualcuno dai tempi delle medie, quando il padre di Giampiero Guastamacchia ci aveva beccati a pomiciare sulle panchine sotto casa sua.

Punto 2. Non so se questa versione di Klauzen Babbo Natale mi faccia più o meno orrore di quella in costume da SS.

Punto 3. Questo modo di fare così affabile può significare solo due cose: un tranello, o un aneurisma.

« Eh, insomma, fidanzata, cioè... sono un'amica, diciamo », replico, prendendo un attimo le distanze.

« Ah, be', certo », interviene Barbara, stavolta sorridendo anche lei, ma in modo per nulla rassicurante. « Ormai col termine 'amicizia' s'intendono molte cose... »

Mi sfugge cosa voglia dire davvero, ma è meglio fare finta di niente.

« Lei! » esclama poi Klauzen.

Io sobbalzo e mi preparo al peggio. Ora mi dirà che sono un'inetta, che mi farà radiare da qualsivoglia albo io abbia mai intenzione d'iscrivermi nella vita e riporterà in mondovisione la mia sfuriata da isterica in crisi da premestruo.

« Il suo volto mi è famigliare, sa? Per caso ha dei parenti in Bretagna? »

« Ehm... » No, dai, sul serio: non mi ha riconosciuta? « No, veramente no. »

« Forse... » interviene Barbara con un sorrisetto sornione. « A *Parigi*? »

Klauzen scuote la testa. « Parigi? Perché mai? Ci vado solo per lavoro, non conosco praticamente nessuno. »

E io inarco un sopracciglio, chiedendomi se davvero non mi stia prendendo in giro, se questo non sia un modo per tenermi sulla graticola e farmi scontare tutti i miei peccati.

Be', se per Klauzen non potrei mettere la mano sul fuoco, con Barbara sono più che certa che sia così. Perciò cerco di spostare rapidamente la loro attenzione sul mio « fidanzatino ». « Daniele mi ha raccontato del progetto che gli avete proposto », dico.

« E io ho chiesto ad Alice di accompagnarmi. Credo potrebbe essere molto utile all'impresa », aggiunge Daniele.

Ma lei incalza dicendo così, testuali parole: « Oh, non lo metto in dubbio. La signorina Bassi sa sempre come darsi da fare ». Nel dirlo, mi guarda negli occhi e, oddio, capisco che sa tutto di Davide, di me e di Parigi.

Se già non lo odiavo abbastanza per avermi usata, ora lo detesto ancora di più per essersi voluto sciacquare la coscienza con la sua fidanzata, dipingendomi probabilmente peggio di Mata Hari.

Klauzen mi fissa interdetto. « Ah, come come? Che lavoro fa, signorina Bassi? »

« Ehm, lavoro... lavoro in televisione. Faccio la delegata di produzione. » E mi dico che adesso si ricorderà. Adesso farà due più due e mi porterà nel suo laboratorio per compiere su di me disumani esperimenti.

« Bah! La televisione. Non ne ho gran stima, sa? » borbotta lui. « E di recente ho avuto una pessima esperienza in un'intervista. Ero a Parigi, per l'appunto, e c'era questa cretina di giornalista... » Mi guarda negli occhi e io deglutisco. « Una vera, *vera* maleducata. Ma soprattutto stupida come una gallina. L'avevo guidata alla difficile comprensione del mio lavoro, indicandole le domande e via dicendo. Ma lei niente, voleva per forza fare di testa sua, tanto che ho dovuto sospendere la cosa. È stato estenuante. »

« Eh, no, però! » mi scappa di dire, perché, diamine, non solo non si ricorda la faccia della persona che gli stava davanti, ma non ha neppure capito, o meglio non ha neppure *ascoltato*, quello che gli diceva.

« Non sei stata anche tu di recente a Parigi, tesoro? » interviene quello che, se continua così, tra pochissimo sarà il mio ex *fidanzatino*, nonché ex fotografo, perché andrà a finire che gli staccherò una mano a morsi.

« Io, bah... Non troppo di recente. Cioè, sì... Non ho neppure avuto il tempo di vedere nulla... »

« Succede, quando si sta chiusi in una camera d'albergo », dice Barbara, fissandomi torva, per poi aggiungere: « A lavorare ».

Certo che li sto proprio facendo neri come mi aveva suggerito Tio. « Vi lascio chiacchierare un po' di lavoro. Andrei a prendermi qualcosa da bere... »

Ma non ho neppure fatto un passo quando la voce di Barbara mi raggiunge: « L'accompagno ».

Okay, vediamo di non dimenticare incustodito il bicchiere, in modo che non sia tentata di giocare alla piccola Lucrezia Borgia.

Ordiniamo. Io, non so per quale strano stato di momentaneo stordimento mentale, prendo un Sex On the Beach, porgendo il fianco al suo commento: « Non ci smentiamo mai ».

Lei invece sussurra qualcosa che suona tipo Diamond Perfect o una roba così.

E restiamo entrambe in silenzio finché i cocktail non ci vengono consegnati. Il mio è di un euforico arancione con un ombrellino cinese infilato in cima; il suo brilla come di luce propria, in un elegante bicchiere dal lungo stelo.

«Dentro c'è della polvere di diamante», mi dice Barbara, cogliendo il mio sguardo incuriosito. «È un cocktail molto particolare. E poco richiesto, visto il suo valore.»

Eh, certo. Ora, chi è quel pezzente che un diamante si accontenta di metterselo a un dito? Meglio berlo, no?

Dio, ma se esisti, mandale una calcolosi fulminante! Non ci vuoi almeno pensare?

«Mi fa sorridere, sai?» dice lei a un tratto, dopo aver deglutito con un sinuoso movimento della giugulare.

«Davvero? Lieta di farti esercitare qualche muscolo del viso.» Ormai siamo solo lei e io e credo sia inutile fingere di essere cortesi.

Lei solleva solo un angolo della bocca. «Mi fa sorridere osservare quanto da fare ti sei data, quanta pena per raggiungere i tuoi scopi, e invece sei sempre qui. Una poveraccia neppure troppo carina, che tenta d'irretire l'ennesimo sciocco per fare un po' di carriera e diventare quel qualcuno che da sola non riesce a essere.»

Poso il bicchiere e tolgo delicatamente l'ombrellino. E per un attimo penso di piantarglielo nella gola come farebbe la sposa di *Kill Bill*. «Immagino che sia così che ha funzionato per te. Che sia soltanto una questione di prestigio.»

Lei gorgheggia una risata. «Non credo che tu abbia capito. Io non ho bisogno di dimostrare niente, né di volere niente. Sono gli altri che vogliono qualcosa da me. Che desiderano *me*. Davide mi ha voluta nel suo letto da quando ha messo piede nella proprietà di mio marito.» Mi fissa con intensità, aspettando che quella stoccata mi penetri dritta fino al cuore.

Non sa però che quella ferita è già in parte cicatrizzata. «Innegabilmente sei molto bella. È normale che scateni desiderio sessuale negli uomini. Ma questo non significa amore.»

Lei scuote la testa. «Ah, l'amore! Anche Davide ha tirato fuori gli stessi argomenti... No, Alice, e non è solo la bellezza. Quella che ho io è classe. E quella non si compra da Zara, mi dispiace.» Fa schioccare la lingua con un colpo secco. «Tu, coi tuoi abitini dozzinali e con la tua vita borghese, pensi che le persone siano tutte uguali, che tutte debbano avere le stesse possibilità. Anche Davide mi ha sempre irritato con questi discorsi, tra l'altro. » Fa un gesto vago con la mano, dopo aver posato il bicchiere. « Mi ero stancata di lui, comunque. È uno sciocco se crede che il mondo giri intorno all'amore. » Sorride. « E, d'altra parte... Tu hai scelto il bel Daniele, che ha l'opportunità di diventare ricco e famoso nel giro di un paio d'anni. Ti direi brava, se non fosse che non hai calcolato una variabile fondamentale. »

« E quale sarebbe? »

« Io, tesoro. » Si allontana, con un ancheggio *sexy* sebbene impercettibile e vedo voltarsi le teste di molti uomini al suo passaggio.

Il cuore mi martella nel petto per tutto quello che avrei voluto dirle, per quello che avrei voluto farle, ma sono come bloccata.

Da un unico pensiero.

Davide l'ha lasciata.

46

ACQUARI DI UNA NOTTE D'ESTATE

Mi gira la testa. Mi manca l'aria. Mi pizzicano le mani, le braccia. Tutto il mio corpo è in preda a un colpo di Stato combattuto a suon di sbalzi di pressione.

Decido di uscire, lasciandomi alle spalle la gente e il brusio che mi pizzica le orecchie.

Mi dico che in fondo ho solo bisogno di un po' di silenzio e allora mi dirigo verso la porta, pensando che magari potrei uscire per qualche minuto, il tempo almeno di prendere una boccata d'aria e schiarirmi le idee.

Davide e Barbara non stanno più insieme.

Sì, ma io non sono innamorata di Daniele? La nostra storia è bella, lineare, chiara. Sono un'idiota anche solo a pensare che...

Davide ha fatto bene a lasciarla, comunque. Si sarà accorto di quanto è stronza. E questo non vuol dire che lo abbia fatto per me. Forse, venire a letto con me gli ha schiarito le idee sulla loro storia, facendogli capire che non l'amava.

Posso essere almeno contenta di questo?

Perché invece sento che è sbagliato?

Perché sto sperando che torni da me?

Sto per mettere un piede fuori dalla porta, quando nell'angolo vedo una cosa che non vedevo da almeno dieci, no, che dico, da almeno vent'anni.

Nella trattoria/ristorante di lusso c'è una vecchia cabina telefonica, ancora di quelle grigio topo tutte chiuse che sembravano una navicella spaziale, con l'apparecchio a gettoni e le pareti di plastica traforata all'interno.

Mi basta metterci piede per sentirmi in parte meglio, come tra le braccia della nonna. E penso a quando usavo cabine come questa, da ragazzina, per telefonare al moroso di turno quand'ero in vacanza.

Accarezzo la parete non troppo pulita e penso alle urla e ai pianti cui quella cabina insonorizzata aveva assistito. Perché spesso d'estate avevo il cuore spezzato, che al mare, in montagna o ai laghi i miei fidanzatini non troppo fedeli trovavano altre compagnie.

E io mi sono sempre fatta condizionare la vita da loro.

Mi lascio scivolare fino a terra, dove mi raggomitolo, le ginocchia sotto il mento, le braccia strette intorno.

Ha ragione Tio nel dire che ho paura a prendere davvero in mano la mia vita. Partecipare e perdere iniziano con la stessa lettera, dopotutto. E se dovessi fallire, io, Alice Bassi, in prima persona? Se non potessi incolpare qualcun altro, o gli astri, o la sventura per aver fatto un bel buco nell'acqua, allora sarebbe davvero tragica.

Ma non sarebbe peggio se mi accorgessi, chessò, tra venti o trent'anni, di non aver combinato niente da sola? Di non aver mai avuto il coraggio? Di non aver mai preso delle decisioni lasciando che altri, sempre altri, le prendessero per me?

Davide e Barbara si sono lasciati.

E non so cosa voglia dire.

E non so cosa voglio fare.

E capisco che l'oroscopo in fondo non c'entra. O meglio potrebbe c'entrare, se io lo prendessi come va preso: soltanto come un suggerimento per capire quelle che sono le mie potenzialità.

Dopotutto sono Ascendente Leone, giusto?

Sussulto quando la cabina rimbomba di tre colpi sordi. E, quando alzo lo sguardo, nel vetro lungo e stretto della porta a pressione c'è il volto di Tio, spettinato e sorridente.

Sento scendere una lacrima, ma solo una e di sollievo. Lui afferra il maniglione, apre la porta e si affaccia. «Sei presentabile o ti stavi mettendo il costume da Superman?»

Gli ho di nuovo chiesto scusa, cercando di spiegargli perché ho dovuto tenerlo lontano. E pure che mi è mancato tantissimo. E a Tio sono quasi venute le lacrime.

Anche a me, ma non faccio testo.

Lui guida nella notte. « Allora come vuoi tu: niente più astrologia. »

« Ecco. Bravo. » Incrocio le braccia, anche se la dipendenza da oroscopo, ora come ora, mi pare l'ultimo dei miei problemi.

« Quindi... »

« Eh... »

« Già. »

« Quante stelle, eh? » commento io, osservando fuori dal finestrino.

« Però, se ti ci metti anche tu! »

« Uff. Va be', in realtà non è tutta colpa dell'oroscopo, hai ragione. Devo essere più coraggiosa, me lo devo. » Evito di dirgli della storia di Davide e Barbara, perché mi sembrerebbe di ricadere nel solito circolo vizioso di errori, se prendessi anche solo in considerazione la cosa. Si sono lasciati? Non mi riguarda. Ora devo davvero occuparmi della *mia* vita. « Quel colloquio... È vero. Domani chiamerò per fissare il giorno. »

Tio si volta verso di me mi fa un gran sorriso. « Brava la mia piccolina! Che poi guarda... » Si ferma un attimo. « Le tue energie sono a un ottimo livello, devi solo credere nelle tue capacità... » Si morde le labbra come chi non è libero di parlare come vorrebbe.

Allora lo ammonisco: « Tio... »

« *Secondo me.* Questo è un ottimo periodo perché tu prenda un qualsiasi tipo d'iniziativa nel lavoro. Ci sono buone premesse che ciò che semini possa dare frutti. »

Sospiro esasperata. « Okay. E questo per via di quale *Trigono*? »

« Un Aspetto Positivo di Marte col Sole », ammette lui, parlando velocissimo.

« Appunto. »

« Scusa. »

Ma entrambi ci mettiamo a ridere e, quando il semaforo diventa rosso e dobbiamo fermarci, mi slaccio la cintura e mi sporgo per abbracciarlo.

« Ti voglio bene, lunatica! » mi dice.

« Anche io ti voglio bene. »

Poi ci lasciamo e io tiro su col naso, ancora un po' commossa.

«Sei sicura di stare bene?» mi chiede allora lui, con lo sguardo indagatore.

«Sì, sì», ribatto, vaga.

«Scusa per quello che ti ho detto prima al telefono.»

«Cosa?»

«Che non sei innamorata davvero di Daniele.»

«Ah.»

«È che non ti capisco... Certo, lui è veramente un bel pezzo di manzo.»

«Tio!»

«Be', è un bel ragazzo. Ma io ti ho vista perdere la testa, ti ho vista ballare, ti ho vista frizzare come la spuma del mare o brillare, scusa, come una stella, quand'eri innamorata.»

«Forse quella era passione, Tio. E, come sai, è andato tutto storto.» Mi stringo nelle spalle. «Magari è meglio qualcosa di meno movimentato e più tranquillo.»

Lui sospira e lo vedo scuotere la testa. «Non è l'amore.»

Mi mordo le labbra. «Già. Ma forse non è quello di cui ho bisogno adesso.»

Mi sto riallacciando la cintura, e Tio sta premendo sull'acceleratore, pronto a ripartire, quando una macchina dei vigili ci sorpassa a gran carriera. Subito dopo quella, un'ambulanza a sirena lampeggiante, che vedo svoltare al semaforo successivo, dritta nella mia via.

«Vedi?» fa Tio. «Basta lamentarsi, c'è qualcuno che sta peggio.»

Mi chino in avanti per alzare il volume della radio, dove stanno trasmettendo una canzone che mi piace.

«Oh, per gli anelli di Saturno, non è che Giorgio è di nuovo a piede libero?»

Sollevo la testa, mentre Tio sta facendo la curva, e anch'io vedo il posto di blocco e l'ambulanza parcheggiata sul carraio di casa. «Ommioddio», esclamo, sganciandomi nuovamente la cintura e balzando fuori dalla macchina quando ancora non è del tutto ferma. «Cristina!»

Ho il cuore nelle tempie, in pratica, mentre corro verso casa e mi sembra di muovermi a rallentatore.

Se è successo qualcosa a Cristina, non potrò mai perdonarmelo.

Oddio, al ristorante non ho risposto alla sua telefonata. Morirò per il senso di colpa, lo so!

Poi però inizio a rallentare. Qualche metro più avanti, da dietro l'ambulanza, sento dei lamenti, come di qualcuno dilaniato da una colica.

Il bambino sta nascendo! penso.

E mi sento il sangue defluire e affluire al viso, alla testa, ripetutamente, mentre m'immagino china tra le gambe di Cristina, in una situazione estrema, dove devo aiutarla a partorire per strada. Che diavolo ci stiano a fare i paramedici, Dio solo lo sa!

All'improvviso, però, mi sembra di sentire anche della musica. Lo strimpellio di una chitarra.

Il lamento si fa più forte, ma anche più articolato.

« Inioeeeeeed, inoeeeeee-ee... Cristinaaaa, Cristina... a-a-a-a-a! »

Mi fermo e strabuzzo gli occhi, poi getto uno sguardo indietro e vedo Tio, che nel frattempo mi ha seguita, accasciato sul cofano di un'auto parcheggiata, che si sbellica dalle risate.

Qualcuno da una finestra grida: « Basta! Sono quasi le due di notte! »

Ma Carlo, incurante dei paramedici che si guardano sbigottiti, e dei vigili, che gli si avvicinano di qualche altro passo, continua a cantare: « Ueeemust be mistaks! » modulando la voce in gridolini e vibrato.

« Ma che diavolo...? » sento dire a uno dei ragazzi dell'ambulanza. « Ci hanno chiamato per questo qua? »

« Avranno pensato che stesse per morire. Non senti come canta? Sembra che gli abbiano sparato al ginocchio », commenta l'altro.

Io sollevo gli occhi verso la facciata del mio palazzo, pregustandomi già la lettera di reclamo dei consiglieri di condominio all'amministratore. Di sicuro la signora Sacca, la zitella del quarto, non vedrà l'ora di raccontare ai quattro venti che quello che ha martirizzato *Zombie* dei Cranberries alle due del mattino altri non è che il mio ex fidanzato e che tutto questo casino lo sta facendo nel tentativo di riconquistare la tizia che vive in casa mia da un mese e rotti senza che l'abbia dichiarato e paghi perciò i suoi millesimi di acqua e quant'altro. Lo so perché mi ha già fermata quattro volte per dirmelo. Non dei Cranberries, dei millesimi, dico.

Anche perché non credo che riuscirebbe a capire che si tratta di *Zombie* dei Cranberries. Non per sordità, che quella si lamenta anche se ti cade uno spillo, quanto piuttosto perché un orecchio umano difficilmente riuscirebbe a distinguerla.

Perché io invece ce la faccio?

Be', io ho passato cinque anni con Carlo, a sentirlo lamentarsi sotto la doccia!

Perché Carlo abbia scelto proprio *Zombie* dei Cranberries per fare una serenata, invece, rimane un mistero insondabile. Anche se alla parola «zombie» ci ha sostituito Cristina, il romanticone.

«Dio, ma perché ce l'hanno tutti con me, stasera?» mormoro tra i denti. E, mentre cerco le chiavi, mi capita in mano il cellulare, sul quale lampeggia un messaggio. Di Paola.

Non ce l'ho fatta più. Scusami, ma l'ho chiamato io, Carlo, così quella si darà una calmata.

Ed ecco rivelato il mistero di come mai Carlo si sia presentato sotto casa mia a quest'ora, armato di chitarra e tanta buona volontà.

La signora Mazzanfanti, l'anziana del primo piano, è affacciata al balcone in camicia da notte e si gode lo spettacolo facendo ballonzolare la testa su e giù. «Buonasera, Alice», mi dice, affabile. «Ma lei lo conosce, quel signore lì?»

«Chi, io...? No, no.» Sicuramente, prima che il gallo canti, potrei aver rinnegato Carlo ben più di tre volte.

«Non capisco cosa dice però. Sa, sono un po' sorda...»

«Beata lei, signora! Beata lei!» grida Arcelli, il maestro di musica del secondo, quello che più deve soffrire, in effetti.

Con lo sguardo corro alle mie finestre, al terzo piano. Solo quella del salotto è aperta, ma le luci sono tutte spente.

« Andiamo, da bravo... » dice uno dei vigili, toccando il braccio di Carlo, che continua indefesso a strimpellare l'unico giro di chitarra che abbia imparato, modulando il suo lamento straziante a testa alta. « Non puoi continuare a gridare a 'st'ora qui. Su! »

Carlo però non dà retta a niente e nessuno e continua a fissare la finestra del mio soggiorno, e il cuore mi si stringe così forte che corro con le chiavi verso la porta.

Se non ci viene da sola, la trascino giù io, Cristina, e con la forza.

Prima di lasciar andare il portone, guardo di nuovo Tio, che mi fa il pollice alzato in segno d'approvazione.

Sono troppo impaziente anche per aspettare l'ascensore, e inforco le scale saltando i gradini a due a due. Ma, quando arrivo alla fine della rampa tra il secondo e terzo piano, sento vibrare il cellulare nella borsa e, quando lo prendo, vedo il nome di Cristina sul display.

« Pronto! » esclamo.

Dall'altra parte sento sussurrare: « Alice... è qui! Carlo. È qui sotto casa ».

Mi fermo e prendo fiato. « Lo so. Sono fuori dalla porta. Aprimi, va'. »

Dopo una decina di secondi sento dei passettini leggeri, come di chi cammina in punta di piedi, e poi il rumore delle chiavi che girano nella toppa.

« È qui sotto! » sibila ancora lei, con gli occhi lucidi e le guance bordeaux.

« L'ho visto. Anzi, meglio: l'ho sentito. »

Cristina mi afferra la mano e mi trascina verso la finestra aperta, ma mi fa restare con lei dietro la tenda, ben nascosta. « Mi sta facendo la serenata! » squittisce.

« Più che altro direi che sta rischiando la galera. » Forse ci sono dei programmi di riabilitazione dove potrebbe imparare a cantare, finalmente, ma non credo che questo possa interessare davvero a Cristina. « Vai da lui. »

«No...» ribatte, ma con poca convinzione, coprendosi ancora di più con la mia tenda.

«Cosa fai, aspetti che ti faccia tutto l'album? Guarda che qualche cecchino potrebbe porre fine alla sua misera esistenza.» Dopodiché prendo in mano la situazione e mi affaccio per gridare: «Adesso scende! Smettila!»

«Era ora!» urla qualcuno dall'altra parte della via.

«No che non scendo.»

«Cristina, quell'uomo laggiù è...» Mi stringo nelle spalle. «Va be', è un coglione.»

Lei torce la bocca.

«Ma ti ama e tu lo ami. Lo so, perché... Perché non te ne staresti qui con l'orecchio attaccato alla finestra, gli occhi che luccicano e, ultimo ma non meno importante, con un pancione da Guinness dei primati, se non lo amassi.»

«È uno stupido. Ha rovinato tutto», ribatte lei, imbronciata.

«È un bambinone di quasi quarant'anni, Cristina. E lo sapevi anche prima di mettertici insieme. Ha avuto paura. Sposarsi... Diventare papà... Metter su famiglia... Accidenti, me la farei sotto anche io!»

«Anche io ho paura», ammette lei, e mi stringe forte. «Ho paura di non essere all'altezza di quello che ho nella pancia, di non essere una brava mamma. Ho paura anche solo di essere una mamma!»

«Allora diglielo», le sussurro.

Prendiamo l'ascensore, in silenzio, lei che batte nervosamente il piede a terra. L'accompagno fino al portone tenendole un braccio intorno alle spalle, sentendomi emozionata come se in realtà la stessi accompagnando all'altare.

Come la vede, Carlo smette di suonare e appoggia per terra la chitarra, mentre tutto intorno scoppia un caloroso applauso. Credo più per il fatto che abbia smesso, piuttosto che per un incoraggiamento di quello che deve succedere ora.

Lo vedo allungare i pugni chiusi verso il poliziotto, come nei film americani dove il bandito si lascia ammanettare.

I due agenti si scambiano un'occhiata e il più anziano scuote la testa. «Va' là, va' là, pirla. Neh, va' da la tò tusa, va'», dice con un sospiro.

E Carlo e Cristina si abbracciano e si baciano. Con difficoltà e un movimento che non ha niente a che vedere con la fluida plasticità che si vede nei film. Ma si sa, quelli sono film, e la scena te la rifanno cento volte, finché non viene perfetta.

Questa invece è la vita, e qui deve essere sempre buona la prima. Altrimenti c'è tutto da rifare, oppure bisogna accontentarsi di cambiare strada, di cambiare pelle, di evolversi. Ed è quello che farò io.

Guardo Carlo e Cristina che si ritrovano, che si lasciano andare al loro amore e penso che dopotutto questo è un finale dove l'amore trionfa, anche se non è il mio.

Sento la mano di Tio sulla spalla e mi lascio andare al suo abbraccio, e mi sento forte, davvero forte. Felice di tutto quello che ho imparato e pronta.

Sì. Ora sono davvero pronta.

EPILOGO

LA BILANCIA CHE SALÌ SU UNA COLLINA E SCESE DA UNA MONTAGNA

Esterno. Notte. Di quelle notti buie ma rassicuranti, con un cielo ricchissimo di stelle. Ogni tanto si vede passare una stella cadente. Sulla cima della collina, due figure, un uomo e una donna, sedute sul prato, due sagome scure, col naso per aria.

« E adesso guarda ed esprimi un desiderio. »

« Non ti sembra ridicolo pensare che chiedendo qualcosa questo si possa avverare, solo perché si vede una stella cadente? Non ti sembra inutile? »

« No. No, se ti fa riflettere su ciò che desideri davvero. Perdersi tra le stelle allora è un po' come prendere per mano la propria anima e capire dove si vuole andare. »

I due si guardano. Lei sospira. « È molto bello. E molto vero. »

« Quindi? Hai espresso un desiderio? »

« Sì. » Lei tentenna, come se se ne vergognasse. « E tu? »

Lui avvicina il volto al suo. « Adesso posso solo sperare che sia lo stesso che ho espresso io. »

Lei si sporge verso di lui, pronta a dargli un bacio.

« Eh... STOP! » grida una voce ruvida, segnata dalla nicotina.

« Buona, direi », commento io, per poi aggiungere subito dopo, alzando la voce perché tutta la troupe mi possa sentire: « Pausa pranzo! »

Le luci vengono riaccese e il blue screen ritorna visibile, invece della stellata che il computer ci proiettava sopra. Silvain Morel saltella giù dal cucuzzolo ricoperto d'erba finta, frugandosi nelle tasche alla ricerca di una sigaretta.

« Ehi, dico! Potresti anche darmela, una mano! » gli grida Nicoletta Orsini, la bellissima attrice che interpreta il ruolo di Alessia, la protagonista del mio film.

Va be', « il mio film »... Il film è di Lars Franchini, a dire il vero. Al secolo Lanfranco Franchini, noto regista della TV con velleità di fare il grande cinema, per questo tra di noi lo chiamiamo Lars. Ma è un po' anche il mio, di film, visto che, da quando ci siamo conosciuti, Lars e io siamo pappa e ciccia.

In men che non si dica, sono diventata il suo braccio destro. O meglio il suo « braccio d'estro », come mi dice lui facendomi l'occhiolino. « Con l'apostrofo della creatività », aggiunge sempre.

Strano ma vero, pare proprio che a Lars piacciano le mie idee, le mie storie, i miei dialoghi. E questo che Silvain e Nicoletta hanno appena recitato, in effetti, l'ho scritto io, Alice Bassi, assistente alla regia del minisceneggiato *Ti ho amata sotto le stelle*. Certo, Woody Allen è un'altra cosa, ma, via, sono ancora agli inizi.

« Alor, Alisssce, ascento tono era sgiust? » mi chiede Silvain infilandosi in bocca la sigaretta.

« Andava bene », gli dico, sfilandogliela dalle labbra prima che se la accenda, col rischio che l'effetto stelle cadenti lo facciamo noi per davvero, visto che siamo in un ambiente chiuso, senza finestre e pieno di materiale elettrico. « Ma ti converrebbe impararlo, l'italiano, dato che lavori sempre qui. Risparmieremmo anche i costi dell'esperto di dizione. »

Lui mi fa un sorriso sghembo e piacione. « E tù, usci con moi, se t'imparo italianò? » Poi si solleva la maglietta fingendo di pulirsi la fronte dal cerone, ma al solo scopo di farmi ammirare il notevole dispiegamento di addominali che ci sta sotto.

Mi mordo le labbra per non ridere. Il suo parco muscoli lo conosco bene, visto che sono stata io a fare una cernita tra i portfoli degli attori e in quello di Silvain forse c'è una foto dove indossa perlomeno la canottiera. Ma è dai tempi di Alejandro che mi sono resa conto che il muscolo che m'interessa di più in un uomo è quello nascosto nella sua scatola cranica. E forse è per questo che sono ancora single. Anche se credo che un milione e mezzo d'italiane darebbe una mano per essere al mio posto in questo momento, visto che l'indice di gradimento di Silvain è inversamente proporzionale al suo quoziente d'intelligenza. « Mmm », dico, fingendo di pensarci su. « Di che segno sei? »

« Toro, *ma chérie*. »

Sospiro. « Quanto mi dispiace. Ah, la Bilancia col Toro. »

Storco la bocca e faccio schioccare le dita, come a dire che è una vera disdetta. « No, proprio non va », aggiungo, allontanandomi. « Buon pranzo. »

Vado a recuperare la mia borsa, perché, sì, ho chiamato la pausa, ma personalmente rimarrò sul set per riguardare con Lars alcuni appunti.

Quando mi chino per prenderla, sento dei latrati e aggrotto la fronte, chiedendomi se non mi sia per caso dimenticata che in una scena che dobbiamo filmare oggi pomeriggio debba essere presente un cane. Ma non mi do la pena di sfogliare l'ordine del giorno. Lo so bene che non ci sono scene con cani, a parte quelle con Caspar Belli, che ahimè ci è stato imposto dalla produzione. Perciò mi affaccio fuori dal capannone del set e stringo le palpebre sotto il sole forte di mezzogiorno.

Cani non ne vedo, anche se mi sembra di cogliere il guizzo di qualcosa in fondo alla strada, ma è talmente alto che penso piuttosto che si tratti di un cavallino. Probabilmente è per quell'altra serie *Peplum* che stanno girando qui a fianco.

Torno dentro a recuperare il mio panino, e saluto con la mano la segretaria di edizione, il fonico di presa diretta e la costumista, mentre Mario, l'assistente alla macchina da presa, mi si avvicina grattandosi il naso. « Scusa se ti rompo, Alice, ma potresti chiarirmi una cosa qui? » M'indica la sceneggiatura, dove ha segnato gli appunti che riguardano il suo lavoro.

« Lanfranco pensava a un dolly », gli spiego, interpretando i geroglifici segnati a matita. « Però per stare nei costi gli ho suggerito un carrello. »

« Ah, benissimo! Mi semplifica il lavoro, grazie. E credo funzioni anche molto bene a livello di narrazione, perché penso che qui Silvain... »

« Allora? » sentiamo tuonare dalla porta. Il regista, un omone sui cinquanta, alto e imponente come Orson Wells, si avvicina sfilandosi gli occhiali e grattandosi la barba. « Me la vuoi lasciare in pace, la mia ragazza? Dai, Marietto, vai... va'! »

Mario si morde le labbra. « Scusa, Lars... ehm, Lanfranco. » Poi di nuovo a me: « Tu non mangi? »

Io sollevo il pacchetto col mio pranzo. « Mi sono portata la *schiscetta.* »

Mario aggrotta le sopracciglia e io mi metto a ridere, perché ogni tanto mi dimentico che non sono a Milano ma a Roma, a Cinecittà nello specifico, e qui parole come « schiscetta » non le capiscono. « Vuol dire pranzo al sacco », gli spiego, strizzando l'occhio. « In milanés », aggiungo, calcando sul mio accento nasale.

« Bauuuuscia », mi grida lui dalla porta, cercando d'imitarmi; poi ride e sparisce nella luce del sole.

Rido anch'io, anche se sono stanca. Manca meno di una settimana alla fine delle riprese e sto praticamente dormendo sul set. « Dimmi tutto, Lars. »

Lui mi fa una smorfia, non appena sente il suo soprannome, ma poi mi batte sulla spalla facendomi l'occhiolino. Sono l'unica qui dentro che può permettersi di prenderlo in giro apertamente e chiamarlo Lars, senza rischiare di essere appesa al dolly e fustigata sulla pubblica agorà della serie *L'Impero di Roma*.

« Vado a prendere il copione con gli appunti, va'. Che ne dici se ci mettiamo là? » propone, indicando il cucuzzolo in cima alla collinetta finta dove abbiamo appena terminato di girare la scena delle stelle cadenti.

Sollevo un sopracciglio. « Sei sicuro? » Lo conosco abbastanza per sapere che di solito gli piace stare comodo sulla poltrona del regista, e credo che a occhio e croce chiunque sarebbe in grado di stimare che la salita fino alla cima di quella pur esigua collinetta a lui costerebbe un certo dispendio di fiato, coi chili di troppo che si è guadagnato a suon di cacio e pepe.

« Sì, sì. Anzi, fai così: prendi queste. » Mi passa le cuffie che uso per sentirlo a distanza, col ponte radio, quando dobbiamo stare in punti diversi della scenografia. « Dammi una mano a sistemare il set, che io e te ci capiamo al volo e se devo spiegarmi con Omar faccio in tempo a farmi venire l'ulcera. »

Mentre lo dice, noto che gli brillano gli occhi e lo vedo passarsi la punta della lingua sulle labbra, come se fosse impaziente per qualcosa. « Sei sicuro di stare bene? Non ti verrà mica un coccolone, vero, Lars? » Con la sua mole non sarebbe la prima volta. Gli ho già fatto presente che, coi ritmi che sosteniamo, dovrebbe perdere peso, ma come fai a convincere uno che di fronte a una coda alla vaccinara si commuove come un bambino?

« Tie'! » ribatte lui, facendomi scaramanticamente le corna. « Vedi tu se adesso a uno je deve veni' un coccolone perché è felice di una cosa... »

Aggrotto la fronte. « Cos'è successo?... Notizie dalla Film Delfino? » gli chiedo, speranzosa. So che ha presentato il suo progetto qualche settimana fa e, se gli venisse approvato, potrebbe significare una cosa sola: il cinema! Finalmente.

« Eh? No, cioè, sì... quasi... » Si fa improvvisamente serio. « Alice! » esclama, col suo tono più burbero, quello che di solito usa per evitare di perdersi in troppi convenevoli e spiegazioni con la troupe, che infatti pensa che sia una specie di orco stronzo e senza cuore. « Non disperdiamo energie, eh?! Che lo sai che mi si sballano i trigliceridi. Ora ti metti quelle cuffie e obbedisci. »

« Va be', non ti scaldare. »

« Dai, dai », mi fa lui allora, con un sorriso, e mi dà anche un pizzicotto sulla guancia. « Che, se non finiamo, come fai ad andare a Milano il prossimo weekend per il tuo giorno più bello? »

Sbuffo. « Per il mio Giorno Sacrosanto, Lars. Il mio Giorno Sacrosanto. Vado a farmi le unghie, mica mi devo sposare. »

« Uff. Quello che è », ribatte lui, voltandosi e facendo un gesto vago con la mano. « Che poi lo sai solo tu perché devi sali' fino a Milano per farti le unghie. Guarda che ce stanno anche a Roma le manicure. »

Certo, ma Karin è a Milano. E soprattutto Paola è a Milano. E, per quanto non mi possa lamentare della vita che sto facendo nella capitale, al mio Giorno Sacrosanto con la mia migliore amica non rinuncerei neppure se fossi andata a lavorare a Hollywood.

Sette mesi fa, dopo che Cristina ha abbracciato Carlo, dopo che i paramedici si sono dati per vinti e hanno capito che non c'era nessuno da internare e io sono tornata unica proprietaria e inquilina del mio appartamento, ho finalmente fatto quella famosa telefonata.

Neanche due settimane dopo ero a Roma, con mamma Adalgisa e papà Guido al seguito, perché anche se tua figlia ha trent'anni e rotti è meglio che ti assicuri di persona che nel posto dove l'hanno appena assunta non siano tutti maniaci sessuali e drogati all'ultimo stadio.

« Quelli della televisione sono così », mi ha detto una volta mio padre con una certa sicumera.

« Papà, lavoro in televisione da dieci anni. »

« Sì, sì, ma io intendo quelli della televisione seria. »

« Ah, meno male. »

Ho iniziato a curare diverse trasmissioni d'intrattenimento, finché a una festa di produzione non ho conosciuto Lars ed è stato amore a prima vista. Per carità, non quel tipo di amore, una specie di affinità elettiva però sì. Lars in definitiva è un po' come me: ha divorziato tre volte e ora nell'amore non ci crede più e si sfoga emotivamente sfornando gli sceneggiati più mielosi che la TV abbia mai visto, facendo la gioia delle casalinghe di mezzo stivale.

Io no, non mi ci sono voluti tre matrimoni e, grazie a Dio, non mi ci sono voluti tre assegni famigliari da firmare ogni mese per capire che l'amore non è tutto nella vita. Anzi, ora posso dire di aver scoperto quant'è bello vivere il presente da protagonista, senza aspettare sempre che qualcuno mi scelga, per poi mollarmi appena inizio ad abituarmi a lui.

E, se non faccio come Lars, che si sfoga col cibo e scrivendo sceneggiati dove, se litiga con una delle protagoniste, le fa venire una sincope o un incidente d'auto o, se è in buona, un'improvvisa vocazione che la fa partire missionaria per qualche terra amena, è solo perché riesco a vedere l'amore in tante cose. Mi piace osservarlo quando passeggio per Roma, lo vedo sulle panchine, nei colori del cielo e negli scorci delle vie storiche.

Tio continua a ripetermi che devo solo aspettare, e che arriverà. Oh, se arriverà... Ma io mi ripeto che non siamo tutti fortunati allo stesso modo. Non sta scritto da nessuna parte, men che meno tra le stelle, che l'amore debba arrivare per tutti, e che anche io, come lui, troverò il mio Andrea, disposto a seguirmi fino a Roma e in capo al mondo, se mi offrono un lavoro come conduttore, com'è capitato a lui.

Ma, se anche nella mia storia non compariranno le parole « e vissero insieme felice e contenti », questo non significa che sia triste.

Quando riesco ad arrivare a casa prima che il sole sia tramontato, ora che è primavera, mi metto sul balcone del mio appartamento e guardo Roma che si sfuma di tanti preziosi colori e mi dico che la felicità è questo, una casa, il lavoro che sognavo, gli amici, un gatto che ti fa le fusa e dei vasi pieni di gerani, finalmente. Perché, quando hai imparato ad amare te stessa, ti viene anche più semplice prenderti cura degli altri. Senza perderti mai.

Accendo il radiotrasmettitore e sistemo la molletta nella cintura dei jeans, quindi infilo le cuffie, regolando il volume, e poi affronto la salita.

« Alice... Prova. Prova. » La voce di Lars gracchia nella cuffia. « Mi senti, Alice? »

Premo il pulsante di risposta. « Sì, sì. Dimmi. »

« Ecco, ascolta... Mmm, ehm... vedi, dovresti prendere quella coperta rossa e sistemarla meglio. E il cestino da picnic, giramelo a favore. Un po' verso destra. »

Eseguo. « Okay. Adesso? »

« Buono. Sì. Ecco. Ora siediti lì che arrivo. Eh... rimani in cuffia! »

Mi stringo nelle spalle e faccio come dice, sedendomi a gambe incrociate sull'erba finta. E, mentre lo aspetto, inizio a sbocconcellare il mio panino alla mortadella, sfogliando l'ordine del giorno e le parti di copione che dobbiamo girare.

Nel sentire un rumore secco, però, sussulto, e soprattutto sollevo lo sguardo, perché improvvisamente è diventato tutto buio.

« Lars? » chiamo in cuffia.

Non mi risponde nessuno. Allora faccio per alzarmi, ma senza riferimenti barcollo. Che poi non è neanche una gran bella idea, a pensarci, visto che sto su un cucuzzolo finto a un paio di metri da terra.

Dopo un attimo sul blue screen appaiono prima la luna e poi le stelle.

Perché ho l'impressione che qualcuno stia giocando con

l'impianto luci? « Lanfranco! Ehi... » chiamo ancora. « Dai, ragazzi, che poi si rompe il computer. »

Sento gracchiare qualcosa nelle cuffie, ma non capisco, sembrano voci, ma lontane.

« Metti... » sento, poi il vuoto. E ancora: « Parte... »

Mi sembra la voce di Lars, ma come se stesse parlando con qualcun altro.

E le stelle iniziano a cadere.

Certo che vederle da qui è uno spettacolo. Se non sapessi che è tutta una proiezione solo per il film, mi sembrerebbe proprio di stare in montagna, davanti a un firmamento degno di un Oscar.

In sottofondo, nelle cuffie, c'è una musica.

Sulle prime m'irrigidisco. La canzone che è partita infatti è *Reality*, dal *Tempo delle mele*, che uno vedendolo non se lo aspetterebbe, ma è il film preferito di Lars. Okay, sorrido, condiscendente: questi sono i classici scherzi che ci facciamo tra i membri della troupe. La sola cosa strana è che di solito ce li facciamo quando siamo un po' più rilassati sul lavoro, non quando siamo in ritardo con le riprese. Mi meraviglio di Lars; insomma, lo facevo più professionale.

« Avanti, ragazzi... bravi, molto bravi... ho capito. Grazie infinite. Dai, che siamo indietro, però. » Torno a sedermi e incrocio le gambe sul prato di plastica. Non sono una musona che non sa ridere un po' di se stessa, ma in effetti non saprei più cosa fare. E poi purtroppo *Reality* mi fa pensare a qualcos'altro... a qualcun altro, che ormai se ne sta seppellito in fondo a un cassetto dei ricordi.

Prendo il mio telefono e inserisco la modalità torcia, per mettermi a leggere lo stesso il copione. O perlomeno, fingo di farlo.

« Victor Hugo diceva che l'anima è piena di stelle cadenti. »

Ora nelle cuffie non c'è più la musica, ma una voce.

« E, forse, nel tentare di essere poetico, non ci è andato poi così lontano. »

E non è quella gracchiante di Lars, è una voce che non conosco. Eppure il cuore inizia a martellarmi lo stesso nella gola.

« Non avevi tutti i torti nel pensare che fossimo figli delle stelle, in un certo senso, lo sai? » dice ancora, e io mi mordo le labbra, perché in fondo, molto in fondo, quel timbro mi sembra di riconoscerlo e fa male come un coltello. « Tutti gli atomi di cui è composto il nostro corpo sono stati creati miliardi di anni fa. Il ferro nel nostro sangue, l'ossigeno che ci alimenta i polmoni, il calcio delle nostre ossa. »

Mentre lo ascolto, le stelle nel firmamento davanti a me continuano a brillare, a cadere, a pulsare, che sembrano davvero vive come un corpo umano.

« Alice... »

E allora mi rendo conto che la voce non è più nelle cuffie ma appena dietro di me e, quando mi volto, vedo una sagoma scura, proprio come ho immaginato la scena del film che stiamo girando, la scena del film che ho scritto io.

Stringo le palpebre per cercare di vedere meglio, perché mi dico che è impossibile, del tutto impossibile. E folle. E fuori luogo.

Semplicemente, che lui sia qui, è qualcosa che non può succedere. Perché...

Mi odio, perché nel buio sento una lacrima che mi scende fino al mento. E allora lo chiamo: « Davide... »

E mi dico, ancora una volta, che non può essere vero, semplicemente perché le cose non accadono mai come le hai immaginate, come la scena di un film. Invece lui sta salendo sulla collinetta (okay, la finta collinetta) e si lascia scivolare la cuffia intorno al collo. Si getta la giacca sulla spalla. « Ciao », mi dice, con quella voce calda che ho tentato invano di dimenticare, quella voce che è una carezza, malgrado qualsiasi cosa e malgrado il male che mi ha fatto.

« Ciao », gli rispondo, e la mia, di voce, schiocca acuta come una frusta.

Davide si siede di fianco a me, come se ci fossimo dati appuntamento lì per guardare le stelle. « Stai bene », mi dice, osservandomi, mentre quel fetente di Lars, forse in connivenza col direttore della fotografia, mette delle luci soffuse, così io Davide lo posso guardare negli occhi.

« Mmm, grazie. »

Lui solleva la mano, ma non arriva a toccarmi i capelli, perché sono io a spostarmi una ciocca dietro l'orecchio.

« Come mai questo taglio corto? »

« È più pratico », gli spiego. « Sai, quando si ha poco tempo per star dietro all'asciugatura e alla messa in piega... » Faccio un gesto vago. « Robe da donne, ecco. »

« Robe da Alice », ribatte lui, sorridendo.

Distolgo gli occhi dai suoi, perché sono troppo intensi. « Mmm, forse. »

« Ma sei sempre bellissima. Anzi, lo sei più di prima, sei... sofisticata. »

Mi scappa dalla bocca una risata forte, perché, in questi mesi romani, di lavoro e di ricostruzione di me stessa, mi sembra di aver fatto tutto fuorché essere diventata sofisticata. Però poi mi zittisco, perché lui mi prende la mano. « Davide, questa è la mia vita... Io qui ci lavoro. Perché sei venuto? Perché ti sei presentato qui, oggi, adesso, dopo così tanto tempo? »

Lo vedo mordersi le labbra e guardare la finta calotta del cielo che ci sovrasta. « Mi manchi. »

Scuoto la testa. « Cosa ti manca? La ragazza goffa e isterica che ti moriva dietro? »

« Non sei mai stata così. Sei ironica e divertente, sei intelligente, sei bella, dolce e altruista... »

« E cretina. Visto che con te ci sono cascata sempre. Via, Davide, lo sai che tra noi non può funzionare. »

Lui sorride e socchiude gli occhi. « Perché sono Leone Ascendente Bilancia? »

« Perché sei uno stronzo. I segni zodiacali non c'entrano nulla. »

Davide incassa il colpo chiudendo gli occhi e annuendo.

« Scusami, mesi fa sognavo di avere un dialogo del genere con te e dirti così. Praticamente so a memoria le battute. Ora però mi rendo conto che non ha più molto senso. »

« Perché non lo pensi davvero? »

« Perché non fa più male. E ho imparato molte cose, come non aver bisogno dell'amore, o di un uomo per essere felice, e sono stata molto più felice in questi sette mesi che quando facevo la fidanzata di qualcuno. »

«Mmm, lo so...»

Lo guardo. «In che senso lo sai?»

«Sapevo che eri venuta a Roma, sapevo che alla fine avevi lasciato Daniele, e sapevo cosa facevi. No.» Mi ferma, sollevando una mano. «Se stai per accusarmi di averti seguita o peggio di essermi intromesso nella tua vita, non l'ho fatto. Almeno fino a oggi. Ma sono stato felice per te, per i tuoi successi, per il fatto che hai tirato fuori le unghie e hai voluto qualcosa per te, finalmente. Solo per te stessa.»

«E ora, per me stessa, ti chiedo di andartene.» Mi alzo, perché sta diventando tutto troppo doloroso e io non voglio sentirmi così. Non qui, non ora, dopo tutta la fatica che ho fatto. «È troppo tardi. Forse, se fossi venuto mesi fa, quando tu e Barbara vi siete lasciati...»

«Alice, io Barbara l'avevo lasciata prima di Parigi.»

Faccio un passo indietro, perché ho bisogno di mettere una distanza tra me e quello che lui ha appena detto.

«Volevo stare con te. Ti amavo...» dice, guardandomi negli occhi. «Ti amavo già allora, già da prima, ma avevo una paura tremenda di quello che sarebbe stato se te l'avessi detto, dopo una vita passata a cercare di bastare a me stesso, per timore di essere abbandonato.»

Cerca di avvicinarsi, ma sono io che lo fermo. «No...» sussurro.

«Ti amo ancora adesso. E so perfettamente come ti senti.»

«Vattene via.»

«Alice...»

«Sai perfettamente come mi sento. Bene. Perché mi ci hai fatta sentire tu. Tu l'hai voluto. Tu non sei venuto da me per mesi, anche sapendo che ero qui... da sola... anche sapendo...» Perché diavolo sto piangendo? Alice, piantala. Alice, sveglia! Non sei più quella di mesi fa. Tu sei un'Alice forte, sicura di te stessa, una donna che sa il fatto suo, che la gente stima. «Vattene, per favore. Lasciami stare.» Mi risiedo e mi prendo la testa tra le mani e mi lascio avvolgere dal silenzio e dal buio. E non so quanto tempo passi, ma mi sembra un'infinità.

Poi una voce proviene dall'altoparlante del capannone: «Alice!»

« Perché mi hai fatto questo, Lars? » gli chiedo, asciugandomi gli occhi e cercando di non far tremare troppo la voce.

« Perché te lo meriti, tesoro. Tu meriti una possibilità di essere felice. »

Scuoto la testa. « Questa è soltanto una possibilità di soffrire, e lo sai. Lo sai benissimo, visto che ti sei sposato e hai divorziato tre volte... »

« Certo. E, se capiterà la quarta, lo farò ancora. Alice, non puoi essere felice senza correre il rischio. Non puoi salire sulla vetta senza sapere che c'è sempre la possibilità di cadere. » Quando non dico niente, lui prosegue: « Piccola mia, quell'uomo che hai appena lasciato uscire mi ha detto di aver cambiato completamente la sua vita per poter tornare da te. Di aver cambiato lavoro, per poter avere una casa vera. Per poter iniziare a costruire qualcosa, quando prima ha sempre avuto paura di legarsi, ha avuto paura di qualsiasi cosa di definitivo e stabile. E, se un uomo fa tutto questo, se ci mette sette mesi per farlo, senza vacillare mai, be', cara, vuol dire che potrai chiedere quanto vuoi alle stelle cadenti di farti vincere la lotteria ma, se non controlli i numeri, allora non potrai mai accorgerti di avere in mano il biglietto giusto ». Riaccende tutte le luci, e come d'incanto il mio cielo stellato scompare, e sono di nuovo circondata dalle quattro pareti del set, dai cavi, dai binari per il carrello, dalle scale per il piazzato luci. Sono di nuovo circondata dalla mia vita. E sono sola.

Davide è stato qui, a cercarmi.

E ha detto che mi ama.

Mi tremano le gambe quando cerco di alzarmi.

Ha detto che mi ama e io l'ho mandato via.

Io, che continuo ad amarlo da un anno, nonostante la distanza, nonostante i nostri Quadri Astrologici, nonostante il dolore, e nonostante abbia cercato di dimenticarlo scappando dalla mia vecchia vita.

Vorrei scendere più velocemente, ma questa collina sembra diventata una montagna, vorrei poter correre verso la porta, ma la paura mi blocca. Ho paura di non trovarlo più.

E ho paura di trovarlo ancora.

« Davide! » chiamo, ma sono senza fiato e lui non mi sente.

Continua a camminare dritto per il viale che porta verso la ricostruzione della Roma antica. «Davide!»

Poi d'un tratto sento abbaiare. Davide si ferma e allarga le braccia, perché Flash gli sta andando incontro di gran carriera. Ma poi il cane lo supera, per puntare scodinzolante verso di me, e un attimo dopo mi sbatte a terra, con le sue zampe potenti e la forza mal calibrata di un alano preso da un impeto d'affetto.

«Flash! Alice!»

Davide corre verso di me, verso la donna *sofisticata* che se ne sta elegantemente distesa nella ghiaia con sessanta chili di cane sullo stomaco.

E, mentre Flash continua a guaire, lui mi solleva da terra e mi stringe forte. «Mi dispiace, Alice. Scusami... Non avrei dovuto dare retta a Lanfranco. Sarei dovuto solo venire da te.»

«Lars ha un debole per le storie romantiche, soprattutto quando può esserne il regista. E...» Lo guardo negli occhi. «Forse stavolta è riuscito anche a scrivere un bel finale.»

Davide mi sorride e allora, visto che lui tentenna, sono io a baciarlo. E ho ancora paura. Ho paura di fare la scelta sbagliata, ho paura che Davide e io ci lasceremo, ho paura che non ci lasceremo per il resto delle nostre vite, e ho paura di soffrire. Ho paura di quello che non so, perché non solo il domani è insondabile, ma anche quello che succederà tra un'ora è avvolto nel mistero.

Questo vuol dire vivere senza l'astrologia: salire sul palco della vita senza il suggeritore, senza qualcuno che ti tolga l'ansia di doverti ricordare le battute, che ti tolga la bellezza di scoprire da solo come sei fatto, di capire i tuoi meccanismi senza dirti che è colpa di una Congiunzione sbagliata, di un pianeta storto o del tuo Ascendente.

Bacio Davide e mi stringo forte a lui, e non ho più paura delle mie paure, perché so che stavolta le stelle staranno solo a guardare.

RINGRAZIAMENTI

Per compiere questo viaggio abbiamo attraversato i Quattro Elementi, scalato Trigoni, dissezionato Quadri Astrologici, osservato Costellazioni, snocciolato Decadi e fatto a cazzotti coi Pianeti... Ma se Alice e io siamo giunte a scrivere questa pagina, lo dobbiamo a una serie di persone senza le quali difficilmente lei avrebbe avuto parola e io portato a termine le sue avventure.

Laura Ceccacci: grazie per aver ascoltato, letto, riso e partecipato alle « aliciate » di Alice e un po' anche alle mie! Ovviamente, essendo anche tu della Bilancia, non poteva che esserci da subito un gran feeling, ma la tua energia, e la professionalità della Laura Ceccacci Agency, sono stati quella marcia in più che occorreva a questo progetto.

Patrizia Rizzo: la meglio Cancerina che si possa conoscere. Mai abbastanza benedirò quel giorno di parecchi anni fa in cui gli astri ci hanno messo sulla stessa strada. È solo grazie alle nostre serate, le nostre chiacchiere infinite e i tuoi consigli che Alice ha potuto essere quello che è, così come Paola... e un po' anche Silvia.

Cristina Caboni: autrice delicata e amica meravigliosa, che come ogni Gemelli che si rispetti è stata capace di rivestire più ruoli e farmi le coccole e bacchettarmi alla bisogna. Se tu non avessi creduto in me fin dall'inizio, e ancora prima dell'inizio, tutto questo difficilmente sarebbe accaduto.

Cristina Prasso: che ci ha conquistate, ad Alice e me, a suon di scarpe sbagliate e amore per il cinema. Se alla Nord mi sono sentita subito a casa è stato merito tuo; e il tuo entusiasmo per la Guida è stato meglio di qualsiasi Trigono positivo si possa sperare di avere. Se ti si può rimproverare qualcosa, per tua stessa ammissione, è di essere un'Arieta... Ma è un difetto che ti si perdona molto facilmente.

Giorgia di Tolle: che è una Sagittaria ascendente Bilancia. Il mio specchio insomma, e per questo (e non solo!) la migliore editor che potessi desiderare.

Barbara Trianni, Capricornissima, come si definisce lei, e soprattutto meravigliosa nel suo lavoro di ufficio stampa, e Giacomo Lanaro che, va be', pure se è Scorpione, ha delle idee geniali per il marketing alla Nord. E poi Marco Tarò, Cristina Foschini, Giuseppe Somenzi, Paolo Caruso, Benedetta Stucchi, Elena Pavanetto, Caterina Sonato, Viviana Vuscovich, Graziella Cerutti, Mauro Tosca, Oriana Di Noi e Laura Passarella, e spero di non essermi dimenticata nessuno, perché tutti alla GeMS hanno creduto in me e in questo romanzo spendendosi con entusiasmo per mandarlo alle stampe.

Un grazie speciale a Simon, che ha avuto la pazienza di leggermi e di correggere gli strafalcioni astrologici. Semmai dovessero permanere imprecisioni di questo tipo, sono ovviamente da imputarsi a me, e spero vengano considerate alla stregua di licenze poetiche.

Jean Paul Bosco: che è entrato con entusiasmo, professionalità ed efficacia nella famiglia delle Bilance dell'agenzia portando questo libro a risultati inimmaginabili.

Gisella Guidi e Roberto Zucca: i miei genitori, rispettivamente Pesci e Gemelli, a riprova che anche gli strani intrugli di segni e quadri astrologici in una coppia possono effettivamente funzionare. Grazie anche a mia sorella Carlotta, perché ti voglio bene anche se siamo tanto diverse, e a Fabrizio, Matteo e Martina.

Claudio Canossi: un Acquario che mi ha insegnato tante cose e ancora, nonostante gli anni passino, rimane accanto a me come un bravo fratello maggiore. Carlo non l'ho fatto morire, come mi hai chiesto allo sfinimento, ma ha trovato la felicità che io auguro a te, per tutto, nella vita.

Jean Claude Rousseau: senza i cui preziosi consigli, i sorrisi e l'incoraggiamento, in questi anni avrei di certo perso la strada.

E anche a Corina, che mi fa delle unghie speciali nella mia vera giornata Sacrosanta, e che è una cara amica.

Un grazie veramente sincero e di cuore anche a Valeria Sciandra, pesciolina che nuota in mezzo ai fiori in un meraviglioso negozio che già da solo è una vera ispirazione. Grazie dei tuoi abbracci e della tua inesauribile pazienza. Adoro la frase che mi hai scritto su quel biglietto, che rispecchia ciò che sento anch'io: «sono molto felice di averti nella mia vita, la fai bella».

Il mio piccolo clan di amiche danzanti: Amanda, Deborah, Laura e Serena, che oltre a ballare sono sempre pronte ad ascoltare e comprendere.

Grazie anche a Valerio, pur se mi è incomprensibile che possa essere della Vergine. Che rammarico non averti conosciuto un po' prima, visto che sai così tanto di astrologia! E a Bianca, che è un'Arieta d'assalto e una vera forza della natura.

E ancora, un trio di Sagittari: Roberto, Pietro e Marialuisa, che se in alcun modo hanno ispirato la figura di Alejandro (non farei a nessuno un torto del genere!) mi sono comunque stati vicini con amicizia, supporto e preziosi consigli.

Grazie anche ad Alessandra Roccato, che per tanti anni mi è stata amica e mi ha insegnato moltissimo di scrittura e traduzione.

A Musetta, Byron, Modì e la mia dolce e complicata Drusilla, che mi coccolano coi loro occhioni di gatto mentre scrivo.

Infine non posso dimenticarmi i miei due piccoli clan: la mia famiglia di teatro, con Silvia, Ilaria, Lidia, Stefano e Raffaella, Roberto, Paolo, Oscar, Fabio, Chiara, Elena.

E il mio «Civico 69», il simbolico edificio nel quale sono cresciuti i miei sogni durante i due anni del corso di scrittura del Maestro Raul Montanari (carismatico Capricorno doc!), e che è tutt'ora abitato da Francesco, Carmen, Paolo, Elena, Rosa e Marta.

Amici, che le stelle siano con voi. Grazie di tutto.

Sarah McCoy

UN RAGGIO DI SOLE TRA LE NUVOLE

Una libraia che ascolta le persone con il cuore
Una bambina impertinente che regala sorrisi a chi è in difficoltà
Un simpatico cucciolo cui è impossibile resistere

Dopo anni di cure e di tentativi, Eden è costretta ad arrendersi: non ci saranno bambini nella sua vita. E la grande casa che lei e il marito, Jack, hanno appena acquistato rimarrà un nido vuoto. Una verità dolorosa destinata ad allargare la distanza che - lentamente ma inesorabilmente - si è venuta a creare tra lei e Jack. Quando poi lui le regala un cucciolo, Eden ha la certezza che la misura sia ormai colma: davvero Jack pensa che un cane possa sostituire un figlio? Come se non bastasse, in un goffo tentativo di rimediare, Jack « assume » come dog-sitter Cleo, la nipotina undicenne della loro vicina. Seppur riluttante, e con il pensiero fisso di trovare l'occasione per annunciare al marito di volere il divorzio, Eden si convince che sia meglio sopportare la presenza della bambina che occuparsi di quella bestiolina e permette a Cleo di venire a trovarla tutti i giorni. Ancora non lo sa, ma quella decisione le cambierà l'esistenza. Perché Cleo è dotata di un'intelligenza vivace e di un carattere aperto, e sarà lei a introdurre Eden nella vita del quartiere, facendole conoscere la signora Silverdash, una libraia sempre disponibile a dare il consiglio giusto al momento giusto. E, grazie a loro, Eden troverà il coraggio di aprire il proprio cuore e scoprirà che ci sono molti modi per donare affetto e amore, trovando anche la strada per riavvicinarsi a Jack.

EDITRICE NORD

LA SERIE

I lettori hanno deciso:
«La storia d'amore
dei nostri sogni.»

La versione di Cam